LUDI WENJI
RIJI（YI）

陈南南　陈田田　整理

陆地文集

第六卷

日记（一）

广西师范大学出版社
GUANGXI NORMAL UNIVERSITY PRESS
·桂林·

目　录

日记（一）

羊城灯火

（1935.1.1—1936.12.31）

1935年

声声爆竹，户户迎新，余客居粤垣，触景生情，无不百感于中。

夫弃我去者，时也，殆无再至，而我徒蹉跎因循，卒无所获。年来每遭拂意之事，致大好年华，半随流水。徒惭髭须渐见，噫，时乎，盖去速也。

惟“东隅既失，桑榆可收”，每念所及，亦颇宽人意而矣。愿自此而后，努力所学，寒暑不易，孜孜以求，务其实践。庶不负于家庭社会之属望与培植。则时光过去，亦何足叹息哉。此余对于前途感想也。

丝雨霏霏，景物萧条，国旗虽高飘，然只形其更为凄凉之景况。余前年乡居，逢此日，其情形犹历历如昨耳！当日得与家人围炉谈笑，团聚骨肉，其乐，有非笔墨所罄者。此时，谁复料今日，递尔远游及此作他乡客哉。故人事之变迁，总有非人意所能前料也！余今日乡愁似不能已，但高堂阿母，依闾之望，或更殷殷，为游子念之不忘矣。

嗟呼，余盖忍割母子之爱，弃奉省晨昏之孝，而远托他乡？为“名利”乎？吾几不能置答。为预为“救国救民”乎？吾又不敢说矣。夫今之读书人，岂不曰“救国救民”哉？但综而观，究能救之者，果为若辈乎？余冷眼以察之，似此之徒作狂叫，余不为取之。然则名利，余非干于他人或因而有谤为腐化之流而不敢言。诚因不之觉何名利之有，即不胡说乱道耳。故吾至此来，欲求自立之道，以振阿母属望之深，抚育之劳。他，非所图矣！

夫中国之弱也，何，非无自立自治以致耶？“民为邦基……”若人人有所自治自立，则不言救而自救矣！何徒狂呼为？此余于国于家之盛也。

1月1日　雨　爆竹啪啪，荏苒时光，不觉又岁盈一度矣。时已十时下，然因寒无所作，仍不忍一展温被也！窗外风雨交作，仍不肯稍歇。及饭后，因赴友人约，乃乘伞而出，行人亦络绎于途。与友人坐约一时，乃联袂冒雨往街去，至新华映画院，人已拥挤，水泄不通，诚所谓“门庭若市，户限为穿”！余为映所迷，乃奋臂而入，经极力探蹿，仍未易得购票也。而女郎之者，颇不示弱，亦与男子争相夺购，任轻薄之流，借此享福非鲜矣！

余所购票为二场，至终场已若万家灯火矣，乃与施君至饭店进食，是日共费十元六角。

是夜，仍雨绵绵，终宵无间，夜间披阅《茵梦湖》作排闷而已。

1月2日　雨　滴滴檐漏，雨未稍止也。余惟闷坐，不敢作街上游矣！重阅《沉沦》以作雨天消遣。向晚，雨忽止。天边微白，欲晴之天色也。晚饭罢，施君过临，并约前去观剧，余欣然诺之，乃与光瑚随之去。

至天星映画院，是片为《路柳墙花》，其结构亦不坏也。八时至房中，阅《东周列国传》三章而寝。

1月3日　下床凭窗，雾气全消。天气清明，因而暗喜。饭后，与友人往西堤而去。行约一时，方抵大新。玩而乘机达天台，各剧台，虽锣鼓响动，然观者寥寥，远不如前去时之盛况矣。顾前去时，迄已五月矣。惟时一瞬耳！但人事已非。余觉无聊，稍留至三时而返。

因囊中尚有，乃购颈巾一条，去十元四角。时已四时，觉饿，乃往“的式居”

叫一碗“腊味饭”,其送颇多,可供两碗之送。于是逐再叫白饭一,遂得小饱焉。

1月4日　晴　假期已满,各友人已返校。余亦不能不作禅关老衲也。将前日英文,重温一遍,已三时许,乃出街采买文艺日记,未得,至中华书局,借觇其新铺落成之盛,循循而达其天台,自高临下,街上行人,形略见缩小焉。

是日得潮弟来信片,亦堪颇孤怅。

1月5日　晴　今日温昨夜英文,到三时半,欲作日记,但心头忽忽,无行为记矣。

1月6日　今日再为星期日,余贪睡至十时。饭后,将出门,忽莫君乃杰叩门入,稍寒暄,随谈须臾别去。余乃与同乡马、凌二兄出门,天气清凉,虽着秋衫,仍无寒意也。

重至观音山,草木凋零,风物萧条,诚有别感于怀也。

由山下处过中山纪念堂旁,其门有出入之人。余等乃至宪兵队得入场券而入。既入,仰首以观其顶圆如釜底,两旁环形座位,密如栉比。其为之多,有达五千余位之谱。而登楼两扶梯皆为大理石所镶成,地砖亦平滑如明镜,门道弯曲,令人赞奇!其工程之妙不置矣。

回至寓处得萍兄一信,展之因知其近况,私心甚慰矣。坐片时,再行往八旗二马路二军部,访一同乡,幸得相见。与之谈约一小时,及归已四时矣。

入夜,阅《沉沦》篇得“黄莺住久浑相识,巧辞频啼四五声”,回味甚觉写之入微。

1月7日　今日温英文如故,午后思欲出门,因囊空而止。

三时半,读《东周列国传》,可堪为记者,为介子推焚于绵上之事,甚属动人于怀:当夫晋文公入国,论功行赏,当日随同出奔有功之贤臣,介子推虽有割股啖君之功,然未见提及,乃退回乡居奉母终年,恬然不以为事。或有曾劝其自往朝言之者,彼乃一笑置之。后得其母同意,乃负其母往绵山而居。文公闻,顿悟,亲驾往迎之出,奈彼山云雾迷离,苦寻不得,乃遍山放火,意欲因而使彼而出也,谁知其仍不肯,忍与其母互抱,死于枯柳之下,呜呼哀哉,夫孝廉如斯,宁复何求?余读至此,亦深为之一叹矣。后人念其死于火,乃于三月三日禁烟火焉。沿至今日。每至清明节前后,即为之寒食节,殆即此意也。

1月8日　晴　凌晨，街声嘈杂，起而视之，送丧耳。各种花圈、花轿、马骑，光怪陆离，其多至将仓边路摆满矣。此为余所未见也。

饭后得成珠函，系询东下之情形如何耳。余乃之详以告之。同时亦与萍、曼兄各一信。

午后出街，借观各校学生欢送各部队入黔追剿，随买牙刷、笔嘴、邮票、《世界知识》，共八毛。欲再买墨水一瓶，惟所剩之二毛钱，已为人所弃矣。

入夜读《世界知识》数页，法国德国将有荫尔一地之争，此荫尔者，其为欧洲和平三大礁石乎。或有酿成大战之主因也。

夜校归来，觉眼皮微痒，揉之忽红肿如豆粒大，生恐致大疮有害及目，乃怨悬不安。

1月9日　晴　睫间小疮，欲更肿痛势。午后温课已，乃往询医购药。去小洋一元，换得药水一瓶。为即搽之患处，颇见脓出。该一元药费，盖欲留为买文艺日记以赠萍兄也，今迫处此，乃缓为之购，且候十五日领得款，方可购矣。

日来天气温暖，令人几忘严冬矣。岂广州气候，向如是乎？吾乡此日，或已寒煞不可耐矣。

1月10日　晴　所患眼下小疮，出脓颇多，惟下午即见收缩矣。

夜来非寒即蚊，每苦其扰。虽则冬令，然嗡嗡其声，不减于夏也。因念及儿时阅民仪书中有谓广州冬日犹蚊，彼尚有所疑怪。今已身亲经之矣。其何以致之，余甚不解也，不谓村居多蚊乎？但余乡居时，虽夏仍不多见也。

1月11日　“利令智昏”，诚然人生每有不免之者，惟名亦莫不然。兹闻报载，胡适此次南下，大讨没趣，并给社会人士待之以闭门羹，其不为此乎？夫胡氏之得港大赐以博士之名，翩然南下受封，因是为名所昏，不顾一切；在港大则大吹特吹香港如何宜为教育如何可为南方文化发源地之牛皮；而于广州方面，则大抨击其短处，种种论调，意欲道出香港极端之良善，藉得转施主之同欢，而报其赐之雅意也。粤方亦因其无恭维于我，及其贸贸过省之日，迎者寥寥。且请其演讲者，已消声焉。盖粤方之对彼固存报复之念，但因其未有嘉及尔行，即尔作小人态，亦太过矣。设使胡氏力赞粤方之文化教育，岂不亦大捧其场哉。嗟呼，当世纷纷，迄无宁日，其非名利乎！

1月12日　不读家信,匝月于斯。风雨昏冥,思之不置也。

入夜忽得家书,颇慰望风怀想之忱矣。“家书值万金”,诚然,书中大意:家中安好,及何兰于归期即明年春旧历正月二十七日也。

日来读英吉文,能默能诵,于心稍安。

1月13日　晴　今日又为星期日。饭后,闲情无以为解,乃与天鸿联袂出。何去何适,在不之预为计也。因信步而前,偶过中华路,顿念及前所识关君应嵩,迄已半载,未之前叩高斋。虽云半面之识,惟其接物待人,甚为慷慨。余因每忆之不忘也。因是沿循而去,及抵象牙街二十号叩门入,适彼进餐,彼见余至,乃离座邀余进其书斋。坐须臾,彼乃入与余作互谈,并出各映片为披览,意甚殷焉,有如故旧。余坐觉倦,乃辞之而出。

归时日已斜,天气热如初夏,至房中汗仍涔涔。

是日,作书二通,一为答昨日家中来函,一即转致二哥昨家中来书。

1月14日　阴　蛰伏书斋,除伊唔英文外,甚觉无聊。午后随将《夜雨秋灯录》披之,得知其所描写之命意,大抵写离奇怪诞情节之短文,其所见长者,惟简单乎?

入夜,往夜校,出门,忽习习冷风扑面而来,其将寒矣。由校归来,与乡友作无聊谈,至谈兴消灭,夜亦渐阑矣。

余常闻:睡时以手按其胸者,则发呓语,余不甚信,今晚约四更,余得一极可恐怖之梦,乃大讶然呵!失声状。醒后觉胸有左手为之按住,乃有信及之。不知果尔否也?

1月15日　阴　“金钱为万魔之媒”,若不细而考之,或致不觉也。但如身遭之,再审因之,当恍然不讳也。

余今日往团部,得二十元返,心中糊涂:若何之购置也,若何之开支也……转不若无钱时之安静矣。但吾作如是之想矣,然何有街头求乞之辈,虽残废,几不生人趣,就忍死而求钱焉。噫,钱之为魔,诚可危矣。夫其堕落者、国贼者……岂不为钱乎?

且夫公子哥儿,走马王孙,其终卒身木草同腐,稀有见标名于史册者,为何?亦为钱而矣。设余今日若无钱,当困守房中习英文矣。奈何为有钱故,至终日忙煞,既而观映画。呜呼,吾将不忍再述矣。

今日寄予萍兄文艺日记一本。

1月16日　阴冷　呼呼北风,乱扰客窗,余因怯寒故,不敢下榻焉。加之想入非非,及起身时,已十时半矣。复自责不安,甚悔胡思之过头也。

日间,危坐专习英文,虽冷冽侵袭,手几僵,仍不敢止也。及至午后三时整,天鸿放学归,余乃离座焉。

后与天鸿出街,买猪肉三毛,即将与饭豆炖之,及食时,顿感家乡风味。

饭罢,包报纸一束并夹以信样二,告以二哥目前之情形,并说欲往应省师范之试,但非得吴先生钦尧代为力,则亦不敢枉陪人试也。

1月17日　凄冷　天气严寒,仍复尔尔。余于床中读昨晚所受之英文,十一时往饭店进。回房稍憩片时,即得光瑚之告,作一函致校长,请其作书证明,得往县府领取留学津贴费。既罢,再作呈县府一文。既已,手头为冻所僵,欲再习英文,但冷不耐矣,乃与天鸿相谈久之。

嗟呼,世道日衰,人情流水。故待人接物,求友交朋,尤必慎之也。夫我之于友辈中,莫不事事见让,累累为人负,而人反在疑我、非我,诚多愤悔交集也。

及晚,因闲愁填胸,乃漫歌消之,无何,顿忆前年今日之事矣。前年此日也,余随阿母阿姪,远达阿姐家去,闻其地风俗特异,诸如嫁女必唱山歌以助庆等。余因是几为其惑女郎曼歌矣。光阴荏苒,忽又一年,且彼时谁能料及今日之我,远托此处哉?人事变迁,诚然,不可前料也。

1月18日　晴　虽见日,然寒犹劲。日间曾习英文,下午即不可耐矣!乃作书二通,一致炯焱君,一致汝森兄,大抵为问候耳。

晚间返校,教员请假,乃随往各大书店,购《读书生活》一本而返。回时得洪兄一信,意即谓其近况,并告以努力于学。余感其意,乃立复其信一,信内附说余对未婚妻之见厌,欲所以解之之意,书讫,已十时矣。

适玉焯兄忽入自外,余与之互道寒暄,但其倥偬,似不假久坐者,乃即辞之而去。盖前年即侧身军界,今因行军至此,偶乘假一游羊城耳。

1月19日　阴　昨购之《读书生活》,今日乘假阅之,于社会之知识,读书之指导,甚得益领。

八时自校归，得家书一封，展之，知吾街此时已开辟马路，所有不适之铺面，均被拆毁。吾家虽未有为之毁之损，但亦为之限期建筑以昭划一，故欲请二哥得多少钱回为建设之需。再次即询余休学之由，是否确实。余欲即有所答，但欲待二哥前回信方为之答，乃止之。惟对于二哥则草成一张，夹于报纸致之。其义如下：

二哥同怀：送上数笺，未见一复，何也？甚念！兹得家信，谓欲请二哥得多少钱归为建铺面之需，能办之乎？希即立示！

1月20日　阴雨　早餐后，至丽水坊，访吴先生钦尧处，踵其门，即蒙其笑迎而前。余亦以礼见之。入坐，彼即告余曰：炽峰兄前日已抵步，余低言诺诺应之。盖余虽欲一见炽峰兄，藉知二哥近况，但非余此去之初衷也。

余乃急询钦尧兄，能否代为介绍往试省师？彼虽应为鼎力，盖彼于省师校识及三数友人，而校长亦颇识之，但仍告余一方面必得研究科学，彼一方面即托人情而入。观其居心，似代余甚愿为力，但可否有把握，亦未敢断言也。

余见其刚进食，余乃辞之出，彼虽强余就餐，余觉不便，乃以有事要去告之。既出，至永汉路购信笺、封用四毛。但因未见及炽峰兄，于心耿耿，乃再一度访至其门，见彼等当进食间，余避之至茶居品茗，用去二毛。二时访其门方见之，遂与之谈。其亦和蔼对余，并出二哥挂表与余手表为换。此因二哥意也。归时得二哥信，此亦有所提及焉。

1月21日　晴　晨起已十时，洗盥毕，稍习数页书，即入膳。

十二时出门，访周军需，向其索领留款。预为二十四日随吴连长去二哥处。至时，适彼外出，乃返至各书店寻阅《笑林广记》数页。其中诚有令人捧腹大笑之趣。

二时，写与积余兄一函，并致培桂学校校长，请其给予证明文件，俾得速同呈上县府求其津贴留学费。两书写竟，已二时多，乃再出门，至施君处，倾谈移时，即往团部，申说来意，乃得彼允于二十三日给予答复。余乃返。

晚上往街上一游，行人倥偬，其亦急急谋所以过冬乎？抑余自为之猜也？

1月22日　晴　起后，阅英文至进餐。下午仍写练至二时，方出街告吴炽峰先生，明日余至彼处有所商酌。因其不住，乃将此意传及其家人转知之。

入夜阅书数页，即与诸同乡谈乡居时之花月事，不知何时入梦焉。

1月23日 八时至团部得留款。至饭店叫一盅炖鸭，白饭三碗。早餐已，即至炽峰先生处，与之商及后日前往南雄事。

午后再去团部，因早晨周军需有所约也，及至彼即进餐。余与其取臂襟章，俾得便于去时得免半票之用。谁知彼恐生意外，必须得炽峰连长同至其前，交待清楚，方可得领是物也。余数数造炽峰先生门，觉苦之，然为欲急于与阿兄见，何辞之哉。饭后再踵其门焉，又适彼外出，遂留字帖而返。

1月24日 下午雨 下午候炽峰不至，心急如烧焉。恐错过此机，不得前去，乃留一张以待其来，余遂再造其府询，仍无着处。归途怅怅莫明。至寓处，仍无其过访，又叫车仔驶至团部周军需询之，周军需遂约余二十六日同之去可矣。余虽急于得放行，但无奈不得不诺其此约矣。

至寓处，忽见炽峰兄留字在焉。盖其因私事未办安，亦必二十六日方能抽身启程也。因约明早至其旅住之金龙酒店晤之而同往谒周军需。余于心颇解焉。

1月25日 上午雨 凌晨微雨，冒雨至金龙酒店，与炽峰兄见，幸其未婚妻亦在，余因得识之。

略坐即与之同至团部，乃与周军需约明早车站相见。既出，余亦别炽峰而自归。至永汉路购一藤篮，预为明日装行李前去南雄之用。

十一时至留香饭店，吃一碟鸡丝饭回至房中，将应带去之衣物，略为收拾，一时半至开明书店，阅《残冬》中之“女儿心”一篇。其内容描写清朝末年一个宰宦因欲殉节，不愿为汉人所制，乃将全家人口，尽行杀之。而其女幸获逃生，后经几限之波折，历无数险境，然其心仍不忘其阿母于临死前之夜，告其寻神仙即得骨肉团聚之说，乃苦心寻求神仙。后终于船上得见一和尚极肖其父亲，彼即旁若无人之抢过欲与此和尚认亲。谁知其行不慎而致碰倒火炉，舱中即起火，该老和尚因救火而亡，此女抱之哭甚哀……

1月26日 雨 因欲乘车往南雄，故晨早五时许，即下床从事束装。六时出门，各友人犹有未醒者。至候处，仍无车开行，街上犹黯黯，雨滴滴，行人甚稀。间有三五苦力之车夫于风霜中挣扎而已矣！噫，此时岂不有享福之人，正在酣睡间哉？

余此时急欲即到车站，奈车未开，心颇焦；欲乘黄包车，惟至车站，必须十余里，若给车夫拉之去，岂不太苦人也？但其则苦求余乘之，不置。余正不解中，汽车开矣。

至黄沙站，得见周军需，余乃得通往师部之用车而坐，临行，吴连长亦赶至，互道“早晨”，车已行。

下午二时至英德站，赴吴连长之邀，与之进餐，同食者其太太并周军需一共四人。英德站而去经四处隧道，然甚短耳。

下午四时四十五分，至曲江，余只随吴连长至中央酒店开房聊住一宿。稍卸行装即往街上一游。甚属萧条，行人每多军人，鲜有着西装辈矣。余一人独往文固饭店，吃去五毛钱一餐，九时即入睡。

1月27日　雨　房门咚咚，余惊醒，伙计已告醒余矣。下床一视时表，已七时也。付房账后，七时许，往车站转搭汽车而之南雄。

中午十二时半抵步，随军需至练兵场。及至十二连部与阿兄相见，各欢形于色。

随即往火炉房取暖。既而与堂兄克兴见。相见之下，千头万绪，无从说起也。“乍见惊疑梦，相悲各问年”，其斯言乎。同李忠良及植堪等，亦次第相见。其各人精神亦无何种艰难处，惟谈至家乡事，不能有梗概于怀焉。

萍兄亦于下午三时见，因其出街方归故也。余询及几度与之信，及与之书可收到也。据云未之见。余不禁愕然。何有误人若如之行？诚堪一叹矣。

1月28日　晴　饭后，与李排长及萍兄临李排长之住处，并得觑其夫人之芳容，相谈久之。即出街，街上萧条，几昭州若矣！马路亦非柏油所铺，即碎石筑之而已！行人亦半属军人，着旗袍之女郎，已凤毛麟角矣。过邮局处，各妓女依门卖笑甚多，余偶一回首，庸脂俗粉，令人退避三舍矣。

十二时半，至南雄茶楼饮茶，约一时而返。晚饭后，与萍兄仍徘徊游场内，相谈及人情世故。萍兄固一有多之人，不幸而一落至此，诚堪人事之不可逆料矣。后，克兴兄亦随之。入暮乃返房。

1月29日　晴　天气乍晴，各兵哥按时出操，余因不得出练兵场外，乃旁观兵操，甚无情绪。

萍兄散队休息时，遂与余至贩卖部饮酒解愁，几散席，忽见兴兄，因再添酒谋之醉，席间相谈殷殷，嗟呼"山水有逢时"诚非灵语矣！念与其二人，岂不劳燕分飞，各图所业哉？何巧而有今日聚饮？饮罢，复与之漫谈至一时半。

1月30日 余与萍得出练兵场，不啻出谷黄莺，乐何言喻？盖围炉旁，诚闷煞也。然南雄亦苦无游处，于是乎，非入茶室不可以消遣矣！

日来得见士兵生活，殊增无限之感。夫兵者，其职责为保民护国，其应为国人尊崇之。宜也。然其身价又为何而低廉若此？余观老弱被遣派之者，状甚凄苦，及退出队伍，一无所得，即旧破军服，亦不得与带。空空两手，仅有手巾一条而矣！至其囊中，何待言有无哉？余自是深为叹，当其被遣而去，何去何从，何依何附？其壮也，能执干戈以得食，今及老弱即见遗弃，如是谁堪为兵役邪？夫上下对兵若是，不怪乎，兵之对百姓时有非法行为矣！但老残之流，至无所依者，亦惟自取乎！设其少壮时，努力自爱，力图生存之计，何至今日？

1月31日 余也颇不自持，每易为物惑，物华丽者，而切欲而得之；色之美者，尤望得娱之。致日夜昏昏，多沦为幻想。理想与现实，常不能成平行线也。故欲达想像中之娱乐，仍须努力所学，躬身实践以图进，方至有能如愿也，空想何益？

2月1日 入夜忽得英杰一信，颇解岑寂矣！

克兴是夜亦相与围炉谈笑，因言及家乡事，殊有感叹处矣。兴兄素性放荡，不作辛苦事。今随军数载，备尝艰苦，且年龄稍增，亦自觉矣。

2月2日 今日闷坐无聊，读书之余，仍与萍饮之至微醉。

2月3日 腊鼓咚咚，一年终矣！盖旧历年之习俗，至今犹未全消。余亦不得不记之也。时光容易，忽忽一载从此过矣。顾我所进维何？不觉赧然自悔矣。

午后，欲随连部文书出街，借观南雄市年晚日之情形，不料为曼哥所见及服装之不整，遂责余之不羁，有失学生之态度……余因受刺激，遂乃负气不出。

晚上略饮屠苏酒，惟胸襟闷闷，不觉乐由何生。然旁人正因兴高采烈之大呼小叫之猜媒。余如醉如痴,低徊身世,甚属茫然。

萍兄则大饮特饮,醉不知事,呕吐狼藉。各兵士亦有醉而乱性者。

入夜得镇图书,因即乘醉草以答之,并家信一通。是时因感怀身世,百感于怀,乃吟成一首,题曰《除夕有感》:

又是残冬一岁除,时光荏苒过如驹;
悔我年年空度岁,欢影惊嗟颇有须。

2月4日　晴　爆竹啪啪,旧历年开始也。早饭罢,与诸军人往街上而去,两旁店铺,春联鲜红,爆竹之纸落红片片,不异薄命桃花之委地也。因见所及,顿忆及前年今日之徘徊邕市之情绪也。

行至城门欲往郊外,奈其不准军外出,余亦止之。遂登城边作漫步后,再至街上,但行人者均属军人,而脚踏车之租赁,尤半属军人。余不嗜此,故不屑一顾。

及归,亦无聊赖,只围炉食糖而耳。但念及家乡今日之情景,心又动焉。

2月5日　晴　闷坐阅数篇书,无所事事矣。执毛笔书写"闷坐无聊、百无聊赖、情思昏昏,等待着机会吧!前途光明"数语。

2月6日　雨　晚来雨仍不止,今早得特务长约,随往同盛戏院观粤剧。入场后,仍须坐候半时方能开演。余因觉闷,乃与萍往饮茶。途中遇兴兄及同乡李忠良,遂相偕往茶馆饮之。席间相谈相勉,备觉亲切。然每言及身世,则各有痛隐处也。

及十二时半,开演时,余亦至,但其中情节,甚属乏味,各主角人装,亦不值一顾。盖余时,即不注意其所演,因见两旁柱之对联,特有通俗意,兹录之如下:

要看早些来,大关节全凭起首;
且听先了去,好结果尽在后头。

三时许,营部传令兵,入场告余等即归。询以故,乃曰今晚营部诸人特请尔等一饮耳！余等乃振衣而归。

及至，彼等已虚席以待矣。是餐余颇醉，二哥似亦微醉，因言余之求学问题，盖余求学，其固甚愿使余学成之，惟金钱使用，必得自知爱惜。余惟唯唯。

2月7日　雨　余意即欲今日回返羊城，后因二哥又欲返里，故稍待之。闷坐无聊，因往营部借《三国志》阅之竟日，颇饶趣味。

2月8日　阴　早饭罢，略收拾行囊，盖连部即迁移城外也。

余随文书曾毅民出城至连部寓处，略走半里，该处乃属当日之庙宇，地方之清洁，比练兵场颇逊矣！然余得出城而处此不啻如脱兔，盖因于练兵场，出入不便，今此随步所之，无拘无束，心乃大乐。遂与萍兄入街饮茶，略走一趟即出城。但不欲即回连部作困坐，遂向各村路而去，行至阡陌间，心颇娱焉，藉获山水乐，虽冷亦不觉矣。

2月9日　雨　大雨连绵，终日不稍止，闷坐竟日，腰觉之酸。

阅《曾文公嘉言类抄》得警惕句，而悟。诚可读也。

曾公于种竹、放鱼、养猪，为其家之庭训。又其曰“起早”即习勤之要务也。余于此颇信之。

春雷乍动，自今日开始也。

2月10日　雨　雨仍未止，余今日欲启行回羊城也。因雨而止，诚“落雨天留人”矣。

午后，雨略止，但二哥昨因某乡请饮，最醉未消，偃卧不起，余亦不之促。噫，酒之误事，诚可见矣。

2月11日　阴　归心似箭，虽雨，但不能留矣。饭后，与诸人作别，即随二哥至车站候车，奈其车已行，赶不及而听乘下午车。坐片时，遂与二哥至岭西酒店品茗度时而已。

二时，车已行，车窗中犹见萍及连部诸人逍遥街上，见余车，颇望望，余亦伸首告之。车至始兴，二哥面色苍白，余心悒悒，恐染毛病，后果呕吐。余乃为之扶，并以巾拭口唾沫。所呕凡三，方抵曲江。

日来雨水颇多，致曲江余来时一片沙滩，今已汪洋大水矣。各渡艇亦乘此而得有多多之收获矣。

是夜，宿于韶州旅店，二哥因昏不能进食，同行丘君，亦往街上。余一人独自用膳，肉味颇丰，然总不乐于下咽也。

2月12日　晴　黎明，过二哥房，彼已入漱，余为包妥被褥，即预为店。

至车站，候约一时许，方得上车，一路风光，聊复尔尔，只田泽间客缀以青绿色矣。至英德站乃食饭。

及达黄沙已四时，而乘客之下车，接客烦嚣，纷纷扰扰，颇显拥挤。

二哥因怯汽车气味，乃自叫黄包车。余与之约文缘学旅相见，遂自与同行之丘君乘长途汽车。及抵旧寓，各乡友相见，欢形于色。潮弟、华兄亦曾有信至，披阅之下，心中大乐。

二哥即至师部，约一时回来，稍与攀谈，乃相率至新景象饭店进食。食罢即到金龙酒店下榻，余等陪之坐久，遂辞之而返。

2月13日　晴　晨起特早，欲即过二哥处，但头发篷篷，乃与瑚至“美的”修发室修发，及罢，至金龙酒店，二哥已外出。乃转回寓处，坐移时，二哥随至，遂与之出街买物，瑚未从。兄弟二人至各商店采买，时已十时半，遂至越秀饭店进食。十二时，瑚兄因亦随往拱日路下九甫等各马路，采买衣服鞋帽归为小儿辈，及下午四时转回永汉路。

是夜，二哥因倦，兼理明日启行应带之物，遂不出外，余只代其往街上补购零星数物。及返余因便遂入浴。

驯、鸿、瑚诸兄均到，相谈至十一时乃返。

2月14日　晴　十时半，与瑚随二哥至西濠口站，盖二哥今日启程归省也，余与至饭店进餐，席间，略谈及读书问题，并规余自勉。十一时，驳轮将启碇，余与瑚遂辞之而返。

因想回寓处，甚无聊赖，乃至长寿路观《人间仙子》影片。该片为歌舞片，大腿毕呈，殊肉酸处也。

是晚与各乡友出街，余因一时好奇，遂往拍一相片，又买应用琐物，约用三元之谱，过后思之颇自责花费矣。

2月15日　晴　饭罢，至师部领薪，未果，遂至市一中探预备班之消息。其课程似属意，当时即报名，奈无相片，遂止之。

后至教育会询及省师之报名情形，得其称云，所报者，不过五六十多人，余因坐侥幸心，是晚遂趋至《诚报》馆，欲请吴先生钦尧代为出力，奈其不遇何。怅然至寓所，各乡友亦已出街，无聊中，遂草成二函，致浙、潮各一。

2月16日　晴　上午得钱后，遂至市一中欲缴学费，但其已展期报名，余因乐得前往教育会报投考省一师。盖前余犹豫，恐缴完市一中，而得省一师，岂不折亏？或未得省一师，而失市一中之不得而去，又不为妙。今如此，纵使省一师未得，犹得市一中也，乃至报名焉。据主理报名者云：人数甚少，且试期明日，其校当局，亦有示及。余因踌躇。

见吴先生于体育会，对于考省一师之事，盖其已先为说及，只求余名字以便通知耳！余因乐甚，辞之归。

2月17日　晴　七时起身，略梳洗，匆匆携墨盒及笔而出，至越华路，顿忘应带之几何用具，心顿悒悒。但意欲至必需时，或可与邻座借用，遂颇自解，及至教育会门，欲问其确，试期为今日乎？但其局深闭。余因怅怅，乃急步及惠爱茶居一带，觅乘长途汽车至西村，但所停各车，均非西村段之车也。是时墨盒因墨水盈满故，遂溢流而出，余因于街边候车不得乘，及阅各商店之挂钟，已八时，余心有懒意，又以为其必非匆忙于今日试也，遂暂归寓处。

饭后至教育会，欲询其试期于何时，但其办公室仍深锁。余走凡三，不奈，遂乘西村至省一中一阅。盖今日已试已，而且应试者九十六人耳！心中抱歉非常，不异冷水浇背矣。设若余得加与之试，当取录之望也。因此不及候车，遂徒步踽踽而来，日光西照，背后发烧，余形容有如大失意者矣。及夜七时半至吴先生处，彼询今日所试如何？余以迟至未得与试对，彼颇不乐，余有难色。后彼遂给余以书，告以往市一中与黄志伟先生，请其代余帮忙入市一中一切。

2月18日　晴　今日又上元节矣。余因昨日失意，今早四时即醒不能入梦，思前顾后，感念横生，设若稍预备及早起，此后读书问题已可解决，不复作彷徨，何去何从矣……因思至无可法想处，几欲放声大哭，遂辗转床第，几欲呻吟。盖余此次受大击，较前年此时于邕市焉甚。

今日偃卧床中，想入非非，意甚颓败。及午后诸乡友由校返，相与谈笑颇解心中苦，惟寂无人处，动念又凄矣。

是晚因逢佳节，兼因乡间俗习，余等乃加菜而饮，各多颇醉，谈笑几失常态矣。乘醉乃往“新华”观《新女性》影片。

及归，余无事坐略片刻即入睡矣。

2月19日　阴　觑念学途，忡忡于怀，每夜半即不能入梦。思至无可如何处，心焦，欲捶胸矣。

阅读生活书店出版第二期之《文学月刊》，亦无甚心得处。及将月前英文，聊以读下，生疏非常，余因是颇更不安于心矣。噫！岂余总无有所见进耶？……

午后写书一通以致二哥，意即告其回家后，代余将婚事解除之。

日来心绪弗宁，因吟成一首名曰《恼春》，聊以寄意焉。兹录如下：

桃红柳绿缀春光，穿花蝴蝶尽日忙；

休说春来多韵事，骚人正因苦萦肠。

2月20日　晴　日来因失意，脑思失常，省一师虽未参与考试，然犹奢望名之高标，宁非笑话？

午后乘西村车，望望表榜应在之地，仍未忍，再转教育会，乃得如梦之新醒。途中垂头丧气，如醉如痴，不知所以矣。

至寓处已二时，鸿亦由校返，遂相与谈，亦足以消愁闷也。

薄暮往新亚学校受课，校长以改期至星期一见告。余遂至北新书局披阅数页书，又买《论语》一本，懒洋洋归。

及至房中，见桌上有省一师通知书，心顿疑，急展阅：盖欲邀余往彼校读预备班也。余初甚喜，既而思及无英文读，况二哥殷殷望余能于英文一科用功，意又因踌躇，但为节省费用，及欲得实学计，亦不能不去也。盖虽属预备班，但自信必能有升入本科之望也。若不能，则读普通高中更不必问矣。夜中反复思维，午夜犹步入梦也。

夜来梦与二哥在家，团聚首，乐也陶陶。及醒，天明矣，细味梦意，而思及二哥今日或已抵家矣。

2月21日　晴　阅《论语》数页，颇可发笑。饭后与瑚、鸿联袂外出。瑚因至光复路领汇款，余亦强随之。

余不阅女伶，忽忽数月。今重聆清歌，心中颇动。座中聊观时报，心颇不安：夫日本者，侵我领土，迫我不平等之约，孰甚于此，而今也国府中人，咸高呼"与日携手同难也，经济合作也"。诸如此调，高唱入云。岂非予国人以莫能耶？"认贼作父"，此之谓欤？抑或国府中人欲因而借力于日本，而以预世界大战之来临耶？余也因未得知，然反复若是，亦难免为他国笑"摇尾乞怜"矣。但夫国府中人，只求保其位置，遑顾其他哉？

广州市之私立学校，其营业性之显明，尽人皆知矣。观其将招生简章之授人，不异商店中之将大减价之术招求人索之一阅，而望多多笼络得顾客，故随旅店而派简章。余诚叹奇矣。

晚往北新书局欲探书，因其半价出售，致求者拥拥，余袋中水笔为之盗去而不知。归途，探囊，已不翅而飞，心中恼丧，不可言状矣。该笔系自香港，为价九元八角，欲购以应用，除非典寒衣乃可。

2月22日　晴　走访中华中学校之吴先生，至大平沙，大费踌躇，苦无着处，再转头至华南体育会亦未遇，惟蒙该会中人告以其地址，遂往珠光路而见之。余以来意见请，彼亦甚赞此说，并规劝殷殷，余恭为唯唯！谈略十分钟，即辞之而归。

街上徘徊，几同无赖。至各书局，亦无心阅及成行。后至中央公园一逛，即顺步至桃园吃一碗米粉而归之寓处。

及晚往桂园用饭，与瑚、鸿外出，但亦目的之逍遥而矣。

入夜阅《爱力圈外》九十二页，阅力特劲，盖其所描摩轮为有趣也。余以张资平之小说，太涉性欲，滥爱的污浊之形型之人，意欲再不多阅之，惟此册，系其代表作，并列入世界名中，但一阅其全豹，究其如何耳。

2月23日　晴　乘4号长途汽车至金声戏院，欲即叫车子拉往昌华中学报名，奈何，至落车时，街上争看环城赛跑者，纷至沓来，围者如堵，余亦止行，得一隙处而伸首探窥。警察之维持秩序，煞费周章，一时车人均不准通行。立约五十分，彼健儿身手，遂闪闪于眼中过，而巾帼中人，间亦有之，然均不能与男子并驾齐驱矣。及走过解复街上常态,则久立之观众,哄然蠕动,不啻一团蜜蜂忽而散出也。余亦报名后遂返。

鸿虽邀余外游,惟因倦于行,且欢于书,遂欲一味阅完《爱力圈外》而后快也。因是偃卧披览,几忘进餐矣。入夜八时半方阅全豹。

2月24日　阴,上午微雨　凌晨随瑚兄乘黄包车,往越秀学生宿舍进食罢方同其出街。至现代书局购数本半价之文学书,用去一元二角,过后囊中告罄,而遂颇悔不应因一时情感作用,而忘却过需用也。

十二时回寓,即将买来数本儿童杂志等包好寄与民器,并附告以其勤力数言。

将《莲容月》一书,一气阅至下午九时乃完。该书之结构穿插,非常平凡。全书为书信式,即写其著者之童年时之恋爱,然于题旨,尚不少旁写及其当时之环境,其因属一中学师范出身耳,然率能成为今日之文学家,亦谓聪明与勤力而来矣。但观文字,远逊当代名著焉。

2月25日　晴　天气已转阳和,每晨下床,不复加衣亦不生冷矣。上午阅《我弟伊凡》六十页,然其写为一水兵于海船上之生活,似不能引余阅兴也。

早饭罢,补破烂之底衣底裤,方竣事,而鸿殷两兄亦自校归,余不觉时之过,如此快者?

五时半至街上进食,余只食两碗米粉,已得一饱。后至南关映画院,欲一观《神女》片。但再一思维,何必花费?若将此二毛钱,用于有用之处,岂非佳耶?遂离南关而至珠海桥。约须时之凭栏以观河中船只之来去。困倦立欲归,转身之际,忽为一蜂刺入食指,剧痛如割,至夜仍略有微痛。

2月26日　晴　《我弟伊凡》一书,自晨阅至下午三时已告毕,其中亦有不曾细读及之,但全部均写伊凡之生平行而矣。

《随园诗选》偶翻阅,中有衰杂之一首,颇能道出时弊,因而记之:长短衣裳阔狭冠,卅年变换太无端;幸亏仍守当初样,古样重当新样看。当今服装之变换,可谓花样翻新,然,复在从新而矣。如数年之皮鞋,多喜圆头,近年则以尖为摩登。但日来又有以圆头为入时之装矣。夫其循环若是,而一般好逐时尚之流,岂不感其苦哉。但此变幻无常,均属商贾市侩之所为,欲以求利。美观,因人心之作用耳,何能以此而见其丑,以彼而见其美耶?

入夜再读《爱之初试》,至九时已完,但描措穿插,均属幼稚、浅劣,不足深为读之也。

2月27日　阴　晨起已八时,洗盥罢,将《牡丹亭》披览。词意清新,颇能引人。其中有"行来春色三分雨,睡去巫山一片云"之句,诚其文思有独到之处也。又其写丽娘之少女怀春,亦能尽致,不愧名作矣。

十二时,至中华中学校访吴先生,未遇怅怅,回至寓处,至下午三时,再遇其亦不得要领,心中惶惶,莫可名状。

晚餐饮食乏味,抑郁之情几露眉宇间。过友人处亦不遇,余无奈遂至各书局作消遣。但除翻图画外,无所能入眼光。至良友公司,为一时心爱,遂将二毛半钱,购得《中国明星写真集》,但过后又甚悔,不应买多此无聊之画片书也。

七时半乘车至《诚报》馆,见吴先生,得其告以明日可得介绍与省一师之校长见之书给与,余乃唯唯。而步行归次沉思:日来奔波为此,可谓疲矣!但为立身计,岂惮此烦乎?惟屡屡授人助,深恐吴先生有不堪耳。

今日得萍兄一信片,其大意:日来生活——入学兵后之生活颇感苦闷,但实逼处此亦无如何乎。

2月28日　晴　八时十五分,搭慢车至江村。余因未识去路,且苦无同行,遂询路旁小贩,蒙一老妪指示,乃循其所指处而去,阡陌间行约十分钟,始抵校门。该校校舍及各场所,亦能完备,惜无以绿树以扶助耳!余徘徊于间,观览其宿舍等,不觉已十一时,而该校某先生,乃对余等十数人曰:尔等之来,因属诚意,但若人数过少,亦恕不能开班也。总之,尔等暂回,且候学校之通知为要;即欲旁听者亦于该封信说及。余颇扫兴,但亦望能得旁听也。

十二时,再搭火车而归,惟此次,乘客拥挤异常,真有比肩接踵之慨。至广州已一时许,余觉之饿,遂至桃园食米粉。再至吴先生处,幸得其留下一函,即给余携之与龙校长请得入省一师肄业也。余心因亦告慰。二时半,至"天星"看《妇道》,心颇感:夫王保生之浪漫坏蛋,而遂不堪造。而王母之老景蹉跎,临死垂危而无人待服者,莫不由于少小时,家庭教育之不良所至乎?小孩之管教,岂可轻忽哉!若为父母者,一味放任其为所欲为,过分体恤则必害其终生之毒剂矣！可不慎耶？

《爱力圈外》，余得友人施君介绍，谓为张资平之代表作，并列为世界文学名著，余而向往者久矣。苦无购买之力，今借于瑚兄，遂一日而阅竟之。

该书之主人翁，系属军阀时代中之军长的小姐。为家庭种种损害、侮辱、欺骗，其虽欲有所应付，裁判其丈夫与姐姐通奸，及母亲之纵容。但为礼教、家声之不许，遂逼于忍人之不能忍，而又不可再忍，于是乃出走而堕落。但家中作祟作邪之人，反得好结果。以此观之，岂非社会缩型欤？一般忠实人物，反遭逐之海外，而奸邪之流，而得于国内操权，何有异是？不识作者亦曾有意及此否，余非书中知己者，不敢妄下判语耳。

3月1日　雨　春雨绵绵，竟日不已，余欲往江村，因雨而止。

早饭后，鸿、殷两兄搬房，余因类如无巢小鸟，聊傍其坐过此闷日矣。偶翻《闺秀佳话》，其文其事，亦强解人颐，因于床中与之周旋，几忘窗外雨声。

稍倦抛书，与鸿略谈乡中韵事，顿忆：侄女明日为"于百"期，因而想及今时，其伴娘辈或者群集大唱其出嫁常有之歌矣。设若余置身是间，更复何求哉？兴念所及，心神向往，但奈何。

下午五时半，冒雨至学生宿舍访瑚，途中念及旧时寓处，不无留恋之意也。至瑚处聊《切身问题》，聊以一阅：赵景深，其不过一初中一年级生耳！但果能成名，余惊为之叹服矣！但其或亦因环境造成之也。设若其生长偏僻三家村，纵有绝大聪明，亦何能展其抱负哉！

是夜与振奇兄相谈甚殷。是夜稍暗，遂与瑚、鸿、振奇，及其同乡一行五人往街上。但为雨，遂将桃苑茶室为之避，九时许始出而返。

3月2日　雨　今日仍雨如故，但为解决读书问题，不能因而再止矣。

九时至粥店，食火鸭一碗，又念及家中今日宴会之情形……九时半，至黄沙，大雨淋漓，车票亦未曾启售。余只低徊沉思：及见校长时，将如何措词，如何……十时十五分车开行，十一时抵达。但校长已入城，不得进见，心中恼懊不可言状。惟其校中人说，预备班业经决定开办，遂稍安。归途忖思：日来奔走，用心可谓苦矣！惟不知能邀蒙苍苍者之不负否耳。

至鸿寓处,得见其入学通知书,心中甚慰。又有萍兄一信片:其大意即谓二哥之部队已入赣,希二哥即来回部主持一切。余因即立书二信,一致明波先生代转之由,顺道余此后读书之地址;一即与二哥,请其毋多留家中。

3月3日　阴雨　学生宿舍光瑚、振奇两兄强留进,"却之不恭",余乃诺其所请。食罢至文缘学旅,得洪兄自柳城来信。余前月曾一函致彼,询以乡里之情形并商及对付婚姻态度。今得其裁答,亦颇孤怀也。

十二时出街购备入学应用文具,颇费时间,至落雨乃返。入夜与瑚、鸿、殷诸友至各书局阅书,余买《新小说》《当代诗刊》两本刊物。时又值雨并觉生寒,不耐久立,遂与瑚至学生宿舍宿焉。

今日寄与洪兄一信,并萍兄一。

3月4日　阴冷　午后过访施礼,不遇,只与厚基兄略说即辞而返。

六时许与鸿至开明书局,忽见施礼,诚巧也。与之走探各书局并间谈对于文学书之心得,蒙其示及名著数本,惟因无余资再将购书之用,故终未买也。

拱北楼,开市甚久,余未之光顾及之。今夜始与礼、鸿一往,余所饮为二楼,盖其较经济,但灯光暗淡,余颇不安于席,惟既来,亦强坐之。席中相谈殷:从来每见报载大学生之失业,每引为怪事,殊知今之所谓大学生,类多马屎外面光,究少有具大学之智识。其失业,岂非必然哉!礼兄云,其同乡某君,方高中一个学期耳,而今实于大学本科肄业矣。如是三四年而后,混得毕业,能何技以献世耶?夫广州大学者,不过数间而矣,然其取材已若是,而上海北平,何堪设想乎?"华而不实"之若许大学生,其失业也,又何足论哉!

3月5日　雨冷　春雨绵绵,竟日不已,出街购数物,归至文缘学旅与鸿、殷谈,不觉时已入暮也。

3月6日　阴　晨起,辞瑚兄而出,至文缘访鸿,盖其犹未下床,余敲门呼之,俟其梳洗后,遂相与至广大路叫一辆汽车驶至文缘搬取行李。余因恐至江村站,一人难以照料行李,乃要鸿同来。

搭十点十五分车,十一时始抵步,至校询其当局某先生,其只含糊告余暂住于忠孝斋。余与鸿至此,甚觉生疏,乃暂放下行李,又至训育处,询及入舍手续,谁知彼曰,尔若预备班即麻烦矣。盖该班因种种关系,未之开办也。当时余不啻忽遭一盆冷水从头淋下矣。遂将日前由吴先生处得来之信件,亲请见校长,乃蒙其予以旁听,但观其心非快愿,余亦无可奈何,并陷入无可去路境地中。聊以安之,亦云幸矣!且读此学期后,是否能够继续可读下去,何能计及哉!

是夜辗转反侧,奚能成梦?而同房之郭君亦于是日识之。

3月7日　雨　终日淫雨,大可闷人,且学校各处,均成泥泞难插足。余因人地生疏,愁肠谁诉?只倒卧床中,欲一睡过之,但千愁万绪,缠绵脑际,诚百思莫解矣!

余两日来与旧班同学同桌共饭,大受其奚落,今日乃调至四十五席与新同学矣!夫旧同学之与新同学,常有格格不相入,诚比比然也。今日见旧同学上课,有着木屐,有穿拖鞋,有着长衫,有穿灯笼裤,五花八门。余不觉为之不解,奈此间乃系省立,何有此现象也?况更为师范乎?噫,余不知彼等所为者,为何方式也?

罗君今日午后,由省亦至,寓于余房。其人倜傥,且好胜,于谈吐间,尽可露其面目。是夜尽将其平时之创作,及其有得处,均为余与郭君言并出以示,余惟唯唯耳!

3月8日　晴　早餐后,与沈鸿仪、黄培彬、罗镇洲及刘君,作登岭之游。随后行至江村街上,而之附小,略坐,又至高唐,徘徊赏观,无所见也。只见其姑娘,娇羞答答,与广州小姐,诚有天壤之别矣!

校近各田亩,农夫日来已从事深耕下种,其耒耜,与余乡无大异也。因而念及家乡,情思又为之乱矣!

3月9日　晴　明日为星期日,今日虽然开始上课,但是无书,只得暂由各主任及校长作训语而已。

午后因无课,余乘机往车站入城,欲采买煤油灯及应用之胶鞋书籍等。一时许乃得搭车,二时许方抵西村。余因减省耗费,由西村步行进城,但觉已饿,遂至茶居吃一碟河粉。再行,时已三时许,余因亦不须进膳矣!

五时至同乡处,彼等犹进食也。蒙其询以来意,余据以告之。彼等又将积余兄由武宣给我一信授,余展之,甚积余兄垂念之殷,并羡其文字之清洁可取也。

六时至瑚处，适彼仍在进食中。后与之一行四人，同缓步至越秀山而永汉路，徘徊，觉倦乃返。余将今日所省下一角车费，买得《陶渊明诗话》及《琵琶记》。

是夜，买胶鞋一对，价一元六角。

3 月 10 日　晴　晨起出街买煤油灯一盏。十一时，至光瑚处吃饭，十二时又与四人出街，一时半至文缘稍坐。阅报，见阮玲玉因为婚姻之纠缠，被迫不耐，遂于九日下午自杀，余不觉为抚叹矣！

二时半至黄沙，至茶居吃河粉，三时搭车返此。入夜，写数日之日记，手腕为之酸。欲写信，几不能支，因蚊多不便露脚桌下，致缩脚于床上，已麻木不堪耐也。

3 月 11 日　雨　学校今日已正式上课，余晨起特早。

各先生多有讲北平话，各同学间有为之叫苦，余勉强能领略。

于课余，余写书三通。一致吴先生钦尧，告其入学情形，并请其将来仍须照顾等。二致本县县长，请其代作证明书，证明余以前师范讲习所为三年制。三为答积余兄前日之来信，并作友谊上谈。

3 月 12 日　晴　一年一度孙总理逝世纪念日，又临及矣。本校上午仍上课如故，至十二时始行开会纪念，当时一二中心小学校，亦有所及。

余于散会之高呼口号，已绝久不呼矣，今日重来从众举手，但亦不过聊以敷衍，非复当他热烈之唱破喉咙也。环视各同学亦比比然也。盖其亦感着此徒狂狺之无谓乎？

会散后为植树，余因念及事非关我，徒从之何为？只踽踽独行，形影相随，殊堪单调，犹如被弃者。诚然余以为旁听之所以为旁听耳，彼学校的一切，与我何干？因念于学途彳亍似无进，未来前途茫茫何处？若此学书不成，更何颜以对为我培植之二哥哉！盖其莫不时时指望余能有所建树，而尽力为我着想，而我反自暴自弃，其谓之何？且白发阿母，属望亦殷。噫，今日之我，应何以自惕耶？且行且思，状甚颓丧，欲得消愁处，但仍未果。至江村圩，买完二毛钱信笺封，而至车站，遂入一茶寮，啜茗消愁，其状郁抑，当露于眉宇矣！“颜愁有人见，心痛无人知”，余沉思得此二句，可堪自咏矣！

3月13日　晴　早饭后，致施礼兄一信片，告其入省一师之大略情形。

午后上课，各先生均作"注入式"之讲解，索然乏味，余思之至"空中楼阁"去矣。

余不弄玩笔墨，半载于斯，今晚忽颇萌学写之意，欲将离家后之遭遇记之于纸上，以留他日纪念，若以籍以沽名，则余岂敢！盖欲图此者，非再研讨而易得耶。

3月14日　晴　上午为植树时间，余即乘机进城，候见曼哥之来。九时至车站，车亦甫停，余匆促购就票，遂一跃登车，至西村转搭长途汽车，抵文德路已十时许，觉饿，乃入"的式居"进食。

至文缘旅店见各同乡。彼初见余入，鸿即曰："已见信乎？"余反愕然，未知语从何起也。彼乃出曼哥留与其咭片示余，余随即依其寓处访去。

由往黄沙车中下车，即至白云酒店，至三楼312号，但其已外出。余至名利旅店，乃见四哥与文明，相见之下，喜慰交集，略询各人何处。四哥云："彼等已外出早餐，余俩因迟故，遂追之不及。"余乃与之同往饭店进食，街上见善光，食罢回寓与同来之三哥民器各表侄、远明、老江等一一相见，喜复何为。但曼哥未知往处，未及即见，后乃命民器往"白云"查询，幸时已回，余乃率各人一同往"白云"见曼哥。曼哥即将三四哥及各人同来之意说明，又将如何处理家务，母亲之情形等情，略略说及。十二时半，余乃率各人往海珠桥观光，随永汉路见曼哥于雪明映店，即同至美丽映相店，余四兄弟及侄儿一同摄影留纪念。又至五层楼纪念碑游赏，至寓处已四时半，各人亦颇疲。

是晚因候曼哥，遂不外出，而各人乃将家乡之事大倾谈论，喜悦之情，尽露眉宇。余诚有"共君此夜不需睡"之愿，谈至十时，曼兄始返，欲拟往大新天台游，因而未果，惜哉。是晚鸿、殷、瑚及辉山均至，热闹异常，相谈至十二时始各散。余与四哥、曼哥宿于"白云"，各人散后，二哥即以余之婚事商于余。盖曼哥及四哥均劝余必不可解除此婚约，因为减少阿母过心。余虽已抱决心，但此时，亦已糊涂，不敢于曼哥前直言，亦谓怯懦矣。余兄弟相谈至三时，方停谈话。但余思及阿母思及家乡思及自身前途，竟夜不入梦焉。

3月15日　晴　昨夜未之入梦，闹钟已敲六下，曼哥亦下床。余乃起身，唤四哥醒，略穿洗等事，各人亦继续至六时半，余等乃乘黄包车至黄沙。临行，曼哥复与余于月台上相谈家中事，并关余自身婚姻求学，劝意殷殷，余不觉感极欲涕之零。不久，汽笛呜呜，火车开行，余乃与各人略点首而别。

余别彼等独自踽踽而来，一缕愁绪，何可言宣？但愿彼等前去一路福星。

至"白云"取曼哥留下行李，至文缘八时许，鸿殷仍未上课，余乃将行李寄与之代为保存，并约鸿十一时过坐，同往购水笔。

余至团后处领小洋二十元，再过光瑚而来鸿处，与之同至拱日路买水笔。途中略重昨晚各人所说家乡，别恨离愁颇可忘之，至太平桥，足亦酸倦不能行，遂至茶居，略坐，方再行。

于拱日路徘徊约二小时，始买就一支八元八角之西犀利水笔。盖余原不须买若此贵价，但性也好买名贵，不可勉强得矣。

因囊中不济，乃将戒指卖之。盖在曼哥面前，余未通知也。今而出此行为，何以对曼哥？余苦心诚多哉！

是日致雷县长一挂号信件，请其代证明事，并黄绍裘、杰兄，请其代请县长证明。

3月16日　晴　余因欲考省一师续招，故今日必离开广州而来校也。至校方十一时，余乃至茶寮食饭，归即略整书籍，即至教务处报名。

两日来，因走倦并失眠，且因及别离之愁怀，乃无心阅书，遂不觉入梦焉。

入夜一信致黄先生景德，请其代为证余师所为三年制等。

3月17日　晴　重阅前时日记，于二月二十日，有一段为记夜来梦与二哥同至家中骨肉团聚……前日二哥来，亦云是日返抵家，余于是觉梦中之巧矣。

今日考试，各科均属平易，惟余未之预备，故所答均未能称心。但国文科得见其评定分数，不及格者多多，余幸而能及格。夫来试，岂非均属毕业生乎？而亦何有若许之差者？余之得此，亦不云弱矣！故自问颇堪自慰。

饭罢，蒙郭植秀学兄出一信贴余，展之，乃为施兄由广州写来耳！施兄词藻绮丽，余不觉深佩之矣！

随即与郭君一同至江村散步，回时联床对语，属意甚殷，郭亦谓学德修业有素之人也。

3 月 18 日　晴　余为谋来此求学，可谓苦矣，自报名于第一次试时，即奔走图之，至今无时不苦心求之也。其情有不让君子求淑女矣！昨日经考试，今日往探各先生之声息，据云：成绩不错，惟恐文凭之问题耳。余不禁自慰良多。

上午写给家中一信，告知与各兄、侄等相见之情形，及对余婚事之处置，并请时时安慰母亲……

升俊处，余与之有些意见不合，遂分飞劳燕，不相问闻，半载于斯。今二哥谈及遇见其，并与之同照相，余因欲好奇心动，遂写一函致彼，请其将该相片贴余，俾得转与二哥。

饭后至十二班教室补习英文。所读仍浅，惟该先生腔调近北平，固未惯听者不易领略正确音焉！

薄春，徘徊草地，惠和春风，殊荡性胸怀，每唱《落花流水》之调，思亲之念又炽不能折矣！

3 月 19 日　阴　忽得吴先生钦尧之令尊逝世讣闻，余顿时踌躇，不知以礼之，既而得友见告，下午乃入城，备以酬之。

下午四时至文缘学旅，各同乡询以来意，便而告之。坐略谈，五时许，至越秀学生宿舍，欲藉与光瑚处得一餐，奈其外出，余颇怅而返。再与鸿至米粉店，用一毛而得一饱，于是即游玩马路，至九时许方至光瑚处就寝。

3 月 20 日　阴　晨往街上采买挽联，余本欲节省起见，而取布料为之可矣，但又思及二哥当亦具名，岂不有失孤寒？后决意取较好之诸如绸之类作之，用去二元八角。

午后，与天鸿出街，但苦无去处，鸿最终邀余往茶室，吃八宝饭。

入夜，与光瑚往大新公司天台一行，又用去六毛，但其味索然，观者寥寥。而无人睬之野鸡，容光似甚失意，无人赏识，诚可怜哉！夫观其色相亦不致丑，然没落至无人顾，其此，亦不云命运哉？

3 月 21 日　雨　今日雨犹未止，天气因而冷极，大有严冬之气候。瑚因雨而不上学，余亦因与之倾谈。但余因昨夜为蚊所扰而失眠，今日不觉昏昏睡去矣。

饭罢当街取挽联归，欲即与伙计们送去，但雨总未见止，乃暂放下，且待明日。

入夜,鸿亦至瑚处,兼振奇同乡数人,谈笑甚乐。

3月22日　阴　今日气候冰冷犹劲,余未及穿上褛!车中甚冻,回校加冷衣,犹未觉暖,何也?心寒乎?身寒乎?

余见郭兄后,询其是否出榜。彼即曰:闻说教厅因开学已久,尔等已不能照章取录矣!嗟乎!余前日之兴头之程度如何,即今日失意之程度矣。当余之闻此语,不啻冷水浇背,不寒而栗也!余方喜自后求学有途,可按级而进,不复作彷徨前路之苦矣!谁知天公有如是敌人以难堪事耶,噫!命耶?……郁郁情慰又复见矣。

黄昏后,思之,不觉放声大叫,欲以泄此一缕,但其能哉。

跋弟久不闻问,常有念及之,今乘牢骚之心情,乱作一书问之。

3月23日　雨转晴　今日为学校六周年纪念,惟天雨未止,因迟迟未能开会。余早即抄书一通,致二哥告其此次投考之情形,及未能开学的事由一一写就,并将日前各兄弟同照之相片附信中给之。

十二时许,乃将膳堂为会场,余亦聊以赴会。但礼仪简略,来宾除第二中小校外,已无别人。礼成有舞狮、国技、小孩跳舞,但此亦不过略为点缀而已。下午雨稍止,余亦往观国技,但余自有伤心在,能有意及此乎?

因念方阅报章:今日乃为观音诞日,广州妇女亦有为之作生日忙云。因是不觉乡念顿起,盖余乡年年此日,妇女辈均结社饮酒也。而前年今日余正与诸同事领小孩往郊外游,情景犹历历如昨,不觉又一岁。时光流转能无慨乎?

晚餐为加餐,每桌有四元零钱,但余感之味如蜡耳。"伤心别有怀抱"是所谓也。

入夜书一信致潘重山先生,聊申明:余与其令爱之婚事,欲请其主以解除之。

3月24日　晴　余每欲探访前曾到本县作余教员之余显明先生。该人和蔼可亲,高视阔步者可比。余因是仰之久矣,惟无问津处。盖别来忽忽三年,其地址当有更动也,但想及莫所长与之交厚,当有书往还,遂写信致莫所长代为介绍。莫所长自离余讲习后,即往雒城县充教局长,迄今归并,谅当仍长教育科于县府也？书中大意，略述余离所后之生活及抵羊城之投考事，并询其余先生之地址。

镇图兄不与闻问二月于斯，今乃聊书数行附于重山先生函内致之。

雨后，空气颇清，且晴而无炎日，遂与郭君往高唐中山纪念林游。一路谈论，颇解几许闲愁矣！及至亭榭，远眺所及，各处村落田舍，青山绿野，焕然犹一幅风景然！胸襟不觉为之一畅。

3月25日　雨转晴　晨早雾浓甚，山色模糊，白茫茫一片，地上泥泞，出走未便。

余于婚事之见厌，与同房之郭君亦略说及，今日闲坐，郭君重以叩余以详，并询乡中曾否有爱人。余答以未之稍近女性，彼颇不信，经再坦白曰：余本坦真，对任何人，均未曾以虚伪谎诈之言，以饰己错也。郭君固信余，乃曰：余亦视尔甚忠厚之人，但若有其事，何妨言之。盖尔不愿娶乡村姑娘，何不于城市求之？余曰：余之所以不愿与村姑者，即欲与村姑结合耳！郭君曰，然则何解除此约为？余曰村姑非独我所订之伊也！郭又曰：同一村姑也，何舍此而求彼？余喟然曰：余憎之故，乃欲解耳！盖其蠢无动人处，岂不同之过此长长之一生耶……余两人谈兴颇浓，适有未上课之空堂，遂聊散步田塍间，互以谈吐。郭君亦觉此校历理、教育、设备等之不良，颇有不满。余亦自知未有相当科学根基，强以栖迟，否则何足恋恋哉！既而仍谈及文学之所见到处。如郭君者，可堪为友矣！

3月26日　上午得二哥由南雄寄来一函，盖余甚惑，何为其逗于南雄。及展，乃知该书于十七日书也，但何迟至今日方至？若此之邮递，诚误却几许之情事矣！二哥书内，略云因团长回雄，固迟一二日方能继续前进，并嘱就近往广州送挽联与吴先生钦尧之父亲……

午后，有朱时雄君方入房同住。因相与攀谈，并同之外出散步，朱君谈吐亦忠实谦逊之人，非轻佻者流也。其并约余春假同之往中大新校舍，会其令兄，并观赏其校舍，余因乐与应之。

3月27日　日前与郭君相谈，郭君谓国文教员讲解甚为机械，至其言语，犹如一副机器之音，余今早复细听之，诚不爽也。“老气横秋”可堪为其写照矣！

代数，余因几度返省致未得稍顾，今日乃将以习之，虽未全不知，但亦生疏，非"驾熟就轻"可比矣！但愿自此努力，当无不有进境之叹也！

3月28日　晴　昨夜风雨交作，震撼书窗甚烈，及早往视各地低洼处，皆盖水分矣！

午后为美术课，余平素不嗜此，并事非关余之为，乃与朱志桓君至江村至评珍楼，啜茗消愁，又至中山纪念林稍坐，而返。

途中见持枪之民兵，纷纷由一广场散出，而前行间有黄衣之宪兵首尾，并一军官一行。余私猜必为某一大官莅此视察也，既而于墙上见"欢迎范委员"，乃恍然知范德星视察来也，而此乌合之散者，乃后备队耳。

夜饭后，得二哥由新城（江西）来信，其大意即日随来之兄弟们已有着落，而叫余于四月份所得之留薪，购物以寄与之。但四月份，只方足以还前与瑚、鸿所借之数耳，乃于灯下疾写一信告之，请其且俟五月份，并将余暑期回家否之意，及婚事之意见，请其裁答。

3月29日　阴转小雨　今日再习代数，下午上课，但余总专心听讲也。晚饭后往上英文课，先生因开教务会议，未有上，余即往茶棚吃糖，但思及日来又消费太多了，若长此以往，漏卮何补？因又慨然日来学校退回前所之学费十元、书籍费五元，故几将无钱之苦忘之矣！

3月30日　雨　上午为作文课，余欢而应课，题目为《造林之益》。余一气书成，词句之修饰，余未之顾也，及交卷出堂，而同有未之作稿就者，比比皆然！

今日气候转冷，虽加衣，但仍冻不可耐，无怪同学之披上棉褛矣！午后四时许，将日来所阅之《倪焕之》一书阅毕。

其内容大部侧重于乡村教育之描写与应改进，夹写及当时"五四"与"五卅"中之时代情形。其穿插手腕，间中有所不脱茅盾先生于后面《关于倪焕之》一文评也。但其文字措词，亦可取处。余之识此书乃为礼兄介绍耳。

光阴流转，不觉又一周矣。今晚应享乐之时矣。但乐何来哉？无不尔尔之一腔不伸的郁情矣！

3月31日　雨　连绵春雨，诚苦煞人矣！何怪古人引以为"欲断魂"哉？早饭后，因雨无所去，聊将流行之《渔光曲》学唱。音调高低快慢，甚不费如何功夫,当可成唱矣！余因是乃萌学心,俟清明假进城,当请各友人教也。

“饥寒,饱暖”,诚哉。盖饥饿时也,寒似倍于饱时,古时之措词造句,殊非凭空捏造矣。余在未进食前,觉凛冰不可耐,及饭后觉暖焉。由是,乃深感些意。因怕寒故,乃上床和衣入睡,将《琵琶记》阅之。阅至十六回,注意力即不能保持,遂昏昏思入非非,至下午三时许始下床。

晚饭后,得杰兄一信,彼告曰其已收到余寄与之相片事耳！

余固犹婴孩学语,夫文学为何？正所谓“稍识之乎”耳！惟当初期时,于国文科较颇知趣,致及阅读写,亦独嗜此焉。学校之考试也,亦每每以此见长于曹辈。沿及年十六肄乡师,因得曼自外时以小说书寄回,因得识以展读,即将向所好之。论说文、抒情文之短篇搁之,复又于朋友处挪借,遂将大好时光消磨于是矣！及年十八,离校而执鞭小学,尤不改所好,但是时,渐入写之行径矣！致东涂西抹,得稿成秩。客岁,因得曼兄力助,再入学途,于是乎孤舟东下,学于羊城,早夕得与同学研讨。但自念所阅所见“相形见绌”,不无少见寡闻之憾焉。盖余地处僻壤,文化塞固,于文学接触甚少,故今日之寡见,不能不归咎于环境也。设若身处都会,早与文学接触,自信今日或不至如是之我也！但果尔身处都会中,是否有此沉静之头脑,嗜好书册？岂能预必哉！或恐沦为浪漫之青年矣？然此亦因人之自制力如何而矣！又岂能一概而论哉！夫余县城,虽非大都会比,但一般青年之赌博、嬉戏、游荡而致堕落,时所闻见,而余也尚有今日,不为所染,非自制力的有所决定,而能及此哉！

今春,余决然投此校,事前未之商于曼兄,致后为其不满,但余因性好所宜,遑顾若许耶。夫来此也,因功课较闲,故偷得闲工夫以阅文学之书,并间写以短文。盖余于小校时,曾写十数篇,迄今因诸多不定,致半年来欲泄胸中事于笔墨间,而总未能如愿,诚可怃然。以后当再振作精神,有所写作,以留他日之纪念方可也。

余负笈来此忽忽迎月矣！回忆此月之过去,所得为何？每当人静夜深,思之惘然！

盖今也虽属附读,功课甚闲,但将来考试,不无于今日有以自为预备,以试之也！奈何，一月于斯，毫无所学，则将来何能望取哉？虽然，往返省城，大费时日，致心神弗定，故无能有功亦非无因，但愿此后，勿蹈前路可也！

夫于此，三年后，所学甚有限，且观其管教、设备等亦不足以恋恋，但费用廉俭……于余之需求，颇适。若万一不得，则再转他求，非无去路，惟恐时间金钱多于耗费耳！且数易其校，未见愿于底成，对人对己，问心何安？嗟乎！吾将何以自爱自勉耶？

4月1日　阴雨　阅《琵琶记》，其写赵五娘之孝事翁姑，虽颠沛流离，典钗卖裙以为翁姑食，无改移始终……处，诚可谓贞节罕有也。

浙兄（萍）飘零遭际，殊可悯！盖人生而遭此失意事，可谓折磨甚矣！彼苍苍者，何累人之深耶？余今晚，得其信片，观其一腔断肠词句，凄然不忍卒读，不知慰以何辞矣！

洪兄，余素所敬仰也，今晚亦得其手示：属望规劝殷殷，诚可告慰！

无聊甚，遂将答萍兄之信写完，大意：慰其忍耐待时，勿过自苦，并说余近日生活等。

4月2日　阴　霏霏细雨，闷何言宣，虽欲潜心研究，但因冻无束遏日，诚有可责处，若长此偷懒，学何以成？吾当谋所以勤力方可也！

《琵琶记》午后阅完，但就其全部而思之，不能不说其太夸口于序前矣！夫其全部中心，不过极力表扬孝妇之贞节而已，至文字、歌曲亦属平平，岂列为名著哉！但此为余之陋见，胆敢胡言？惟尽我自知自语而已。

余因一时心急，遂决明早搭早车进城，但又自思此区区早夕之事，尚未能保持，一时数易，何以大事为？

入夜心思恍惚，不能研究他书，遂将复洪兄之信写完之。

4月3日　阴雨　早晨天犹欲雨状，余与朱志桓、李荣林、湛锡侯兄，秉伞即出，至车站略等火车即到，车中坐一时许，而纷纷扰攘复杂之广州，已再见矣！

至文缘访乡友，彼已上课去，余寄存行李后，即跟踪同来诸同学去，奈遍寻不见矣！余乃独行街头，甚属惆怅，且衣服多泥垢，殊若万里涉跋来也。

潮弟，久不闻动定，系念殊殷。今午于天鸿兄处，得其转与来信并相片，不觉欣然放怀。盖其月来已将沦为饥饿之境地矣！因是每作无聊之空想，乃向讨论“人生之所以偷生者，乃为有幻想的期待以引诱耳，否，夫乞丐……之徒何苦欲生哉”。余思之，果非谬见矣！

向晚至光瑚兄处，又随之至街上一行，但仍无所见闻也。惟幸遇施礼兄于书局，得与之联袂行，可慰驶想矣。

4月4日　阴转雨　上午十时，施兄如约而来，余不觉大慰！俄而郭植秀兄亦至，余遂一一相与介绍，随即进食。

十一时与瑚兄一行四人，至文德路买旧书，余因其价昂且无可观之书，遂无所购。回文德路转永汉路各书局。儿童书局，因半价故，且为儿童节日，故购者纷至沓来。店员为应接不暇，余混杂群中，拥挤而接触曲线，肉为酸，魂为销矣！余于儿童书局买得儿童书十数本，欲以邮侄儿。余虽囊中无多，但其平价故，不能不忍之购其一二也。至开明书店，余又买《创作三步》一本，本欲买《罪与罚》，但恐钱不敷用，故待二三日后，再购买不迟也。

余等因行之倦，乃相与永汉公园稍坐，又至施礼兄寓一坐，乃出。此时已二时许矣！郭兄别余他去，余别瑚兄至“美的”剪发。

4月5日　阴　荏苒时光，不觉清明节近矣。吾邑习俗相沿，年年祭扫，多于今日（农历三月三日）行之。今见外处则不然。客中，偶念及年年祭扫事，忽增无限伤感。犹忆前年今日与诸侄儿登山祭奠，而今天涯只影，凄然于中。

早饭罢，相鸿、瑚乡友往“新华”观震动一时的《空谷幽兰》影片。片中描写尽致，表演入神，幼子思亲，慈母怜子，凄惨动人。余当时亦几不能自已矣。阅后，仍觉余味津津，欲再重观为快。诚不愧为名作名片矣。

薄暮再同诸同乡出街，后至逸仙茶室品茗，花去八角，但味索然，毫无趣味。席中瑚兄言及归乡事，余亦颇起乡思。

4月6日　雨　晨起间闻爆竹声，顿忆及清明日。饭后，郭植秀兄如约而至，稍坐且待施礼兄，十一时犹未见其来，且不断细雨，遂不久待。余于同乡鸿、瑚、殷及秀兄五人而出，沿途游人及夫登山祭扫者，络绎不绝，而野鸡车往来如织，余随口喃出“车如流水马如龙”之句，秀兄即回曰：“马何有？”余不觉呐呐。

余等为藉览沿路风光，乃步行而不乘车，但至中途，满道泥泞，汽车拥挤，且蒙蒙细雨,各个均苦于色。至抵信校,适长途汽车到站,余等得上车,至黄沙河,细雨霏霏,不曾稍歇。余等均冒雨前往,尚无退意。山麓有卖竹杖者,行人间有购之,余犹不知其作何用。及至山腰,方悟其当作扶杖上山之助也。

山脚有濂泉古寺,但形状萧条,无庄严之观也。余出该寺后,拾级而登,仰首举望,直达山顶之石阶,殊多峻峭。余等稍坐,再继而登,俯视下界漠漠水田,阴阴绿树,且山隙泉水深深,颇偿跋登之劳。惜此时云雾蒙蒙,不能远眺,而第二峰巅已云深不知处矣。于是余乃与秀、鸿两兄往能仁寺而下,此时殷、瑚已不能从焉。夫能仁寺设备庄严与堂皇,令人生畏。苏曼殊大师初入空门之地也。其门外一联,亦即其遗墨也。惜其中厅堂,绝少其画其书,诚予人不解矣。余等略走一过,即由原路出,途中买面包聊以充饥。游兴犹见艾,惟因雨而遂不留恋矣。至白云酒家,见殷兄,及拖之同进食。食罢,已二时。余等遂至沙河乘车而返,各个衣履润湿。此行殊不值也。惟当我之来,而登山者,犹不乏人,盖彼等谅即乘兴而来乎？但岂保其非败兴而返者？

是夕于殷、鸿处进食,略为添加菜,但余因肚饱不消,觉之味如嚼蜡。

4月7日　阴　今日起光瑚不出街,余乃往礼兄处,约之同行,后行之疲乃至涎香楼品茗,共话衷曲。而谈及抱负,礼兄欲于明年赴日本,余甚嘉其意。由茶楼出,余即同其至其处坐。余此时顿闷闷,四时至文缘坐。六时许乃至光瑚,但肚忽觉饿,乃知尚未进食,但摸荷包所存已无,乃与瑚借取。至新开张之四美茶室吃河粉,其座位及食料点心均清新,余不觉乐而忘穷矣。

4月8日　阴　今日忽起怪愁之念,与诸同乡似有远别之留恋,此余未有也,今日忽破例,殊有不解也？余郁郁一腔闷气,几如沉醉,其为穷乎？嗟呼,余若此用钱之无量入量出,将来必致发生穷的苦矣！

此次进城,尚存十二元,莫不预买需用各物,而今一无所得。囊中只存五毛钱而矣！车中久坐,不无疲乏,至房中和衣即睡,及醒头昏昏而微痛。

家信,由秀兄转给,盖内容即说收到前月寄与儿童书并最近之信。又大哥主持家务,亦能如意,在大和之钱,仍未得。今修整铺面所用,暂与光璧兄借云云。

晚饭后,又得潮弟一信,其已请假返里云。余随即于灯下作书一通答之。

汝霖兄,余前曾有书致候,迄今始得其答。其情形环境,亦不能怪之迟迟也。其书中夹有古诗五首以表两地相思相劝相望。余不觉即起诗兴,因而依韵和之凡三首,今记于月之杂记篇。

4月9日　阴　晨起颇感寒意,鼻塞、头重且痛,自思恐染病。设然,岂不措手不及耶?将何以自处?早饭后,入睡,头更昏重,起而散步,仍不胜风寒。

及晚见日光,身稍暖,洗漱后,略爽,与秀兄漫步车站,相谈甚投。但至房中又感头痛矣。

4月10日　阴　连日因感冒,未能舒服,若处身家中,余当静卧待病矣,顾今则岂敢?一旦成疾,茶汤谁问?犹是,则不能不强打精神也。由此,而念及家居之可贵矣!乘闷将礼兄与《阿霞姑娘》一本小说一气阅之竟,但其结构如何,均不能有深究。只将其作消遣品,书中所写,亦略得概念而已。

今日代数应作者,不下五十余条,惟余觉脑痛,不能多思,遂止之。余近来归思甚炽,但为求学计,似不应回家也。学不成而递尔归,何趣者?惟除枯燥生活,孤独单调,不得不藉归思之乐以磨消此闷忧也。至暑期是否能成行,岂可前爻?

日来望各方面来信之心,甚急。前日所得家书,本拟一俟二哥再得函来时,即答之,但今三数日未见,因恐便彼等依望,不能不即复之也。

4月11日　阴　今日略见清爽,惟鼻仍塞。课余,无以为遣,聊作明信片,疾书数十百字与润芬,藉与之相问耳。

日中阅《创作三步》数十页,因精神不佳,不能一气阅之竟。晚上习英文,颇能领略,不致生厌心也。

4月12日　雨　黎明,风雨大作,铃声阵阵,然屐声犹寂,余亦懒下床矣。

食早粥回来,衣履淋淋,不异落汤鸡焉。而有未带及伞,只作望天长叹已耳!夫由是,不禁叹学校设备之不周。

余数日来,由头昏疾痛而鼻塞、胃不消,今又患咳矣,苦哉!几日不见信至,犹怅惘。

4月13日　阴雨　日来囊空阮郎,壮士无颜,斯之谓也!

早饭后入城。因得友人托代取衣服,故余乐得挪作已用。于是即日往南关映画院观《桃李劫》。该片主角建平，以忠烈之热情，而处于奸诈之社会，有被弃遗之可能。其虽苦斗之精神，但不能迎合当时社会之潮流，故终致成堕落之青年。诚知一木支大厦之难也。

4月14日　晴热　春雨闷人，半月于斯，今日忽见阳光，不觉一畅。

中午与瑚至“天星”观《蛇蝎美人》片，夫其以蛇蝎之毒，而喻美人之害，诚可称矣！“一笑倾人城”往古来今，何不尔尔。许全固一赳赳武夫也，但一陷黄梨影欲色后，颠倒花红酒绿，而致家散人亡。而于梨影也，以娇冶奔淫而愚弄男性，玩久生厌，弃之如遗，迎新忘旧。噫，美人乎，美人乎？尔果特具心哉？

下午至越秀学生宿舍，汗流浃背，余遂买一毛钱热水入浴，一月来未之浴，今始得一浴，其快如甜。

饭后，同瑚登越秀山一游，双双倩影，触目皆是，私心不无乎“见猎心喜”也，但自问，何达此之艳福？又起奢望于未来也。

4月15日　晴　中午始得领留薪，且与同乡稍一坐之迟，不意时间已迫，虽尾车亦断不能赶上矣。因是不能不再逗留一宵也。

4月16日　晴　实余想之不及也，甫至校，即见放假布告，余甚悔知之已迟，又更想不到二哥有挂号信与我也。及阅后，始知为兑票，着余代彼往邮局具领兑款，而办夏暑衣服转寄与之应用，余乃趁假即时转车入城，领款买货矣。

至黄沙已一时许，行步抵邮局，出汇票与之，得大洋四十元。余于大洋之鉴别，未谙也，乃为邮局中人识破，彼乃慰曰：“尔安心但取之，如有未能售出，可来随换！”余见其措词诚挚，信之，后往十三行换银行券，果尔不有挑剔之嫌也。转至下九甫，采买荔枝绸、点梅纱等。余于此一道，亦间未之光顾，故好丑之分，质地如何，殊贸贸耳！“篷门未识衣罗香”是所谓欤？于是乃至“不二价”之商店一探真价目后，方敢赔价焉。

四时许，由金声戏院前门乘巴士车至财厅前，再于大新公司、国华、觉民等商店买完其所应买之物品，至文缘同乡处已五时许矣。

4月17日　晴　余未多谙及缝纫，故今早缝一包裹，费一时许方蒇事。将该包往团后方托付后，已十一时，觉有微饿，思食，但余因欲一尝四美新茶室之饭味，不能不忍饥，以待时也。

午炮响后，余即于中央公园行至四美茶室，品茗充饥。而同好者，来者纷纷。余食一盅八宝章鱼饭又一金腿角，颇可忘饥。

至文缘学旅，草一书与二哥，告其买物寄物及价目等情，书竟已二时许，欲往永汉一阅世界冠军名片之《兰闺飞凤》，不之及，乃徘徊永汉路购一手箧；又至北新书局，选买活页文选数篇，后至越秀宿舍与各同乡共同进食。

食罢散步郊外，夕阳残红犹悬西山，清风徐至，温和宜人，诚可快怀，皓月亦微露东方。黄兄曰，今日又是十五矣。余因而忆及前年中秋日，于今曾几何时？七月于斯矣。余离家来此亦将一载矣。

4月18日　晴　日来金价大跌，每钱不过拾元零几而已。二哥此次买物，剩下十元之谱，余欲免多耗费计，即拟将以换一戒指，预为他日不时之用。今早又思，下月零用何由出？且二姐丈前给余钱代买绸，迄今何不即买与之，俾其早日得裁制，否则五月份，仍亦必买与之也。于是遂往大新公司，买四毛二分五一尺之荔枝绸一丈三尺与之。因其太小，乃将两张旧棉毡作一包寄与大哥转之。

十二时半至邮务局包裹处，候至一时半，方能得办邮寄之手续。但寄物者拥挤甚，且余多识投寄之方致无所适，后得某人指示，方按照寄去，直至二时半方完事，麻烦不堪矣。但经此后，余又增此一道之常识多多矣。

至学校，适开饭时间，余发现于桌上有信片、信包各一。读之，信片乃为潮弟由乡回邕来之通知讯也；信包，是升俊兄寄相片来也。但照片遍觅不获，后问郭兄亦不得头绪。余不禁恨疑交并，该包内只留有一信纸，即俊兄说复信迟之由及其行踪，又问余是否收到其所作之《人面桃花》一书。而包纸上，有“欠资”“内夹信件”等字，但照片不见，不知邮局或学校之如何扰鬼也？余固极欲一瞻俊、曼哥之容态，今既不得，恨何能抑？但徒唤奈何，余不禁自叹缘悭也。入夜，复潮弟俊兄各一书。又余因寄包裹与忠哥，乃立即写一信告其查收。

4月19日　晴转阴　《教育概论》课为讨论问题，中有“人之发展与教育有无关系”一题，各同学均面面相觑，瞠目无以对。后有一同学，乃登坛于黑板上写明曰：人类不受教育亦能发展，但总不能免环境和遗传之支配……且不受教育之人，不能有相当基本技能……”而更有亦好出风头某君，立起曰“教育于人之发展不相关，环境与人之发展亦不相关……”云。及下课后，争辩纷纷。

余以为，"环境于人之发展不相关"之话，则不大合理之谈矣。又"不受教育之人不能得根本技能"亦又太说之不近人情。但此种种问题，即世界各大学家，正不能肯定其说，何况吾辈稍识之乎之小子，何苦饶舌？诚如郭兄谓彼辈此争，实不异大病新瘥之人，递尔行剧烈运动不自量矣。闷闷无以遣，特书一笺致二哥转其知俊兄近况。

4月20日　晴　夕阳斜照，晚霞流丹，惠风吹拂，荡怡襟怀。晚游郊外，乐也！余今夕无英文课，得与同学逍遥而去，盈眸苍翠，花鸟怡情，殊足以寄怀也。

高唐河岸，余向未之临，今得郭兄前导，沿堤漫步，花艇罗列，不下十数艘，余讶之：夫是处也，圩镇之最小耳，然操生涯者，犹不乏人。于今世风，良可深叹矣。

行行重行行，而至普惠医院，时已暮色昏昏，而院中少妇三三两两，闲步花丛树阴。余等莫不起"临淹……"之感。余不觉脱口而言曰："彼等何苦作'闭关自守'？吾们与请其'门户开放'方可也。"同行者亦笑曰："是何能！""然则逾墙相从可乎？"郭曰："狂猖色胆，若岂能此？"……

余也，年及弱冠矣！然女色犹未尝试，故每至欲火中烧，或受女色之刺激，情不自禁矣！奈何？

4月21日　晴　昨阅报载，谷雨日，雨晴可预卜一年之丰歉。但又一说，若是日晴即麦可大丰。诚各置其说，莫衷一是，究不知谁是谁非，但观今年如何，当可知也。

今日忽忽，不知所为，聊以英文略读，注意持之不久即觉松怠，转换千家诗读之，朱淑真有"谢却海棠飞尽絮，困人天气日初长"，此二句者，可堪此时咏矣。

余中午不觉昏昏入梦，醒后甚倦，俄即晚饭矣！一日之逝，疾也如斯，思之不无感慨。但余又欲其此二三月间，若飞快驶，而得早日决我此后生活。不然，如今忽忽，心神怠慢，殊可闷怀。但此矛盾心理，亦可谓人生常常于矛盾中生活也。

4月22日　晴　晨早习算学，颇得心会。拟自此朝习算学，夜学英语，非不得已故，不愿怠懈也。

早饭后，得绍裘来书，除数句寒暄外，即云："所求县长作证明事，因其恐生意外，不肯即诺。”但其均误会余意也，因立复书释彼所误，但未知其乐于为力乎！人情流水，应知求人之不易也。

俊材表侄，因遭列入本省兵役，乃迫而随二哥远涉赣省。今日亦有函致及，请代探学校。余见其尚具向上之心，甚嘉其志，遂亦立答之。

4月23日　下午雨　午间往体育场观花县师范莅校作友谊篮球赛。日光炎炎颇闷热，乃乘暇往烧热水处露天洗身。夫堂皇之省立学校，而际此暑天都无浴室，宁不笑煞人耶？余每不解此矣！晚饭后，方往上英文课，忽雨，但一霎时耳！此亦入夏之现象乎？

日来电灯已备，今晚开始作课室自修，余亦从之。但室中哗然，邻室尤甚。甚有敲桌作歌，类若歌台。噫！当局主人，何以处耶？夫如是，于学业之研讨又何裨益？但何苦作此课室自修，而又装聋作痴以放任，究何补于事？吾观此自修时间，不异为学生集团谈话而设耳！

4月24日　晴　余自校以来，每饭肚必闷饱不消，因惑之，食量不增于常也，何而臻此？再思，乃悟，夫致此之由，实由于食之速，不加细嚼故耳！识是故，欲不再犯，但若行吾是，则菜送已空，奈何？

日来，闷闷，怀归正炽，无他可消。今夕读放翁诗，吟兴不能抑，遂成三首，聊用寄怀耳。

怀　母

凭栏怕见白云飞，几度思亲伤别离，
何时酬此青云志，好买孤棹得乐归。

望乡二首

（一）

极目西山云气深，危楼凭眺苦吟身，
天海茫茫家何处？望乡应有断肠人。

（二）

极目乡关云气深，凭栏闲眺苦吟身，

万里飘零愁远道，故乡芳草为谁青？

4月25日　入夜雨　早饭罢，得莫前所长映辉先生自罗城县政府来函，盖即复余前月致彼书意也。关垂殷殷，足见师生之情。虽阔别数载，然一片惠爱之心，犹不减当日。余因极感之！并将其示及余显明先地址，乃于下午书一信径寄白鹤洞，协和神科大学与之。但该校迄今曾否依然在办，未之察也。因是曾书以同学会转之，到否，不能知矣。

人夜往自习，又得萍兄自南雄来一函，词意悲观，不忍卒读，盖失业之苦，情不免也。嗟呼！

4月27日　晴转雨　余前曾将婚事，及暑期旋里否等问题商之二哥，尚未得答也。今日得其由江西大庾老池江圩、松头圩来信，乃知其已依余之意而行，并着余暑期旋里接老母及二嫂来棉市稍住，使之得享清福，以稍慰其此生之劳。又余若回家必得前往其处，俾得资以返，并同三四哥一齐同行。余因是，乃立答之。余初实欲得返家一行也，但最近又变更意念矣！因欲利用暑期往补习各科学以应试。今既承二哥此意，必须决于暑期至其处商之也。

余若暑期，投此校不获取录，似再习英文，但蹉跎岁月，转辗其校何以对人对已耶？嗟夫，今日之我，果能有为于他日乎？幸运之说，果乎？但幸运何以注定我之一生？吾几欲问卜于城隍庙之算命先生矣。

4月28日　雨　方进食，烦嚣之声哄震膳室，有破向例。再侧审之，乃知教室中有粥粥群雌在也！而各人争欲藉享眼福，如渴如饥。余饭后，趋之前一瞻芳颜。环肥燕瘦，体态绰约，衬以白衫黑裙，尤见其美。雨止，三五成群，从斋沿过，苏君竟依门逼视昂然。后，余笑谓之曰，君此为可谓“一嗅余香死亦甜”矣。

盖彼辈之来，乃为旅行而非专参观此校来也，因由某先生语及，方知为中大初中部女生焉。春雨闷人，而巧得彼姝之来，颇可消遣多多也。

4月29日　雨　昨夜梦精故，今日精神困疲，脑思杂乱，竟日无作事劲，意甚颓唐。

午后至图书室阅新到杂志，但此之所谓新者，书肆中以为旧本矣。惟余为消此闷人雨天，舍之何求？

脚气病患者，日来数见。今见于报上，谓致病之由，乃因食多量白米而少维他命素致之。菜蔬、生果等含此素颇多，若多食之，即可免矣。盖果否，余固未知也。

4月30日　雨　今日雨犹不止，学校道路泥泞，不敢插足，故各皆苦之。余因是思及乡居，每当夏令霪雨道路烂泥，不异此矣。

今日演算代数，下午即往图书室阅杂志，一日时光又从此消逝矣。

余日来思想甚为复杂，并往往矛盾。如此时光，无不望之疾驰快走，了过之，但思"所获何物"，又慨然一叹！此校之一切，固非应值恋恋也，即今亦顿生厌心，但又恐求之不得。回家，余固时不忘也，但自问学不成，何归为？心又懈之。惟每念及骨肉之逢，家乡之乐，归思又不抑矣。究余之其去其留，诚不自决，夫此矛盾思想不知免于何日也。

5月1日　阴转晴，晚微雨　今日重新研究，但倦倦情态，每午即力不能支，不能不抛书偷闲也。

下午厨房中打骂之声大作，余为之乱及，往视，同学大多蜂拥而前，盖即同学中与一杂役殴打耳！虽闹之如是繁乱，然各教员未有见出之解之，故管理上可见一斑矣。

5月2日　阴　十九韶光，忽忽过矣，花落花飞，随春俱去，触景生情，何免有感于怀？

因有吟成五言一绝，聊以寄恨，亦即余作五言之开端也。

啼　春

又是春归去，百花零落中，
林莺感寂寞，声声怨残红。

下午因校中理发匠未暇，乃往江村圩修发，余所到理发店凡三，乃就之。盖前到两间，均须候之片时，余不耐，遂出。至校已将及进食矣。

5月3日　阴　得余先生显明由白鹤洞神科学院来示，心中大慰，并感谢其犹念当年师生之情，殷殷询问。至来询各节，理应答之。但面晤非遥，笔墨总不能罄也，因是乃主书一明片致之而已。

早饭罢，往高唐领取欠资信件，沿途花残风老，盈眸苍翠，盖已入夏时节矣。至高唐镇上，适值今日为圩期，各乡民入市买卖纷纷然，以其街窄故，形颇挤拥。余挣扎其中，苦甚，偶见贩李者，所售李果，大如小杯，乃购其一尝之，味不见美也。

由邮局得一信，展之乃瑚兄之无聊相问耳！诚败兴而返矣！行来颇倦，遂至评珍楼一歇，食点心三碟，至校已一时半矣。

5月4日　晴　午后无课，余因昨夜梦精，精神疲糜异常，思欲一睡安之。但转辗反侧，百思萦怀，以致终无成梦焉。

晚饭后，与郭君作散步游，沿江村路行之，兴意索然。殊无去路也。及觉之倦，乃于龙校长果园之土坡石凳上稍憩，至校已灯明灿烂矣。

余觉闷热，入浴后身颇爽焉。李君荣林，过邀往茶棚品茗，余乃应之俱去。郭君及谌君亦与同往焉。

5月5日　晴　日来颓唐，思之悔忏不已也。但究学何科？夫如代数之二次方程式，向未学，今既学之无师无友以作辅导，其将何能了解耶？故余每觉所学未精，诚由环境所限以致今日。自信聪明才力总非逊于一般人也。

早来脑较清，乃着手作一文，乃应课堂先生所示之题耳！该题为《山林泉只可为隐者所居论》，观之，似乎太近呆板，构思颇费时，但余岂可遂作江郎才尽耶？因而草成一篇，求其练习，他，不之计也。

晚饭罢，与郭君、李君，入江村各小巷一游。途中遇见三数小姑，破瓜年华，对人觉羞，余不觉为之动及欲念矣。至德基女校，亦见于农圃作灌溉事者数人，但咫尺天涯，无不望梅止渴耳！

下自修课再同郭、李品茗消遣。

5月6日　晴　烈日颇热，纪念周本不欲上，但又欲知校长报告情事，故不能不往草场为炎炎日光晒矣。夫皇皇哉之师范学校，简至礼堂都无，可慨也夫！

余之倦，耳亦微鸣，精神虚弱，可知也。将进食，得赖君告，即往信箱得一函，乃为施礼兄由羊城发也。信中说及省运大概情形，并将其日来神态及心得略略相告，余甚感之。

5月7日　晴热　昨夜梦见永别之相识者一女郎。相遇甚欢，及醒后，依稀犹记一二。噫，余之与彼者，只相慕相倾之情耳！苟且之行，未涉及也。故云雨情怀，空贻梦寐。

旧年东下后，曾屡忆之不置。亡何，噩耗飞来，红颜终成千古矣。余心颇为之戚焉，惟悠悠生死，迄未梦及。昨夜忽得此好梦，不啻搔及痒处，因吟成一首，藉表悼忆之情，但终嫌不达意，今强录之：

传来噩耗倍伤情，何乃苍苍劫我卿？
黄土从此埋艳骨，天涯惟剩断肠人。

电灯忽又不着，余亦不得不于房间自修也。但时时闹此事，此校能再为我置何言哉？约八时许，烛火腾腾自江村起，同学多怪呼，噫，不知何家之幸运又遭此殃矣。

5月7日　晴热　及午阅苏君新购之《新生周刊》。中有一篇云："今有人多因触景而伤感，以至消极，如春去而伤，秋来而悲，年老而叹……凡此种种，莫不皆由自然而致之，人何能止之？故与其徒作后悔，不若努力于前……"余亦以其说之得当焉。

又有一段云："夫写作者，心贵能引大众之情感之力，方能称为佳作，如法国某作家写一个绅士，于某晚整饰服装，着白手套，预往某一舞厅，路次偶见火灾，因袖手以赏玩，忽一工人强之为救火事，彼固推，后因被逼不已，遂加入救火，一身华丽衣服，尽为之污损，但该绅士反因是而觉工人之可亲，及此事之可宜行，乃悔前绅士之行，与恨当今绅士之可鄙……故此篇《火灾》的作品，最成为名著，受大众之欢迎。假如其写某绅士之不觉，仍醉昔畴之行，不同情于一般工人，则当不动人若是矣。"

下自修课，承郭君请往茶棚啜茗，余固觉饥，今此宜矣。深谢郭君之情！

5月9日　晴　车中见玉蜀黍已上市，心颇感。夫故乡今时亦可见此也耶？月来未得乡讯，思之潭潭。

十时抵广州,各商店次第开市,余形同无巢小鸟,街上徘徊,无从适。移时至饭店进食已十一时许,乃到同乡处,彼辈方进食也。略相谈笑,亦解岑寂。十二时许,余辞之往各书局——北新书局新迁地址,遂踵及之。杂志甚丰,余因贫故,只得以一观而已。

行之疲,欲往茶楼一歇,但囊惟二毛,恐不见用于市侩,奈何!于是乎遂将此买一份探海灯,所盈遂以食一只雪球,余今新尝此味也。五时许至光瑚处,得彼邀食晚饭。食罢入浴后,遂相偕之观音山一坐,郑君亦与俱焉。

余固满想瑚能留与余二元之用也,故遂不顾有无只往化之,今致成阮囊,借贷无由,但自取耳!夫用而无度,苦可见矣。

5 月 10 日　晴　得瑚转借与小洋一元,欣欣即往体育场参观省运。及至会场前,观众纷纷观,而各运动员五花八门之装,亦次第炫耀眼目来矣。予人以较大之感者,莫女运动员若,尤以其着短裤者为最。以其太窄,故被认为宝物者隆然凸出,殊肉酸极。但彼均泰然不觉也!噫,岂染有欧风之色彩也欤?自此而后,演至何种程度,可想见矣。

余逡巡场外,欲购票亦无觅处,故形单独影,状甚狼狈。岂余于体育一门,终属门外汉耶?此时踽踽,极感丁零之寂寞。盖当满怀闷懑,无处诉申之时,独自散步郊外,或至僻无人处,则宜。若夫热闹场所,人数纷纷,独自行动,殊感凄凉。吾今日觉之矣。后由背面得售普通券处,余乃购其一而入。全场风气,似乎未见紧张。各健儿亦多呈倦态,盖已数日于斯,此现象固然也,惟至拉拉队之高唱预祝之声,各运动员落场之际,庄严与洪壮可见一二而已。至会场之布置,可称完善。观其夺得锦标之健儿,荣耀甚矣。余固有所忆感及畴昔:盖当年亦曾于本县运会中露头角之健儿也。惜,吾邑文化未开,故主持会务一切,均属马虎而已。但迄今岁迁年移,年龄日增而大好童年已永逝矣,而当之长今安在?

吾观之将及终场,夕阳斜照遂归。是晚,忽忆今日为浴佛节,吾乡亦为当作佳节过也。因觉热,遂与瑚往茶居啜茗。盖余犹剩四毛钱,可作茶资也。

5 月 11 日　晴　今日因穷,未能外出,只与洪作促膝谈,至午后,将皮袄往押铺典得四元,预为明日往寻访余先生之用。但所余即往永汉路惠爱东购书籍数本、墨水信封、灯笼裤。是夜,与同乡出街,但总觉无趣。

5月12日　晴　晨，鸿、殷均至，略坐即往美丽映相馆照一相。盖各人行将别离，劳燕分飞，此后当无从再相聚首于一处，因此遂照一影以作他日之纪念。

早饭已，余即与瑚搭利南5号巴士车至沙面白鹤码头，稍候半时，遂得由电船渡往白鹤洞，需时十五分钟耳。一路两岸，各大规模之工厂，多属外人经营，殊令人有无限悲感也。

船抵码头，余乃与瑚循一路径去，行不远，而黄色瓦面之房屋在焉。余乃依其信中所告而至梁发堂，但室中寂焉，偶见一媪，叩之，遂得其情，乃至礼拜堂。余先生此时正在听讲也，及回首见余等，遂即邀入座，约半时，祈祷毕，余先生乃笑逐颜开，抚余相偕至彼卧室，殷殷尽其主之礼。余受之殊惭，由是彼乃询及当年与之交好之友辈，及吾之同学之消息，余亦一一告之。坐移时，彼即领余至校中附近漫步，又至课室、图书馆参观。教会学校之设备完美，与真光女校在广州名闻籍籍，盖亦于白鹤洞也。余先生亦导余等至其旁观之，校内莺燕不下数百，恨余不能插足其中，领略个中香气耳！“侯门深似海，萧郎是外人”，能不慨焉！大学之情形，可见一斑，惟其院为神学院，每班不过二三人耳，故不免冷清。但彼性质乃为研究基督教，此环境亦有其所适也。

行行而至镇上之一茶寮，饮者均属耕罢归来之平民，如余等之光顾者殊凤毛麟角。

余欲辞之而归，余先生曰晚饭后，吾当与尔同往广州也。余因诺之。余先生出画报杂志多种为余消遣，但热殊难奈！

饭后，与之绕道大街口渡艇，艇欵乃西过河南大阪码头，所费各铜元三枚耳，较之坐电船省得多矣！余先生遂告余等此后若往，取道较省用也。一路行来，彼又规劝多端，余均感之而唯唯应诺其忠诚三教。夫如是之先生，殊不多见也。

由大阪码头直行，便得凤凰汽车至中央公园下车，余先生乃转搭广新车至中大，临别相与握手，并约余今月十六七日往参观其行毕礼。入夜，热气熏人，余转辗不入梦，及将晓大雨骤倾，乃得凉意。

5月13日　雨　今日，因昨失眠，致精神大颓，乃于文缘学旅午睡，四时许始醒，窗外风雨交作，鸿曰今日午，雨落犹大于此，可谓今年来空前未有矣。

5 月 14 日　阴雨　余觉依居朋友处,感焉不安,思欲早日返校,但限于囊中如洗,无奈何也。因是偃卧终日,闷煞不堪。

午后殷得款,乃与之借买水壶一只,又蒙其请往四美茶室啜茗。至出饮罢,已十时,余亦不欲再重扰瑚处,故只借小洋一元,往加宾旅店开房,借宿一宵。余感岑寂,遂邀鸿与俱,是夜谈吐甚投,但多近女儿事耳!

5 月 15 日　阴　十二时得款后,余即辞同乡各人而出,但恋恋欲一睹影片为快,于是乎,即乘 1 号车至“南国”观《上海 24 小时》。其内容结构,顾其名即可知必为写都市之情形,观后,平凡无得若何之印象也。

今日得钱买邮票,遂将写来几日之信凡三,一一寄出。一封即答吴兄漫萍于南雄,一为致英杰询以乡间韵事,一则答莫所长映辉所问余先生之情形,又留一通与礼兄,告其因别事萦怀未能前往拜访之意。

余于车中,满想至校时,必得各人来信,谁知抵步后,杳然,心中耿耿。饭后往厨房欲开膳,但厨房曰,君无停膳,何开焉?余愕然!诚盖当余出省时匆匆,忘写停膳也。嗟乎!余岂不损一元八毛乎?因给人洗衣服,水笔夹于裤袋而忘记取出,致彼奸图赖。噫!余何晦气如此之甚也?余前后失水笔三支矣!然均不如此次之痛心也,盖此杆乃为余最得意之物,今而失之,真如失宝物也。

5 月 16 日　阴　得二哥自大庚池江来信,甚慰。盖余之旋里已蒙允许。信中并告代其往棉市定制各士兵运动衣裤,但目下暂探其价格与质料如何,立函复之。一俟其再函至,即决意裁制云。余乃决意星期日到广州询问之,但又恐其望之久,故暂即答之。

日来失眠,并且受刺激故,精神疲之甚,容颜亦见憔悴。今日下午一睡恬然,醒罢慵倦异常。薄暮痰中忽带鲜血出,连吐试之,有者凡三,余惊骇病矣!但是否属于呕血症,未得确知。余未触及牙根也,今而血由痰出,宁不怪事?观余目前之神态,呕血,乃可能之事耳!若然,岂不危险耶?余因忧之,今夜,亦不敢研究数学以苦脑也。

5 月 17 日　晴　今晚因开员生联欢会,英文堂遂告停授,余欣然入邀郭君并苏君兄弟出游,载欣载走。比及行至江村圩附近,忽三个妙龄女郎迎面姗姗而来,余等不觉狂喜,顾彼至余等前,娇羞答答,余等亦一瞩而过,但心中若有所失，及回以顾，彼亦回眸频频。余讶之，郭曰：“安知其亦无若吾辈之情感哉？”两苏意欲追之，余以其限于此处之环境，非同广州可比，乃止。既而彼转归，再与遇，但视线触处，脉脉之情，红浑两颊，诚少女之情态也。

玉兔东升，金鸟西坠。是时，钟噹噹，开会时至矣。余亦随众参加，排坐台前，既而表演各节，但总不足一观也，然余亦聊坐以消闷情而已。

5 月 18 日　雨　余欲减少二哥盼望，特于今晨赶车入城，代其探运动衫裤之价格、质地，得以告之。盖今日国文亦无之上，与其白坐以终日，不如早日得以答复二哥为佳也。车至广州，天色欲雨不雨，及十时，余由大南路接洽应办之物后，转到惠福路时，大雨骤然落矣。余只缩头冒雨而奔，情形甚狼狈，他人能毋窥知余为穷小子乎？薄暮立将今日所得之情形告知二哥，写完即携往邮筒投之。

是夜，与瑚兄由观音山而中华路而惠爱路而永汉路，足为之倦几不胜，乃作归意。

5 月 19 日　晴　不得家书，瞬将两月，思之正殷，今晚偶奉家函，喜不自胜。但内中含糊写来，间有不了解处，且云雨水调，杂粮为旱，心又悻悻矣。是夜，即立答以书，并将余与同乡所照之影夹于函内致之。

日来，每咳而多痰，岂患肺痨乎！嗟呼！余月来倒霉殊堪一叹也。

5 月 20 日　晴　精神弱虚，心思恍惚，日来仍复尔尔，未见稍佳也。今晨由耀廷君借得《幻灭》一书，阅以消愁。经数小时即阅之竟。

夫其写少女之情态，与心理病态，颇有动人处。而暗示幽默亦隐藏于各节中，一般幼稚之作诚望尘莫及矣！至其中心，则写少女所追求的憧憬的幻灭。此书乃为茅盾《蚀》三部曲之一也。《蚀》之三《追求》，余前年已赏识一遍。而今犹有《动摇》一本未之阅耳！欲于目前借以阅之。

中午得同乡吴继成托萍兄致意于余，请代与之探同乡中留邕之人，俾得兑款回家。余遂举所知以告，并付致萍兄一函，相以慰问。

5 月 21 日　雨　昨夜忽雨，睡颇得安。今日天色阴阴，无斋色望也。及午，果雨焉。真是“黄梅天气半阴晴”之谓矣。

精神尚不稍佳，故不欲用脑苦思，遂将《中学生》（五月号）聊以消遣。其中有关于《中学国文程度之讨论》：当今中学国文之教学，摄取与表现两方面，都欠妥当。摄取就是阅读，表现即是写作，但今之中学阅读都时时缺少读物，写作亦只限每周一次或间周一次，故不异“仄之笼”以包围，并且笼中又时乏滋养料之给养……余亦觉其论之得当矣。又关于种种智识，均颇得益，及于夜中，仍阅之不忍释也。余自后若囊有余，当按期购以读如何？

5月22日　雨　下午后，余即照例昏昏入梦，及醒矣，疑犹未食早餐。仓皇出门，各同学均于教室矣。坐下静思，始恍然悟。余日来疏懒颓唐，变态特甚，事后亦多自悔不已，但当时无鼓起勤力之气。脑思月来每觉剧痛，岂成脑痛症耶？

余际此时遭不如意事，因而每归咎于命运。但今而由《中学生》得“命运乃失败者之安慰，怯懦者的解嘲”，阅后不异晴天霹雳，当头棒喝而来也。余等旁听生终日不过三四小时而已，所余时甚多，或睡或弈或读，各因性之适，旁无责者，由是朱君曰：“我等学化学专科矣。”闻者皆笑其说之当矣。

午后书一通，夹本校简章一份致余先生。欲再写一通，转告家中信，但限于邮票无着，可谓苦矣。入夜雷雨大作，檐流如注。欣凉气吹拂，但亦恶行路之泥泞也。

5月23日　阴雨　偶将《血花集》一读，全书皆载当日革命先烈之事略与遗著耳！但由此亦可见当时革命魔力，殊能鼓动几许之青年率至舍身以之。从容就义，有忍弃妻抛家于不顾而醉心者，比比然也。故其忠烈之行，诚堪风矣。

秋瑾一女流耳！然国家陆沉，奔走革命，不让须眉男子，亦足少见。其于绍兴之起，组织党会，用以标识之约指刻有诗句，余爱其豪壮气，因录之：“黄河源溯浙江潮，卫我中华汉族豪；莫使满胡留片甲，轩辕神胄是天骄。”

萍兄忽来一信，但总一腔幽怨之词耳。间问辉山先生究于何部队服务，又询余归期……余拟欲即答之，但奈无邮票何。

5月24日　雨　早上研究数学数题，及饭罢，习英文，但注意力持之不久即涣散，岂余近今将及壮年而应有之病态乎？否则何每用脑过劳则剧痛乃尔？

午后阅“达夫全集”之《蔽帚集》卷。《卢骚传》篇之论，颇能为余所爱，于是一气读之竟，盖卢之飘零身世而卒成大作，亦谓有过人慧矣。然其落落终生，一身潦倒，终无知遇，殊堪令人同声一叹也。

闺怨

雷雨声声惊梦频，默默独对一灯青；

容光灭却当年态，儿夫犹是未归人。

余年来，因循蹉跎，愧无长进。东下后，数易其校，然犹未得永寄之所，不啻薄命女郎遇人不淑之怨叹也，因是藉题抒怀，聊以自遣。

5月25日　晴　中午，读《天方夜谭》（又名《一千零一夜》）数篇。其书中皆由多篇短文而集成，而多描写国王等之滑稽故事，令人阅后颇堪余味。

晚饭后，同同学郭、李、朱由江而高唐，穿巷过街，几及倦乏，但欲见附二小，尚无着处。及后再转行高唐尽处始觅达，但校中设备亦未见如何特殊也。出校沿马路而铁路，而至普惠医院前之果园坐，相与闲谈，及暮色四罩乃返，至校已万家灯火矣。

5月26日　晴　早晨百无聊赖，只望早饭而已。饭罢洗恤衫，即往剪发。浴后即将《天方夜谭》一阅，苏曰：该书内容有类中国聊斋云。余亦以其见颇当。但昏昏又欲睡，乃抛之而寻梦去矣。

晚饭已，将《英文一月通》一读，颇生趣，异日当买一本以读之也。

日来望跋弟来信，未见甚怅。料想伊今时当彷徨焉也？否，何不为我一通尺素？

雨夜有感

梦断三更睡不成，撼窗愁煞风雨声；

几度伤怀感身世，檐流应与泪同倾！

5月27日　晴　余因欲听校务报告，特往当作礼堂之膳厅一坐，但所报告者均非我愿闻。既而草率间即于宣誓购用国货之行，情形甚属儿戏，诚未之闻见也。夫由此而可推知其他，实施之效果矣。或曰：其取放任之意乎？

入暮得何文德君致书一函转彼弟者。余遂藉知乡中近日不雨，米价腾贵。又对于民团之征调、街亭之开辟等，皆能知其一二，亦可慰及驰想也。

余每于无聊中，时时惠及往昔，而使莫大之伤痕者，为素称知心之天村弟也。其天性，堪称聪慧，貌更美，少余二岁，自初小而至师所，皆砚窗与共也，时人多呼余与伊君为兄弟矣。余每于交游，非君不快也。惜苍天不吊，遽夺天年，当师所将行毕业之一月，遂一病不起，药石无灵，呜呼！衰草黄土，终埋幽魂。当君之长逝也，余正缠绵床笫，闻耗，一恸皆之，迄今悠悠三年，但每于梦中交游如昔。醒余，辄悲之不置。今特成一首以排遣悲怀。

忆天村弟

幽冥隔绝思怆然，苍苍何不假天年？

思到相逢无奈处，只凭梦里忆从前。

5月28日　阴　上午习代数英文。及中午将高尔基代表作《秋夜》篇阅，颇饶趣味。盖可知其作风与中国近今之作，真有风马牛不相及矣。欲继续阅第二篇，已无再保持注意力，倦倦随将入梦。及醒，精神恍惚，而又惜错过时光。但午睡，日来不能或少，其已惯例乎，当谋以避之可也。

薄暮，得瑚兄一信片，通知我说二哥已有信及款到，请即刻入省代其办货云。余因是喜不自胜，即包好棉被，预明早带入城，免他日出校携带之繁累也。

5月29日　雨　破晓即下床洗漱，整齐服装。及早粥后，乃提棉被向车站徐行。候约卅分钟，车方至，余幸觅得一座位矣。车中遥望窗外绿树阴浓，两山苍翠；近见路边荷塘花开香溢，令人顿感夏令盛景扑面来也。

抵城，诸友均已回校。余无处聊以消遣。及早饭已，往叩光瑚处而得二哥函。惟时黑天云涌，为避风雨计，遂独往涎香楼一坐经二时。入夜，往永汉路买行军床一架，以为今晚下榻之用。

5月30日　雨　殷得家乡讯，余转闻各情。盖余同学（县简易师范所）中人，腾达正有人矣。闻张君即曾有高小校长职兼乡长，亦可谓不弱也。而前曾一度遇师所教员额缺之扰，其广充教员职，有同窗受之，恐不曰命也哉！其他充乡长及社会上颇有地位者不下十人。夫儿臻此者，亦不谓不长进矣。顾我则依样葫芦，能不喟然独叹耶！

5月31日　晴热　早餐已，与鸿往南关映画院观《回首当年》。剧中情事，可堪警惕耽误于灯红酒绿之青年多矣。盖剧中主角乃一五十岁之人，当于五旬寿诞席上，回溯当年之非：而专以卖笑为能事之妓女，送故迎新，尤为令人颠倒，及发觉妓女娼妇之惯技后，痛悔不已！因之欲斥妓女之骗。但该妓女从容言曰："尔知此处乃无仁义道德所乎？"噫！惑于青楼者，可不痛醒耶？

剧散后，天气炎热，头为之晒欲裂，因感无帽之苦。至后方探消息，二哥来款已到，乃转回寓处，携私章过之具领。

6月1日　雨　早往冠华商店，定制运动衣裤。俄而大雨倾盆，余为之裹足，伫立街头约一时之久方能行。但中午仍甚，故是日余只与床作相依而已。夜，与施礼及同乡诸人，往街上一行，但总觉无趣，九时即返寓矣。

是日写与二哥一信，通知其采买货物之开支与……

6月2日　阴雨，晚大雨　荷花逞艳，绿树阴浓，不觉五月五日端阳节又近矣。各茶楼酒肆，莫不忙包粽以应时，但所出售粽食之枧水粽有咸味，此与吾乡之独有枧水粽，则稍有别矣。余本拟下午乘车返校，但午觉醒来，时已过矣，乃多留一宵焉。

是晚，约同乡鸿、殷往"新华"观《国风》片，该片女主角为阮玲玉扮演，乃生前最后之作。余之所以往观，亦因欲觇其最后之风采耳！而其庐山真面目——痘女——幸于此识之。而该片所描目下道德沦亡，奢风日盛，青年男女，自制不强，稍涉繁华都会，每易昧于物惑而致堕落，殊堪浩叹。故作中流砥柱之勤苦学生之女主角，一番教训乃妹之言论，诚予人无限之刺激。呜呼！在此数百十万之青年男女学生，安能转奢为俭，改懒习勤也哉！国风——礼义廉耻——将有挽回之日乎？

6月3日　晴　早上搭车返，得英杰一信，诵读后，归心为之更炽矣。由信中可知本街日来建设颇趋新奇划一，街道亦筑得比前时坚实，各种事业亦次第图谋振兴。但就余思之，夫如此之徒壮观瞻于外表，而内里人民疾苦，岂能无感负担之苦耶？不知彼主政者，何以善俾及此也？

薄暮与同学郭、李、朱散步，至一小，李、朱则他去不相从，余与郭乃并步至校长之果园坐以憩息，相谈甚殷，及黄昏方振衣归。

6月4日　晴　今日忽忽无事可记，早上只将日来未记之日记，补写而已。

傍晚，因无英文课上，遂与同学散步而去，行近江村附近山坡，见各处次第建筑炮垒，颇形忙碌。同学某曰，日来军事闻稍形严重矣，日前各将领多集中羊城，商讨应付老蒋之策也。余顿有所觉，若蒋果尔南飞，则两广当有变动之局面矣。不观贵州云南乎，夫其一任蒋入境后，即有王家烈之被逼弃职，云南则派员监督行政……推而考之，其若果来粤桂也，安能免其无此手段哉！但如两广拒之，则西南之地，或难免师旅之会决。余因是而生戚戚之心。盖如万一战事发生，吾之学业当生问题，二哥于军旅中劳苦亦不免也。但处事必随遇而安，此遽作先虑，不亦杞人之忧耶？

6月5日　雨晴相间　时光荏苒，不期浴兰佳节瞬即届矣，夫一年一度不足奇感，惟念天涯只影，怀念家中，于心不无眷眷不忘耳。

早晨，得光瑚转来二哥一信。二哥两次来款，饬我代之付所定该帮衣裤之需，与代其多购冬物，一俟余去时，即携之去。而余去时之装束，亦于信中说明矣。余而答以意，并致瑚兄一函，请其代往邮局领下该款，又附致施兄一信，略谈日常生活而已。

夫青年男女，当春情发动时，一种性之要求，诚不可抑制。余晚后与郭、两苏、李散步江村，转回普惠医院，得见内里姑娘，嬉戏自在，真是"一枝红杏出墙来"之状。但余等不过作"从此萧郎是路人"之叹而已。

6月6日　下午狂风骤雨　龙舟竞渡，余不观赏者，三年于斯。盖余家乡，地非近河，故诚无缘一赏之也。三年前因旅邕城，得一度一观，但彼时各物萧条，即龙舟亦甚聊以应景而已。

今日得于此见之，亦可人事难以料矣。早饭后，锣鼓一阵阵，间以爆竹，余遂与李、郭联袂出，及达江村，人山人海，接踵比肩，破江村一向未有之热闹。村之沿岸，不少村姑为之点缀。余至已感无立足地，乃渡过对岸，伫立江干。此时龙舟亦次第试樯，艇均二丈有余，两旁划桨之人，凡二十余对，桨划动处，全舟皆一,故一上一下,亦足一观。但因立之久,几不胜倦,遂邀同行郭、李至评珍楼啜茗稍憩。及再出观,仍复尔尔。而夺标竞渡,仍不即时,余不耐久立,遂返。总之,今日之行,所得印象,甚平常耳。惟见各村姑之发髻种种色色,颇有异于日常所见。

及至校,汗流浃背。骤而狂风大雨,如同万马奔腾,宿舍几为之浸入焉,但一霎时耳。

6月7日　乍晴乍雨　为夏之常有也,雨后遍野茸茸,两造之田禾亦次第着穗矣。景物变迁,我则依旧,思之怆然。今日,亦平凡之过去,日虽待饥而食,但思家人正辛劳田亩间也。噫,吾将何以为之报答之?

6月8日　大雨　日来报章所载,中日事件,甚引国人注意,余于国际新闻向少顾及,今则不能不一阅之也。

夫日本向中国之要求,而中国步步见让,可谓忍人之所不忍矣。但日之得我东四省后,望犹未足,中国主政者,屈辱以求和。讵知和平携提之说方炽,华北局面又严重矣,其所提要件,如取消华北国民党、撤职于学忠……政府迫于无法,亦只唯命是从,但彼狷狷日本,意仍未已。由此而观,中国将何以自保耶?然握大权于国家,拥大军内地之军阀政客,反专事内争,共闹阋墙,宁不痛叹夫!

6月9日　晴　早饭已,思一睡,以消此永昼,奈转辗床次,都无入梦。乃草书一通,寄广西大学高中部李润隆表兄,询其归期。欲能归时或与之同行,而减却途次之寂寞也。

午后欲雨不雨,与同学三人往普惠医院前坐,攀谈至薄暮及归。

6月10日　晴　余自校迄今,莫不郁郁胸怀,今日可谓遂愉快矣。

早饭后,往叩校长,请转饬会计补还学资余款,以作归途用。并兼询新生入学试期诸等,均蒙完满允许余请,又略云将来,必取录我辈云。余由是狂喜,幸读书问题再无等托何所之苦矣,然转念学校设备之贫乏,不无再生矛盾之念耳。十五日可离此,归期在迩。乡归自有乐在,惟路上跋涉,辛劳又不免耳!

6月11日　下午雨　自胡汉民出洋后,粤方似属消声,合作可有展望。据报章称,陈济棠将有任西南军事委员长职,而李宗仁、白崇禧、张发奎副之。但是否属实,仍无可靠之说也。惟桂参谋长叶琪突飞武昌谒张学良,由是当今局面如何？不久即可了如指掌矣。

6月12日　雨　事情实出意外矣。在此时间，忽得淹兄一函，盖不接其手书，凡九阅月矣。今朝突如其来，在未展之前，固喜其或得有佳音，为我一闻也；及读之竟，只一片消极之言而已。究其所以出斯言也，亦非无端。但今之社会岂能尽拔贤士能人哉？"蝉翼为重，千钧为轻；黄钟毁弃，瓦釜雷鸣"，比比然也。即胸怀不世之才，亦苦无栖遂所，何况若辈小子，失意一时，于何足伤！而同辈腾达，亦得志时也，又何足羡！要皆随遇而安，是所达人矣。因主书一通答之，并附致镇图一信，告其可往考干部（民团）学校。

同时得到施礼兄一函，词意委婉，文字清新，可知其于新文学之心得，有独到处也。

6月13日　晴　每晚散步至今，最赏心者莫今夕若矣。今与郭、两苏联袂江村行去，不料邂逅普惠医院之护妇三人蹁跹莲步，并亦作散游也。余为情所动，故尾随之。伊辈觉余等，笑声吃吃，如笑我等追之。余则曰："多情应笑我！"郭随即曰："说得其当矣。"既而渐近之，伊等颇感困。而余等更加以游词行过其前，两颊浑红，有异常态。但余又不遽远行，只逍遥缓步，总求离其不远。及医前，伊乃发足疾走，离余等去矣。余只随口一声："流水无情。"噫，如我等者，亦谓猖狂矣。

本校九班与"乡一"，离校在即，辞送之酬酢，日来俎樽为忙。今夕学校亦开欢送会，及会终，有游艺以助欢庆。余亦藉以消遣，观至终场返，但项目的表演甚简单耳！

入夜下雨，余得一惊奇噩梦，醒后颇快。

6月14日　晴　由会计处，余仍得还小洋约七元。日前，蒙其允补还，但昨日约期已至，犹未得领，只以他推托。今日又不见其回校，气之无奈，遂愤然之其门问之，经说其无语对，方将数目算清，但仍无现款，必明晨始得，云盖必由校长处取出方可也。由此可知金钱之魔力殊大矣已！

同行者为苏振益，余觉热不耐劳，遂相与至评珍楼啜茗稍憩，一时十分始返校。途上低地，尽为水盈，田池多满，可知昨夜之雨矣。

6月15日　晴　上午会计员仍未能清还所欠之款，故迟迟未及搭上九点钟的车，于心殊恼。延至十一时始能离校，郭君依依远送，余甚感之，因与握手为别。下午一时十分，车抵黄沙。同行苏君两兄弟，因各他往，遂不相从，余即于黄沙别之而自去。至仓边路已二时矣。

入夜，与同乡数人往北新、共和各书局，联以参阅杂志，各书因大减其价，惟自恨囊空无以换之钱耳。

临出校时，得余显明先生一请帖至，盖其后日为毕业之期，请余往观也。

6 月 16 日　雨　过团后处得留薪二十元，并二哥托某人转与大洋四十元，由部师转兑与大洋八十元。余领妥后，即往各商店代其采买其所需之物，不觉与陈君耀廷见，得伊邀，遂随之至彼处一坐。李君茶林，亦于是日一见，但各因其忙，不能同行为恨。

早饭已，与瑚往大新路买牙筷，及返，觉腿部酸倦，遂至吉祥茶居饮。座中偶见一客，忘携其草帽而出，店中伙计即挪匿之，及该客觉返而询店人，均作图赖以不知对，因究之较严，彼奸者自知不可隐，乃出以还。如是可知其行之诈矣！俄而大雨骤至，余即起而出，及出门，雨甚大，顿觉行之非计，怅怅。

入夜施兄过从，情意殷渥，欲即出街一行，奈风雨不止，遂罢行意，只与对面之姨太以消此夕耳。九时梁君厚基、丘君友大亦过从，但彼来均欲瑚亦加入倒潘宗武之团伴耳。

6 月 17 日　阴　午后欲往白鹤洞，参观余先生于神学院行毕业之礼，其望固殷，然余性不惯应酬，尤以宴会为最，固欲而终止。

白鹤洞不去后，乃至“新华”观生活片，以其所写颇能予人刺激。夫最红之世界百货公司经理，一落为求乞街头，其所至此，亦非无因。盖青年人专凭目前之富有不事生产，而一味躭误于灯红酒绿、纸醉金迷之中，肆意挥霍，兼之商业不盛，社会不景，故促其若是，势之必然也。青年乎，其将何以自爱耶？

6 月 18 日　早雨　是日，往大南路取运动衣裤，又包妥后，再往团后处见军需曾杰民，蒙其明示前去一路之情，并与护照一张。但终匆忙，深更方幸蒇事焉。

6 月 19 日　大雨　破晓，余即略收拾行李，门外雨声淅淅，似无晴意。

至黄沙约二十分钟，车行之际，鸿别余归，顿觉此去之单调，幸旅客稀少，坐位稍舒。车行至源潭,风雨大作,加之车声隆隆,诚如万顷骇浪,排空而来,其袭入车中,几无坐之余地。英德,雨仍不已,旅客冒雨落车进食,余因未便离坐,遂于车中食之。抵韶关时,天色垂暮,盖已午后四时矣。此时适有汽车即驳南雄,余即匆匆叫一夫担,携往之两大包往汽车站。四时半,车行,两旁田园山色,苍翠葱绿,不减他处,惟自韶到雄则多见烟草于田间。

七时许至南雄,街上已万家灯火矣,匆促间,即叫一夫担行李至中山酒店。略卸行装即往街上食饭。余之来南雄,虽属刘郎又来,惟孤独踽踽,不觉生疏矣。

6月20日　微雨　凌晨即下床,随即将曾军需所付之皮鞋、信一件,出门分头送去。至师部见传令兵继承,互说寒暄,即请之带过学兵营一见萍兄。至操场时,彼正冒雨操练不止。此时微雨蒙蒙也,余急欲赶车,迫不及待,遂出。

八时车开行,向大庾而去,至小梅站,两旁峰峦高耸,云雾迷漫,深邃丛林,犹为险要,殊堪称大岭矣。九时即抵大庾城(南安府),大庾形势甚为险要,诚为粤通之要塞也。赣省人民情,穿着亦颇异,即赤脚走路亦着长衫焉。又不论对何人均以老表呼之,犹如广州之先生,湖南之老兄也。下车后即时转过赣庾站搭往池江,但距开车之时尚久,担夫不能待,后上车时,余窘甚。大庾至池江仅四十里,十时即达。方下车时,忽见二哥连上之李排长玉堂,因随之至团长公馆。此时觉饿乃之进,但其所赏者均为面食,余不惯此味,殊难下咽。

一时许,离污浊窄小之池江圩,往目的地进发。路上均属田塍,且当雨后泥泞,不堪涉足,余几为之跌下者,累及鞋袜固不堪回顾矣。至营叫艇过渡,入营部见何司爷及韦上士,大啖茶水。略坐,何先启及罗定忠亦入见,李排长打电话与二哥知而行。据云此行仍须三十里,心为之寒,但若止之,则迟早终须走也,乃振作精神。此去路上颇烂泥,惟山路之窄小崎岖,亦自有其难者在。至十一连处已四时三十五分,又一坐。李排长再以电话语二哥,二哥遂派人前来迎接。李曰尚行十里,但由十一连至十二连之路程,崎岖弯曲,余所未见。前后同行之人后足与前面几相触碰,其崎岖可知。此时感疲甚矣。行若四五,来迎三位传令兵,乃笑以迎,再一坐而行。至黄陂洞已五时许,各兄弟互见后,颇慰其劳,卸却行装,稍憩。移时二哥收操入,含笑问余。俄即进食,席上均属肉类无蔬菜。

余因问,彼曰,此地远离市廛,必往池江购之方可为膳。余因悟此地之偏僻有如是者。举目尽是巍巍山野,葱绿森林,无一里之平原,诚山之罅矣。山涧泉水,淙淙之声,随处皆闻,故农田颇丰。惟自兵祸,摧残殆尽,庐田多化尘土,村中青年少妇,有者寥寥,殊堪痛叹也。入夜,与二哥及其同事略谈时事,彼等闻余之说,不异桃源洞中之人,闻渔父之谈有汉也。

6月21日　晴　饭后二哥与余谈,申言同来各兄弟之心灰意懒,不堪造就,着余带之归。又说余之前途,及其于军戎之进退,家中之观念,老母之收养等等。

中午与善光及邕楼各侄儿在树阴下闲谈……彼初出茅塞,军戎生活颇不惯,时感其苦,故终日郁郁。

6月22日　日来暑气实甚,各士兵中午必沉醉一觉。余苦无便,遂强打精神往善光床中与之谈天。盖今日乃夏至之日,故觉其长日漫漫之较他日为甚。

晚饭后将二哥新买左轮手枪闲打二声,亦余打枪之第一遭也。

6月23日　晴　拂晓,匆促进食,收拾行装,六时即别二哥而行。为安全计,二哥特派一班士兵送余行,但行路里许,同行之老江未见相从,心中怅惘。至十一连,见连长炽峰兄,略谈一二。由是循道而行,九时许至营部,以电话询二哥老江之错路,并问其赣纸之兑与如何。

至池江已十一时许,偶于街上见何光启,遂相与往团部叩见团长。不见,乃转至一间小学见之。余唐突进问赣纸之兑换,彼未之前闻,乃告余往团部问军需。余又转团部,门人几不纳,再申言团长意,乃得引见。自兑小洋后,即与同乡桂树森将剩下之数十元零数(但池江亦无大洋),乃换金戒指而已。出至候车处,坐片刻,车至二时四十分抵大庾,但此尚无车往南雄,故只坐待。余因入城一转,但亦无何可去处,大庾之盛,犹逊南雄焉。由庾至雄,均蒙团部传令兵殷勤慰问,余甚感之。五时半抵雄,与各兄弟至粤华旅店下榻。随即往部师见继承,适不遇,余自入学兵营见萍兄,门者亦放入,由是循路而入,见萍正在洗抹桌椅也。见后怜之,夫人之遭际,殊难言矣。彼见余顿展眉宇,随即同行默然,若有无限情怀不堪言者,既而随至合作社进食。遂谈其生活近况,以后之去向,家乡之念,颇不愿提及矣。俄,坚兄亦至,相见各皆喜悦,毅民兄亦幸见之。

七时许余则辞之出，急步至旅店，见各人已进食。觉太热，不敢能即进食。时继承及同行团部之传令兵均至，余遂与之同行，后彼请至一茶楼啜茶，再至花苍，莺燕集陈，令人顿起高唐之梦焉。

6月24日　晴　四时，房门扑扑，俊荣先余觉，闻声起身，即摸索叩店主门。交清房租后，已四时许，天欲微明，赶至车站，旅客先余至矣。匆匆购完车票，随即登车，余偶坐一女侧，时相触碰，温暖柔软，魂为之销。余虽似向彼靠，但彼不介介于相依处也。车虽巅巅辛苦，然却不之觉矣。

路旁树有五里一柱，以计其程，余遂以表数，试计车行之速。每分钟可行一里，每时可行六十里，故雄至韶为三时。早八时抵韶关，随即转搭火车来省，匆促之际，未能购得南华李。及抵马坝乃买一篮啖之，甜脆甚可口，不怪著名特产也。

下午四时抵广州，下榻文缘学旅。入夜出街一走，再同各人往冰室一饮而返。

6月25日　晴　早上往团后处领所兑之数，得其诺于下午四时可领，余顿快。

至“文缘”即同各人出街买物，下午得钱后，乃同各往大新天台。至时各台已次第表演，最足以动人魂销者，为舞蹈场中之孔绣云女士，当其轻盈妙舞，衬以裂身短衣，尤见娇小玲珑，真疑地下神仙。既而随处行走，而路旁流莺，罗列如猪仔行中之猪崽焉。轻佻之嫖客，则恣意捏摸，彼姝亦未之或拒。余亦穿逐其间，所触软处几忘所以，观其操是业者，诚人生之亟苦事矣，而婆之兜揽嫖客之油脸，有如店中之伙计，思之殊堪长叹。十时半余等遂出。

6月26日　晴　今日仍出街采买回家各物，惟将及中午，炎日当空，鲜能走行竟日，故中午各兄均作午觉。余将数目略计。

入夜欲与各兄往“新华”观画片，俊荣宿瑟不肯，乃止之。

6月27日　晴　早上带各兄弟往观沙面并探船期。“广宽”明日开往梧州，乃决搭之，今日且止首途。

入夜遂往“新华”看《逃亡》片，片中乃映”九一八“蒙难之人民，由东北迁移沙漠，既而转入收容所，惟适收容所之奸客对彼难民甚苛，并有强夺私拉难民为妾妻等……盖亦社会现状之一般矣。

6月28日　晴　今日决意首途返梓。早上过施礼兄处，相与往街上一行，并至茶肆品茗。至中华中学欲见吴先生钦尧，不果，乃一张字纸贴之。

下午二时至桂林米粉店食米粉，即往广州路包车往沙面搭轮。礼、珊、鸿均往送，并于船谈至五时半始别而回。六时船启行，夕阳西照，晒遍河山，格外艳丽，海风拂之，凉生两腋，较热煞之广州城爽快多矣。

6月29日　晴　船上生活，除观风景、睡觉外无所事，余将日来未写日记逐日记之。同行韦君，亦常相攀谈，颇诚各中之寂寞矣。下午二时抵三水，船停至四时半始行，及抵肇庆已三更矣。

沿途山坡，茅舍密布，间有布帆以暂遮天日，状甚凄凉。夫水灾之祸，亦有如是之要者，据云十年来未有之惨状者。

6月30日　晴　早上八时半抵禄步，中午十一时半至都城，下午三时许至梧州。时适值往邕轮未行，余乃即时转搭，由小艇过“民乐”轮已四时许，船即启行。但上邕之船只甚小，故每船中为之颠动甚苦，且坐近烟囱，热不能耐，日记之而暂搁。

7月1日　雨　上午八时二十分抵桂平，桂平副名浔州，桂邕两江会合之地，亦广西一等之县份也。下午八时三十分抵贵县，其间停留颇久，因“亨通”轮中途遭损，故“民乐”为之渡其乘客及货物。船行甚迟，余苦之。

7月2日　晴　上午六时，抵伏波滩（大滩）未过时，颇惊悸于心，盖珠江流域最险之一大滩也，既而安然过后心始释。该滩之旁岸筑有一庙，古木阴森，横匾罗列，可知为古物也。十时十分抵横州，十二时四十分抵南乡，此两地荔枝特多，但其值亦廉，或已将过之时乎？下午六时抵永淳，稍停即行。

7月3日　早雨　拂晓，约五时船抵亭子附近，旅客各个整理行装，喜形于色。

六时，船驶至海关，余即叫一夫担行李，至邕江旅店下榻。时各兄弟急欲步行转乡，余即送之江干，再转回两昌客栈寻同乡不得，即向平旦中学去，得见欧丕鉴兄弟。谈移时，余辞之出，于街上偶遇彝宏，遂与之行。一时回寓所，殷迟余久矣，交还我物后即自去。余再与彝宏至广寒宫啜茗进食，又至中山酒店之旧日商埠公园游览。觉倦，即往叫黄光璧于中山酒店，余即将瑚对彼之说逐一告之。四时辞之出，即至南京饭店进食。回寓洗漱，跋弟忽破门闯入，相见惊喜，余即告以过询不见意，随即同往公园坐坐。入夜与之同榻，相谈至通晓，至遭身世之飘零且不满婚姻事，亦有难言痛矣。

7月4日　晴　曙色微明，余与跋弟即至车站候车，马君先已待余久，见之殊歉。俄而车至，余等先后将行李上车。

六时半车行，余扬手与之为别，车抵江畔，过渡约费二十分。七时许抵吴圩，八时抵苏圩，十时半而宁家矣。

余循大门而入，街道霍然宽大，已改昔观。余至门前，阿母欢声相呼，怡然略谈一二，既而门庭若市，户限为穿，殊令人困煞矣。略坐移时，适黄绍裘过从，乃遂落与之同往街一行，市面萧条，诸多冷落。夫人事之变迁，有如是者，宁不令人浩叹夫？

7月5日　晴　今日略事休息，各亲友不间来访问，但余总觉应酬之烦。

余出外不过一年耳，然家庭社会已变迁若许矣。阿母白发垂垂，容颜憔悴，殊起怜悯。各侄儿众多，终日牵累，使之六十许人，不得一日之安息。噫，余见之不忍，但助之无力，养之无能，徒强作慰之耳。大哥嗜赌如命，家事一堆，置之罔闻，动辄恶言相加，不知孝敬。夫三十而立，而今已三十许矣，然犹未谙世故人情，思之诚增长叹。

7月6日　晴　二嫂表面似甚和气，惟内心狠毒奸猾，殊如凤姐之流。阿母老迈，而彼曾仍时加欺侮，毫无敬意，思之痛入骨髓。但际道德沦亡、孝行丧尽，其所以出此，亦社会之大问题也。

下午，保曲自师校归，余得与一游，但满途荆棘，何堪涉足？

母亲、大哥，相与聚谈别后情况，而最近为升汉所欺员，尤为痛恨之也。升汉乃曾为乡长，且与二哥为多年知友，并与我同事年余，今因些微儿童事，竟反面无情，即阿母面前都无一丝之情。余闻已，于我家所受之气，固不足在意，可叹者，乃为升汉之人格耳！曾为一乡之主，但言行尤类市井之夫，盛气凌人，则社会何望有公平之日耶？世道沦亡，人情冷暖，诚可慨哉！！！

7月7日　日来渐见儿女，私心不觉冷淡矣。盖以前之小家碧玉，而今已为人之良母贤妻。"绿叶成荫子满枝"，殊惘怅杜牧之之后来矣。稍暇，即写数函致各亲友，一致郭植秀兄于长堤海丰同乡会，一致施礼君于培桂中学。一一均言别来安抵家乡而已。天鸿、光瑚两兄，余亦于是日并致函告之。

7月8日　二哥于羊城时曾有函告之，拟抵梧市、南宁等埠又函致之。但所过各埠，行色匆匆，致总未果。今安抵家乡又因应酬麻烦，迟至今日始及握管，因草数行略告之。近日玩忽无事，欲研究应试科目，但总不能如愿。

7月9日　杰因病，故日来欲谋面殊不易。今日特临我舍下，相谈甚好，几有竟日忘归之慨。而谈至邻县那并村，将有王帝出之事，余甚讶之。但余母已几全为信之确有矣。因谓余曰：帝王今且未出，然张天师则已有矣。即前尔往那并，渠教尔山歌之小孩也。今已俨然端庄，并将物变形，撒豆成兵，各乡民均各称奇而预为之贺。七月十二日(旧历)即帝王出世之时，斯时该村纵横七十里，蓦然黑暗，约一日之久。及光复则七十里之内，即变为京城，人民则已前非，惟善行者得幸而生还，但与家中人不能相聚，而言语亦非操此土音，一切牛羊猪均化为土块……等，故今其邻村，已大卖家畜，又从吃斋……余闻罢，觉之大笑，天下间事何荒唐之甚也！从来朝代之嬗变，或云神灵之助则有之，但一旦将乡僻之地，变成高楼大厦、粉华京城，则未之闻之。噫，只足村竖市井之夫闻之可耳！

7月10日　整日忽忽无所事事，实闷煞人矣。遂将所藏之书，加以收藏妥当。午后夕阳西坠，饭后与杰散步郊外，坐憩草坪，谈至黄昏始振衣而返，但谈至儿女情长，又愧悔为弱者矣。

7月11日　晨早，志斌代收二哥来信交与，展诵一下，词意情态，几为涕零。二哥对母亲亦念念不置。其近来或因环境身世感触，故每萌退志。今告余急离家乡，赶赴羊城应军校之试。但时已迫，即往亦不及矣。因即立书复之。

7月12日　无聊中，特寻阿莹谈，旁人前未免受嫌，惟自如谈笑，何管其他？盖余不存暧昧之念，即如是明说直谈，又何顾人言啧啧哉？

余此次归来，欲将不满婚姻之意，用诚挚之词，白之阿母，但由旁人语我，阿母极望余能转此意为幸。即各兄姐，亦不然。故至是虽有千头万绪之说，皆为慈爱之情所蒙,无敢直言,以伤其心。于是只得一味敷衍之消极法,以误人青春而已。嗟呼,吾将作孝子乎?轻薄乎?将沦为痛苦之人生乎?抑欲谋享乐以终生乎?正是悬于不欲决未决之际也。

致对方,迄今犹未愿见及别来面目,识者,宁不谓我冷心冷面耶?但天下事大都如此,我既不爱,何管及他议哉!惟彼于深闺寂处,追忆前尘亦应悔恨当初矣!

7月13日　晴　又是街日矣,但尘埃滚滚,云胡快哉。

同乡吴亮洪君、润芬君均归家来,洪兄邀余俱饮,余不自量,几为醉之。芬,初年与余颇相得,惟自别居后音讯久疏,今忽相见,顿疏远矣。

7月14日　晴　晚饭后同杰闲步到郊外,相谈,但每觉不快。嗟呼!余未抵家时,何不满想趁此时间,研究应试之科学?迄今事与愿违,十日于斯,何曾观及书本?但终日空闲,仍无所事事,惟一阅及书本,心辄不宁。噫,若此环境,何法可想耶?

7月15日　雨　今日忽雨,颇灭炎烈之闷,惟街道人不能行矣。早饭后与杰至中心小学宿舍闷谈,及下午始返。终日无聊,不减平日也。

余未归时,得乡音知邑中年来教育,均属经武鸣干部学校毕业归来之各乡长兼任。故心中暗喜邑中小学当能振兴而起,若归时,必得改观也。谁知,校中颓垣断壁,窗破门塌,草芜棘生;教室中,空空如也,比之他日,其不振之气犹有过之。悲夫,生为绥邑之民,诚不幸哉!夫如是之教育,所有毕业之学生,出而与人较,能无落伍之理耶?或曰于经费亦无所关,但诸如辟校园、除棘草,教室张贴生活表、学生成绩揭示,客室中之统计表、比较表……在在均可办到,惟主持者,只作敷衍了事耳!若是而谓受新训练,吸取新智识归来之成绩,宁不笑话也哉!

7月16日　雨　余自乡居后,百般无聊,日惟忽忽,都无可消永日。郁郁之情,殊难言状,故屡欲即早离是乡,然于骨肉乍合即离,于心亦觉耿耿耳。

今日阴翳四布,俄顷大雨骤至,竟日犹未息,暑气顿减,比诸炎烈晴天,为凉快多矣。中午阅跋弟自南宁来信,词意消极,殊堪痛悯。夫青年之苦闷,时至今日,谁能免此?但观其所以臻此,似出常人。嗟呼,多情多恨,不虚言矣。

7月17日　晴　下午四时,忽得植秀与光瑚二函,心中实慰。植秀念我不置,余实感激之。光瑚略言近状,余无所谈。

漫步新街,忽见阿辛姗姗迎面而来,迎人笑靥,颇足消魂。余亦略露和气,彼乃笑而询我归来何日。余据以告,并问其何时归宁来。但因限于路上,故相谈不过如此即行。但见其腹已便便矣。吾固知其有意追我欲有所说,但余不欲即露向彼意,而后因碍于鹦鹉前头遂未得与言。

余固知彼乃为代表余之对方而来矣。

7月18日　中午时分,又得二哥函至,意即谓时局形似紧张,阿母欲棉市,请从缓步,惟须往邕一行。又促余东下,勿留恋家乡为佳。

今日本圩嫱木嫁与世华,下午五时半出阁,伴娘相送出。余落得一睹群花,惟绿树荫浓,花已收谢,不值一观。且阿辛以腹痛已归夫家,余以不见之而怅怅。

7月19日　晴　今日又逢街期,但趁街者寥寥,非复当日,更何处耶?余每至中心小校略谈,或至学生宿舍一睡过之。

同学中各朋友每街日亦有常到,惟彼见余颇疏。余虽外出后,间少与之时通鱼书,惟友挚之情,不复灭也。然而彼等反不近余来矣,宁不令人可笑?彼等岂不错认人乎?余岂眼高趾扬之流耶?或曰当今之世,稍异常即远昔日之友辈者,不知凡几,故其以此目余,亦有以我作此种人乎?

7月20日　晴　余颇懒于步行,今日本欲往叩姐家,但总迟迟不欲行。思欲乘车,但又觉浪费,故七时许,日光正热,方秉伞而行。沿途山野如旧,惟时光已隔年余矣,不觉随痛时过之速也。

行至已八时,街上见各亲戚,均各招呼入座,余不耐,遂统辞之。入姐家适尊婆住,各甥均外出,余即出后见姐丈于塘中划小艇而来。被邀入厢房坐,谈谈,又乘小艇至鱼亭。坐片时,马君为俊即来与谈广州情形,彼因服务教师,得长住广州,固各情形,彼亦甚熟。由鱼亭再转隔岸芭蕉园之茅舍煮粥,状甚怡然。姐丈辞打鱼去,余独睡于茅舍中,下午时光,潇霞甥出告余归。余随之行至厢房,见今晚乃弄鱼生食也。是亚姐及各甥均至芭蕉园戽水,又大谈闲话。余又与姐丈煮夜粥而食,及月升东方犹入睡,但今夜热气突甚,终宵睡终不宁。

7月21日　晚来雨　晨早与表侄雄偕及甥时光往简易师校参观，入门鸦雀无声，所有惟一二夫役而。各生已放假退回，余循道聊转一遭，其形式之布置甚属简陋，教室、礼堂均属马虎而已。该地址乃属当日旧衙，其早先煊赫华贵固不待言，而今颓垣断砖，荒凉景况触目伤心。此亦人事之不常矣。

早饭后出街，而不觉其为街日也。其萧条，殊予人以可怜。全街不过数十人而已。过谊姐门，承其请入坐片时。乃至一高小校参观，又见校长黄印清，乃与之谈。据云办乡师之几位先生，甚为称职，教训亦严云。辞之出，即过表兄修之处，姨母均出与谈。其中劝余不应解婚约，余只力言其因。后表兄及姨丈召饮，余亦强就之。此日热仍热，三姨云，昨日洞谷村有一人为晒之死，后闻诚果焉。

7月22日　晴　昨晚因雨，故天气颇凉，今早辞姐丈姐姐，独自行来。至东门（旧城之东门）偶逢金纶先生，含笑与余招呼。余以礼见之，彼跟余行，并询广州求学情形，至诚至意。夫其固富有之人，且曾为中学毕业生，而今家居犹拾猪粪修田园，毫无富家子弟之习气，其行亦可嘉矣。

抵家仍早，俄而姐丈及时光甥亦骑至，乃俱进食。中午余即与阿进采买鸡鸭作明日之食（盖绥邑习俗，每年六月二十三日必有男子一帮帮互为集会聚餐，名为关圣帝结义）。余向未之嗜，惟以聚之数同辈朋友至大醉一遭耳！

是日得二哥一信，备言升汉之对我虽属可恨，惟际此社会何以言之，幸望忍之。

7月23日　下午大雨　十二时，即与阿进、镇图、保典、远河等杀鸡宰鸭烹煮等事，而彝宏适自邕至，乃召之同饮。此时互相调笑，又于席上谈笑，可谓乐一时也。饮罢，各大醉酩酊，欲即往洞谷一行，又因各个意见不一，遂止。俄而大雨聚至，浓云密布，约二十分始稍止。

7月24日　阴　今日仍无聊赖，中午适何进下办公厅，遂与之到中心小校远河房中，买鸭肉及花生豆、米粉、酒饮之。饮罢横卧床上，不觉入睡。及觉已三时许，与阿进不觉而笑，缘何即此而睡？

7月25日　雨　昨夜大雨交作，今早犹未止。余与阿进欲食一餐牛肝肠脾，乃告中心校役往买，又请芳草代作厨事。既而大醉，遂于有为床中谋一睡，忽闻国器叫声，乃随之回。及抵家，见二姐、大姐各甥均至，余顿喜，乃买米粉及鸭肉与之为食，阿兰及表姐亦至。复归家至今，此日最快意矣。

是夜二姐嘱我不可解除婚约，余被苦劝于无奈，欲直言亦无能。噫！我终因不敢言而自误乎？

7月26日　雨　日来雨水特多，河水涨甚，想二姐丈不能来矣，早上各哥哥即杀猪宰鸭，为余饯别。乃请侄婿要荣及三叔英兄过饮，席中均互谈人事之炎凉等。余并劝要荣侄婿，凡事要忍气为首。

十二时得跋弟及郭君各一信，跋弟则望余早日出邑，郭君则答余致彼信，词意慕爱余，余亦甚尊之。此时与各姐及家人略谈，即出车站，三时车行，各姐及各甥侄均随送。四时十分至苏圩，车轮裂破再修，延至五时五分始行，三十五分至吴圩。六时五分至亭子，过水渡约二十分，六时四十分下车，此时微雨，余遂便往西江旅店卸却行装，即同母亲、二嫂及同行成珠至爽记食饭。是夜阿十跟至，相谈甚殷，又同卧焉。

7月27日　早大雨　早上冒雨往叩见凌先生于其私舍，托其代收法光换港纸；又转过中山路，寻觅李智之老婆，未见，衣服为湿透。

早饭后天忽晴，余即同母亲、二嫂往博物馆参观；又至武陵照相，再由兴宁路而民生路而德邻；又转西关，到西关戏院看粤剧，但其表演均属不可一看，惟欲给阿母一见，故阅之耳。

晚饭后，又出街，行人颇拥挤，余到中华映片院看《前程》片，跋弟及成珠、母亲、二嫂均随。该片导演颇不十分适当，故不能有叫卖座之大力量。余观后，亦无如何之印象存着。

出场后，母亲、二嫂和珠独返，跋与我再往街上一行，但此时行人甚少，乃至冰室食西瓜。广西今年亦有冰饮，但初出世，均不足饮也。

7月28日　晴　母亲日来犹未行远，故带之去公园看看动物及风景。又至图书馆，跋弟亦跟随，后由园至民生路，觉足部疲甚，乃上林有记茶室饮茶。但南宁惯例，非十二点后，仍无点心食。余等去时，不过十一时耳，故上时鸦雀无声，顾客尚付阙如，余既上之，乃聊借一憩。

回寓所途上，忽遇洪及柱两乡兄。值柱明早亦返云，余因乐，喜明早阿母返乡有伴也。

是晚，又带阿母逛几条较繁之马路，既而至唯一甜品店食八宝饭，但阿母、二嫂均觉油腻而不能多食。

回寓所，略收拾行李预为明晨返家。是夜，阿母谆谆嘱余以婚约之不可违，余乃申言彼亦强许，但直言废除之则彼不愿也。余因恪于命亲，且不欲伤其老怀，故亦无加以反抗矣。谈十时许，余乃辞出就寝。

7月29日　晴　天未晓即下榻，六时送阿母出车站，候车颇久方能启行。余微笑与阿母为别，而见其愁颜微蹙望余，余此心为之碎。后车行，余与珠至沿河岸游，行至渡邮车岸口，犹未见阿母所坐之车过江，乃走至江边，乃知该船候一要人车至方行，故迟。阿母、二嫂于舟窗仍望望，余虽直趋其前，但此时船已启舷，余只点首而已。

余别之归来，心颇怅惘。午后过跋处，亦因天热无去处，只坐谈与睡觉而已。黄昏时候与跋、珠至公园，划艇小湖中，状至乐也。八时园中游渐阑，遂入街闲逛，追逐异性。九时即到广州公司与跋留一影作纪念。

7月30日　晴　五时许，余即跟珠往邕江旅店找其友刘永龄。盖彼欲与余等同东下也，后据彼称，金钱颇少，恐不敷用，乃罢前去之志，思之可笑。回寓，与荣兄过谈至一时之久，彼邀同往街上食饭，余乃跟随之去。彼亦不日离此返部队，余乃向之索取通讯处，而亦将二哥之与之。

十一时回寓，候跋弟不见来，方出，适纯白乡兄入，乃与之略谈又一时。彼去后，余随即往银行见凌生生拿钱，再往洋关定船位。回时已三时许，匆匆写一封信与跋弟，并将其所放下衣一件，又将送彼之水壶一个、胶杯一个往彼寓给之。适彼此时回寓，彼云今日前后过余处凡五次，而余时返候彼亦凡三，而总不见，岂非缘耶？六时下船，跋弟亦送出，当相别在即，跋弟仍以个性及志愿为余陈说，意甚依依。如跋弟者，可谓知友矣！

7月31日　阴　昨晚九时启行，明晨六时十分抵南乡，余暗计，经之来时，速度倍之。船中仍复无聊，惟该船比上时之民乐为佳矣。

珠兄带其《女作家丛书》，余乃将诗词文三本以披阅。于诗选本，有“相见无言别又思”之句，余觉其措词甚当。又《儒林外史》亦得一看，但内中都非合我脾胃,固阅之数章即厌矣。

七时十五分抵横州,九时十分抵大滩,十一时许船坏停五十分,下午一时抵贵县,六时抵桂平。

8月1日　晴　晨早三时半即抵戎圩,惟经检查故未能入梧,延至八时方抵梧州。此时有台山轮中午十二时开往香港,余乃转艇往台山轮。买票安放行李后,着珠看守行李,余即同一同行之旅客上梧市换东纸,又顺便逛逛梧市。九时许觉饥,乃至新广西饭店进食。食之,欲往北山公园,但恐珠望,又恐船行,因不果。回船稍坐,十二时船启行,一时五十分抵都城,三时四十五分抵德庆,八时十五分抵肇庆,十时许抵三水。时更深夜阑,乘客纷纷下船,余亦落驳艇。水浪飘忽,小舟轻荡,加之宿于小艇中,心中甚惊悸。乃与珠作终夜谈,不欲入睡。此时反觉无言,且觉疲甚欲睡,乃不知何时入睡,及觉之已四时许,天色迷朦。

8月2日　晴　破晓,船夫促余登岸,余乃离船而往火车站,买就票后登车。约候二十分钟,车即行广州站,沿途小站,每十里必有一站。余亦以时计,计之每站十分钟可过,以其小站太多故,每站所停之时间甚促。

八时半抵广州,余不谙情,乃为艇妇所惑,四毛钱乃由其艇驳过广州。若上驳轮,则不须自费,且较速,至江中始觉,悔无话说。

登岸后,叫一黄包车拉至文明路金龙酒店。店中一佣妇数目余,心不觉为之动。略洗漱及换装即出街上代珠采买衣服,即至锦荣街青春学旅觅鸿、瑚。幸其未外出,故各皆相见。勇、洋两兄亦均见过,但见瑚将余寄存与之书籍等物皆为之零散,箱箧亦自行开出,锁又将为已用且有毁坏之,余因不满之,遂默然。

是夜往大新公司天台,所见犹复如当日,一样卖肉生涯,不堪目睹。

8月3日　晴　饭后同珠即移居此舍。余意不欲与此同乡住一处,故仍决,只作傍人小燕巳耳。

是日乃立书二信,致二哥及家中各一,均言安抵情形。

礼兄于兰园尽值之,乃相谈一二,入夜至余处,谈谈别后情况,余倦不肯外出,只蛰伏房中而已。

8月4日　早上往见郭植秀君,适其外出未遇。乃改移时见,由是再返见之，幸此时彼适返，遂得与见。所谈亦莫非路上情况及别后生活而已。辞之回寓，觉腿部为放光虫走过处，起泡烂痛。

一时半郭至，又谈移时彼方去。

入夜带珠往观音山游，但觉患处疼痛特甚，乃就一女医生，蒙其肯施药治。余因与之药费四角，彼又告明早往彼处换药。自纪念碑下山，即转中央公园，稍坐，又至一冰室饮冰而返。

是日又再写一信与二哥，均言住地址已定，并将所剩下之钱之开支及家中之情况等等详之。

8月5日　晴　今日往换药后，终日不能外出，其余同乡均作黄衣游去矣。

余前日因不顾忌，于勇、洋二人前略瑚之言行，奈彼无知小子，遂将之告之。瑚即时冒火而力言余之非，并言余之庸碌无能。噫，余恐为命运所限，否则，不论如何，总非出瑚之下。彼之胡说中伤，固不足在意，惟自念前年曾为之互相支用，又带之往培桂读书无一不为余力，设若余不东来，则今日之光瑚不知沦为何等样人矣。今此而无情若此，宁不令人长叹！噫，吾之在在为人欺负，均属心性太直也。

是夜写与跛一书，言安抵及住所已定云。萍亦有一信寄与之。

8月6日　日来极欲见见各同学，奈因腿部痛，致成未果。今日稍愈，乃强行往各探探。但走凡二处，均无消息，盖彼仍未出来也。后又坐黄包车至海珠北路，寻进礼君，又适其外出，乃留字与而返。

下午将应付与二哥之时表、钢笔、私章等物，买一硬盒包之妥后，往后方寄。适值二哥连中王禧鸿班长来后方处，因与之谈，略知二哥日来生活。后得其带一信，展之，乃告余代买唱片等物。余即问曾军需何时可有人前去，据云未知何时，余乃将欲寄之物携回。

到杂志公司，聊以参观各种杂志，买一本《文学》而返。今夜将新买来《文学月刊》读之，但因走街回来，觉倦而思睡矣。

是日致杰、镇、殷各一书，均言别来一路安好，及询其所买各物如何选择云。

8月7日　阴　余因途上扑扑，家居亦苦无便处，致握之缘甚悭，每日之日记，不能逐日记之者，及将旬余，今日乃将之逐补记。往事固属历历可记，惟流光已非矣，思之怆然！下午欲雨不雨，满天阴凉，故危坐终日，犹强支持。然甚疲倦不堪矣。

晚上与鸿、珠往新华映院看《落花时节》，其描写全部，大意则将四个落夜时节之时间，记出义勇军无饷而流浪并难民之沦落。但观其阿萱乃一村姑，当义勇军退败于一村庄，阿萱（徐来饰）于深更夜静之时，忽与素昧平生之兵哥，依恋绵绵，事前亦无交谈一语，或谓其荡妇，然又名为姑娘，且装束亦欠妥当，凡此不得不认为其缺点也。由映院归，时已九时许，再补未完之日记，十一时竣事欲入睡，又与鸿略谈，迟至十二时始入梦境。

8月8日　晴　二哥托购之物，仍未之代其办妥。今早饭后，天气阴翳，可往马路一行，乃由越华路而仓边而文德而永汉。

手表日来行颇不准，遂于亨得利给之洗油，工资三元，但无法俭也。至大新支店买唱片，但余对于曲调之优劣素未之识，只冒撞胡择而已。因着其试唱，凡二时，听之颇厌乃出，买就九张，价值十八元一角五仙，又加买一盒，为值又一元。

归途，买《超然报》一份，偶于床中披阅。陈君进礼忽入，因问其是否应何校试，并江师之简章如何。彼亦无甚了了，催劝余往教忠试试。余因其报名省廉，乃诺之而俱去。但余又踌躇，惟当作牺牲一元，亦何考虑。二哥前信有问余，尔目前动向如何？因甚愧，夫乃我者，果能如何可为耶？设若以前亦受完全普通科学，则当有把握之可言也。

8月9日　晴　阅报章谈闲天，已过今日矣，本欲今日参观数页书以应明日之试，谁知总成不果。

晚饭后，往教忠找明早座位，乃得入一行。校舍之整齐，数量之多，亦不愧其负长久历史之老资格，假若能得以读之，亦不为错，惟格于私立与消费之浩大耳！

由教忠出后，天气郁热，不敢即返寓，乃转永汉路。又同成珠至西湖路电工学校找其友，不遇，归途冒雨，因就新越香村避之。

广州市自妇执笔茶肆之争胜后，各茶肆酒店，均点缀一二女侍为招徕工具。余今晚所见所谓女侍，其所处亦妓女之小异而已，顾客可随意调笑捏摸，而彼者仍作强颜含笑以迎，谁知其内心之疾苦哉？

8月10日　晴　因赴考教忠，故下床后收拾文具颇忽，得失固不足为意，然总非免命介也。至校后忘带证书，乃再坐小车回取之出，应考男女不下千人，可知其校未归之人亦不少也。余于群花缭乱，徒倦看花之眼而已。

试后颇感试题之难，但于他人不知何如之感觉耳。因我事前毫无准备，只靠命运之乱撞而已，然则于试场犹看书之人，亦作数瓦客何哉？

夜晚欲往剪发及买港而返，何如鸿、珠欲往大德看《姐妹花》《再生花》二片同映。余亦久知此二片负名之很盛，乃不辞而俱去。

是场观众拥挤，座已满，而作鹤立者亦不乏人，故热气特甚。片中描写立跌凡数，波折甚多，桃哥、大宝，贫贱夫妻，历尽辛酸人生，然后来终有偿愿之日。赵大抛子弃妻，以献女巴结大帅，而至高官厚禄，作威作福，只知金钱、地位，而忍弃绝夫妻父子之情，是其结果，仍归监牢之苦，亦善恶之报也。片中均属多方面之表出，结构导演可称能手，犹以胡蝶之饰大宝、二宝两个角色，更能维妙维肖。

8月11日　晴　教忠放榜后，余竟为落第，心中莫不悻悻，所败固因事前无准备，惟屡试不第。自问亦觉灰心，岂归命运之所限耶？深叹。

因去亨得利取回手表，路过中华中学，乘便即到访吴钦尧先生，不值，乃由永汉路而返。途中偶见同乡桂腾云，其乃供职于李公馆。又过西湖路欲刻私章，再至华南体育会访吴先生，又见其深锁外出，于是乃转回惠爱路，因雨而至涎香楼啜茗。偶将报章披阅：宁粤合作与分裂，局面上甚属严重。双方派大员往来奔走！系不绝于途，如西南前派今已物故之叶琪，宁方今亦派黄绍竑南来，由此可知时局之酝酿矣。但其展露据一般记者之推测，当在九月二十日六中全会之前后也。

下午二时，再强打精神，往桂香街觅李荣林，但均不得见，苦矣。入夜出街晒相，随步至各马路闲逛，九时始返。

8月12日　夜雨　日月忽忽，不觉又是一叶惊燥之时候矣，而旧历中元节亦望中至。余同乡六人，同寄羊城，因相聚会，乃趁此节而约偕往“美珍居”谋一醉。

及筵席张布，觥筹交错，莫不醉态惺松，乃将女侍为酒后消闷。此时大呼狂笑，真旁若无人矣。及出门即随至永汉路，惟天雨，行稀落，余等亦因懒意，后至羊城照一相以留纪念。而瑚必欲题字，余乃立书曰：同乡偶合，情意欣投。

及归至房中，酒仍未阑，乘醉乃大谈儿女事，顾亦极一时之矣。

乘暇乃写就致吴先生钦尧一书，言请代为介绍考学耳！

8月13日　晴　闻苏振益君已抵棉市，而总未能与之谋面，思心潭潭，今乘便过文缘学旅叩之，奈其已外出何。又顺道过南朝学旅，欲见郭植秀兄，亦不能见，怅怅而返。

又思省江师离考期不远，故找吴先生钦尧，刻不容缓矣。于是再转小东门丽水坊其寓所问之，无如闭门深锁，此或其生父见背后，已他去乎？乃再至华南体育会谋知其消息，又不果。心中狐疑，难以言状，斯时觉倦不支，乃至冰室一饮，并往宝光取日前所摄与晒各相片。

今日得见昨夜乘醉与诸同乡拍之相片，余虽觉得自然亦可观，惟诸人间有强之体态，故乃再照一张，饭后各个又整齐衣冠出街。但因昨晚长城照相馆的店中伙计颇形高窦懒理，故乃转至荷里活摄之。惟欲极化长城，故乃皆至为之再映一张，俾其多多亏本。虽云此亦无谓，然吾辈奸商，正宜如此待之也。

8月14日　晴　今日直至下午，始将二哥给买之唱片、时表等往后方付去。夜间为毕业而奔走，殊费周章，然为切身问题计，亦无法也。

8月15日　今日往团后方领薪，偶见炽峰之老婆。彼方见余即盈盈向余而发问，乃据而答之，并乘便问钦尧先生之寓处。乃知其供职于警卫处，又其当日之住处，早已迁至越秀北路约六号住云。既而临行，彼仍再嘱如暇过彼处，余亦诺之。

归途忽遇施礼，乃与之同行而至冰室饮之，席中谈吐颇解愁绪。饭罢又蒙其过从即邀往马路一行。但热气太盛，颇逼人于千里外，乃即转孙巨森寓所（天香书屋）坐谈。又至天台玩月乘凉，十时许始归。但至房中，热气犹未退，真是苦煞我也。

郭植秀过访，但余此时已外出，只得其留字一张，谓亦欲往江师一行，请我明日过其处，一始与俱去。

8月16日　晴　八时至植秀兄处。始之至其处坐片刻，即行至西村，车犹开，乃至广雅中学观其入学试，因是得混入其中一转。夫其内里校舍，甚为完备，朴质可风，且杂以树林，空气尤美，因而暗为羡。而应试者，亦有九百有奇之众。

于茶棚候过二时许，始有车到，此时已十二时矣。适值遇见校职员，植秀乃即叩问注册情形，故秀遂不从。余独自至江师，报名后，并代秀问及入学事，即行出车站等。但离开车时甚久，乃在茶棚啜茗消遣并食粉以充饥。由茶棚出时将为二时许耳，而等至三时许始有车至，殊感立坐之困，惟适一女学生亦为候车而徘徊，余因藉以消遣几忘其困焉。至广州已四时，饮冰后，即时又搭长途汽车至省党部探童军领袖报名之章程。及回已五时许，而各同乡送瑚回梧仍未归。

入夜分头往秀与苏振益等处，告代其探询之情，即时而返。

8月17日　晴　早上阅数学数题，昏昏即欲睡。起而徘徊，精神犹未能振，殊不知日来疲倦如是也。早饭后，洗恤衫及底衣，即出门往大东路省党部探取童军领袖训练所之保证书。但至时，适为休息时间，故未得，怅然而返。归至越秀北路北约，顺便至六号访见吴先生，奈其已往警卫处。故为屋内女子不便纳入，再转上越秀北，欲寻觅警卫处所在地，亦无从问津。及后询及警察，方知乃在正南路。余颇讶！为何余于正南路，而不知之？但又转念正南路有一巷有一机，殆即此欤？行乃过之，果然不出所料，于是遂得与之见。余即申说来意，备蒙答应，并告余十九日过其处取介绍书。余至是顿喜而颔之。

8月18日　晴　困守房中竟日，但头脑昏昏亦无从探讨应试科学也。

下午过同乡房，大谈闲天，及饭后往荷里活取前日所照之相，不得，即时而返。入夜阅化学，亦颇有心得，几忘倦矣。

是日得漫萍自南雄一信，略云已改换环境，今隶第一师教团第一连充上士文书云。

8月19日　晴　晨早阅数学，早饭后洗涤衣服。一时许，往警卫处叩见吴先生欲得其介绍书，奈彼正开会时候，未便与晤，只得其书与一纸略谓致龙校长书，已由罗宗骝先生直接办理，请安赴考为盼等。余颇悻悻，盖彼等事务见繁何能顾及此区区者哉？其虽说如此，但果能办妥否，又谁而知之？余闷闷即往邮局寄一书与校长，又至冰室饮冰，并买半磅“不的波”的饼干而返。

入夜，仍阅化学史地各数页，以应明早之试，诚知临渴掘井，于事无补，然为良心之责备，不能不度过此一刻也。得阿进一信，略云接得余信，及别后情况，与所付买之物，如有剩钱即转买棉褥等而。

8月20日　晴　凌晨某朋友（由苏振益君介绍而来）即过余处，余亦匆促洗漱及收拾文具而出。及达黄沙，第一次车犹未开，余觉时间犹裕，乃于附近一早粥店食粥。买就车票后，及登车之际，忽见校长于面前，乃以礼见之，而亦登其坐之卡而坐。及抵江村站，下车步行入校，途中偶见及李荣林，相与招呼，略谈一二而至校门矣。此时，陈耀廷先见余，乃呼余之名，余即见而答，后蒙彼告余坐位。一时半余即试毕而出，随即与凌等出车候车，及后又见陈进礼，又蒙请往坐啜茗，三时乃由江村站开返广州。

今日典试者，虽属百余人，然人事之推荐，殊多则多矣，余是否有望，故闷葫芦耳。入夜出街一行，回时更觉之疲，乃早入睡焉。

8月21日　晴　得萍一信片，读之，而知彼已往就新职等。余感其垂注之殷，因立书答之。

同乡桂腾暄君忽到访，乍见惊喜，后相询问方知彼乃自梧州而来也。彼性颇自矜持，于谈吐间亦间露自大之语气，前曾肄业省一中也，故因而目中无人。余亦素未与之游，惟际此万里他乡，亦不能不勉强作人情也。

日来阅报载，游白云者，整千累万，车水马龙。余乃决意今晚往一游为快，是故自己与勇、珠二乡友即搭白篷车而去，于车中偶见一友莫君，互以招呼而各去。及抵山麓而游客已纷至沓来，各人均带食物香烛之物或作席地之具。余即时上山，但路小人多，拥挤不堪。将及半山，而有力不胜者，或坐路旁，而一路小贩，罗列满途，余未识去何所，惟随众所之而已。及至山巅回视广州之灯光，灿烂如天星者倍。而迂回登山之路，缀连灯光有如红线，转望郑仙洞附近，茶棚摊贩及雀牌之赌场，一片灯光，光华夺目。噫，荒凉山谷，顿成热闹之场，诚盛一时矣。余徘徊踯躅其间，颇称能吸住大众乐游之力，妇女辈纷纷携香入郑仙洞焚烧，香烟香气四溢，而于山谷中作终宵之宿者，遍地皆然。余游玩颇久，时将半夜，乃遵旧路而返，然登山之人，越来越多，比肩接踵，惟余等不敢冒险，否则可寄宿荒郊，藉观其竟夜之情况，谅可乐也。行抵山麓，而野鸡车之兜揽生意，罗列马路，不下数百辆之多，几不能开行，但由沙河而来一路车辆行人，犹有前去，络绎不绝。即抵仓边路时，见欲去之游客尚有数百候车，其往游者，可想见矣。

至住处，得阿十寄与同照之相及附有信笺一张，私心至慰。

8月22日　晴　昨日失眠，故起略迟。午后得学校通知书，极欢幸无落孙山之戚，殊多欣喜。此后读书有着，再无彷徨吁叹矣。

入夜出街，偶值郭植秀兄，乃联袂并行，但郭因病颇感脚力不支，故辞余而回。余乃与数同乡再至永汉路购一信笺而返。

8月23日　晴　今日起迟心颇自责，饭后书信告二哥得取事，并答潮弟意。又写明信片与萍，告其潮弟通讯处。

薄暮，过团后方欲见王禧鸿，但斯时彼已外出。余乃由惠福路而回，路中偶念及电影坐之清福，于是真走至天星看《青春线》。剧中情节结构，拜都无多大予人以伟大之印象，而以陈波儿之表情亦欠自然。

由映院归来，觉渴甚，乃至冰室，但顾客多如云集，终无坐位，乃转过丰乐园。

8月24日　晴　日来因考学已告可放心处，故得暇涉及展读文学书。今早七时读《文学月刊》，颇感兴味，注意力能支至十时半，乃往进食。下午三时暑气稍退，仍将《文学月刊》读之，拟日内阅之竟，再买第二本读之。

乘此闲暇，每欲藉读各部长篇小说，无奈，每至中午与晚间，处坐房中，热如蒸笼，故总缺憾。

得二哥来书，但非出其手笔，故措词甚属糊涂，毫无头尾。余思之，二哥所以不与我作书，殆有不满于我矣。但际此田地徒怨我则何尤？余固每思，亦太对彼矣。

8月25日　晴　不雨已十数日矣，岂七八月之间也耶？久不闻乡讯，未识家乡亦如是否。若然，则饥馑岂能免哉？

今早出门赴江师复试，及抵西村站，距开车时间犹久，乃就一茶棚坐以待之。至校见各旧识同学，均表好感。十时草草测验口试，余乃为八九名，故试毕，时仍早，但感于学校伫立亦无谓，乃即出车站附近茶寮一坐，李荣林、陈进礼及后陈耀廷均与然，十二时许始开车进城。

薄暮，与成珠兄登越秀山游，九时始由山而下，上街一行，人仍拥挤，故归时汗流浃背焉。

8月26日 晚饭后，得殷兄一笺，乃为略云绥邑教育之破产及其此后之行踪而已。

同乡某谓有前王禧鸿昨由雄归，称二哥日来颇染微疾，惟付上之物，已妥转付矣。余得其究竟，乃递往后方欲见之，但觅之不见。乘便过郭兄处，略坐彼即出街进食，因辞之而至各书一行。买就《白香山诗集》二本，归时已九时十分，而各同乡犹未返寓，道彼已往茶室赏女招待乎？

8月27日 **晴转雨** 闻鸿谈及稻香村之某女招待，心为之动，思谋一识之，乃率同珠、鸿作该茶室第一次之顾客。但坐良久，杳如黄鹤，人去楼空，自觉深叹桃花命之不济有如此者。故聊将新闻纸作彼时消遣，稍坐即出。

傍晚因候王禧鸿之来，故未进食。六时许，彼果如约至，因而知二哥告余若缴费之资不敷，可向朋友去借，九月份可多领二十元，又从中代侄儿民器觅一校以读云云。王因雨，未便即行，乃继以谈天。彼侧身军戎，历有年所，而其所得之教训，亦非鲜矣。至其技能亦未见弱，此次投考军校，果幸得选，则前途当无量也。

8月28日 **阵雨** 昨一场大雨，夜眠觉爽，今晨起未致迟，仍将《文学月刊》阅。早饭后写一书与二哥，答昨王说意。

入夜出街一行，八时许即雨，乃就“五月花”避之，兼藉女招待为消遣，但彼姝肥大如黄瓜，见之令人觉腻。归至寓所，与诸同乡大谈闲话，亦可解颐。黄君崇勇，一片活泼之情，且善说笑，故颇不见寂寞。

8月29日 **晴，入夜微雨** 早饭归来，施君忽入，与之握手而坐，但彼因事要去，故不能久留。

洗漱后，即过郭兄处，但彼已外出，不遇，乃转过新华购票，看《新婚之前夕》时，距开映时间仍远，余则作徘徊于邻近处。该片为联华公司出品，主演为黎明辉、袁从美，但表情甚为生强，且编剧亦属平常，故余觉之头痛。

下午得学校通知书，得知已取录，心乃释然，惟苦无钱以缴费耳。光瑚亦有一书,略略陈说未能入学事……

8月30日　雨　早饭后过团后方领留薪,但至时适其已外出,即返永汉路采买珠被,不几大雨骤至,乃往茶楼避之。一时半再过后方,仍未得,即转回寓处,斯时觉倦甚,稍憩。四时再过之,乃能得焉。余恐所得不足以缴费,故向之提前领下月份,彼即诺诺,盖二哥已有函达此意矣。由是得款后,一路行来,步履为轻焉。

薄暮,书一纸夹入报纸以寄与二哥,又一书以致家中,均言入校日期云。时适施礼兄忽将英杰兄来信转与,余乃与礼略谈一二,并将英杰兄来函一展,而知家中有一母猪,已为县府所击死。思此,固属难怪,但以该处乃荒土,粪溺堆积如丘,一猪之出其邻,有何沾及哉?惟勤于政者,无所不勤为之也。

8月31日　晴　为代镇图、英杰诸兄采买毛毡、珠被等物,故忙碌劳顿,终日无暇,思之为人作嫁衣,殊是太苦,惟友谊上之重托,何得而辞之耳。

9月1日　晴　广州今日为实行取缔奇装异服之始,而须定日常服装标准,但今见各成衣店之罗列服式,五色八门,依然如故。街上摩登女士,亦服饰如故,何曾遵令而收藏柜匣中耶?

以我观之:夫物质文明与日俱进,而此必需服饰自亦不免,其愈演愈下何啻海涛之澎湃哉?且繁华如广州,比邻外人居留之香港,故奢风日炽,当局诸公欲挽颓风,用心良苦,然中流砥柱,恐难支持耳。或曰粤省积极读经复古,无此种种以为陪衬,不足以完其行乎?抑高官大人,欲藉以操节姨太小姐之费用乎?

今寄与英杰、镇图兄一信,告其所采买物件之值及寄付之日等云。下午七时与崇勇出街,甚觉无味,回至城隍庙之冰室饮冰而返。作完日记,雨即淅沥下,顿感凉气之快。

9月2日　晴　凌晨即匆匆赴邮局投寄包裹与镇图,但余不查时间,昧然而去,及抵时,铁门犹锁。但亦有人如我之幸运者,坐之良久,始得门而入。固余所为零丁物件,故转寄于横门零星包裹投寄处。此时适一女郎亦因投寄而来,余虽数目之,然彼落落大方,毫无嗔容。后见其投寄所写之表,乃悉彼乃花裙之辈,而其名则黄献喜,其返余犹未能办妥事,否则当且作追之试看也。

入夜，各同乡均集谈玩笑，乐也融融。但言至不久分散，劳燕分飞，莫不戚戚于中。乃借酒以浇愁，大加痛饮，直至一时许始就寝。

9月3日　雨　意决今日入校，无奈，因昨醉故，今早犹带醉意，精神为之所伤，不欲多动，乃迟疑不能即行。酒之为害，可想知矣。然崇勇君醉意更浓，今仍昏昏。

晚饭已，与崇勇君闲步海珠桥，沿东堤而转入永汉路，时已八时半。而余为映迷之心所惑，仍购票入“中国”看《梁天来告御状》。此时人已满坐而起立，但犹拥挤，余叹奇叫卖座之力。但此或乃为广东民间故事，故谁不欲得一观之耳。

9月4日　晴　上午七时与鸿由青春学舍坐车仔至黄沙，略等即得上车。鸿别余而归，余告之到韶州师范即与我一信，并与之点头而别。

九时至学校，即觅床位，幸遇耀廷君，乃落得与之同住一房。放下行李后，将往缴费，以头发未短三分，故仍未得缴。时觉之饥甚，乃跑至江村评珍楼充饥后，即返剪短头发；乃往缴费注册，但余少一元未得，故再与进礼君借，斯时殊觉周章多多。午后给衣服与人洗，而只存六角钱又未记取出，及觉心殊恼，何晦气一至于斯？

黄昏独自一人，坐于房中，念及家中，念及在粤时诸友之聚谈，不觉悲从中来。夫人凡处于孤单凄凉之时，辄思及已往聚会之乐，但若于快乐之时，即应得记挂之家庭聚首之趣，亦且不之忆及矣，可怪哉。今夕与郭兄散步江村，回时再畅谈许多时乃入睡。

方抵校，即得萍兄由南雄上龙来函，词意诚恳，感之甚。又润芬亦有一函至，略谈从前未谙余址，故疏音问耳，并他种存意焉，望以后时相通达鱼雁为盼云云。

9月5日　雨　早晨训育主任过嘱今日上课。闻钟声往教室就课，坐片刻毫无动静，后听教务主任称，先生犹未至，此堂且未上云。但其他各班，仍复尔尔，即今日均无一班上课也。办事之糊涂敷衍，可想见矣。然头发之长短查之甚严，盖亦重表面之流乎。

早饭后将《伟大之恋爱》之短篇小说集一阅。但词句颠倒，译者或未称能手耶？抑我于译本阅之多故也？阅书感索味，乃昏昏入睡，及觉已开膳之时矣。

此为余暑期来未有如此长时之午觉也,而今天大雨,均不知晓,睡意之浓,何堪设想!

黄昏时候,再请郭兄往江村购物及返路中,向之问借,幸蒙诺。而彼恐为数不敷用,再多与余。如郭兄者,可谓忠诚之友矣。

9月6日　晴　今晨欲赴省城,故洗漱毕,即收拾零散物件。七时许离校,至车站距车至时间仍久,乃坐茶棚待之。

九时十五分车行,十时许抵城。即趋青春旅舍,访成珠兄。幸其未他去,因问寒暄,而鸿、洋、勇诸同乡已星散矣,不觉心寂寞。珠忽忆起将二哥来信示余,不禁狂喜,展之,见二哥真容二帧,心中大慰。信中则询及学程如何,并告余欲减少后方留薪量。因其二次用度浩大,故不能藉此为弥补也。

幸珠家中汇款已到,乃与之俱往光复南路裕国提领。即过拱日路采买水笔,珠以四元半得一西飞利,书写尚称流利。余恐钱不济,终无所买,惟永汉路新华公司购被单即返。傍晚往公园一行,适与礼兄遇,谈之久。余邀同往新华观映片,彼因随同友人行,未便故,余只同珠二人往新华看《热血忠魂》。该片之结构编插都不坏,予人之爱国印象特深。国产片中,可称少见。

9月7日　雨　早晨蒙珠之助,将棉胎被单缝之。珠于斯之际,顿念家中老婆,我笑他太痴情了。

将二哥丝被往当铺典之,借得几元暂应急需,并作寄存之意。谁意时已入秋,斯种货物,典价甚微,十多元钱,今只得一元而已。余以其一元之微,杯水车薪,于事何补,乃悻悻携原物返。

礼兄饭后过从,手中转与余信二,一为侄婿耀荣君来,一为凌天鸿同学韦星海致鸿。荣君略谓近况,并说已往县府充书记职。但余思其文字,何由胜任?即曰人士,而彼亦何得为进身之阶?辗转思之,都不之解。抑奸猾之徒,以此缉之,而有别图欤?因立书致之,告其处事要留意,勿为他人所惑云。又致二哥一信,告其留薪量可减至三十元。

9月8日　晴　本拟今晨即返校矣,惟念为星期日,归之何为?乃决下午始返,但中午烈日炎炎,亦无他去,莫不坐困房中而已。午后一时许过桃园食米粉,意以今晚返校无须进亦可也。

二时坐黄包车至黄沙，而该次车因新街站有一列车出轨，故未能如期开行。坐之待约一时，犹未见消息，乃索性即转归，仍以黄包车坐归。沿途遥远，车夫为之汗流浃背，气为之喘，余颇不忍见其苦，但若不光顾之，则其失意之容更不忍睹矣，奈何。

珠已出街，余即寄行李于账房处，往街上饮冰解渴，随即过学贤学旅觅珠。适见再与之进食，余即归，彼则与朋友去。余独自一人坐卧不安，乃出街一行，但仍复尔尔，觉之乏味，买甜柚归食之，味颇佳。无聊甚，乃吟成三首绝诗，藉消永夜。

9月9日 九时许抵校，略整桌上、床中各物，饭后上教室纪念周，校长徒说旧词，毫无特殊报告。新任体育主任陈先生亦登台数说其新的实施。关于体育之事，即谓于球类，非为正当运动，故吾校欲求适应需要起见，应特注重及其他田径器械等运动……

下午上课，均分发与新书即下堂，总未正式讲授也，惟点名则有之。入暮与耀廷君往江村一行，回时已万家灯火矣。

9月10日 得天鸿来信，心中甚喜，但诵悉之下，为之担忧。彼仍无法借得钱以缴费。嗟呼，际天涯穷愁，真不胜其苦矣。然彼虽于万难中，犹抽闲为余代探小学事，殊之垂注之殷。

下午即雨，天气忽凉，中秋气候大都如此矣。闲看文学数篇，昏然入睡，盖精神之虚如是也？

饭后即写与二哥一信，告其天鸿已代觅及小学，可否给民侄就读，并答鸿一书。又与润芬答一信，略说别后粤居情状并说校内情形，及绥邑教育之窳败……入夜与耀君闲谈，蚊子甚为犀利，不堪其扰，奈何？

9月11日 晴 此种意外刺激，余向所受也。而今突然而来，殊予余莫大之不安。夫交际场中，领导群众等风头，余素远之。今不知谁个恶作剧，特选为班代表，闻罢不胜惶恐，自思无此本领，贻误职责，何能为情？噫，苦哉！十一时半校长召集训话，即以班代表所有之责任说以知晓，并略说学校以后规定着服必须遵守……事不足必对同学宣布之必要，故今晚亦未正式宣布。

今晚开始自修，余只与新一位同乡（广西）梁中庸闲谈种种而已。

9月12日　晴　流光飞逝，岁月飘忽，一年一度之中秋节，不觉已至矣。同学诸友有叩余今宵何以作赏月之举，余以近多拂意事，故漫应曰："亦莫聊作平日看之耳。"其懒意怠可想见。

午后四时许，珠突至，初以为何事而来，甚讶，急问之，乃知为借书来耳。由是领之外出至稻香村进食，又同之往江村高唐一行。

彩霞西落，皓月东升，余与珠自江村漫步而来。月光遍照，有如白昼，四野秋虫，犹奏残嘶，然夜色之清静，尤宜"低头思故乡"。余至是不禁顿生乡思，秋来家讯杳然，殊是盼念。载谈载奔，及抵校门前草坡上，月方高升，更是赏玩，及就坐草坡，聊以憩息。因念去年今日诸同乡共醉酒肆，游及东山，乐何如之？今则人各东西，诚人事之难逆哉！九时过植秀兄房借一榻为宿，乃与谈及今夜因事不能相从，但彼已过邀余时而知矣。据彼云，此处似乎如何赏月之别致也。

9月13日　阴　凉秋天气，朔风初吹，昨夜冷雨凄风，几如三冬天气矣。余虽拥有一毛毡，然犹觉凛冽而缩瑟。

今早，铃声甫振，即下床过回房内加衣。七时，送珠至校门外，恐雨即返，彼踽踽而行，状颇冷落。竟日冷气不稍减，入夜更厉，何寒之早也？

阿母垂老，每念不置，明年假期本不欲归，然留亦无谓。城市生活之享受，为期尤多，无如一年一度，回家得亲慈颜，而慰其念，之为得计也。此后即作书告慰之。

9月14日　晴转阴　得亮淹兄自乡来信，备言乡中事，万里得乡音，喜固不待言。然，乡中今年均蒙大旱，米价突昂等情，则令余戚戚不安矣！年来，兵役的牵累，建设之劳工，而又遭此旱灾，则农民何以聊生？家中近无信至，谅正苦也。噫，风烛残年之老母，犹见此未造之世，悲叹自不免矣。每念及之，辄多酸哽填膺，顾如之何。淹兄又略说，邑中心小校，已由省府派员接充教职，谅比诸本地姜为辣也，岂绥邑学子之幸乎？

下午已无课，余感阅书不能保持注意力，乃书凡三通，一为致余荣兄于龙州军次，略言别后情状；二则致保兄于上思福音堂，告以别来情绪及询其近状云；又一为答淹兄意，并将近状告之，但以邮票无着，保、淹两兄信，且迟日寄耳。

9月15日　晴　地下潮湿，藤箱中所藏之书，多因潮而发霉，今日乘暇重加理之。觉其繁重，悔暑期不携之归。

阅《文学》八月号，无大足以记之。惟，达夫《再谈日记》一篇，则谓“写日记时，切不可存一缕除自己外，尚有另一个读者之存在”。其意即曰，可随意书之，或感想或经历，不宜稍有掩饰也。

自修堂阅《史记》李广传，夫李之战中策略，骁勇当世，总不能获封，岂非天命也耶？

9月16日　晴　黄俊杰主任曰：“知识就是产业。”此似是而非之论调，思之，未必尽然！夫留学生、大学生，非无知识也，然总难售出，卒至无糊口之噉饭地何哉？

《中学生》中有一篇《感同身受》，写一教授以此语，遍寻各友人求能得甚低待遇之职以与其学生，奔走终日皆无获，及后寻至某大学秘书长，而该秘书长不禁哈哈笑曰：“感同身受，每日所闻所见不知凡几，共计之不下三十个矣。如是将予我何为情？”由此观之，可见求职业难之一斑矣。可慨也夫。

乡中耀荣今又得一信至，大意即谓近日大旱，禾收甚歉，四哥已在特务队服务云。振益兄亦有一信与我并郭，略陈已入仲恺农工学校肄业。

9月17日　晴　黄昏约广西同乡梁中庸、莫逸民并往江村一行，梁君初出茅庐，处事见解，仍属幼稚；莫较多阅历，但亦不多言语。欲求痛快之朋友，确乎难哉！

偶于王君抄本瞥见一首绝句，因爱其意旨，故录之：“男儿立志出乡关，学未成名誓不还；埋骨何须桑梓地，人间到处有青山。”

9月18日　晴　家中四哥又一告旱书至，令人阅之怆然。信中又附有致何文明一信，嘱代转往二哥连内与之。成珠之令尊亦有函致余代转珠之信，并有请代时向珠规劝云云。

施礼兄别之来，忽已旬余，彼望余信。然余日来诸事纷繁，且乏邮票，故延至今日始握管为彼告，且仍须二十一日始得将之投邮也。

入暮，与诸同房各友人六人绕游江村，回至一杨桃园，由门窥之，有引人垂涎之慨。余乃闯入向之言买，而各树果成累累，美不胜摘。尝之味甚甘，乃购之凡数斤。各人又作非之取，故各皆啖之觉饱。吾乡虽有树，但其酸涩，且树高大,非此种同也。

9月19日　晴　早晨因《国文》调明日上,乘暇立书答珠兄令尊信。

自修时将《老残游记》一阅。虽未能阅之竟,但观其宗旨,大都讽刺当时官吏之病民事也。

当修业时,忽闻秀兄呼余名,应之,彼乃曰:尔有信至。心为之喜:或二哥来信矣？孰查及信封,乃觉失意,但亦异之,耀荣何多信与我为？急展之:无他,乃告余代为购买胶鞋耳。噫,余今日正穷如洗,彼等犹昧然向我唠叨,宁不令人深叹!

9月20日　晴　军训课为整理内务,余草草略为一整,即往理发处欲剪发,但彼以生意凋零,早已席卷他去矣。由是乃至洗衫婆处(稻香村)购信笺并食小饼数块,而其女亦娇羞答答,学作交酬,但比诸广州之女侍之交接酬答裕如,颇有逊色焉。余不惯作轻薄儿之周旋,故即冒烈日而返宿舍。乘暇,即速草一书答成珠之令尊,备陈珠兄居粤情况……

9月21日　晴　转眼又一周矣。各同学多匆匆整理进城,余未存此意也,然经环境所惑,亦不顾及囊中之有无而遽然萌此念矣。但犹未尽然:珠兄近日入学如何？盖其入学后及迁居以来,余未之知,而其令尊以我能关照为怀。今乘囊中尚足车费,何不即往视之!故遂成行耳。

三时上车,四时方抵西村站,候车入城颇费时。及入城内,已见各校放学矣。至永汉北路新开张之新文化书局一探,店中均属旧版之章回小说笔记之类而已。

入夜,与珠往永汉路一行,张鲁忠因上课不能从。行之倦,乃到涎香楼啜茗,再走一转,买雪梨斤余返,所费二毛。

9月22日　晴　六时许至惠如楼饮早茶,坐良久,总无较佳之点心,于是失望而下。

到美的理发店剪发,及后为之"看耳",据云,耳中膜几遭损坏,是乃日常好将木枝挖之所致,后应戒之。

天热无处去,一时许,黄君宗勇代余将亮潮寄来青春旅舍与我之信交我,甚慰于怀,勇坐谈移时始归校。乡中又有一讯与振洋,但总言大旱为灾而已。嗟呼，绥邑之民，何以聊生？二时十分因候莫逸民君不至，遂独往仓边路搭长途汽车至黄沙，四时至校，犹未开饭，余即匆匆洗面即入膳厅。噫，钱也，假如供我多有，何急急如是耶！

此次进城，买得六毛钱练习簿外，别无所有，然已去二元余矣。若将此数移作买书，岂不大妙？思之又悔不应行之无意思也！

9月23日　晴　纪念周，校长报告此学期之上课及各生之遵守所规，为历届所未有云云。由是可知历届之情形一斑矣，可叹也夫！

跋弟处屡欲为书致彼知，奈无知其地址何。今得之矣，乃将萍前来致彼之信，并答其一信及诗一起，寄与之。二哥今早来一信，得之狂喜，读之至再，其大意即各信已收到，惟未暇答耳，余容再告。又告买与民器冷衣一袭，及零星物件数件云云。本拟今晚即作书答之，但写与跋弟之诗稿犹未蒇事，奈何！

9月24日　下午雨　阅《读书生活》刊本，内关中学生阅读之标准一文曰：初中毕业生须读完《社会进化史》《社会问题》……高中则应读政治经济等哲学。而每月至少须选读月刊四种，如《世界知识》《中学生》《时事汇编》《妇女生活》等，日中亦必读日报两种以上。自思阅读方面，殊久贫乏也，后当急谋实行读之方可。

姚君邀同房陈君往茶棚饮，亦以虚伪之词叫余一声，余只谢却。嗟呼！友谊之结合亦建筑于金钱之上，可叹也夫！

晚饭立书二函，一致曼哥告其下月方能将衣被寄上云；一致四哥，问其秋收确况，并无钱为之购寒衣，又告其善侍老母……

9月25日　雨　天鸿自韶关复我一函，畅谈近来之艳遇：备蒙一女性之倾心，观语气，有沾沾自喜状。余诵读之余，颇为之幸，但又为之忧。当此春情勃动之时，凡为青年男女，其于异性之需求，正如万顷波涛之澎湃，孰能止之？及之得矣，情意相投，卿怜我爱，味也正甜。但若为旁人所忌，作梗于中，则痛苦于是生矣。且女子之存心，一时几变，故鸿之幸，吾恐遗恨于未来也。

今日特将二哥、四哥、潮君之书，一并寄出。

9月26日　离家沿及于今，几盈二月，而家书杳然，殊令人以悬悬也。今早忽奉家信，心固甚慰，但及知大旱之患，则又戚戚于中矣。家中询及二哥近况，虽应答复之,但昨方寄与四哥,似此情况已略有陈载矣。

晚饭方罢,而同乡之旧同王善藩君忽入,初,尚不意其竟来访我也,因与之招呼!乃知其初抵粤垣,今特为访我来耳!余遂领之往茶棚进餐,又同之往车路一行,因问之乡中消息。彼曰:今年七八月间大旱故,水田只得三四成,若旱田者,不堪问矣。嗟呼!东门之人,其苦何堪设想哉!设若明年再度还乡,民生之疾苦当甚于今年多矣。惟幸遇上思县之马路停止开工,则人民之劳苦,可减一半矣。

9月27日　晴　余月来贫乏,无以名状,诚以对亲友,即学校当前应需之图画用品、军训服装,都无得出,何况谈及应酬哉。故同辈中人,或以我为未谙应酬,于是而疏之者有之。但因而疏之友,亦何交之为哉!

今夜陈进礼君特请作课余之啜茗,席中又相规多端,可谓忠诚于友道,且其年长于我,学识修业可称较优我,故余亦敬领教之。

9月28日　晴　下午由校长前领全校员生作郊外观察防水基围,故第六节《教育概论》停止教授。于是警号频吹,校中各人,次第集合操场,稍整排队伍,即向目的地而出发。每行排行三人,如是而去,及抵田边,路窄遂成单列行走,一望蜿蜒蠕动,若一条长蛇焉。越过铁路即取道田边土坡之高堤而去。行行重行行,见山容憔悴,草木枯黄,不觉动起愁思……行若二里许,即抵高唐,而登中山纪念林,散队后,各人纷纷就阴庇之。余斯仍以为未之达目的地也,乃叩之黄俊保主任,究尚往何处?彼曰,吾亦不知,此乃校长之意耳!稍休,校长赏余等每人杨桃、香蕉各二,各人皆喜形于色,大乐啖之。校长随即曰:余等初所走过田边土坡,即今日所欲观察之防水基围矣。因此即作谈话式之演说当日水灾之为患而防救之需要。并言乙卯年西江水涨,斯处之罹灾之惨状,故防水之工事,吾人应知之云云。余闻罢,乃知初时以为毫无意思之走过田边,乃是目的点矣。宁不发笑也耶!及后又有各先生再说水灾……及归各人皆托一枪而来,有力不胜者,则叹香蕉、杨桃诚太不值矣。

余自进礼君请饮,而知可赊数,故虽阮囊羞涩,但今晚都往饮矣。从去者有同房莫逸民、王国强二君,三人虽食之饱,但只五毛而已。

9月29日　晴　晨起特晏,将几何题略以研究,但仍无头绪以演之。早饭已，洗枕头、底衣、鞋等，又将代数演算，各练习部亦加以修理……因此犹未倦，乃将《人类史话》阅之。午后略入睡片时。

9月30日　晴　纪念周中校长报告，“意、亚”纠纷日趋严重化，亚国虽小，然其国民均能乐为国死，故自总动员令下，全国已有十数万兵……吾国今日，亦已危急之际，吾辈青年，应宜知自奋发为国云。流光如驹，转瞬已届深秋。入校以还，匆匆中已过四周，余甚觉其快，但追思上学期之空闲，则感其日长如岁矣！

饭后随王禄位君往高唐邮局，乃顺将家书转与曼哥。途中买香蕉二斤，所费二十四枚耳！五人（王国强、王禄位、莫逸民、陈进礼）食之，只得二个而已。

10月1日　晴　今晚研究几何，未能抽闲出游。但脑思涣散，总有如何收效也。自修课，特与王禄位谈及家乡风情，因知彼乡中亦有用牛挽车，且多贫困而曾有以番薯作粮食者，但包粟则未以为之食，惟果实长几为八九寸云。王君乃琼州文昌县人也。

今日得施礼自培桂中学答我一函，措词之婉丽有逊前时，但恐限自修堂，致有影响耶。信中乃告我日来生活状况，及校中之实施甚严云。培桂中学办虽未久，然对于精神上颇极力整顿，较其他校或胜一筹。然非若此，则何能博取校誉哉？盖凡私立者，当多方沽其名，以广收其生也。

10月2日　晴　限定着皮鞋穿制服上堂之布告，今晚又有见矣。三令五申，不谓行之严且厉，但徒注意及此，于校誉只得外面可观耳！而以皮鞋为制，与适宜农村经济、朴素俭勤省之主旨，得毋相有抵触耶？今日美术先生告假，乘暇即将生物学之习题作之。

10月3日　晴　今晚又暂停自修矣，但为因如何，未见注明，岂亦有雅不欲为外人闻之秘乎？而先生老爷们均向江村去，同学某则曰：“此时于评珍楼或已打完四圈矣。”余犹疑之。某曰：“君何见之少也。凡此都属其惯技耳。”嗟乎！校长岂不时以言行之端庄，而俾学生得潜移默化之论调，向同学中宣扬耶？今若此，则同学将何从之？今日校长又召我班代表数人，征求购置乐器之意思。今余虽未将此意传诸同学，但若此千余元之巨款又谁肯慷慨解囊哉！且学校设备若此，而铺张此种不管轻重可有可无之仪器，宁不多此一举之谓？若曰：欲效省一中之购备，则虽力能胜买，亦贻“东施效颦”之讥耳，岂能与人比美哉！

瑚今日忽有信告我，但已属失意之逋客，而由梧再过羊城来矣。

10月4日　晴　时已深秋，然炎日尤烈。今日吾班受军训操，为主任所制，作不动姿势者，凡半点之久。即两小时中，立正时间已占一半。同学中有不胜而退避者几达十数人，但所操者不过复立正稍息耳！所评者，亦千篇一律，犹如火车中为药房代售药品之伙计，横竖复赘不过系统之口诀而已。夫如是，即操十年军训，究能望有所用于国家哉！然政府之设有此项事，岂为藉豢养其爪牙之军训教官们，免致随处遭僧多粥少之叹欤？

表侄俊才，忽有信致我，言乡中株守潦倒，欲前来谋一枝栖，可叹也夫！大学生、留学生，尚作十字街头之彷徨，何况小学耶？然农村已趋破产之时，向大都会集中，此乃必然之现象耳！

10月5日　晴　意大利、亚比西尼亚两国间之纠纷，继而经战争之酝酿，今已爆发矣。据一般推测，世界第二次大战或以此为导火线，夫观今日本、英、法诸已暗助于亚，而倔强、久欲挑战于世界之德国，其助意也无疑。然大战临头，各国难免卷旋涡，则吾国势所不免，但观国运之如何耳！

今晚因欲与梁中庸君问借，特邀之行，但彼犹豫不决，欲行又止，行动谈吐仍不变乡下态，殊不配为现代中学生也。由江村归，时已入暮。然梁则强拉至茶棚啜茗，余真叹彼何其傻也，此时安宜于茶哉？但未便止之，故只强随之而已。

今日乘暇已将应答俊才之信，往江村投寄矣。

10月6日　晴　“每逢佳节倍思亲”，他乡游子，每值佳节而吟及此，能不为之肠断也哉？何况今日重阳，又名之曰“思亲节”耶？家中斯时为况奚如？固非而得知之，但以推想，大都遭旱而感困矣！

回忆去年此日，随同乡友登高观音山，继而随拜山之人向小北而出，情可乐也。而今劳燕分飞，人各一方，思之慨然！

今早过郭兄处谈至一时，回时即写二函，与苏振益、凌天鸿各一。日来，为蝇与蚊所扰，不堪其苦，但亦关于学校卫生之不良故耳！噫，蚊又猖獗矣！乡中人云，蚊仔秋末冬初咬人特为厉害，今于斯可知矣。

10月7日　晴　冰莹之《从军日记》颇得读者赞许，余今得自图书馆而阅之，以入夜三小时而毕之。前半部较为精彩，全书其实不堪称，惟其能写当革命初期的风气，初入农村小镇，而人民起一种反应之情形，确能写得活泼。至其所谓日记，则无从寻出。盖全书均为书信体之散文集，何尝有逐日而记哉？且当时革命军打仗情形，伤兵之痛苦，农村为军阀蹂躏后之种种现象，均略而不举，是其所短也。从其中，而得其心理之表现，大多侧近红色之无产阶级，岂当日仍属“容共”之时期而所有之色彩耶？

因读《从军日记》，其中有写乡村初受革命风气而起骚动惊异之反应等情况，而忆及民国十六年，吾乡之闹农协、商协、工协、青年会、妇女会种种色色之盲从事体来。但由此可知当时之情形，实为社会普遍病狂之时矣。

10月8日　雨　俊兄与之不相闻问半载矣，今彼忽由香港陆海通旅馆寄来一函，诵读之下，不禁为之惊喜。盖彼乃为度蜜月而飞粤转港，他日或赴沪转杭谋事，并约我过港一晤为盼。彼望我也，固殷，但我何得资以作盘缠耶！意下甚为踌躇。

但从别方面观之，俊兄之匆匆行色及旅店内匿其真姓名，殊属可疑。盖彼对方乃为李总司令之族侄，若果正式结婚，俊当为驸马爷矣。王亲国戚，于广西中何患无枝栖，又何苦远上杭州作求进之为哉？且旅店内亦无匿名之必要，又方抵步粤垣，李公馆理应过之，而遽尔即时转港，事殊可疑。假如环境许可，吾当过港一觇其究竟矣。早饭后，乃立书一通与俊兄，祝其伉俪情笃，并聊说二哥况。

10月9日　晴　希殷兄忽自龙州来信，综其大意皆述平生抱负，故未愿蛰伏乡曲，乃决然飘零他乡以经营。又询来粤同乡之生活情形云云。

晚饭已，同房诸友均相出外散步，玩游江村高唐之日。然秋日苦短，刹间暮矣。月色成阴，余等均甚不思归意，盖今晚乃放假之前夕，且灯机已损，乃无上课故也。由是遂相告曰：“吾辈今夕且品茗而归以消此夜。”乃登杏花村之楼，方就坐，忽见校长与各先生已先余等至，我等即感蹙蹙不安，言谈举止，为之束缚，故终席殊感扫兴。归途，步月行，月光遍地，可望数里，虫声凄苦，余顿感今夕他日之思，因吟出一首以志此会。

凄清月色夜转凉，醉罢江村笑语还；
说到不常离合事，他年记取今夕欢。

10月10日　晴　吾中华民国，今日又属廿四年之诞辰矣，举国上下无不为之额手称庆也。吾校召集各附小校，亦于七时作形式之纪念会焉。初校长欲于今日作非常隆重之仪式以祝之，然因恐误各学生之入城观会景，故有此草率了事之会。九时余匆促赴车站，遥见车站各乡民麇集如闹市，一望如林，及抵时，拥拥挤挤，比肩望项，而窄小之区，顿集数千之人。而各人均恐登车之难，莫有形于色，既而果至，而纷争登车者，有哄然如波涛之澎湃，孩童之哭声亦大振，秩序甚乱。余亦奋臂而登，幸得立锥之地，抵广州已十一时许。长途抵至中华路即不能前，会景即由进也。余下车手提藤手匣，穿过人群，身可去，而手匣几不可由人缝中抽过矣。斯时会景巡行，故不能横过街中，只忍饥随其巡行之路径而行。及抵维新路，观众稍稀，乃强伫立看焉。各种会景形形色色，光怪陆离，大都出自商人制以宣传其商号耳。然其装制之伟大与妙肖，均可一睹也。会景过已，余宽然转惠福而永汉，时饿矣甚，乃就涎香楼食饭一盅，而想过珠兄处，但至广仁路，又为会景所阻矣。

余与珠兄见后，随即往访瑚兄。幸而彼与勇游倦方归，互谈一二，颇忘其倦，而瑚囊尚有肯借与余，余由是顿忘归校矣。饭后出街至海珠桥，俯视江中，龙舟次第表演，但余等不好之，遂沿永汉路而北，时街中又止人车行矣。俄三四条龙活现观众目中，其舞其跳，堪称能手，宛若其活。各会景亦复行过，缀配灯光，比之今日，妙观多矣。观众中，多村姑乡妇，城中薄幸无赖之徒，多有卑鄙之行，即包围各可怜乡下姑娘于进退维谷中。各酒肆茶楼亦通宵闹市，以利旅店无处容纳之人。余是晚玩至十一时许始归寝。

10月11日　晴　余得瑚之借与后，乃顺便购各物以付与二哥，故终日均在永汉路往来，无他去以观狂欢会之完全真面也，即归校亦不能如愿焉。入夜仍行如故，但脚不胜矣，乃往美珍居啜茗以遣闷。

10月12日　晴　早饭后将昨买就各物及旧丝被、毛袄捆成一包往后方付。十二时同珠往新华看《夜来香》影片，片中表演少女之被骗而遭摧残蹂躏，以遗恨终生,情节甚可动人。

入夜,街中围观会景者,犹如堵塞,余觉之倦,不胜久立,乃与瑚归。

10月13日　晴　八时十五分,余离热闹之都市而归校矣。回想已过之三日间,愉快、闷倦、忙碌、悒郁,无一俱而体及矣。但今恍如梦醒,一切均属空虚,而精神金钱则受损失不少也。而数十万观众中(只指由乡下入城之人)当有不少如余之感也。然既耗此无限之金钱,荒废数日之时间,费一身之精神,若用作救国赈灾之费,自可补救多少。今而花于无聊之场,殊不识彼当轴诸公之存心也。夫国正危矣,民正苦矣,虽名曰国庆,岂能不察察耶?何为狂欢如哉?或曰,此乃商人之为,固不能不如是,然此会而为商人以图利操切,当政者咎有应得也。"商女不知亡国恨,隔江犹唱后庭花",用以讽广州此举,得其当矣。九时至校,得克保及英杰两信,大慰。日来精神涣散,今日一睡息之。

10月14日　晴　忽忽时光,入校以还,已盈七周矣。第一次小考之期,当在此周举行。故各科学必须预备,余因入城或因失眠,或因疲于躯体之奔走,致今精神涣散,欲从事研究科学,辄感倦懒。

各科平素所学,亦颇有心得,今日再习之,固属易事,只因生物学一科,先生教授不明,讲解肤泛,无从寻出中心点,亦使学者无从得要领。又无实验以证明,即偶于课本寻出答案,亦只作强记而已。噫,嘻乎!若此之先生,贻害学子,岂不甚哉?然学校之聘任人员,何马虎若是?得毋又因人事关系也耶?然则,教育前途,不堪设想矣!

昨杰兄代转忠哥意,及双十日入城赠物寄去之种种消息,一并告知曼哥,草成一书,托莫君代将之江村圩投寄。

10月15日　晴　日来为应试故,终日均埋头课本,其他课外读物未能一睹,不异病人欲食他物,而为医生所止之苦。此种考试制度,欲考查学生之成绩与促进其阅读之谓乎?吾未之见也。常观平时怠惰、学力平平,而考试成绩则每每优等;至于平日用功、慧智特灵的人,其成绩也反见劣挫等,何也?此乃一时之幸进耳!岂能肯谁优谁劣哉?故此种考试制度,应宜取缔,但此制度之行,不为不远矣,卒至不见取消者,殆有其原因哉!

房中同学均有同乡之邀往啜茗,余洗澡归来,惟有陈君莫君而已。后陈君亦邀余等往茶寮饮之，余于此亦深谢之。但观此，可知乡谊之观念，犹深入人心也。

10月16日　下午雨　此周为考试期。余为入城趁狂欢会归来，精神为之颓靡，故各科均作速度的记忆，其成绩可知，而最难以应试者，为生物学矣。然各同学反作漠视之。及考之时，均将书本而直抄，余因是亦不能例外。嗟呼，余读书迄今，抄书偷视旁人者，未之尝试也。今日竟不能保持往日之堪夸本领，殊堪浩叹，但促成我之此行，亦非无因。盖有其师必有生，是无例外也。假如先生教之有法，解之得当，何至有今日哉！

要努力用功，才能有上进！

10月17日　晴　亮淹突与我一挂号信，读之乃知所寄来之数百分邮票者，托代之购时表、水笔、胶鞋等。此实令人长叹也！夫邮票岂能换现洋哉？且时表、水笔于包裹亦不甚便，谁又得闲任此麻烦？虽然对友人而出此微力，义何容辞，但彼亦太不为人着想矣。

今晚理应答复之，顾考试所牵何？

今日国文教师将前星期所作之文发派各同学，各个成绩自等差。而优者则定于九十分，最劣则为六十分。同学中多于七十分左右为最，余只得七十分而已。自思学力平平，不见胜人处，于心顿起不安，顾此次之失败，必也。盖因余意均违其旨而作，假若曲意迎合其企图而写之，谅未必至于斯也！然若迁就之强作，自我之见解已被掩饰，亦何贵哉？

10月18日　雨　今日数学、国文两科均考试。国文科，我诚堪不敏，词句及连接处，皆无顾及修饰，故成绩之低劣在意料耳！数学为时虽促，但终能依时完之，究其因，实为多习致之。“业精于勤”之古训，不我欺也，然则余将何以取之？

10月19日　晴　今日小考已竣，心为之宽，乃乘暇入城。二时四十分即出车站，奈直至四时仍无车至，叩询车站中人则曰：车中途遭损，必过五时始得云云。余等乃哄然相率归校用饭后行。五时许车果至，余匆促登，及至西村，时已入暮。过广雅中学候车处乘长途车进城，斯时已万家灯火矣。

于广仁路，恰值珠兄呼之，不觉愕然，乃相同至其寓处，放下手箧，即行出街,斯时囊中已有,备觉怡乐。随即入杂志公司,各刊物均赫然以杨秀琼女士为封面。杨女士为浴罢登岸之形,香肌毕露,曲线高耸,尤以下部更为发达。幸彼亦机警而将玉手遮之,否则肉麻更为人难以目睹矣。余乍见之下,心为大感,性随萌发,乃将贰毛钱买全运画刊一本,藉观其美体焉。八时许往结缘素食店,食素面一碟。

10 月 20 日　晴　凌晨独行街头,思就理发店一剪一月来未剪之长发。无奈各商店仍作深锁,殊堪怅惘。逡巡财厅前及广大路间良久,仍无问津处,乃往一粥店食白粥一碗、油炸鬼二。斯时已八时矣,乃得“一乐也”之理发店而入。九时到永汉路买零丁物件,过中央公园前忽遇王禧鸿君(于二哥连内充班长),相见之下,转觉哑然。后询之而知彼已侥幸入军校肄业,并邀余过后方坐谈,余辞之。思之,又具幸运之感。如彼者,赤手空拳,出而奋斗,卒能得享受正式陆军学堂之教育,而费尽几许金钱以读书,考之犹不易得,岂非命运各殊之谓欤?至家庭食堂进膳,但亦不若何之可胜地。瑚极赞之,宁不太过也耶。中午矣,候瑚仍未至,殊恨,乃邀珠同出永汉路,再到维新书局,买派克笔一支,其虽定价为十元五角,但八元半亦可买。可知市侩不能轻信之也。

10 月 21 日　晴　纪念周中校长报告:为前日参观省一中周年纪念会,见其成绩优美,及布置均甚可观,乃几告诸同,有所自勉以效其长。但东施效颦,何不自量如是?夫主校者,于学校之设备,教员之任用,学生程度之提高,素均以马虎了事,若是何能望其如人哉!

曼哥今日与我一信,谓我久无书致彼,念念,并望我能加买龙飞凡等。但我前曾发二函与之,何云久也?或其防地已移,因致遗之耶?耀荣入夜亦有一信至,所云皆平常事耳。

10 月 22 日　雨　习代数,写回信,今日之事,大都如是耳!

入夜,黄绍裘学兄由本县政府亦有函至,展读之余,不禁为之浩叹。乡中岂确非乐土耶?何凡人均欲脱离为快也?然须知“到处杨梅一样花”。夫际此时代,何处不若是之艰难哉!惟彼从未经飘零之苦,反引为乐事耳!

10 月 23 日　晴　润芬今夜亦来一函,“略言因病未克为我作答,但前我所接其信者,并非出其手笔,必旁人借名胡闹耳”云,余因亦奇之。然前信中所说,并无存何种用意，而借名者，何补于彼？故吾敢定写此信者，必黄钤清君，盖信中亦署有其名也。

光瑚兄亦藉旧报夹一信与我，陈说前星期因开会时间所限，故未能如约相晤。又并说离校日久，功课、友谊两均疏忽，大有懒怠意。以涉猎不良的教育给与之知识，而随人直上不能，必也。且更不知自勉，只徒好高骛远，则何不落后耶？“登高必自卑”，学者岂不取之？

10月24日　雨　秋雨纷纷，晨起觉冷矣。强就冷水洗漱，已感凛清，盖已霜降之时也。因雨各皆欢呼无早操之苦矣，谁知铃声甫过，哨音随来，各皆莫知所以，及集合操场，校长赫然矗立司令台上。俄而乃闻曰：今早特将前省督学来校视察之批评转告诸君，俾得各知勉改……据督学称，我校师生均能一致团结，管理、教学，均属甚佳……余听罢为之咋舌，夫当今官样之所谓视察者，何足取焉？其视察所得，不过片面而已，进言之，即所见者，乃掩饰之外形耳。如当今卖淫妇，其能予人以欢之，皆因粉饰之得法，若问其自然的美，则差之远矣。今该老爷之视察本校，安能不如是哉？故如此之出而视察，而求其真实的情形者，何可得哉？然当今之世，上下相贼，又谁作尽忠于耶？只求曲全于上，交和于下而已。呜呼，可叹乎。

10月25日　雨　早饭，黄主任始集班代表开本校师生联欢会筹备会议，余亦遵职出席。但会中甚属随便，提议、讨论均无见行及，只作胡乱你言我语而已！及后开会时各项负责人员亦皆选出，余被选为交际部，因亦自喜，盖此会无际可交，较之作采买布置等为闲多矣。

亮潮弟忽得一函至，余久疑为之释。盖因其僻居乡曲，故余信不易到彼故也。信中勉余乘时倔起风头，然处此环境，欲出无谓风头，宁可贵耶？且此区区校中班中之领袖，于人生之光荣，何足荣辱？故余对此甚冷之。致曼哥及家中、耀荣、自耀等信，今晚均往江村付矣。

晚与第十三班代表伍君往江村定制白布单，至夜始还，伍君之犹豫故耳！是故犹豫之误可不察哉！

10月26日　雨　日来雨不绝，往教室受课为苦甚矣。余此次入城，情甚勉强，衣服肮脏，荷包空虚，而适筑于金钱上之生活之广州，自有立呈寒酸样矣。

然安贫乐素，亦无伤也。且余既无女友为我在其前逞献丰彩，故颇自安。

车回抵西村，余幸得野鸡汽车邀乘，乃无争抢长途汽车之苦。及城内已四时许，乃就"味同居"叫一碗炸珍肝而食。至珠处，稍坐，俟其食已，即出门过文德路，代植秀兄采买旧杂志，转永汉路维新书局换笔嘴，但捡之遍，总未得如意焉。乃恍然悟，彼固较大公司为产之因。行困，欲就茶居憩，奈囊空何，遂买一毛钱干饼，往中央公园食之。买《申报月刊》《世界知识》二本而归。

10月27日　晴　虽为星期日，而从未得安于休息也。盖因数周以来，连续入城，扑扑往还，殊感其困，故今早破晓，即辞珠而归。乃抵黄沙，忽觉忘携郭兄托购之书，心为之怅怅不乐！为省费计，遂步行回取之，由黄沙而至惠爱路，费时约一时。余至珠处，彼仍仰卧床中，余乃乘暇包《世界知识》及《人言周刊》寄与二哥。出街食早饭，至昌兴饭店食一碗饭菜，食之颇值也，或则此乃为其新开张藉以宣传之手段乎！堂中亦有二个"花瓶"，其于他人也，颇献殷勤以招待，不愧其任，然于我则甚冷落。嗟呼！此亦社会一般之见也。假我亦其官样，谅能令彼应接不遑矣。欲搭中车又不及，欲往珠处又不好意思，手提箧子亦感累赘，乃硬头皮入新华看《人之初》焉。片中编导均欠高明，然所演之题材亦社会之一般也。家驹，以恋恋于财势，卒至亲生阿父老年受困牢中都不之顾，诚足诅咒也。

四时归校，见二哥信，为之狂喜。盖前日所寄之物，彼已收妥。但彼对于家中意甚冷淡，即作书都云不愿，究其为何，殊难逆料！又告我留薪可照常领，惟下月可买与小哉书。

10月28日　晴　余荣兄之来讯，事前余殊不料及之也。余虽有函致之，然彼自有工作之操作，何能顾及答我不干轻重之信息哉？今彼竟能不苟，可知其与二哥交情之不凡，且非渺茫之流也。

萍兄月来鲜有书致我，我亦困于邮票故，音问最疏。今晚得其书，颇慰。而彼已随其连长他调，但生活何似，犹未卜也。余本欲即书答之，无如邮票已罄何！

10月29日　晴　由图书馆借获《社会问题》一本阅之竟，但其所举甚略，故得者只肤浅之概而已。

《修辞学之发凡》得友人的介绍，余因自图书馆借之归，今阅之，以其冗繁故不能不择读也。其中有一首七绝《梦城》，为陆游所作，用以代表委婉、含蓄之例者，殊可学之。今录之：“江上荒城猿鸟悲，临江便是屈原祠；一千五百年间事，只有滩声似旧时。”

10月30日　晴　今天开始看《春蚕》。该书为数篇短篇所成，著者为茅盾先生，其以丰富之思想与委婉之手腕而描此说部，自有可读处也。英杰、绍裘两兄与我书，迄已旬余，今日乘暇草成二书为其复。《申报月刊》今亦包妥与二哥，并附一笺问之民器侄应需何书，以便购买。

10月31日　晴　《春蚕》一书以二晚自修堂而阅之毕。其中《春蚕》《秋收》两篇则写农村受连年灾害及“一·二八”上海之役之影响，卒至农民穷困饥寒；又《林家铺子》则写小圩镇之小商民遭社会不景而亏本、倒闭，并劣绅之敲诈情形；再其他各篇则杂及社会中畸形之人物……各篇之描写能称尽致，而全书均以“一·二八”之役为背景，即因“一·二八”而后，以致影响及农村小镇穷人之破产流离。

夜间多蚊，故欲写日记不能，乃改于今日写之。但所经何事，留于脑际者甚模糊，此皆因日中所操作，大抵平凡，无可大印象处，遂易忽之耳！临开膳之际，忽闻开会纪念黄克强之逝世。仪式做得太马虎敷衍哉，然校长犹说隆重之今日斯会云。噫，能笑死人也夫！

11月1日　晴　早饭方已，铃声忽振，余知必为促我辈往参加儿童年开幕礼去也。由是即穿鞋戴帽，随同教务主任及各班代表，冒炎日去矣。行数里许抵高唐民众教育馆，斯时各小学生已压压毕集会场，余等后至已无处容，只就走廊侧立，足为之倦。惟得一二姑娘以赏鉴，颇忘其之倦焉。俄一声“肃立”，开会矣。主席为一小学生任之，观其宣布之态度，亦无畏缩态也。继之各先生们次第演讲，然凡此老生常谈之虚语，更谁有心听之？由是草率间即行散会巡行矣。余因觉之太简略而不庄重，吾校之参加亦甚无意义也。

今晚学校又以剪光头之行出示矣。军训教官申说“头发长于卫生不宜”等见谕，余为之取其说。盖若头发之用，固有存在之价值，观夫西人头发多无光头剪之,即因用护脑也,今其冒昧言之,宁不贻笑乎？但学校之一切,均污浊满地,蚊蝇如集市,而学校当局,反忽彼而顾此,岂不舍本求末之迂耶？

11月2日　晴　今晨忽见报载,汪精卫于国民党四届三中全会为一记者孙鸣凤以手枪狙击,当场身中三枪,然俱不属要害,故未足有致命之危云云。而据各方闻之多生惶骇,以中国之中坚人物遭此不幸,殊属可悲。若一旦沦为不治,则中国政治当失重心矣！夫位高者身危,斯固要人每每卫队常随也。而今刺之者,则为晨光社记者。

入夜得巴金所著的《家》阅之,其描写之委婉动人,意趣高超,非三四流之作品所能望其项背也。以其有引人入胜之魔力,故夜深而不觉,爱不释手,乃至十时半,阅至一百页遂止。

11月3日　晴　晨将代数演之毕,随即作书凡二:一为致亮潮弟于邕府,略言婚事之应付;一则寄与黄润芬君,告其近况。正午与詹君借小洋一元,邀莫逸民往江村评珍楼啜茗消遣,归途相谈未来事,但觉茫茫,不堪预测。

图书馆阅报,汪伤处有无虞状,但据他方传说,又出此说究属如何,终难断定。

11月4日　今早将代数之习题习妥后,转抄入较完整之部中,但觉为时不经济矣。若当时随即抄之,岂不省事也耶？此迂拙之省,后当戒之也。

自修课各同学嘈杂如闹市,余虽力制不乱其心,然总不无有所影响也。学校办理行政之不良,此种现象有,自不免也。

纪念周中校长恐目下视察员之莅校,察出各同学或有违禁书册,致遭政罚,故翼翼之心,露于言表。故只告各同学切勿多读课外读物为佳,并云……掘井而饮,耕田而食,其余,吾乃学生不必管之。观其意则告学生只有埋头书案,不得多闻云耳。但若校于自思所说之余,能不觉语中有病耶？盖今日之学生,岂能如私塾时代之书生,之不可外闻哉？又岂由此三数本课本,而能得以丰富之知识耶？噫！先生,其言何取？

11月5日　晴转阴,北风颇冷　报载冯玉祥、阎锡山两公已有诚恳之电致西南中委,如李宗仁、陈济棠、白崇禧、萧佛成、邹鲁等,即日北上京师,共攘国难,并由中央派戴季陶、马超俊两公,飞粤邀迎各中委入京。观此现状,中国似有合作之可能。夫冯、阎素不满蒋、汪之专权也，今已互相谅解而复出矣。可见人心均有一致图存之心，而西南方面，当无法反对而藉故退误大局矣。中国之幸其在斯欤？抑中国之乱，亦视此欤？均视西南各中委能否迁就为国以断之也。

本校师生联欢会，今晚上六时举行。余虽任交际部之责，但无际可交也，仪式亦甚简略，观之索然，各教员到者寥寥，同学虽无减，然至茶点事毕，哄然而散，可知莅场亦存醉翁意矣。终场归寝，时方八时许耳。乃将《家》于帐中读，直至十一时，灯熄而后已。

11月6日　阴　呼呼北风，其吹也劲矣！景物萧条，山容憔悴，举目触景，能无感之喟集：夫弃我去者，时也，迎我来者亦时也，为时转辗以继，终无靡止，然人则老不复少矣。日来阅书，于生死离合处，甚感胸怀，几不能自已焉。

11月7日　晴　《家》之说部，阅至今日午后三时已竣。其技巧之成功，剪裁、穿插等固有其可称许处矣。但统观全部内容则乃为新思想者及新潮流与旧礼教旧封建之势力互相争战，主人翁即觉民用新的思想大反抗其祖父之旧礼教之压迫，结果终得胜利，只可惜怯懦之觉新，以一味屈服而沦为牺牲品。嗟呼！处于万恶之礼教势力之下不奋斗者，其沦落固理之当也。此书阅后，大受感动，几之恸悼然。

今阅小品文，但犹方饱醉大餐而转视此小菜，自有不愿下箸矣。

11月8日　晴冷　报载：国府新定币制政策，即于最短时间，令各省就各将本省银行之纸币，换取白银以为国有，各商人富产不得藏留……此令下后，国内外颇多发议论，各物价乘时大增，各国恐影响其国货物之倾销，故甚为注重。日本犹以为我行此政策，显然对彼抵制，故中日问题，已趋严重中。但以我观之，此行或不出日人所料也。总之，于国家前途，实有最大之意义存矣。南来陶、戴两中委，今日已返。据报所磋宁粤合作事甚完满，西南两机关亦允撤消，又王宠惠已赴德迎胡展堂入京主政云。中国犹有可救，纯视此举矣。

家中来书，展诵之余，殊深感动。盖今年收获大减，各人咸困。又规告我奋志向求，以振厥家声，切勿自满致落人后，而为人之谤笑……余恐为命运之弄耳！否则，岂不能有扬眉吐气之时哉？

11月9日　晴　日本近察我国颇有对彼抗意，故于平津一带，日军警大肆搜索华人，政治教育之行政人员，遭捕凡百数十人，胡适、蒋梦麟等均为之所难。其于我之凶行，可见一斑矣。今日西南邹鲁、李宗仁、林云陔等各中委，已陆续入京，谅和平之局，可无他变也。

下午写就答家中书，但晚间出行，又忘携往投寄，只留明早方可寄矣。游已归来，郭兄偶过攀谈，甚能破闷，及谈兴稍阑，时亦八下矣。余犹强习数学至九时许始寝。

11月10日　晴　醒觉，红日满窗矣。晨餐罢，习数学十数题，亮洪兄忽得一函至，展之，谓就职崇善龙州中学，生活颇裕，望我代查萍兄地处转告于彼云。

星期日中餐改于十时，余饭已，即同王禄位、王国强两兄，前往江村修发，修完即过高唐购糖果数物登中山纪念林啖之。而山上忽有两妙龄女郎现余前，衣长袍，携绮伞，临风婀娜亦足动人，惜乎，万物萧条，无复得花红柳绿为之陪衬，故仍不免凄清况也。遥望远近田园，均成灿烂黄金，农夫三五，甚忙其收割也。立于亭中向东北望，烟景朦胧中现出矗立之广州观音山上之纪念碑焉。

11月11日　晴　以农历言之，今日乃为我二十年前之诞期也。追忆儿时所行所戏之事，宛然如昨，历历犹复可记，然荏苒流光，已历二十寒暑矣。过此历程中，幼期以家境堪足自给，且列伯仲之最季者，故深得双亲抚爱娇养，及稍长就傅，亦只知有功课而已，家中操作均不须我任。今日之不能耐操劳，实植基于此也。小学卒后，曾一度失学家居，治事自学，得益不浅也。后一年勉强供读师范，其中连遭家境厄运，父亲弃养，一恸几绝，只得二哥力主供给，遂于毕业。民国二十二年春，乃执鞭教坛，诚舌耕之苦，顾此时余已迫而不能不营生活之独立矣。如是消磨青春凡一年有半，二哥深为余况悲，乃节省食用，召余东下，再次读学校而谋宏造。余得讯狂喜，乃即治装就道，只身远涉外江。抵粤后，往叩通讯于前之广西留穗学会之潘宗武先生，深得顾爱，得就培桂中学高中部读。但其生活之枯燥，个性未得发展，今年春，遂转投一师，学校由此乃定。

余所历人世，为时短耳！然人间甘苦事，于生活过程中颇能体味一二矣。来日方长，前途无限，正宜发奋有为之发轫时也。家庭望以兴隆、社会赖以幸福、国家须以图救，余又何敢偷安，以负年华耶？“王侯将相本无种，男儿当自强”，勉乎哉！

今晚致亮洪兄一信，略告之萍兄近况。

11月12日　阴　孙总理之诞辰纪念日，今朝学校循例举行。上午集中操场，开会如仪。校长则作不甚系统之演说，听之索然。然今日亦逢五全代会揭幕之时也，国家大事皆可视乎此会以谋之矣。

今日录《中国文学史》之“唐宋八家之作风及其优点”，但该书取材甚略，故八人中无从得其全焉。今日又将《世界知识》并附以笺以寄与二哥。

11月13日　晴　今日读《文学史概论》，但列举者甚简，故只得其纲领而已。余略录其要，而携往还之。转借《爱弥儿》，但一时又未能即读，盖因《中学生》月刊未之阅毕也。余近来曾决心多读多写，但多写未能如愿，此固因向不习惯故也，甚愿此能实践行之！

11月14日　微雨　午后微雨霏霏，余班中无课，遂作画图一帧，为下星期所交之作业。及工毕已三时许，乃即往教室受选科堂，一日之过，均平平无奇也。读《中学生》月刊，其中阅于高中国文科应读之书目如《左传》《史记》《汉书》，以及诸子等都应精读。自思殊觉所读之太少矣，欲补救之方，必须趁此时读之矣。但环境时间是否许我安然读之？第且努力求之，其他之事何必多顾耶？以后必多买书，多阅读，多写作，或能有所成就，自难预料也。

11月15日　晴　报载国事之严重，日甚一日。日本已准备攻我上海、厦门等沿海各埠，日前上海已有日水兵五六万登陆，存意捣乱寻衅云。国中主要今均咸集共谋以御之，谅不久即有战事矣。此次，我国对之抗，必非寻常事也。因近闻国事之紧张，故思潮为沸腾，乃伏案作书通致萍于赣州，并言洪兄况。

下午得黄映中君来信，展读之下，见文字流利且新巧，殊为之赞。其小学生耳，然比之中学，或能有过之，此不能不因其天禀之独慧也。斯人者，将来当可造就，惜恐终为环境所限耳！

阅《爱弥儿》数十页，但未得趣。其文多有崎岖处，此为译者之不得法，抑余未惯读译本之感欤？

11月16日　中饭已，余略收拾并携面巾、牙刷等物即同王君向车站而去。禄位君邀入茶棚坐，诺之，片时车至。一时至广州，与王君国强乘野鸡车入城，王君邀至其寓，余乃落得随之。适值其令堂在作家常事，余为之说一二，即同王君出。

至后方未得款，囊中仍可沽茶资，乃登茶居一坐。二时许至陈兄海鸥处略谈，即再过后方问领事，幸得款。余即出谋进食，惟各饭店门口均标明非五毛以上不有找续。余所有惟一元五角耳！徘徊不知措，乃转过他间食一毛半饭菜而已。噫！纸币之辅币之不足供，亦有误事也。六时许与海鸥往培桂中学，见瑚、勇二位乡友，相谈至七时半始返。归途北风呼呼袭入襟怀，殊属冰冷。

11月17日　晴　国事日趋严重。日方步步进迫，华南似呈骚动状，各友人多作逃归之备矣。此诚太以自身作过量之宝矣。国破身何托？何处得桃源哉？故余对彼等均言镇静态。若国家用及我者，我当舍身效劳，决不退让。午后导海鸥兄往广西银行领款，又转措日路换买水笔一支。

入夜，海鸥请往西堤大新天台游乐，同行舒、潘、张诸君，皆与海鸥同房之友也。宪兵巡查甚密，防汉奸日兵之捣乱市面也。故今拿获闲散士兵，不下数百焉。但彼等得住食之解决，较之乞丐变相徘徊十字街头，岂不妙哉？

11月18日　阴冷　早七时由光大学旅出，搭巴士至黄沙，快车犹开行，余乃落得大啖西饼焉。于车中买报读，华北事甚紧张，上海转为稳缓，谅如果军事之战，重心当首在华北也。日本土肥原要求华北成立新政府，我已派出宋哲元为之交涉。顾中央之对日，已有妥善步骤，非三年前之退让矣。呜呼，中国幸也哉！

余因寄上书籍二包与二哥，故今日即速寄之一信，告其查收。

11月19日　冷　因寒，自修堂改于房中自行温习，余不敢偷懒也，然阅读都不如往昔之能支持过久矣。夜间冻冰异常，孤枕薄衿，殊感其苦焉。顾兵士者，尚无此也，然犹能奈何哉？盖均由习之来耳，吾安能不可习之？

阅最近出版之《中国学生》《生活知识》二本刊物，内容不特，材料之贫乏，理论亦无高明，故觉索然。

11月20日　特暖　今日特暖，起居动作都觉安适。我愿老天少吹北风也。

《爱弥儿》阅至今日，第一卷仍未完，阅读速度何其钝也。《爱弥儿》一卷所陈述，为小孩子由五岁至十二岁之教育法，余阅有所得，已录之于笔记册矣。今晚稍暖，故堪可工作。惟时间不与人留，顷刻睡觉钟声锵然入耳矣。余亦休夫！

11月21日　晴　表侄俊才来一书，告我优才的住址，心亦颇慰。亦观措词未能达，故读之令人不敢再阅矣。但彼又以慧敏称矣，由此可知教育之效否矣。

今日因寒气而鼻塞，故终日都无精神，所作之事甚觉疲倦。及夜读《拊掌录》，其为文有类曼殊文，盖译自林琴南手也。书中所陈为美洲神怪离奇之说，阅之颇解人颐，但余以精神不支，故阅不数页即昏然入睡矣。

11月22日　晴　润芬兄今晨又得一书与我，略谓近况及言钤清病居桑梓。昨夜梦遗，今晨精神更倦，且伤风鼻塞尤感不适，故科学多不能理及，只写得一书与表侄优才于湖南而已。

11月23日　晴　同房各同学均出广州矣，余独守是间，寂处无人，乃将图画之。晚饭已，郭过访，乃相将出校道散步，谈及时事等问题。

入夜，进礼君过坐良久，后与之共赴茶寮食点心，直谈至夜间十时二十分始就寝。进礼君，称适此校能有余裕时间，随各人之性好以自学，故亦云满意，彼则多鼓励人读刊物，并力自学……

今日特烦托王君一书往广州寄与施礼兄，略问其近况，并约下星期日在广州见之。

11月24日　晴　晨起略晏。晨餐罢，再往茶寮买邮票，以寄刊物二本与天鸿，并附一笺以问其况。十时中餐毕，即习代数，及中午已不可支，乃略休憩，而将《文学小史》一阅，但不觉已昏然入梦。及醒已三时，又将《怎样读书》读之。各文人大多由苦学而来，王云五当时不过一学徒，而卒至今日者，均有一番毅力与知道利用时间而已。其所读书应注意则为其平生之经验谈，凡我辈不可不仿之。其次笔记乃补助记忆的良法，亦不可不练之。

入夜因得《世界知识》之新来，故乃执而读之。其中有记之于笔记，亦已记之矣。十时十分就寝。

11月25日　晴　各科学正待以参阅以备应第二段小考，故今日心情甚感不爽，演代数但其数甚烦，故每令人脑乱头昏。

校长今日之纪念周毫无所陈，只请二位先生为之代读报上之五次全代会之宣言而已。

11月26日　晴　往顺德致祭班主任黄炳森。上午军训考试学科，余作较捷，故得早出，会客室外，围观如堵。余异之，遂趋之一探，各人均呈异样之情，因乃悉主任黄先生昨日于其故乡已告逝世……校长召我各班代表数人共商往吊事，而十班与我班均属其主，故欲全班亲登其故居，竭诚致祭。校长亦义所当行，乃允。于是即行束整简单行李，下午集队入城，候船即往。故顿时颇属骚动，治装纷纷。二时方下，即三五成群向车站以去矣。及抵西村，各个星散。余即乘车入城，至永汉路即下车往各书局披览，乃买《宇宙风》一本用作船中之消遣。六时到杂志公司会见国强君，相偕向西堤而进。途中次第遇及尊琬、位禄两君，乃大乐而联袂以行。抵名园酒家，犹未见同学先至，乃就大新、先施等大公司浏览。八时半再至名园，仍未之有也。然此时各感行之倦，乃决先入坐以待。俄，来者渐矣！九时下船，幸得位以容膝，同学亦无彷徨焉。坐定矣！各皆泰然浏览书报，为况之适，不亚于常。然不久，一声哄散，各纷纷争先恐后往别船。但坐不片时，又纷扰而转回，再哄然而另就他舟。往返凡三，旁人均讶然以观余辈，无组织、无重心、无一致，几若一群败兵焉。呜呼，省江师之精神校誉，因此已暴露矣！而领队之何文彬蠢然静然自得，任同学狺狺以争。噫，先生休矣，船位定矣……所乘为潮安电船……而善诸谧者则大显其本领焉。余性好静而寡言，乃将《宇宙风》阅之作消遣。

十二时船启行，机声突突，船舱颠动，不复再阅读矣。环顾四周，状渐寂静，黯然一片，无所见矣。同学中亦沉沉入梦，既而灯火数点隐约前面。“至矣！”各皆惊醒，收拾手提之物，舍舟登岸。盖三水码头处，彼时方为五更三点，去黎明犹久，若危坐待旦，则太索然，由是遂决步行继之前，沿马路而行。时虽夜半，然天气清爽，微有幽明，两旁风物皆犹置于雾中，模糊未辨。沿途道路平坦笔直，两旁植以绿树，步行于中，心神俱怡。途中之桥，凡十度之多，而将抵大良(顺德县城)之际，有一桥更为长远，而搭架之得法，亦堪称许矣！然据云：沿途最险者，莫此处若矣！

五时抵大良时曙微明，然街上犹寂然。同学因远行，足为之疲，行且若跛，状甚狼狈。乃于一茶店啜茗进食，藉以充饥休憩。故店中凡饱食点心，一到即尽，有如风卷残云，盖各皆饿甚也。七时由店出，街上间有往校之学生及苦力在行焉。女生之装束，大类广州，马路商店，虽不足称堂皇华丽，然以县中言，可称繁盛矣。余所经之马路，亦有三数条颇能清洁整齐。八时登中山公园之亭，登涉甚苦，盖山顶甚高也。由山顶四望城郭，了然于目。时红日初升，宛若红轮观之殊趣。既而日渐高，光线颇强，乃各个以影机纷纷摄影以留鸿爪。余亦备菲林一筒，乃借影机摄焉。九时凡我同学六十多人，齐赴省立顺德农业校参观，由该校某先生前导，校中宿舍、教室、图书、作业室等，均有完善之设备，且校中花木亦有所栽植，生气勃勃，令人艳羡，回念我校则不异嫫母西施。九时半钟黄门致祭，但礼仪甚简。祭罢，由其招待人前导，往一书斋稍坐品茗，并得饼食以食焉。既而再被邀至一饭店进食，其招待亦周至矣！十时许由饭店出，而第十班则自往搭船过中山。我班则谋归，各人以夜来步行过疲，不欲再走，故多主即归；但亦有不愿即行，思再于城中作遍游，故一时有所争焉。余不愿再行，乃主即归，由是循路至搭船处，见其体育场、农林场均属可观。十二时许船行，此时得凭舱外眺，浏览风物，两岸农植及山岳风景，大类西江沿岸。余因昨晚劳顿失眠，故不能久坐以观风物，乃于座中昏然入梦。四时四十分抵广州，各同学即行飞鸟各投林，余仍随十数同学就饭店进餐，但余一饱即独自坐于车回珠兄处矣。是夜同珠出街，至惠如楼啜茗，九时许即归寝，因疲甚故一睡怡然。

11月28日　微雨　醒来乍闻雨声，为之蹙戚，盖余今日回校，或为之阻矣，苦哉！门外橐橐，随呼余名，余乃出视，乃国强君也。余即洗漱，请之坐待，彼询我归校时，余决下午以答，后同彼至拱北楼饮早茶，又至浮图看昨冲晒之菲林，再至各大书局披阅。于开明买《文心》一本，商务买铅笔，何太珍买毛笔，十二时许始于“新奇香”食一碟田鸡饭。转过“中国”看《一个女明星》，盖因其廉也。但及见其所演，已为我前观矣，不禁扫兴！该片盖已陈旧，且对话牵强，无可取之处也。下午二时许至黄沙搭车，幸得一安然之座位，乃将《文心》读之，趣味极浓，故不愿释手焉。

至校郭兄遽我二书，一为施兄，一为潮弟，心为之慰，彼二者均属聪敏之青年，故文字之流利殊堪羡也。施一片深情，令人感激涕零；潮弟忠诚相告，亦堪可亲，自顾不觉见挫！

11月30日　阴　课余无事，乃伏案作一书与亮潮，所言多属相勉之词，但因感下笔，故不下千余言也。下午饭后与同学出江村，顺寄之。

入夜读《文心》，同学则与其同乡往饮茗，余独处寂然。“床头金尽，壮士无颜”，不禁感及矣！

12 月 1 日　微雨　早晨习数学，八时即出搭车入城，盖我本不欲今日入城，只因不惯无钱耳！但此区区之贫都不能受，不亦过乎。十一时许始抵广州，至团后方幸得领款，即匆匆过永汉浮图公司取所晒之相，多张相均欠完满，大都失却光线，故甚灰暗，取阅之余，不觉扫兴。至开明书店买《史学研究》一本，思再多购刊物，但遍求总未得善本，乃止。

入夜研究明日应试之地理，但八时许即不能支持，以谈话了之。

12 月 2 日　微雨转晴　今日除地理为考试外，其他各科均停焉。盖须布置筹备追悼黄炳森先生逝世会也。

早饭已，余为布置之职，故应出膳厅稍其尽责，一刹那全厅中灿然新色，纸联飘飘。时十二时许，学部学生均咸集一堂，共表致吊。校长杨主任哀读祭文，几至泪同声下，然亦有人在偷笑然。

12 月 3 日　阴冷　凄凄冷风，霏霏寒雨，虽披上外衣，犹未能抵冷气之袭也。苦矣哉，学生也！余日来阅读，较前为减，然若此冻冷尚不能胜之，亦有自责者在焉。晚阅卫生学，预为明晨应试，但不半小时，似已了然。乃与同学载笑载奔至茶寮谋食矣。于茶寮畅谈雄笑，几忘所以。回时继以谈笑为事，但及兴尽又悔时光之虚度矣！

冰冷孤枕，令人生栗，然奈何终宵辗转，未得熟睡，其况味岂堪多思。

12 月 4 日　阴　今日冷尤劲，几不能执笔临书，然三场考试亦过矣！余虽觉之一轻，但于此种考试制，颇有不满，惟余乃不得已而适此校，更复何言。

亮洪兄致我一书，对余之文字颇为赞许，并劝努力，余固知自勉也。而升俊行踪之疑处，亦因得要领矣。天鸿兄亦有信达我，但忧郁之情微露言表，盖阅历未深之少年，受意外之刺激或失意，而时呈此种之情态也。幸彼能早日惊醒，亦非不可救也。

今晚失制帽，事固微耳，然以处于需用之时，加之购买力弱之际而遭此，不能不有伤于怀,故一夜以狂笑高谈消之耳。

12月5日　阴　今日小考已毕,心为之一松,下午读杂志,饭后看打球。郭兄谓欠安,观其形容颇瘦,余亦劝之保重。

12月6日　微雨　八时附小校学生咸集操场,余等亦纷纷前往排队焉。既而校长致开会词曰:吾校之运动,不年或乙也,盖因运动之于人生,殊有不能相离之关系存焉。往年吾校之开会均多铺张,今则冷落耳。然此故物质之缺乏,而精神须旺盛也……愿诸君奋志图之……继之循行操场三周而开始比赛矣。但观会场一如旧观,无所点缀,声息寂然。所异于平日体育课者,以其人数较多耳。各项竞赛次第开始,余亦旁观以乐,但兴致总难浓厚。小学部学生则天真活跃,有如出谷黄莺。触景生情,不禁忆及当年……夫当小学之际,天真活泼,何其乐也!而各项竞赛,岂不曾膺冠军耶?而今反形落后,思之凄然堪叹。然,不用则退,物理之常规,则虽禀天赋之能,而不善为用之、学之,亦徒然耳。故不自勉自奋,必致悔恨于后矣。亡羊补牢,时犹未晚,端视能否知奋耳。

12月7日　微雨　今日依然有各项决赛,但余感之索然,故不欲往观,乃伏案作书一通与施礼兄,告其下星期日之约会。施兄能谅我过,并殷殷相规,殊难得也。淹兄昨亦与一书,告我其令堂染病,其令姐去世……闻已,至深慨悯,其令姐,年青贞诚,待人甚厚,今忽长去,亦一恨事也。彼苍何残至此!余乘情不自抑,乃即直书慰之。

《文心》一本,因小考所阻,故迟至今日方能阅竟。但至末尾,然犹未忍与此佳作别也。理论之书,其枯燥尽人皆知,然今书则不然矣,其将以小部体裁而阐发其写作阅读之方,津津有味,实作者之大收获,亦读者之大恩物也。

12月8日　晴　早晨作生物学习题,周君忽递与我一信片及信一封。一信片则为萍兄由塘江寄与我也,我数月不甚与之作信,故得其问焉,余即立时作长篇一信与之。一封信则为希殷兄由龙州寄来也,大概说及别后所怀及时事之询问、同乡之住址等而已。

午饭后与各同学往高唐修发,至茶寮处见自广州来之男女学生凡十人之众,有一女郎斜眼媚视我辈,状甚轻佻,不觉为之动,然可知其必野鸡学校之流矣。修发毕,即登中山茶楼品茗以谈。俄,四野阴布,欲雨不雨,景色迷胧,草木萧条，顿感冬深岁暮，而“人随岁老”亦脱诸口矣。

归校陈君已代我买杂志数本待余收矣，噫，余今考罢正需新书报以阅读也。

12月9日　阴　校长为教部视察员之来，欲掩学校之丑，乃大加修饰墙壁黑板……为况甚忙，且戟戟焉。而宿舍之清理，亦有一日之假与我辈清理之。校长之奉上待下可谓尽美！但以我观，学校内一切皆焕然一新，而该某专员能无有所知晓耶？此种粉饰图混之手段，殊欠高明矣。

12月10日　阴　日来天寒手冻，致未敢执笔，日记亦懒作焉。日惟读杂志而已。

《大众生活》周刊，余至今得鉴赏矣。文字精警，理论适当，实堪一读也。其宗旨为打破封建残余势力，求民族之解放，废除个人主义之思想，以大众为研究之对象……

12月11日　阴　日来报载，日本在华北之阴谋颇呈现形，但我方似在作缓兵计以屈辱求妥协谈判。而当日北洋军阀巨子如吴佩孚、段祺瑞等得受日人之诱饵，乃竟欲作溥仪第二之傀儡国于华北，令人不胜疾首痛心。华北学生已群起促政府觉悟，早日反抗以挽危局，未知当局竟作何想也。夫东北既见于前，华北何随之后？若谓是乃局部耳，则中国全部，何难作几个局部哉？是以时至今日，事已危，时已迫，端赖我能作最后之牺牲以图存耳！

12月12日　《吉诃德先生》借自图书馆，阅几半即不奈往下寻索矣。其大意描写一糊涂汉子，受武侠小说之迷，乃自称武士而远游各地，作打抱不平之事，但沿路不少弄出犯人之行，有如疯狂之醉汉，实一趣味之故事也。惜余未能具此耐心阅之竟。

12月13日　细雨　北风多厉，冷气逼人，日来苦寒甚矣。欲作日记，都不敢握笔为书，埋头披读亦感疲不胜焉。

12月14日　阴，夜雨　入城方二时许，适永汉戏院方开映《风流贵妇》片，余见入场之众颇拥，乃即购票而入。片中情节技巧，均属精巧、伟大，不怪其能叫卖座力之有如此也。而其呈露胸臂、轻盈体态，尤为动人也。

由戏院出，即往惠福路，警士教练所代同学王君报名。到各书局采买所欲购买之书，但遍求总未果，加之心神未定，故暂往珠处。七时仍往书局披阅，买小说及参考刊物等数本，天雨淋漓，殊碍行走也。

12月15日 阴 晨起洗漱罢，已九时许，即匆匆出门，心甚悔，盖礼兄或已候余久矣！

至杂志公司，移时礼招呼余，欢然相见，略说一二，即联袂至团后处领款，再过永汉路而惠爱路，时已十一时矣，乃往美珍居早餐，乃相谈别后生活及意志趋向……礼好于音乐，故近多耽于音乐之研究，但限环境，未能得尽情以发展其所长，亦堪惜也。余与之且行且谈，意念绵绵，未能倾吐，适值梁厚基君，彼邀往越香村坐谈，余因不愿与彼周旋，故辞之，而余与礼未能长作谈吐，甚怅也。下午一时许由书局归至珠处，见瑚兄坐待余，心顿悔来之太迟矣，略谈数语，即辞之而归校。

邻近之普惠医院，乃一基督教所办也，今晚特放映《耶稣一生》片，函请我校员生过赏。饭后，余即与同学过之，得入该医院内，散步于各散道中，花木苍然，犹未尽落尽枯黄也。阴经清坛，各房屋乱列于中，殊堪雅玩，因即生“可取而居之”之幻梦矣。该片纯为描述耶稣当年创教之始终，而受之遭遇，余固非信徒，然因是亦可识及其大略情形也。

12月16日 晴暖 自华北汉奸殷汝耕等之受日本麻醉而欲组织“自治政府”于通州后，举国上下，莫不愤然声讨。其尤者为北平学生，因观政府未定下具体制裁与抵抗，一任其为所欲为，乃首起巡行请示，声气之激昂，几若当年“五四”之役也。既而上海亦起响应，今则及于羊城矣。日前中大学生已有巡行停课之举。而市校抗日救国联合会亦大发请帖，共商图救邦家之义举。且今各校切实作救国运动等，本校不敢人后，故今日亦有“中日问题”之演说比赛，俾奋起勇气，效劳祖国，但观今日所讲各同学，太属笑话矣！能言者，则发挥不当，不能说者，则含羞如处女。尤可笑者，竟有将文稿展读于台上，有如读祭文之式。呜呼，休矣！有知识，犹如此腐化，何能望及无知小民哉？且此种凭口狂呼，徒事抵制，调查仇货等事，远在往年已轰烈行之矣！何故中途弛之，而再来重举于今日？岂当时可能予日本以痛创，或使其惊惧而停止向我侵略耶？未之见也。“五分钟热度”，不怪他人之见笑矣。“中国人犹如笨牛，一打之则动一动”亦深切之评语也。吾故曰，救国之道，何在空口说白话，所能济哉！又有一部分学生乃受他人之煽动而盲从,卒至为人所卖而不自觉者,更属可怜而可叹矣。

今日将近情及关于升俊事写一封答映中君于武鸣,又一封(明信片)寄与天鸿。

12月19日　不甚冷　日来忽忽于事,故未得以记。

今日阅毕《给初学写作者的一封信》,其论语与见解指导,均称得当,惟过于简,且术语迥非我国文字所著为易读也。由图书馆借阅屠格涅夫名著之《父与子》,其中插以爱情,颇饶趣味。但其全书之主题究写何事,尚未敢下评,且俟观其全而后可也。

不习数学,忽尔旬余,今日稍暖,可能执笔,故乃于午饭后习之,入夜仍继以未完之题。

日来欲吟以寄阿十,惟诗肠苦涩,力求未得佳句,岂久未学之故耶?

12月20日　雨颇大,但不甚冷　今日仍继续学代数,但腰部微感疼痛,不可久持。此情从未患及也,究原何出,殊无了然。为省邮票,特将于新年咭片背面写以简单数语,以致亮洪、余荣、润芬诸兄。

12月21日　晴　下午无课,乃邀进礼、禄位同学作江村高唐之行,藉观其市情,由是且谈且行。及江村镇,入市之农,宛鸟雀归巢,市中贸易货物亦较常繁矣。继转高唐,则人群拥拥,街无隙地,扰攘有如蜂集,插足其间,殊感移步之苦焉。盖或因已过秋收而将年晚,故有必然如此状耶?余等借中山茶楼以休憩,席间各抒情怀颇不寂也。进礼劝我切毋乱言,以防小人所忌谗,是乃"明哲保身"。余亦顿悟,盖事未能力为,徒言只招人忌耳,于己何益?望此后能深加戒绝也。

归校,禄位君发觉中褛已失,神色顿丧,余亦深为叹惜!然而学校何糊涂乃尔,只知告人打开房门,而不知饬校警以戒守,以致出此情弊,不可不堪诅咒也。

12月22日　晴　日来有日光可晒,未觉冷也,幸能可执笔为书。惟精神颓废,总未振刷精神,稍劳即不支。此病状不可忽视之也,然何可补耶?

《父与子》二卷今日阅毕,其所取材,皆写父代与子代思想之矛盾,但旁插以爱情,甚饶趣味也。第三卷不知谁借未还,故未继之以阅之,殊憾。

12月23日　晴　因杨教育专员振声将莅校视察,故图书已有数百元之添购,诚幸事也。

进礼君好研求社会、哲学等学问,故逢人即娓娓谈其所知。今晚余与之并禄位君出行,彼曰:“尔之求学目的为何?”余曰:“不外求知识之广博,俾应付生活之需耳。”禄位君则曰:“升官发财吾想同学中人不少存思及之。”余曰:“何待言,夫升官发财谁而不欲也?”进礼即曰:“未必然,夫人应为求人类的福利,此自私之念,何能顾之?”余则曰:“为人类求福,固属高尚矣,然当今谁不先己而后公?”禄位则曰:“若斯人者,诚社会之害矣。”余则驳之:“然则君不欲升官发财而一味专谋社会人类之福利乎?吾未之信矣!假使君毕业后,有任君充职于广州某机关,薪金从优,工作闲空,而又有委君入乡中小学,薪金薄,工且烦,君究何择?乡校固属谋儿童之福,造良好社会之基也,机关职员则不过尸位素餐而已。谅君当不肯适于乡下矣。”彼含笑而不答。

亮潮弟久未与我,甚念。今早得其函,但满纸泪痕,不堪卒读。余固料之必因姐丧而悲矣,然犹兼之环境之腐败,种种苦事缠之,实苦矣哉!彼亦与我诗,读罢甚感,其诗虽未尽佳,然初学及此,亦不弱也。余因情兴,乃即作书以答之。

12月24日　晴　校长虽任教育事业,然他业亦兼营之,如果园、羊舍、甘蔗,皆蔚然可观也。无如甘蔗一物,因地利不宜,固收成不丰,得价甚平。校长乃借机卖其人情恩惠于学生,乃大发好意,特请全校师生于今晚至蔗园大嚼。故饭后,往蔗园者络绎于途矣。校长盈盈笑迎我辈,但能食几何?而校长又深得学生之感谢矣。噫,校长,此计可谓得矣。

12月25日　晴　希殷致我书,忽将兼旬,迄犹答之,问心殊歉,今即作一通以复之,以尽人情也。

同房禄位君,今晚由应试警士教练所归来,称谓应试者凡千数百之众,且多属中学生之流……噫,当今不景气已迷漫社会,失业失学之现状早已显著于人耳目,若长此以往,不知趋于何种状态矣!

12月26日　晴　今日余先生显明,忽由连县民望劳动学校寄与我一新年咭片,因将月来怀念一旦宽然。余先生待我虽好,然自此云山远隔,趋叩无由,思之不觉失焉。二哥久不与我书,岂为他故耶?抑因忙耶?真使我无从知之。

入夜,进礼君忽交与我书,乃萍兄由塘江来也,信中凡六张笺,所言多牢骚语。但其命意及文字劲健,殊再读也。

12月27日　晴　迩来梦遗频频,故腰部时患酸痛,自知必须谋医,但事后又忘之矣,然而何以图健耶?

今日往茶寮店中还日前欠数,而女主人含笑问余志趣,不觉哑然。噫,使余置何词?至其虽女流,然其见亦不陋也。诚哉处今之世,谋生殊非易也,何况事事必赖人事以作前引耶?彼之小女,若阳春桃花,亦含羞问答以语,其怀春之情,正无不发泄之时也。惜貌不足以动人,奈何!

12月28日　晴　今日独写与萍兄一信,大致略说生活的不足悲观而已。

下午阅《妇女生活》之《人生观》一文,其于个人主义、消极与听天由命诸人生观,已成过去时代的产物,际此时代,当不能有其存在之可能。然际今之所需要之人生观究为何,则所说者亦无甚详也,只数句术语而已。

12月29日　晴　晴空明朗,朔风不吹,殊予人以畅郁怀也。饭后约国强、逸民两同学出外游玩,经茶寮处,乃与女主人畅谈,余偶吟"天下女子皆祸水也"之句,彼始愕然,后经其女解之,始诧问余何以见是。余乃详曰:夫水人尽可玩也,然不少人因之蒙其祸矣。故其性虽柔易亲,然较之猛烈如火,其害更甚也。不观古之亡国者,大都不出乎女子乎也。余侃侃至是,引动旁立某女同学不满,故欲与我作难辩,但奈羞惭且避受嫌,故只偷与女主人之女喁喁谈论而已。余虽能听之作何语,然彼乃不足值一顾,何足以相谈耶?乃即发足前奔矣。十二时至高唐饮茶,但过后又觉过于无谓之消费,似不宜矣。

12月30日　晴　日来盼望二哥来书,盈盈几为之穿矣!今晚偶往江村寄《大众生活》及一信与萍兄,乃乘便至会计处探求信件,二哥的手书遂赫然现于目睫,私心之喜何堪言喻。二哥防地已移,交通不甚便,加以地冷多雪,殊感生活之苦。此亦军人之必不可免之苦受也。若彼防地有动,可叫我前去一行云云。

纪念周,校长作一年来之对于学生如何之改善生活,力改前非……等,然则我何。

12月31日　晴　早饭余往广州之心犹豫未决,后闻下午无堂上,乃略整服装,及将出,忽为杨主任不许。询之故,曰:校中枪支必须汝等即解往区公所存之。心中不觉即起怏然之慨，而各同学中较狡猾者，则藏匿厕所矣。时各教职为于校长前献殷勤计，乃代催各同学能踊跃就其事，但经三五催迫，犹未见一齐出。各教员虽大发脾气，顾奈之何哉。半小时后始能起行，行凡数里，且天气颇暑，故余已汗津津下矣。因是余乃愤然不欲即入城，乃返校休息洗澡。观此次学校之令行，殊属可恶。明知此时各学生已将搭车，何故再来麻烦于人？若谓该帮枪支失存，有关极重，何不早时行之？行事之昏迷，真堪怨恶者也。

一年已届矣！顾余一年以来，所记之事，殊属幼稚可怜，且文字之瑕疵，更不可以见人也。究其原因，实由于文言文之从中作梗也。虽然，古人所以绘景绘声而能逼真如画者，莫不皆以文言文书之，但其所能际此者，实因其有久长之修养，精深之笔墨也，岂我小子所望其项背哉？又云，"天下无学不会之理"。今日我虽未能如之，然能继以学之，终未有不如之也，惟其体裁已成过去之产物矣，何苦学之？且文言文每每令人写以掩饰客套之语，未能尽量以表明个性及自然思想流露，故明年当改变体裁矣。

一年之回顾　朔风哀号，山容萧条。指顾间，一岁流光，已云尽矣。嗟呼！"人生如白驹过隙"诚非虚语也！然斯乃自然界之法则，非偶然也。吾人生存，但求作为不虚度时光，不负人负己，学业与日俱进，知识与时偕行，则虽流光飞逝，何堪惜之？然，回顾一年以来，学业知识，究能有所进境耶？清夜抚里，寂处独思，惟有愀然在抱耳！

夫当上半年中，以学校未定，致何去何从，悬悬总未能去诸怀也。是以终日郁郁，其苦闷不啻待字闺中之少女也。故于学问知识之探求，殊贫乏堪怜也。及下半年来，虽幸得栖止之所，然总限于懒怠愚顽，故得益亦复未著也。顾前此之失，堪引鉴于来后也。诚愿惟今而后，尽力之所能，求心之所安，躬行实践以不负社会国家之需求，则虽失于东隅，桑榆犹可收也。勉之！

余也固贫家子弟，式微之身，今日幸蒙重入学校，享读书之福，实由二哥之惠赐也。故于金钱之开支，不能谋其省俭，然今计一年以来，所用仍钜，思之殊痛。盖二哥之能得以贻我资，乃取自心血所得之代价也，若我再无知省俭而只求口腹之欲，则更何以对之！嗟呼！吾当由今重作忏悔矣。

附录读书笔记 《家》之说部，凡654页，余以四夜自修时间而阅之毕。全书可歌可泣之事，甚感动于读者之情。观其作者之作此书，是否有背景、有根据。惟其内容则写一大家庭，旧礼教之宰割与新思想之反抗之故事。高家之祖父乃一主保守厉行旧礼教之代表，用极严酷手段命令以宰治全家之无辜可怜生命。虽富有学识之大哥觉新，因懦怯屈服，终为其牺牲品。只有头脑新颖、意志有为之三弟觉慧，在《复活》小说中"我们不是畸人，我们要把自已幸福争过来"之语句感动下，更因受了新思潮之影响，深知旧礼教、封建迷信等恶习之毒害，乃大加抨击与反抗，结果终能胜利。如觉慧可不愧为新青年之代表者矣，可佩服哉！

1936年

今天同昨天的现状并不改变了什么，除了幸福的人快活的痛饮、花绿的装束，和机关、学校、商店挂上国旗外，一切都是一样的。可是人们却将她划了界限了！昨天乃是1935年，今天就成为1936年了。她是年年增长去的，只有人生的途程倒一年一年地走得近了，因为"人生不过百年"呀！

今天见到墙壁上挂了簇新的日历，视乎觉到她的膨胀，撕完要费长久的时间吧？可是想到昨天那苟延残喘如同亡国之民，悲哀单调只剩下的一张时，立刻又感到其疾如风的另一个念头来了。是的，我曾经说过，时序的转移乃是自然的法则，我们人类只有利用它去求知，去奋斗，去创造，能够有前进的思想、知识，那么，以往的，当不是悲伤、还恋，只从过去得到的经验教训中，来抓住现在，迎接未来……

呵呵！我从这万象维新中，去追求我的憧憬呀！但是做事、读书，当然有一个计划才行的，只凭盲目乱撞、瞎干，结果惟失败灰心。我现在就这样定下我"今年生活的计划"吧。

1.每天要做完应做的事。

2.读完了一篇或一本作品，应择其要记下来。

3.每月要读几种关于各种知识的杂志。

4.每月要买二元以上的课外读物,并要读完它。

5.要读关于理论的文学书及社会哲学等书。

6.读完一篇或一本作品,应深加求其题材的摄取、表现的技巧并欣赏其美的地方。

7.每月抽出时间来写写文稿。

8.作息要有一定的时间。

9.要注重学习体育科,以求防病而增加健康。

10.每月开支不要超出预算的数目。

1月1日　雨　八点多钟的时光,我约同学陈君往车站去。袭人的冷风越来越劲,阴沉沉的天气,好像要来一场大雨似的,四面鸦雀无声,一切像在梦里沉醉着。不是校门挂上簇新的国旗,实在叫我无从得新年的感觉来。不知糊里糊涂地想了什么,而前进的车轮终于达到它的目的地——黄沙了。我下意识地向马路走去。呵,这可不同了,铺面,车前,船顶……都满插着一张张被风雨吹袭得怪可怜见的国旗,在空中挣扎飘摇着。较大的商店都关起门来,而贴出一张向大众恭喜的红帖。街上虽然有不少好出风头的公子哥儿、姨太小姐们披上大衣在闲逛,但这勉强的色调,愈见得市容的萧条可怕,有点像老太婆抹上胭脂,格外见得不相调和的丑态。是的,那些少数的享乐者不论怎地在支持热闹的场所,总不会能掩饰得过这多穷人哭丧着脸的现状呵!

我真感到有点窘了!各书店都照例的不得已地少做一二天的生意,弄得我无巢小鸟般地逡巡着,光瑚不见来了!我只这样等了半天,我跑来都想和他们乐一乐的,如今只落得到失意苦闷。我的生活太无味了!晚上和珠去同乡陈杨武兄家,认识他的夫人,认识……唉!这样的年头碰到的都是不快意的印象,陈太看来当时她也有过娇艳的脸儿、迷人的体态吧?可是生活鞭策了她,贫病折磨了她,使她不能不憔悴了!我因为不愿意久坐下去,就辞了他们回来,到寓所只是八点多钟,有什么好做呢?同舒先生谈了大批的闲话,不可留的时光也渐渐地溜了过去。舒先生在广西也出过很健的风头的。的确,他的修养也不坏,只是为社会的不景气,无情地把他扔了下来了!

1月2日　晴　今天较小的书店已大开其门而迎接顾客了,不知怎的,我总择不出一本应该买的书来。吃了饭后,我就打算回校了,但到新华戏院门口,为电影魔力所迷,不由自主地凑着做有闲阶级的人儿,在售票处拥挤了十几分钟。该片名叫《天伦》,导演等还算过得去,就是题材也不见坏的。剧情写三代不同的人物,但每幕都能抓住题材而发出有力的表现,主角一生献身社会,到头来仍清白廉洁之身,临终还殷殷地嘱及儿孩能继其志,将爱已爱家之观念,推及爱人爱国,不可做只知有已亲之愚孝,应享全人类的天伦之乐……我想到这么世风日下的社会,能够发现出这种道行,实在是可祝可颂的好现象。但摆在面前的事实,不能不使我这痴想变得虚幻!

街上仍然走满着迷人的少女,悦人的色调,但这与我离开太远吧?我不能再流连了,无思虑地搭车返校了。真糟,今天公共汽车所走的路线刚换,去黄沙搭什么车?我心急如焚地胡跑到西村站,令我发怔了!这么多人,坐位不用说了,只怕连插足也窘难呢。当时有点后悔不应来西村搭车……真混乱的秩序呀!老人负担的,携小孩的……都叫苦连天。有些小孩被挤得几乎气塞,然有谁肯顾谁?我凭轻便的身手奋力地爬上货卡车,到了小萍站才松了一口气,从货卡爬下客卡来。那些乡人眼光也不错呀,他们互相谈说:“现在做什么都难了,到处都冷淡,做苦力的车夫也不好过日呢。今年各条马路都有公共汽车走了,坐黄包车当然少了,唉!……”我听完他们呻吟般的叹着年来的不景气,才恍悟汽车所走路线改变的原因,与对劳苦工人的影响。

1月3日　晴　明天是学联会会员要入京请愿的日子呀!本校的代表湛君今早来学校问校长拿钱,我顺便问他路费的筹措如何。蒙他好意老实告我:政府帮助每人三百元,学校一百……一种另外的感觉立时令我发呆了!学生请愿,当然是学生的分内事,不应含有其他的背景的,只是本着热血的救国意志去督促政府,唤醒大众的觉悟而已,用不着什么力量什么政府来撑腰、鼓动,利用其去对某政府难为。如北京的学生运动,那是不错的,做出来也不会中途屈服,若果因受人的甘饵而不顾一切的瞎干,简直是傀儡工具。那么广州此次的请愿,自动呢抑是被动,不能不有疑问了!

1月4日　晴　昏沉沉的黑幕，渐渐地把整个地上的一切都掩遮而吞没了。学校灯机嘭嘭地发动的声音，照例的在我的听官响着，响动了我无聊、抑郁、焦虑的心情。一天的时光又要过去了，我无作为的让它溜去。除写两封信给二哥和余先生外，看了些什么小说，一切都未见留下来。头脑有点沉重、痛疾，难道因为晒久了太阳么？胃也不见消化。记起暑期回家要出来时，母亲慈爱地亲自给我打点一包土乐，现在可以试服了！这里不能不叫我忆起了千古不朽的母爱的伟大来。是呀，母爱是真诚的、无伪的，所以我以为人生最苦的事，都不如失了慈母的孤儿呀！

1月5日　几天的假期，轻轻地、偷偷地漏过去了，只落得我如送走了知己的朋友后，而暗暗的惋惜、凄凉、后悔。在假期中我太颓唐无为了，就这么白白闲过几天。一些功课都没做到，良心不能不责备了。午后同詹君去江村镇上买清金凉，顺便又买些牙膏，想上茶楼去消磨这几个钟头的无聊光阴，可是没有小角，一元钞票恐怕没有找，又不想太花费了！终于闲闷地回校。詹君买的《读书生活》刚刚到，我便拿来一味地往下念，居然很短的时光就读完了。

无情的考试皮鞭开始在抽打我了，那里许可我随意读心里爱读的书呢？

1月6日　晴　天鸿今天给我一信，说了近来的情况，并且还附带说，天润在家乡胡闹而遭祸……这不能不给我有一些感受了。天润所遭到的不幸都是为两性间的关系，他俩是为互相恋爱而结合，如果在较文明的环境，他俩当然没什么逆行的罪恶，可是他俩现在的环境，仍存着很浓厚的封建制度遗留下来的旧礼教的氛围。女方被家长发觉她“败德失节”而行鞭策痛骂，终于令她背着良心去诬认她所钟爱的人为奸夫，因土豪劣绅群的从中怂恿，便告诉于法庭，于女子个人的一切，他是不管，只求为家声争体面……这么不合理的处置，对于女界实在太残酷吧？然而像这样的惨剧，在乡下随时有发生呢，你何时可吐气扬眉呵，乡下女人！

萍兄给我寄来一张贺咭片，真有些不好意思。自己不打算给人送一张，现在白白受人给予，很是惭愧吧。

1月7日　膳食代表委员今天上午我班中也选出了，当选有四人，我走不脱的也被选了。本来那些无谓的风头，我是厌倦了，不过这次是为改善膳食方面，倒也想找机会去说说关于膳食方面的意见。十二时到了，我就走去指定开会的地点。校长、训育主任、教务主任、各班主任、各先生——拍马屁的先生，都一伙儿地来凑这个场面，情形似乎是个了不得的严肃的一回事。其实只不过是由三十个代表选出五个干事而已。不过他们到来，并不是小孩般的想看我们演出的把戏，而是含有高度的监督促进的意味呢！但这一遭只是学生自治会中一个局部的组织哩！那么将来更大的全部的学生自治会，当然只有徒然挂名虚设，受于学校支配一切行动，实质上是没有什么独立的自治可言的。

我想起来了，校长下学期怎的这么好意，肯把膳费交还学生们来管理呢？是的，在他前周报告中我还这么地怀疑，现在可明白了，由他今天训话后，我完全了解：新货币依然在摇动不定的局面，说不定纸币会跌价而用到几折，那时我们当然感到处理的棘手。他就索性不再揩这危险性的油，特意将这假人情卖给我们的同学，他的算盘果然打得不错呀。

今晚郭兄特地拉我去散步，他告诉我一段笑话，说是他的班里头选举膳食代表，有好多人是明着叫别人选举自己的，那丑态而致引许多的争端……我想这小小的集团，居然有领袖、地位、名誉的争夺，那么这偌大的中国怎的能和平下去呢？况且这年头还有人迷恋着这无趣的风头，真是有点幼稚卑陋的傻举呵！

1月8日　晴　期考像狰狞的面孔，一天一天地对我来恫吓、威胁。然而我是顽强的，依然眷恋地、偷摸地从课本外去发掘其他的所有。该责呢该赞呢？我不知去分析说明它，不过我不觉得受良心的责备！

《地狱》的作者巴比塞，他是一位激进的革命要员，他的作品也曾留下不朽的光荣。这本《地狱》虽不算得是他的代表作，只是描写人类肉的苦痛——在黑暗中肉的痛苦，形形色色，都有深刻的描绘呵！

1月9日　我正在看一篇文章，门口“呀”的一声，随着露出个人头来。我的名由他口里发出后，走到他跟前竟让我愕然了。怎么他会来？一个惊讶的念头立即涌到我的思潮。呵！冯君……我不知觉地对他说了一句，他冯英础一五一十地就开始极力地用油腔滑调说什么“膳食干事的卫生股的佐理员，虽未发表，可是我已预定聘请你了”，又说什么“我们较来得感情，做事也方便些……明天开会也请到会……"哈哈,这笑声在他走后就由我任意专横的冷笑了。他何苦这样来?是的,我可看穿他,他是想露头角的人呀。郭兄说得真不错,他这样一来,不过想讨我好,卖假人情,想给我在会议中对他的提议多一个赞成附议之类。唉,这可怜的人呀,在碌碌众生,的确需要出出风头给人认识,只是他这么浅薄幼稚的手段,未免给人笑落牙根了。

1月10日　晴　真使我想不到的,今晚校长突如其来地请我们各班代表到中山茶楼去吃饭。我班之谢君因事去广州,班上代表只有我一人。时间来得近了,我就拖懒洋洋的态度,离开学校而向距离三四里路程的镇上去。微弱的阳光,还是透出淡淡的光线,而各村庄上,已隐隐地冒出炊烟来。走到普惠医院前,简易班的代表就追来了,我立时感到兴奋喜悦。我就问到他们一下子对校长应有报告的希望、批评……他们都说,希望么,就是天大的理由要求于学校,然而他那里就依我们的希望去做呢?还有对教员的批评……那更难说了。不行的,教员都是校长或教务主任的亲戚朋友,就是说出来了,他未必割爱赶走,那反触怒于教员,又何补于事呢?我们谈着谈着不觉到了目的地。呵,正有出殡的人群经过。我得见见他们那样的仪式,各孝子孝孙之披孝服,居然和我的乡下习尚没有多大的分别。

我刚刚走上楼去,杨主任跟着也到了,他说完了校长会从省城坐尾车来的话后,就随便问到我们各人家乡的各种情形。黑暗的幕次快要笼罩着地上的一切了,然而楼上还是沉静地没有一点光。校长来了,自然对我们说一句抱歉的话,随着就说了一遍今天中大学生总动员四处宣传,及到教厅大闹捣毁教厅招牌,又到各校去召集各学生出来响应巡行,末了,还有对于这桩举动,略略下了评语。他说:"他们的爱国运动,我们同学应该接受同情,但秩序也不能忽视……中山先生也说过呀,救国不忘读书……"看来,校长也赞同胡适先生的"退回课堂去"的论调。各人都吃饱了,为了时间关系,校长即刻发表他今晚请我们来的意思,杨主任如审判厅中的记录员,记录我们各人所报告的事情。那么,各位被吓倒了,虽然所说的话,校长是认为同学的公意,于本人无干,可是各人都以为校长曾说过:"未必件件都能如你们所愿而能办到的,不过你们只管各人的见地贡献出来好,学校总替你们谋方便福利的,须知我们并不是为人的问题,乃是为事的问题,如果哪位先生解释不甚明,或过懒,我可督促其讲解时注意点……那就好了。”于是就逐次地问我们各人了。然而各人的报告、批评、希望,都很敷衍、掩饰、勉强,尤其与校长有了不得的关系或后台巩固的饭桶先生,不特不直言,并且为了讨好起见,就忍心地在恭维着。哈,真冤枉校长十几元的筵席费了。

时间总是不会停下来的,八点半钟,我们——似被俘虏了方才释放出来的我们,就在暗淡的月色下向学校跑去,四面都是冷静的,一切的声息都被抑制着。到学校了,我就先去郭兄处。真感谢他了,我托他代买的日记及换定书单,都很完满地给我办得妥了。这可爱的日记我喜欢极了,以后当该和这本册子亲近来呀!

1月11日　晴　上午出席膳食代表会,会中不过是将该会章则提出讨论,求表决这么一回事而已。但这些已有校长个人意见,谁个都认为至尊是不可反对的,用不到我们这些人在那里发表什么意见的。

期末考的国文,各同学已作好了,我也不能再拖延下去。但是真叫苦住了,怎么写得出来呢?这样一个题目,居然没有一点令我发生感触,我从《文心》中知道,凡作文必先有内容然后产生题目,那么现在内容在哪里呢?既无感想而胡乱写出一篇,不是百衲衣样的吗?就是写出了一篇,但自己看了,未免太荒唐了,太不老实了,真是痴人说梦般的差不了几多呵!可是,我能够不做么?“及格”在威胁你,你想这么的八股先生,何等的值得诅咒呢?然而现在他们这古货正是以为居奇,而大增其价呢。我想,陈总司令之读经提倡,给他们的恩惠真不小呵!

1月12日　晴　说不定明天就会举行期考了,我要做预备应试的功课,可是只誊写了一篇文章,做了三条几何题,一张图画还是请禄位君帮绘。可是时间已溜过去了,离吃晚饭只剩二小时,我今晚要看看地理了。

1月13日　今天还未期考,不过不上课了,为的是给我们温习。但纪念周例外,只是改在上午八时罢了。校长报告关于此次的学生运动说:“政府虽甚嘉许此举,不过因为学生多未有健全的组织、划一的思想,行动也不能一致,所以收效当然不大,社会秩序也未能安全,故特令宪兵司令大小官员分派往各较大的学校设立救国义勇军大队,并派宪兵多人驻守,以热心爱国的健儿报名参加训练……”哈！这明明是政府摆下的诡计深壳,哪有蠢到这个都不明的人去上他的当呢？我想他设下这个牢笼,想来缚青年的行动,比起用大刀直砍,水笼喷射的毒手,简直没什么两样！不,这个慢性的制裁,还来得狡猾和毒害呢。

吃饱早饭,我正在抄写生物的讲义,杂役忽地叫我开膳食代会去。真糟,开什么会呢,都是他们(各位干事老爷)争意见罢！十三班的冯君和覃家福,受了不少的委屈,不过那是无从诉苦的,都是自作自受,如果不这么捧,这么陋卑,哪有人对你恶感呢？

我正想看看明天要考的书,急促惶恐的传语声、脚步声一齐在我的感官交响着,同时被它引到操场去了。一位矮矮的班主任站在我们的前面说:“广州市运动巡行的学生,已为所害者五人,校长今令明早即全体离校,下学期再行补考……”声音已颠颤得异乎平常了。“呵！好!”“打,打!”“那了得?”那么不同音调、不同意思的呼声都响成一片了,各人就分开去各人的房间收拾他的行李,一种不平的激怒声、动作声打动了夜的沉寂,几乎要闹到光明的到来！真苦我了,这么笨重的书、琐碎的物件,收拾起来,实在有点感到烦难。一小时后,把整齐的个个房间的东西,都变成横三倒四,杂乱狼藉,灾区般的满目荒凉。郭兄过来看我,给我留下他的通信处,并且还代我打算万一的寓处及行李的寄存……我真生出不胜感激的感觉。我在乱七八糟的行李旁,露营般的草草躺下,极力地合上眼皮,但总无法摒除目前的念头。

1月14日　晴　平时这样的时侯,我还是在做梦的,然而,今早不可能,心里在叫起你,环境在催促你,没有丝毫的容许再睡下去了,虽然昨夜失眠。不是灯光的话,此时当然还是漆黑的,然而已有人叫夫担行李出江村了。我跑去郭兄处,同他说了几句话,他很忠诚地代我找地方寄存行李,但我经不起另一种的意念,就决意拿去当铺了。呀！搬行李的人的担子,匆促、纷乱、嘈杂,都在这个小小的场合来特演出了。风声鹤唳……的恐惧感觉、表情,都由各人的脸孔画了出来。

在当铺挤了一个钟头模样的光景,才能够轻轻地出了来,时间已是八点多钟了,为心神的要求,就一味的到车站搭车广州去看看了！长途汽车驶到西关的区域，街上果然比平时多站了几个临时警察样的军人，壁上也贴上了堂皇的一张戒严的布告，可是一般的市民，却若无其事的行走着。那时我就发生怀疑，“难道是校长特意给我们做出的这么一回事么？”

到了各同乡处，首先问了此次的冲突，他们都说不错的，但风潮未见有什么扩大，不过昨晚教厅已用电话令各校学生即刻离校，免受人摆弄而做出捣乱秩序……呵！原来他的苦心是如此，提前放假乃是分散学生团结的力量……各校学生有的已乐得回乡享天伦之乐去了！我想中国的大官们把自己的禄位看得太过火了。

我同瑚、勇、珠四个人走出街去，还是被警察之类的奴才眼瞪瞪的盯着，让我们四个都小心翼翼地分开走。呵！中国还未全部亡呀！然而我们的国民已先来预做亡国奴那样不自由的学习了。说来真是痛心的！街上巡查的“武装同志”骑上单车乱兜，铁甲车直撞，真是威风凛凛，不可一世之慨，叫人想不出他们对外为什么示弱来。

晚上迟了回来是因受戒备令主使的“武装同志”盘问，所以我也不想多走了，只是看看了书就睡而已。

1月15日　为了要想得一个相赠给各亲友纪念，就趁了现在这个空闲下来的时候拍照了。照了相又去开明书店买了两本书，回到珠兄处，礼、瑚已经久候我了。我们就出来吃了一餐便饭，跑了几条马路，都是“没有意思”而窘住了。他们都不想即时就回校去住，以为想在假期里大家乐一乐！可是我不知怎样，却不能徇他们的好意了，总想跑回校过清静的生活。

入夜同珠到惠爱中路吃晚饭，和买了一对袜一把锁。不知怎的，一对袜原极需要的，我几次想买，可是犹豫到现在，想起来自己也不解。这或许是我的个性，我对于服饰的置备是不大喜欢，只是吃和买书、看电影那就不考虑了。时常也知道乱食和看电影是不应的，可老是改不过来，我想以后必得说到做到才可了。

1月16日　大风　我还是睁着眼睛胡乱思量着，不舍展正觉温暖的被窝。门外“咚咚”，随即就有喊我名字的叫声打断我的思路和清早寂寂的空气，我不容思索地应了，他就微笑的现我眼前。“呵，郭，你还不走么？”我正披大衣，口里只管哼着。“不,今晚才落船,你现在怎样的?”郭植秀不客气地自己坐下了,我匆忙洗漱了同他向外走去。在惠如楼又谈了一大批,我只有恭祝他回去享乐,虽然想谈着目前的事,可是所谓“鹦鹉前头……”谁肯放肆在广众场合作无补于事的谈国事呢。

没有什么好去的地方,只得随郭到他的同乡处去座谈,他两位同乡都在市美校就读,叫陈小飞那位,很活泼、潇洒,没有呆板的客套气。我虽然对郭有些怀恋,不过无情的时光老是为人方便的,我因为要赶车返校,所以只得同他告别了,我答应过后写信给他。

回珠处已将十一点了,王君禄位还不见来,我恐搭不到车,只得索性走了,到了车站,险些儿搭不及。呵!学校果然如郭所说,怪冷静,各斋各房都空空如也的,如已停止了呼吸的生物。我找到进礼兄,和他选定了一个房间住下。床铺安妥了,便跑到江村去找东西吃,顺道去会计家找信,恰巧收到洪兄给我的一封,洪很嘉许我的进步,并规劝我努力。他这个意思是很诚实的,我当接受感谢。我每每受人赞美,可是自己想来就觉得不行。难道别人在故意给我戴高帽么?但他们中都是知识分子而且忠诚的呀。然而,我不能因此足以自豪自满,或者灰心冷意,我只有更努力,更前进去呀!

1月17日　晴,大风　展开被窝,温暖的阳光已由窗缝透入我的卧床来!我今天的晏起,实在得忏悔自责的,自戕、衰弱……呀,何等的罪孽呢。风刮得厉害了,门窗、茅草都吹得打出声音来,凄凄地越刮越凶,又发出怪兽般的声音。等到静悄悄的夜间,偶然睡不着的时候,听到这些凄其的哀音,真像听“塞外笳音”的悲慨呢。对!我居然忘记自己呵!我现在正是离人边外的人儿呀。

今天强打精神看《知识》半月刊,又计算半月来的开支,真了不得,只半月,已经用了十七元了。那么,这个月当然免不了要用三十元了,但不是和预计差得很多么?呀,我的生活,真该诅咒,怎么总不能稍改一些呢?

我因想得到杂志和各友人的来信,所以独个儿的跑去江村镇会计家拿。各家已在烧爆竹做送灶的节目了。想想去年今日正在南雄同家兄相见,而现在孤寒寒被一切所遗弃下来的自己懒洋洋地走。又想起家乡过年事,无限的乡愁控制着我的心……

呵,真不负我走这一趟,其甜如蜜的阿十信给我得了。他把回乡所得好印象,分别报告我,并且将我对升俊的疑虑打消了!原来升俊是逃亡之行,但未免太苦了!怎么穷到连冬衣都没有呢。我想不自爱的人,就是绝顶天才又怎样呢?

1月18日　晴　狂风是比前日小了!一片赤黄色的田野都静寂地躺着。学校里除时有一二人行走外,什么也不见的。我浴在暖和的阳光中,在坐椅上静静地往字眼找出愉快的意味,几乎忘了世上的一切所有……

吃了晚饭,往江村镇上走一趟,为的想得会计拿回余下的膳费。他真狡黠呵,他那如约地在家里呢,只有尖刻的老婆摆太太的臭架子在那里坐着。我不能不转变来意了,只有向她拿信,巧在她那时好意发着,轻快地将一束信札拿给我找,将不致使我败兴而返吧。在归途中我捧读着有趣的一封信呢——萍给我的信,他说的话真多角了,什么都有说,拉杂地写来。但看他目前生活却很消极,这或者是环境促成呵。

夜来,我还是在暗淡的煤油灯下,用疲乏的眼力去读书,冷风夜来更加劲了!两脚尖给吹得差不多失却了触觉,因此深深地感到血气的贫乏……

1月19日　晴　吃了早饭,用两张拍纸簿的纸作为信笺,给家里写了信。新年到来,家里多少都挂念及的,而且各亲友也日来谈到,我不能将现在的生活状况报告他们。把昨晚方拿到的相片也随信附寄一张回去,给他们知道半年的容颜。

我正坐着看书,禄位君忽然现在眼前,我不能不抛了书问他这个那个。他要离我,离这学校了,为的学费太难筹出,所以只得去警士教练所了。我鼓励他奋斗努力,教练所还是有机会读书的,只要有自学的精神挤出时间便可……因为一个朋友快要离开了,心里立时感到依恋起来,但另一个念头又在给我安慰;我同詹君、进礼君立时去江村买些菜肉来,今晚为禄位饯别,大家来一次痛快的聚餐。席中有相慰相劝,相互交谈着……

入夜不能再看书,大家都来谈谈对各种问题的见解。进礼因多读了点当前的杂志,说起来倒不错,只是他未免太信书了。

1月20日　晴　前个月在《读者生活》见到介绍一本长篇小说《八月的乡

村》的文章，为它介绍之说所诱，很想能立刻读到它，可是找遍了广州各书店也未见，令我失望。一直到前几天，书才在共和书局新觉木屋摆了出来。当时我真像同隔了几年的知友，忽然在天涯异地遇见那样的感到愉快安慰，立即把它买下来。读了几个钟头就读完了！批评介绍的那位先生还是忠实的，他所说所见的和书中描写的题材，的确是切当的。全书是写“九一八”后的关外百折不挠的义勇军所奋斗的精神——反日反帝反封建的苦斗。作者极力地将敌人的荒淫、残忍、屠杀，及封建的土豪劣绅的敲诈、剥夺于一般农民的惨状——目不忍睹的惨状，耳不忍闻的哀音，都很明显地暴露出来，实在可算一部反抗的成功作品。

晚上读了一本《中国农村》月刊。我们的农村受不景气的波及，真是一年不如一年的了。但其破产的最大的主因，却是帝国主义的商品经济侵入和封建残余地主的压榨……图救的方法，当然要推翻以上的两大阻碍物才行。

今天詹君请饮茶，又吃了糯米饭，到夜来，有点不舒服，乱食实在容易得病的呵。

1月21日　晴　没差别的一天一天过去了，就如我的生活一样，见不得有什么别致与奇特，餐餐食惯了肉类菜类也无从感到新鲜的味道了。我想这就是谓之的无聊吧。

厨房的菜太坏了！我就同詹、进礼去镇上采买了肉鱼来，自己烹调，虽免不了麻烦，可是自作自食，倒感一种快意，直是安适的生活呀！在这样恐慌动荡的年头，我还有幸享受这么快乐的生活，实在也算幸运了。但是另外一幅饥饿、寒酸……的穷困图，随时都交错在我的愉快的思潮里呵！旧历年就在这三两天来结束它一年的生命了！贫乏的负债的穷人正是最难受的季节呀。唉！我不能不想到我的家乡，回忆唤醒了我，地主债主的索债索租何等可怕可恶的脸孔呀。在小的时候，一见到他们——吮人血的债主地主的来临，就把我预祝新岁快乐的兴头都打得粉碎了。近年虽然逃脱这万恶的威胁，可是家中的开支仍是拮据的。而且今年又是旱灾，我想母亲一定不能展开她的愁眉呵。呵！我这么深深地思着，忧郁地思着，那暮色渐渐地苍茫而暗淡了，我不能不转向灯的光明来。

1月22日　晴　我因为想看看广州市的“花市”之花样，并想和几位同乡过年,所以决意就入城了。到西关的光复路地方已有好多花木书画摆着了,逛马路的人似乎比平日多。到了永汉路,那时我因为急急要找同乡,街上热闹到什么程度没有顾及。饥饿的鞭策使我的理智糊涂烦乱,一跑就跑去菊坡吃了一碗炒饭。饭后似乎精神也兴奋饱满起来,我开始在热闹的场合混,可是太单调可怜吧?一个人安闲地随便逛逛——从万众欢腾的马路走来,那单独清雅自得的逸趣就被打得粉碎了。那时我就感到自己是被世界上所遗弃下来的人一样的凄凉。

在旅况萧条之际,人家正在闹什么新年的乐趣,自己只觉得不快,在无可作为的时候,我就将满腹牢骚写了一大篇的信笺寄给汕尾的郭植秀兄。晚上瑚、勇来谈,大家也走了一趟马路,但因没有什么目的,所以都感到索然。

1月23日　晴　大家忙了半天,把所应买的东西——鱼、肉、鸡、鸭、水果、糖饼……都买得十全了,好像在家庭一样地预备过这一年一度的"年晚"节。时钟快要六点,在厨房工作的几位朋友松了一口气,捧出食品来。聚餐的共有七人,三个南宁人是珠的同房朋友,一个西大高中生陆君是光瑚的朋友,其余便是我和瑚、珠。大家都混得相熟识了,席中倒没有拘束的客气发作,只有尽情谈笑痛饮,乡愁、私怨……种种的不快表情,都没一丝一毫的在各个面庞展露,谁个都像饮宴般的狂欢着,猜枚也在席终时行个爽快的结局。

天气特别地暖和,人们格外地欢愉,街上行人越来越多,永汉路的花也更多起来。一盆盆、一束束、一朵朵,五花八门,真是有点难知其数。我们七个醉汉依着永汉路一直走去,呀!真难走,就是走到平日只为汽车独占的马路中心,也不容易前进呢。因拥挤,我们几个经常会找不到,那时我说不出有什么感觉,只有烦乱的心情。这样走着,居然到了浆栏街,那边的"花市"更来得多呢,一捆捆的桃枝梅枝……像森林般在街的两旁竖着,行人也较拥挤了,脚跟提起来再放不下去,已经没有隙地可踏了。大家都互相推动前进,幸亏那边的游人没有什么好看的女人,不然那些轻薄儿不知享了多少的手福呵!呵!我真想不到这么一束桃枝之类,有这么高的价值,有的居然得到数十元的代价。哈,这何等的无谓的花费呵。刚刚走完了透不过气来的挤人浆栏街,无情的雨粒就往人们的头上打来了,好像给享乐者一种惩罚。雨不久就停了,我们就慢慢地转回寓所来,呵呵，这样就过了一年，真是太平凡吧？

1月24日　雨　为了昨晚醉了酒，又走了几个钟头的马路，弄得一身都疲乏得不可以，今早醒来已是红日三竿的时光了。外面讨厌的爆竹声还是一阵一阵地向我耳朵送，我那乡思的心，就被这烦厌的声响碎了！家中新年的趣味一幕幕地在心境展开，呵！我只沦入幻想去，几乎成为往事的俘虏者。

早饭同刚从南京回来的复旦代表、入京请愿的萧宗君去兰园吃饭。问了他此次上京得到的效果，他只糊里糊涂地支吾着，相反的，对于玩的、游的……他倒得到好好的印象，同时还剩下百几块大洋。哈，这么的请愿，实在是痛心的吧！

这么闷人的天气，坐在房中当然太笨了，我还是向外跑跑地好。本来想去观音山走走，可是刚出去，雨就阻止了。我去戏院也给有钱人预先定完坐位了，一气之下跑回寓处来看看《中学生》散闷。呵！万家欢祝的元旦日，而我却这样枯寂地放过，真凄凉呀，他乡游子！

1月25日　珠拜年去了，房里只留下凄清的孤独的我。案上偶然放下一本朱淑真的《断肠诗集》，理智的催促只得放声读起来。已将告松懈的诗兴，因此又燃着了。想了半天就成诗以下的两首：

元旦书怀题日记部

人生如梦复如烟，荏苒韶华又一年，

爪影欲留凭何计？惟将事绩印青编。

暑期回家杂感

万里遨游倦且归，故时风物已全非；

李白桃红随春尽，忍看绿叶不胜愁。

暑期回家乡，见到当日同辈的姑娘们个个都变了样，“贤妻良母”已是她们的职责，那时就引起我物换星移、沧桑世态的情感来。不过当时碌碌心事，不暇吟之，今天因有闲情特在这里补缀。

《红船外史》影片旧年为政府禁映,其原因纷说不一,现在不知凭了什么魔力,又能再来重映了。我想避免难受的寂寞侵袭,就花五毛钱去看看来。全场都是演出怪讨人厌的粤剧,说到他的题材也很平常。不过我在片中就找她被禁的秘因,就是片中一句话说出得罪了贵人的太太。他说,某先生在广州演戏,不知有许多的贵人太太小姐给他写信,不过他都不肯打开望一望呢!何况来上海……这句话虽然说得没有根据,只是对于广州的太太小姐太难受了。何况那晚是某要人的太太去看呢?所以难怪当夜二场未完,就有电话打来命令停演了。但现在又得重演,那又值得思量了。

1月26日 天气一味的阴沉,像盛怒的人的脸孔一样,够让我无聊了。到哪里逛去呢?房里坐着又怪难过的。到各戏院又买不到票,只得乱跑了。光复路、拱日路、下九甫十三行,在西关逛了大半天,见了穿红着绿的人们个个都呈出欢愉的面孔去亲友家拜年。小孩子在马路上烧爆竹,啪啪地响着;或者玩着小气球,看他们真是天的骄子、活泼可爱的童贞。呵,这么宝贵的年华的孩子们,去享受你应有的幸福。走得多了,脚跟也酸了起来。来到永汉路,就同珠去涎香楼饮茶,过后,又觉得太不应该花这么不需要的花费了。

1月27日 阴 我决意回校了。早上去买了两本杂志,吃饱早饭就提了手箧走出了光大学旅,时间还许可,就步行到了黄沙站,此时已经一点十分,恐怕今晚饿,去茶楼叫一碗饭,就当作今晚的晚饭了。四面布满很模糊的薄薄的雾,只是不甚冷。我回到校就不想多动作了,等到点了煤油灯的时候,就勉强读今天在车上还未读完的《大众生活》和同进礼拿的《教育界》数篇文章后,就不能维持注意力了。日记也没写。

1月28日 晴 丢下数天没有写的日记,现在补记它。有些像在荒芜的田园来开垦一样的麻烦,早上八点钟一直写到下午两点(除了吃饭时搁住)才把它填补完了,身体脑袋都摧残得疲乏了。

前日当去的书和几件破了的衣服,为了想把它整理一下,就与厨房的工人慢慢走去镇上取回。真糟,我只得二元来,现在可要给他二元三角了。利息他倒未便多取,只是当时他给我的二元在他当票已写二元二角,就是九折给钱。我暗暗地领略所谓奸商的可恶,原来他们都是臭虫般的吸吮人们的膏脂呵。

过度零乱的书籍，弄了几个钟头才把它稍为清理有头绪。晚上只是看了《文学月刊》的几篇短篇小说。精神不大许可多支持下去，昏昏地就躺下了。

1月29日　晴　上半天也抄了几天日记稿，虽然算不得什么吃力，只是脑筋手腕都感过分的疲倦了。想继续读书下去，那是不能够了！但坐着又无聊，不如去镇上走走，顺便到会计家去看看，或者能收到信和杂志。这希望在催促我，终于独自儿踽踽地向镇上走去了。虽然是新年，今天的市集也还有许多人来做买卖，我想也许这里不像我家乡那地方，过新年是不做买卖的。希望最终扑了空，信是没有拿着，可是《中学生》怎么还未到呢？真给我感到不快了，跑回校立即写了一张明信片去问书局。

几日来着实觉得疲惫异常，读书写字都不能持久，食欲也不太好。今晚漱口，忽然发现在痰中带有鲜红的血液，看牙刷又不见染了红色，未必是牙根破流出来的吧？那么是咯血？我开始担心了，立时令我愕然！其实，照近日的状态，咯血是可能的，不可不注意呵。

1月30日　晴　知识欲的驱使，令我忘了身体疲倦，精神萎靡，还是贪婪地向书中去开拓知识的领域。但对于读物只得改变了，太费脑力地读下去，当收不到好印象，只有将较易解的拿来读罢哩。

天气的确很闷人，进礼也不能支持下去，他约我到外面走走。我本来还没有读完一篇文章，只是经他这一挑动，心情就不能平静了，像怀春少女般的被情思冲动一样。我以为他想到野外去散散心的，谁知他倒拉我去茶寮饮茶，饮食饱了就慢慢地走回来。在归途中遇见正去车站的两个姑娘——表情纯洁活跃的姑娘，情欲之火像火山般要爆发，贪婪地望着姑娘，心里喊着：姑娘呀！你这纯洁的心灵、高贵的身体，可以容许我的灵魂得到慰藉吗？

今晚为文字表现欲的鼓励，促成我提笔写一篇《话旧》的文章。这篇文章的题材，是想写一个乡村少年到城市去做工，被撤工而跑回家来，见到各亲友就怀念起当年乡村较如裕的生活，而现在却不免到处是支离破碎的杂感及对以后乡村生活的忧虑……但是写到主人公回到家见了老婆时的一个场合，怎么描写才见生动？那苦住我了。

1月31日　活动的时候还未见怎么冷，虽然气候已不比前日暖。但搬完床铺,安置了行李后,背脊就一阵阵地感觉寒栗起来。天气是阴阴的,半空中不时也挂了毛毛的雨丝,鼻涕偷偷地自己往书上滴,我只得加上一件御寒衣。呀!四周的山朦胧得很,像蒙上了一片极薄的白纱样的白茫茫,不是镇上时时送来锣鼓声、爆竹声,我几乎还以为是在严冬里呵。

晚上自己跑去镇上,想要买鸡蛋和寄一张明信片,并去问开明书店怎么《中学生》未见寄来。鸡蛋真贵,九个铜板一个,纸币它用二十二枚。结果没有买成,只买半角钱的水火油。

2月1日 昨晚,滴答的雨声打破了夜的寂静,听起来很像是个荒凉的雨夜呵!我几个人各守着焦黄的煤油灯默默地写日记、念小说,如禅关中的和尚念经一般的静穆着。并不觉得有什么冷,也许是所谓春暖的气候吧?可是今天很快就给我这个痴想打得破烂了。和暖可爱的日光,已隐隐深藏在灰云里,冷风呼呼地发出哀叫,双手时不时地要往衣袋里塞。

今我开始看一本长篇巨著名叫《战后》的小说,但想起还有许多数学题未曾做完,立即又感到不快起来,我现在打算读完这本作品,再抽出时间来做算学了。本来还打算在假期到附近的村落去逛逛,可是总难找到同伴,就在这种意念逐渐幻灭之时,今晚进礼君忽然提出这个意思,让我立即赞同了。我们只向学校左侧的二条村庄走去,唉,他们所住的实在和我家乡的贫穷户没什么两样,房屋低矮、阴湿,不规则地错杂着,空场乱纷纷的堆了禾草,站着和疲得躺下来的牛只懒洋洋的,走过去除了凶猛的狗汪汪的叫声,什么都僻静。他们似乎只知做田事、家务,其他外边的什么的事情就不必多知了,世代过着一般的安适的日子。“怎么乡下很少有娇艳娟俏的女人呢?”我不知什么来了感觉,就这么地对同行进礼君发问,哈哈,真不解了!

2月2日　晴 现在只有我一个坐在空洞的房间里,只有这一点微弱的灯光作我黑夜的良伴。实在的,如果是没了这点光明,那就像把我送到深深的黑洞里透不过气来一般的难受了,现在可不曾呵,我依然享受光明的思念,能够去追想我的憧憬。照例我要检查今天的过去,但实在太平常吧?有什么可记呢?

詹君今早入城去,我拗他不过,也得陪他去车站茶寮坐了一下,假如不为了友谊的难却,那我真不想去的。这并不是我不想饮茶食饱,只是我为了要看书的念头缠住,所以事后还是微微觉到不快意的,好像做了一件什么无谓的事情。就因为今早荒废两个钟头没有读到书,所以今天埋头想补救这些小小的损失。

近几天来不知什么的,乡思又时时来在思潮纠缠。回去怎么读书啦,晨跑啦,学口琴啦,一连串这许许多多的思路都足以扰乱了我的心,使我做了几多的幻梦,美丽的幻梦春梦。可是现在清醒过来,理智唤醒了我,又感到太过无聊吧?

2月3日　晴　三天来我一气读了一本六百余页的长篇大著《战后》,今晚读完,疲累的精神,得了一松。作品中的情感,又如海潮澎湃涌现脑际,作者将战后社会混乱及出征归来的丘八没得国家的保障,反而失业、饥饿、流离失所……种种现象暴露出战争的罪恶。

锣鼓的嘈杂声,打破了夜的沉寂,扰乱了我潜静的心境,唤起了我最近的回忆。这样的情形展现我的眼帘已有三晚了,第三晚我就疑惑起来,怎么他们(江村的农民)每晚这样扛几个偶像穿街过巷,爆竹跟着烧,锣鼓随着响。他们的意思用不着什么考虑,就让我知道他们是吃了宗教流毒的亏。不过我疑惑的是这万恶的宗教,到了科学发达到这样阶段的今日,仍然有他的尊严炫耀于乡村。且不说是都市吧,广州迷信的人也还是不少。可怜的人呀,这种麻醉的宗教不要被它迷惑而去信任它才对呢。

萍今晚给我一张明信片,他说二哥出发去了湖南边境,这我以前虽也知道,但今晚似乎觉得有些异样的感想,怎的只派十二连去呢?

2月4日　晴　早上写完寄给萍兄的信,就到食饭的时光了,起身太晏了。

雾一般的一阵雨晴了,跟着犹现出和暖的春日,我就同进礼、詹君去高唐剪发。路上忽的碰见郭兄,呀!真使我诧异起来:"怎么你几时来到的?这么快?"我同他握了手这样问了他。他就说接到我信就来了,但今早坐车到了学校,现他还是要去趟广州,所以很不安地匆促给我写了一张他现在的地址就走了。我同两位同学剪了发回来已经二点钟的时光了。拿了一本《世界知识》来埋头就读,一直读到催促吃饭的钟声响起。

吃了饭又同同学跑去学校后面的一个村落走走。这一条比前晚走过的村落可说是丰裕了，由房屋及多人的穿着看，似乎可以知道他们还能好好地过着日子，当然，真实的情况或许又未必尽然。

我这样的记叙体记下机械生活经过，琐琐碎碎得不成样子，什么描写，什么……居然找不出半个字，看起来自己也觉得寒酸，真有些像“百衲衣”。呵，还是多做修养的工夫吧！

2月5日 兴兴头头的跑来，以为很顺利就可以拿到钱去缴费，谁知他们都是眼瞪瞪地没有找到给我。受了这意外的打击好像受了伤的野兽，立即就不能安定下来，向马就跑，真怪，那时的精神却很兴奋。各校已上课了吧？街上已有许多女生挟着课本来去走着呢，不过男的不多见。书店时时都有这么多人看书买书，我此时还有进礼君借与我的几角钱，就不管许多买了一本《文学月刊》。讨厌的雨，簌簌地不肯停止模样，把我给困住了。

大约已经四点过了吧，我为想见郭兄，就乘着雨停了的时候去了。这一次幸好不致使我失望，我和他见面时还有一位谭增向同学在一起。郭兄拿出他乡里带来的虾子，已经煮得熟且干，可以像剥花生米一般不费事的就食，“味道也不错呀！”像嚼花生米样的有趣，我这样叫了起来。过一会，黄培彬君来了，我们就外出到大新公司（城内）观看新聘的金龙歌舞团的演出。到了场中恰巧见了光瑚，同他说了几句话，呵！他现在真是公子哥儿的色彩呀。金龙歌舞团那帮家伙表演得真是不错！女的矫健、玲珑妙舞，男的技艺新颖，实在难怪叫卖座的特增了。费了几个小时，蒙了朋友的惠请来看这场表演，实在值得感谢的。

2月6日 我正预备洗澡后就走街去的，恰巧施礼同蔡国威并光瑚一伙儿都拥了进来，他们都是很知己的朋友，用不到什么客气的虚套，只是胡乱谈谈。光瑚太不忠实了，虽然大家是同乡，但他还说出掩饰的漂亮话，那好胜的气派太浓厚了。不过，我已不似从前那样对人了，随便怎样都能相待下去，不想轻易地再对人表示不满的态度来。我们去永汉路买了些应用的东西，我借到四块钱，买了一本《文学自题》……

不知我是没有经验，抑或是怕羞？好几个月来都没到过有女职工的茶室去坐过，今晚凑了他们的趣儿，就到稻香村去坐了两个钟头之久。他们同女职工开玩笑都很能手，大家终不致索然乏味地坐着。里面一个姓梁的女招待，长得倒也不错,轻盈的身材,俏丽的脸,说话也柔顺,但她的身世未免太可怜了!我们几位好玩的家伙,同她厮混了一阵才出,真快慰呀。

2月7日 天色虽然阴阴的,可是却郁热起来,披上了大衣,那是觉得累赘不堪了,由车站跑到学校,背部已排出许多冷汗。当时的心情纷乱,血管在沸腾,焦急……这都不是天气热的反应,乃是收到侄儿小哉留下的条子。他前日由二哥防地到学校找我,那时我已出广州,他既不见就也出广州。我知道必须要找到他,因他只是个十岁的小孩,跟着人跑来的。我坐下稍定一会神,立时又要搭车入城了。

真苦住我了。我曾经到过他留下的地址去了二趟,又到过后方有两次,都没有得到一些消息。我跑了二三小时的马路,两条腿一步步的觉得酸痛与笨重。本来抱了极大热情来见他,想从他谈话中得知二哥的真正情况,可是现在这个兴头渐渐地松懈了,跟两条腿一样的疲乏了。无情的黄昏逐渐威胁了我,我在万端烦乱中,只得拿着招生简章一大张写了一封很长的信给阿十和阿进,一方面固然是为他俩复信,一方面则乃是想满腹牢骚倾囊倒箧地对他们诉说一顿,以消散我此刻的难堪心境。他们如果见到此信,也许会错认为什么特别的失意吧?

2月8日 八点多钟还是再去后方探探,可都是失望,一个勤务兵也没有。我想再这样跑也不过是徒劳而已,就决心跑回学校来等他再有信来。想在长堤买一本《大众生活》,九点几分就搭车去长堤了,在那里要逡巡多久才达到我的目的。“怎么地安顿侄儿”成为我此刻思想的对象,其他的心里都不能安放了。

到了学校,见信箱还插着丛丛的信件,因一种企望的催促,我过去一望,好了!我昨天到现在的焦虑,此刻可说得到了一点安慰!原来他留下的地址是错的,已将冷却的热望,到了此刻又要燃烧起来,不过我还是不能镇静,二点三十五分又踏上车舱去了。

我叔侄俩蓦然相见了,但千头万绪的话头不知从何说起,立时倒默然。我将二哥的信看了遍,他只简单地列出四条文给我去办妥,这和他行惯了的命令式作风也许相像,但我总感失望了。在此刻以前,我以为他总能详细给我一个处理的办法……我匆匆地带侄儿买了鞋,又带他去裁了衣服,晚上同侄儿及同来的庞善谋文书到街上走了走，又到云来阁坐饮，由庞君谈话中，知道二哥近来的生活状况及处事从公的情形。二哥太忠厚，所以随时随地受人连累、欺侮，并且不甚精明，好赌好饮，都是不好的习惯。我别了他们，回来想想，居然不能安然入梦了。

2月9日 九点钟到李排长振寰的住处。那时李排长也由军校放假出来，我想同他谈一阵就和小哉出去。只是他夫妇苦苦地叫住，不得已在他家吃了一顿早饭。排长的老婆说话倒很亲切，可是我总有点不信她果真这么挚情。

团后方又没找到人，所以想交托的东西只得带了回来。阴沉沉的天开始落下春雨了，带来的还是很冷的气息。我回房去只有闷坐或直躺，实在难挨的。而且小哉又想要看电影，我就花几毛钱到新华去看一部《学宫粉黛》的影片。到了散场出来，雨打得更劲了，冷风也紧了起来，街上的行人都缩瑟地披了大衣，我那时真感到冻得不可以忍受了，只有冒雨跑回来。郭兄虽然想托我代缴费，可是我尚未决定明天回校，所以只有给他失望了。

晚上雨更大了，窗外滴答的声音，总听不到停下来，我想出街去买一点东西，可是为它所阻了，只得缩入棉被里去取暖。

2月10日 阴 我想若不早日回校来问附小的情形，小哉的入学问题依然解决不了，所以要坐早车回校。但早车已赶不及，只好搭中车，谁知不巧，车到西村站出去不远就脱轨，幸好只是一个卡稍稍脱出，没有什么的伤害及旅客，但已不能继续前进。我只得挨饿地坐着几个钟头，后来由英德车到驳客方能离这荒野，到学校已四点了，那时受饥饿威胁，精神很颓唐，匆匆到厨房去进食。

晚上勉强地看了些杂志，可是夜深了，脚尖几乎冻得疼痛起来，我不能不向床上爬去。进礼出江村得一封信给我，折了一看知道映中君由武鸣民团干校发的，他也说到升俊的婚变及近来的生活……

2月11日 雨，甚冷 同学们已恢复了一个月前的热闹。学校也开始在上课，虽然不是正式的。不过冰冷风不断地呼叫，凶猛的雨连接地打，把整个宿舍都噤住得很冷静。我看看杂志也昏昏打盹起来，这不是为冷，冷是不会令人入睡的，也许是几日来太疲劳了，造成了失眠的因由吧？我想再看下去也没有好的收获，只有一气地抛了书，往被窝里钻，到了醒来时已将到吃晚饭了。

晚上冷风冷雨，更吹袭得厉害，虽然不想偷懒，可是外界的风雨是不容许的，我不能破例就入睡了。可是不易入梦了，精神恍惚，心里老是想念种种事情。

2月12日　晴　我想去附小问杨主任小学的情形，想把侄儿弄来这里读。可是踏近校门见那冷落的现象，立时就吓退了我。走到学生宿舍门口，听到里面的孩子叫着跳着，奏出一片嘈杂声音。因好奇心的催促，再多走了几步，里面的学生床铺实在简单，桌上摆有的书实在少得可怜。一种湿阴的空气使我不能久立，我失望地走出校门。

喜庆的箫乐声，引起我无聊的情绪，几个着红色服饰的吹打器乐的人，在前面引导一个也着红色衣裳的姑娘。那位姑娘逐个门口去叩头又转回身向前走，慢慢地走，像上了锁足枷的囚徒一样地慢移她的脚步。她前后左右有许多好玩热闹的小孩跟着她，我为要见得较清楚些，不自已地走到近距离。原来是这里新娘应行的仪式，虽新娘的面部满挂由帽子垂下来的坠，但遮掩不了脸面，真庐山还是给人看得清楚的。这在旧礼教的老前辈眼里，当以为是很驯顺的好媳妇了，可是在新娘本身的痛苦，也许不能得以补偿吧。我不解怎的这处的风俗，还盛行这么腐臭的仪式！这里离省城并不多远的呀。

2月13日　晴　几天没来大便，今天特地向同学詹君拿了泻片吞了几粒，过了二三小时肚里就作怪了，弄得读书都受到影响。

阿十寄了县内的周刊来，看看他在顶头上加注的字粒，真像一根根的刺，粮赋增加了几倍，筑路又死了人民……唉，如此的政治统治，真是应该诅咒呵。阿十还附有一张用湘纸写的信笺，长长的写出他回家所过日子情形，并说及阿苹的动态。妖娇的阿苹呵，她真是迷人的人儿呢。我为了一时抑制不下的情感，就趁下午空闲时间写了四张信笺，说了许多牢骚的话，但里面也有不少傲然的语气的，想必阿十定会对我说了什么评语了。

2月14日　晴　为了侄儿小哉的入学问题，使我整个心境都弄得纷乱异常，几乎导致失眠。学校又要补行期考，看来是不容人安闲的了。可是我不管怎样，只得吃午饭后就出广州了。在车中思考了一阵，但除了更增愁怀外，都无别的好方法可想出。有时真想责备二哥太不知趣的把小哉弄来累我。呀！我的心实在很烦乱呵。

同侄儿珠兄跑了一趟马路,到中央公园坐了一会,谈了谈一些不关紧要的事,总还是感到索然,好像初春的园里,一切仍是死寂的静着,没有半点春意。我总以为我太主观了,现在不是旧历元月下旬吗?照理这个时候各种春花都该万紫千红的争妍才是呀,怎么现在都是冷冷地没有什么呢?

回到房里来和珠兄食刚买来的饼干,又说了他的求学事情,我用了很诚恳的口吻规劝他能够勤俭地去追求知识,可是他的环境太坏了,一个人实在难于自学的。转头来又对小哉说了一阵,我想他无法在这环境读书,所得的益处实在有限的,不过有什么法子呢?我只有这样的抱歉着!

2 月 15 日　晴　早晨八点钟才起身,可是睡晏惯了的人,却以为是了不起的"早起"呢。

小哉的求学要在今天决定了,所以我异常地忙,跑去教忠学校问,他说没有招生。想再去其他地方问,但到了校门因为见不到一张广告式的招生简章的招呼,不敢唐突、莽撞,只得悄然跑回来。就这样决定吧!就当十几块钱枉了也不打紧了,犹豫是很痛苦的,而且时间是不容许我再游移下去的。于是我决意送小哉去启文小学了,究竟那间学校办成什么样,那可管不了,只为上学近些,易于往返就好,而且我的目的不是在这间学校捞什么文凭之类的东西,不过暂时罢了。我这样把心一横——决定后,烦乱的心情好像就少一半了。

今晚礼拜六,永汉路格外地热闹,熙熙攘攘,老爷姨太们享乐其间。我也走了一趟,可是无聊空虚又威胁着我的心情,我的思潮不能宁静,到陆园茶室坐了一会,回到房里已经九点半了。

2 月 16 日　雨　到团后方去寄存左轮子弹。在等候曹军需回来的闷人时间里,恰好几日不见的王君禧鸿来了,他跟我说了军校里面生活的种种,颇觉美满……我俩这么谈着,好容易就消磨了两个钟头。等到了曹军需,我将要交的东西给了他,照理向他索取条子,可是他说这东西不便出收据。虽然我辩说将来领取的人未必是我,但他已没有二话好说,我当时只好索性信任了他,但事后总有"不甚妥当"的怀疑在缠绕着我。

时间还只是十二点,但我不想无聊的待下去,就拿出小哉的学费及零用的钞票交给珠兄，并且把照顾小哉上学的话重说一遍给珠兄，就告别他们回校了。一到街上雨就大了，几乎将我立刻回校的勇气跟着冷雨的的降临被冰冷下去，但这里值得我去留恋的地方，除了书店外，实在贫乏，是的，我临上车时，还对书局依恋着，恨不能和他长相聚首。

还好没有大的北风，不然这场雨，必定要施其寒魔的劲儿呵。车厢里人越来越多，到了西村站，挤得和旧小说写的“水泄不通”真有些相像。但我只顾看我的书，等到了江村那本《大众生活》就看完了，这种好习惯，我想以后要养成起来呵。

2月17日　雨　这阵大雨，今年还是第一次见到，那雨声把在纪念周中校长报告的声浪都压倒下去了，虽然任你怎样的高喊疾呼。但不多久它停了后，山野清新得恰如重新洗过了一般的明媚，青嫩的草儿，隐隐的在枯黄的丛中现着，给人感到一种怡愉的情感来。

明天要举行补学期试了，然而我因为要去给曼哥寄信，晚饭后照例散步去了。到看机械无味的课本的时候，看看时计，只是八点半，今晚时钟怎么走得这么慢？我几乎不相信时钟的走法，为了不早睡，只得拿一本《中国农村》来看了好几页，但此刻的时钟就走得快了，一忽儿十点钟就映入了我的视线。

2月18日　晴　这一趟的失意虽然不是令人有什么莫大的伤感，可是我已整整难过了一个早晨。今天第一时是考地理科，可是我昨天所用心记来的东西，已经不能兑现，他（教员大人）好像着意与人作难似的，已经考过的，他偏偏在那里出了题来，虽然这两条题当时我是答得十分正确的，不过现在一个字都记不清楚了。那么我的成绩究竟如何确定，才是准确呢？当时他给我一个甲等，可现在呢？他不能自己打嘴吧？我想这种考试制度，是不能确定出学生的成绩的。

今早这一场考试，还告诉我，依赖人是不可靠的、卑鄙的。我从来——自从踏进学校之门，夹带偷看……种种勾当，还是不曾尝试过的，就是今早也没有破坏这种可夸的操行，只是侥幸的憧憬幻灭而矣。我想存心依赖他人、求助他人，那是很痛苦的事，切不应去尝试吧。凭自家的力量争取，就算失败，也不会痛苦的。

2月19日　晴　两个月前还在沉睡的寂寂田野,现在天天地活现着生气来了。劳苦之农夫又开始在那里做他不可变更的机械工作。一片广阔枯黄的田间,渐渐地有人在那里蠕动,虽然已到了日落西山的下午,他们还在不倦地做着。不久的回忆忽然唤起了我,是的,二月前在这一片田野上,依然见到这样的农人在做着苦工呵,然而曾几何时,现在他们又开始劳动了。唉,一年中他们真是没有闲下来的时候呵。我一个人独自步行,心里这样那样地盘想着,而乡间一幅春耕图,就不期地在我的脑海一幕幕地展张着。那时我还是小孩呀,跟了家里人跑去田野,捉虫儿……实在比在学校闷坐快乐活跃得多,愁苦是不会生长在我这孩子的心里的。可是现在变了,一切都变了,我已长到成熟的年龄,家庭也变成了不像穷时那样的可爱了,特别是自从没有了父亲以后。呵,我想了这一大篇,等到觉醒过来,才知道此时已经走回校门口来了。

2月20日　阴　上午第二时已经考完了,心里一松,好像担得过重了的汉子忽放下他所担的东西似的得到了愉快。虽考试给我的担负并不是了不起的难事,只不过不乐观的我,对于未做完的事情老是牵肠挂肚的不放心,必做到妥当了才感到畅快。

天色是阴阴的,像要来一阵淫雨的模样,然而正如困得久了的马匹,什么也不能阻住它向外跑的心愿了。吃了饭后,“去新桃园啦”“去附近乡下啦”“去中山纪念林啦”“去……”这么乱杂杂的呼叫像从笼里开放出的母鸭一样的声浪,我感到去远些时间不容许,近了又去过了,实在找不出值得去的地方来。经几度踌躇,终于踏进郭兄的房门,和他谈了闲话,但是谈不出什么趣味。又回到自己的房间,同房的几位同学都已走得精光,里边静悄悄的,立时让人感到寂寞起来。我给王禄位君写信,笔尖在纸上摩擦的声音断断续续地都听得出来。信刚写到应该顿一顿的地步,中庸君就来拉我出去,我也不再推脱,跟他跑到车站的茶寮去吃炒粉。

晚上我看了一本新寄到的《中学生》杂志。

2月21日　细雨　细到无可比拟的雨粒,在空中随着不大紧的风飘飞着,一里以外的一切都埋没在如大雾般的灰白色的雨帐幕中,整个宇宙都缩小得只有可以看到的一个圆。我们同学五十几个人,排成了一条直线在马路上行进着，带麻子而黄得变焦赤的脸孔的军训主任大人，时时压住同学们的反抗谈话，可是他的命令正如雨丝一样，在我们听来是不关痛痒的。“妈的，只有我的班才配担枪么？”“我们大家只担一支好了！”“是呀，我们不要拿两支，大家一样！”只是这样强硬的语气，想吓倒主任大人，却是怎样都无效的，结果还是我们吃亏。由此我可明白，大多数人反抗少数的统治者，当然可以摆脱他的束缚，但在大多群众中，必定要有组织，有反对他的具体办法，才发生效力。否则，无团结的组织到头来，惟有所受的苦会更大而已。所以，徒作空喊乱叫，真自讨人罚罢了。

二哥今天又有信来，说明昨日的来信乃是收到我信之前，小哉的读书依我所办，且只读这学期云。我立时就给他写了回信，意思是劝他在可能的条件之下组织家庭，不过人的问题，应多加谨慎考虑，不可感情用事云。

2月22日　晴　到底写什么好呢，一天下来还不是一样的过生活。虽然今晚我的宿处换了——由江村而广州，环境是不同的，不过这种生活方式，已不是自今晚起的呵。所以若说奇怪是不会的，一切都很平常。那么若要写下几点钟到城里，跑了几条马路，到了几家走访，上茶楼……这些无谓的琐事，真令人感觉腻味了。

我是为了解小哉的读书生活才勉强入城的。虽然经历一次的折磨，可是已定了的决心，无法再抑止了，终于搭了快车入城。在车舱里，偶然见到旅客中有几位女性，倒也有几分姿色，情欲之念忽的漫延了整个的灵性，到现在想起来实在可笑得很。

到了小哉寓处，检查他的功课，他说学校的功课都得到做好了，以为这样就不会令我对他不满了。可是不能够呵，学校的功课（课本的）就算读它烂熟也还是不足的，我仍然要他多读课外读物。

时间还是迟迟的不至黑夜，我无以消遣，拿了笔写一封信给大哥，把小哉的近况及二哥对他的处置都说了一遍，并顺寄予国器《尺牍》一本。因为饿得狠，特意到涎香楼去吃东西，可是给钱时，居然被要去八毛之多，想来太不经济了。

2月23日　晴　早晨劝告了小哉一顿，就跑去局查看新到的杂志和新书。十一时我想回学校的，只是同珠说一些照顾小哉的话后，时间一溜就过了，中车当然无法搭得上了，但还有这长长的三四个钟头，怎么消磨得去呢？令我都很踌躇,那么,就去戏院一坐吧。天星映《小爱神》,我因为需要一个地方来坐下,就由荷包掏出两毛钱买了一张三等票。离开放映还有几十分钟,我看完了剧情,无聊的感觉立刻侵袭了我,使我不能不抽出一本《申报周刊》阅读。

那部影片由一位女小孩主演,天真烂漫的举动、言语,令人称羡,真是一个活泼的小天使呀!我想她的艺术天才,当然能够有很大的发展。

晚上我仍然没有热劲研究数学,只是读几本新买的杂志。可是心里总是不甚觉到愉快来,这都是数学习题要我受苦的呀。

2 月 24 日 学生自治会是由班代表产生的,而班代表又由全班学生选出,我不幸又被他们选出,真是哑子吃黄连。

亮洪兄由龙州中学给我一信,说了回家去所得的印象。同样的,对于绥上公路的害死了老百姓——饥死、虎噬等惨状,及粮赋的增加,这种的报告读完了,心痛如割,真想乘暇作一文,以写其惨表露于世人,使全社会人都知政治已趋轨道之广西,乃有此种人间地狱。

晚上开始习数学了,但灯光关系,使我不能安然地用功学习,真是叫人恨煞也。萍近来没有信来,也许不闲了。今晚特寄了一本《生活知识》给他,想来他必定会有信给我了!看完了的《申报周刊》二本,也一并寄给曼哥了。

2 月 25 日 上午南风、热,下午雨 气候一天一天的向暖热靠近了。两天来虽然在暗灰色的早晨我就爬起床,可是冷衣不穿上也不觉得冷了。有日光时更是暖得多,可以穿上轻便舒服的恤衫了。

今天的南风越刮越凶起来,它吹过各种物件,发出狂吼的声浪,震荡了宁静田野的空气。我正想洗一回澡,可是吃饭后,西方的云块就慢腾腾的搬了出来,天色跟着阴沉起来。一刹那,劈劈剥剥的雨声,从屋瓦上、地面上急奏出来,凌乱的声息恰如被敌人追得很紧的一股败兵在慌忙逃走时而发出的脚步声。呀,它的狂呼暴打,真是威武!一切东西都被它盛怒般的蹂躏着。我伸了头往窗外一探,居然觉得慓然。是的,它是带来些冷意,可是一刻儿,它的威力就告停止了。我想它的威力不能再延续得长久的,如暴君一样,他如太过残酷了,那离开倒塌的日子,当然不会远呀!

2 月 26 日 晴 进礼君今晚割爱似的辞掉与亲热同乡们出外散步,而特地拉我同走。当时我虽有所疑惑,可是这疑惑没延长多久,就立刻让我明白了,是的,他今晚要下气力同我散步,不是漫无企图的,今晚七时要选学生自治会呀。好出风头的人们都忙于拉拢各代表,去抢票,他们或者直接去拉拢,或者请同学代为力的间接说情,礼君可就属于后者。进礼用他沉重的口气,极力地替他那位朋友间接地拉票,赞扬其可为自治会委员的应有条件,半介绍半要求我得注意他的朋友。在他的意思似乎是站在客观地位介绍,其实是含有极深厚、极着急的主观态度意味的。哈,可怜的人呀,我是一个孤独者的个人主义,性情也古怪得很呵,你这卑贱的手段,请你拿去哄小孩子吧。进礼君从来都是很自恃的,常常爱说各先生无知识的见解,以为他自己读了几年书,各种知识修养都很好了。可是由此次他拿这种手段、口吻来对我游说,为他的朋友尽忠,那他"超卓之见"就告破产(由我看来)了。等到选完后,我忍不住这股愤气,略略地冷笑他们(企图运动串联欲做委员的一群)的幼稚。进礼给我一个滑头的冷嘲,我的怒火几乎像着了引线的爆竹,正要爆发而揭破他的心窍,只是因同学之情很理智地抑制住了。哈,我还当人生作游戏场呢! 何况这一区一刻的场合。

2月27日　阴　我现在像负着许多债务的破落户的人,是的,心里的责备,让我时时都感不安,抑郁、苦脸,同学们不都是像活泼的孩子唱呀闹呀……过日子么? 横竖大家都一样受那么多功课的压迫的呀! 然而我清楚我的疑虑了,我的环境险恶,学费来源的艰难……促我时时深省警惕。所以,我所负的责任,当然不比少爷们来得轻松,各科常识都得顾到的。

几个联立方程式的习题,做几个钟头都还未做妥善,依然不能透过气来地苦着。解它的方法,虽然弄得很清楚,可是太繁了。每每令人厌烦起来的时候,又不能丢下它的,我仍然对它"怀恋"着呵。只有到我弄够了,才能不客气地向它说句"失陪了,再会吧"。

2月28日　雨　从早晨到夜间,都没有太阳露出半边脸孔来。冷风还是在它临终逞出威武地刮着。我们几十个同学拿了枪在操场运动了两个多小时,但一停下休息久了,各人的面皮都被冻得皱起了鸡皮疙瘩。

吃饭的时候,粗大的雨粒就向大地上倾浇下来,冷空气更来得狠,居然冻得令人不能操作。不信,请看现在所写出的字粒就可以知道冷的程度,手指几乎麻木了。同学此刻都不愿说话，声音停止了。春天的虫儿也寂静起来了，不是机灯扑扑地响着，我还以为是深夜了。我也往床上爬去吧，可是一样的都是冷呵，薄薄的旧棉被真是不足令我去产生接近的勇气与愿望呵！温柔暖和的棉被窝都无福享受，何况其他？哈，我开始做梦了。

2月29日　阴冷　天气一味的阴沉，笼罩大地的一切所有，风也像在嘲笑似的发出呼声。学校里的空气比平时静穆下来，我正要陷入无聊的一刻，郭兄来了，他约我往外走，虽然外面很冷，我还是干脆地就答应了，呵，我的见解、涵养、手段，真的，何等幼稚呀！也许有一天遇到危险而不自知呢。由郭的谈话中，就证明前两天我对进礼的苦心批评是误解的，他实在不是盲目地尽忠于友人呵。其实他是为自己的很大企图在做工作，他们（指礼等人）是想利用自治会进行秘密工作宣传，至于他们的最大目的及内部组织如何仍待查考，不过他们在不久以前已有相当的组织……我得这消息如大梦初醒恍然大悟。几月来礼君苦心地拉拢我，如说教者的大吹特吹各种不成熟的粗浅的时事哲学，矫正我的悲观思想，使之转向热烈的意念上去，并且最近活动的手段及其言论，原来是含有同学间互相砥砺以外的用意的。这个我老早就有感觉，也怀疑过他的理论，不过他的态度、气魄与他的言论，相差太远了，所以我的怀疑也就不需要求得解答。到此刻我有点后悔不该把自己的思想完全表白出来，应该用迁就手段去探其底蕴而定取舍，也许此后他不屑拉拢我了！不过，不论他怎么有作为，如果只让我盲从，那我当然不会轻易就范的呀。为这些烦恼的事，情绪在紧张，弄得周身都不宁静了，我几乎要咆哮！只得和詹君、国强君去饮了一顿闷茶，对于此事，我禁不住地说了一通暗示给他们两人，但我的情绪仍无法控制住，一直到夜深时。

3月1日　阴冷　气候仍然在作威作福地传出严寒的号令，我不知夜半什么时候，两个眼睛就不想再闭上了！想来思去回味着昨晚听得的消息，但下床的时候，依然不能特早，这都是有一个“星期日”的意念在作祟，不然，平日这时候已经在上课了呵！

这两天来倒行了很好的“口福”，詹君好意的拉我去江村茶楼就餐，在路上除谈些很逸趣的儿女事外，不知怎么转弯抹角，忽的就谈到读书的问题上去。我以为读杂志固然很好，不过把杂志作为研究科学的对象专门攻读它，那未免不太合算吧。现在我们还是学生时代，各部分的课程都得去研究的，那么杂志，怎能一一读之？能择它较重要的，对我们学生生活有指导的一二种就好了。读物（单行本的课外读物）我也想读些关于学术、生活等知识修养的指导书就行，其他经济学……还是离开我们远一步，如果涉猎地去读，结果学业当然受到损失。至于现在这么多种的刊物，尤其大众生活都是各有各的立场与作用的，孙中山当年革命的潜伏期，何尝不以报章剧社为号召呢！而且现在世界形态这么动摇，法西斯主义、资本主义、社会主义的争斗尖锐化，那么各党派于各国国内都有不少它的势力和宣传的分布。我国现在的社会形态很是复杂，文化界一味的赞扬苏俄社会制度的完美，人民的安居乐业，可说在此恐慌的世界上惟它是"世外桃源"，中国在列强中除了它外，没一国可为相依了。诸如此类的宣传，不是很明白的么？我们要晓得呀！几位文化界的闻人，他们不是无条件的替人"吹牛"呵！那么联想昨晚的消息，更为了解了，现在正是非常时期呵，我们青年正站在很危险的岔路口，错认了就入歧途呵。

3月2日　阴雨　不知是天气太冷了，抑是因受了来信的感动，我的身体老是抑制不住的打颤起来。信有两封，一封是吴炽峰营附给我的，他是告我去他的家里拿二哥寄来的衣服和里面夹有的二哥的信。二哥信说要我入城拿东西付与吴营附带去给他应用，所以今天我当然要入城了。还有第二封呢，那是真有趣了！风流潇洒的阿十，把他乡居所过的生活——逸趣的生活，如同女子谈话啦，去未婚妻家的经过啦，男女通奸的纠纷啦，琐琐碎碎的事都很忠诚的对我说了一个清楚。我只当他作很有趣的故事看，几乎不想释手。他是何等的苦心呵，写这封信假如没有几个钟头的耐心，当然不能写得出的。可是我读后之余，从他方面想起环境限制影响于个人的行为思想，实在是有很大的魔力呵。阿十，我想像他是富于勇气的、刚强的，然而还是经不起短短时间的环境威胁，也只得俯首帖耳的就范了。是的，就讲他的婚事吧，他对父母包办的婚姻是极端的反对的，可是现在却屈服于旧礼教传统制度的决定了，脑袋还浮出什么"道德""人言可畏"等论调以自解呢。环境真的无法摆脱吗？我很是怀疑的。由阿十忽地变了一个人(很无奈的听任旧家庭把握自己的命运),联想到自己的将来,实在把握不住有些动摇的决心。我想:"不要老婆,算不得什么了不得的大事吧。"

阿十还告了我关于福盈姑娘的遭遇,因此我就联想到少女怀春的心,比春潮冲动得还厉害,她对于燃烧的情欲不亚于男子吧?由我的经验观察所知道,然而她不致追男子(少数的私奔例外),那是因社会的道德吓住了她而已。阿十此刻在乡间得了悠闲阶级假充的少爷等几个头衔,成日寻乐,枯燥自然不会了。他对我还是开了很多的玩笑,对旧日的她们,还是给我编出许多是非。可是幸福的人呀,你们自己享乐去吧,我是冷得不可近的一座冰山呵。因为一腔强烈的情绪抑制不下去,索性拿起笔,发牢骚地写了三张特大的信笺。阿十接到后,也许说我像个道学者在说教了。是的,我自己看来也觉得写得太庄重了,可是我不能再来重写了,就算了吧!

两点多,方去吴先生家,只见他的夫人陈识。我很客气说了来意,她明白过了就很机警的和我搭讪,说了普通的寒暄,跟尾她还说吴营附需要见我。我辞了出来,过了三个钟头,拿到应寄予二哥的东西,包好后又去。那时他在家了,我将东西交与他,他很简单的说了几句,我只得辞了回来。冷风冷雨很严厉的迫人,想出街都让它苦住了,只得继续写未完的信——给阿十的信。

3月3日　雨　窗外的雨,还是滴滴的发出啜泣的声息,风也一阵阵的悲鸣着,令人忘了春暖的天气。侄儿小哉起的较早,把窗口开了一个洞亮,外面的光明立时逐去了房里的黑魔,清冷的空气,跟着也占了整个房中的虚间。时钟铛铛地响了七下了,照例也是我得展开被窝的这个时辰,只是寒冷的侵袭把我吓住了,仍然多睡了一个钟头。虽然未能入梦,可是重温阿十给我报告的消息,还觉得津津有味呢。本来想乘中车回校,可是因为听小哉、珠兄上学未回,所以未便抽身。

各书局都找不到一本新杂志,尤其杂志公司更为冷淡,比较前进的、剧烈的杂志,都无见踪影,听说已为政府禁售和日本扣留等因,而不能和读者见面了。我觉得有些怅惘,但在言论不自由的中国,这种事实在没有什么出奇的。我不想空手而归,所以只得买了一本《新中华》半月刊,一本《申报》周刊。

雨还是朦胧的飞飘着，风还是啸叫，像有意的向人们来为难麻烦。但是我是不能屈服于它的威胁之下，只得披上二哥新付来的军用斗篷，向归途前进了。到学校后，又得到二哥寄来一信，在我以为他必定有很多应说、应与我详细商量的事情要告诉的情况下拆开信，谁知所见都是一片悲观的情调，他对自己的前途很悲观，什么“船到江中补漏迟”……等语气。是的，以他的年纪、环境，都是可以引起他这么灰心的理由，可是他还不尽了解现在社会层的普遍性，只一味的把希望放在我身上，让我去努力，但是现在拿钱去读书，并不是像从前的人一样的，当作放债，可以收得利息呀。不过，我知道我的责任是很重大的，只有尽力的做去吧，成败那里管得它。

3月5日　微雨冷　两天来都过得无聊，平凡严寒的生活，像天气一样没有什么分别的冰冷着。实在的，这两天的气候，真的苦了不少的人呵。“好冷呀！”“脚尖都冷得麻木了！”“我的手指也冷得痛起来呢！”这种种声调在各同学颤动的口中不断地呼出。我已把在冬季时未穿过的两件冷衣一起的穿上了，背部还是像害了伤寒病一般感到一阵一阵的寒气，手指冷得僵了，不能自由伸屈；北风像快刀一样在面部刮，本来想写字读书，都给它从中扰乱了！只是勉强的看了些杂志小说。

3月6日　阴　今天的天边似乎晴朗了一些，天空已改换阴暗的面孔而呈现出灰白的晴空来。可是温暖的阳光仍然很高贵的深藏着，不肯露出她的色调。太阳呵，我们——普天下的人群，都愿你来照顾，都想投向你温柔的怀中去呵！

是的，天气较昨天好了一些，可是讨厌的军训操就来苦给你去受了。一连操了三个钟头，操来操去未必操出什么来，只是曾经做三四次的立卧仰躺姿势。我想不论在时间、在劳力上都是不合算的——所付的代价与所谓“经济”实在说不去的。就算学了三年吧，究竟能够知了什么皮毛呢？可以去打仗么？真是笑话！不过不论我怎么想的，都要受他们指挥。我实在经不起风寒呵，就是这小小的三个钟头受冷，也几乎生出毛病来，头脑微微的胀痛，未必病了吧，吃了饭还是要往外面跑呢！

萍兄今天才给我写来一封信，他真的不出我所料，因为公务太烦没有时间写信。他还给三张相片,并且给我五元钱请我代洪兄买一支水笔,这事未免麻烦了,只是友谊上的托请,怎么能不乐意去代做呢。

3月7日　晴　曈曈朝阳无私的照遍大地的一切,我们是何等的引领欢迎呀! 郁结的心融融地感到愉快,恰如结实的冰块受了热而溶解了差不多。手指中被冷得不能畅通的血流,现在方逐渐恢复,渐渐能自由如意的伸缩。我想我到现在所经过的寒天,像这般的严寒还是第一遭呢。新闻也有说的,据上海的记录,几日来的寒度为四十年所未见,由此可知这一趟的冷,实在不平常的了。

下午学校的空气又趋于沉静了,同学大都到广州去了,我因为不想向烦嚣的场所去寻梦,所以就同逸民、秀统两兄去江村剪发。时间还不晚,就上茶楼去饮了一点东西,虽然花了几毛钱,但都感到很快活,因为这钱很当用的呀。

晚上看高尔基的《草原故事》,有的地方实在很有趣,可是我未能一直看下去,因辞却不了秀统兄约请的饮茶会。哈,看来很幸运呵。

3月8日　晴　等到我下床的时候,太阳已怒目似的射进我的寝室来了,好像对我责备似的,抱歉的心立时侵占了我的灵魂,我真是个懒东西呀。

吃了饭我正想过郭兄处去的,恰巧他就来了。我想和他有长时间的谈话,就立即拉他向外面走,说是无意吧,可是意识却时时提醒我。我们走到中山纪念林,见许多人都往纪念林山坡走,我不能抑制好奇心,也跟着他们一伙儿前去。呵,原来是打河中抽了水向新掘的石井运灌,也许是要办什么自来水塔吧?我又寻根究底的到河边去看他们架的机器,它发出如我听惯的电灯机一样的声音,它的形态很简单,但我只能见它的轮廓,它的用途结构一切我都不明了。我们又转到江村来了,郭兄拉我去食一顿我很爱吃的狗肉。想来真有些趣逸的感觉,郭对我没有虚伪的客气,正适合我心,我同他说了许许多多的本心话,虽然今天我们走了很远,谈得很多,可是没有一点厌倦来捉弄我们。

3月9日　晴　学生自治会由选举而就职,到今天又来一个所谓"庆祝典礼"。我因为好听闲事,于是例外地没往别处跑,也到那里去坐了坐。校长开路先锋的说了一大套类似官家口吻的救国读书之训语,接二连三的就有几位平常上讲堂时都没人肯听的饭桶先生、主任也居然献技了。同学们突然变了常态,拍起冷落的掌声(平时是没人鼓掌的)和嘲笑声的响起,有些在看新闻纸、杂志的同学都为之也抬了头,我暗想,今天——现在正是这帮家伙的世界呵!“瓦釜雷鸣”真是有趣。等到讨论会章了,同学们都不愿做俘虏了,个个都准备走,因此反累了几位先生来作几个钟头的把守门口的卫兵。哈,可笑的矛盾,不是正在各人面前摆着吗?刚才先生们、干事委员不是宣扬什么自治吗?现在怎么要人来治呢,要人来管理自己应做的事情?这又不能完全说各同学太不自爱,只因几个会中的干事也有的偷偷走开的,有的不到的,有的推诿的,真是些无用的家伙。我又在想,这也不能完全责备他们(干事),这都是环境养成的,假使他们换了一个环境,而遇到这个机会,相信未必这么不肯负责。同学也许有这么漠然的,因校长虽然很欢喜鼓励,可是他的话,鬼信吗?事实胜于雄辩,过去的事实,在同学中的印象,自然没有人忘掉的,那么负空名,被牺牲,谁肯落他的深壳呢。

到了余兴的节目了,没有好听好看的,那是事前就可想得出了。这不是说同学中没有音乐艺术的人才,只因为这么的场面谁肯出来表演,又有谁来赏他的色相呢?可是聪明的那个他却去附小拉来一帮黄毛小女生表演什么歌舞,音乐也没有。我想来表演的女孩子如在自己的操场上玩耍还见生趣呵!是呀,来这里很枯燥生疏的表演后,又没有人肯牺牲他的手掌来鼓励的拍响几声。今天,这样的无趣、马虎、敷衍的一个典礼,真令我肉麻,所谓“味同嚼蜡”也不过如此而已。

3 月 12 日　阴暖　日记搁下几天没有写,一方面固然为所过的日子太平淡了,另一方面也为要做功课——各科的摘要,那些枯燥无味的东西虽然曾有一度不想把过多的工夫消磨在它上面,可是,若果不将它记录一些,那么读了一本书过了相当时候就忘得精光了,想又从书堆去寻找那更无趣味了,现在就记录下来,一方面可以作预备小考之用,一方面又可存留作他日的披览。如读书笔记的练习,就是很好的手段,所以决定了,以后要记笔记,还要彻底抛弃一曝十寒的坏习惯了。

今天又是孙总理逝世十一周年纪念日了。在这纪念会中,对于过去的回想及未来的展望,当然各人有不同的念头在打算在思维。像校长一样,他当然也有他的说法,只是我个人对于其他的都很冷淡,所以时时极易打转想起回去。

是的，我记得，前一年的今日，天气不是这样阴沉，整天都是明朗的，校长也是背了这一大套的演说稿，随着就是种树的节目了。我那时觉得一切都像不是我的，我不过是一块不中用的肉瘤——在学校内只是个畸零者，无聊、愁闷、孤独……这种难堪情绪一并的向我侵袭，只得一人独到茶楼坐，但愈想愈觉痛苦，我记得还吟出不成东西的两句：颜容有人见，心痛何谁知？我曾经是这样的痛苦过来的呵。唉，这一种凄凉悲伤的回忆真不想再去追忆起来呵。

校长又宣布要种树及培植保蕉，当他说什么"不给外物摧残呀，多培补呀"等话语时，可能他已忘掉（不如说他不能说）校内所种的树不能生长的原因，一棵棵的树根上不是都布满羊儿啃伤的痕迹吗？哈，这讲得怪好听的官话，真是统治者惯用的无人不晓的法宝呵。然而这些滑稽的话，谁都会知道的呵。

3月13日　雨冷　昨天天气温暖得很舒适，可是今早一走出房门，雨点乘人不意猛地往面上扑，真讨厌，地上顿时就泥泞了！冷风也鼓舞余威，悲鸣着，天际老是笼罩着模糊的云雾，烦嚣的空气都特地往沉寂的方向去。我整日把头朝桌面书中埋，手指有时也会酸，可是不能休息呵，下星期要考了，还有几打的代数习题正得赶清呢。饭后照卫生专家讲，是不应用脑的，只是此刻不能不破例了，我想在考试制度高潮下的学生，对于健康实在是不能顾及的，只有忍心的让自已被摧残罢了（不如说由考试摧残）。同房六位学长，个个都犯了轻微的脑痛、神经衰弱，那不用置辩，当然是考试的恩惠。劳苦的农工们是不是很强健！可知劳心比劳力，在健康上是差得远了。

3月14日　晴　若有人要我说出今晚来广州的感觉怎样？那我只能吞吐的说一句"没有什么"，哈！我只这样的过着生活么？

烦嚣的声音，奇奇怪怪的景象——街招、招牌、汽车……惹人情欲的姑娘，一切的印象都汇集到我平静的心境，而使之开始纷烦。正如一池清静的水，被一块石头抛下溅起许多浪花，水面光波动荡着，引起肉感特别是对怪娇媚姑娘的想像，但在情欲的过程中，只有渐渐的把意念放在很辽远的未来，成为一种五成的幻想，心境才复归平静。"努力吧，假使我能够成名，不是什么都可得吗？女人算什么稀有的珍藏呀。"像这样的愿望，时时都给我拿来自慰于目前欲念的失意。天公呀，你见笑我吧，可怜我吧，我望你保佑我呵。哈，我是不是很狂么！

金声戏院放映《罪与罚》片，我因买有一本原著的译本，虽限于时间的不许可，迄今仍未读它，可是为要想将来阅读时收到较深的印象，所以现在对影片当然不肯放过了。下车后就步行到戏院，即时入坐，真生趣。虽然戏映完了，可是我还像有什么需要似的不愿遽然离座。剧中主角是一个犯罪学者，他个性乖僻，善嘲笑，有些自负，虽然杀了人（因为不满于惟利是图的当铺主妇而杀）且为当局查知，但他以其犯罪学的天才自恃，即使政府（警长）对他亦无奈其何。最后只因他受良心责备，并在爱人劝告下，乃去自首……全篇的表现技巧堪称完善而成功，真是不愧名著了！我想那三毛钱也不算是枉花吧。

3月15日　晴　当我在街上逡巡的时候，马路的行人大都走不多远便钻到茶楼去了。像我这样无所适从的人，除了面皮枯黄，衣服印出斑斑油渍的工人外，什么人都没有。是的，他们现在不是还享清早熟睡的温柔福么？世界真是太不公平了，他们难道注定应该吗？呵，我的想头不知有多少，但只是记得这些而已。八点钟了，官派老爷不会再睡了吧？我虽还是很怀疑，可是我不再多作巡阅使了，只有不管三七二十一的向团后方去提领二十元的留薪。由维新路转过太康路而直往万福路，第一军后方找到了，我应做的是帮萍兄代领了二十元回来。吃了早饭，真苦了我。我想同我有相同经验的人一定不会不信了，等候人实在是精神最痛苦的事，而更糟糕的是你要等的人不见来，后来倒反来了一位不甚受欢迎的庞君，把你几个钟头的自由都给剥夺了……自他到来以后，不能不勉强应酬，但身旁有了他，我的感觉好像在马路上穿着大衣而偶然天气骤热，而觉得烦热累赘郁闷那般的难解难分！假如社会上可以免除一切交际的话，那我诚愿做个孤独者，因为对于特别的较为客气的交际，至少最终对于自由是有所阻碍的，但是在现在的社会里有这种思想实在是反常的、被遗弃的。所以，《鲁滨逊漂流记》的作者，真是理想奴隶者的代表呵。

3月17日　春天的气候，晴雨是无常的，早晨好好的，下午也许来一场大雨都是常有的事。就因为这缘故，所以特别地令人难熬。我每天过着这规律、呆板、机械的生活，自知这么的生活方式，长久没有变换，实在太没趣了，可是环境限制了人，不能让人勉强去改变的。买口琴的事下个月必定要办到了，朋友都说，吹奏口琴对于卫生似乎不甚适宜，可是因为要学一种器乐来调剂我这单调枯燥苦恼的生活，除了吹奏口琴外，还有何法？自然，想学的乐器又不止此，天下事假使专心致志的去学它，没有那一件是绝对学不来的，何况乐器？不过为了求时间（学习的时间）经济易学，那不能不择口琴一种了。也许有人说，乐器的弹奏、吹唱都是赋有天禀独慧的，这个说法或许有他的理由，可是只求一般的技艺，我想不会是完全属于少数音乐天才者所独得吧。

3 月 18 日　微雨　《中学生》63 期有曹聚仁先生的《粉笔屑》，他说了读书应做的笔记的格式方法……等，这是篇很切当的指导学习的好文章。由这篇文字的心得而促使了我对于做笔记的心愿更加兴奋，因笔记可以帮助记忆的不足，免除肤浅的阅读之习惯，决定从今起，我愿我能够实行！

3 月 20 日　晴　“家书值万金”，在他乡的游子，异地飘零的人正在想知道自已家乡情况的时候，对于家书实在是很看重的。我接不到家书记不清有几个月头了，乡邑中的事情虽然有朋友们时时给我送来，可是正经地道的家信，真是太稀少了。就在我切望之时，今天校役就交给了我一封。在未打开之前，我何等愉快呵！乐得居然轻狂忘形，假如是爱人来信的话，真要来一个 KISS 了。

不过，天呵，里面并不是一幅美丽的图画，而是愁眉苦脸的贫困图！一刹那的愉快心情，立时打成粉碎，真是一盆冷水从头往下淋一样的感觉，我家只是一元五角的田税呵，王八的村乡长们弄什么“土地陈报”，居然增了二十几元，封建制下的小百姓，怎的安过他的日子呀？就是丰收吧，也是白做的，何况上天来了一个大失收的旱灾呢？劳苦的人呀，天命定呢，抑是人为人事呢？认清你的环境呵。这次我所受的刺激，真是太难受了，这样的社会制度太不合理，假使将来有什么意外的行为倾向，自然是今天所受的刺激促成的。因得到这痛心的消息，立时写了一张明信片给天鸿君，想来他或已前闻，不过很久不知他的近况了，趁着此事就写了。

3 月 21 日　晴　忙了几天，到底小考又过了！事情不是很平凡么？有的同学勤学超过平时的程度，有的若无其事的过快乐的日子，到头来都是一样的过得去，说不定他的成绩反好。我以为说什么标准，成绩是什么呀，一切都虚伪的。真理、真理，实在没有吗？

今天整个下半天都闲下来，我就缝好一个小包（里面有水笔），拉了黎君秀统去高唐邮局寄予亮洪兄,同时写了一张明信片给亮浙兄,告诉他买笔的价格及各种已办未办之事。回来过茶楼门口,有意无意的到了楼上,虽然它是新近和顾客们来见面的,可是环境限制了它,所以一切的铺张都未表现得出她的美。我不想久坐了,只得往下跑了。

晚饭后和郭兄及冯君往江村镇散步去,谈了东三西四,可是还是一样的无聊,我不知这感觉是我主观呢,抑或含有客观?从各刊物中找出许多同样的替社会主义国家吹牛,大有"效颦"的宣传样品。可是半殖民地的中国是否宜于需要这样的口味呢?这就是我最大的怀疑而急需解答的。因为过得太闷,就写一封信想寄去《读书生活》的读书问答栏求教,信是写得妥了,不过几时寄去还未定。我想下星期吧,不然我的怀疑是无法解决的。

3月22日　晴　一整天都是反复的写九个阿拉伯数字和英吉利文的字母,虽也感到太过难挨枯燥,可是事情哪容许我偷懒呢。吃了饭同学们想拉我去听福音,不,不如爽直说吧,去那里是想看看几个女子,因为那个教堂的主要信徒就是邻近的德基女校的学生和医院的看护。女人,这两个字,实在的很温柔香艳呵!她于我,是害着我如饿狼似的追求异性的人,不是很切要的补剂吗?可是,事实已告诉了人们,她,不是草芥般的随处可以取舍呵,那样做只是白撞,最后不是自寻烦恼么?理智唤醒了我,只得忍心辞却同学的邀约。

一大串的习题,真让我脑袋涨起了!只是时间倒过的快,不觉间敲碗声又开始嘈杂了,我不能不停止笔尖的活动了。

3月23日　晴　今天是学校七周年纪念,假若再不明白我校的情形,而用外人眼光的推想,一定会替我校想出许多非常时的景象来。他的脑神经一定闪耀着什么鲜艳的花朵,灿烂表演的礼堂,比平常做什么纪念会来得庄严华贵。可是事实摆在我们目前了,简直和外人所给我校估量刚刚相反,是的,从早上到黄昏到深夜到明天都是平常一般的沉寂着,有些同学居然忘记了今天的所谓纪念会。十二点吧,有意的也走上了今天刚落成的礼堂(又可说是膳厅)。礼堂门口挂了一幅国旗,里面一行行的摆了许多不大整齐的坐凳,替代了饭桌的位置。小学部的同学驯顺地坐着,脸孔有净的有脏的,但他(她)们的心里也许没这样不一致。他们这么的热情的跑来,难免没有最低的希望,照例生果呀、话剧呀、游艺呀,都应该给他们去领受的。可是小朋友别痴想了,校长各先生都有发论,说他在这里做出的伟绩,好像儿辈给母亲祝寿时,母亲诉说她创家时的艰难,不论她说怎么的漂亮好听,事实是会去否认的。常常见到破落户的人家很少做什么生日祝寿之繁文的,就是勉强做也不能像富家大户样的铺张的。那么我校今天这样的冷落,并不是同学不长进,而是学校行政的不振其颓气。学校的年龄已是不小了,然所做出的事业原来如此平凡、贫乏,那么推思他的前途不是很悲观吗?高尚的办教育的人呀,不要作什么骗人的说话了,还是脚踏实地去发挥你教育的志愿吧。

3月24日　晴　我实在想不到二哥今天就有信给我的,所以当校役交给我时,心里急切好奇,拆开了一看,呀!什么话?事情糟了,二哥从此的负担更重了,以前我看到这样奸猾的特务长,心里就有些信不过的担挂着了,二哥现在果然上了当,这五百余元的巨款,要赔偿当然非一年不能呵,二哥不是打算暑期回去吗?可是这个意念现在都告幻灭了,家里需要的也不能办到了。唉,这都是二哥轻信了人。慈悲的人,不但得不到人的好报,反而遭人欺侮,这是现在奸诈的社会层应有的通例,所以我以为人是不易认识的家伙,难于应付的生物,我一向都是这样冷淡对待的,任何时候都是看透这一层的。二哥此刻必定陷入困境了!但是这都是人事的,那里有什么命运的作祟呢?

3月25日　阴　两天来我都是急着做各科的摘要,几乎得不到余裕的时间休息,精神肉体都感异样的疲乏,因之自知精神的健康对于学习实在有直接的影响,我怎样的去锻炼我的健康呢?

好多人都大唱特唱"打出课室去"的高调,我自想想,也是有它的理由的,有时它还是会被拿来动摇我做功课的决心,可是盲目的跟人跑,我又不敢领教了。

在课余的时候,还有很多的工要做,许多书要读,那么家信、二哥、阿十的这几封信,我只能在上课时偷偷摸摸地写完它。家信是报告他二哥怎样的也无法顾及家困了;二哥的就给他一个安慰,并以此对人必须有个深刻的认识,免被欺侮等;阿十呢,就因为他的婚期快到了,在理也得写一封信去祝贺呀!

我的生活就这样单纯平凡地过去了,是的,它是不久留的,往后去了,我不能再去想它了,有的只是茫茫的未来。然而未来是太渺茫了,到底它会什么受用呢？不知，谁人都不知，未卜先知的算命先生是骗人而已，他知什么，就是圣人也不知呵！就是为的不知，那才引起人们不断地去追求去努力，不然不是令人裹足不前么？我就是也不知，所以才去追求它呵。

3月26日　雨　爽直的春雨一阵阵的下着，寒气还是来了一回，回光返照的留下它最后的余威，已打算收入衣箱的大衣不得不将它再度披上。

今天是旧历三月三日呵，家乡今日正是扫墓的呵。这个仪节，当小孩时候就感到与别的节目来得有兴趣，因为可以到青青的草地和高山溪流等大自然界去玩赏，比在家中只吃猪肉鸡肉……来得愉快些。然而这烂漫的童年、活泼的童年它是随着时间飞过了，我正向老壮的路走了去。所以这节日引起我的记忆是一种不同的意念，虽我还是不能忘掉它，可是今天我只得念着家里的兄弟和母亲……等的纪念而已。我不在家扫墓已有两个年头了，假如我有机会拜坟扫墓的话，我想突出地面的几堆小丘也许没有什么改换面目的吧！可是这几年世间人事已变得想像不出来的厉害了。

3月28日　晴　逗留在车站周遭和各个茶寮的搭客还不多，我同詹君下意识的坐在茶寮的一个角落，喝着一杯杯的热茶。天气是老郁闷，进礼突地现在我俩面前，一副干瘪的面孔一样的没有表情，只是向我的坐位走来。我立刻机警地装出一个怪不自然的笑脸向他招呼，是的，我正想找机会与进礼君的关系渐渐的好转过来，不论他的意见我是否认同，只作片面的好感不是也很快乐吗？何必苦苦去与人作对呢？

郭兄也要搭车去广州城里，他很喜欢和我谈到目前的环境，面对当下这险恶环境，能够应付裕如的上下周旋固然是好，可是事实很难，埋头读死书么？参加活动吗？这两者都不能各走一端的……

去邮局汇款到商务书馆还债，都是在为萍兄忙着，逼出了一身的汗流。书局里又碰上郭、詹两君，但都撤不开各自的忙碌，再不可能有安闲的谈话，只有匆匆分手。

小哉和珠都没有外出，我幸落得给走累了的脚休息休息，抹了湿透内衫的汗水，直到由浴室走出后，才觉得凉爽的快意。萍兄托办的事，到此刻已做妥当了，那么我应该给他报告了，回信不能再拖延下去，索性一下写了四张信笺，有说到家乡的惨剧。不惜五分邮票我也寄给二哥一信,不过是对他被骗的损失略稍安慰。

珠到同乡处去了,我和小哉等郭兄到六点三十五分尚不见他来,只得出门上街不等了。我曾经发过誓,凡香港出品的影片不看,对人也这样劝告,但《黛玉葬花》片,让我的意志动摇了。因为《红楼梦》里的故事给我印象太深了,几乎为它所迷,所以对这次要看港产片心里是觉得不甚爽快的,可是最终还是花了四毛钱和侄儿入坐了。呵,谁知这次港厂影片的卑劣幼稚更加深刻地留在了我的记忆中,我想导演编剧先生老爷们,假使是看过"红楼"了解"红楼"的,那么一定不会编演这个场面。宝钗当然是主要的一个角色,然而始终没露个面;多情公子宝玉,完全是没有灵魂的狂汉俗物,表现不出多情痴爱的哥儿态;而主角黛玉表情也很糊涂,不讲她一团笨体态不胜,就是表演上也始终都找不到书中那样的黛玉,典型的多愁善感、逸雅潇洒,这些从片中哪里找得出呢?藏奸的凤姐也没有表现出她怎样的从中作梗……总之,这片的编导实在是太失败,我想其技巧如儿童游戏一样的胡闹差不了许多的。

3月29日　晴热　黄花节要等的朋友不见来,另外去找别个又找不见,只得索性与侄儿自去了街上。早晨的街道,除了几辆上面写着由财厅至黄花岗的新鲜标识的公共汽车在往来飞跑外,其它一切都如昨天一样。我坐在车中,心里还很沉静,不曾想到其他的景象,可是到了下车的地方——执信校门口时,情形不同了,那里场面骚动嘈杂,一群红的绿的装束的人们在蠕动,都像眼前放电影一般一幕幕的展开,声音也一阵阵的悲奏着。墓道两旁挺直的站着童军、警察,墓前,赫然的竖起一座高高的牌楼"浩气长存"四个大字,虽站在远处的人也可以灿然入目,民众不能直朝墓前进入,只有从左边走过,我自然不能例外。我很容易地得到一个站位旁观,一切看似都很平常。一群群的人,前头较高的两个捧了一大圈的花环,很小心的放在墓前后,其余的就横列着做致意三鞠躬,乐队不定时地奏了一曲哀乐就向后退了。

烈士呵,这与你可算得了安慰!你的意愿未必希望后起的人来向你做无补于事的虚空的礼仪,你最大的希望也更不是这点!中国的外患如今比你们那个时代更严重呵!我们还来做这宗教式的敬仰有什么意思?转回去又坠入爱人的怀里、金钱的深潭、名誉的欲海的那些大人物们，请别来到烈士墓前装出假尊崇的姿态吧。

我觉得这一切很有意思，因为我在那里没有什么需求。不错呀，装满着各式样食品的担子，来来去去的人群，丑的娇的，情感的，冷酷的，但这与我相干么？回去吧，我不管侄儿什么意见，只得默默地的向归途开步走了。

正预备再跑一趟街头，恰巧王君禧鸿和庞善谋君来了，随便东说西论，也不知最后都谈了什么，到现在要是让我再去复述，那真像比要念熟一篇古文还要难了。天气格外地闷热，在非常拥挤的永汉路行走，更加觉得烦闷。他们为什么偏偏在这条马路上凑热闹？这像是个谜，连我自己也解答不出的，到底还走去那里呢？当我走得累了，里面的恤衫也湿透汗水的时候——订一本预约书，完了由书局出来的时候，心里有了这种疑问盘踞着，虽然未曾问及同行诸友的意见。真糟，跑了三间茶楼茶室了，就是平时认为自己不能有入坐资格的贵族厅房也找遍，都是一样的坐满了人。我几个只得枉走了几百十步，才找到了奇苑茶室，也仅有一个位。我与王君、庞君、小哉总算透过气来，各人抹了额前的汗珠，停了一会，庞君谈了投稿的事，增进我最近决意投稿的信心。我们谈话、食东西，时间不停地无声无息的消逝，当桌上只留下狼藉的筷子碟匙之类时，朋友的又一次相会也就结束了。

回校本还是赶得及的，只是由乡里来的几位同乡我还未见到，在理应该见见他们，于是索性住下了。我食了饭才去的，那时不过六点多钟，可是因走得远了，天色跟着也往夜间走去，及到他们的住处时，已是黄昏了。屋里乌黑一片，他们在角落里一堆堆的坐着，暮色苍茫笼罩着的面影……憔悴、忧虑、怯卑，看了格外叫人难受。他们见我进来，不约而同地用生疏惊讶眼光投射着，坐得更远一点的一个还低着头，像村姑在新嫁时对生客遮掩一样。我开始对他问话了，茂林吃了饭吧？今天去哪里没有？他抬头了，在羞愧的脸孔上还装出一副极不自然的笑容来回答我，其他的也比刚才现出亲近的表情。“怎么你们都喜欢跑出来呢？外面实在不易找饭呵？”我找到一个坐位开始和他们大谈乡闻了。他们听我这几句，脸上微微的呈现出失望的表情，但还是很注意我的声音一直到我的话头停下来。“你不知道呵，乡里有日子好过，谁肯出来呢？”一个坐在右边竹凳上冬瓜一般模样的，露出更难看的哀容。“乡里又来征兵么？可是现在你们不是正想当兵才出来呢，那里不一样的，何必跑出这儿来呢？”我半疑问半安慰的说着。“可不同呵，乡里只是食自家的做公家的，一切都要税，天旱也罢了，还来官府的粮税，今年更凶，征粮也比往年增加了十倍，又还有什么小学教员经费的冬耕……一切都把我们小民压得不能透气。”“怎么粮赋增加这么多？”我讶然地张大了眼睛。“都是什么土地陈报作的孽，那些村乡长只凭肉眼去测量，把亩数报多了，粮赋只跟着加，我只是一片旱田，丰年也只得十几石谷，而粮税要纳数十块洋，许多人缴不出，只听任县府拉去坐牢，真的，有的人还以为入了牢还可得白米饭吃。”皱得像腌了盐做酸桃一样的面孔的振仁，似乎脱了难地诉说。“那么各乡长怎么不去请求改正呢？茂林，做乡村长的不是我们以前的同学吗？以前大家都以为老人办事太腐化了，但现在换了自己来办了，又是这样的只顾自己。”我很悲愤地说。“是的，乡村长大多是我们的同学，但怎能望他们能替百姓来伸冤呀！他自己不再向老百姓敲诈就好了。”茂林比刚才兴奋些了，经了一刻的静寂，各人都露着沉痛的表情。“你在外面不知的，从前老人们谈到年荒世乱的时候，就说有出卖子女的情形，我们还以为是故事传说，到了现在真的现象果给我见到了，卖子，在乡里已有发现了。”“只是天旱，还不要紧呵，我还能找这做那的，我受多苦就行，像五年前不是一样的失收吗？我们都还过得去，现在不能了，今天要出操，明天要筑路，做公家的都来不及，哪里能够给你去做家事找饭吃。”“小孩大些可以帮工，又要被逼入学，书、衣服又得买，我们乡里人，实在很难过日的了。”“然而你们现在出来不也很辛苦吗？”“可是总得有饭吃呵。”美孚油的灯光，格外的焦黄，风轻轻的抚摩了它，使一顶红点摇摇晃晃的不能安定下来，夜更向恐怖的领域前进了。幸福的人，也许正陶醉快乐的场合，然而贫困的人们，也正占着广大的场所正在悲叹他的命运呢。

4月1日 昨天升俊突然给我一封信，还没拆开它时，心里会起种种预想，等到一气看完了，才知道他是向我说俏皮话，说什么“未婚妻”为我憔悴……哈，这是他乘兴时随便对人说来开心呵。未婚妻，我是对她很冷的，不论在那时候那场合，都不能鼓动得了我冷淡的心变成热烈了。已往的事，已如死灰般的，在我的心实在不能复燃了。

阿十,我以为后天才是他的好日子,谁知这好日子已经过了六天了!他此次写来的信,太少了,一张稀落落的字粒只是说了结婚的日子,但我得原谅他,他在忙着预备做新郎呵。朋友,祝福你。

两天来的信,可谓多量了。今天吃完午饭后,校役又送来两封,一封是乡里的保典君写来的,他的大意都是想请我代他买东西,还说了学校里的功课;一封是隔了数月没有信来的天鸿君,他暑期要回家乡去了,家庭要他结婚呵。乡里的早婚在此可见一斑了。除金钱限制以外,不然像我这样还没有娶老婆真是引为稀闻了。但现在我已逃脱了封建的社会制度圈,独身主义算不得什么奇事吧?

升俊、阿十的回信,今天已夹在一本《生活教育》中寄予阿十了。

4月3日　晴　因为明天要放假,今天心神不宁,上课也只是人在心不在的形式而已。正在没心机看书的时候,数月没信来的英杰君,忽然有一信给我了!一面看一面收拾着简单的行李,信读完,兴头也就立时被灭了。英杰报告我,三哥已被征去吴圩训练了。在这民族危亡的前夜,当兵是应该的,算不到了不得的怪事苦事,不过我以为三哥的动作太笨了,对严格的军事训练,未免太不适宜呵。我的感情受了刺激,在痛苦中居然想咆哮起来。

我又到广州来了,同侄儿、詹君去大新看了舞女的轻歌曼舞,情欲的火燃烧得更厉害,漂泊无寄的灵魂,你真的苦了。但别自寻烦恼了!那虚伪的拜金的爱海里,何等的险恶呢!去追求别的吧,更远的前面,也许有真正的纯洁的爱呵!

几天来接到多人的信,都一一的答复他们了,有的是回信,有的是寄书,陆续的投递完了。

4月4日　晴　儿童节今天到了!今年是儿童年,所以今日的儿童节盛况,似乎较诸往年更为热闹。带侄儿和一位同乡刘君,到净慧公园——民教馆所在地游玩,还未到里面,先见到在公园门口挤满一群小孩。我们的衣服还不坏,也不至于不整齐,因此很顺利的走进去了。真糟,嗡嗡的嘈杂声由室内发出,格外像热天蜂巢的蜂声。人们比肩擦背,十分之八都是活泼的小朋友。小朋友呀,许多人都把救国的担子往你幼弱的肩上压呢，你能负得起吗？大人老爷呀，你们也有救国的份呵，怎么尽量的把它转嫁给小朋友呢？等到这些小朋友能起来救国的时候，不是已迟了吗？我以为救国的责任，谁都有份的，不能转嫁到他人的身去而自己卸责。大人老爷呵，国难与日俱深了，还去舍近而图远，不是太迂了吗？

我在儿童群中徘徊着，看看楼上摆设的图画、照片，但都不能唤起兴味，离开会的时间不知还有多少时候，我不想久等了，走吧，我们出来，但也没有什么好去处。刘君不知好意抑且不得已的请我到“五月花”坐了一会，谈些各方面的闲言碎语。

入夜，詹又约我去看《双城记》，这片是以法国革命为背景而写成。贵族的专横，平民的饥饿——平民争抢贵族豢养之狗的口中食以为食，一幅贫富悬殊反映的图画阅后令人悲愤同情。

4 月 5 日 恰好碰着王禄位君，几个月没相见，乍一见都感到是一种安慰，那么此时我一下子有了四个同伴，大家一致意见到越秀山去。人是络绎不绝地在出郊外的路上行走，各条山路都呈现彩带似的人群在蠕动着，山坡上密密麻麻散布着许多人，朦胧的细雨给他们蒙上了一层薄纱，只见山头上的人如初产出的蚕虫在一块纸上蠕动。“南北山头多墓田，清明祭扫各纷然……”“清明时节雨纷纷，路上行人欲断魂”这几句古诗无意在脑里浮了起来，口也随着念了出来。大概是得不到什么安慰吧，我们四个人从五层楼下来，就徐徐的下山了。时间只是十二点几，再走是没有好走的去处了，那么分手了吧，朋友！可是我又依依不舍的让王君就此离开我去，只有上茶室了，除此以外无别法。到桃苑去了，女招待涂得满脸脂粉，虽然不甚丑怪，但我们几个都是没有经验的，只得望望焉。从桃苑下来，再没有去的地方了，去公园吧？不过王君不能久住，他必须回去了。

几日来应酬好像太麻烦了，整日奔波不宁，今晚黎君又约我和詹去南关看《十字军东征》，我原以为片中都是纯粹的硬性的机械的战争，殊知我的想法被否认了。英勇无伦的狮王——英王，生来一副蛮强的情性。然而他发现了他的妻子是安琪儿样的美丽、温柔、多情，他就立时发出多情痴爱的态度来了，看来和中国旧小说中写的“英雄气短，儿女情长”有点相似的地方。片子并不算坏，有好多人在外面挤得水泄不通的待见二场呢！完了场在黑暗中摸索出来。

4月6日 虽然不停的下雨，可是天气总怪闷热，看几页书注意力就慢慢的消失了，空坐着又找不到谈话的对手，只得又去书店了。那时已没有雨了，街上的人都很安详地放开自然的步伐。《文学导报》《文学丛报》《世界知识》《研究与批判》《申报周刊》《文学》《通俗文化》簇新的华丽的都很鲜明的在新刊柜中发光，我喜欢极了，这么美丽的花朵，叫我如何去选择呀。书店里的人，个个也都兴奋起来，像得到新的精神粮食，我把手里几本杂志给伙计打包和计算价值了，旁边三个很朴素的女学生也在那里问一些杂志的有无。估计她所需要的不是电影舞女类的画刊，而是很前进的刊物。敬仰而尊慕而爱，很迅速地在我的情感中演变着，也许她没像我那样狂态的感觉吧？可是犯痴之我，在她投与我一道秋波的一刹那，全身就如碰电似的松软了。别一个企望立时兜上心来：这朴素的，勤劳的，纯洁的，前进的，不是我理想的人吗？天哪，你是不是给我设下来的她？爱慕之火，烧遍了我的心，我的灵魂已亲亲的往她的身上投了，只是她还未知道。她三人又到北新去，那时我着魔了，不能不去打探出她的住处来，于是就决定追了，一直追了三个书店，在她们也许觉得了吧？我这样的赶着，可是她们却处之泰然，毫无嗔容，发痴么？我几次的反问，可是总抑不住我的情感，是她的吸引力太大了，过分之望，我实在没有的。我的需要不过想认识她这样好学的女性，前进的女性，她不慕豪华奢侈，虽然她不甚漂亮，可是她高洁的体态已经足够我的条件了。姑娘呀，不要惊异吧，我不是色情狂者，当你作消遣品想玩你呀，我只想和你们做忠实的朋友，我跟着她们走在后面这样的分辩着，可是呀，无情的罪恶的金钱造下之深窟，把她们吞没了。她们已蹿进堂皇的冷室去了。姑娘呀，你知道在你后面有很忠诚的，情挚的，痴情的人吗？他是很痛苦呵，他感到失却了理想的朋友而觉得愀然。我在冷室外徘徊了许久许久，可是老是不见她了。在面前现着的只是些给胭脂掩饰的面孔，憔悴的面孔。车夫见我失魂丧魄的徘徊，也许以为我是迷路的可怜人了，几次请我坐他的车。是呀，我开始迷路了，“从此萧郎是路人”哈，我发痴了。

4月7日 **晴** 我正在写昨天的日记，光瑚忽然活现在我的眼帘。不错吧，我的眼睛不会认错的，虽然他穿的是楚楚的洋服，与以前寒酸的学生样不同，我不能再写了，只得掉过头来和他招呼。“几时回来的？你是跟同学去打球吧？”我望着他穿上的新装。“昨晚到这里，那些同学虽然有去打球，不过我不是同他一道的，我自已去有点事。”他满面都放了光彩，充满了喜悦，和他身上的新装实在是相称的。后来他就诉说他过去是与一位同乡黄君去接洽找文凭事，想在暑期报考民大法科……在他谈话中流露得意的成功微笑，我因此起了同情，使野心、冒险一起冲动我的情感，“假如可能的话，我都想尝尝大学生活滋味呵！”不知是一时的情感吧，抑是理智的唤起，我居然叫出这句话来。

我决意必得离开烦闷的广州，趁着光瑚拉我去他的住处，我也想到东山去走走，于是答应了，汽车一会儿可到的。他的同房是蔡景生君，很好玩的一个人，这也许是我一时改变常态吧，我很随便地与他相熟识样的对谈起，完全避免生疏客气的习气，所以大家一路行走都不觉难过。

东山那边的一切，都表现了贵族的摩登的漂亮的格调，女人也格外生得好看。洋房别墅的新式、树林的清幽、街道的静洁，与烦嚣的永汉路的繁盛相比，又是另一个清雅的世界了。难怪几多的大人老爷都在此盖起别墅来，就因为是贵族的集中地方，所以才造出理想的场所来。陈总司令的梅花村就是在那里的一隅，我也胆敢走过，不过一种介心都令人不敢大方行走，大家都提防卫兵的阻止前进，什么专制的严禁……等想像都立时在脑袋中浮起。等到走出梅花村界外了，才能松一松气和随意的谈话，封建制度还未扑灭之现在，说什么民权……实在是空口漂亮话，我们的小百姓是不会有福去领受的。我们三个走走，不觉已二点多了，光瑚很想留我住一宵，晚上好去马路看漂亮的小姐们。可是我的衣服都臭了汗味了，不论怎样都留不下我了。回到学校还是很静呵，几座校舍死一般的没有声息，我微微地好奇起来。

4月8日　早晨，也许人数过少吧，第一堂课是没有矮短的教务主任来催促，我乐得补写昨晚疲乏不能写的日记。郭兄突然赠与我一个相，我是何等的乐意呀。乐到几乎出了眼泪，我只得接受来鉴赏。没有什么客套，因为郭兄是不需要我多谢之类的话的。同时也因为我不善于词令。不过，我的心深深的感激他，感激他的忠诚，是的，他是我的挚友呵。

隔了几个月没有写信给映中君，前两天我才乘暇写一封信过去。谁知他今天也有信给我了，真感激他了，他对我报告的，无甚特闻，只是说近来生活的情形而已。

4月9日　晴　萍兄的回信，今早已由叶君代我收下来，他一方说了几句感激我替他忙的话，一方又拉杂的说了一些乡里、他自已、潮弟之婚事等事。文字虽则很简单，但意思却很深，由此可知他若写作也许不会平凡，不过环境有所限制了他，这是很可惜的。他很诚挚的祝愿我努力向学呵！替我憧憬美丽的未来，可是我自已想起来，总有别个阴影不肯对我放松而时时来捉弄，然而我向上的心正展开着，不会受影响。

自从与光瑚谈话以来，心里像着魔样的不能宁静了，整天想不出对这问题的解答。夜是在幽静沉寂的氛围中了，满地都是漆黑，一片田野中只有一盏黄豆粒大小般亮度的路灯，危危如坠的挂在半空，虫声也听不到了，凉气微微的向人身上侵袭。我想着各种不能解决的事，没灵魂般的发怔，只是十点呵，灯还要再过一个钟点才息。

过了几十分钟，雪白的信笺，已布满了密密麻麻的字句了。“曼哥……”我想再来读过一筹，但精神不支了，等到与光瑚商量后再寄吧，现在还没有准确可靠把握呵，纵使曼哥答应吧，那么找不到文凭，找不到介绍信，不是糟了吗？是的，等十九日去光瑚处得好消息再写了。哈！这封信未免写得过早了。

4月10日　阴　忙了一天总算将未做完的代数习题抄好了，心里不期涌上愉快的情感。晚上可得到一些时候来读课外书或做其他事了。于是我就利用这个时间写了一篇上月29日黄花节，在黄花岗所闻所见，并加自已的感想为内容的文章，题目就取《黄花岗上》。开头很费心思，写了又撕去凡二三回，后来写了几百字之后，才逐渐找到感觉，有了思路，可时光过得很快，只写得两张稿子，熄灯预告便悄然而至，忽的屋里一片漆黑，我不能不停笔了。

今天曾毅民君来一信，并附来小洋十五元，看完他的信，才知又给我添麻烦了，买钢笔，邮寄包裹，那是些谁都知道的很烦人的事呵！

4月11日　雨　天快要亮的时候，我已不能稳睡了，窗外的风吹得有点凉，随着哗啦啦的暴雨猛的从天而降，大施淫威，让我平日起身的时间延长十多分钟。“也许不去了吧，这多的雨。”同学们如是怀疑，却得不到正确解答。当当的钟声，迅速地响彻了全校，“不是上课呵，只是七点三十分。”“开饭呢！”“呵，那么，也许还是要去吧。”很多的同学都往饭厅去了，我只得披了斗篷，请了黎、詹俩往茶棚去，吃得肚皮都胀了，就算去也不怕饿了！我仨冒着雨在校道踉跄。“要去呵，校长说的。”全体同学嚷成一片……经过二十分钟的集合，发钞票，我们就出发了，各人撑上一顶淡黄色的纸遮，到校道外分散在田间走去，一望去跟一席地的野菌差不多。雨还微微的下着，遍野都蒙着灰白的色彩。小坪很近呵，在车上坐了二十分钟就到了。下车后，循着两旁满布着加里树的马路走不甚远，“广东兵器制造厂”几个大字已映入眼帘了，大家下意识地停止脚步，分散站成一团，有的到桥上去看工人由船上卸煤，有的只是呆呆地望着庄严的厂门口，有的羡慕两旁有浓荫覆盖的球场，有从左边远望可见到广州的纪念牌、五层楼。一忽儿矮小的校长出来，说了几次入厂参观应遵守的规矩，就领着我们一列队进厂了。厂里房屋都不高，有的还被较高的树遮掩着，式样很陈旧，一看就知它的年纪早已过了“壮年”，一丛丛的竹木都很高大，也许这地方树木多，所以里面的环境很幽雅，远处隆隆的机器声，就不会传到办公室、俱乐部这一块地方来。我们在礼堂停下来，听一位工程师大讲防毒之知识，站久了脚很酸，各同学都露出困态。鸣鸣的笛声响了，压倒了那位苦心讲解的工程师的声音。时已十二时了，疲倦的工人纷纷放开脚步走出厂外，我们不便参观了，也走出工厂，纷纷去找茶楼吃饭。走在狭窄的街道上，找了几间茶店，后来是在“玉楼”坐了下来。很想到小坪镇上走一走的，可是风雨还是无情地与人为难，肆意吹吹打打，令人气闷。下午一时到了，我们整队再进工厂，我队先到子弹厂，一入其门，见到听到的非常纷杂喧扰，上千百条的轮带如山中错乱交织着的藤干，交叉不停地转动，定睛望，子弹经机器一道道工序的洗礼，工人只坐在机器旁很轻松的将其送入加工，子弹便生产出来。到炸弹房见到的只是手榴弹一种，规模机械都比不上子弹厂。再转防毒面具的场所，规模也不甚大，据监制的工程师说，此刻还只是试制而已。最后到检查处看见的是已成货的军火，有机关枪、步枪（各式样的步枪）和各种炸弹、手榴弹，数来都有几十种……时间大约三点的时候，我们结束了参观。“兵器厂”也许还有其他场所，不过今天没让我们得以见识而已。花了一天时间,还淋湿了衣服鞋袜,值吗?晚上想做些功课,可是精神太疲倦了,八点半就倒在床上了。

4月12日　晴　闹了一夜的狂风,今早东边微微的露出绯红脸孔。“呵,天气晴了!”我不觉叫了起来。吃了早餐过郭兄房去,“我们可以出去了,天要晴的。”我喜悦地说,郭也露出得意的表情。今天趁着好天气,我们要出发去摄影,同行的还有冯君,先在学校摄了两张,一张是新建筑的礼堂,一张是校门。走出学校,到了中山纪念林,此时太阳已放出强光,地面上的湿泥也晒得渐渐干了,回来鞋子不用再洗。在纪念亭,我和郭合拍了一张。那镜箱很简单,引起了初学者的兴致,是的,对摄影我实在觉得很快活,各方面都让我愉悦。我们边走边找物件风景来拍摄,回到学校已是下午二时了。这天看似平常,可于我却以为是足以纪念的一天。

4月14日　晴　写了几个钟点,到今晚可说写得一个结果了,但回头一读那真没有勇气了,是的,我这篇《黄花岗上》本来是想描写那天在山上所见,以及将内心反应传达出来,可是现在看来写得甚平凡,见不到有力的表现,这也许是技巧与语汇没有好的修养。总之,虽然是个不成的东西,但是因此可知缺点是什么而好去找寻修正,也还是有一定意义的。

为了得吃一碗粥,而花了一晚的时间,想来是不值的,不过我的生活总是这样矛盾呵。

4月15日　晴　近来不想枉费时间,笔记渐渐的开始试记了。就这样去努力吧!可是“妨碍健康”的黑影,时时像在捉弄我,这又不能不顾及的。

今晚应郭兄约去取照片,途中他又对我说了一些关于对人态度的话,也许这是对我情挚忠诚,可他未免也太顾虑了。不过,我还得感激他。因听了郭兄的话,回来心情感到烦乱,雷马克说:“人本是野兽,只像面包涂上牛油般的加些礼貌而已。”在这里我想到这句话,实在有些值得考虑吧!

各同学又弄什么抽签来决定由谁请饮茶,这多少让我受到一点的影响,日记也写不下去了,不记了,这生活记什么?

4月16日　雨　正想拿一篇东西来修改,但昏沉沉的脑袋加上各同学的嘈杂,让我费了许多的时间,撕了几张稿纸还是得不到称心的字眼。我实在就这么不能写出一点来么？

今晚食欲在捣乱，饥肠老是让我吞咽口水，写什么都很勉强，惟见窗外的雨仍是垂泪般的滴答，可我还陷在空虚的苦境中，只好九点半就入寝，一种忏悔之情涌上心头。

4 月 17 日　晴　一连来了四封信，阿十、亮洪、毅民、施礼，他们个个都像在我的面前来做笑脸。呵，我是何等的感激他们呵！

婚后的阿十，这是第一次给我写信，在未开信时，心里想出许多快意来，以为他必定把新婚之乐的情况略为给我知道的。哪知看完了，脑里倒印有一副愁郁悲观的面孔。难道阿十的活泼，从此跟着童贞失掉了吗？以后他就变成忧郁的悲观者么？太可惜呵！我的朋友。可是我总不信他会没落，只要他肯自爱地努力地往前走。

暮春的夕阳，依依不舍的还在西边天对大地照临，树梢丛中透出一缕缕金色的光芒，校道上一样的走着吃了晚饭的同学，此时我也是少不了这门功课的，散步——找几个同学边走边聊。与平日不同，今晚多了一位杨君绍义，他很想亲近我，也许要做个朋友。但我却很冷淡，变不出什么亲热来，真是个孤独者。

4 月 18 日　晴，夜雨　天气着实闷热，在车上挤了几十分钟，精神非常疲乏。到广州天气更加受难，我无精打采地在各书店乱撞，最后精神渐渐不支了，不能不到同乡处来一坐。

见到小哉的学校喧哗得令人头痛，像一团野孩子在那儿胡闹，我立时感到不快，小哉能求得相应的知识么，这样的环境？

我才走到高第街，一阵暴雨就往下倾泻了，哗啦啦的压倒了一切的烦嚣，街上的行人都受了它的威胁，我也只得躲进培正鞋店，随即买了一对新鞋，回来时街上很萧条。买《申报周刊》寄给二哥及阿十，里边都夹有信笺。寄给二哥的，夹有致与毅民兄的信，告其已收到信及钞票，并言水笔之价；给阿十的则略劝其勿过悲观。

4 月 19 日　九点半钟，我的心正焦急期待着，施礼君忽然含笑地到了我的面前，使我一切烦虑立即可以忘之九霄云外。我停下未写完的信，转魂与之攀谈。我俩虽久没相见，可爱心、崇敬之心依然。施谈学校生活，我虽对培桂中学没有什么好印象,可过去是忘不了的。据他说来,“培桂”已办得有了不少的起色,这是他真心的话。施还谈到女人,他也是在爱海里挣扎的人呵!同是灵魂无所寄托的人,这也许是同病之谓吧!

施因醉心提琴,故新华映之《铜琶香梦》必拉我同往一观。我虽时间不行,但不能不勉强随之。剧中女主角的嗓音悠长,真是人间仅有(我也许犯少见之讥吧),剧情也不算坏。

由戏院出来,我不能和他多谈了,只得与他握握手,说句“再会”便跳上了公共汽车。是的,我要回江村了,虽然街上仍然走着许多很可爱的姑娘……

4月20日　晴　纪念周上,校长报告关于参加会考的同学应注意的事项,及目前应有的努力方向。意思是希望本届参加会考的同学能够为学校争点气,至少使他的面子好过一点。可是现在离会考的时间只有两个月,就算开夜车,哪里能够将许多科学知识死记下来呢?治标的方法,谁都知道不会办得到的。从前的根底,平时的敷衍,现在一旦严格,着急赶功,怎么办得通呢?假如得的话,教部用不着规定三年毕业呵!不是三月就可学成吗?所以校长虽苦心孤诣地想给临去会考的同学灌输多点学识,但他们吃得消么?我想大家都白费,至多只能稍补十之一二。我的功课,以后不能松懈下去了,课外读物一定要减少数量,在高压严格的制度下把人给限制住了,即在此种考试制度没有改善以前,那除了驯服就范外,谁都无法可想。

4月21日　晴　因为教务主任的督促,使我想在操场偷看杂志都不可能了,只得依照他的意思,到沙池去跳了十多跳,弄得筋骨肌肉酸痛疲乏。

晚饭后和杨君纪义去散步,本想在穷街僻巷中幸巧见到富于乡下美的“小家碧玉”,可是事实总给我失望。虽则走了自来江村后第一次破天荒的长途,由五点走到七点钟,却连那谭家湾及高唐的两间镇立小学都未曾走过。后一打听方知都已走过了,我今晚真的白走了。

七点钟多了转回附一小来,见见学生会办的夜校。学生实在不少(听说有百多人),大都是女性。可我走了四个教室,在粥粥群雌中,居然没一个比较好看的,真是太扫兴了。看她们这么踊跃来上课,究竟是真的为求知吗?我不是什么心理学者,当然不能透彻地给她们一个正确的估计。不过就一般的看来,也许免不了“好奇”而来吧？我联想到民国十六年乡间的一幕活剧了。那时正是还未清党的时候，所以什么青年会、妇女会、农民工人、商人都在组织运动，搞得很热闹。当时无知的人，也曾一度像现在这样的踊跃呵。

4月22日　晴　只是昨天跳了十几跳，就疲惫到现在，走起路来，两条腿像缚了一块石头一样的沉重，步调也不自然了。散步也不能多走了，只得和纪义君到车站那里望了一忽便回来了。纪义对我很有诚意，他的个性看来是刚强富于胆量的。但他太相信算命了，这也许是受着很浓厚的宗教思想所传染的吧？

4月23日　晴　近来脑袋很沉重，心里总不安，以为害了毛病了。查了几次查不出来，隔了两天，把手往脚上一按，只见在手指按处留下一个深凹痕，原来是犯脚气病了，怪不得近来走路觉得很软弱，脑袋时时铅样的沉重。颓弱的阴影开始对我作弄了，暂时已是它的俘虏。我不能不吃红豆了，不知红豆的滋味怎样。

大家又准备去广州了，校长真是好心。本来只是党员可以自由的去省城领党证，但现经校长同意，那些没有党证可领的人，也可借此机会到石牌的中山大学去参观，这是何等的好消息呀！大半同学都乐得跳起来，全校都充溢着谈笑声。

4月24日　晴　昨天还兴高采烈以为可去中山大学参观的情绪今天一下子降至冰点，大家像受着冷水浇背一样的打击。因为校长变卦了，不准许我们(非党员的)去了。同学们不答应，吵嚷起来，校长不得已只好勉强借与每人一元去省城。

在去省城车中碰见几个姑娘，一个含情脉脉，一个风骚轻佻。我和杨君站在她们前面不远处，鉴赏她们的风度，真是眼福不鲜矣！

六点钟到杂志公司去候黎君，过了二十分钟，才见他到。时间不容许我再延迟下去了，便匆匆地过新华戏院买入场券看《船家女》那幕剧。是沈西苓编的。以船家所受的残酷待遇为题材，他技巧的周密，描写的逼真，实在值得一看。

今晚睡觉发生问题了。去旅店吧，一个不是很寂寞？后来得黎君作伴，两人就到共和旅店去。本来想品品旅店中的风味，可是通宵听不到一声“莺嗔燕吟”，我们像埋在深邃的地狱里差不多，一切都沉静得怪好睡的。街上传来更声已是三下了。我一停了谈话跟着便睡着了。也许那时旅店正开始热闹呢，可是我是听不到了。

4月25日　晴　五点钟响过，天色已明，可阵阵冷风，很紧的吹拂帐门，我赶紧扯起棉被往身上盖。呼呼啦啦风雨声搅成一片，玻璃窗口叮叮咚咚的发出声音，可是一会儿雨收云散，接着就是一片青天，曈曈朝阳鲜明地照耀，我暗暗叫喜。由旅店出来只是七点十分，跑去中山纪念堂旁走了一圈见不到同学，在眼前晃的都是白衣黑裙的女师学生。清静的早晨，神洁的胜地，欣赏着这一切伟大纯洁，当然应充满着无限的陶情。但此时我却感到寂寞、孤独，无从找个谈话对手，想阅报读书也不得，真有些困……

在中山纪念堂旁来回走了两趟，才勉强开始出发到中大车场去搭车。车是往梅花村那边走，山野四周一幕幕的在我眼前展开，风因车的速度更加吹紧起来，拂在面上像少女脸庞一样的软柔。梅花村出去便是复旦中学，再去便是飞机场。在车上摇晃三十分钟左右，“中山大学”的校门便映入眼帘。绿瓦红墙的校园刺激了我的视觉。这里一座，那里一座，星罗棋布的点缀一片广阔的山野间。校内有的学院还是少有树林，不过她面积广阔，真是大得可以，走一天也许走不了。同学们跟詹主任往理学院、农学院去参观，可见到是去参观实习天文学等深奥的学理时我就不满意了。人家的讲解做示范我们根本不懂，那未有什么收获呢，何况时间不容许我们这么详细的参观呵。我不再跟他们瞎撞了，就与几个同学出来参观各学院的建筑、风景……摄了几张相片。几个学院都是皇宫式的建筑，西式的也有掺杂，可是数量很少。总之，建筑确实很伟大，不过学校是否也有与之堂皇伟大相匹配的人才，那就不知道了。在不通车的马路上站着百几十人的军训生，吆喝的口令不时地在沉寂的空气中回响。

今晚是星期六，走在永汉路随处可见青春靓女。我走累了，不想走了，只好到中央公园坐着领略春城林下的滋味。可惜娥眉上弦月，没有很清莹的照彻大地，映出美丽图画给我去欣赏！

4月27日　晴　收到没具名的一封信，心里有些狐疑，可由信封上的校名和信中的话，大致可猜出是黄君润芬了。他说受环境影响，不久便要离开学校而到社会去了。究竟去什么社会集团，去干吗，他没有说明，但他因家庭关系而不能继续求学，那是真的吧。他的家庭算小康呵，莫非就在这两年变得困难了吗？我实在想不通。其次是曾毅民的信了，他再给我八块钱凑够二十三元去买水笔……同时他还说了一大堆同情我的话，让我寂寞的心得到一些安慰，真是感激他的过爱之殷。

晚，赶抄完《黄花岗上》，可来不及标点，精神、灯光就不许可了。

4月28日　阴　阿十突然由南宁寄来一张明信片，真使我惊异了。他从此冲出家庭的窄笼了，重向征途奋斗，抛弃了一个村姑娘，实在值得赞许这位革命的战士！我很兴奋，想立刻给他一个祝音，可惜他的住址还未定。

洪兄告诉我收到水笔了，还对我说及阿莉为环境不良而他逃。呵！一封封来信都一样的不能适于环境，而或奋斗或逃亡或落堕。现阶段的社会层实在令人难堪么？阿莉！唉，我此刻想得要狂了。她……呵，三年前她是一朵美得纯洁的花朵呵，也曾使我一度销魂，演过短短的爱剧，但旧礼教、旧势力剥夺了她，她高洁的爱也被牺牲了……她嫁与一个顽夫，现在呢，又被环境威胁、经济摧残而逃走。可怜的人儿呀，你的青春理葬了，残败的花朵，只有令人蹂躏呵！

黄映中也跟着来了一封长信，说他将来毕业后恐惧于职责，恐怕“违上抑下”。唉！他原来也只能做忠顺之臣民了。

晚上接到萍兄一信，很简单说了各种情况，还说二哥很灰心而想归家了。我因此想了很久，我的环境实在很恶劣呵！若不趁机会去掌握多方面的知识当然是不行的，什么花花世界物质享受与我无关呵。前途是黑暗充满荆棘的，没有耐苦的意志去发掘当然受它限制了，我只有勤恳去努力奋斗呵。

天边微微的放下薄暮，地上一切被渐渐埋没变模糊了。晚风爽快轻柔抚摸着人的脸上，令人有如与少女们偎傍般的感觉。我几个席地坐在草地上谈着，望着星空，所有人生烦恼苦闷顿时消失殆尽，脑海中只浮现美丽愉快的东西。半边明月羞答答的在云圈里展开她的幕帐，可是光线太微弱了，对她怀恋的人们，对她期盼的我，只见到她的暗黯的轮廓……有教育会今晚来学校放映教育片，邻近江村小学及德基女校的学生渐渐地也来了，可惜那时一切都给黑暗魔影遮掩，看什么都很模糊……

4月29日　下午大雨　今天上午一连写了四封信，分寄润芬、亮洪、漫萍、映中，弄得头像铅一样的沉重。下午就不能再写，书也不能读了，只得往床上躺。我想近日来头的沉重与神经的混乱都是脚气病的征候吧。写好的信没有邮票，要到星期日才能寄了。雨不停的洒泪，山野格外青葱起来。

4月30日　晴转阴，微冷　昨晚临睡时，雨更大了，房间里的谈话声被它压倒而格外微弱以至听不清楚。雨何时停的，我不知道了。太疲乏了，一倒在床上很快就入梦了。

清晨铃声响了，我刚走出房门，冷风便吹袭过来，让人一阵战栗。放眼山野，秀丽得像着了新衣，空气似乎也清新了许多，农夫已老早在田间弯着腰劳作了。我原先还嫌校役看错了钟，真是愧对劳动的人。

我吃了几天的豆，据说能补充营养素，可脑袋依然沉重难受，像被铁环箍住了一样，脚也经常麻痹，只做一个钟点的工作就要丢下了，不知我的身体出了什么问题，真是有些担心。

5月1日　雨　今天又是新的一个月的开始，当脑袋胀得难受、心里发闷的时候，常常感到日子过得太慢了，不过一到黑暗来临，又觉得时间走得太快，由此可知人对同一事物都会从不同方面思量而产生不同见解的。

例如今晚我忽然想读军校了，虽然与个性不甚合，但为了经济出路着想，似乎还是去的好。不过此刻仍未能决定，也许明天想法又变了。呵，我就是这么的矛盾啊！

5月2日　晴　在马路上走了几个圈，两条患脚气病的腿便疲得发酸。不多见的一群群的女学生从眼前走过，各商店里也冷清下来，这时我才松了一口气，由维新书局拿着刚刚买来的水笔，懒洋洋地回到小哉的寓处。

今天于匆促间还拿前两天写的几封信和投中学生文艺季刊的一篇稿子往邮局去寄，随后便和莫逸民君到圣心中学去找他的朋友。“圣心”里面的房屋已现垂垂老态，想来年岁已是老大了呵。不过它很宽阔，在里面读书或许也没什么难过的吧。

傍晚七点钟将到，莫君买了大法戏院的入场券去看《寒江落雁》。该剧描写封建制度下一个有地位的家庭对于攀亲的态度,所谓“木门对木门……”,两亲家的家门因太悬殊,致使不论媳妇怎样好,儿子与媳妇怎样恩爱,都为“欺贫爱富”的父母所破坏、所牺牲。唉,这贫富观念引起青年男女的痛苦……真是比比皆然也。我由此联想到我的二姐几年来所受翁姑的白眼,不正是因我家穷吗?这影片对旧时(也许现在仍旧如此)门当户对式、买卖式、巴结式的婚姻描写得实在是太深刻了。

5月3日　晴　早上在街上走,凑巧又碰到王禧鸿。因没有好的谈天地方,只得借云来阁,一谈便半点多钟,所说乃军校生活。因我想明了它里面的生活真相而定去留……

下午本想回校,只因各书局门口都贴出一张新通告:“今午后三时半陶行知在民教馆演讲……”他是大名鼎鼎的教育家呀!“听君一席话,胜读十年书”,我几次想到这句话,最终就把回校的念头放过一边去了。

礼堂的座位逐渐填满了人,坐我邻座的是几个妙龄女子,其中有个还拨动了我的心弦。我多次把视线往她坚实而俏皮的脸上扫,她装着看杂志,但恐怕看不去的了。时间走得特别慢,腰都坐得微微酸了。三时四十分他才在众掌声中露了庐山面目。肥胖的身材,商贾般的大腹,没什么官派气,年纪也许有四十以上了。呵,这就是陶行知吗?

“今天……”他开始说话了,题目是《中国的出路》。他首先说我们被日本侵略后……同胞就得不到安居乐业了,如日本纱厂的华工,无故被打死,上个厕所也受监督……而且我国东四省华北煤铁产区又被夺去……接着便说我们的出路只有抗日才能求生,不过抵抗虽然是我们的唯一出路,可也得有几点清醒认识才行。第一要知道,日本侵略中国不是局部的,是整个中国它都想一口吞掉,现在正像有了微生物来侵害我们,如果不早些将它扑灭,我们的身体哪能够健康呢?所以我们要知道东四省华北不是东四省华北的东四省华北,而是中国的,所以要求中国得完整,必先收回被日本侵占的我们的东四省华北的天地。第二要认清,救中国不是少数人可以做得来的,必须要动员大多数的民众投身其中。过去的事实告诉我们,大众的力量虽强大,但必定要团结组织起来才行,如果没有组织,力量就不集中,那就容易被敌人所攻破,这是我们应该要认识的。第三点，便是我们要认识真正的敌和友，如果世界上的民族，谁个肯帮助我，以平等待我，那就不妨请他帮忙。总之，我们有了这重要的几点便可起来反抗日本帝国主义，打出我们的生路来……他说得通俗易懂，与他常在各种杂志上发表的文章一样有说服力，很吸引人。

四点半钟他的讲演一结束，我便即刻丢开小哉而自个跑到东山找光瑚。在微风荡漾的傍晚，我们闲散坐在东山广九站旧址的一片草地上，享受自然的恩惠，暂弃人世的纷繁，实在别有其趣的，但因多谈到出路问题，引起了光瑚的不快。他现在正感到前途渺茫，所以谈这些让他更抑郁。唉，在社会动摇不定的局面里，青年更增加了一份对职业追求的烦恼。

八点二十分左右，我已饥饿难耐，只得谢绝他们苦苦的慰留而回小哉这儿来了。那时街上已寂静了许多，可乞儿却多了几个似的，在我后面直追，令我害怕起来。

5月5日　潮弟又跑回家乡去了，窄小的牢笼也许让他无法逃脱了，我真有些为他惋惜。他这么富于艺术才华，假如有好的环境，也许不会碌碌终生的。他以为我有了了不得的进步，其实事实是那样的吗？连我自己都不能相信，也许他们家乡人的眼光是这样看的。我因受到这一刺激，抑制不住一股兴奋情绪，也就不顾明天要考几多科了，立刻给他写了一封长长的答信，费时两个钟头，并寄予《文艺月刊》一本。

5月6日　晴　月儿露出皎洁的圆脸，明亮的月光在晴朗的夜空中照彻大地，尽管凉风在轻柔地吹拂，但礼堂里人太多了，郁热的气息难以散去。银幕上放映着教育会的教育影片，更是枯燥沉闷。“德基女生来啦，一小二小和……”“来了又怎样，横竖她们都往黑暗里躲……”我懒洋洋地走回宿舍，同学们都去凑热闹了，宿舍就像在死城中，我躺在床上感到我这创痛孤苦畸零的灵魂，无所寄托的难堪……“永夜角声悲自语，中天月色为谁看”，我凭望着娟娟的月光，随口喃出这两句不知谁人作的诗来，无限情怀都陶醉在那高洁的月儿上了。一切的虑念已经让她消灭，我老老实实的像和尚入定一样对她发怔，可是她只是淑静地不觉还呈出一副美丽的脸。月儿呵！你到底不了解人吗？——不了解我吗！

5月7日 天气热得发闷，到下午做什么事都不起劲。教室里常常有叩头般的打盹，先生也不好意思管，也许他已自觉其教学不能吸引人。

报纸上用很大的字登出意军已破阿京，阿王已出走求援于英的消息。这就让我有点感想：几个月前有位同学与我争辩战争不是以物质（武器论）之优劣而定其胜败，而是视乎精神之团结与否为转移，并曾引证阿军抗意之事实，那时因确知双方之胜败，所以我只好让他跟所谓“前进”刊物的说法去。可我心里却不肯认输，假如武器不足重要，为什么多国对于海军舰艇吨位数比例计较得如此厉害？军备竞赛又为何如此积极呢？我们以前不是得到过教训吗，义和团的拳头木棒就做了人家大炮的牺牲品嘛！我想这见解，他是想得到的，不过他的理智为立场、名利所蒙蔽，这也难怪。现在他以前所引证已给事实否认了。本来我想对这件事旧事重提的，可惜他已不再和我讨论各种问题，也许他知道我不是盲从者吧？

5月9日 晴 吃完晚饭，日头还在高挂，光线强烈地投射着。可我的散步癖不是阳光可消灭得了的，照例同黎君往外走。在江村学会门口榕树下的石凳上坐了一会，就走入镇上的会计家，寻找不到信和杂志，只好失望地往回走。回来时不走大路，只向各角落各小巷乱钻。意外发现一张深碧鱼塘的周围铺着一片青草地，水面时时泛起粼粼波光。这是再好不过的纳凉地方呵！我正暗暗羡慕着，这块草地上围坐着的三个影子此时突然强烈地刺入我的眼中。“呵！她们都是年轻姑娘。”等我走近点，看清楚她们以后，心里不禁冒出这几个字。尤其当她们含羞带笑地投来秋波，我的心不大安分且灼热起来，情欲也像遇着了火种随时要爆炸的火药库，但十多分钟后，空虚、失望……又来和我开玩笑了。

今晚看完四月号的《文学月刊》已经十点钟。

5月10日 下午雨 室外传来急促警异的语声，我禁不住走出房去。呵！只见远处左前方炮碉楼式的建筑凶猛的放出很旺盛的火焰来。“火烛呀！”同学的呼喊声多起来，有的已往那里走去。我爱凑热闹，也匆匆地和黎君走去。那是一户穷人家的房屋，经这一炬，所残剩的只有几段乌黑的木炭，场景残酷，令人可怜。几条赤着上身的汉子和几个大脚板的妇人，还挑水去淋灭那未烧成炭的木头。也许是遭灾的孩子吧，因恐惧而嚎啕大哭，但哭声是渐渐低弱的，不见有人去给他们些许安慰。我不忍再看下去了,只得转回江村镇上来。时间已十一时了,离我去听福音还有一段时间,只得上中山茶去消磨它了。

礼拜堂已坐了几十个信教徒,都是德基女校的学生。在外我虽然不拘束地谈谈笑笑,但一到里面就给严肃穆静所噤住了。恰巧有一位同班同学俞君在那里恭敬的端坐,我不觉狂喜,便坐在他的邻座。一忽间我放肆起来,眼线只管向左边的女座瞟,像饥饿者对食馆里的食品一样贪婪似的注视她们。找不到值得一看的女性,而牧师的宣讲在耳边像破锣声一般难听,我索性起身往外走,她们都好奇地侧目送我离开。

5月11日　雨　报章登出江村师范举行"民族主义宣传周"的消息,外界人看来也许会说声很活跃有进步什么的。然事实恰恰相反,单是校内演说就几乎流产,更何况说什么论文比赛啦,戏剧啦,校外宣传啦种种花样呢。由这点看,报纸有好多都是乱来的,假如尽信之,不是吃它的亏吗?

听说本学期要提前两三星期结束,原因有两方面说法。有的说因为要同日本打仗,有的说怕学生上街示威游行有扰乱秩序之行为,所以要提前把学生赶回老家去。但这些都没有被承认被证实,只是大家人云亦云而已。不过我不管是真是假,如果真的为要抗日吧,那么学生不能抗日吗,他在学校于战事有何碍呢?总之提前解散学生,赶学生回家去,实在让我质疑。虽然我是喜欢假期提前的。

也许和日本有二次战争之可能,蒋行政院长出巡黔湘滇各边省那不能说是平常的行动呵。我很不想回家去,假使战争爆发了,很想到外面尽一己之义务!是的,我的血正在沸腾呵!

5月13日　雨　今早报载,昨夜胡汉民氏忽患脑溢血逝世。许多人拿"胡汉民之死与中国政局有无关系"这句话来讨论,可知他们对此陷入怀疑而不能把握。在我则直说,他的死与中国的影响纵有也微乎其微。中国之所以得救,得济于事的不是像他那样的文弱书生。况且他在国内挑起政见之争,弄得南北无法统一。

雨,整天不停地洒泪,天阴沉沉的,令人抑郁充满着不快的情感。学校散布着提前放假的空气,让我感到心情喜悦的同时,"流离""没落""毁灭"这种种不良情绪也盘踞在我的心灵。

5月14日　晴　天气热得有些难熬,眼睁睁地听着教师讲书,不久好多同学就打起盹来,好像教师是小孩子的保姆在念着催眠歌。无聊热闷的幕笼罩了人们的心……

漫萍兄来了一封长信,说了当前社会分子的复杂,个人应有认识……他时时都这样的悲观。年纪大了,生活也得安定了,所以说……仿佛是一只断了翅膀的老鹰,不能自由自在再作天空里的翱翔……确实的,我已陷于无为,已在彷徨歧途上喘着气,正迫切的需要休息。他过去是刚强的,然而经过环境的苦榨,生活的折磨,当日的锐气已变得这么的钝挫。破碎的故乡,仍然很富引诱力的在他的思潮掀起浪涛。外面实在不可漂流一生吗?我要陷于困惑的领域去了……

几天来读一本《文学百题》,全书是短篇的说明文,解释文学上各流派的性质……并且略说各种文学批评……文学史的观点。不过弄得头脑很混乱,虽然看得很快,却记不住什么。

5月15日　下午雨　昨晚也许雨很大吧,早起见到满地湿漉漉的,道路也很泥泞。可中午太阳就出来大施淫威了。

《作家》创刊号的果戈理《怎样写作的》一文里说:那些加于我的讽刺和嘲笑,对于我是需要的……所以每一刻有人叱责我、抨击我,我还必须感谢每分钟打击我的对手……

如果得到纯客观正确的对自己的批评指摘,那我很欢迎,因为一度经过批评后,缺点才可以自觉地得以改进。不过直到现在别人对我都是腐臭味式的赞扬,难道我真是十全十美吗?我自知缺点很多,对我赞扬的人不是见识不到就是太客气而已。如曾逸民兄今天的来信,还说了我前两年乱写的几篇东西很"隽永活泼"。哈!不是笑死人吗?现在越添阅历,越知道自己过于幼稚。我还需要长久修养下去呵!

5月16日　晴　因两个礼拜没见到广州,来到之前心里便摆下好多的花样。没想甫到,意外的事就这样的活现在眼前:街上的行人蜂拥一处,越来越多,与平日看汽车碾伤人的情形有些不一样,原来几位尽责的警官正在盘问一个摩登妇女，那女人的衣背上印了一块红红白白的痕迹，呀！这服装与公安局颁布的服装标准相违反；走了不远，同样又有人集合来了，被盘问的是一个穿短袖衣服的女郎，可是因为她有一个外国老妇袒护，所以平安地越过警戒线了。哈哈，维持风化的行政到这般程度，外面的人看来，也许可推知其他主要的治理必定已办得至善至美了。可是事实绝非如此，正如我校的行政只在学生的头发上做功夫，自然这也算他们聪明，因为这些表面现象是容易让人看到的呵。至于内部好到怎样，坏到怎样，谁人知呢？可是我想，当国难这般严重的时候，偏偏来做这无聊的、形式的、畸形的行政，未免太不识时务了。

5月17日　雨　同乡韦刚君由军队里投入军校学兵刚肄业，他是我小学的同学，今天恰巧在街上碰见，因此和他走了几段马路谈了半天的话，同时还探得积余、天鸿等的消息。

前年曾经与积余作鱼雁之通，但自他学兵后，消息便跟着沉寂下来。昨晚在珠兄处才见到他寄来一信，他毕竟是聪敏的人，信写得很好，我想有些中学生都比不上他。

天正下着雨，可是因为睡觉的地方不大方便，所以决心回学校来了。下车时四边天空就布满黑云，可是几个同学已在前头跑，自己也只管朝前走。到了校道门，豆样大的雨粒就沉重地往头上砸下来，声音如海潮般澎湃，狂暴地施着淫威，我身上很快便湿透了。一路上没有投蔽的地方，只得奋勇向前。喘着粗气跑回房间，身体疲惫眩晕，头顶上像压着十多斤沉重的铅块。这一场被淋的雨，真是有生以来的第一次感受。夜来不能再看书，有些追悔不该今晚回来。

5月18日　雨　雨仍在延长它的威力，四边的平地渐渐地灌满雨水，呈现出一块一块的白色水洼。

二哥来了一封信，大意是责备我意志不坚定，朝秦暮楚。这只是不甚了解我的他的一面看法，对我此次要求他替我找个班长的位置而于暑期来考军校的想法，一定是让他为难了，当然就免不了他会用这样的口吻来埋怨我。他埋怨我前年不去考军校，现在才来唠叨，但天呀，在广州考试没有人事那里得取录呢，发梦吗？同时要荣也来了一信，报告春旱米贵、三哥被征兵及县里中学将成立，而他无力读书之苦，云云。希殷又一封，是在南宁发出的。原来他幸得投入电信所肄业,满意地向我报捷呵!

接了上面的信,心情被捣成一缕乱丝,愁绪油然而起,失了平日的态度……

报纸有说,此后纪念周时要把胡汉民的遗嘱,同总理遗嘱一样郑重恭读,好像救国大计都可从这些遗嘱去效力似的。不过我想,总理遗嘱已读十多年,怎反见国势日日削弱下去呢?国家的大人们醒了吧?还是找实际工作来积极的图存吧,别多引颈空喊了。

5月20日　晴　雨一直下到今天才停止,江村的河水涨得很高,附小已被浸得不能行走了,出入要靠小船来代步。小小的河流,忽然像大江巨流样地流过,浊浪滔滔,这都是我到江村以后第一次见到的。头又沉重起来了,做什么都不起劲,只得写了几封信,寄给家里的要荣与曼哥,又寄去马坝一封给积余,大庚一封与漫萍,其中说些什么我都记不大清了,只是糊里糊涂的写下,大约说说近况吧?

晚上又接到由乡里寄来的英杰与俊才的两信,都是说春来的天时对于农民的影响,说近日又有了些雨水所以玉米可有望收成,其次说惨遭乡长们的贪污……末了,同样的要我帮代买衣物。第三封是亮洪兄自太平发的,他对我反对婚姻的意见表示同情,并且勉励我往前努力进取,成功有期云云。努力,近来这样的攻读,自已都觉得愉快,不过这就能保证将来可以找到职业,那也未必吧?但我不能不向着目标前进,可是身体羸弱,脑袋沉重,真是令人不安起来。

5月22日　晴　偶然将题颖之兄前赠的照片玩弄,翻开背底见灿然字粒。呵,他这样写着"曾经沧海难为水,除却巫山不是云"。这是我以前曾对他表示过的,我是他忠实的朋友,因为他所给我的感动真是令我生出很大的尊敬。大家的意志个性也格外投合,其有些所谓"相逢恨晚"之慨,于是大家坦诚通求声气。不过我个性太多疑,所以他这次突如赠我照片,却令我生疑他也许存着什么用心,于是对他仍然如常没有谢意。谁知他原是在对我表达忠实情挚呢,对不起呀,我的挚友。

黄君润芬今晚给我寄来一信,说了环境的改变,对婚姻的烦恼及乡情种种。照他的见解都还不算错,假如他肯努力,将来也许不会碌碌终生吧?他喜欢和我通讯,请我介绍新书杂志……亲爱的朋友呀,我们都在困苦中正需要超脱,应该切实做去呀。

5月23日　晴　吃完晚饭,太阳仍放射恼怒似的光芒,田野间工作的人没见减少一些,只见荫浓的绿林中皃皃地冒出灰白的炊烟来。我和几位同学走到石马对岸,等船渡河。船儿在急流中安然划过河,我们便沿着马路谈笑走去。那时太阳渐渐西沉,云块时时将其遮住造成阴影,晚风微微抚在脸上。虽然走了不少路,可没觉得脚软。过了个小小的山坡,一片葱绿的桃林展现在面前。一块染同样色彩的平原,像田禾一样平铺着。我心里立刻觉得辜负了当时桃花鲜艳盛开的春光,不知来此好好欣赏欣赏。错过了就真是错过了。

走近桃园,像时髦女性颧骨上染了一块红印似的桃子拥挤地在绿叶下袒露出来,酸甜美引起我们几个人的强烈欲念,既然找不到卖主,于是乎,惟有做出所谓"父母国人皆贱之的逾墙举动"了。我们每人都得了几个,有的吃起来很甜。

回来一路谈谈笑笑,享受大自然的温柔怀抱,还生出田园愉趣来。过江时船只较前更小,人又多,大家觉得危险,有些提心吊胆。郭与我更是战战兢兢,始终保持警惕。只有陈洋和周落良很坦然。那时我感到会游水的重要。黑幕很快便笼罩大地,到学校时已八点多。

5月25日　下午雨　上午大家被闷热的空气剥夺了灵活、欢快,加之脚上新穿讨厌的鞋,直像站在沙滩一般。我也许有内病,整天精神懒洋洋的振作不起来。

黄君映中给我寄来一封信,将乡间的消息转告我。可是几件新闻,我已知之于前了,不然定会饶有兴味。不过他的诚恳、活泼、聪敏……实在值得赞许,只可惜他所处的环境恐怕会埋没他的才华呵,如果他不自知前进的话。

近来读几篇《译文》,领略了鲜美的滋味,受了一些感动。外国作品的确有超绝的笔锋,有精妙的技巧,生动的描写,与我国的比较有悬殊之分。

雨消除了暑热的气焰,忽然间,像来了几把风扇,扇出了凉快的空气来。散步是走不出去了,只得直挺挺的躺下,略为休息,思想则飞到美丽的境地去了……

晚上阅了几篇《译文》,躺下时已十点了,精神得到安息,但不知经多久才入梦。

5月26日　阴雨　微微的北风带来一点冷意，早起混沌的感觉几乎让我错认为是初秋的气候了。还好，只有青绿的植物没有变枯黄，真奇怪，这种天气。

早上练习了几题代数，早粥也就不想去吃了，后来杨君绍义请去福香村(茶棚)吃了一个大包子和一碗粥。

虽然没有昨天那样郁闷，可是精神也未见振作起来。吃了早饭写一张明信片给表侄俊才君，答复所托代办衣物和招生简章事宜尚未能办妥。

昨天写信给亮洪，答复他有关买表的事，并写明信片问开明书店为何不寄来六十五期《中学生》月刊，两信同时交托俞君往邮局去寄。

晚上嗫嚅地传来惊人消息：教室里发现本校毕业班响应广州各校反对会考之传单，许多同学都在傻头傻脑猜想这些东西从何得来。有的说不是本校的，有的说不是毕业班同学的，有的……我也相信毕业班同学不会有这种行为，因为假如他不是头脑简单的人，都会明白会考到现在已经根深蒂固，何苦再来做无补于事的反对呢？而且看看传单上的言论也并不完全为会考而发的呵。也许聪明的发传单的他们是要利用大多数人的弱点来取得同情吧？严重、紧张的情势，如澎湃的狂涛巨浪正冲破当前天地间沉闷的空气，我将如何安处呢？

5月27日　雨　雨仍在苦苦垂泪，天气老是忧郁，报章消息：“长江上游，日来天气忽冷而结有冰雪……”真是一段奇闻呵。不知那本神怪小说也有六月飞雪说，现在果真彰明较著活现于人之见闻中，在南国的人，当然引为一件异闻的吧。

在课室里闷住几个钟头，偷写两封信。一封给天鸿君，一封则答润芬君，但没有邮票，发出当然要等到星期日才可了。雨后的晚上未见蚊子扰搅，也无烦闷热气，偷得安适一刻来写成一篇国文课作业《送毕业同学序》。夜渐渐地走到深邃恐怖岑寂的氛围去了，人声稀少下来，虫声也叫得嘶哑而至停竭了，只有电机房嘭嘭发出的机声和照得明亮的灯光。呵，无上快乐的、幸福的、温暖的、辛酸的、劳动的、悲哀的……此刻一齐被埋没而消失了。但它们还有再生的时候的呵。

5月28日　雨　淫雨绵绵，晨起迟了一些时候。为赶紧把算数做完，早粥也不去吃了。真奇怪，“扑”的一只褐色麻雀落在我的床上，面向着我驯服而疲弱。我惊异地捉住了它，它无力挣扎，奄奄一息任由摆弄。同学们抢去玩弄了，我因要做功课，也就不再去理它。然而一些迷信的说法还是让你产生了恐惧心理，它是带着吉凶的征候对我警告吧？是呵，这回的怪事，假使发生在我母亲面前，也许叫她老人家睡不着呢。她老是以为这些突如其来少见的东西出现，必定含有吉凶预兆，这是从小在家常常听见她说的呵。到现在自己已明知这是迷信，是神经过敏的傻想，可仍然还要去想，真是受了佛教的影响了。看吧，我将这次见识来作断定吉凶征兆是真是假了。

5月29日　雨　上午天空还是纷纷地垂挂下毛毛细雨，到下午天边忽然揭开云雾帐幕，我因几天来受困囚笼实在太闷了，今晚不得不出外走走。真讨厌，校道已变成刚刚干涸的池塘般的泥泞，脚板自然和烂泥接吻，裤脚管也加上了颜色。同走的起初六人，可到江村后只落得杨君与我。个性不同，言谈不投，当然不可勉强来凑合呵。

杨君也想交个朋友，深入知识领域互相研究探讨，这与我的意见有些相同，假使事如人意的话，那我是想和他做个朋友的。

晚上看《译文》几篇，可是心情有些安静不下来，为什么呢？自己也无从解答。

5月30日　晴　真有点好运，今天天气特地转好，我出广州当然方便得多了。

在听草的茶棚里和郭兄说话时，因在座人太多了，所谓“鹦鹉前头”，所以大家都把心头的话闷着，抑制不说。在车舱中恰巧我俩同坐，乘机谈得多些。那些叫人只管盲从瞎跟的事，它所得的信徒当然有限。我想就是乡下人到了现在知识较广的时代，谁个都不会走自己不知前面安危而只管跟人引往前去的路途的，更何况有知识的人，有着中学程度的人呢？郭兄很真挚地给我报告这点，虽然没有言之痛快，可已使我感到愉快了。

近来时时感到苦闷，因而时时有狂想的象征，好像失恋后的神经病，想起来都有些心悸。忆起前天的麻雀，迷信的顾虑，又纠缠起来，被“恫吓”得更厉害了，翻来覆去地想了半夜，几乎生出失眠的毛病来。

5月31日　晴　早上没事好做，看书记忆力、注意力不许可，闷坐又太难堪,只得花两毛钱车费去东山看看光瑚。呵,他们正陶醉于麻将声中呢。我坐下看了一些新闻纸,断续地问了光瑚几句。可他只顾他的将牌,对我是有问无答。朋友,我不能作陪了,离开时真懊悔花两毛钱代价跑这一趟。

十二点钟过了,我正走到寓所门口,见光瑚姗姗跟来,心里怒火为之一熄,同他走了几条马路,他谈想回乡的事,后来上五月花去饮茶,说起潘宗武先生(培桂中学教导主任)时不时还问到我的生活情况……这些,想起来真抱歉呵。本来应当要去拜候他的,因为他提引我出的力也不少呢,可是因种种感到不便终于把这一段的心愿违背了。现在由光瑚谈及,感情受了一点冲击,于是只得用文字去表达这情意了。这封信写完已经三点多钟了,车是赶不及了,只得在广州城里多住一宿吧。街上的姑娘真让人销魂呢。呵呵,我实在为了这而把返校的念头也打消了。可是街上走走碰不到所谓姻家的呀,真是"何处有香丘"?只有使我陷入苦闷的深渊去而已。没有好玩的地方去,回房里来又没有风扇生凉风,于是乎,又花了两张两毛一张的钞票买了两张三等入场券同侄儿小哉到中国戏院去看《相逢待嫁》。看完后留在脑中的影痕,只是那些花花公子、风流小姐们的韵事,可是由此而知外国婚姻的离合,实在轻易非常,像吃菜肴一样,吃腻了的,便可以不吃而另吃别的去,和我国旧礼教定下的制度真有很大差别,一种是脱缰的野马,一种是牢笼的羔羊。礼教的牢笼真是作孽的东西呵,但驯顺的羔羊如能狂暴起来,奋力冲破牢笼总会赢得幸福的来临吧!

6月1日　雨　黑漆的深夜,我被屋外不停地檐流雨声所吵醒,那犹如半空奔流下来的大瀑布的声音,那凶吼怒号的音浪扰乱了我的神经,一直到天亮,我的眼睛跟着阵阵雨声的敲打,再也不能有一息合闭。窗外的微光由朦胧而渐渐明亮,然而因雨的肆虐而迟迟不愿下床。七点时雨还在下,但不得不起身往外走了。幸巧珠兄有一柄雨伞,阿弥陀佛,我真像小孩般忽得到一点食物那样欢喜。

我在雨风交加中行进着。街上静得很,假如没有几辆来往的黄包车和两三个学生在行走,实在会误以为到了劫后的荒圩呢。车到站停下来时雨仍纷洒着。我靠着一把遮不住的伞走回学校。校道注满雨水,色调白朗朗的,我又尝到了儿时雨后在水池中玩耍的滋味。只是脚上那对皮鞋渐渐地变成豆腐一样的软绵绵了。到校后很疲乏,只将一些相片贴在新买来的相簿上便去休息了。

6月2日　晴　本地报章载,昨天的雨来得太急下得又大又多,所以各个小河溪涧都未能畅流,广州小北、南关、西关、东门各处都被大水淹没,屋宇倒塌而伤及人员也有好多,实为五六年来所未见之,云云。

早课教员因雨未到,有闲下的时间便看一点《译文》。郭兄忽然拉我去吃大包,真是幸运。他还告诉我星期六晚他去南堤玩过艇妹……呵,这点风流韵事,让我枯燥的心燃起强烈的火焰来,也许我也得去尝试一下?

晚上赶写一篇论文(学校为禁烟运动而特令学生做的作业),费了三个钟头才做出,对问题做了分析,誊抄一数也有累累的千多字嘿! 这可是我的处女作,是否成功没有把握。

6月3日　晴　吃了中饭便要开禁烟运动的纪念会了,对这类玩意我是不耐烦的,谁愿辛苦地白坐听他们发无谓的牢骚呵?因此便同几个朋友逃跑了。

太阳大施其淫威,强烈光芒灼人气焰投射大地,把我们赶到江村学会门口的榕树根下,我们才停了下来。浓阴之下渐渐地吹来带着田野味的清凉风,我们安闲地谈论着,忽然郭兄也到来了,大家仍谈锋甚利,继续着谈笑。这时活泼的小朋友骤然蜂拥地由小学门口奔出,他们把我们的清谈打断了。"'答答滴滴'……呵,这是杀人的号声!"我用惊奇的眼光对同学们说。十几个兵士绑了一个穿着兵士服装的人活现我们眼前,大家脸上充满忧郁与惊异:也许他是逃兵……"当当咚咚",又一幕活剧展开。这一幕与上一刻的不同,可说是完全相反呢。这一回表演的是结婚,被人注视的主角是初次去找寻她一生的幸福,在她眼前是光明快乐的。我们只在那里坐了不足一小时,而人间悲喜剧已一幕幕地演出,这真是世界横面人事的象征呵!

亮潮今晚的来信完全充满着悲伤的呻吟,他活跃的思想一天天地向着衰老的田地去,他的青春从此趋于毁灭的道路上。我真想不到他的意志会被婚后环境所摧毁。青年人没有得到好的环境与生活,实在容易悲观消极的! 他还告诉我一件痛心的事情:迷信的母亲原先因为无法让他答应回乡完婚,只得异想天开地去请求女巫之类,用冥冥中的神明给他的灵魂以压制,使其无形中低头就范而回去结婚……唉！这中了封建迷信之毒的老母亲，想起来也真是可怜可恨。她虽然很怜爱自己的儿子，但她始终不能了解他！这叫他如何去报答她的慈心呢？他不特不能做孝子，恐怕还要做个家庭的叛逆者，婚姻的革命者了。老母亲呵！你的儿子虽然很爱你，可他不能接受你那过分的爱了，因你所给予他的那点爱，反过来便是他一生痛苦的种子呵！他知道违背你的命令会伤你的心，也许他太自私了，但他不想往深渊里去的呵！老母亲呵，你能原谅他吗？

6月4日　晴　前天胡乱写下一篇应付的文章，现在居然被贴上壁报了。有些同学以为了不得，对我说了祝颂的话。然而我却因之觉得惭愧，因那篇东西实在是不成的，它这样容易在众人面前露头角也是环境促成的吧。

因为要去江村给阿十寄封回信，便邀同郭兄一齐走一路谈，路程太短，一直等回到校门，我俩还未能谈得尽兴。

学校有两班同学毕业，眼下就要离校，于是欢送之类的活动便登场。在欢送会上校长训话，像很有把握地说："好多人都在嚷毕业就是失业，但现在政府正积极推行义务教育，需用大量小学校的教员人才，我们同学不会失业。"我想他的话也许是对的，不过事情不会这么简单，为四十元走末路到偏僻乡村去，原存着的进取雄心也会渐渐因环境而消灭呢。校长讲话可医一时饥渴，可"迷魂汤"终归要把人毁灭！前途就是这么暗淡。

今晚学校又来一次聚餐，现在百物腾贵，四毛钱一人餐食标准，所食不足解馋，较前更坏，不知再过几月，四毛钱还能吃些什么。

七点钟，礼堂挤满各色各样的人。一方面同学会要做欢送会的游艺，另一方面又有教育会来放映教育影片，所以除平时学校的同学外，还多了江村镇的老百姓，虽然有不少姑娘来，可一点香味也闻不到。

教育会映出《查理卓别林》的滑稽片，影片主人翁太狡猾、太乖巧，资本家都成为他捉弄的对象，他是借以发泄胸中闷气，反抗统治者的蛮横。可是他始终处在奴隶的地位，没有勇气来做轰轰烈烈地反抗以争取自由，那仍然是他的缺点。电影散场了，便来一幕学生会表演的游艺了，这次比往昔的内容丰富多了。虽然已夜深，然而大家仍精神饱满。我最觉得满意的是一小女教员谢秀翘唱的一支粤曲，歌喉婉转真是颠倒几许众生矣。天气闷热令人入睡不得，虽则此刻已差不多是凌晨一点了。

6月5日　晴　今天三小时的军训准予温课……呵,前天今天明天都是闲下来的,只是我拿不出一点工夫来认真做点事。不知怎的,近日心里着实不安。

日来火车的行走时间也不固定了,次数也比平时多,所载的都是军队。"难道中国真要抗日了吗?"虽然报章上大吹大擂,扬言西南要做救国的前驱了,电文也如雪片似的接续响应。可是西南元老的硕果邹氏却悄悄地放洋了,这怎能不令人怀疑呢?不过当局的大人们,当然比我们聪明得多,总不会有贻渔人之利之傻举吧?

天鸿君来一信,暑假回乡。依我的意思,于二十八日在韶州等候我来,他是喜欢与我同行的……他原是很强朗的呀,然而现在却害了咯血毛病来了。事情有些奇怪,本来照他的程度去读初中的科学,当然不致于劳心到咯血的呀!只恐他另有什么过心的事缠扰。不过大多数学生多少都染了点神经衰弱的毛病的。

6月7日　晴　早上做了一题代数,梁中庸君便来邀去江村剪发。时局像暮春的气候一般变幻无常,西南抗日空气已趋于紧张的程度。教育厅令各校提前于十四日考试,想来我要被战事的狂流裹挟回乡下去了。婚姻,呵,这可怕的魔鬼必定会抓住我而活跃起来,我的勇气,我的意志,也许会被摧毁。我能够驯服地,任它剥夺我的幸福吗?不,我必定要反抗,我必定要做旧礼教的叛徒呵!目前动荡的时局固然予我不安,可回去的川资也还有点让我过虑,也许不会流落天涯,可并不丰裕,有些棘手。货价一天一天飞涨,通货当然就会贬值了。

本来想画图画的,但受了这点刺激,弄得心神烦乱,想想还是睡个午觉好。

6月9日　晴　学校忽然宣布明天就要期考了。这辛辣消息一传出,真像空谷中响起一声怪叫,同学个个都兴奋得要疯狂起来。嘈喳喳的语声夹杂着笑声布满整个学校。我两天来的闷气也得畅泄了,是我急着需要早日离开学校呵!因为要去找二哥,还要料理小哉回家等事。到现在时局已达紧张的时候,像我这样天涯漂泊的人实在有点不安起来,何况还为经济所困迫呢。望眼欲穿的二哥的信终于来了,可是它是让我失望呵!他像拍电报一般寥寥地写下十几个简单的字,说时局严重,我去未便云云。但我能够不去吗?回家的路费哪里来呢？而且在这动荡的局势下我正需要和他商量私人的事呢。家里耀荣也来一信，没说什么，多是答复我的前信而已。其次便是王禄位兄的来信，呵，他偷闲给我写来一信，而对较空闲的我没给人写过一次，真是惭愧，自知对不起他。行将离校了，所以速写一信归家乡告阿十，请转知家母，还寄出两张明信片，一致天鸿，一致二哥，告知他们十六七日可到他们处云云。

6月10日　晴　学校今天开始学期考了，可是所谓考试乃是形式上的具文而已，我倒因此得睡个午觉。也许世界上有好多事都如此吧。

黑夜渐渐吞没了一切，膳堂的灯光暗淡模糊。我与几位广西同乡忍着饥饿，疲倦而急切地往膳堂去。本来同乡没有哪一位是毕业生，用不着闹什么欢送之类的宴会的。不过我们为着想联络感情，于是便做出今晚的宴饮来。入席的有本校的体育主任陈业求（玉林人）、平南的梁天霖君和梁中庸君、玉林的梁诗英、田东的李沉祖君、梧州的莫逸民君。因陈先生摆出异乎平日的严谨态度，我们原先愉快的情感也被剥夺了，全席都很严肃。陈先生说什么学校的规则，要知遵守，不要跟别人胡干……看情形好像他对我还带点怀疑似的，弄得我有些惶恐。这次聚会就这么没意思的收场了，好像一样肴馔的味道都没有尝出来便各走各的了。哈，这算什么呢？精神受了这次刺激，回来想看些书，可是注意力已涣散不可收拾了。

6月11日　阴　萍兄给我的信到了，那是何等的快慰呀，让我反复地去读了好几遍。

下午考完试时间还早，得给王禄位兄写一信，说点劝勉的话，并告暑期回家后的通讯地址。

6月12日　晴　今天还要考军训学术科，上午考完学科，下午考的是两点钟的术科。所考科目是班长演习，光是叫几声口令便算完数。可讨厌的是考完了仍不得安然地休息，百余杆步枪要由我们两班较低年级的新丁负责扛去区公所寄存，任凭我们说怎样的理由都免不了每人要托上两杆。日光晒得地面发烫，我们一列纵队走在赤炎的道上，热浪灼人，真像热锅上的蚂蚁呵！不少同学不断在抱怨。我说，你们看吧，这小小池塘的水面不是时时都有些波纹吗？世上的事哪会有绝对平等的。军训教官听见了我说的话，了解我的意思，并没有责怪我。实在呀，参加学校军训的远也不止我们两班的同学，为什么非要我们扛两支呢？难道高年级的有不扛的特权吗？我因这委屈且受炎热天气刺激，更觉苦闷难耐。

天色因黑得很快，大多同学已离开学校，校园格外沉寂。同寝室的各位同学因大家将要分别了，于是便往桃园茶室去略饮，也算是饯别的意思吧。

6月13日　晴　经一早的收拾安置好行李，房间已略为整齐了。我同黎君便搭中午的车入城，车到西村我下车换乘，汽车久等不来令人生奇，我只得坐上黄包车。因为由西村到珠兄处实在不近，落得和车夫说说话，问他今天为什么没有汽车行驶。“先生，你是哪里来的？今天是示威大巡行呀，汽车工人……都去参加了。”车夫发出不均匀的语声。我有些不甚明了：“那么他们今天停止生意了？”“他们今天每人得六毛钱，政府给的，做生意还不那么容易拿到呢。”“呀，有这样的一回事？”我更加震骇了，因此联想到殷汝耕贿赂人民来维护自治政府的活剧来。这些把戏何时真会没有呢？

晚上黎君秀统兄过来找我，本来和他与绍义兄约定要去荔枝湾游河的，后因黎没有时间，月前的约定也就付之东流了。一晚上逛了几条马路，可了无趣味。和黎君去共和旅店开房解决睡觉问题，深更了，街上的声音依然没有停止，隔房也还时不时送来喁喁私语，私娼和嫖客鬼混着，害得我失眠，张着双眼等待天明。

6月14日　雨　黎君对这次与我暂别有些依依不舍似的，一定要我同他照个相。我素来就很喜欢拍照，很爽地答应了他。很早很早我们便由旅店跑出街来，可时间太早，各商店还关着门，我和黎在街上胡乱地逛，两条腿走酸了，仍然找不到一个休息的地方，我俩渐渐地松懈下来。“回家后出来时再照吧？那时我们都有了光亮的头发不是更好？”黎君就这样改变了初衷，我当然没权置言的了。

十二点钟光瑚如约到珠兄处与我见面，稍为坐一坐雨很快就停了，我便和瑚、珠、小哉一同过惠福路镜亚旅店去见刚由故乡出来的几位同乡。有的人我原先不认识，可大家一见了面很快就亲热起来。原来感情也是由环境来支配的。他们对我诉说了乡下土豪劣绅之横行，人民疾苦的情况，有点实在令人不堪忍闻。他们跑出来准备当兵，我略举了当兵的苦况说予他们。可是他们觉得不足畏惧，反倒说出了喜欢："但是我们还有饭吃有衣服穿呐。"听了这句话，实在含有很沉痛的声音……

晚上过郭兄处与之同行，边走边谈，马路跑得厌了就在公园停下来，愈谈愈兴奋，郭很信任我，居然将他隐痛的心赤裸裸地表白在我面前。他已是有妇之夫的盲婚主角，曾经屡次想摆脱盲婚桎梏，可被经济魔手抓住不能自由动弹。至今他依然挣扎，争取经济独立时赢来解放。

同学王国强君留下一笺，谓欲见我为慰云，真令我生出无限感慨。他这么好意地对我，实在感激，不过自己倒把人家忘记了一样未去拜访一次，想来又觉得过意不去，欲即时写下一信给他略表私衷，但夜的恐怖吓住了我，精神实在不可支，惟叫朋友失望了。

6月15日　下午雨　窗外微微透进了光，珠就过来了，我匆匆对他说此次去如果有什么意外事不能回来，便叫他同小哉先回去，留给他二十块钱为小哉的路费。恐怕赶不到车，我很匆促地别了他们。

上了车还坐等了几十分钟，此时人越来越多，车舱里的空气怪难闻的，因一人旅行格外感到苦闷，热气蒸人更是难熬了。报纸被再三翻阅，再没别的东西可消磨永昼，心里便懊悔忘带一本小说出来。沿途我曾经过四次，可是不少地方已无记忆，也许一路没什么风景，不能给人留下深刻的印象吧！一点多钟抵达兴德站，我虽吃了一碗米粉可仍觉得饿，旅客都用饭了，我也随意地吃了一碗饭。到韶关时忽然来了雨，我因没带伞，很慌张地坐上黄包车让车夫拉着走了一段长长的风度路，再转过两道弯，才找到升平路六号鸿洋的寓所。我们相见了，大家喜得说不出话来，可一阵愉快过后，摸摸裤袋发觉水笔丢失了，心情立时颓丧起来，真是晴天霹雳、冷水浇背呵！喜悦悲痛的情绪在错综剧战着，叫我啼笑不能……天呀，怎么你就不体谅我呢。

晚饭后请他和他朋友二人到一间较宽敞的饭店去，可那上面还是热得令人生畏，炊烟也给人以难堪。在夕阳斜照的傍晚，眼见火车尾车刚刚到站，此刻也许六点钟了。雨后的晴天实在值得欣赏，我和鸿洋散步沿江一带，再到曲江桥上徘徊，随处可见神女生涯的艇妹罗列河边，迎接嫖客的光顾。这人间地狱、社会疮疤,真是到处都找得到呀。

我们转到韶州师范来巡礼,校址在街中,屋舍低陋陈旧,多由祠堂改变而成,不过校舍的数目颇多,布置也能表现出时代的精神。鸿洋说学校虽不甚宽敞,可办学教育管理实在是不曾疏忽的。此时学生纷纷地在收拾行李,他们也要回家吧。

差不多整夜我和鸿洋都不曾入睡,不停地谈着别后生活及故乡消息。

6月16日　晴　早晨七点钟鸿洋送我出来,因离车开行的时间还早,便到文园茶楼去饮早茶。这里点心的味道较广州的也差不了许多,只是座位太嫌窄小了,空气也不流通。

九点钟,阳光逞淫威似的发出光芒,我才安然地坐上一部破旧的汽车出发。由韶州到南雄的公路有太多崎岖,乘客时时都像风吹过树梢似的打着颠。车一路颠簸到南雄已是十二点四十分,肚里实在饿得很,跑去师部找吴继成,他已出发,心里更加苦闷,丧魂失魄地在马路上徘徊,实在有些支持不住时到岭南酒店吃了些点心,精神才略微振作些。

午后二点钟车临行,吴炽峰兄忽然上车,我高兴地和他打招呼问他里东的情形。此时我得吴兄做向导,心里更踏实了。只过了二十几分钟,车便在里东站停了下来。吴炽峰兄带我过罗列平地的茅舍去,呵,这里是兵舍呵,他们的建筑真是美观整齐……我到了二哥的房间,各同乡及相识的士兵都一拥过来,用奇怪的眼光看我,好像要从我身上找到一些什么东西。他们都很想知道目前有无战事。他们虽无智之徒,但听他们的口吻,内战他们是不愿意打,更是要反对的。

晚上二哥和我很兴奋地谈论目前时局的动向及对时局的预测……

6月17日　晴　闲坐着实在闷得发慌。一长列的士兵床上像瓜田的瓜一样横七竖八的摆着几十个鼾声呼呼的士兵,操完后冒出来的汗的气息,真是令人闻之发昏。天气太热了,他们的额上冒出水痘大的汗珠,蚊虫此时还胆敢偷偷地来在赤膊上咬一口,被叮咬的伤口很快会红肿起来。

毅民兄也许觉得无聊,便与我到街上走走。那是个像我家乡一样的市集,但一天只做几个钟点的买卖就要散集的。我走到圩的尽处得见剿匪阵亡将士纪念碑的所在地,那里有着粗大的树木,遮着匝地的阴翳,还摆下了竹凳可坐消闲。面前是重重叠叠的峰峦,好像一堵围墙把广东与江西隔开了。那是大庾岭的一部,经过这堵天然的屏障,便到江西所属的大庾了。汽车每天都有几次来往南雄与大庾之间,比往年徒步,当然便利得多了。

晚上蚊虫多得你不往帐子里躲根本无法安身。

6月19日　晴　两天来都太过炎热了,我的生活天天一样,好像没有什么改变。二哥因战备演习行军去了,我和几个未去的同乡闲谈。二哥近年手头是没有什么余裕的,自从特务长逃亡后,因此我便明白,他迟迟未肯放我回去的第二原因,是恐怕我回乡会堕落下去,想跟他跑。可是我想要回去的心太难压抑得住了,他的意见我是不能接受的。他随时随地都在为我着想,而我屡次地反对他,实在对不起呢。

热得睡不着午觉,只得将旧小说和杂志拿来消遣。曾特务长有一本《文学月刊》,里面有篇郁达夫的《出奔》,一口气读完,可它的结构等未见得出奇。

6月20日　晴　早上八点钟过了,二哥替我包好了行李,简单地对我说了几句回家安慰母亲及兄弟,让他们不用挂念的话。九点钟,我便和二哥及各同乡道别。到南雄时跟曾特务长去源利拿二哥的东西。天气热得令人口渴心闷,因要守着行李不能去找东西吃,真有点叫人苦恼。时钟好像走得特别慢,在车站等了许久才能坐上车。经三个钟头的颠簸,精神都被摇晃得疲惫了才在韶关车站下了车,经李副官国强的怂恿,便糊里糊涂地安排在艇上住宿了。行李我已给表侄光才帮看,自己便匆忙地去天鸿处了。他俩一直在等着我到来,所以很容易就相见了。他俩对我说很担心在路上遭了什么意外事呢,因我迟了几天才回来。我先同他俩去吃了晚饭才来到河岸的天然客艇,光才等得太久了,面露不悦。船主特意派了一个姑娘划个小艇到对河去给光才用饭。我们乐得和她交谈,她很乖巧,言谈温柔风姿娇娆,有一点诱人魔力。

鸿又谈及寓所叶风桃小姑娘的娇小活泼多情,排头的少妇怀春的种种形态,使我发了一场梦想。于是今晚便让给光才独宿舟中,我到天鸿处睡觉。几位姑娘少妇,因为我是生客,所以都不甚亲近,只得淡淡地说了几句。

6月21日　上午雨　黎明时分,鸿洋就收拾行李了,桃姑娘依依不舍对着鸿洋,我见他俩总觉得难过,自己也感同身受地觉得有些话要说,抽屉里还剩一张信笺,我便立时写了短短的几句话留予桃姑娘。

八时半我们离开曲江,车走不远便来了雨,还好,一会儿雨停后,空气特别清爽,不谈闲话就很容易入睡。到源潭站我们看到了当日的《广州日报》。有两件令我生惊的消息:一、中央与西南的和平又要破裂了,湘南军队刁斗森严……二、世界文豪高尔基逝世,这是文学界一大损失。

到黄沙站已是下午四点钟了,经十分钟的慌忙我们才将行李照料到另一辆汽车上。最后一同在西湖路的公益祥旅社住下。扑扑风尘,行装甫卸,觉得周身轻松自在了。洗了凉,便过小哉处,珠兄与大家相见后,再到东山去找光瑚,略谈没几句又别之出。我们在路上偶然见到施礼等友人,但因各有事在身未能畅谈。晚上带他们走永汉路惠爱中,他们像不曾见过世面一样对所见所闻都感到新奇。

6月22日　晴　清早我便同光才、振洋去西关探买水笔。在路途遥远的街道上行走,想想自己买水笔次数之多,损失之惊人,也许都不会有人相信这是真的,我前后已失四支水笔,论值应有五六十元,想来心里难过。这难过只有自己知道呵,自己太疏忽了。在拱日路用五元半买到一支西飞利牌的3-25嘴笔后,便同光才、振洋转过长堤打听船期并问桂票的价值。呀!桂币和粤币兑换,一百元只得七十二元,怎么最近忽然跌落得这么厉害!回到高第街买了几丈布给善琪,回来便吃早餐。中午和鸿去买一个皮夹,剩下来的时间都在无聊苦闷中度过。

6月23日　晴　不觉今天便是端午节了,也许在家乡的家人,对我们这帮游子是有怀念的。在军校学兵的韦君恰巧到来,真是有些缘分了。我们不忘家乡习俗,买了六毛钱的枧水粽,吃了一个饱。可是味道不怎么好。

晚上的长堤依然放着星斗样的灯光,劳动的工人拥挤得令人窒息,我和鸿、洋、瑚四个人也在那里钻。我们的服饰与环境不协调,引起了许多人的注目。海珠以下的河岸太热闹了,我们再转回东堤来,那边人较少些,易于赏鉴艇妹肥瘦。我们几个实在不够经验,现出自己的新丁面目。我以为光瑚有什么经验手段,谁知也一样的傻头傻脑。我们由海珠往上一直沿着河岸走,兜生意的艇妹苦苦地哀求我们叫艇,可她长得太难看且不知趣地涂上了胭脂,更令人作呕。后来几乎走到尽处,已是大沙头地带时,一来我们脚走得酸了,需要休息一下,二来又恐失了这趟机会,就随便跟着一个姑娘到了她的艇上去。她结实的身材,圆圆的脸蛋,看上去还不令人反感,但她怪沉默的,好像活泼与她离得太远了。我们这时不知道应如何是好,大家都沉默下来,好像几段木头端坐着,话也没有,动作也没有,变成呆子了。她看出了我们的弱点,知道了我们的幼稚,所以也懒得和我们多说话。这就是叫艇吗?这就是一点钟花一元吗?她给我们什么?但我又想趣味是由我们来创造与毁灭的吧!同时还少不了金钱的。

6月24日 我的行李太多了,今天启程的打算一时间就被推翻了。改定二十六日晚搭广宽轮回桂。早饭后实在无聊,只得花了十多个角子同各同乡到新华去看《春之花》影片。这幕剧说来也没多大意思,只是想表现当前的社会忠良弄得乏餐缺食,而狡猾的人却能在社会做官赚钱,还干着种种罪恶,法律反无以明见予处分……

晚上带光才登观音山赏玩都市之夜。可因我见惯了也就没有什么意思了。

6月25日 早上从杂志公司买了几本杂志,回旅店看了几页便昏昏入梦了。午后拿回刚修好的唱机,玩起来觉得趣味颇好,声音还很清楚。我想这声音假如能一直保持得下去,拿到家里去给母亲也听听,虽花数元也值得了。

6月26日 **晴** 八点的时候摇了一次电话,问广宽轮何时开行。据答须等五日后。不禁惊讶再问,他说船昨天已开行了。呵,我的脸苍白了,像失了什么宝贝般的难过。可是我不能再等的了,我又不信有几个人都不能携带这十个行李,于是便决定十一时离开广州了。即刻到街上去换了桂币,买了一点东西,十一时便叫六辆黄包车离开旅店了。到西濠口离驳艇启行的时间很急促,我有点着慌,匆匆地买了票,叫了夫便上船了。船驶过河面,凉风吹来,各同乡都喜形于色,可是我总像老的人一样知道有些警惕,总不放下心。由驳船转上火车又是匆促得怕人,后来上了车寄了行李,心才稍的安然。

到三水的时候,搭客的艇家都说今天是河期,没有船到了。我惊愕住了,气得说不出话来,怎样我走得这样不顺利呢?我们今晚在艇里过夜了。到街上去找饭吃……假如不是太饿了,真想挨一餐饿。晚上艇家把我们的船划到外河去，那边有广阔的河面，月亮皎洁的照耀，凉风阵阵的送过来。我们在船头坐下玩赏河面的波纹，受那凉风的抚慰。听唱机的歌曲，并且光才有时唱山歌，真是忘却了今天的辛劳与今晚的所在了。是的，我真的忘了世上一切所有。

6 月 27 日　晴　早晨未见有船到，就是中午仍是杳然，我几近绝望了。大家只是猪一般横躺在艇中。等日光已斜照下来了，轮船才冲进河里来。我们催促艇婆快点去，搭轮的真多，数十只艇争先恐后上轮船去的争呼声搅成一片哗闹。那时我再度的慌张，搬行李啦找床位啦，人群拥挤纷扰，同行的人斯时更傻得手脚没法动。经十多分钟混乱，身上冒出的汗湿了线衫，我们总算安顿下来了。只是搭船的人过多，难得一点清凉空气来，汗水不停地从毛管里冒出。我和鸿洋搭在西餐房，更加热得要命。隔壁房住着两个女性，一个也喜欢读杂志，只是模样一般不吸引人。

6 月 28 日　晴　船走得很慢，下午五点才抵梧。桂德船当晚九点钟要开往南宁，我们费了许多时间才转驳过桂德船。桂德船此时客已住满，哪里安置得下我们呢？我焦急起来，经一番东寻西找，才在船舱的角落找到一个座位。假使像平日一样或都袋里还有钱，我们决不会今晚就搭这不舒服的船。船准时开行了，这个电船较省梧港梧轮轻小颠簸，而且走得也不甚快，我们像躺在摇篮中，好容易就入梦去了。

6 月 29 日　晴　今天下船走了许多人，我松了一口气，可算找到了一个床位。河水很浅了，船更加慢。河岸两旁很沉寂，不时见几个或十多个纤夫在岸上拉着河中的货船走。我想到了现今的时代对于物质文明的使用还是有那么大的差别。

在船里实在闷得发慌，只好将一本《茶花女》拿来消遣。它的故事很有趣味，时间不长我便把它读完了。它写一个妓女的遭遇与一个青年的迷恋。他俩的爱是纯洁的爱。那位青年因没有物质供那妓女奢侈，只得给她一种精神慰藉。精神慰藉终代替不了那妓女的物质需求，后来他俩为环境所不许而分开了。然而他俩的爱是永远分不开的，一直到生命的最后那一刻。看着他们炽热的爱、至诚的爱，而忽然因别的事从中作梗以至于死亡，真叫人为之垂泪。

6 月 30 日　晴　早上阳光微微地透入舱里，江面吹来的微风很轻柔地抚慰着劳顿的旅客。我再将《作家》来作消遣,里边有几篇短篇,头一篇是鲁彦的《河边》,他写一个迷信的老妈对拜佛的信念和她那富有新思想的儿子反宗教意识的冲突。文章描写乡下人拜佛的情形,跟我们乡下的差不了许多。原来迷信的人仍然有那么多呵。

今天有一个说同乡口音的上思人——一个军官唐突地招呼我。任凭我尽量地在回忆里去找寻,都找不出曾和他有一面之缘,可他似乎对我记得很清楚,他认出我是二哥的老弟,我不好意思地问他名姓。他是个刚出来的新任军官,说是跑了十多天了还没找到部队。又说与我同乡的几位落伍军官现已在前方效劳……现在这时候他们能找到这样的职务是应该的。他谈锋甚利,真是无话不谈。在苦闷的旅途中能得到这种同伴也还算是幸福。

7月1日　晴　早晨的迷雾还笼罩着峰峦平原,船就慢慢地启锚驶入伏波滩。江流旋转成一团团的旋涡,冲刷着立于江中的礁石,发出阵阵的拍浪声。船停了下来,人们离船上伏波庙去拜神,据说当年的马伏波将军身亡于斯滩,故建此庙云云。我因好奇便拿了手映和凌、胡一同上去。那时天色阴沉,光线不宜摄取景物,可我们还是胡乱拍了三张。

厨师来收早餐钱,说是今天每餐每人要收七毛钱,因纸币的价值已低至七个铜元……懊悔、惊惶,这些意识又重现我的脑际。

船走得实在太慢,深夜的时候才抵永淳,明天早晨当然到不了南宁。呀!我还得多受半天的苦了。

7月2日　晴　已经是下午两点多钟了,船到了蒲庙。旅客们兴奋起来,经验告诉我,南宁很快就到了。这时我扔开手中杂志,整理行李准备来见见别后一年的南宁。可是我们的船拖的小艇过多,航速非常迟缓,越是焦急,那船走得就越缓慢。青山塔看见了,不多时候,幽暗色彩的邕市便在我的眼帘展开。南宁呀!我这次无意的归来,可是别了经年的时光呢,会变得让我生惊吗?

这里的码头比较萧条,只见着军装的学生倒很多,一切都给人一种严肃的感觉。我的行李经一位温和的警士查了一遍,便得安然登岸了。匆忙中在西江旅店住下了,走出来吃饭的时候,见街上行人的面孔都是一副惊惶悲戚的表情,空气异常肃杀,真是大战前夜的征候呵。因此我联想起今早看见的几条船载去的一大批愁眉苦脸的民兵是必要的了。晚上由同乡马君处得来的消息更吓怕了我,什么绥渌土匪猖獗,南宁市面冷落……一切都在威胁我。夜已很深,精神受了这些刺激扰乱,几乎无法入睡,加之几天舟中疲乏的影响,千愁万绪给我无限的伤感,乃下床写成一封给二哥的信。

7月3日　晴　等我走到车站的时候,那里已黑黝黝的站着许多人了,立时懊悔来迟。在人群中苦苦地挤了半个钟头,仍见不到有车来。此时省一中的黄君润芬和唐君汇仁来送我,大家聊了聊当今的时局。车子好不容易等来了,经一番请求,我们才顺利的搬行李上了一辆已经陈旧不堪的汽车,坐上它沿途都会有损坏之虞。到亭子时下车吃了点东西,天气未见炎热,路途很平坦,没有过分的劳顿就走了四分之三的路程了。就在这时,一长列的军队和布满山岗的散兵,活现在我们的面前。车一直驶到他们的住处——岂余山附近,车夫询问他们(民团)可否通车,他们齐声说昨天在此已和土匪发生过接触,但他们也不甚明白现在情况。同车的人听说后个个慌张起来,表情忧惧,车夫也有点踌躇。终于经不起我们的催促,车夫还是往前开行了。到了山圩,见路上还有来往的商人,大家的心像放下了一块石头。可我并不觉得愉快,虽则故乡将到。呵!故乡,故乡,我将要投入你的怀中。你能喜欢地接受我对你的爱吧!也许你已改变了容颜。呵!你经不起年荒的折磨,捐税的剥取,岁月的转移。是呀!你必定改变了容颜。

十一点多钟我抵家乡,首先映入眼帘的是车站站着雄赳赳的武装民兵,一切都寂静得可怕。我们几个下了车,在车站拍了二张照片便入街来了。街道和前一年没有什么改变,只是闲下来的人特别多了,尤其是女人,但个个都露出同一苦脸。他们见了我们都蜂拥上来问这问那。一会儿阿十阿进一伙儿也到了,我便同他们上街去逛一遭。所得印象真是太坏了。入夜见了阿美总有要谈的话,经过两年的分别,大家现已变成壮年,阿美已生子,当日的童稚气也已消灭净尽。他对我说了现在时局的预测,原来他对当今时事的见解仍是那么肤浅,可见个人的知识与他所处的环境实在有着很大关系。此次时局的变动,外界不是说得甚嚣尘上了吗,然而他还贸贸然地说那幼稚的话,想来真有点可怜。阿进特地请我饮酒，一直至深夜。我虽则自有我的怀念，可是到这地步不能不装出一副面孔来表示接受朋友的款待呵。

7月4日　晴　天气老是晴朗着，田野也老是展出一幅焦黄的图画。街上的青年男子很少见了，三三两两坐着谈话的只是一些老人家和儿童。此外，年轻的少妇倒是多起来。阿十今天没课上，落得同我走街。他突如其来地说“我们去看女人赌钱”，这句话他似乎说得很平常，可我听了不异于深谷中的一声怪叫，毛骨悚然地、惊讶地望着他问其故。经他解释方知这点风习已在最近弥漫全街，我因之陷入深思。这也难怪，我想这事的发生绝不是偶然的，当然有深刻的社会背景。你想她的田地不能下种了，她的丈夫当兵去了，一方面没有人管理，一方面没有工作，那她不能不找出别的一种方法来消遣。而且因把握不住现实而不得不从妄求着想了。唉，这就是一种社会的病态呵！我实在想不到吾们乡下现今竟得到了这点的“恩惠”呵。

阿十在小学教书，我到他那里走走，入得校门望了望，每每令人留下兵房的印象。是的，那里充满了民兵。学生以前还有两个班，教员还有三个，现在只办一班，教员只有一个。学校就像住着奄奄一息病人的医院，一点生气都找不出。这便叫普及教育吗？真是让人怀疑起来。

7月5日　晴　我经不起环境的压迫，过不惯无聊的生活，很想快一天出走。可是因川资发生问题，我今天不得不去访凌天鸿。同行的有吴亮潮、钟英杰二人。天阴暗，我们走走谈谈，不觉便到了江竹村。村中寂静得可怜。三年前我来过这里，凌君的住宅倒还记得很清楚。他父亲我认识，相见时用不着介绍就可以随便坐谈了。大家在他的书房坐下后，我便说明来意——将最近要离家需川资等事告知鸿，请他帮忙，明天到东门街来……他的住处是一座清静的阁楼，房间布置得很雅致，令我很是羡慕。本来我想坐一下便走的，只是他父亲太客气了，特地做了馔肴留我们午餐，叫我们很不好意思呢。一点多钟我们告辞回返，那时天气更加阴暗，像要来一场大雨的模样，走到逐那村果然挨雨淋了。幸亏我们带有两把伞，只是雨太大，还是要进村中的小学去躲雨。那里有十多个学生，那位黄君教员也是我以前的同学，他依然那个样呵！我真想不出再过几年他究竟与现在有什么不同。村里一切如旧，只是多年前的人已经见不到了。

7月6日　雨　我实在想不到我此次回来会有这样的“享受”。住的问题、吃的问题、读书写作问题、婚姻什么的都在给我苦受，一切都与我所想象的背道而驰呀。我陷入深渊中，坠入陷阱了。现在不过几天，可是外界的一切都无从探知，我的思想不是要随之腐化吗？我的学习不是跟着无为吗？呀，我不啻被活埋了。唉，我真想打破樊笼，脱离陷阱，走出苦海呀！我要挣扎奋斗。

婚事今晚媒人来啰唆，本来女方已没有什么威迫我的了，解决是非常容易的，只要母亲肯答应便得。可是执拗的母亲哪里肯依呢？我因为要安慰我的母亲就不能不牺牲女方个人的青春了。也许有人会责备我负心，可是为了女方的幸福，同时也为了我……不得不使出此法呵。知我的人，也许会原谅我的。

前天便写下的三封信，今晚才发出一封，是给二哥的。另一封是要寄予王国强、陈海鸥，最后一封则答绍义。当我初到家之日，便收到绍义兄的来信，看来他下学期恐怕要休学了。几封信都是同一个意思，告诉他们我此次回来的生活感想……

7月7日　阴雨　锣声阵阵地敲过了，街上议论沸腾。虽则他们说的理由很充分，可是经不住被政府“东门失陷了再算”的一句话所吓倒，他们热的知觉蒙了此烟幕，便如潮退一般悄悄地收拾一包白米和一些青菜，依着命令往目的地——山圩前进。虽然难免还有些后顾之忧在他们的思想缭绕着。

顷刻，东门全街的青年更无从找得出来了，一个都没有呢。就是来趁市集的乡下人也很稀见，街上冷落得可怕。见到此情形，几乎令人疑是做梦中。呀！一切东西都在反常的演变下去呵。

中午时分鸿、洋都来了，我们大家都走了一趟了。鸿还对我说了一些不知好歹的人想在山野中充什么英雄，可是他们的眼光还是不甚高明。目前的时局命运真相你还没有充分的明了，那不是胡干吗？不论做什么事业，假如不能迎合社会的需要，不顺应社会的演变，那是终归要失败的。做事只凭一时的气盛与情感而不与理智相吻合，当然没有成功之望的呵。今晚阿十请饮一场，可是觉得不甚尽乐。

7月8日　晴　回到隔了两年不长住的故乡，发现以前的女孩子现在已大多变成活泼的小姑娘。她们如待放桃花表露出青春的鲜丽,还会娇羞答答的对人红起脸来。纯洁的小姑娘呀,你这宝贵的处女身是何等的高洁呀,我希望你应该去追求或接受高尚纯洁神圣的对偶吧。虽则他也许比你更年高了,可是他的灵魂仍然不着一点污秽,没有一点伤痕呢。他想将他完整的灵魂很虔诚地奉献予你呢。姑娘你将何以答复他呢?

小姑娘给我一种强烈的刺激,每令我生出妄念。不,不是什么妄念吧。晚上和阿十谈到了人生的出路与退路问题,阿十的出路是漂泊,退路是实业家,正合我的意思。我想除了这两条路,目前什么都难得解决了。

7月9日 天气不怎么热,我便和阿十像走街一样,随便拖着木屐去逛洞秀村。到了小学校已见大门深锁,我们只得呆立在那里玩赏风景。十几个小孩打篮球,他们真活跃,壮年的心因此唤起了一种童年的趣味来。唉!逝去的年华呀。

这次走出来,所得印象实在不好,真是一无所得,肚子倒觉饿得难受,阿十提议去饮酒,我也同意了,后来还加上了老马,喝得我微醉。

由本省《民国日报》的言论看来,此次抗日似乎是有许多党派组成了联合战线。因为素以社会主义运动著名的邹韬奋办的《生活日报》就公开地在那里有介绍,而在未发表抗日之前,有许多的社会主义分子已深入广西宣传,且还供职广西。那么本省政府如采取和平阵线主义,那也许可消灭内战,纵使内战一旦发生也许会有胜利的希望,它会得到大部人的同情。总之不管它目前情况怎样,大家最终目的是要打倒日本的呵。时代的浪潮已推到这地步了,我能退缩吗?前进吧!是时候了。

7月10日 晴 今天又是市集的圩期了,枯燥的市面因走来一些面生的乡下人而活跃起来。可时间过去了,人未见怎么增多,终唤不起我一点赶集的趣味。正如吃新上市的果桃一样的有点酸涩之味。我心灰意懒,衣饰更为随便了。虽在农众的集市上我居然着室内起居服装,假如被东门街上的先生们看见,也是要为我长叹一声的吧?可在我倒反觉得再舒适不过了。

当年县师范所的同学中,有些已升官发财,在家乡耀武扬威摆起绅士派头来。今天是他们的示威例期,我特地和他们有了相见的机会。据谈话与观察所得,他们的生活也免不了含着尖锐的矛盾。是的,他们如果处于政府指挥之下,当时的难恰似失了理性失了自我认知失了……只像一副机器任人摆设。但相反的他们对乡曲的民众便作威作福起来了,好像自己真是个了不起的人物了,摆下个臭架子,哈……我真不明白他们怎么解释这点意思。

大姐今天回娘家来看我,晚间留住一宿,可我无所事事,把所应对她要说的话都忘却了。

7月11日　晴　日光太烈了,我到车站候车,坐得略久了点,就昏昏沉沉地睡去一觉。时钟已是十二点三十分了,"车也许没有了吧?去不去呢?这么热的天,只是我与姐丈已约定好了的……"我踌躇了,朋友也都阻止我去,可是未能动摇我的心,经一念之决定,终鼓起勇气向通往旧城的大道前进去了。日光虽老是发着强烈的光芒,可有阵阵凉风吹来,倒也没受溽暑的苦。

我一人安闲地走在一条赤黄的马路上,经过十多里的行走,沿途见到平野与田园满地焦黄与枯槁,心里实在感觉不快。时难年荒,何以聊生?岂是天命人为?

我的目的地不觉在面前展开着了。欢喜与踌躇又交织在我的脑海。见了相识的亲友怎么去招呼?不惯于交际的我对这点节目都成负担与问题呢。到了大姐家,她同小霞笑迎我,还惊讶我冒暑而来,刚说了一些话,姐夫便到了。他要我立刻跟他去田间的别墅去。小哉已先我在那里了。姐夫在塘边田间来筑起这个别墅,可以在旁边养鱼种果,实在有逸致之风。屋面朝南,避开了暑气。虽屋内稍欠窄些,如住的人不是过多,也还过得去了。

7月12日　姐丈一清早便忙于为我作早餐了。他们几个人在一里多大的池塘打几十分钟的鱼,很容易便捞了许多鱼上来。早餐我幸运地大嚼了一顿鱼生。

中午日光耀眼,天气很炎热,没有像昨晚一样的风了,实在有些苦煞人。今天是旧城市集,顺便走到城里街上来望望。街圩稀落落地摆着十多担青菜,有两三摊卖猪肉的,还有来做买卖的几十个乡下人,衰落荒凉正与当年旧建筑物的颓败形象相当。我坐大姐家里有些无聊,便去了趟简易师范,见学生纷纷搬着行李离开,方知他们到现在才放暑假呢。

同表侄雄佩过姨妈家去，跟姨妈谈了一点钟左右，她唠唠叨叨地对我诉说孙媳妇不落夫家的悲剧……可她是把事情误解了。她以为孙媳妇不落夫家是因结婚之日遭了鬼神作弄，所以要请女巫来驱鬼捉神才好。但我从别人处探悉她的孙媳妇乃是因为不爱她的孙子，不爱……她的孙媳妇很理智地那么说出，并不是糊涂的神经错乱的胡闹呀。然而她还不明了真理反来作什么鬼神驱邪。我想她不只是为女巫徒花了金钱呵，她的孙媳妇还为盲婚、宗教所牺牲了。盲婚、宗教真是把"杀人不见血"的刀，是该诅咒的玩意儿呀。

7月13日　晴　今天我必得走了，姐丈也不再留我。七点钟我们吃了早餐，便匆匆地往回家的路上走了。同行的有小哉、姐丈和外甥女小霞。姐丈一路说他养鱼的妙法，近来他的思想有进步，以前是个不理家务的赌徒，现在被环境改造成了一介农夫。

鸿、洋今天到家来，洋还请我饮食一顿午餐。大家很亲热很感性地畅谈天地人生，只是天鸿在愉快的一刹那间仍然在心里潜伏着学科不及格的隐痛……

阿十递给我一封郭兄来信，我是何等愉快呀。我用贪婪的眼睛在笺上扫射，但他除对我报告一些住宿与就学之情形外，其他有关时事的新闻却被忽略了，这点令我失望。

报载粤之余汉谋入京出席二中全会并西南军队静候中央领导抗日云云。看形势内战也许不会实际发生的呀！假如广西是和平战线前导者，求民族解放者，那内战当然是不会发生的。我得了这点消息，觉得有点乐观。但最近几天就离开家乡吗？那还得给我一点时间来考虑。

某姑娘今天回娘家来，我和鸿都想与她一晤为快。可她好像规避什么忌讳似的，不肯与我们相见。鸿为了她今晚特地不回家去，但老天不予成全，终让我们失望。

7月14日　天气仍是炎热，我和鸿从阿十屋里出来日光已是很高。在街上走走，又回阿十家坐坐，听唱机，再上中心小校去看看坐坐，真是无聊得怕人。在热气蒸袭下的人更是难熬。某姑娘的态度已不比前年时活跃，今天在阿十家她遇了我，只是大家招呼一声，也许她以为我已变到另个人了，怕接近我。她不信任我呀，哈哈，这样一个姑娘我何苦去和她周旋呢。

阿美今天回来了,衣领上已挂上三颗星。显然这是一个上尉的官职。他一见我便说了我前天也曾这样猜想分析过的时局消息,随后便说了他所得的待遇,得意、愉快、自大……可以在他的脸上找寻出来。好像一个乡下佬得到一个阔亲戚请他吃了一顿西餐一样的引为荣呢。不过照我想像他有这么悠久的履历,在社会上又混了那么长的时间,而有今天的收获实在也不足惊奇吧?

下午落下一场大雨,农夫们自然喜欢,就我们这些悠闲阶级也觉得舒适。它消灭了炎暑,带来了凉风,真多谢了上苍。

7月15日　阴　天空阴阴的像在忧郁,街上的闲人都集中在县府附近的马路上像等候着什么。他们做出一副怜悯的苦脸。阿十得到一个队副的告知,说将要在此处决十四个人犯……我和阿十都是爱凑热闹的人,马上机警地到车站去了。

嗒嗒的号声,跟着便是金属敲击的声音。每个临死的犯人由两个人推着,一个一个从我眼前经过,十四人中我认识一个。是的,他是我的小学同学呀!我心里一阵悸动。他不是很忠诚温厚的吗?真想不到会有今天这般结果,阿十也发出叹息的口气。我回来想了一些时候,这空前的处决,真是值得寻味。现在有很多的犯罪,乃是社会给他的"恩惠"。好像这人吧,假如社会上没有非常的变动,他们不是也安守本分地做事做人吗?梁山的好汉,当然不是天生注定他们要去当的,也是有他的社会背景的。也许有人以为杀一儆百就可享太平世界,但若不从根本上谋解决之法,却一味只是治标不治本,那终究也徒然吧!

7月16日　阴雨　师所的旧同学今天要来训练所参加暑期讲习会,在这特别的时刻,我与很多人见了面,和他们作简短的谈话。唉!真可怜,他们已变成老壮的人儿了,头脑仍一如往昔,依然是个五年前的人。朋友呵,时代的车轮已前进,走去很远了,你们若不快点赶上,只会让自己腐烂而已。他们对现在时代的了解,可以说不知所以,就是来讲习会也不明真相究竟是为什么,有些连两句普通话都不会讲,然而他们已负起教书育人的重担了。朋友哟,自己真是要多学习呢。

洪兄给阿十信,问起我是否收到他给买来的东西,并要我写信告诉他。

7月17日　阴　几天都是阴沉沉的天,可就是没有一阵大雨,真叫农人辛苦得多了。早晨补写几天的日记,再写一封信给亮洪。洗了衣服,吃了早餐,才十点钟又睡了一觉,觉醒精神更苦闷。

到邮所去看报,一段惊人的消息突地弄得我心神不安起来。万众渴望和平的二中全会,中央与西南已破裂,据云中央对西南的五项提案不愿采纳,各中委纷纷离京南下……同乡桂君由梧抵此也说了银潮的突变,又叫我极度的焦虑。就离开这里吧,但可有船开行?银价怎样呢?这点问题我都向着桂君问了,他说船则有开,可是太拥挤了,要搭实在不易,且食物太贵了,每餐要一块八角钱……呀!我能去吗?现在我只存有四十元,但留在家不走又怎样为生呢?呵,我又开始往愁魔的思潮去了。

7月18日　晴　早晨趁着清凉的空气还可以读了数十页书,可是一到了十一时,热空气就使人发烧,睡午觉又没有好的地方,读书也一样。惟在街上徘徊,但成什么样呀?也许要给人轻视了。唉!我就这样日趋于堕落吗?现在我比在学校的时候已没有那般起劲了,假如我真受了环境软化,对于读书将来更堪问。

邮局里的邮件到了,可总见不到我的家庭报告,也许我被学校疑嫌什么而被退学了吧?这残酷的思维又在我心里闪现,我真陷入苦海了。

现在的生活真是太苦了,整天厚着脸皮和二嫂吃,总觉得不甚爽快,因我带不得钱回来,哪有权利要求他们给我吃些什么呢?今晚是一点青瓜煮清汤,照常时我是不愿下箸的,然而现在却吃到没有一点剩余了。不错,都是我饿得太难挨了,今天就没有吃过午餐。这样的生活,这样的环境,可能真是叫我快点出去呢。可是在当前这种政局下,也许不管到何处都要吃苦头的。

7月19日　晴　香港郭植秀兄和广州王国强兄各来了一信,都是对我报告关于粤军事的异动经过及此后粤局的安危……其说"也许广东就这样的安治下去了,不过你们那边的战事恐将不免……"我读完后,心里起了剧烈的感动。原来粤省的将领多数已服从中央,飞机也飞去中央了。粤陈统御之威,可以想见。我得到这段消息后,离开家的心更加坚定了。然从别的方面来想,立时又把这决心来摇撼了。我真是感情脆弱的人呀。不去呢,去呢,这犹豫的心尖锐地矛盾着……

7月20日　下午雨　黄昏时候我已在南宁的马路上徘徊了。“怎么我突然到这里来了呢?”想起来,自己也觉得奇怪。我此次出来很突然,好像不是理智所促成似的。

晚上躺在床上,一个人单调凄凉地想一想今天匆匆地无情地和母亲分别,和家人分别,和故乡分别,和亲爱的朋友们分别呵。临行的一刹那,母亲含着泪哽着声地嘱咐我,年老人辛苦憔悴的面貌呵让我很悲伤很同情,给我留下忘不去的印象。朋友们依依地送上车,侄儿们自觉不自觉地望着。呀!这种种的场面,这辛酸眷恋的别情离绪,实在足以缚住我前进步伐。可是呵,环境的险恶,又在另一面这般地威胁、压迫着我,终使我不顾前途的安危而出走了。

现在我可算走出了牢笼的一个环节,还有许多许多的波折等我去尝受哩。正如大浪涛中的一叶扁舟,不知要经过多少次挣扎呵。可是我能回去吗?不,我还是鼓起前进的勇气吧。

7月21日　晴　早晨给阿十、小哉各写一信,说说这次出来的感想……报载新闻,桂李由粤飞桂,粤陈下野……余将入粤主军事云……和平局面变得太惨了,粤陈拥有二十万之师,而有今日之下场,是深知大义而避免内战呢,还是部下的反戈呢?总之他这么下场,不独是粤省之幸福,还是中国之幸福呢!桂李今天还到各机关去吹他的牛,说什么抗日的工作决不因目前的波折而陷于停顿……看来他仍然想在国人面前来表演他叛变角色的面目,显示他五年来训练团兵的成绩。可是他现在已是穹苍的狗,怎的强蛮也难于操胜算的。只不过将自己以往的光荣历史抹煞而已。

下午三时,我午觉醒后便出街去教育会参观广西第X届美术展览。里面的材料可算丰富,徐悲鸿、张XX的作品更为鸿著……

晚上遇到武夫兄,便与之同走,后来又到他的住家去。他对我谈现在桂省的态度,假如中央不能答应所要求条件,则惟有出于一战,败则走过四川和共产党取得联络……至于他自己呢,则决不随大局而去,想回去号召平民,组织群众,反抗政府,铲除土豪……他说这工作甚有把握,我也鼓吹希望他会成功。

7月22日　晴　早上八点我便离开旅店而到桂龙电船来了。船是晚上八点才开行,然船中已拥满了行李坐满了人,我恰好还得到一块空地可以坐卧。

因没有同伴代看行李,我就不能再上岸去了,惟像猪一样的睡着坐着这般地交换着。想看看今天的报纸,又得不到,听说要十二点才有。那真令我苦闷,只得将《大众教育》二期拿出来看。

时光很迟缓地往黑暗消逝,船的灯光已明朗起来了,人也源源不断地走上船来,有送船的,有旅客,还有的是担夫,将船的周围闹成市集一样的烦嚣。船牵挂着两个大大的拖驳,装满了旅客。南宁真的不能立足吗?船几时开行的,我已不知了,半夜醒来,已经到了蒲庙。

7月23日　晴　船因所拖拉地驳船太重了,速度非常慢,早饭时到永淳,再经南乡至横县,晚饭时船安然过了伏波滩。

今天苦闷得慌,除将那本《大众教育》来作消遣外,所余时间只是无聊了。邻座有几个年轻姑娘,看样子她们是初出茅庐的学生,也许要去什么地方读书的,时时见她们摆什么架子似的拿一本一插几扣的书。实在说她们中有个有些令人销魂,只恨我交际手段太拙劣了。

7月24日　晴　船将驶到梧州,各旅店的接客伙计到船上来招接客人光顾。船客纷纷收拾行李,更换衣服准备上街。因船来得迟,去香港、广州已没有船开了,我不能不也上梧州去。南华酒店的房费太贵了!我居然不得已地住下两块半钱的房。经几天的奔走,精神实在疲倦了,走出街去都有些感到不支。饭后到书局去买一份前天的港报和一本《怎样阅读文艺作品》。时间还很早,我一个人走上北山公园,穿过园门一直往里走,路旁被浓阴遮盖,石山上的乔木真多,几乎成为一片小森林。走得半山了,见左边倾斜下去,下面是些亭榭。可我照着大路走,绕不下去看一看,不知还有些什么。后来我由自来水厂插过左边,沿着同一条马路又转了回来,在山上走了一个大圆圈,什么都见不到,不知公园值得一看的东西在那里。没有人做向导,自已来乱撞,真是太辜负这大好时光了。

晚上因在报纸上见到第一军余总司令已入城,二哥的部队也到广州附近了,精神便兴奋起来,老是合不上眼皮,只得读新买来的书……一直到天明。

7月25日　晴　下午一点钟我乘长兴船离开鸳江了。江面吹来一阵阵东风,我不舒服的身体觉得凉起来,头感昏眩,买来的桃果都不敢吃了。嘈杂声把我从梦中惊醒,望出船外仍是一片漆黑。那时已是凌晨三点钟了,旅客准备下船,三水已不远了。我也振作精神,穿着带汗臭味的衣服,经一度的嘈杂与纷闹,得以安然地坐在艇中了。同来的有广西人方君,有北方人叶君,大家谈目前的时局,叶似乎是做生意的,可他对当前的时局却有较正确的了解。

7 月 26 日　上午雨　黑暗中已隐隐的渐渐透出微明,东方已现鱼肚白了。跟着两声鸣笛,火车站已响起晨号来了。各艇中走出许多旅客,像鸡笼里走出的小鸡。可作恶的雨不放松地打着,我迅速离开河岸,冒雨走去火车站。在路上租得一把雨伞,不然真是挨淋得像只落汤鸡了。

落雨,火车走得太慢,且各窗都关了起来,车中空气闷窒令人头昏。九时到广州,市面还是像前月一般人来人往,除了新挂上什么欢迎标语的横布联外,其余很难知道在前礼拜这里曾有过极大改变。在街上碰见珠,大家边走边谈。我到"后办"去得着钱并探知二哥的驻地——鸡颈坑后,吃了饭,买了一本《译文》就和珠一同出发了。到了沙河,问警察知道跟着马路走去即可。我俩在野外的路上走了六七里路,走得两条腿感到微微疲劳方到兵营门口,幸巧遇着一位班长,他肯领我们进去。我和各同乡都相见了,他们关心着故乡。二哥过一会也来了,他见我出来颇为快慰。我在家他是放心不下的。今晚在连部草草地吃了一顿,王禧鸿也来看我一下。

7 月 27 日　雨　我正睡得朦胧的当儿,二哥忽然出现我的面前,使我又诧异又快慰。外面正下着雨,珠就准备搬房子,一时间我们三人陷于可怕的沉静中。后来二哥要我出去走一走。

到越香村去吃晚饭,那里的东西太贵了,几块钱光是吃两碗饭就未得菜送了。二哥没有钱或者有什么不如意事,他一直很沉默,弄得大家挺尴尬,饭后走到街去便和我们告别了。我和珠就回来搬房。

今晚搬到新地方来,房里光线空气很清爽明朗,环境也很清洁。到了一个新的住处能感到一种幸福的滋味很难得。不过这种滋味会永远保持它的美和甜吗?

珠请我和王、杜去大新(西堤),可娱乐会场没有什么好看的,充满着俗气,然而野鸡却比以前更多了,她们真是与日俱增呀。后来发现二哥也到场,我感到惶恐与追悔,九点钟便悄悄离开了。

7月28日 早晨摇了一回电话,约施礼来玩,随即过安怀里去访国强兄。他消瘦得多了,正如我一样,这几天他也才得到了家庭报告。那我的怀疑即可打消了,原来学校是几天前才发出家庭报告的。国强对我说陈济棠未下野前市面混乱的情形,和局面突变的原因。谈了一小时我才走了出来。

下午六点半和施礼在杂志公司相见,请他到这里座谈,恰巧珠也到了。珠对瑚有些不满,一个人说话行动如果太不自量,只一味夸大妄为,那当然容易给人讨厌。何况他还用欺骗的手段来对同学呢。

同施跑了几条马路,后来就到丰瓯茶室去。那里的装修实在不错,食品也不见得怎么贵,可杂费太多,只吃了五毛的东西,然而计起数来要付一元二角。施别去还剩我和珠,可以谈谈家乡的事了。

7月30日 我忽然离开繁闹纷华的广州而跑到了鸡颈坑兵营,这里免不了也有着士兵们的嘈杂和自己生活的单调寂寞,可因金钱的不许可,使我不得不来这里过这么苦闷的日子了。

二点钟我到这里,刚刚整好床铺,嗒嗒的号声响了,士兵们潮涌般嘈杂混乱地奔向膳堂找饭吃。今晚是总司令犒劳加菜,喜悦都在各士兵的面孔上露了出来,我幸巧得在这里行口运。饭后士兵都去山溪洗浴了,营房里忽然地沉静了许多。连部的特务长和文书约我去黄婆洞,然而因为初到来,恐怕出入营房不方便,所以只剩我一人孤独地留下来。

朦胧的夜月覆盖了大地,营房的茅舍犹如一座座灰白的茅堆。士兵因热得不能睡就一群群来到操场中坐下来乘凉。他们有些实在愚笨得可怜,好像他到这世界来是多余的。我想这都是文化本身的罪过。我一直到十点钟才睡下。

7月31日 **夜大风雨** 今天早晨补写几天的日记,再看了下第五期《译文》就吃早餐了。饭后写两张信片给郭与绍义,再看书。可精神疲乏再也不能支持下去,不知几时便入睡了。

晚上看看报纸,桂系李、白居然对中央称兵,并胆敢组织起自治政府。谁都知道这是第五个傀儡政府,是中了敌人的毒计,这样一来日本就不用进兵中国而只用汉奸们来自己作乱,称王称帝就可把整个中国分裂,而渐于崩溃以至灭亡。然我们的“英雄”们却愿喝下这鸩毒的酒。唉！说起来真令人发指、愤怒。

暴风雨狂呼疯打摇撼着茅房，闹得各样物件都发出坚昂愤激的声音。我虽则此时免了热气似的安睡了，可风雨的狂暴又开始令人不安。唉，这暴风雨，这般的狂吼怒号，究竟闹到什么时候呢？

8月1日　夜雨　天气炎热，待在兵营里令人有些苦闷，早上看了几篇《译文》，八点钟吃过早饭无所事事便睡起午觉。午觉醒过来的时候，一个同乡韦刚君已在面前出现了。诧异之情立刻笼罩了我的心。怎么他也探到我在这里呢？大家交谈各人的生活状况，他对前途很悲观，恐怕他的队伍要解散。他吃了晚饭才跑。他是我小学时的同学呵！然而到现在都因命运的安排，而使各人的环境截然不同了。我送他出了门回来想想：人生的途程实在难以预测，难于跋涉呵。

下午二时，同乡黄辉云、李先威君又见到来。他们是和韦刚一道在军校学兵的呀！然而因时局变动，而终归各走各的路了。他们想来二哥的连部服务，都是些年富力强而且对前途抱着乐观态度，可寄期望的人。我希望他们能随遇而安。

晚上仍然来的暴风雨狂吼怒叫，我和几位同乡谈些家乡琐事，倒可解大家苦闷的心思。夜间二哥又和我谈起家里的事，他对母亲和各兄弟是很关心的，可力顾不及的时候也不得不漠然视之呵！

8月5日　雨　我的好梦给骚动的声音惊醒了，睁眼举头被那强烈的汽灯光线威迫着，此时二哥已收拾他的铺盖了。外面兵士的动作弄得很响很嘈杂，只是听不到说话声。过了十多分钟，他们已背上背包，有的兴奋地准备出发，有的则流露惜别的愁眉。号角声接连打破夜的沉静，空气随之更为骚动紧张，武器相击发出叮叮当当的金属声，格外清晰。他们匆匆填了一肚子粗饭，就往操场集合。天色渐渐现了灰白色，我让伙夫帮拿一个藤椅和我的衣物，先他们走出车站来了。给二哥留一张地址，他的事务太多，也不得和我说什么。他们按着次序的行列前进去了，我坐在车站只是呆呆地望着，想想军人的生活就是这样呵。我拿的东西太累赘，恐怕搭客车搭不了，恰巧有货车到来专载此地出产的瓜果,我便和拉货的人请求,争取搭个便车,幸得他答应了,这下让我回广州城的一路上省心不少。

七点多钟,我安然地来到常贤学旅。坐了一忽便出街去茶楼看新闻纸,桂局也许会有和平的可能吧!九点钟书店开门,我松了一口气,到里边去看新到的杂志。可精神太颓败,久立难以支持,便匆匆地买了一本《作家》到中央公园,想在那得到一刻休息,可多数石凳是潮湿的,后来只得在角落里找到一亭子中的座位,一直读完了一篇《招魂》才去美珍居吃早餐。美珍居和王君国强处隔得不远,饭后我去他那里访问,还请他到新华看《荼蘼香》。该片的主编导演都是薛觉先。剧情的骨干是描写一个商科青年博士(薛饰)不满意旧婚姻,乃于临近结婚之日出走,而他的老婆(唐雪卿饰)知丈夫不喜欢她,也逃亡在外作交际花过浪漫生活。博士到外面后得到朋友的资助便从事振兴国货之伟业,但这种事业深为商场巨子(专贩洋货者)林某所妒。凑巧博士因识交际花荼蘼得介绍供职于林某处,于是乃尽知林某之秘密,获取对林某进攻之策,力谋国货之发展,以免金钱之外溢。但因博士与荼蘼之过于亲密,乃为林某所怒,林固与博士之父世交也,乃劝其迫博士归家娶妇,免与荼蘼纠缠。博士父喜知博士流落他乡幸得商会会长之荣,遂力劝其返省,博士念父命难违,且本人地位已高,乃遂决归。但青楼中人不能不往致一辞也,荼蘼见博士之轻犯忠诚为己,但亦难于父命,乃思不欲误人且自己忆及前日家中来书之意,遂灌醉博士,是夜即行。翌晨博士醒人去室空,只见留有一书而已。悲痛之余惟有归家一途。及成婚之日,谁知新人即是旧人,而证婚者亦即林某其人也。三面相逢,真是啼笑皆非。林某则悻悻即行。博士则与荼蘼共享洞房之乐,幕亦随下。看了全剧的中心意识,虽带着些什么振兴国货及洋商没落的现象,可终不离风花雪月、团圆完满这俗套,博士虽则反对早婚而愿以国为先,有伟大志愿,可是只做到一个商会会长而回去享他新婚之乐,此时好像他已忘记什么初愿与盲婚之应反对。而女子方面,荼蘼逃亡出来做了交际花仍然若无其事地回去,仍然去同曾抛弃过她的人结婚,那实在太不讲究了。而且交际花的荼蘼就是在房里也和处女差不多,没有那里可以看出她是个交际花的形态来。再次当他俩在将离别的那一晚,局面当时最紧张,然却马虎地溜过了,给观众只是一个糊涂的印象,这是技巧的失败。总而言之,划时代的作品(编导自己说的)是这样的结构与表现,实在太可惜。

8月6日　晴　真想不到今天有二哥连里的许排长和钟班长来我这里。我本不想出街,但为了他们就不能如愿了。钟班长是来招兵的,许排长则没有什么责任,只是来办私人的事。他初次到广州,什么都得我来做向导。在永汉惠爱两条马路走了一圈,他买了一点东西就已一时了,大家感到疲乏,到泉仙茶室去坐了一个钟点左右。我和许如约到永汉公园去见钟班长,呀!他果真有本领,给他领着的有十多人,但个个在健壮的神气下给饥饿剥夺面皮瘦黄得可怜。他们见了我们,真是像乡下小孩巴望父母亲赶市集能带来食物一样地看着我们。有些人还为饥饿而叫喊起来:“我三餐没有吃了,去买点面包来吧。”一阵尖锐的叫声,一幅饥饿的形骸,使我有点不能自已。他们不是也曾做过兵吗?为什么政府惯玩这边编遣而那边募招呢?而且空喊什么为人民谋幸福啦,街头巷尾却仍然不绝地有着这么几餐不得食的人!可这些失业的流浪者也是没有长进的弱者,不知道自己的力量及自己在社会的地位而去奋斗呵。

8月7日　晚上王君永裔请我和杜君光华去新星戏院看《神女》和《大路》两影片。因都是旧片,入场券很平,三毛钱便得上散厢位了,而且是看两套影片。

《神女》是写一个年轻寡妇为儿子的读书,为儿子的将来,舍身去当妓女。一方面,她是一个慈祥的圣母,另方面她则是一个淫污的娼妓。但是她为爱儿子,只有忍受内心矛盾的苦痛,居然于社会上扮演着这两面的角色。然而社会不容她,她不幸坠入一个流氓的掌握中,拿皮肉去换来的钱时时为那个流氓输光,而她儿子的读书,又为她的职业暧昧而被斥退了。本来姑且勿论她的职业是什么,学校也无理由剥夺她那儿子读书的权利的,可是学校为保持它的基础教员为了饭碗,她的儿子就不能不被牺牲了。这题材的表现,实在揭破了社会的污点,教育的破产。我们应佩服作者有力的创作,因为他能抓住社会的现实而赤裸裸地表现出来。其次便是《大路》。他是写一帮乐观勇敢的青年工人,筑着一条与敌人作战必须走的公路,可是统治者受了敌人诱惑而甘做汉奸了,于是这帮英勇的热血青年拒绝统治者的拉拢利诱,他们都知道少数人的利益……

不能抵偿了广大同胞的损失，于是对统治者反抗了。可是他们那时已深入陷阱，想跳都跳不出来了。原来汉奸早已设下牢笼，将他们缚于禁室。群众探知消息，大批工人蜂拥打进统治者的大门，把他们从牢房中解救出来，恢复自由。而汉奸中了美人计被捉了。这影片全场都充满前进奋斗求解放的微笑的前途的，代表着求民族解放的意识。而最紧张最有力的是他们给汉奸们的反击，这是对汉奸们的当头棒喝。最后他们虽看不到事业的完成，可是他们一直至最后一息还是含笑的。看了两片感到很满意。因为它们有很丰富的社会性，比那些低级趣味的作品，当然好得多了。回来已是十一点半了。

8月8日　晴　今天连写了几封信，一封是给天鸿，请他出来时帮带些行李；一封则给王禄位，约他下星期日来坐；一封是给郭，告诉他已搬住址及近况；还有一封呢，就是寄给杨绍义，因由江绍永同学那里得到消息，杨和四位同学都被斥退了，因之这封信就带着几分的慰问和说我已移了地址。

几天来读一本《社会科学研究法》和一本《作家》。因住的地方未方便，许多事都不能顺利去做。

8月9日　晴　午间一点钟的时候，王君国强来访，随他出街去。想去茶楼坐，可今天较热，各茶室都满了人，走了几间也找不到位了，后来只得去吃两碗豆沙汤。和王别后回北新买一本《现代的哲学问题》。

今晚为补写几天来的日记，各朋友拉我出街都被谢绝。

8月10日　晴　天气有些闷人，只有想到文德路的市立图书馆去了。那里围着老大的树木，而且建筑辉煌宽敞，人在那里，真有些坐在冰室一样的感觉，我极喜欢，以为有这好的地方每天都可去看点书。可是今天去了一个大早只是看看报就出来了，杂志已太陈旧，书呢，借的手续太烦，而看了书目又不十分适意。

到街上寄了两封信，一封给萍兄，一封给禄位兄，都是告诉他们近况和想念之意。

8月11日　晴　天气热得凶了，皮肤上时时透出一颗颗的汗珠。整天都没有一点儿风，真叫人坐卧不安。

下午传来的消息：两点钟的时候，蒋介石飞抵广州来了。好多人都注意他的这次来粤,希望他能够运用和平手段解决桂局,能够领导做救国的实际工作。中枢的政治中心无疑地都随着他而移到广州来了,军队也源源不断开入,内战恐怕不免呵。

8月12日　夜雨　几天来都是困守房里,今天不能不出去走一走了,可是去哪呢？天这么热!

花了三毛钱一个人孤独冷清地坐在中华戏院的前座,看场映片《桃李争艳》。写两姐妹争爱一个工程师,后来有钱的妹妹胜利了,及至最后一幕,工程师也曾悔悟爱情已为金钱所俘虏了,他深悔对姐姐的误会。全场以恋爱为主题,如果以现代的社会主义的眼光去批评,那它所得的评价当然很低微了。

晚上接到萍的回讯:他不久也许要回广州来。这使我生出无限快意,因与他交谈总能有所领益。禄位兄来了一张明信片,约我星期日十时等他归来。

同乡刘君来访,同他出街,但终没什么地方好去而到永汉公园去了。他唠叨地说些没有一点知识的话,不耐烦听下去便匆匆告别。回来已是十点钟,风刮得大了起来,洗个澡就睡了。

8月13日　阴　天气有些凉意,吃了早饭后微微入睡。醒来继续读《现代哲学的基本问题》。晚上同珠逛马路,到文德路就给雨阻止了,只得买一本《小小十年》回来读了几十页,算是过了一天。

8月14日　晴　吃了早饭去"一乐也"剪了发,买了一本《政治常识讲话》回来读。晚上同珠去惠福路民大附中看珠明天考试的座位,顺道走出河边再折回高第街来。我被食欲所征服,去一间鱼生店吃一碟什锦鱼生,饮了一杯酒,真的有点趣味。回来王君说,施礼兄和谢福章君都曾来找我,然而不得相见,那是何等的抱歉呀,朋友!

8月15日　电灯放光了,房里留下我和李君德骞谈天。他是一个活泼好玩的孩子,无形中就将我和他初识的隔膜打消了。本来想和他走夜街的,可适当这时施礼君来了,他说来找凡三次了。和他说了些闲话便一同外出了,德骞没有同行,也许大家都感不便吧？逛马路没有目的,只是胡乱走走,礼和我相见的机会太少了,所以各人都像有些生疏了,说话也带些严肃,然而互相尊敬的心仍然维持着。因桂局的扰攘,邮汇也受到影响,礼没有兑到钱,只得向我讨借。我也是穷呀,可是事实情面的驱使不能不使我勉强一些了,借了三元钱给他,回来袋里已空了。

8 月 16 日　夜大风雨　当我拿着一本《小小十年》在客厅的椅子上读得其趣正浓的时候,一位穿着西装的人来搅乱我的注意力了。我下意识地和他拉拉手:“呵,王……”随着就叫出这么一句。我请他坐在我床上,他注视我,带点笑容。他是同学王禄位君呵。我们说了一点别后和暑期回家的情形,后来他见我拿一本《小小十年》就说了关于这本书的好多。几年前他曾经读过,对它有很好的评价。但照我看来,这本书的思想确也是进步适于时代的,可是如果拿小说艺术的眼光来看,那不算大不了的成功作品。作者自始至终只是平淡地叙述他十年间的生活演变和对社会的认识……如果要说技巧描写和艺术性那当谈不上什么了。不过它所以能得到这许多的读者,自然有它时代潮流的需要。和王君到美珍居吃了饭到国强那去,拉他一同出来逛马路。大家都走倦了才上“吉祥”去饮茶。王君希望下星期还来相见。

夜来狂风暴雨,咄咄逼人,睡也不安,到底它要闹成什么样子呢?

8 月 17 日　雨　夜半狂风骤雨相逼而来,真是万马奔腾般震撼了深夜的沉寂。清早空气有点冷冷的,让我不得不拉起被单来。

出街去,见马路都被树叶铺满了,有些地方还躺着不少枝干。洋楼的风旌也被吹倒吹落许多,总之街上的景象一片狼藉。这就给人领会到昨晚的风势究竟如何了。据新闻载,谓如此风灾为十年来仅见之现象,单就广州市来算就有数十万元的损失。

不知什么时候伙计将信放在桌上,我醒来已见它躺在那里。信是二哥寄来的,他叫我如果在广州无聊了,可以到他那里去稍住,同时他还转来郭兄的信。呀,真有趣,郭突然叫我为自由的鸟儿来,他以为我此次婚姻革命做得很勇敢,能够打碎礼教的镣铐,而得自由独立的人生意志去追求未来的幸福,因此对我起了羡慕的心,乃这么叫我的。他还叫我是什么前进的青年啦,勇敢的战士啦。可我是何等的惭愧呀。我不是自私吗,为自己而反抗奋斗算什么呢?呵!惭愧,无限的惭愧。然而我自想这回同旧礼教搏战而得脱出它的镣铐,在自己的人生记录中,也可算是光荣的一页吧。

8月18日　晴　为了要买港报来看，一直等到中午十二点钟我才离开广州。依照二哥的话，带的东西只是装着几本书、几件内衣和面巾的一个手喼。到沙河买了两个火油罐，装了买来的汽油。车站的候车棚已被风雨吹得倒塌了，我只得在附近生果店坐等到两点钟的时候才得上车。在车上坐了差不多一个钟点才在太平场下了车，问一个文书方知我要多走半里路了。本来我到进和圩站就是目的地，现在倒得走回去了。到了二哥的驻防地——进和圩，它只有一条长五百米的街道，屋宇低陋阴暗，听说这里五天才来一次市集。二哥连队里的同乡和相识的士兵都来和我问长问短……吃了饭与曾君同行去郊外散步，那里有两个活泼的少女在玩单车，自然野玫瑰好的是很少的，然而我那时总想多见她们且一见为快。我们走上一个稍高的山丘，见到一条弯曲的小河，兵哥在那里游水；田原染上青葱的颜色，各村庄都静静地坐落在幸福的田野间，一切充满了田园的风味。后来我俩又到专做干荔枝的加工场去吃了两毛钱的荔枝。此时我对曾说了当今时局的动向，及世界正要演出的大战惨剧的两大主角的面目，也略略地说了自己的信仰……

8月19日　抗日的真相到现在可说有大部分在大众面前表白出来了，新闻也总不能再掩蔽事实而公然说它是联俄了，这就证明了前一个月我对它的观察。因为军事自然是随着政治走的吧，那么全桂的政治目标就是对着社会主义进行的，军事当然不能再和法西斯主义来妥协的了，所以大战也许不能免了。但我相信这次也就是中国的第二次革命，也许是社会机构起了绝大的变更也说不定，或者是世界大战的开幕哩。呵！时代的狂流正发出悲嘶而澎湃，而我仍然还来做埋头的书生，真是太渺小了。我真有些悔恨此次的出来，热情的燃烧，内心的义愤，使我想狂吼起来，我真是请缨无路吗？

8月20日　晴　今天又是太热了，到中午十二点的时候，皮肤上隐隐总见有小小的汗珠。我看看小说，和同乡谈谈天，什么都做了，可就是对时局的念头却总不能放怀。没有谁是我的知心者同道者，能来与我大谈所怀，真是太苦闷。下午各士兵都乐乎乎领了两三块钱的这两月前的饷了。你想他们是何等的喜欢与忧郁呀，得几块钱虽然可以乐一乐的，然而有的为了别的事被扣去了，领到手只是几十个铜元，他又是何等的失望呢？还有些是已早日逃亡了。像他们这样,还算有做人的意义吗?他们简直是工具呵。然而因被社会所抛弃,他们的头脑只具很简单的本能知识,得了几个钱便去赌了。据一位同乡说,当兵的人都是如此,总想赌赢呵,除此以外还有什么希望呢?唉!人类中也有像他们那么的一群呵。

8月21日　下午雨　有什么好做呢?我又来过刻板的生活了,吃饭读书睡觉……不就是这么的无聊吗?然而内心又是如何的烦乱呢?女人,唉!我近来很切望一个有纯洁般爱的异性来做我的朋友,因为我总以为也许可以在她温柔美丽的爱的怀中给我孤零的人得到一点安慰,在我的生命中添上了美丽的花朵。可这都是幻梦呀!我为什么只是做梦呢?该振作吧,爱终会找得到的。

8月22日　晴　今天是这里市集的圩期。早上各商店都忙于打扫门面,摆卖货物了。吃过早饭便逐渐的见到由乡下来买卖的人了,而且越来越多,死寂的圩场顿时有了点生气。这里出产的菠萝真多,一片广场都是卖菠萝的,一毛钱可以买到两三个。其他如龙眼干荔枝干也很多。他们的服饰交易和饮食都和我的乡下差不多,到十二点左右满街都已走不通了,尿坑附近的各个角落也都站了人,圩头的一片旷地早已布满了果类和粉面的食摊。因为街上的人太拥挤了,我住的地方也跟着更热起来,真是坐卧不宁……

今晚没书可看,只得写篇东西,然而只能写几百个字便要睡了。

8月23日　吃过早饭替二哥发了几十块钱的饷,便匆匆地同曾君去太平候车,想去从化温泉。可是问了问车站里的人,又是失望了,说是到了从化街口仍要听候转车才可到温泉,而从此来往从化的车每天只有四次,现在已中午十二时了,恐怕今晚来不及回……我们听后就不敢去了,因为曾君是不能随便离营的。我俩只好又怏怏地回来了。

《灭亡》读完了,全书充满了革命的意识、行动的思想,然而主人公却是一个恨世者,他憎恨社会的一切,他抱着憎恨的态度去改造社会,他的态度多是严肃的、沉静的,没有乐观的、活泼的情感,所以有一种令人闷气不得畅快的感觉。而且其结构又带些矫揉造作,总没有流利的描写,也许这是初作的一点缺憾。是的,与他(巴金)近年的作品比较起来,当然比这就优美得多了。

8月24日　雨　借到一本张资平的《苔莉》来读了几个钟头就读完了。不用说都是一样的写多角恋爱的。这里他写一个大学生青年的文学家克殴和他的表嫂,一个文艺的爱好者苔莉的恋爱经。始终都是写他两人为肉的渴求为性的寂寞而互相满足的进行性交拥抱接吻。虽然他俩时时也知他们的行为是免不了社会的唾骂与批评的,他们也知道他们是罪恶的人,可是为性的欲求,把什么道德礼义都抛开了。他们是忘了一切地追求性的欲望与满足……我看到他们的性欲紧张的时候,性的感觉也起了剧烈的燃烧,不自禁地起了肉的渴念。呀!多么荒淫的鸩毒呵,也许有许多青年男女为张资平所惑而走入欲海的深潭以至于无法自救呢。

8 月 26 日　晴　吃完晚饭横躺在床上正看着新闻纸,漫萍兄拉我的手来了。那是何等令人惊喜的一刹呵!我立时记不得说什么话而哑然望着他。和他自从去年在南雄相见后,整整一年多都没有见过面了,今晚突然碰着,当然充满了喜悦,他乡遇故知,真是令人忘了一切的忧患。一下子王排长也来了,他们是老相识,大家便去茶店稍进饮食。

今晚和萍谈了许多话,他屡屡问我回乡去所得的印象。虽他也曾抛弃过家乡,想漂零一生,然而有时候也很难把家乡的一切忘怀的。他鼓励我继续上进,不停地往上爬,虽至环境过于险恶都不停留。他这点忠告,我是愿接受的。自己也是这样自勉的呵!可是在现代的阶层实在难给予一个像我这样小鸟般的青年得到什么的。

汽灯的光太强了,天气又热,我和萍老是不能睡着,一直到半夜十二时我们还在谈着。后来他问到我的婚事,我把退婚的进行与手续告诉他,他赞许我能爽快的摆脱这牢笼……

8 月 27 日　晴　萍中午十二时要离开进和圩的了。二哥问我是否和他一同回广州。我当时都很踌躇。“那么星期六不去温泉吗?”我只得说了一句。“可是到那时你要上课呵,不然现在你一个去行吗?”二哥温和地对我瞧。后来我终于和萍同行了。温泉固然应该去走一走,可是为了要入学,同时又想和萍多谈一点,还是决心今天回广州了。吃完早餐和萍到圩的街头去看趁圩的人(今天是市集),买了几个菠萝,十一时半我问二哥拿了二十五元便到马路旁来候车了。二哥原来要我等一个人同行,但时间不许可了。到广州已十三时半,到书店买了几本书便到新华戏院买二张券去看场《赌城寡妇》,映片是写寡妇们的浪漫生活与恋爱的悲喜剧。我送萍到西濠口,开往佛山的车还有四十分钟才启行,于是大家又去吃了晚饭才和萍告别。萍说,军队就是这样不容人有一点超规律的自由呵……

由西濠回财厅前,我再到杂志公司去看新杂志新书。哈,遇见分别两个月的同学詹君,我俩很喜悦地问这问那,他也是今天才到的,曾和禄位君去找过我来哩。晚上和詹去天星看《残春》,主演徐来和孙敏等。题材写一个摩登小姐朝秦暮楚闹出几幕结婚离婚事,而终归为人遗弃而自杀……

8月28日　雨　詹约我上午十点钟到学校去看看,可我到他住的旅店凡三都未见他回来。我在怅惘与无聊中只得乱跑胡撞,在观莲旅店住客芳名的一张牌上,有三个字很鲜明很尖锐地刺激我的视觉。我兴奋极了,急忙跑到114号房去放肆地把正在甜睡的郭兄叫醒。他从香港过来才几天,以为我二十九日才回来,所以前几天去找我一次就没留下地址。大家初见的惊喜过后便接着谈谈时局的动态,问了我家乡的情形,彼此谈兴甚浓,我几乎忘记告辞回来。后来两个女性的到来,才打断了我们的谈话,一个是十六七岁的姑娘,一个则似乎是郭的老婆,年纪起码有二十岁了,她在门口畏缩的模样,让郭有点窘。我不能再不知趣了,告辞出来时,郭还送我一张他的近影和香港买来的手帕一方。下午五点钟的时候,我又和詹去找到黎秀统来了,大家欢喜了一阵……

晚上萍突然来找我,这使我十分惊讶。他说部队奉命调防曲江,今晚宿营黄沙站,明晨首途开拔。七点钟时我和他再有一个同乡刘玉焯君在马路上逛,萍想去看电影,可是时间已赶不来,只好去照了个三人合影。刘君是刚被编余的军官,正在听候入军官团。他是我的同学,因环境机会的造成,他居然是官员来了,真是好笑的事情。我们从照相馆出来又到惠如茶楼去畅谈了一个钟头,刘君将他几段精彩的"嫖经"故事说完了。我们走出茶楼,天正下着雨,在街上又遇见玉焯的家兄家嫂走街。其家兄也是将上征途的军官,不知他对她如何的感想呵……

回到房门,见上面贴着一张留条,上面是写给海鸥的,可是所留的地址却是和二哥给我拿东西去寄的地址同,那我就明白这个留字的人一定是来找我而不是找海鸥,她必定是二哥相识的人了。那时只是十点钟,我便依所写的话即刻去访她,坐黄包车去。可我到了永汉南路三十八号四楼,问有没有一位叫陈慧卿的,所得答应只是冷冷一句“没有”。我失意了,懒洋洋地走到安乐旅店摇了一个电话,又得同样的答礼,我真有点痛苦……

8月29日　早上跑去东山见瑚,我是回乡出来后和他第一次相见,坐了一点多钟都是谈家乡的情形。他想和我走走马路,强留我在那里吃了早饭同走。

我到珠的房门,珠便高声说“来了,来了……昨晚来找你的是你的二嫂呵……”我立时愕然:“怎么回事?”我沉着脸望着他。“昨晚来找我的人,我方才去见了来,是你二哥前天带来的一位女人,今晚要回进和圩去,要你立刻拿二哥的书给她带去,她要你亲自送去呢……”我听了珠说的,心里欢喜起来,想立刻就见到她。到南关去路很远,只得花两毛钱坐黄包车了。

她是二十几岁的女人了,装饰方面和女招待之类差不多,见到我很客气地招呼。我将交代付托的东西和应说的话说了,但有些话不能口头说,只得拿一张信笺来写了几句。“那么今晚哪位回进和圩?”我望望她的面貌。“我喽。”“这样烦劳了,可是前天家兄说有一位想同我回这里来,现在不知在哪里?”“那就是我呵,那天因为有点事,所以不能同你一起走……你的妈没有信来吗?”“没有,近来邮局都不大通吧。”我用诧异的眼光望她,为什么她关心到我的妈?“你的二哥叫我去找一个房子呢!”她的眼睛盯着我,想从我的面部表情里看有什么反应。可我没有一点诧异,珠的话我已明白,几乎当她是我真正的二嫂了,对她的态度很平和的。

别了她出来,想想假如二哥想娶老婆,那也许是应该的。可是就择了这一个,不知他有相当的考虑没有。她是否是一个勤俭朴实的忠实女性呢?如果只是知道花钱的人,那我和二哥的前途就受影响了。但我也想有一个嫂嫂呵!

晚上想和詹、国强、黎去照相,可是等了一点多钟国强和詹都不来,我索性和黎两人去了。那时已七点钟,街上行人渐多,灯光也照得令人眼花。我先到“荷里活”去,遇见一个老人拖了两个摩登的少妇在照相。我想想女人,女人的价值,女人的地位原来是这样吗?她只是给男人安慰、玩弄,做男性发泄的工具呵!一个老头子,他怎么需要两个小老婆呢,不是为了想玩弄吗?是的,他有的是钱,像买玩具似的随意买到女人来玩弄。女人呢,只管得钱,也不顾什么地位爱情都可以投入深潭地狱去了。呵！女人就是那样的东西吗？呵！呵！女人,爱情……一切的一切都是商品化呵！我发怒了,不愿再看他们,转身便走出来。后来到西湖照相馆去照了两张:一帧是自己的,一帧是和黎合照。

8月30日 今天是七月十四日呵,家里现正在热闹过节吧。我们几个同乡去年今日也是很快乐地在美珍居饮了一餐呢。今天三个只是冷清清在仙泉茶室坐着。瑚、珠缺了钱用,所以格外没趣。

晚上请杜光华君和王永裔君去看电影,原以为天星是映《恋爱与义务》的,可走到一看,失望了,我们给新闻纸骗了。懒洋洋地回来,时间还早,房里很热,那么新华戏院便多了四个顾客了。我买的是第二场的票,离放映时间还有一点钟,我们就去公园坐等。和杜君谈谈目前的时事,杜也许是受环境影响,对时事的见解很明白。影片《女人女人》,写女人对男性的追求和应付男性的手段。但我总找不出好处来。

8月31日 早上写了一封信给家里,告他们去瑚家里拿二哥兑回的钱来给母亲作食用,并且告知我和二哥及各同乡的近况,又问他们地方上的情形。

杨绍义兄过来谈了半点多钟,他转学教忠恐不能成事实,或者转到肇庆,再没有办法就在广州或别的地方找事来做。看他的意志坚定,没有一点灰心,一味地英勇向前。我也这样鼓励他去追求他的人生幸福与自由。

晚上和珠、瑚到同乡的住家去,恰巧那里有一位军人,想趁着积下来的千多元钱找个老婆,今晚要去酒店相亲。他拙于词就强求我几个都陪他去应对这场美人阵。介绍人是个年轻姑娘,话真多,叽叽呱呱地说个不休,说话之间还带几分对男性献媚的做作。她的样子本来不足引起心动,可无聊时也乐与之周旋。我经声明后,便放肆不拘束地对她大谈起来。双方的人都齐集了,大家便到长寿路的一间茶室去。女方有好几个人,主角一个人娇羞答答地坐在了一角落。开始她的家长问了男的身世,谈了一些时候了,便叫他的女儿和男的到另一间房里去密谈。我想这是战略上的妙策呵！他俩说什么我们不可知了。坐久发闷了,我就向介绍人亚莲说说,真好笑自己是多余的配角,她让我也说说对女性的需求。听完我说的话,她们都说那容易得很,这一个、那一个的肯给我介绍。

呵呵,那里正闹着姑娘"过剩"呵。然而她们都是长着辫子的大姑而已。

9月1日　雨　今天我又到另一个环境来了。学校里的办公厅已换了一批新人物,新校长的就职布告还新鲜地在那里发光,我到来也有着新的感觉。也许学校从此能够刷新精神,名誉从此可以培植起来呵!我也愿从此更努力更前进。很多同学都到了,隔了两个多月不见,大家的面貌有点改变,有肥胖的,有消瘦的,还有……

天落着雨,令人徒生郁闷之情感。我的精神太坏,时时都想倒卧下来。

同房住的仍然是上学期的那几位,房间设施还很简单潦草,夜晚没有灯,只有新买来的一支洋烛。我因太疲倦,很早就睡了。到半夜时被蚊咬得厉害,索性走出走廊去看明月。今晚是农历七月十六日,月还是圆圆的,皎洁地照耀着。夜很沉寂,只是多了几声虫儿在鸣叫。我望着美丽高洁的月儿,想她高挂碧空,不由心生思慕之情,然想到她太矜持太清高了,我只在枉想高攀呵!于是发狂了,发疯了,发痴了地望着,很想伴望它直至应该分别的时候!月儿,你娇媚的眼,温文的脸,何等的令我陶醉呀!然而你因远在云霄不能与人接近,而致给望念你恋爱你的人得不到实在的安慰而终于趋入坠落的一途了。

9月2日　雨　日来都是晴雨不时。吃了早饭去江村镇,寄了一张明信片报告入校情形,同时赎回寄当的行李来稍整床铺。

晚上有电灯了,我补写几天来的日记。可是精神倦了,只是九点钟刚响过,我就不能不入睡了。

9月3日　今天开始读茅盾的《子夜》,那是我前两天在文德路旧书摊买来的,价值比书店卖的廉得多了。虽则它和书店的新书没有两样,然而因它所在环境的不同,终使它们的身价也就有了天渊之别。我们由此可推到各种事物的价值也是一样的,受它所处的环境影响的。

《子夜》谁都知道它是一本成功的作品,果然有引人入胜的魔力。

9月5日　晴　早上十点钟的时候,礼堂便坐着百几十个同学,情形和上学期每次集会相差的只是坐在前排的先生们个个都是生面孔了。呵!今天,今天正是新的开展。学期是今天开始,先生是新的,今天来同大家做个见面礼,新的希望计划正在今日来决定,从今天去开始努力进展。呵！多么值得祝颂和纪念的今天呀！

校长首先登台,说了一些目前着手措施治理校务的情形,对各同学也有些训勉。接着便是教务主任,再次就轮到训育了。训育主任的态度和言论免不了带点诙谐,可是看他对于同学们的思想行为是要用厉害手段管教的。他满口痛斥那些专事模仿西洋文化的先生们的妄谈学说,他说我们有我们的国情,当然自有适应我国行施的主义。意思是“自治”“自立”的流差不多。这从一方面看来自有他说得去的理由,可假如退出他的立场来观察现阶段的国际,那也许他会耳根发热的吧。哈,像这样的言论,不是过时余威的挣扎吗？然而它究竟能维持到什么时候呢？我有疑问了,是的,一切都是一个谜呀。

散会后没有吃早饭便同郭去广州了。这次搭汽车到广州已经中午十二点多,郭请去茶楼吃点心。

晚上和瑚上街去买文具,顾客多是女子,吸引我依依不舍地在书店徘徊。想来这滋味过后总免不了是苦涩的。然而当时却不能掉头不顾。

9月6日　雨　雨总没有停下的意思。虽然只是晚上八点钟,可是街上的行人已少了许多。和瑚乘两辆黄包车在风雨吹打之中在协德码头停了下来。“叫艇过夜呀……”娇声叫得零零落落的,比往日沉浊得多,也许是雨声扰攘抑或她们鼓不起勇气？可是河上站着准备拉人的艇仔女仍然没有减少。瑚的“目的地”后在十几个女人中找到了,他朝其中一个使了一个眼色,她马上会意一转身跟了过来,其余的便眼睁睁地望着我们离开,好嘈杂的拉客声也暂时归于沉寂……她们的粉脸都微微地露出一丝失望的表情……

和那位艇妹在一个艇中坐下后,大家都有大约五分钟的沉默,互相用眼光度量彼此的身材相貌。“你可记起了我？”瑚对她望着。“你到过这里么？”薄薄的嘴唇展开了,眼光半考虑似的对着瑚。“五月初五那晚我是来过的。”“呵,那也许是的,可是我却记不起来了,其实很难记清的,这么多客人,叫我记哪个来？可是不是好了吗,我们今晚都记起来了,可以尽情谈谈了。”她施用着迟钝的秋波想麻醉我们,为之倾倒。后来我也发言了,还说得很多。她说我的嘴巴太厉害了。但我又说了些什么话呢？本来我说不敢在她身上奢望些什么,只是拥抱抚摸总可以吧。然而给我失望了,她很狡黠地避开这些,也许她是欺我新丁吧。但她似乎还是有些喜欢我的。我不能在此久留,最后涎着脸在她大腿上捏了一把,便毫不留恋地跑了回来。哈,也许这是风流之举?

9月7日　雨　两天来总见到同学拿书单来,真是焦虑得不得了。各同学的住处都跑了几趟了,究竟去哪里如何能买到这些书,依然得不到一点要领。雨不停狂号,在街上走得脚酸都拖不动了,使得我花了两毛钱去天星影戏院看《恋爱与义务》以便歇脚。由作品的服饰就可断定,这是十年前的作品了,可是它所应得的评价,应该比现代的香港影片好得多。

晚上在两广旅社找到莫君逸民,便同到王国强、黎秀统处找他们,后来还去吃了晚饭,托他们替我买书。我不想多逗留,回校了也许还可读些书,在此简直无聊。而且口袋里的几块钱一天天少下去,再过两天不是就要借车费回去了吗?现在这时候,可不容易问借呢。哈,还是回去的好。

9月8日　雨　到学校后见各同学已在上课了,心里有些焦急。后来得知上课仍很随便,生活依然无聊。

晚上读完《子夜》。这本巨著是用匆忙间断的时间来读的,自然有很多的地方仍然领略不到。不过书的大概和主题写什么,是略知一二的。书中写了各色各样的人物,写现代社会金融资本和工业资本的搏斗,写中国工业的不足,终于为外洋资本所摧残……里面还写封建制度(思想)崩溃后接着便是资本社会,但资本主义仍然站不住脚,经不起工人罢工,外货侵入,外国资本的投机,内战影响到市场的销路等等,一步一步趋于崩溃这一着。作者描写手腕丰富,结构技巧高超,虽然写了这些复杂的场面和人物,而总能布置妥当,值得赞许。

9月9日　晴　今天写了两封信,一封是给家里头的大哥,叫他寄来书籍和被服等物。又一封则给二哥寄一张军用图书目录并且说明有关瑚、珠的住址。

莫和国强今天都来了,特意去江村吃晚饭,同去的有黎、詹共五个人。叫大鸡三味,还要了三个菜,都喝了些酒,席间莫宣布他暑期的生活——最近的艳遇。我们狂欢地祝他在爱的情场打得胜仗。但过后自家便觉得空虚,精神上的空虚。

曾特务长来信,告诉我一件已算不得稀奇的事。他说前时我付托他的东西带去给二哥的她，也许她便是我未来的嫂嫂了。这事没有什么奇怪的了，只是信中这么一说，让我本来已经平静的心情此时好像又微微地生起一缕缕的波纹……

9月10日　晴　上课至今已三天了，然而有先生到教室的次数也只止三次。每次都不是同一个人，由他们第一次开张大吉似的半说闲话的讲授，总比从前的好些。但这也许是新味道那我也不知。

今天看《光明》月刊，所载的文字比较简浅一些，没有像《作家》那样高深。也许是新晋作家的作品吧？我因而欲妄写一篇去一试。然而我挺无能的，一直到现在还写不出一篇东西，妄念什么呢？想来既痛心又失望。

晚上寄一张相片（与萍、焯合照）随封信给萍于韶州。

9月11日　晴　今早历史堂因为没有课本，教师只拉杂地说说历朝政治思想的梗概。讲授教师对研究有着正确的见解，对历朝和现在局势的观察和批评也很不错。总之他的思想也是前进的。他说……历朝的制度与宗教，都是统治者对人民思想的一种钳制，即现在所谓什么读经也是有它作用的。又如什么“礼义廉耻”，可是如果人民衣食没有解决，哪里能够谈到礼义呢？“衣食足而知荣辱”，古时不是有这样的说法吗……我以为他是一个有学问的教师，听他的讲授可知他是肯用功读书、有眼光读书的一个人。我真有些敬佩他的见解。

学校的课上得很随便，没有课本有些堂也就不必上了。我因此偷懒读一本《作家》打发时间。

9月12日　郭过来坐，我顺便拿最近照的相送给他一张。晚上和我谈了一个很香艳的事情——他把暑期中的艳遇略略地告诉我。那于我觉得真是份香甜的食粮。

暑期他过香港那边读英文，在学校老板的家里遇到一个勤朴的女性，一个肯用功聪明的姑娘，便自作多情起来了。也许那个女的也正需要男性安慰她的寂寞吧？他的进攻果然有了反应，一个投合的反应，他俩便成了朋友了。我问他，“你俩的爱情是要超出友谊以上的？”“那是以后的事吧，可是以她的思想——她那宗教的思想来想，那实在难以结合的。”“可是那些信仰也许到相当的时候便会消灭于她的思想的。”“那很难讲的，她的宗教信仰早已在她祖宗留下的根种中就给了她的。”“然而你不是只对她这点不满吗?”……郭仍然很糊涂地对我支吾,但我以为初燃的野火要熄灭那是要有很长的时间的,除非它受到外力来扑灭。不知怎的我一下由喜欢转而感到苦闷了。

9月13日　晴　天气热得像盛夏般的令人生畏,可是我们却在一个教堂里受罪了。“这也许是上帝给我们几个虚伪者的惩罚吧?”我感到热得太难受而作如是想,可是看看在座的信徒们又是那般的苦着脸打盹。坐了四十分钟,我们走出教堂门,想想真是好笑,詹忽然脱口而出的一句“我们是醉翁呀”。走到马路上来,太阳仍狠毒地放射着火焰,刚才饮的茶已经失了效能了,到学校只赢得一身的汗和心里的空虚。

晚上得漫萍兄的信,不过是略说到韶州的情形。可是我就在那时候做了一件对不住朋友的勾当了,是的,我是何等的不该呀,可是为了好奇太强烈在内心燃烧,真是无以抑住了,使我竟然犯了罪。我终于很大胆的偷看郭的情信。原来郭也是有点对我不忠实的。他俩的情感已不止像他所说那般的平淡了。然而他告诉我的只是如此,那几乎使我反感。可是我又明白过来了:这也是他的灵魂的一隅呵。我又何以不知趣到这地步呢?哈,人是这么的难解呵。

9月15日　晴　今天又被同学选为班代表去筹备欢迎新校长的事务,同时再被选为推行新生活运动的宣传员。这都是让我感觉讨厌的事与职责。十二点半去开全校班代表筹备大会,讨论各股应担任的人选和经费的筹措。我又被推荐为游艺部做工作,这使我的困难更深一层。因为关于游艺的节目,我是无所知的门外汉,可我只有达观处之。大家也都是这样挂挂名而已吧。在会场坐了四个钟头。本来像这样的会议,不用花费这么多的时间的,只因有些风头尖锐的人,故意在争无谓的意见,于是才把会议拖长下去,我的苦闷也就与时俱增下去。散会后,更使我受打击的是郭为什么突然对我漠然呢。莫非我没有替他介绍做什么部的工作吗?抑或我前晚对不住他的做作让他不屑呢?总之,他如果因此对我绝交,那他只应叹他自己认错了人。我是这样的人呀,就是他和我的友谊能达到这种程度,完全是他个人造成的。如果他现在把它摧毁也是他自己自作自受,我依然这般冷静待人。

阿十有信来了,使我的情感生出各色各样的感觉。阿十得以到军校去,那是让我很喜欢很快慰的消息。可是想到自己那便有点失意了,假如我不跑出来,现在不是也能够和他携手向着光大的路上跑了吗？唉,我是太渺小呵。阿十还对我报告了一件愚蠢的老头子的勾当。老潘(邑内老绅士)居然兽性发作强奸了一个卖凉水的老刚的妻子。事情弄得大起来,老潘总免不了去尝尝监牢的风味了。哈,真是件奇闻。老潘本来是县中有名的绅士,目今的威信也许还保持一点,然而他竟然肯不要脸,自家一手毁坏了自己。我们可以明明白白看透伪君子的假面孔。他真是头野兽呵。

听阿十又说到亮洪、升俊等的较优等生活,这又使我增强了向外奋斗的意志,我极力地向前呵。俊才的信,知道三哥得胃病免兵役,那也给了我一点安慰,可是家庭的穷困又使我愁苦了。唉,我此刻真是受了数枝箭穿心般的难受。痒的痛的,令我不能自已,疯狂地呼喊和暴躁着。

9月16日　晴　今天整个下午都没有课上,迎新校长筹备会仍有一次会要开。可是我不再去听那无谓的什么讨论了,只是在房里写三封信。一封是写给阿十并洪兄;一封则将得来的消息转告漫萍兄;一封则给二哥,也是报告一下乡情和三哥回家事。晚上去两个附小,请他们为游艺节目提供些帮助……回来已是八点钟了,莫又请去饮茶。饮茶回来写这潦草的日记,真是不成样子呀。

9月17日　晴　晚上和同学散步,出至稻香村,同学的几位"黎女"她们就跟在我们后面。于是我们脚步故意放缓慢,她们四个人因之也大声谈笑起来。我只感到背脊发痒,可是等到觉得失望了的时候,心里就空虚起来。我们又到中山纪念林来了。三个姑娘(女生装束)不知从哪里来的,出现在我面前。这在我们几个饿狼看来,是何等的渴求呀。自然,我又鼓起追逐芳踪的勇气了。我绞尽脑汁想了许多挑战的话、讽刺的话往她们的耳朵送,她们也许有我们这般的需求吧,羞愧总不在她们脸上寻得出来。她们也正需要我们吧,哈哈,我们的狂态,真是好笑呵。

民器今晚来信,有一半是前面俊才说过了的,剩下给我最大安慰的便是秋天可望获得丰收……

9月18日　晴　这沉痛的日子——"九一八"又在我的思潮奔腾。五年的长久时光,顷刻间过去了。但我国所受的患难不但没有减少,相反,困难一天一天地严重了。失地由东三省而东四省，而华北，而华南。敌人一步步地进逼着我们，而我们的政府呢？是的，他正埋头苦干极力预备吧？可是呵，这烟幕弹的政策总不能掩蔽了事实的。敌人也不因可怜我们而退让。他——敌人是要逼到我们大家都被奴化了呢。我希望政府还是切实的从事于抗敌吧。全国民众抗战的热情的火焰已燃烧得很热烈，抗战的怒潮四处澎湃。我想这情绪是无法抑止下去的。政府老不领导他们，那他们也许会来自己领导自己呵。

早晨和郭去对河搭车去广州。郭好像改变了两天来的态度——对我的态度——不过这也许是我自己多心吧？他是一向这样的呵。我仍没有明了他真正的态度，不过他对于女友的关系依然讳莫如深，对我支吾。看他的意思好像怕我阻碍了他俩爱情的进行。我已经有些看穿他，对于他俩的一切我也就懒得过问而表示淡漠的态度了。八点钟到广州，在街上走一个圈后便去领了钱。到海鸥处见到茂林兄，他是从军队跑出来的。鸥去上课了，我便和茂林走街，到新华去看《战士》影片。

在海鸥处见到二哥有信致与他，信中是请海鸥代他说谎，代他对人说他在家还没有老婆。这使我又起微微的感动。二哥的娶妾我是赞成的，为后嗣，不过对人选我总恐怕他会因一时的感情所迷醉，那结果反会弄出苦恼来。

因找不到瑚宿的地方而发生问题，今晚只得到公益祥来了。在那里见到上学期的训育主任黄俊保先生，和他谈到一点近况。他今仍在候事干，他还写给我李玉湖先生的通讯处。

今天走得太多，晚上走了一点路便觉得倦了。虽然睡在陌生的床上，可倒还是好好的就可以入睡了。

9月19日　晴　早上找不到郭，然茂林则告诉我，郭反来找过我。那是大家走岔了。瑚虽然叫我今晚去他处玩，可是我觉一切都乏味的，心一横终于回来了。街上仍然走着富于诱惑性的曲线女子，然而那时，我觉得那都是可憎的东西，失意地回来了。

洪兄来了信，说的话和阿十差不多，不同的是他说我的婚事，老潘（女方的主持人）的态度似乎强硬，他必要我正式的退婚书。我想这都可以答应他，不过想起来实在不需那般认真，难道预备打官司吗？哈。

9月20日　晴　今天又陷于无聊的闷海了。早饭吃饱想睡觉,可是精神却兴奋起来,我终又和同学们去了高唐。我是抱着两种目的去的。一个是到中山茶楼饮茶,一个便是到基督教的礼拜堂去看女人。到火车站便追到德基女校的学生,我们几个暗暗微笑,是的,我们觉得安慰了。到了高唐圩我们又踌躇了,上茶楼人太多了,入教堂太无谓?大家找不出好的办法消磨时间,我乘这难解之际便去邮寄两封信,一封是对曼哥谈他组织家庭的问题……一封则给家里写的。

晚上和罗君去接洽明天游艺节目所应预备的东西,回来已很晚了,身体有点倦,想读点书都支持不下,真懊恼。

9月21日　晴　学校的周遭都贴上了红绿的标语,道路也挂了纸花之类的点缀品。一切都表现出新的景象。我的工作——游艺部从早到吃早饭仍然没有什么事做,只是写了几张街招。可是有几个同事却满口说太忙了。我只拿鼻腔来哼了声,真是无事忙的家伙。

十二点半开会——欢迎新校长大会。我们几个游艺部的工作人员都狡猾地不愿去接受几点钟的苦坐。来宾实在寥寥可数,也许这与学校所处的环境是有关的。照完相我便来房里睡觉,不知他们还闹什么。

四点半宴会,我们都吃了一个饱。可是我吃完饭就不能闲,那时真是有些事要做的。关于游艺方面所应须的一切和演员的招待,都给我们七个人去负责了。来参观的人越来越多,操场上几乎站满,灯光替代了刚刚匿迹的太阳。这僻静的乡村忽然热闹起来了。进行的一切表演都依着时间开展,歌唱、音乐、国技都是临时由广州好意来助兴的,游艺因之增光不少。电影是同时放映的,然而观众太多,两个场的人仍是很挤,每个人都很兴奋地凑热闹,德基女校也来助演一幕独幕剧。其中有一位女性送了我几次秋波,叫我几乎销魂……我是在台上照顾演员的一切事宜,倒落得能居高临下地看着台前的观众——女人脸孔的丑俏。不过这虚形的安慰,过后是很空虚的。夜已深,有些节目被割爱保留下来了。

9月24日　晴　几天来教员都陆续到校了。他们大多是有老经验的,讲解也能称职。国文教员对新旧的西洋文学知识都有相当研究,关于创作方面也有点说明,看来他是一个有素养的人,不过他的创作可否在文坛占一席地位没有,那则不知了。不过我总觉得他是足以敬仰的人。他说创作小说的程序约六:一是什么?二为什么?三怎么样?四何时?五何地?六何人?想来都是很正确的。

两天来课余到无聊时便接到朋友们的来信,它使我于无聊中得到安慰,真是多谢他们了。萍的信写了很多,他说了心理变态及对前途的憧憬和对我的鼓励,同时还给我一张他的玉照。施礼的则带点失意的语气,可是他的忠诚直率却没有改变,他对我很挂念……禄位、绍义也都各有一信来,大家都说了最近的生活,绍义兄转去肇庆了,我虽不像儿女心肠般对惜别过于悲痛,可是和知己忽然天各一方,还是免不了耿耿于怀的。

9 月 25 日　晴　中日的纠纷一天一天地严重了。成都、汉口、北海案接二连三地发生。今天报又载有在上海的日本水兵被害。这究竟是谁干出来的呢?我想这种事件的发生都是表明了日军对中国的侵略尖锐化。但造成此种谋杀的主角,假如是中国人的话,那亦见到我同胞的反日的情绪已达沸点。政府现在正在交涉,然而若不抱着牺牲之决心,只是一味地和平解决,结果惟有吃亏。我希望政府就顺应人民的要求而即刻和日方提出强硬的抗议,否则慢性的疾病到头终归灭亡的。除非趁早积极地医好它,扑灭这深入骨髓的病菌。

9 月 26 日　晴　晚饭后和黎、莫到高唐圩的尽尾处,那边有工人们在烧灰窑。这是我第一次见到,好像和我们乡下的做法不同。夕阳渐渐地含到地平线了,那是它已失了光芒的毒射。一个圆圆的球形焦黄地浴在暮霞里,真像个没有搅烂的蛋黄,我几乎费了几分钟在对她欣赏。晚风一阵阵掠过,已是凉秋的风气,草野已渐染了枯黄的色板。"一年容易又秋风",真是太容易了呵。秋风,它老了少年的丰采,吹老了青葱的草木,它一年一年的归来,可是去年的东西到今年已变了面目改了色相了。人事沧桑,我不知变了多许?告诉我吧,秋风!

我们三个沿着归途慢慢地回来,我还和莫借了钱买月饼。月亮接着又在半空露出清莹的面貌,她照着我走上光明的路,她伴我寂寞途程,我应该感谢的。然而她到底太远隔了,我除了内心的爱慕外,还能说什么呢?

二哥有信来,要我每月少领二十元,还说下月调西江,其他各家庭的……都没有说及了。钱我也不想拿多的，不过他这样的简单答复，未免使我失望。

9月27日　晴　跑到高唐剪发，回来已觉得有点疲倦。想躺下时又兴奋起来，但苦闷依然步步侵袭着我，使我总得不到安宁。

国强由广州回来了，他带来许多食品，如月饼、橘果，那倒给了我一时间的满足。

晚上读托詹君新买来而欲寄予萍的一本《忆》，作者是巴金，虽然是短篇，可是仍然带点连接的痕迹。前几篇都是写他的幼年生活和家庭环境，及他的大哥等。在这里我更明白《家》的取材和书中模特儿的人物。他的作品多数是写他自己的身世的。他说过“我想将我的心，给予世人共见，将我的信仰展于大众之前”（大意）。他是贵族家庭的公子出身，然而他也曾同情下层社会的生活，这是我读了《忆》而所得的印象。全书是一百七十五页，然而我只一晚就读完了它，所得的也许不过梗概而已。

9月28日　晴　几天来刮起了北风，夜间已需要盖棉被。早晨的冷水已冰冷起来，心里忽然浮上新鲜怪意。

决定今天起要着手做学校的功课的。但松懈的心弦，总是紧张不起来，整天都是贪婪地读巴金的《雾》。这是他较早的作品吧，读起来和《忆》比总有点逊色，书里的人物很少，事情也很平淡没有崎岖曲折。只是写一对大学生留学生之恋爱悲喜剧，旁边只插一两个配角，在一旅店内邂逅又在旅店决裂，说它是成熟的作品那是不行的。

今晚我本想下点功夫，可是为别的事连累，各同学又拉去饮茶，叫我有点不自在。回来还偷闲看一些杂志，然而时间终是不听人摆布的，不知不觉昏昏入梦了。

9月29日　晴　买来的月饼原想明晚吃的，可是各人都抑不住食欲的要求，大家一起拿去稻香村吃了。我们就是这样快快活活地过着日子，看来真是幸福的呀。不过内心的痛苦又有谁知道呢？在我则如此，每晚都这么无作为的过去，到底得到什么呢？我真很内疚，想到什么，什么都做不来，显得很无能。我应该振作呵。

9月30日　晴　柔软的秋风，掠过头发，掠过脸孔，掠过树梢，一切都在它的怀中陶醉了。大地上的声息都暂时休止,暮色迷漫了田野。这时已看不到劳苦人的奔波,听不见不平声音哀叫,世界已趋于太平了。东方隐隐露出明朗,一轮皎媚的月儿渐渐地将她的光辉照遍地上的一切。学校的同学一群群的在校道徘徊,有些非乎寻常的现象。呵,今天是中秋呀,我想谁都在心中暗暗的叫着吧。我和黎、莫到龙校长果园的山坡上,去望着,静静地玩赏着田野中的夜色。大地的一切都是和平的、美丽的、幽雅的。它此时没有烦嚣的机器声,没有贵族们的荒淫追逐,没有穷人们的哀叫呻吟,没有富人们的狰狞脸孔。是的,在这里,在这时,是人间的天堂,是世界的乐园。我们三个人谈得有点起劲,几乎忘却是他乡的游子。人们有时真可以忘却一切呵。我们买来预备赏月的月饼昨晚已经吃完了,今晚落得空空无以助庆,真是太俗了。我们三个玩到兴阑了走回来,在稻香村吃了一点东西,莫还喜欢饮一杯,我自然不推却了。

我如此地度过了良宵,唉,宝贵的光阴就这般让它溜过了。

10 月 1 日　晴　莫对我说,昨夜三年级生蜂拥过我们的住斋来示威,想打击我们班同学。他们以为我们班同学在熄灯后还吹奏乐器,有碍他们的睡眠云云。这使我感到不可抑制的义愤,自然我们班同学在睡眠时间奏乐器是不应该的,不过这只能由学校当局用制裁或处罚的手段来对付,如果在同学立场来说只有劝告,哪里能用野蛮手段来打击呢?他们以为是三年级的老资格就可“倚老卖老”,就可强悍?然而这种举动,除出卖自己的人格外,于他什么都得不着的,可是学校方面好像也促成了这种风气,对高年级的同学总是不敢指摘。我想这也许以为美国已有这摩登的风习,我们学学也无大碍吧?除此外,我已找不出什么理由了。

灯机的管理,今天已换了人。新来上任的那位东西,不知是从什么地方冒出来的,弄得灯都不能亮了。我和同房的同学就有机会到外面去寻开心,去高唐奇珍楼啜茗。那里是新开张的,有一个豆蔻初开的女招待,圆圆的脸孔,矫健的身材,还带几分迷人的态度,使我们都很兴奋。我和她搭了几句,她的名字叫雪菲……

大家在一起谈阅读谈读过的书,引起我极大的兴致,让我和詹的友谊更加浓厚。

10月2日　晴　生活如鸡肋似的令人乏味，时时将我往无聊的空洞里送。学校功课依然松弛，像失去弹性的弹簧，我的精神就这般松懒下去。悔恨、悲愤、苦恼、妄想……像无数针刺在我的内心大施其技。我应该振作的，然而许多事却令我在因循。

灯机弄坏了，晚上只好在黑暗中摸索。真是什么都摸不着呀。我是希望在光明中劳动呢，还是希望在黑暗中偷闲呢？我虽安然躺在床上，可是感到说不出的痛苦，因为看不见什么，也不知道什么了。但现在不是有许多人在黑暗中摸索吗？我希望大家都明白，光明是可以找到的，只要努力地向前奋斗。

阿十来了一张明信片，告诉我一点他生活的轮廓……但总有些令我失意，因为他没有把相片寄给我。

10月3日　晴　每想到将来的出路就觉得战栗。所谓谈虎色变，大可以拿来形容我内心的恐惧。我正像一只小艇被迫漂流在大海中，前面是一片汪洋，后面呢，见不到边岸。但我是没有稍微松懈的余地的，只有奋勇地向前驶去，不奋勇迈进，风浪便会淹没了的呵。

我深感人世的险恶，生活的艰难，于私情怎么可以对得起爱我、为我奔劳的二哥呢，于公理又如何能为众人尽些义务呢？我不能做一件奢侈品呵，我的责任太重了，但除了努力前进外，还有什么可为呢？然而目前仍是这般的前途阴暗，又从哪里得来烛照点燃这支黑暗的火把呢？一切都让我怀疑了。

10月4日　雨　今天来了稀落落的秋雨，秋意在人们的意识里燃烧了，事情很多不能让人闲着，可脑子里总有抹不去的“星期日”念头作怪，令人不想做什么。然而闲了又觉得难挨，同学莫、詹又提议去高唐，我觉得挺没劲的，落雨去那儿有什么意思？可是他们好像着了魔似的非去不可，我只能转换意识顺从他们的意念，同意一起去了。路上飞尘经了雨变成泥，行走实在不方便，到高唐已是中午一点多钟了，上奇珍茶楼饮茶兼看女人。前晚时去见过的那位女招待认出了我们，她那圆圆的小白脸，时时都装出笑的色相。我问她为什么在广州会跑来这里荒僻的乡村，她含愁地说广州人太多了，生活不易支持。我想再问些其他的，可环境与我不方便，使我的一腔热情很快冷却了。由奇珍出来，食欲仍在燃烧,于是乎再上中山楼,又吃了许多东西。大家这下都饱了,可袋中的钱却空了。想来我们这般的自由自在,实在是幸福的,假如时时有钱的话。金钱实在有着很大的魔力呵。

10月5日 杨君绍义给我一个回信,再给我六张照片,真使我得到很多的安慰,感到友情的温暖。可是我又感到一点损失,因不能与他朝夕聚首。对这点他却这样说,海内存知己,天涯若比邻。这句老话,说来倒还中肯,可是所谓的知己之交,或欲得一个情投意合的朋友真是轻易得到的吗?我想友谊如果不是建筑于个性相近、嗜好相似的基础上,而是勉强结合来,那也只能暂时而已。

下午读完《欧洲近代文艺思潮》一书。所谓近代是指十七、十八、十九等世纪,书中对文学演变及各流派作家的思想作品特色都有简略的说明。可是记忆太差了,书虽则读完,可是转想回去,留在脑际的,只不过一片模糊的印象。想来又是一桩悔心事,我读书实在太马虎了。这或许也与资质有关。

10月6日 晴 今天我开始做各科的笔记,制定较有规律的工作休息时间表,我想拿工作来压制空虚的妄想而谋求未来的现实收获。

10月7日 珠给我写来一张明信片,带给我一点好消息。洋在乡里出来了,只是一个人;鸿勇也有再出来的可能。洋替我带来二哥的毛衣丝被和我的练习簿,可是他已早日去韶关了,真恨未能和他一见。珠约我星期六去看他,这真是一点安慰,因为我已接到母亲寄来的东西。

晚上去出席班代表选举学生自治会委员,对此我一向觉得没趣,还未散会我便偷着来写我的文章,我不想做多余的配角。

10月8日 国文课作业的题目是《秋雨》,如此理想的题目在我应该是做得顺手的。可是奇怪了,想了两个钟头却搜不出一点好意思。想象力实在太贫乏了,就像穷酸的弟子想装扮成公子哥儿一样真是毫无办法。后来虽总算涂成一篇稿子,但像什么呢?没一点像,是个四不像。唉,莫非我已是江郎才尽了?

今晚和陈洋、郑光海一起三人散步,他们都是文学的爱好者,艺术的崇拜者,这些或许与我有点相似,可是他们能否做我的朋友呢,则待证于将来了。

10月9日 晴 一早心里总有些烦乱,书也读不下去。别了三个星期的广州有什么改变?书局来了许多新书吧?脑子里尽是装着这些东西,情绪当然不稳定了。郭叫我同他暨令尊去趟广州，请假的手续只得请黎君代了。我匆忙跑到江村对海，可已不见郭了，大约他们先去了。此时车正要开行，我不能再踌躇就上了车。

中午十二点半到广州，袋里只剩四毛钱，只得和莫由流花桥一直走到维新路。团后方已搬到小北路去了，没能领到钱，可饥饿威胁着我，不得不走入一间三等饭店去吃了一碗面。在团后方得到钱后，我给了莫五元。为了等候乘公共汽车去到海鸥兄处，叫我在街头彷徨了许久。候车的人太多了，很不容易才搭得上。海鸥所住地方的楼下是一间做卖白粥生意的摊铺，阴湿低陋污秽让我有些失意。我到时，海鸥已出街，正打算候车回永汉路，一个姓张的(海鸥室友)走过来打招呼，请我到房间暂坐。屋里倒不如外面令人讨厌，可住在这混杂的人家，我总以为不大好。和张君谈了许多话，他是鸥的同学，人短小精悍，脸孔布满麻点，配上眼镜，样子有些狡乖。四点钟了，鸥方回来，他拿出家里寄来的东西给我并有一封信，但信里没说什么。六点多钟了，他的佣人才开始煮饭，我没耐心等，直率地拉鸥一同到外面去吃。

在杂志公司订阅半年的《译文》，买了两本书，便到大德戏院去看《迷途的羔羊》。剧的主题写街头一群乞儿，在乡下时怎样遭受灾荒，父母怎样死亡，怎样流落到上海，后来又遭受怎样待遇，怎样忍受非人的生活……作者用有力的手腕描写得很深刻，情节中有着很鲜明的暗示。如村中冬烘先生的怪现象，儿童作战的退让畏怯，在爆炸连天的时候，老头子还对偶像祈祷，而偶像终于当堂塌台。作者在这里都是用力地给社会各色人物与现象予以砭刺。最后再描写那群迷途的羔羊——乞儿为避免警察追捕而走上正在建筑的摩天楼的最高层，这也是暗示无产者将来所处的地位。总之，像这样的影片在中国可说是值得大大称赞的。它可以代表一九三六年的成功作品。

10月10日　晴　早起已七点，街上似乎比往日沉寂了许多。对面的一间理发店挂了一面国旗，门却深闭着。心里意识到今天是双十节，我不能马上出去，只得在房里写了两封信。一封是给家里，一封是答复绍义兄。吃了早餐，同鸥到培桂中学去看施礼不见人，留字给他后，转过东川路找光瑚又不见，沿着大沙头走回来。到永汉路刚十二点，行人比昨晚多了几倍，吓得小姐姨奶都不敢单刀赴会了。这便是双十节吗？我几乎怀疑了，和前一年比有着天渊之别。听说政府明令节庆不准过事铺张，我总找不到这问题的解答。怎么一般国民替国家庆生就不能呢？即如儿女们要为父母祝寿也不与自由吗？告诉我吧，当局的先生们。

鸥去茂林处，我自个儿来新新戏院看《欲海遗恨》。恰巧光瑚也到场，说是为了来找我顺便过来看的。散场后他同我到鸥处坐了一些时候。晚上和鸥由金声戏院走到永汉路，边走边看边谈，倒未见怎样疲劳。惠爱路与永汉路交点处，车不能通了，站着许多人。大家集中待着堵住了马路。警察后来宣布今晚没有提灯会，像一堵墙的人群才崩塌似的慢慢地稀疏。我觉得再这样走街下去也找不到趣味了，便同鸥去高第街吃鱼生，吃得肚子胀满了，到寓所也只是九点半，但街上的热闹已失去吸引力了。

10月11日　晴　寄在鸥处的一件曼哥冷衣，不知什么时候给人偷了，几条内裤也不见。我有些狐疑，怎么内裤也有人偷呢？那件毛短袄又不见被偷？鸥对我说前时各同乡（从军队逃亡来的）常常来坐，现在他们已回去了。这是同乡偷的？还好那件皮毛袄仍然存在，我总觉得有点危险，可是没有别处可寄存了，只得写封信去给曼哥请他快点来拿去。

各茶室替代了大茶楼的生意，几乎弄到人满为患。我走上好多间都不能找到座位，真有点焦急。那时又只是早上八点钟，各书店都还关着门。后来总算在五月花插坐进一个角落。九点钟我就在杂志公司等着施礼，可是我的腿站得有点酸了，时间已走到十时，我不能再支持了，买了两本给小哉的书便走了出来。回来路上遇高茂林，他也要来鸥处坐，和他们谈了几句，我便收拾东西回学校。

到流花桥车站遇王国强，顿时减了许多寂寞。到江村就上评珍楼去吃早餐，到学校洗了澡，休息了一忽又是黄昏了。

10月12日　不知为什么精神总是颓唐疲乏，除了在课室，人一闲下来便想躺下。读书总唤不起劲儿，头是铅样的沉重，软弱的阴影笼罩着我的心。我很恐惧，恐怕我的健康被剥夺了去呵。

晚上洪兄来了一封信，告诉我一点家乡的情况及自己的生活，还对我说些鼓励的话。在灯下抄前天还未做完的一篇作业《秋雨》。下笔有点迟钝了，费了两个钟头才完成它。我有些担心，好像写作有点退步的征兆，找文句想结构等都感到困难苦涩。还是要积极去探讨学习，不然将会得到的只是空虚的幻想。

10月13日 今天一连得到三封信。阿十给我是一张明信片，时间不容许他多写，只得将生活情况大略说一说。天鸿则满纸悲哀之词，失学是那般苦味吗？我为他可惜。然而在现在的社会中像他这样的命运，何止千百呢？因之他却要结婚了，这于他又多了一条锁链。他将永远被旧家庭关住，假如他不自告奋勇地打出牢笼，结婚这是危险的界线。如果你不富于作战的力量，那必是有受创痛或毁灭的可能。他本是一个初入伍的士兵，而忽然被送往人生斗争的战场去肉搏，那当然是很严重的事。朋友，留意呵，地下说不定满是地雷随时都在你的脚下爆炸呵。

萍来信告诉我收到了给他的一本《忆》，他最近美丽泡影的破灭，做排长的机会吹了，被调做书记了，他失意他唏嘘，时时都对我说人生道路的崎岖与浪涛。他既恋恋家庭，又恋着鸡肋的职位，必受两重生活的煎熬。他的思想更是多重的，最终难免不浩叹。

10月14日 晴 本学期转学来与我同班的郑光海君，是个肯读书的人，思想新颖，待人很平和，情性是沉静的。几次和我谈话，因大家都是沉默寡言人，谈话时间都很短促。今天体育堂，大家不感兴趣，照常坐在草地上和光海君较多较进一步地交换学习意见。现在我正想得到大家帮助，共同向知识领域开拓一条路径。

国文教师在自修堂和我谈了一点关于当今文坛的消息和作品的欣赏之类的，使我觉得很满意。我总想找机会和他谈谈，想得到他多多的指导。

耀荣君来了一封信，说今年不再读书了，去学车衣裳。不过这项活路是很苦的，但我还是为他的前进称庆。像他这般的环境，能找到这条出路，虽然不能算很好，可是比较整日游荡好得多了。他还报告了我家里的近况，但坏消息正像一个魔手抓住我心，刺痛了我灵魂的深处。三哥的病、大嫂的疾……一幅惨淡凄凉的景状在我面前展开，强有力地损伤我的精神。唉，我的这个家，能让它就这样下去吗？要振作呵，它正像一块笨重的石头压在我身上，我不挣扎，必定给它压垮压窒息。努力,我要负担起压在身上的东西呵。

10 月 15 日 今晚续写一篇文章,一直写了两个半钟头都能很顺利地写下去,没有了前段的那般苦思冥想。假如时间许可,我真想多多地学写,不管最终它成个什么样子。我想借此以发泄满怀的积愤,畅消我的热情,嘲弄宗教的崇拜者,抨击欺压劳苦大众的剥削者,揶揄那道学先生们。同时找寻出路,赶上前面的灯塔,给我精神的食粮,不致饥馑。不管结果是“望梅止渴”,还是其他的什么,我都埋头地做下去。

10 月 16 日 晴 今晚读了几篇小学教材,准备明天考试。因为授课的时间不多,所以用不着花什么工夫就可以应试了。

临睡的时候,隔壁的同学们发出急促恐惧的声音在交谈着。初时我有些被搅乱,后再想想就镇定了。至多是在广州又弄出什么引为不幸的事件罢了,于是我睡下了。不知训育主任叫各班代表去有什么话要训。

10 月 17 日 晴 昨夜临睡时的那场虚惊,今早训育主任在出早操时向全体同学解了谜:“……学校昨晚接到厅令,饬我同学务于今明两天到乡下去,募祝蒋委员长寿辰的捐,各同学必须踊跃前往,不能借故规避……”谨肃听讲的空气,忽像泄了气的皮球,大家都松了一口气,微微地发出一丝丝声音。

吃了早饭出发了,几十个人一队,领队长是班代表。教务处发纸一张,乃小得同手掌似的小旗子,和十多个蒋委员长肖像的徽章。徽章如卖品一样分几个等级,捐一块钱的是一种,四毛的是另一种,五元的又是一种,手续倒简单直接。我们到车站附近的茶寮去,真倒霉,碰到尖刻的老板娘,她有几句令人啼笑皆非的话。她说:“买飞机给蒋委员长祝寿吗?我听不惯,我不信。”“蒋委员长他是为我们国家争生存的呵,我们为他祝寿送飞机给他,即是为国家祝寿,送飞机给国家。飞机是拿来抵抗敌人侵略的呀,不然我们便要做亡国奴哩。捐罢,四毛一块。”“不,不,什么国家呵,蒋委员长呵,我不知道这么多,横竖都是你们的事,做官的哪里轮到我们这穷小子来祝寿?有许多人还未做亡国奴也没有饭吃了。”“不是这样讲的,如果……”“不,不,不,我不听了,走开吧,别妨碍我做生意。”她的态度严肃起来,我们像遭了一盆冷水往头上浇下来,大家兴致索然的你望我,我望你。我想像这样的毒头也许还要多次碰到呢。由此可见民意之一般。在理,像她这样的思想实在是要不得的,如果个个都作如是想,还望中国复兴吗?不过再想下去,她所以说出这样的话,实在是客观环境促成的。假如政府一向对人民都很关怀,一切的设施都是以人民的利害为取舍,如果是代表人民的,那我相信像这样的意念,一定不会存在于一般的脑际里,她一定会乐于拥护的。

萍到了英德,今天来一封信说调来英德的近况。他也许有做排长的希望,问题是时间的等待。如果他能够忍耐下去,或者会得到较好的生活。

几天收到许多信,可是到现在一封回信都没有动手写。一半是邮票的缺乏,一半是太忙。能够支持我工作的精神太贫弱了,想起来和自己的心愿总成了矛盾。

10 月 18 日　晴　袋里还剩下的几毛钱都不能留住,索性用个光,但又想吃了早饭后去高唐饮午茶。于是乎我厚起脸皮来赊稻香村老板娘的数了。我做出这样的行为,觉得有些不高明,不过我终是犯着了。我想若能够与金钱暂时绝交,可以减少许多应酬的麻烦。可以减少饮茶的时间,和稻香村的老板娘赊数,就是断了时常去她那里的欲念。

同学中有十几个借募捐的招牌去旅行了,引起了我的艳羡。我实在也想去的,只是袋里已光了。哈,我现在又急切地需要金钱呵,使我烦恼愉快,满足悲愤,浪费时间,物质富足……都是金钱在作怪呵。钱魔,钱魔,该死的。

早饭吃饱时已十点半,我像周身发痒似的坐卧不宁,同学也像各有心事一般,于是大家同意一起到学校附近的乡村去走一走。

我们四个人横过普惠医院旁的火车路,走过对面的阡陌,稻田已染上黄色了,微微发出稻的香味。农夫们应是欢喜的,准备很快就有收成了。村子前面的树林覆盖着绿阴带点凉意,宗教庙宇阴森森地在那里显得多么孤独与凄凉。树根下有几个小孩在玩着什么,见了我们都睁大了眼睛。像这样的乡村如今仍然布满在中国的各个区域呵。转到中山纪念林时已十一点半了,两脚似乎增加了重量。今早我那次的厚面皮,现在得了补偿,乐得拿剩下的那五毛钱,到中山茶楼去坐了好多时候,吃了点心还不够瘾。休息了一个多钟头,回过江村来,买了三斤猪脚(钱是詹的),到学校后稍为憩息,便到厨房去动手做今晚的加菜。

我没待一会就回房间来看书，留莫在那里料理，谁知他把食品弄糟了，只知自己的口味，放下几斤醋，把汤和猪脚通通做得酸得不能吃，真叫我又气又恼。原本想快快活活地吃一顿，谁知适得其反。我很愤恨地责备了莫，事后明白这样对朋友也太不应该，不过当时情感已不由我的理智去商量了。

灯机今晚又不能开了，我只得在烛火下读《街头讲话》，很认真很迅速地读完它。那时已是十时了，躺下来觉得很舒服。

10月19日 纪念周校长报告购机祝寿与国防之关系等大道理和本校下星期小考的手续。绍义兄来了一封短简，对我们的亲密友谊很怀念，说了许多客气话。想起来真惭愧，怎么我一连接到他这么多的信却不给人家回答呢？

10月20日 晴 今晚和郭去普惠医院买药棉，那里是教会开办的医院。为买这点东西，我俩站得脚酸了也未得到答复。不知过来多久，才由一位看护陪着一个外国人出来接待，说了广州话后，郭跟她到里面去了。我只在门外呆呆地望着半边秋月，环境阴森清冷，我的心此时已飞到什么辽远的地方去了。郭出来时露出满意般的微笑。我想这是教会意念的作用吧，她就是用这种手段来麻醉人们心灵的呵。

路上想和郭边走边谈，但话头无从搜出，一路我俩有时沉默得可怕。和郭这默默的朋友到底没有什么味儿，但又有什么方法呢？近来我似乎更沉静了，一句多余话都不想出口，因之令我几乎孤立。在我的心愿何尝不想跳出来呢？只是个性限制了我，使我跳不出来，我的情感正像一个气胀的胶胎，它必须爆发以得痛快。但到它爆发时也许就不平凡了吧？

中国文坛巨子鲁迅先生于昨日与我们长别了。这巨星的陨落，使我们唤起无限的怆痛。我们正像一群孩提失去了慈祥的母亲。呵，我们的导师，他虽然溘然长逝了，不过他伟大的精神、雄健的作品，当然很鲜明地在我们面前给我们去敬仰崇拜。他生前指示我们的前途是光明的，我们必是努力的前进，以期达到我们导师的期望，不，全人类的期望。

10月21日 学校宣布要在下星期小考，我的工作虽仍然保持原来的态度规律，不过心坎像加多了一块石头压下来了。

在体育堂踢了一点钟的足球，弄得全身筋骨都疲惫不堪，汗水沾了内衣，真是有点讨厌。恰好电机修好了,我可以洗澡洗衣服,今晚也不用再过黑暗的生活了。呵,我快乐起来了。

马希殷由南宁电信养成所来一信,我以为他可以给我报告一些我想知道的事,哪知道他写信的目的是要我代他买书,买几块钱有关电学的书。真是叫我哑然失笑。今晚寄一信给要荣和民器,并附与天鸿君一封,都是对他们劝告一番。

10月22日　班会照章今天选举干事,未选之前讨论选举手续,我的意见是由各同学选出干事九人或七人,再从各干事中互选出各股长,但谢君则提议要各同学在选干事的票上再注明选谁为股长。我本来就不喜欢与人争,因此由他们干去了,结果,写票发生问题,一股一股来写,时间拖延下去,选出的干事有一人兼几个股长职务的,我让他们的错误累得好不舒服。我一人就被选为文书和学术两股首席,叫我不能取舍。干文书吧,职责也许少点,不过公文我哪里知道就里?那学术吧,学术有两个股长,做事倒有商量。不过,这都是我第一次的遭遇与尝试,困难和苦辣酸甜哪里能免呢?但我能不干一点学一点吗?就这样努力学下去吧,哪有谁是不学便知道的!

10月23日　晴　阳光慢慢地冲进角落,大地被它温暖的手抚摸着。同学们像小鸟般在叫在跳,各个脸孔都浮现兴奋的光彩。“你去哪里呀?我去……”这喧扰的声音,布满了整个学校。

八点四十分,我们十个人的队伍出发了,大家都抱着好奇欣悦的热情往前面进发,踊跃活泼。九点十五分到谭家湾对海的汽车站,经一番口舌,我们十个人都上了车。到广州十时多钟了,我和同行约定了今晚集合的地址后便叫黄包车直驶小北路九口一团后方去。我满怀的热情给一盆冷水浇灭了,后方的翁军需外出了使我领不到钱。不过我袋里还有一元,就去了永汉戏院,即映的《爱情的协调》几个字,给我很强烈的刺激。我不再多想,花三毛钱换得一张前座的入场券。

剧中写一个少女的终身大事给父亲包办而嫁给了素昧平生的冷冰老头子。那人性格残忍,她对他从未有过好感,烦闷时只得以骑马游水来消遣。有一天她在清溪泅水,偶遇一个年轻工程师,自她见到年少风流的工程师后,春心起了波涛奔流狂放,爱焰也在燃烧,她坐卧不宁。夜的氛围沉寂而甜蜜,她不能自抑地走出门外,来到白天她到过的工程师的工作室,在工程师面前羞答答的说不出话来,工程师像在梦里与她惊奇相对……她投到他的怀中,开始尝到人生的意味,第一次陶醉于温存抚摸,他们混成一团在那里蠕动……这个场面很刺激很性感……但过后,却觉得心灵空虚精神恍惚。

很快又是黄昏了,红红绿绿的灯光代替了阳光,马路上人流依然涌动,我依时到了约定的地点——西濠口。同学们到齐后便去各船渡交涉免费搭船,去江门的电船本来有五个,但搭客太挤,我和黄君跑了一身汗才得到船老板的准许上船。船开行时间没有确定,因之我们不敢再上岸去,只得困坐船中。同行俞君满口都是诙谐,引得各人都忘了船中的闷。我们兴奋地笑闹得倦了便看看书,精神尚不甚疲乏的我读了一本《阿弓》。作品写一个农奴因见主人残暴而出走,后来参加抗战被官府捉捕,审判他的恰是他旧时的主人。他的主人想利用他,劝降施给免死之恩,可他最初始终不改其志,但后来却突然改变了他顽强的手段,成为一个驯服的奴才。结果他的转变原来只是一次诈降,他和主人最终是同归于尽了。故事情节很紧张,形式也新奇……

10 月 24 日 天色还是漆黑的,只有远处隐约出现几点启明星样的灯光。到了,到了……我给这声音叫醒了,旅客有的伸伸懒腰,有的洗漱,有的收拾行李,有的整理服装。街上稀稀落落地走着码头夫,街灯很凄清地投射出微弱的光辉。我们走在河堤上,这横躺在河边的马路倒有点像广州的长堤。我们走到一间茶楼去等待光明的来临。东方的曙光逐渐地露了出来,晨光微曦轻轻地抚摸到山巅树梢和窗户里来。同行的同学有一位陈君耀廷是这里的人,我们首先被他带到江门公园,园里有图书馆、中山纪念堂、亭子石阶,初见就觉得美观、怡情,我敢说它比广州任何公园都好些,纵使它的规模不甚大。早晨的空气很清新,很轻柔,我们在那里坐了许久,还拍了好几张照片。江门的马路还算整齐,商店能勉强支撑门面,旅店有不少三四层的洋楼建筑。可以说这个商埠较之韶州好得多了,和广西梧州比也差不几多,但听说它比以往萧条得多了。电影戏院以前是四五间,现在仅存一间。交通很便利,来往广州每天都有三四个电船,来往县城(新会)有汽车、火车、电车。但它还是经不起世界经济恐慌的狂涛袭击，正日见消沉。我们在马路走了一圈，便去到陈君的家。陈君家里眼下只有他一个男子，其他的都是女人。年老的祖母还在，他的父亲哥哥都在旧金山做生意，听说年来汇家的钱也短少了，还好的是没有失业而已。我们在陈君家吃了早饭，几个人闹得人家全家人忙得不得了，心里总有些抱歉。

早饭后时钟十时半了，不能再留在陈君家胡说胡闹了，大家整理一下便出发去新会县城。乘火车、电车都太不便，搭汽车去用了约二十分钟便到达目的地了。同行的多了陈君的邻居李君，他领我们到私立旧州中学去见陈丕文先生的朋友。我们将前来的任务与意义和那位朋友说后，他便将新会的情况和旧州中学略说一通，带着我们参观学校。校舍是几幢洋楼，以现有的班数或可够支配，但各种作业（特别）室和体育场未免太缺少了，图书也少得可怜。本来我到旧州中学之意是想能在那里谋得一宿之便的，可这欲念一出就给拒绝了，我们只拍了一张创办该校的主脑人的铜像照片就很快离开它。由旧州中学转到县立女师，女师有中学部、小学部。也许受经费限制，使它没有多大发展，中学部只有百多人，校舍、图书、仪器及标本都很缺乏，场地也太过狭窄；不过精神倒很振作。最后我们又去到平山小学，校名来自主创人冯平山。冯是华侨股商，费十余万来建筑这间堂皇完备的小学，校内的课室布置得很是美化，连通告处也画了合乎儿童心理的各种图画。教学时多用标本等实物教学，特别教室有自然、音乐、工艺、美术四间，其中以美术室装置得最具艺术性，室内围布一环环的座位，中心点有一个桌台是放写图时的教材，四周贴满美丽的各种画片，窗户可调剂光线的强弱……图书也比以上两间中学为多。校内还设小医生室、小浴室、游戏场……总之，小学里能有如此完善的实在太少了。但在此有点感想，为什么别的学校就办不成像这样的至美至善呢？这很容易解答，一方面固然与人的问题有关，但最大的问题，却是金钱在那里作怪。平山小学能够有如此的成绩，不是主持校务先生的努力结果那般简单，因此我们可说世界一切的美都是金钱建筑起来的。我想平山小学的先生也未必是了不起的人物，带我们参观的那位先生未知他任什么职务，可是却给我问得窘了。我问他“贵校教学采取什么方式”，他很难为情的口唇只在颤动，正如一个偷了人家东西的人被发觉后那般的战栗。这样我们可知如果没有钱，他们也未必有什么本领能办得了如此的儿童乐园了。

我们参观罢了走上街头，为政府售章——为购机祝蒋委员长寿辰而售卖纪念章。新会的商店因商会按户派捐在先，所以任由我们说得舌敝唇焦，人家只当你胡吙。同行的同学个个都是傻瓜一条，对人不能多说一句话，有的说了又不伦不类，只有叫我出阵。恰好没有几多个徽章，不然真让我叫破声带了。下午三时回到江门，再走了一趟马路，在河边见到陈白沙的钓鱼台和纪念他的庙宇、公园。晚上八点半我们又在中华船上了。

10月25日　晴　天还没有完全揭开黑幕，大地一片沉寂，我们回到了广州。市区的街灯很单调很凄凉，堂皇富丽的商店、旅馆仍像入了梦乡，门口横七竖八地躺着的劳苦的街头人在贪恋这一刻的安息，那里管涂污了华丽的门面。几辆黄包车有劲无劲的兜揽生意。我和黎、莫、詹三人沿着长堤走，曙光在前面渐渐地露出暖和的光辉。走到永汉南路的南如茶楼去坐了一个多钟点，再出街来时已是烦嚣的世界了。大家分手后，我去团后方拿钱，剪了发就到海鸥处坐了一会，出来又到永汉路各书局走了几圈，走得两脚都站不住了，只买了一本《死魂灵》回来。在火车厢内闷了几个钟头才等来车开，弄得精神极度倦乏，今晚睡觉一定很甜蜜。

10月26日　上课时偷偷摸摸地写了一封信给阿十。晚上复习要考试的课本。

10月31日　第一段小考跟着昨天那般地过去了，几天来悬着的心总算得到安宁，叫我很舒服地松了一口气。正像挑夫放下担子得到休息一般的愉快。多么的畅快多么的宽慰呀。

今晚电机忽然没了声音，全校被黑暗淹没，不知怎么事情这么凑巧。也许学校有意不准开机好叫我们得多一点时来休息？可这太不自然了。我躺下总不能合上眼皮，想入非非了……

马希殷前次来信，今才寄复，告知他希孔近况和诸同乡的生活。

11月1日　袋里一个铜钱都没有了，同房间的朋友也一样，生活更陷于苦闷。吃了早饭对什么都感到无聊，索性去睡觉，睡了许久，精神却很兴奋，老是合不上眼皮。读书又没有注意力，只得写了一封长长的信给萍，将满腹牢骚和可笑傻想都对他说了个一干二净，心里像去掉一块重压的石头，很爽快很轻松。事后我想想这也是消遣的一个法门呵。

11月2日 曼哥移防后到现在还没给我信，想起来有点记挂。我的近况本来没有必要对他报告的，不过总因抑不住思念的催促，就写了两张信笺给他，说的是家乡的信息和我的生活。晚上又没有电，只好在烛光下读《译文》。

11月3日 接到小哉、萍各一信。萍寥寥数语，充满了失意。在现阶段这种病态的社会中，怀才不遇的事自然太多了。现时官场哪里有任用真才的呢？理想社会难求呵。

小哉失学了。学校搬去山圩后，他筹不出十多元钱，只得眼巴巴地加入失学的人群。这事像针一般刺痛我的心。虽然我不敢对小哉有过分的奢望，不过一株树苗不能得到适宜栽培，那是很可惜的。我因之想得很愁闷，觉得社会上应改良的事太多了。

想使二哥也明了以上的事，把两封信都转寄他了。同时给绍义写了回信。

今天的头像铅样的沉重，背脊也一阵阵战栗，下午更甚，居然要穿上冷衣来了。校医是一个古董的中医生，想给他诊，又恐怕他无中生有的胡说八道。同时袋里没有钱，可借钱的朋友也一样，如果诊后开来药方，没有钱又哪里去换得药呢？真是陷于愁苦忧郁了。我此时方觉平日用钱太不顾及意外之需，很是后悔。晚上搽了许多万金油，吃也不少，略见好些，还勉强地读了《译文》中的《婚事》。

11月4日 今晚是我走上教坛的第一次。我的态度和目的是当开玩笑一样的事体，去看看一点失学儿童的情形和试试看自已所扮演的角色的态度、语调、方法和从前比改变了好多。因之不管其他的就上台了。

学生只是十多个，女的占多数，年纪总在十岁以上了，最大的已是十六岁左右。踏上教坛虽然旁若无人的镇定，不过语气总免不了不大自然；讲解时与原准备的意思也不能符合，打了折扣；同时我不能说江村土音，难以令学生注意。这些是我觉得失败的地方。授完课，有伍鼎新、唐柏彬两君同伴，大家就提前回校了。在黑暗中靠着电筒的光，我们终能在大路上放开脚步前行。但有时闪出一两个黑影,心里还是有点战栗。听说自禁赌后,一般以赌为活的人都做起偷摸抢的勾当来了。这真叫我怀疑,政府不是为民除害才实行禁赌吗?怎么却因之弄出社会不安的现状呢。

归途与伍君谈了目前社会现状与各党派的明争暗夺。伍君想学政治,不过读的书还太少,他对现代仍然做些似是而非的解说。他如能继续读新的书报杂志,加强学习思考,总会觉悟过来的。

11 月 5 日　晴　"打呵……"声音像深谷中的雄狮怒吼,由厨房震到膳厅。冲破了沉闷的空气。"揍他,揍他……"跟着便是大家的咆哮和劈劈啪啪的棍棒声奏出的紧张交响乐。同学们都鼓足了精神,正排开准备与敌人拼一拼的阵容。先生们初时还镇定地吞咽其饭,后为同学声势威胁和厨房的倾诉,使他们不能不起来制止这空前的暴动。"我们大家只有用和平的原则来说话吧!打是野蛮的行为,不是我们读书人应做的事。本来菜中发现了苍蝇,照理厨房方面是负责换给另一碟清洁的,不过同学们这种仓促的单独举动,对学校行政实在是有点妨碍的,以后不能这般轻举妄动。膳食的改良我们可以和厨房方面商量,双方不可存仇视的态度……""这件事的错处究竟是谁?请先生要彻底查明,事情的开始虽然很小,可是厨房工居然拿菜刀对着我们,那不能说是小事。他显然有谋杀人的表示,我们应要求法律给他一种制裁。""先生们是否明白?这骚动都是大家公愤,显然凡是厨房的人都是以赚钱为目的的,他当然顾不到我们的健康。不过,这个厨房给我们吃的亏太甚了,每餐每席差不多都发现有苍蝇,我每天所得营养已经不够,同时还有不清洁含有毒素的都是我们同学去尝受了,各先生只见到自己所吃过得去,而不顾及我们的健康,请先生们也注意一下我们的饮食。""各位同学请冷静一点吧,我和厨房并没有什么缔约,大家不要误会……""我现在可以立刻这样要求,请学校当局把厨房的那位工人驱逐离校。""我要厨房全部工人都离开学校,因为他们已和我们敌对,当然可能继续给我们下毒的。""我同情前一位同学的提议要将他送去法院批判。""各位要明白,要去法院这不是轻易之事,到法院时候我们在自诉地位呢,还是公诉呢?而且这件事要由校长来定夺的,你们不能做越轨的事。""什么越轨的,难道听厨房剥削我们大家的健康,砍死了我们都不能反抗吗?""他只知厨房给他一点恩惠而忘记我们的幸福,我们自己来动手吧!”这从后面发出的两个呼声,让先生们的脸色苍白起来,各同学却像等候上战场的勇士,“好”的一声像雷霆的急鸣立即响应,先生往大门一望,脸色改换狰狞的微笑,几个武装校警,耀武扬威地直立在大家的面前。

膳厅的紧张空气吹向宿舍来了,虽然被监视着,不过抗议厨房督促学校立刻驱逐厨房的讨论会还是在校园各个角落进行着。

这是发生在今晚膳厅里的风波。我根据事实写成,纵然将它写成了文艺形式,不过不曾将内容歪曲。

11月7日　冷　昨晚半夜里刮了狂暴的风,今天天气变了,阴郁的天色把人的心都投到悲愁的氛围中去了。冷刺刺的北风,得意得将人拿来开玩笑,发出尖刻的笑声,威胁着怕冷的人和生物。我几天来都在染病,不过不能像有钱人家的公子少爷那般娇贵地去问医煮药,只有凭着顽骨头抵抗小病魔。

绍义兄复了信,很兴奋很活跃很前进很乐观地奉行他的信仰,这与我是一种有力的刺激。本来我是应该前进的,应该不停地工作的,可是我的劣根性仍然在意识中作起怪来,我如果不能把它除去掉,结果一定会悲哀的呵。我要多多交际多多读书多多写作呵。晚上写了一封长长的文言文信件给重山先生,商讨解除婚约的余末手续。

11月8日　冷　为了担起学术股的名,职务上的催迫,使我赶制出一点不成样的作品。题材的探求,布局的增减……各样都使我生出困难来。而且时间又不容许我去专做这一类的工作,精神又不答应我多做一点的时间。到此我知道我应更进一步的修养与练习。

曼哥今天有信来,他告诉我放在海鸥兄处的冷衣已派人去拿来了,皮袄则听其自来拿……其他的情况他不肯多写。

阿十来了一张明信片,很简单地说几句,这使我不能不说很是失望。不过环境限制了他,那又不得不谅解他的。同乡礼重、铃清都可以到军校去,这使我徒生临渊羡鱼之感。相形之下,觉得自己太渺小,太无意义地在这里学无用的东西,心潮曾起抑郁不快的波涛。不过,经过这事也太可让我长进了,只要努力,不是有许多路可以走,都有成功的希望吗?我不能为这可笑的失意来消磨意志吧。

11月10日 假如不是给功课把脑子弄麻木了的青年学生,那么在杂志中报章上必定知道目前世界大舞台上的群魔快要演出一出恐怖的惨剧吧。帝国主义为了争夺它的生命线——殖民地,在国际上疯狂地播下大屠杀的火种,敲着毁灭人类的丧钟,威胁弱小民族的安宁。如德兵之进驻莱茵河,意大利的吞灭阿国,这都是大战前夜的前哨战。我中国是世界中之一环,是帝国主义者所共垂涎的一块肥肉,是帝国主义所共争的活命根。无疑的,我中国的民族生命已处在帝国主义魔手的掌握之中。尤其我们的东邻"友邦"对此更是热情,它的铁掌时时放在我们民族的头颅抚摸。我们的头脑一定要清醒呵,自从那次旷世大抢劫的"九一八"一直到现在,它仍不放松侵略的野心,正像一条饿狼走入羊群。我们看看它在幕后导演出的几个傀儡政府和它最近在各地的活动,谁都会很明白地知道它要吞灭全中国的大野心的。那么我们是否就听天由命做亡国奴呢?还是要在它的魔手中挣扎呢?这就是中国人目前所必选择的两条途径。不过我们的同胞都是热血的生命,谁都不是做王八做奴隶做亡国奴做牛马的种(汉奸除外),大家都起来反抗吧!用不着再犹豫了,我们当然要走后一条路线了。我们必得咆哮,要抗敌。我们是为求民族解放而战,为正义而争。但是我们不是只凭情感的冲动而做无补于事的呼号,我们要有严密的组织,强化的队伍。现在政府似乎是不预备退让的政府,自统一以来,对于国防建设已在次第进行,即就教育方面来看,各校也增加了特种教育的科目。对这样的实施我们都应切实去加以认识的,这种课题正是我们民族求解放的准备工作,是弱小民族与强暴侵略者拼死活之试金石。我们应该不可漠视的是到了暴风雨的今日,满天空都是火药味,随时都有毁灭的危险,那么我们应该了解事实已不容许我们做安闲的读书者了,埋头苦读闭户潜修已不是我们这一辈人所能享到的清福。我们要尽了自己的职责,奉行这特种教育的工作,同时学习的各种科学都应和国防知识相关联,把它当作学习的对象,更希望学校当局或政府当局能站在前面领导我们走上抗敌的战线。

11月11日 上学期的膳费余款,经多次的催促才由几位膳食干事发给,但事情还是令人愤怒。几位干事竟不要脸地无理由地卑鄙地将各人所得的余款揩了油——当九折发还,这是何等下流的行径呀！许多同学都提出质问与抗议,可是班代表只顾自己的体面,不肯代表大多数同学的意见去同他们交涉,由此可见世态人心的自私自利。

晚上去夜校上课,大概已有前次的经验吧,我不再狼狈,还似乎尝出一点微微的趣味呢。下课回来和王国强一起走,心里仍蒙着一层薄薄的恐怖细膜,我们只得沿着铁路去了。因为我总怕走过那几丛翠竹的一个弯角,听说那地方近来多了许多没有饭吃的闲汉呵。

11 月 12 日 今天是孙总理的诞生纪念日,学校放了一天假。我趁着还未用完的几毛钱,早上跑去稻香村吃了几个大包子,等到开早饭时不能再多吃一点。饭后到普惠医院探访詹的病。他是有点内疾而去休养的。在医院和他谈了一个钟头有关东西南北的各色各样的话。那里的病人好像不算少,几个看护整天都像风车似的转,没有一刻停留地料理着病人。她们的职操未免可怜辛苦啊。

为了帮詹买东西,我们又得跑去江村。我糊涂地定裁了一条睡裤,后来又到中山茶楼吃了三毛钱的东西,两条腿都跑酸了,回来只得睡一觉来补足,晚上赶写一篇论文。

11 月 14 日 今天我到广州玩,被病魔缠着了,周身感到不舒服,走街回来让海鸥给刮痧,据说痧气很沉重。

11 月 15 日 以为出痧是平常的病,早上还为朋友奔走,八点多钟时在中大附中找杜光华等友人坐至十点多出来,到郭的同乡卓君处代郭拿衣服又转永汉路买书。星期日各书局开市很迟,我只得在马路徘徊,肚子有点饿,吃了一碗莲子蛋,谁知这加重了我的病。回校在火车中又挨了三个钟头的苦。到学校出一身冷汗,晚上只吃一碗番薯。

11 月 17 日 杨君来一张明信片,说了说救亡集团的事。病一天一天的沉重,昨天服了西药没有一点效,今天服中药,仍然一样的发热骨痛神疲。每天只吃些番薯、麦片,弄得身体越来越虚弱。

11 月 18 日 北风呼呼狂叫,天气变冷了。下午四点多钟我要去城北方便医院留医了。黎君跑到远远的车站帮我叫一架轿子来,因要开饭了,他不能随同来医院。医院设备太简陋了，虽然是特等病房，可是床上只有一张冷冰冰的席子一个硬枕头一床棉被。看护不常来，叫也没人应，这使我很失意。晚上八点钟医生来看，说了几句话，我都不愿听他的。一晚都没有东西吃，夜间有时看护到，但她们太蠢，不知道怎么料理病人。

11 月 19 日　中午十二点钟郭来探病，坐了许久说了许多话，他屡次叮嘱我要静养，不要胡思乱想。他说下午全班要去广州参观各校教学法。我的病因碰了风，所以格外沉重。因之写了几十个字给二哥，希望他来看看我。晚上莫、黎拿丝被、珠被、白布来。

西医部有一位调剂的女职员，她帮我许多忙，本不是她干的事务，她也好心做了。她年纪十七八岁，脸皮很俏，很令人销魂。想问她的名字可总没问到，想起来还是件缺憾的事呀。

11 月 21 日　两天来病得很痛苦，热气火一样的烧，夜间更甚。有时在床上几乎要跳起来，烦躁得很厉害。医生给服几颗药丸才稍安静一点。许多人来探问我的病，有些人还代送东西来，这都使我很感激。

11 月 22 日　今早的病好了许多，华氏温度112，心境稍为安静下来。下午三点多钟海鸥突然来我这里，身后有二哥和一个以前见过面的女人，也算是我未来的嫂嫂吧。二哥问我病情，我一下兴奋起来，好像病已完全脱体。我说此处的看护不周到、料理无人，于是他想带我出广州，可今晚就去那我是不赞同的。二哥的意志终为那个所谓的嫂嫂支配，她极力主张今晚就离开这里。我只好不说话由她摆布。四点多钟我随他们到江村对河搭汽车来广州，在车中挨了几十分钟的颠簸，受了许多苦，到广州已黄昏。又由她主张使我到这闷人的病院来——城西方便医院。这里没有看护，病人请人服侍要另出钱雇，设备和高唐一样，使我大为不满。怎么二哥总由她指挥？二哥为我铺好床，还为我请了一位料理人。八点多钟他们便走了，只有我孤零零地躺在病房里。这时病似乎好了，没感到什么痛苦。

11 月 23 日　早上二哥过来，谈谈他的生活，说明和那女人同居的事。他说她很节俭很诚实……其次又谈到他的东家将有发展，他当然有当营长之希望。不过要等到民国二十六年一月才能正式发表……后来我对他说了说当今中国局势,为此大家谈了许久。下午四点他再来给我十元省券,五点多钟便别我回营了。夜间海鸥来,他说二哥有时也跟她闹。这使我有点怪二哥认这样的人。

11 月 24 日 光瑚、施礼来看我。礼抱歉因穷没有钱给我,瑚说有些活动他也参加,例如歌咏团工作。他们坐了一个钟头才走。寄一张明信片给阿十。

11 月 25 日 杜、王、李三位也来探我。杜说阅报见上海的韬奋、李公朴、章乃器、沈钧儒、沙千里、史良女士等七个救亡领袖被政府逮捕入狱云。

他们三个坐了许久才走。这点友谊的慰藉,精神上自然得到许多安慰。

11 月 26 日 读港报,关于被捕的七领袖,广西的主要人物及中枢的孙科、冯玉祥、于右任等国民党元老都极力为之营救。由此可见中国政治首脑的政治立场也很复杂的吧。可是那七个领袖想来不是短期可望得自由的呵。

11 月 28 日 报载,绥远之战已渐渐扩大,蒙匪军显然有日军在助战。很明白这次绥战并不是中国人与中国人打仗,其实是两国的战争。这战争当然要扩大,日本老早便策动汉奸们作攻绥远的企图。所以我们政府应该刻不容缓地起来抗战呵。不然,这国防前线给人冲破了,整个中国会陷入危境。

11 月 29 日 早晨同学郑光海来探我,并且带来好几封信。萍、瑚、黎、杨都给我写来问安的信。一下子国强也来了,他来座谈最久,学校许多消息经他详细的报告。我们的学生会成立了,壁报跟着也有出版。这真是一些快乐的事,可惜我不能参加。

国文改好派回了,我的一篇得 92 分占第一,得到点安慰。可是我没见修改了什么,得到了什么评语,使我并不十分畅快。

11 月 30 日 写给曼哥一张明信片,报告病状。近两夜略安一点,可以睡一些时候,但醒来总是一身汗。

12 月 1 日 今天病比较好一点了,两餐吃的是咸蛋和白料粥,味道还算好。白日可以起来几个钟点,看看几页书报,但头脑很容易沉重。晚上七八点钟的时候又觉得很痛苦了,胸部又灼热起来。

12 月 2 日 今早医生说,再吃两三剂药,热病可退清的,请我别操心。

萍因事务上的不许可,不能来看我,只有一封信来。他告我安心调养外,再谈他的生活概况。国强来信,请假训育主任不大信,要我将来带回药单作据。

12月3日 早晨医生来摸脉,说我的病好了九成了,两天后可以吃饭。听后真是莫大安慰,多么希望早日能够复元呵。

中午一点多萍突然到了,真是喜出望外。我的精神立即振作起来,和他谈了前日二哥所说升调事,他也很快活。他一直坐了几个钟头才出街去。晚上他又转来,那时瑚、海鸥也在,他又谈许久。瑚最近才读了几本杂志,但他以为很前进了,真是个幼稚的孩子。八点钟时候,萍去开房住宿,留我五元钞票。萍本来就没有几多钱的,不过我所剩的实在也不太够开支,所以我还是接受他的赐惠了。

12月4日 萍早晨过来坐谈到十一点,便去找同乡希孔。晚上他又来说希孔请去大新玩,今晚本想来陪我睡一夜的,现在也不能了。明早八点就要回英德,让我好好静养。他匆忙出去了,我似乎失去了什么似的。

萍的恩惠,我是何等感激呀。他从几百里之遥跑来探我,给我精神上许多安慰,胜过吃了剂良药。同时还给我物质上的补助。呵,我是多谢不了的呵。

晚上吃了一碗饭,菜是清蒸鲩鱼。饭后吃些雪梨,肚子绞痛难忍,跟着便泻。我有点怕,痛苦得只有呻吟。后请医生开了药方吃两口苦苦的药水才止痛止泻,夜间才得安然。

12月5日 今早仍然吃饭,菜是蒸瘦猪肉,味道未见什么好,没引起多量食欲。病仍如平常,我试走两步,身体太虚弱,不能支持,不知还要几日才能行走。不能行走那里能出院呢?不过,总向学校请假,功课缺得太多,不知他们还给我以通融否。这真使我挂起心来。

下午让海兄去买牛奶、橙子和几本杂志。傍晚七点钟时黎秀统君来探望,谈了一点几钟。晚上失眠,只得拿新买的杂志来读,想借以入睡,谁知太兴奋,阅了几篇,仍不见神疲,真是没有法子。更鼓三更四更五更地敲,我的眼皮总合不上。

12月6日 早上喝一杯牛奶,味道太甜,有点介介于心。早饭是咸蛋蒸牛肉送饭,味道很好,吃得饱饱的。

上午九点钟国强来,带来三封信,一封是全班同学的慰问信,一封是郑光海君的，一封是王禄位兄的。王病倒在警察医院月余，迄今尚未复元。国强走时托他带回学校四封信，分致校长与教务、训育、班级各主任，将病情对他们报告，并请求准予请假事。

两天来精神较好了，可以看书，医生说三天后可以出院。

晚上二哥来信告静养。他的工作颇忙，给校长的信已寄发了。当即我写了一封回信给他，告他关于我的病渐将痊愈，出院期不远及食物已可大进云。

12 月 7 日 日来可以阅读杂志了。夜间失眠，只有拿杂志来看，《新认识》第六期已将读完。

晚上萍寄一张相片和一张信笺，说他回到团部了，依旧过平凡的生活。他对我殷殷的关心，真使我感激不尽。本想给他回信，但笔水已干，现在也又没有什么可以对他说的，过两天出院再写吧。中庸同学有信来慰问，实在感谢他的关心。我们同学之间都是和平相处，没有做出什么得罪之举，所以他们都能为我不断的探望与来信。

12 月 8 日 看来身体仍虚弱，星期四想回校也许办不到了。因此写了四封信分别给国强、光海、中庸、植秀，告诉病状及回校之日期，请代请假等。

我明天出院到海鸥处去住三天，星期日搭八点钟车回校。

几天来吃了饭仍然没有大便，心里实在放不下，恐又发肠胃病。不过医生说不用怕，但我不太信他这句话。我以为他只是给我一句安慰话而已。

夜间睡的时候很多，可是曾经两次大汗，换了两次内衣，真是觉得麻烦。

12 月 9 日 医生准我今天出院了，他给写来一张出院证，这张东西我可以拿回校给训育主任作证明。《译文》二卷三期读了两天快完了，我真喜欢早日恢复健康得与书本为伴。

下午三点多钟吃饭，略为休息我便同海鸥坐黄包车出院了。到马路上被来风吹袭，有点冷。今晚又换了新环境，睡眠总不能安稳了。加之这里靠近来往很多汽车的马路，一切都容易搅扰我的精神安静。夜间肚子有点痛，起来大便，坐得两脚都麻木了还是没有拉出来，这真让我担心。今夜着实有些难挨，几乎是病的状态。隔壁的小孩子终夜都啼哭，使我更加心躁。四五点钟时略得睡一忽。

12月10日 因海鸥交待女厨房不清楚，所以煮来的粥和蒸来的肥猪肉都吃不得。只有挨饿了。

写了一封给萍的信，同时给民器也写一封，再写一点日记。今天还好，可以坐坐，《译文》读完了。

几天没有大便，使我日夜不安，思虑会生出毛病。晚饭后再坐了几十分钟，很辛苦也很痛快就便了。这真像一个第一次生仔的妇人一样，觉得心安了。今晚睡得还安稳，但三点半就醒了，想了许多事，以后就合不上眼了。

12月11日 早晨精神还好，读《作家》几篇小说，中午十二点多钟自己跑下街去买橙子，但没人扶仍然不大支持得住。

昨晚请海鸥代买一本《世界文化》，一本《通俗文化》，一本《生活》周刊。书和新的杂志我实在舍不得它们，如果没有它们，那只有苦闷。我的生活愿和书为伴，在它那里总能找到许多我想知道的事情与知识。它是我的精神，又是我的精神的依傍者，我永远都抱着这态度去亲近它。

12月12日 昨夜可以安睡一点，可是到今早五点多钟时候，稍为入梦又是一身汗水了。《作家》上卷一期读了两天才完。

中午一点钟的时候着了制服，便同海鸥搭公共汽车去永汉路采买各应用的东西。车子虽摇荡但不觉得什么样，到财厅前下车，我便用轻慢的脚步，真像新娘拜翁般的小心走路。走到杂志公司，我想买的一本十一月的《作家》已没有了。我恐怕支持不住便跑到西餐馆饮牛奶，出了一身汗，我把冷衣解了。头发太长了，就到共和女子理发店去，剪了一个月没有剪过的头发。剪了发转过财厅前定做了一套制服，就到永汉路去买一个水壶。那时似乎觉得精神些，可以走到太康路乘车回来。我的精神恢复了，我的虚弱逐渐没有了，我会健康的呵。

12月13日 早晨六点我便起身收拾零散行李，七点半同海鸥坐黄包车到黄沙站来买了车票上车去，恰巧还有空位就安然坐下了。出来时买的一碗牛肉窝蛋粥，里面有青葱，我不敢尝，只好白赔了一角半钱。车到西村，车门口忽涌进来一帮女师学生，一会我的训育主任也上车来了。我起身和他招呼，他笑问我的病好了没有……车到江村，我独自手拿两个匣子一大包被褥一顶帽子下了车，真有些窘。叫顶轿子坐着进校，路边四周田野光秃秃的已空荡无物了，北风呼呼吹得很劲,大地呈现了惨淡荒凉的冬季景色。回到屋里见床上桌上已被尘埃布满,同学们纷纷前来问候……

报载一段惊人消息:张学良在西安已将蒋氏扣留云云。呵!中国将有翻天覆地的风云变幻呢!这次大变动当免不了有一场大混乱的局面,或可将决定中国的存亡。下午写一信给曼哥告知近日病体恢复健壮,以及替海鸥说情,还将今日大新闻知之。今早学校饭太硬,难得吃饱,今晚去茶棚用餐。

12月14日 今天看报人大增,图书室拥挤得令人窒息。张氏此次做出非常的事,曾通电表白意见并向南京有所要求,但不知怎的张氏的电文则没有见发表,所以张氏的真面目总被掩蔽了。我们只是听到一面之言,闷葫芦里究竟卖的什么药呢?我们仍然讳莫如深地在鼓里听东西。

今天仍在吃牛肉鸡蛋,但有些人说这些东西太补了,还是少吃点好。郭吃晚饭后过来探询病情,以为是轻的肠热病,说他以前也是这样的病状。他提醒我病后吃东西要慎重。我对大便不通畅很是焦心担忧。

今天勉强也能坐上几个钟头,还可以做一点笔记,精神和平时差不多。走路虽不甚健,但走几百米总可以慢慢地走得到。只是没有大便,那就问题严重了。

12月15日 今天去厕所坐了三次都让我忧郁的心回来。我的食物要改变,鸡蛋不吃,牛肉也少吃,多吃些汤和鱼肉。

给杨绍义一张信片,报告病后的生活等等。晚上做小学教材的大纲,还写了两天的日记。白天在教室偷写成一篇《夜奔》,可转头再看,有好多地方必得修改添补。

12月16日　雨 吃了一斤大蕉,上体育堂时去吃一碗米粉,肚皮有点胀。可是黄昏去厕所坐了十多分钟仍然没有大便,心里再蒙一层阴影。晚上黎请吃粥,在茶寮恰巧碰见许多先生,谭先生见了就警告我不要多吃粥,说是汗气太多云云。诚意感激他的忠告。入夜我又出了许多汗,还多屙了两次尿。

12月17日　雨 今早洗漱未完,屎便告急,跑到厕所屙了许多,虽带些泻,但总还算畅快。心里也像放下一块重压的石头。班会的壁报催着要稿,使我只得誊刚写完的一篇《夜奔》,誊了几个钟头,一直到晚上七点钟才完事。

12 月 18 日 几日来还是过着颓唐的日子，生活像家常便饭般的平凡。每晚只是在帐里勉强读《译文》杂志。

12 月 19 日 **冷** 天气转冷，弄得更加懒怠下去，读书写字都不能鼓起勇气。下午自习堂的先生告假，我乘暇和几位同学试走去江村镇。我的病似乎还没有退清，因之便到叫作刘显臣医生的家去给他诊断。他说我有点湿气和大便不通，就开一张药单，这药是去湿的，同时还要泻。我对泻总有点不放心，虽则买药，但心里不快。各同学去买鸭子了，找不到他们，只得同詹君买了两只橙子、几个鸡蛋回来了。虽则走了几里路，可是仍然支持得到。在新生活茶棚煮了药，六点钟饮，回来睡下休息。到八点钟同几位同学去吃了鸭肉回来睡觉，就很难合上眼了，因为医生说，饮了药四个钟头后要泻，可是十点钟还不见有动静，略微睡去。到半夜一点钟，肚子便痛了，二点钟时，我便冒着寒风跑去大便，那时风吹得凄厉，真有逼人于千里之外之势，我已顾不到这些威胁，只有鼓起勇气。到三点多钟又来一次，到五点多钟是第三次，虽然泻得肚子空空，可是没什么痛苦的感受。

12 月 20 日 **阴** 冷风仍然苦苦地吹袭，整天都在床上躺着，什么也没有做，什么也没有想，也许和尚们所过的日子大都如此吧。天哪，我真想有十天八天的闲暇给我享这清福哩。

12 月 21 日 **微雨** 又回来上课了，讨厌白白地到教室去坐，什么都得不着，实在可笑可恨。杨君绍义来一张明信片，问我病情。

12 月 22 日 **阴** 早上全校举行升旗礼，我害怕责罚处分，也就强打精神，打脚绑扎腰带，到操场站了十多分钟，还要做二十分钟的早操。我的手指都冻僵了。明天要考公民课，今晚勉强耐着冷风的吹袭，读了几十页书，预备要换六十分的分数。

12 月 23 日 **晴** 昨晚吃一只橙，夜间觉得有些冷，今早起身屎就急了，跑去屎坑，很快便屙了出来。回来洗漱完了，便是早操。我因为昨天的教训，不能出操了，偷偷地在房里复习要考的《公民》。因不到早操的同学太多了，训育主任和军训教官都来催上操，我告其由，得允免操。其他同学给他们拉去了，真是太可笑了。

今天多吃了一个面包，两个鸡蛋，肚子有点痛，真不知怎样好。晚上又要看《历史》了，明天要补考。我有几科还没补考呢，如果能完全将它们揽免，那真要叫阿弥陀佛了。

12月24日 轮到我班全体同学作升旗礼，我虽知道，不过给冷风威吓怕了，六点五十分我仍然躲在温暖的被窝里。后来王君提醒我，不去升旗又不请假会受记过处分。这句话像雷霆骤鸣，使我惶恐得什么冷冻都不知道了，只管一翻身下床，即刻打脚绑，不到五分钟已把服装整齐，只差来不及洗脸。心里快活极了。只是突然"今天不用去举行升旗"这一个喊声，使我又喜欢又失意。

两天来肚子总是隐隐作痛，不知吃错什么，鸡蛋？面包？真使我有点不安。昨晚费两个钟看《历史》，预备今天补考完事，谁知那位糊涂教师忘记给我出题目，又使我失意。想今晚再看一遍《历史》，但一躺下便想入非非，不想打开书本了。

12月25日 **晴** 起身时已七点，比之往日太晏了。第一节便是考《历史》。多谢那位教师给我的试题不古怪，我还可以答得出，心里荡漾愉快微波。

天气很好，温暖阳光辞退了冷风的吹袭，我觉得快活极了，拉着黎去江村镇买鸡蛋、邮票、电油各物。

萍来了一信，免不了悲观语调，大概他觉得憧憬幻灭吧。何苦去找烦恼呢，像这样的幻灭也许是不奇怪的呵。

12月26日 **晴** 天气转变得令人愉快：太阳发出温暖的光，虽然还是有着狂暴的北风。教室里一位同学很严肃地对大家说话，像说教者对着信徒宣传上帝的爱一般。同学们的注意力给他的话吸引了，原来他确有一个骇闻的新鲜消息：学校附近有两个茶寮专向我们同学做生意，稻香村在此的时候较长，生意也好，也许这样就引起了无赖之徒的注意，昨夜一时许，忽然有七八个强盗闯门抢劫，把财物掠了一空。稻香村女老板哭得无可奈何……这种抢劫好像到处都会听闻，非奇怪之事。不过事情在此地发生，不能不令人有一点感想：这里本来常驻有军队和离开我校不甚远，像这样的事我到这里两年，才是第一遭碰上，怎么这时候有这种事发生呢？我想此次来劫掠的人，也许不是远处的，应是邻近乡下圩镇的无赖徒。他们原来靠赌可以捞到两餐，现在禁绝了，一时没有好的方法可以维持生活，那他们大半又是强梁之辈，所以这种事也许还会继续发生呢。我想禁赌固然是很好的行政方针，可是如果顾不到禁赌后一般专靠赌博为生之人，设想要得到社会安宁幸福，那只会适得其反而已。

蒋委员长被扣留事，引起国人不安。报纸每天都用很大的字体登载这非常事变的消息，一般狡猾的人曾几次造谣蒋委座脱险之说也常有听闻，可是都是给人失望。

今天报又载蒋及夫人已脱险抵洛阳，张则出洋，其部下归阎锡山统率云。这一段悦人听闻，似乎比往日说严正，所以许多人都为蒋庆祝起来。不过此事是否可证实，还是看后来解答吧。

黎秀统去广州，乘暇和王跟他到车站去走走。他请我和王到茶棚去饮茶，我吃了一碗大骨粉。今天吃的东西太多，早晨吃粥、吃橙子、吃米粉，想起来有点怕消化不去，不过又嘴馋想吃，真是太矛盾呀。

12 月 27 日　晴　早晨抄化学笔记只抄写得两页便是吃饭时候了。饭后与詹去江村买一樽十灵丹、两张明信片、几两鱼肉。归途中詹说明年想改换环境。我想如果有把握去大学那是再好不过了。我也觉得在此多年，所得的益处实在有限，能去大学进修当然强得多了。我心里忽然起了些微波，很想早一点去接受我认为应该学习的教育。不过头脑冷静地再想一下，又觉得那只是幻想的说话，事实是很难办得妥当的。

两张明信片，一张给二哥，说我元旦去四会走走，借机会和他商量一点事；一张是给潮，报告病后生活……晚上仍继续抄笔记。夜间又发汗，底衫都被浸湿了。日来又不大便，真是令人不开心。

12 月 29 日　阴　膳堂今晚特地有几盏电灯发亮，许多同学的心都跑到那里去了，这也许是好奇心使然吧。我则一方面是好奇，一方面是义务，很早便到那去坐了。灯光虽然暗淡，可是同学们好像满不在乎的越聚越多，大家多是看热闹的态度。七点多钟了，礼堂里已满人，坛上出现一个精悍短小结实、穿着学生装的来宾。他是广州“中大”的学生，今晚来教我们唱歌。所唱的大多是《反抗战争》《大路》等救亡的歌曲。李君的歌喉和所唱音调抑扬顿挫，足以表现出很强很有力，令人无意中握紧拳头。他的态度很和蔼，用意是想在此播下歌咏团的种子，不过为忌讳起见，他只得将歌咏团隐去了。但在这环境中可否培植这种子长成呢？

肚子有点饿，不能就睡下，于是跑去新生活茶棚吃一碗炒滑蛋粉才回来入睡。

12 月 31 日　雨　布满危机空气的一九三六年终于在关心世事的人的心中溜过了。今天已是它寿命的最末尾端，好多人都欢欢喜喜地大饮屠苏酒吧。可是我想世界危机、人类大屠杀的残酷惨剧，并不会跟着一九三六年消亡的，也许这危机会嫁与一九三七年或一九三八年呢。所以我以为过于欢庆就不必了吧，尤其我中国的同胞更应积极地谋我民族的解放、国际的平等。绥东方面，不是有一部分同胞冒着雪、饮着血在抗战吗？他们英勇地为民族为国家而舍身，我们当对他们尽后援的责。事实已不容我们过于享乐。享乐的时候也许在前面呢，不是在目前的。我们更向前去追求吧。

下午三时半我同王国强冒着雨到对海搭汽车去广州了。雨总是纷纷不停地下着，到广州仍然没有停止。我坐黄包车到海鸥处，立刻出街吃饭，到永汉路杂志公司北新、开明等书局购买三本书。回来又吃了两碗鸡蛋牛肉饭。

一本厚厚的日记终于写到最后一页了。一年的生活过程中，我究竟留下什么功绩呢？开首第一页所预定的计划是否把它实践了呢？我有哪方面进步没有？这许多的问号，促我警醒。惭愧，我不得不回想过去找解答。

过去一年的生活，心里虽则时时都想向上爬，跟着时代的巨轮往前冲，像那快活的孩子一样学跳，可是客观的环境条件，却像和我作难般的使我只有彷徨苦闷单调……

暑期中跑去大庾见见曼哥，回广州又转家乡去，在军事紧张、到处戒严动乱的时候，我仍然辛苦的仆仆于征途，还要负上不可卸责的重荷，真使人有不胜其烦之感。到家后虽欣庆骨肉聚首，省视老母，得到一时快慰，可是混乱扰攘的匪风，足以影响到我休养乡居的清福。不久又使我忍痛远别了我的妈妈、兄弟姐妹……我又踏上危险的道途。在旅途中尝尽了甘苦况味，体验了人生流离悲哀。我所憧憬暑期中的美丽生活幻灭了，胸中填上一块沉重的石头。

到广州后得见曼哥,虽可把旅途中的苦况忘却,可是一副憔悴消瘦的面孔终无法掩饰的呀。因太喜欢乡村生活,还是到曼哥的防地去过暑期所剩的十多天。

学期开始了,学校换了新的人物,旧的校长已跟着割据式的南天王(广东军政首要陈济棠)下台。在我心中总以为有新的享受,正如一个穷人家的孩子听到今晚要加菜的消息后那种难掩的喜悦。可是时间一天一天过去了,学校中除多了一批面生的教员外,其他依然故旧。上课时只听到些没听惯的南腔北调的教员口音,还有什么新的获得呢?我的热情我的希望渐渐降向冰点,心里感到莫名的空虚。

我好像常常被人捉弄一般,班里有什么代表选举,我总是被选对象。第一次就去做了一份欢迎新校长的干事。跟着便是出席候选自治会的干事。参加这种活动,叫我感到无聊与失意。后来班会又成立,我还是任职学术股,编了一些壁报。仲秋后,因饮食不慎,同时气候不调,我病了,一病便空度了一个月的时光,花掉四十多元钱,到现在我还忙于补考,借钱用……以上便是刚过去一年的生活大概。说来未免伤心,一年的时间过去了,我究竟收到什么效果呢?除读了几本书外。不过,我不能消沉,还是要提振起努力奋斗的精神,用到明年去吧!

青春独白

（1938.1.1—1939.1.10）

1938 年

1 月 1 日　晴　1937 年过去了。昨晚和(南乡中心小学)几位同事饮了几杯屠苏酒，今早下床时已经八点一刻了。元旦放假，没有学生来校，周围鸦雀无声，落得趁空补写昨晚没写成的一年一度的除夕感言。不想，电话铃响，拿起话筒，正是找我的。

县府电话员马希殷警报：说日本航空母舰突然出现于北部湾游弋，抗战烽火即将蔓延开来，华南的偏安局面，看来维持不久了。同事们听我转述这一战讯，莫不惴惴不安，节日的欢乐气氛顷刻间渗进了火药味；人们都在提心吊胆注视这扰人的风云变幻。心想，今年国家民族将承受更大的灾难吧？上海、南京相继失守，敌人的侵华野心丝毫也未能餍足啊。桂系李宗仁的第五路军目前正在秣马厉兵，积极部署徐州大会战，能否阻止敌人于武汉外围呢？这是国人所关注的中心。

南乡街市是个农庄包围的新建圩场，举目所见，无非阡陌纵横的稻田和远近错落的村舍。本来是逢三日集的，但因东西两头不到十里就是东门和西长的大集，那里买卖兴旺，交通方便，赶闹子的人都习惯往两头跑，这儿即使逢集也很冷落，平日更是十分闭塞，外边新闻，只有到县城东门街才能听到。

为了打听北部湾敌舰的动态，也为了回家看看，吃罢早餐，便和同事们趁着节日空闲，也加入赶闹子的人流，往东门的路上奔。

明天就是阴历冬至了，节前赶圩的人分外踊跃，往东门街去的路上，行人络绎不断。其中有挑担的妇女，有赶牛牵羊的贩子，有骑马的乡绅，有手挽竹篮的村姑，姑娘后头便是游手好闲的后生……形形色色，不一而足。

青年男女一个比一个穿着簇新的衣衫；虽然是隆冬腊月，他们却都衣不着棉，习惯地把单衣一件套一件地全都穿上，衣领敞开，露出四五层甚至六七层千层糕似的，穿得越多越显示阔绰。女子不管穿多少全是一色蓝靛土布，腰间扎的是白头青布短裙。后生仔多半梳着光亮的小分头，要不，便戴顶鸭舌帽，衣料不是斜纹便是平面发亮的直贡呢布料，直开的大襟唐装，裤脚又肥又大，穿着球鞋，打把雨伞，吹着口哨，拿山歌挑逗走在前头的姑娘们，嘻嘻哈哈。姑娘们表面装得很正经，对后生仔的挑逗不理不睬，但在女伴中却禁不住说起悄悄话：

“听人讲，你那个人抓中了阄不是？”

“你说哪一个？”

“还想瞒呀？看你跟人家眉来眼去的，就像馋猫盯鱼，能骗得了人！……眼力不赖，人挺架势！可惜呀，偏偏抓中了阄啰。”

“我说，你少为人操这份心吧，就算抓中阄，还不准哪年哪月才轮到哪。管它那么多，烤红薯，捡到熟的就先吃。”

“看你馋得，不害臊。”

“你不馋？嘿，还流口水呢。”

“今天他会来吗？”

“不知道。”

“装痴。上一圩不是眼睛跟眼睛打了电话呀？看你啊，脸上开了木棉花啦，嘻嘻！”

……

一些不当家不知油盐贵的男女青年们在这头正说说笑笑的时候，在另一头，一些当家的老一辈，一边赶路一边聊的又是别一番境界，别一番心情。各人为着盘算生计，嘀嘀咕咕，唉声叹气。交谈年景收成，打听圩场行市，担心增捐加税，愁着征粮、征兵等令人揪心的事。

一个说："俗话说，冬至就年，讲过就钱。哎，就是穷人年关难过呀。"

另一个跟着搭腔："要是往年那样还不说，偏偏今年遇上抗战，壮丁都叫当兵去了，庄稼活没人干，光指望孤寡老人能干得多少！"

"可不是怎的，你要留下壮丁吧，非得拿百八十块大洋送人情。那还不得把牲口卖了？卖了牲口，拿人拉犁，能顶得多少！"

"说来说去，都是穷人背时。"

"背时倒运，还不是自己'八字'没人家好，只怪自家祖坟没葬到好风水呗。"

十来八里的路程，就在这样一些怨声、笑语中不知不觉走完了。

到家，放下雨伞，即往邮局奔，真好，拿到两封信和一卷报纸杂志——《救亡日报》《烽火》文学月刊。一封是曼哥寄自广东惠阳军次，另一封是广东省一师同学王国强寄来。曼哥赞成去延安，进陕北公学或抗日军政大学都行，说是"纵观世界潮流，看来中国的未来必然是要走那条道路的了"。说百元路费，眼下他还不能马上汇出，要是急于成行，可向亲友暂挪借，随后由他负责偿还。王国强信上则说，"到陕北去"也是他在同学中时常谈论的话题，但因在一个救亡团体有了工作，一时走不开；而且这时正是大西北冰天雪地的季节，旅行不便。建议我考虑等到暑假再和他一道同行。说到时，即使他本人走不了，别的朋友总会有人要去的。至于需要拿救亡团体介绍信去八路军驻穗通讯处办手续的事，他倒是可以想办法。

等到暑假跟他一道走，好是好，不过要等半年，长长的一百八十天啊。这对活跃于救亡战线的人来说，也许只是眨眼工夫，可像我这样搁浅于令人窒息的穷乡僻壤的人，那是一个世纪。然而，话又说回来，要马上出走吗？眼下正当"冬至就年"的年关时刻，谁家肯慷慨解囊借我以盘缠呢？

拿着信件回家,母亲迎面见到儿子愁闷神色,产生了误会,叹了口气,低声问道:

“看到梁家阿娥了吗?——她妈提到过几回了,看你自己合不合意吧?”

想不到老人家关心的竟是这个!真是哭笑不得。不过也不好断然顶撞慈母的心。沉吟片刻才婉言说道:反正迟早都要出远门的,前一个不就是因为这样才退了吗,现在又要另说一个,不是再找麻烦?妈说,现在这个说定了就办,人过了门来之后,你要出门就出你的,碍什么事?

我说:“办事不得花销吗,哪来的钱?”

母亲语塞,轻轻叹口气。

我说,这事不必焦急,倒是自己的前程要紧。

“前程?现在不是去中心校做了教员了吗?听人说:你教书,学生还真满意呐。”

我说,人不能光为自己有吃有穿便万事大吉了啊。

“那还要什么?媳妇又不想要?”

老人家既然这样看,也不想再往下说了。

正好在县府做度量衡检验员的何进和电话员马希殷来邀,把我母子的一场难得一致的谈话给中断了。

此刻,时已入夜,四周静若止水。独对孤灯,补写去年除夕感言和今年的展望。

一九三七年,抗日民族战争爆发了,渴望多年的救亡怒潮终于来到面前。然而,对于一个热心于为国献身的青年,却仍苦于请缨无路,能不令人悲哀!

今年,战争深入展开,舆论界正在大声疾呼:实行全民抗战!但愿政府当局不会再约束同仇敌忾的民情了吧!看《救亡日报》一篇延安通讯:那里,陕北公学、抗日军政大学和青年训练班,都在敞开大门,随时欢迎“到陕北去”的广大青年啊。那里,传开来的《延安颂》,“抗大”校歌多么雄壮,多么激动人心!只要不甘于做醉生梦死的落伍者,谁不为之得到鼓舞呢!

1月2日　晴　一清早,塘边照例是媳妇、姑娘们来往穿梭的码头。媳妇们汲水,姑娘们浣纱,她们身上似乎散发一股与大地同样清新的露水气息。她们相互招呼,仿佛树上鸟雀的啁啾,婉转动听。

星期天何进不上班,一早就来邀我出门散步。前面一位豆蔻年华的少女阿丽,手挽一竹篮拿蓝靛染的土布往池边漂洗。听到我们说话,敏感地频频回眸盼顾。她后脖拖着一根乌黑油亮的辫子,那红头绳扎起一截又长又粗的辫根,红黑相间已经十分鲜艳,辫根下面露出白皙的脖子更为触目。姑娘感到我们走近身边了,情不自禁地回过头来,朝我们睨视,欲言又止。

何进等人走下池边去后,悄悄对我说:"听人讲,她妈想要你做姑爷,知道吗?"

我说:"她母亲跟我妈说的是她姐阿娥。她,倒是个活观音,少见。……不过,花蕾耐看,不耐摘啊。"

"你说她小啰,人小心大,刚才你不见她眼睛?再小的猫,闻到鱼腥也都会叫的。"

塘边,这时已有几个姑娘在那里汲水、洗衣服、浣纱,个个挽起裤管露出鲜嫩光洁的小腿肚,涉足入水。浣纱的一边往水面甩出长长的染布,来回摆动漂洗,一边和同伴嬉戏逗乐。阿丽特别活跃,大声说话,好让我们听见似的。"阿丽,昨晚梦见什么啦,看你这么高兴?"她一位同龄的姐妹问。阿丽反问:"你不高兴?哦,原来你要练哭嫁歌呐。嘻,不害臊。"向人家刮了刮脸,旁人也跟着哈哈发笑。

冬日的太阳是暖和的。稻谷收割完了,举目远眺,一片平展展的稻田,当中只剩下残棋似的几块绿色作物:甘蔗、蚕豆、麦苗和菜蔬。田野显得空旷、寂静。远山脚下,谁在放火烧荒,升起袅袅灰烟;鹰隼在上空盘旋,盯着小鸟飞起,立刻,箭一般疾速俯冲下来,叼起了猎物,扬长而去。

和何进信步郊野,边走边聊,不觉逐那屯便在跟前了。这十来八户人家的小屯,四年前何进曾在这儿当过低年级的小学老师,经常来玩。旧地重游,不免感慨。村前的大榕树依然遮盖着一片坪场,树下几方石碑,依旧平滑如镜。附近草坪,三五只狮头大鹅,昂首阔步,搧着翅膀,引颈嘎嘎直叫,打破山村的沉寂。从地里捡回猪菜的小丫头,睁大眼睛,惊讶地瞅着我们外来的陌生人。是认不出了还是懂得了害臊,谁也不敢向昔时的老师招呼。

屯外不远，一条发源于十万大山的小河流过，村民利用河流的落差，在河边建起一座磨房，替代原始的杵臼；附近村屯人家的稻谷，都是一些闺女、媳妇挑来这儿放上三五天，等到碾成了白米，再来挑回家。磨房几乎等于水井，来回都是妇女的活路。看守磨房的人往往是鳏夫老人。老人到底阅历深广，熟谙人情三昧，喜欢讲古道今，盼望来人说话，消遣寂寞。

和何进到来之前，磨房院里已有姑嫂两人等待取米了。嫂子，二十五六吧，人长得丰满、匀称，眼神却难以抑制的忧郁，小姑与阿嫂是个对照，快活、稚气。两人面对面坐在稻草磴上，嫂子咬住一根细线，两只手扯着线头，为小姑绞面。小姑眉毛打着滑石粉，让嫂子修成又弯又细如同月牙似的蛾眉。原来，小姑就是到塘边浣纱的阿丽啊。绞过面，神采更是娇媚夺人。抬起头来，目光相遇，怪难为情似的。嫂子觉察了什么，赶紧停止动作，悄声细气地对小姑说："好了，就这么的吧。"阿丽诧问："不让我替你绞啦？"嫂嫂一面站起，一面说道："回家做吧。"姑嫂两人进了磨房，一会出来，嫂嫂抱几件脏衣服，小姑拿着棒槌和木盆正往院外走，磨房大叔手拿钓竿，腰系鱼篓回来了，跟姑嫂两人迎面相见。嫂子朝老头子说：

"罗大爷，米还磨不细。衣服我们拿去洗。"

老头感激而诚恳地说："水凉，搁着吧，等暖和我自个洗。"

阿丽望着老头："老爷爷，这你就别见外啰，我嫂子是个热心人，你要不让她做事，倒反叫她不乐意哪。"

磨房大叔一边招呼我们往草磴坐，一边朝河滩去的姑嫂俩喃道：

"好端端的人，偏偏年轻守寡，身边又没个娃仔，还有大半辈子的年月呐！唉。"

"怎不改嫁？"我不假思索，冒了一句。

老头困惑地望我，稍停片刻才叹口气："你们后生仔不懂。世上的事，比人说话难得多。改嫁嘛，枕边有个人说话，当然要比孤衾独眠的热乎，耳边还省恼人的是非闲话。只不过，改嫁作填房，总也不是滋味。男人脾气怎个样？家景能不愁吃穿吗？要是新的家，上有老下有小，那，日月也是难对付的。"

我们沉默下来，不知说什么好。

过一会,大叔说他今天运气好,钓到两条鲤鱼,马上把它煲粥,叫我们同他一道午餐。我们说,不打扰了,感谢老人家好意。

和何进走出磨房,来到铺满鹅卵石的河滩。石子,远看活像马铃薯,可走近水滨,临流细瞧,石子在清澈的水底,却呈现斑斓的异彩:有晶莹若碧玉,有艳丽如玛瑙,有鲜红的像鸡血,有凝脂如剥了皮的荔枝……叫人情不自禁要伸手去摩挲。河岸上一只翎毛翠绿的钓鱼郎,栖息在一杆伸出河面的芦苇上,凝睇着水底的游鱼。一会,嗖一声钻入水底,叼起一条银白闪亮的小鱼飞开去了。潺潺的落差水声,空自鸣奏。

放牧的儿童们,在割完稻的地里,拿土块垒起鸡笼似的小窑,用柴禾往里烧灼土块,然后投放红薯,将窑捣塌,煨上一阵子,然后拨开土块,掏出熟薯来吃着玩。看到这乡下儿童冬日的野趣,不禁想起好玩的童年。

晌午,同何进往回走,到半路,那姑嫂俩挑着担子撵上来了。嫂子鼓起勇气问我们:说是听人讲,政府要禁吃细米,磨房都要封门了,是不是真的?

我们说,没见正式布告,道路传言是不作数的。

“都让人吃粗粮,哪来的糠喂猪呢?只顾省粮养兵抗战,不管百姓喂猪吃肉。重一头轻一头,担子怎挑?”

嫂子的话刚落音,何进紧接着搭讪,言语双关地说:“是呀,有一头没一头是成不了一担啊。”

嫂子脸上绯红,小姑阿丽机灵地说道:“快走,天打雷轰的!”急忙绕过我们,鄙视何进一眼,飘然而去。嫂子低着脑袋,紧跟小姑,超过我们前头去了。

何进尴尬地喃道:“精灵的小家伙!”

1月3日　阴雨　祖居原来是离东门街七八里地的岜等屯。那里附近一座石山山腰有个洞口,能穿过大山背后,洞里从穹顶垂吊下来和地下长起的千姿百态的钟乳石,曾引起人们极大的好奇,编出这样那样的神话。不知哪一代祖宗,在洞里立了寺庙,叫仙岩。方圆百八十里,常有善男信女来求签卜卦,许诺还愿,香火兴盛。

母亲因家道中落,从富裕到困顿,亲临这样那样的偶然事故,不明事物发展的必然因果,往往借迷信解释命运,求得心理上的安然。

昨天她为我前途去仙岩求得第九十一签,拿去请一位曾做过私塾老师的世伯给对证卜辞。卜辞的文字是这样的——

天时蒙蒙,宁守勿攻,宁静勿动;地利平平,唯谨唯慎,一步一行;人和亲亲,宜家宜邻,有德有心。

塾师解释说,卜辞的意思是说:目前时势不佳,不宜远游,居家人缘好,芳邻有女,情愿结亲。

母亲拿卜辞让我看,问我是不是同世伯讲解的一样。我打内心暗笑,有口无心地含糊其词:“大概是的吧。”不便拂逆老人一片慈心。可见认真做个孝子实在也不易。

1月4日　阴雨　起了北风,气温骤然变冷。学校开始停课,让学生复习,准备期考。我们几位老师没事,生盆炭火,围炉聊天。

同事当中,一位乡村师范同学程肇琦,一位省一中毕业的吴青,另外一位是老秀才欧丕荣。校长何辅德是民团干校训练出来、所谓“三位一体”(乡长、民团大队长和中心校长)的公务员。后者是难得有空同我们坐在一块闲聊的,我们几个除粉笔黑板就没事要忙了,冬日,炉边闲话,倒也自得其乐。有时,肇琦、吴青他们从家拿来糍粑、红薯和芋头什么的,搁在炉边烘烤,吃着玩儿,调剂一下情趣。糍粑是拿蒸熟的糯米饭搁进石臼,用脚踩的碓或用手拿的棒槌捣烂,然后捏成碗口大的米团。趁软吃起来挺有风味,放久变硬之后,切成小块,拿糖水煮,就成了实心的汤圆;要不,拿整块搁在炭火旁边烘烤,等它焦黄,肚里发软,鼓起泡泡,有股香气,吃起来比起糖水煮的另是一种味道。这天欧老师从家拿来一小篮,说是孙媳头年回娘家过冬至,得来四担(一担二百只),作礼物分送各家亲戚的。我们把它边烤边吃,津津有味。欧老说:送八百只不过是中等人家的礼数罢了。要是高门望族,非得一两千还拿不出手呐。糍粑个小,一斤米能打十来只,若是粽子,一斤米一只,还得放肥肉、板栗、绿豆什么的,要送两百只就得花一大笔钱,头年媳妇要送二百的话,第二年还得送百儿八十的,送三年才算完了。这都是有钱人讲排场、摆阔、逞面子的老规矩。“其实,你送我,我还你,有多大意思嘛。”

欧老见我们年轻的不作声,稍停一会,望了望我又唠叨起来:“唔,到你父亲当家的时候已经不怎样了,可你祖父继禹真是威风了一世呢。跟土司衙门掌管财粮的李本荣攀了亲。你母亲头年回娘家,就八担粽子,八担糍粑,四十盒糕点回礼。每逢街日拿到圩上分送亲戚朋友,送到年三十还送不过来。”欧老往下说:父亲跟他是私塾同窗,小时候可是一表人才,大家给他取外号,叫他绒毛鹅仔。因为是独生子,惯养骄纵,读书不肯刻苦,秀才考了两回就不再考了。做父亲的担心独生仔,没弟兄扶持,讨了个黄花女做妾侍,哪知小妾竟没生养,只服侍老人抽大烟度过晚年。

“坐食山崩!”欧老发着感慨,说祖父晚年为抽鸦片把田地几乎倾荡完了。好在外公无男,见母亲婆家衰落,子女又多,日子过得紧,于是将家财多半给了满女。说二哥能到县城上高等小学堂,就全靠外公外婆供给的费用。

欧老说:“你前面‘忠、孝、廉、洁’四个哥,就是二哥克孝和你成了人才了。俗话讲‘三虎必有一豹’,是不假。唔,还没问过你呐,你二哥在广东军,现在的官阶是什么了? 从家出去是进过讲武堂不是?”

我说,讲武堂是老名称,国民政府以后,都叫军官学校了。孙中山在广州办的叫黄埔军官学校,广西李(宗仁)、白(崇禧)、黄(绍竑)驱逐了陆荣廷,统一了全省后,也仿效办间培养军官的广西军事政治学校。但是,毕业时正当蒋桂战争,桂系失势,曼哥便跑到粤军另谋出路。如今在张发奎的第四路军一八七师做少校副官长。“龙非池中物。”欧老说,“看你在这儿也待不长。”吴青说:“现在到处都在打仗,外头世界也不好捞。俗话说,在家千日好,出门半朝难。”

肇琦盯着说话的人:“都像你,星期六回家有老婆抱睡觉,当然不想往外跑啰。”

吴青反唇相讥:“现在壮丁都被抓走了,女子守活寡,你就没胆量去抱人……”

欧老赶紧拦住:“看看,你们后生仔,越讲越离谱了。让学生听见,像什么话!”

1月5日　阴　一天无事,白过了一天。

1月6日　阴雨　一早开窗,迎面是烟雾笼罩了山巅,窗下的柚子和枇杷树的叶尖滴着水珠,寒风像顽童将人揶揄。屋里不生火炭,跟屋外气温一样,叫人无处逃奔。

今天要开乡务会议,议论征兵和摊派捐税什么的。早餐后,各村村长陆陆续续到来,围住了两堆火炭,叫你想挤也挤不进去,只好到学生宿舍去看看他们温习功课。高年级学生对毕业试似乎不大在乎。都说我们几位年青老师教得好,特别是我教的课和批改的作文,他们十分喜欢,不想毕业了,自愿留级,再读一年。其实,他们有的已够壮丁年龄,怕毕业出去,被抽壮丁当兵。

几个地主仔都已结了婚。高中、大学的学龄,却读高小课程,这是农村学校的畸形。学校有了这几匹害群之马,把年幼的同学都给带野了,宿舍里常常散播男男女女的污言秽语。

1月8日　阴冷　北风越刮越起劲。在厅里烤火,怀里虽暖,脊背却寒气袭人。屋外丝雨霏霏,没个晴意。

敌机开始出现在南宁上空了,配合着一星期前北部湾航空母舰的游弋,敌人魔爪开始伸向南疆。南宁市的防空警报,头一遭通过长途电话,传达到八十五公里外的绥渌县城来了:南宁电厂、军官学校等处都落了炸弹……

下午,又传来消息:西长圩上,人们骤闻机声,哄然作鸟兽散,街上摊贩货物损失无数。

战云弥漫开来了。太平梦即将惊醒,民族生死存亡的严重局势,已逼近每个人面前。

乡村师范同学黄华新特意来请我和邦淑、千业三人去他家喝酒吃狗肉。

这地方吃狗肉都是男人的事,女人是不沾边的。通常只能在村边宰杀,拿到旁屋去烹调,不能进入安有神位的大厅;盛用过的器皿碗筷,要用桃叶洗涤完了才能收回原来的厨房。说狗脏,不容于神明。曼哥幼年常见犯病,托给土地公作寄子,吃狗肉对他是禁忌。可他后来进了学堂,跟同学们吃喝,狗肉吃得比别人都凶,而且还会弄好几样菜谱。除了狗扣、红烧,还会将软骨剁碎,拌狗血、糯米做成灌肠,用清水将狗肺来回倒灌几次,洗净了肺血,然后拿蛋汁往里灌,蒸熟、切片,和血肠一起凑成拼盘。土地庙公却并未因他胆大妄为、亵渎神明而降灾落难。

黄华新他们都各自在本村当村长、初小校长和民团后备队长，“三位一体”——集三长于一身，成了新绅士，在这乡间算是令人敬重的阶层了。山高皇帝远，国家民族的兴亡对他们好像太遥远，跟他们吃喝谈笑，倍感寂寞。

1月9日　晴　和暖的阳光，恰如慈祥的母亲，无私地抚摸着大地万物。人离开火盆，走出户外，胸襟舒畅多了。

学校附近的打谷场上，阳光蒸发了露水，老年人来到稻草垛上，坐着晒太阳闲话年关；小孩们钻进草垛互相追逐嬉戏；学校高年级同学静悄悄躲在角落，死死地望着课本发呆——他们正在用心死背条文，准备应付明天考试，个个愁眉苦脸，真为他们难过。

前两天因天冷伸不出手批改学生作文，此刻趁着好天气，拿到场子上来，找个草垛坐下，将膝盖当作写字台，动手作批改。这就引来小孩们的好奇，都围上来看个仔细，有的伸出舌头，挤眉弄眼，少见多怪。

心想，这办法，随时随地可写文章，练成习惯了，将来到了战地上不愁没桌子写字了。

1月10日　晴　六年级学生今天举行毕业考试。

学生们起得特别早，不到起床钟响，人已嚷开了。校长和主任教员跟着到宿舍和教室督促值日生洒水、打扫、抹黑板、摆正课桌，还在毕业班教室贴上一张撒金红纸的横幅大字：

欢迎督学莅临指导

从县城下到南乡，步行要走四十分钟，八点整，县府派来监考的李督学才到。校长率领我们几个老师煞有介事地向督学作了介绍。“今天天气哈哈”相互寒暄一番，然后一道进入考场。头一堂课是作文，题目是我出的：《我听到了敌机声》。李督学问我：“那天的防空警报，这里也听到了吗？”他不等我们回答，马上又说：“对学生首要的事，还是要他们守秩序，尊师重道。”

第二堂考的是算术。完了，李督学将考卷一本一本翻了翻，在末尾处盖上印章，郑重其事。

下午的课目是历史、地理。李督学不作临场视察了，邀我同肇琦两位陪他去旧县城看看。说是那里的土司衙门旧址，房屋宽敞，旧城街公所用不完，县府的意思打算将南乡中心校迁到那里去。教室、师生宿舍和操场等等,全都有了,而且地方比较适中,学生来回方便。

旧城街是外祖母的旧居,三姑妈、大姨妈和大姐也都嫁到那里。小时候,逢年过节常跟妈妈到那儿走动,在幼年的印象里,那座土司衙门十分堂皇,高高的围墙,雄伟巍峨的琉璃瓦屋顶和雕塑着龙凤的防火耳墙,在好远的地方便望得见。衙门前面蹲着两只大石狮,挺威势,传说是天上派下来守卫土司宫的神,每晚都下到前面的大塘去戏水。有次清早,有人见过它们身上还挂着浮萍,眼珠全是血。

县立第一高等小学堂的高楼是老辈人在河内建筑过教堂的归侨仿造洋楼式样建起的,和土司衙门可以媲美。旧城居民约四五百户,比东门新城多一倍。城里人上京赶考和在外做官的人较多,形成一种传统观点:认为他们是"随狄"的后代,祖宗是从北方随狄青征伐侬智高来的,自视比乡下人优越,认为乡下人都是"僮古佬"。对进城来的乡下人,往往采取欺负、歧视态度。城乡敌对很深,直到辛亥革命之后,土司官被废黜了,县城迁到东门圩,建立了新城。

土司衙门,多年没修,显得荒凉、冷落,犹如美人迟暮,即令轮廓端庄,已难掩饰满面皱纹。附近那间曾是一县最高学府的洋楼,如今只有间教室,三四十个学生在老师的监督下,默默地瞅着我们三位少见的客人。旁边几座有着百叶窗的旧教室,堆放着残缺的桌椅、教具。李督学看了看,紧皱着眉头。

1月11日　晴　黄炳初来说,母亲叫我下午回家。

"回家有什么事呢?"心里泛起狐疑的泡沫。难道是曼哥来信叫我去他那里吗?去他那里能有什么事可干呢?也许三哥或四哥的预备队兵役抓中了阄!马上要应征入伍?或者是两位嫂子(一位是曼哥结发婚配的二嫂,一位是在广州第二次结婚的淑雁嫂)不和,要我回去调解?……究竟是什么原因一定叫我回家呢?泡沫一个接一个总也猜不准。

回到家一问,才知刚才路上的猜疑都是胡思乱想。母亲说,二嫂养了一头大猪,明早屠行来宰,要我回来吃血肠。雁嫂见我来了,笑而不言。意思是说,乡下人就是这个老规矩,叫你没办法。

到邮局去拿到几封信。一封是凌天鸿从桂林电讯养成所寄来,说桂林逐渐来了一批文化人，开了几家书店，出几份新报纸和杂志，其中《救亡日报》销路最广，读者最多；另外，有个“国防艺术社”官办的团体，网罗一些文艺名流作装饰门面，对广大的社会青年却不肯敞开大门。还说，湘桂铁路从衡阳到桂林一段，正在加紧施工，目前交通仍靠公路。从北边流亡来的难民，异常吃紧。敌人侦察机来了几次了，好在桂林附近有山洞，防空倒是得天独厚。

另一封是仍在继续上学的几位同窗，都说学校迁移到离铁路线远点的钟落潭一间大祠堂，环境十分局促，交通闭塞。秀统、尊碗说，想转学回海南老家，对当不了饭吃的毕业文凭要不要无所谓了。莫逸民说：等寒假回苍梧，看能不能在梧州市替我谋得小学教员的差事。陆丰县人的陈洋信上鼓励我努力写作，说什么在这抗战当中，应当“以笔尖去回答敌人的凶残”，希望跟他保持通讯联系。

1月14日　晴　学生们像一群将要出窝的小鸟，纷纷收拾零乱的铺盖，准备离校了。惜别的惆怅，归省的喜悦，神情很复杂。和他们相处虽说只有两个来月，不知为什么，依恋之情却在心里翻腾。毕业班的，以后见面的机会当然难得了，五年级的同学，下学期能否朝夕相处呢？想起自感茫然。

学生们都走光了。晚间，周围环境格外寂静。几位同事，围着火盆，时时陷入可怕的沉默。一位本街人的李老师不甘寂寞，悄悄溜去街上混到后生哥们中聚赌去了，欧老夫子早就抱着“汤婆子”躲进了被窝。只有肇琦跟我抱着膝盖向火。窗外月色清冷如白昼，然而天气太冷，广场上已没有孩子们玩笑。

肇琦回房睡了。一个人独自又添上木炭，在膝盖上给曼哥写信——

……去年九月，弃学回桂，本为奔赴国难，志在学生军。岂料，竟受必经本省学生军训之限制。请缨无路，无可奈何！前信提及入陕之行(“到延安去”)因告贷无门，盘缠难以筹措，行不得也。广州学友有约，待到暑假，再结伴同行。今乃暂处乡曲，代人授课。

母亲年迈，起居饮食犹健。两位二嫂尚能和睦相处，侄女妙哉牙牙学语，颇得大人欢心。恼人之处是三哥、四哥遇到兵役的麻烦。上月征集壮丁，四哥抓中了阄，入伍前例行体检，不惜变卖耕牛，以贿赂于当事者，在体检中做了手脚而予免征。人虽留住，牛厩已空。明春耕种，何以为计？

再说，游弋于北部湾的日本航空母舰，几天前，侦察机已侵入南宁上空。战火日见逼近。

国难当头，家困燃眉。千里修书，心焦如焚，欲言不尽。

……

写到这里，忽然听到附近人家的鸡开始啼鸣了，低头看，火盆里的炭头已蒙上一层白灰。欧老夫子起夜，瓮声瓮气地说一声："还没睡呀，小心着凉啊！"

1月17日　晴　南门街街长今天嫁女请客，特意邀我们几位教员陪乡长赴宴。我们一人出一元，凑合一只红包，写上"于归之禧"送去。乡下的酒席菜肴，几乎是一个式样：一盘红扣肉，一盘粉蒸肉，一盘白切鸡，一大海碗的猪脚炖花生米汤，一大碟风肠、腊肉和炸花生做的冷盘，炒菜的还有菜心粉条炒鸡杂，木耳冬菇烩肉片，再就是蛋皮包碎肉的蛋卷和红烧全鱼。富有的人家有的上明炉烤或清蒸的金、银乳猪。今天，我们品到的是清蒸银猪。十来斤的猪崽，剥好了，抹上南乳、姜汁、料酒和香料，整只放进笼屉清蒸，切件上盘，吃起来香滑不腻，比火烤的别有风味。

席上，梁街长对我们说，姑娘才满十六岁，好不容易养大成人，正是能帮家干活的时候，按例是十八九岁才过门的。姑爷今年才十五岁，只因他本村村长硬说瞒了三岁，该十八岁了，硬是要人去抓阄当兵。命运不好，偏偏自己抓中了，过了年就要出门。亲家托媒来催，要在姑爷出门之前，让他小两口成亲，免得日后夜长梦多。其实呢，亲家那头，无非是多个劳动力就是了。这样一来，我们家虽然是少了一个人帮手，可是，完了一桩儿女大事，好歹也不去计较那么多了。

听主人讲这番话，大家也都不作声。好像这是代代相传的世道常情，只能如此。

这里乡村居民，要用旧城的人说，是"僮古佬"，就是古代土著的百姓。可是他们的婚丧习俗，所受的教化跟城里人并不两样，民间土语方言也都相通。如果说，城里人是"随狄"南来的汉人，那他们现在讲的土话，是随僮人母系同化，而生活习俗则是汉人带来逐渐为僮人接受了。这，历史学和民俗学的学者们或许能考证得清楚,在一般人的意识中,却没有感到自己是汉人的异族。比如今天的婚嫁,也是同城里人的习俗一样:男家抬来一乘花轿,是接新娘的,一乘是坐着新郎的叔婶、姑妈或嫂子,是迎亲的娇客;同时,跟着来的是一长串两人抬着的聘礼抬盒,多的有十抬八抬,少的也有四抬,伴着几个吹鼓手,一路吹奏着"桂南八音"进村上屋。迎亲的与亲人见面施礼,互致客套言词,宴席之后,新娘红衣绣裙,髻钗环佩,样样齐全,和十姐妹们一起咿咿呀呀唱着哭嫁歌,拜别祖先神位和父母,红巾蒙着头脸,由姐妹们扶着进花轿。和男家对等,女方家也得由姑妈、姐姐或嫂子作陪伴,乘着轿子送到男家。男家多少盒的聘礼,女家也照数陪送多少抬妆奁。被褥多少床,衣衫多少套,糖果、糕点以至洗盥器皿和水桶等等。吹鼓手们又是吹奏着单调的唢呐,伴着新娘咿咿呀呀的哭嫁歌,一路出了村。

赴宴的女宾,携儿带女的,有的挽着小篮,有的挑着轻飘飘的担子,一头挂着小竹篮,一头搭着脱下的新衣:篮里装的是用芭蕉叶包着席面上自己分内留着不吃或吃不完的菜肴和主人分送的男家刚才抬来的糕点。客人穿的都是一色平时留着做客赴宴用的蓝靛染的土布新衣,只有鞋子和头巾各有各的花样。鞋子都绣着花,有的鞋帮全都绣满,有的只绣鞋头和鞋跟;有的绿缎面绣上黑丝线的牡丹,有的是粉红缎面绣上彩色的菊瓣。老年人穿得素净,少女穿得大红大绿,头巾都是白底织上青线的图案,有凤凰、有方格,也有喜字、卍字的。上衣长及大腿,平领大斜襟,大宽袖,裤管肥大,腰际系白头短裙,黑白相间,特别显眼。一行姑娘媳妇走到一块,远远望去,活像一群落地的乌鸦。这恐怕是这里的乡下妇女太保守,不肯学城里人的地方。听说,她们认为自纺、自织、自染的蓝靛布比洋布纱耐磨经穿,即使费时费工,算起来并不一定便宜,可她们仍旧不肯用洋布。只有男人,特别是后生仔,穿着打扮同城里人是差不多的。

1月20日　晴　南乡乡公所,民团大队部和南乡中心校高级班(小学五、六年级),从现在的南门街,搬迁到旧城街原土司衙门旧址。这是县政府做的决定。几天来我们就为此事整理档案、登记财物、包扎教具、收拾家私什么的,忙得团团转。

大清早,人声嘈闹,脚步急促。原来南门街居民在一位姓李的教员的煽动下，蜂拥而来，七手八脚，抢走教室黑板、课桌、办公和会客室中的公物。乡长虽出面声明：南门街公所在此合署办公，并没有自己置备的公物。可是也制止不住掠夺，连中心校高级班的小牌牌都摘了去，厨房的搪瓷大菜盘也拿，气势汹汹，显然是在赌气，表示对搬迁的反抗。然而，正在这时，旧城的搬运队伍，长长的一串牛车队，从自尧村头涌现了，声势浩荡。南门街见来势难犯，急忙作鸟兽散。

数了一下，旧城街一共来了三十二架牛车，每车两人，连赶车的一起，百多个汉子，好像取得的是胜利品，齐心合力，呼啦一阵，不到两个时辰，所有的东西全安装到车上了。乡公所、学校，所有房子顿时成了空蛋壳似的，空空如也。可见集体齐心，众志成城，同时，也看到农民的狭隘，自私观念如此的根深蒂固。

午晌，我们几位同事坐上牛车，随着车队浩浩荡荡开往旧城。这种春秋时代的老牛拉车，负载重，运行慢，坐在上面摇摇晃晃。只好拿冥思默想来打发时光。上次同李督学来时，行色匆匆，几家亲戚顾不上登门问候，不知各人的情况，有了多少变化？外甥善光——大姐长子去年首批应征入伍，到了安徽前线，最近有信回家没有？外祖父母早已不在人世了，过继的舅父好像也已老病亡故，舅母做豆腐买卖，人倒健康长寿。表哥在学堂当厨师，学到一套烹调技术，什么样的菜叫他烧来，都别有味道——要办酒席的人家，总少不了请他去做大师傅，曼哥弄狗肉的把式就是从他那里学的。要是没活路干，请他来乡公所弄伙食倒是把好手。三姑那二表姐，嫁后嫌男人痴呆，闹"跳槽"，闹了好几年，有没有个结果？表姐长得标致，难怪她心眼比别人多。"红颜自古多薄命，好梦由来最易醒。"难道是人生的必然规律吗？……

车队终于从东大街朝里直驶，铁包的轮子在光滑的街石上发出刺耳的响声，街民不约而同站立门前看热闹，好比列队欢迎凯旋归来的队伍。

牛车停在旧衙门前面广场卸车。"衙门八字开，有理无钱莫进来"的衙门开开了。乡长领我们进门，到处看看。从正厅大堂拐右，穿过月门，有组别院，那里，天井当中的假山是砌在一个圆形的池子里，池水早已干涸，天井的街砖缝里长出的小草，活像哪位老大爷黄白丛生的胡须。假山的榕树也没了绿叶，剩下枯枝在寒风中颤抖。两头厢房是空的，地面隆起蚂蚁筑的"长城"，梁上贴着银元一般的蜘蛛蛋。屋檐下的燕窝落下的粪,安然留在墙跟前,丝毫不见变动。空气里弥漫一股霉味。欧老夫子唏嘘喃道:“旧时王谢堂前燕,飞入寻常百姓家。”问他,原先的土司官到底被撵到哪儿去了呢?老夫子说:他们在位时候,早就在离此十来里地修建了一座名日“南庄”的别墅。那是个大大的宅第,亭台水榭都全,从京城、省会移来的佳木奇花,从山里捕捉来的珍禽怪兽都养在里头。院内一张种莲的小湖,湖心架起“南”字形的曲桥,人在小桥上四处可以赏莲观鱼。虽丧失了权柄,日子仍然过得十分逍遥。老百姓依旧年年给“南庄”缴纳官租。

乡丁校役忙安置办公室和兼作小会堂的正厅,搬动家具杂物。我们几位教员被分配在左边小院的厢房,这明亮古雅的窗楞,宽敞的房间,比南门街住的舒适多了。天井还有几株芭蕉,树干缺肥,细瘦矮小,可仍苟延残喘地撑起青里见黄的大叶子。又是欧老夫子说,隔墙就是大牢,历年都有冤屈枉死的幽魂,每当风雨月黑之夜,常有鬼影出现,阴森可怕。大家听了,不免面面相觑,将信将疑。

午夜,骤然起风,朦胧中听到芭蕉叶飒飒作响。天明,同事们有的说被惊醒,再合不上眼皮,一直等到天亮。我可能是白天太累,睡得死,翌晨醒来,听到同事们吱喳嘈嘈,才知夜来又风又雨,一夜之间,气候变了一个季度,从深秋变成了隆冬。

1 月 21 日　阴雨　这旧衙门地处山坡顶上,也许是“高处不胜寒”容易招风,特别见冷,手指、脚尖和膝盖都冰得难受。搁下几天不穿的大衣,又非得披上。火盆的炭火又叫我们聚到一起,围炉抱膝,讲古说今。

午后,雨雾消散了,风也停了嘶啸。和肇琦逃离火盆的炭气,随意到外面走走看看。衙门对面,一大片水光,叫人胸襟为之宽解。说是当年修建衙门时候,挖起土方打砖,衙门建成后,十多亩田地便成了小湖似的大塘。街上阴沟的污水都注入湖里,水里养鱼种藕特别适宜。每年三月投放的鱼苗,到中秋节捕捞,一尾能长到四五斤。湖心有座突出水面的土岗,形成小岛,土司官衙把它封为桃园,除了种桃,四周边沿还种植着垂杨,当中修筑房舍,作赏月、观鱼、饮宴、娱乐、打麻将和抽鸦片的去处。从衙门到湖边用片石铺成条小道,架起一段石桥,通达湖心桃园。桥头设门卫,对老百姓是禁地。辛亥革命后,政府没收这一产权,向老百姓公开招标,卖断给平民百姓,成了公园湖心的亭台,一些老头没事便来这里讲古、下棋什么的。

和肇琦走着走着,信步到那里。想不到大姐夫今年承包这大塘,见到我们挺高兴。说声“我去打鱼来请你们吃冬至鱼生”,拿着网,驾起用五根南竹扎成的筏子,驶到湖中撒开网,鱼儿上上下下跳出水面又钻下水底。姐夫从网里拿出小鱼看看,放回去了,蹲下筏上,拿长长的竹竿往水面扑打,发出叭叭的响声,把鱼逐渐赶到湖边三角地带,然后再撒网,不到顿饭工夫,姐夫驾驶竹筏欸乃而回。从竹篓里掏出一尾两斤重的鲩鱼、一尾四五斤的大鳙鱼和三四尾半斤来重的鲮鱼,鲮鱼放进猪笼一般大的竹篓封好口,放进水里,用根麻绳系在柳树根养起来,随时可以提取。

姐夫家境殷富,收养个孤女做丫头,自己还到省城讨回一个妾侍;有一位当县知事(县长)的堂叔要他跟着去办公事,他却安于守家过闲散的日子,到了中年,学会草医,给婴儿针灸颇见疗效。屋里挂有好几块玻璃装嵌的镜匾,什么“妙手回春”“华佗再世”等等。他动作麻利,一边跟我谈论时局新闻,打听前方抗战形势,一边刮鳞破肚,片鱼片,斩鱼块。要不了一个时辰,一盘烩鱼球,一盘生鱼片,一大碗黄豆炖的鱼头汤和几小碟吃鱼生的佐料全都上桌了。

“狗肉、鱼生,广州人吃得挺讲究吧?”姐夫一边吃一边问我,“人家说,日本鬼子也喜欢吃生鱼片。其实,鱼片要是片得薄,拌上好陈醋,已经是熟了的。吃罢。”

1月22日　阴　又是东门圩日了。学校放了假,无事可做,吃罢早餐,一个人独自回家,路上趁圩的人稀稀拉拉。原来今天是农历“大寒”,两边山坡上,这儿那儿都聚着一堆一堆的大人小孩,男男女女,正在迁坟修墓。按照风俗,先人土葬三年,子女们就要在大寒节日,拿来陶冢,置备供果、祭品、山炮(大爆竹)、纸钱什么的。揭开墓穴,用洁净的绵纸,仔细地将先人尸骨,一件一件抹干净,装进冢坛,然后迁葬于本家墓地。

父亲去世已经七年了。不知家人给他迁葬了没有?一直也没问到。

回到家,街上趁圩的人也还不少。

收到两封信:曼哥说他的部队目前驻扎粤北南雄,训练新兵补充前线,处在后方，远离烽火。如雁嫂不惯乡居，即去他那里，侄女妙哉留家抚养，免受客地奔波之累。其次，谈到我入陕之行，说等到暑假再走也行。另一信是吴沧萍从安徽某兵站来的，讲到目击敌机轰炸，到处一片焦土。

1月23日　阴　星期天，何进不上班，来邀到郊外游逛。走到四面无人的河边小路上，后头有两个女人撵上来了，原来是罗家的妯娌。嫂子二十五六岁，丈夫得的疾病治不好，守了几年寡了，人长得端正丰满，又没养过儿女，孤身一人，也许是夫家有田有地，不愁吃穿。另一位是过门不久的弟媳，才十六七岁，容光焕发，活像盛开的桃花，手挽着崭新的包袱。是嫂子送她回娘家。

到了小溪河边，我们让到一边，这两妯娌挽起裤管，露出光亮白嫩的小腿肚徒涉过河。嫂子回头见我们蹲下捡卵石就问：

“你们不过河呀？”

“过河没甚好耍的。”何进是有了妻子的人，跟女人说话毫不在乎，盯住对方的眼睛。

“什么好耍，你们男人真是——”嫂子声音放低，瞟了我们一眼。

“我们不走了，在这等着。”何进大声喊道。

那嫂子过了河，回头看看我们却不作声。

何进扯我袖子，向我悄悄耳语：“你看有点意思吧？你自由，没老婆呷醋，干吧。你不是愁没路费去陕北吗？像她那样有钱人的小寡妇，体己一定不少。”

何进向我眨眨眼。看我发呆，又说：“我们就上甘蔗田里等她怎样？”

我只苦笑不语。

原来今天是农历腊月二十三，按老规矩是要过小年，给灶君上供品，糊它的嘴，免得灶王爷上天讲坏话。从今天开始到年三十，千家万户都围着除旧岁迎新年的事忙乎。所谓“二三送灶，二四扫屋，二五杀猪腊肉”。

1月25日　晴　古时候所谓“日中为市”，午晌正是集市最热闹的时刻。午后，人们做完买卖便逐渐星散回家，热热闹闹的圩场，到头来只剩下垃圾满地，空旷无人，这或许就是个“墟”字的意思。

昨天圩日，外地来了一队江湖卖艺的马戏班。午晌时分，街上出现一个骑在马背上的女戏子，后头跟着几个化了装的小丑，敲锣打鼓，招摇过市，把好些人——特别是小孩子们往体育场引去。体育场当中,用涂过土黄色油漆的帆布帐篷,围起一个大圆圈,像蒙古包。一人收一角钱过门票才准进去。马戏就是马戏,无非是耍猴、跑马、玩魔术、走钢丝那套玩意儿吧。老乡们见得少,十分稀罕。新闻由赶圩人带回村里,到晚间便有不少男女老少赶来看夜场。其中,有的青年女子,目的还不完全是为看马戏,多半是乘机在瞧人。她们躲在别人背后,从别人肩头窥探谁个是可人。

傍晚,同何进在妇女们来回挑水的井边附近散步。何进说他那口子讲,何丽那丫头,人小心眼可多呢。有回,她跟他老婆讲:“阿五这个人真出奇,那一回南宁戏班来演《乞儿偷鸡》,全场没哪个不笑得合不拢嘴,就他一个人一笑也不笑。

“你说,她为什么那样注意你呢?”何进问我一句。

“你不叫你的人问她?我自己也不知笑了没有。”

何进说:“讲本心话,省城也去待了大半年,女子看了不少,还没见过像她那样好看的。可惜名花有主,她的年庚八字已许给桐谷村一个姓黄的地主少爷了!她姐倒还空着,都说她八字克夫,受嫌,人家不愿要。她妈可为她焦急呢。可你又……”

何进说到这儿,后头挑着水桶来的正是何丽和她十姐妹的阿杏。我有意无意提高嗓门同阿进换了话题:“哎,我有句话正要跟你讲呐!”

“什么话呀?”何进的话也说得很响。

“讲了你可别骂人啊。”

还没听到何进回答,后头阿丽却大声呼唤:“杏姐,你听我说,有件事要跟你讲,你听不听?”

“什么事?”

“有啰,反正不会骗你就是。愿听吗?”

何进回头朝我挤眉弄眼,悄悄说道:“听出来了吗,人家向你打话哩。”

我们拐进旁边的果树园去了。两人沉默一阵之后,我才喃道:“人确实长得美。美总是叫人看不够。”心想,不知什么道理,看到她,叫你只觉得生活有讲不出的美好,一种纯洁、高尚的情绪无端涌上心头。虽然是一种空灵的感觉,却感到十分充实。

1月26日　阴　到邮局拿不到信，只好回学校。一个人踽踽独行，脑子不免心猿意马，胡思乱想。一下子想，也许走走，路边捡到只钱包，里头有根金条或者一叠钞票。那，我可就插上了翅膀，远走高飞——"到陕北去"了。陕北公学的校长就是创造社的成仿吾呢。"抗大"就是原先的红军大学。艾思奇、何干之、李公朴、丁玲、周扬、沙可夫、徐懋庸和沙汀……一长串鼎鼎大名的文化人都去了那里了，成千上万的进步青年都往那边跑。难道不比这穷乡僻壤，令人窒息的角落强吗？……当然，甘于庸俗的话，就此安下心来，当个中心学校教员，在本地也算是个令人敬仰的人物，也许还能赢得阿丽那少女纯真的爱情。然而，"涸辙之鲋，相濡以沫，不如相忘于湖海"……想着想着，十来里地不觉走完了。回到学校，乡公所职员和几位老师闲着无事，居然打起麻将赌钱，看着真不是滋味。

晚间，何乡长到各村视察兵役征集情况回来，沉默寡言。同我们一起喝完糯米糖粥夜宵，进房睡觉了。程教员等他给结算一年薪水，拿回家应付年关，却没有结果。何乡长还是个中学毕业、经过民团干校训练出来、作为新人替代那些老奸巨猾的土豪劣绅的，难道旧传统的官僚习气阴魂不散，又附体于一帮新贵们身上？

矛盾、复杂，乱七八糟的思绪萦绕于怀，一时难得入梦。正是鲁迅说的：路正长，夜也正长。

1月27日　晴　到大姐家取谷壳装枕头，见街上比平日多几摊猪肉、青菜和年货。所谓年货主要是给鬼神烧的镪冥——金银元宝、蜡烛、鞭炮以及从省城贩来的金菜、云耳、香菌和细粉，另外，就是一些日用杂货。这就是旧城街一年之中的盛况。

大姐家的谷壳全倒进牛栏沤肥了。邻家一位姑娘在旁边说，她家昨日才垄出一箩，主动给我拿来一大麻袋。含情脉脉，只交给大姐，不敢直接递到我手上。"男女授受不亲"的孔老二礼教，仍然统治着人们的头脑。然而，她眼里却泄漏了叛逆的光芒，说不清的一股青春的渴求，情不自禁地在眼里闪烁。

1月28日　阴　一年之中，最后一回的东门街日了。大姐和姐夫都要去卖鱼，换回必要的年货。一早到她家去吃早餐，大姐拿出刚蒸好的年糕给我尝尝，昨天见过面的邻居姑娘过来同大姐说，她也要拿蒜苗去赶东门圩，蒜苗不多，还可以帮挑一头担子。大姐就说：能挑就替我弟把行李挑上，你的蒜苗叫小霞（大姐的大女）挑也行。姑娘看了看我，然后问："行李都搬走了，下学期不来了吗？"不等我答话，大姐先就说："来不来到时再讲，现在学校放假，回家不是要用嘛。""那……舅爷还不——"姑娘没把话说完，大姐又接过去："他哪成家啦，原先说定了那个，早退了。"

姑娘偷偷瞟我一眼，不再说话。

不一会，跟大姐、大姐夫、外甥女和那位姑娘一行五人，一路往东门街而来。

一进门，便听到母亲大声说话，一位含着细竹竿烟袋的老妇坐在矮凳上，往地上磕着烟灰，完了也嚷嚷起来。原来是二姑妈家的二媳妇——我的二表嫂，向母亲讨债来了。二表嫂有母亲那样大年纪，打扮还挺利落。平时做巫婆的跟班，周游四处村寨，田地活路是不沾手的。她说，我祖父临终嘱咐，有对玉镯和一副金耳环是给她婆婆（二姑妈）的，二姑妈却给我父亲拿走了。二姑妈和父亲还在世时，都当着大家的面讲明过，父亲应承日后一定折价偿还。父亲在世时，每年这时候都给点利息回家过年。自从父亲故去后，这几年不但不给小利，连本都想赖了。天地良心能讲得过去吗？同巫婆混在一起的人，嘴巴是厉害的，一句一个板眼，说得你目瞪口呆。母亲早就听惯她这一套了，不在乎、也不计较她说的什么，只是说："这些事说过多少回了。他们姐弟一场，你的我的，怎好分得清。何况老人家和他两人都作古了，问谁去？我过门来时，记得还有好几只大黄牛给二姑爷放养，说好下崽对半分。到头来牛崽不只是分不到，连母牛拿去卖了也没给一文钱。这又怎么讲呢？儿子也好，女儿也罢，都是父母身上掉下的肉，十个手指连到心头，父母给女儿银钱，谁多点谁少点怎分得那般匀称？"

"分不匀也行，如今二老表在外带兵，当那样大的官，捞回那样多银钱，给我们穷亲戚借点过年总该的吧。"

二表嫂变攻为守，口气缓和下来，睁眼看看母亲的神色。

母亲叹口气："掏出心来也不会叫人相信。当差在外的人，捞得多，花销也大，俗话讲，'蛇大洞大'，哪有钱回家，眼下阿五要出门，路费还找不到财主借去呢。”

“反正不管怎讲，没得钱买年货，我就不空手回家，赖在这里过年了。”

母亲看了看她近乎撒赖，忍住气说：“过年不过年随你，可别怪我们没好的招待。”

1 月 30 日　阴　今天是农历除夕，一早家家户户都忙着宰鸡、杀鸭、撒网捕鱼什么的，张罗年卅的团圆饭。妇女们有的包粽粑，有的做爆米花糖，有的蒸年糕。年青小子就去附近河滩取回干净的河沙给香炉换底，学校教员和识字老先生摆开摊子给街坊邻舍书写对联。午晌过后，有的小孩拿到鞭炮劈劈啪啪地放开来了。

屋子窄，厅堂搁着一排香炉，显得更加局促。以为阁楼上已有“陈门堂上高曾祖考妣历代宗亲神位”的牌位了，地下就不必再供奉什么神龛了的。索性来一次小小的革命，把所有香炉全移到阁楼，腾出厅堂一片空地来作起居室。在屏风上贴一幅洒金大红纸，上面写了《陋室铭》作中堂，拿孔明两句话——“淡泊以明志，宁静以致远”作对联。这样一来，来个客人也有地方坐了。但母亲为此小小的更动而惴惴不安，以为原先老样是世代相传的格局，照我这样一改，会不会得罪神明啊？要把神明得罪了，那还了得嘛！不过，因为是我干的，要不依嘛，怕我不高兴，只好将就一时再说了。

自从父亲亡故以后，兄妹们虽仍在一个门户进出，却已另起炉灶，分成四家。我和母亲同二嫂一起合伙。团年饭几家兄弟凑合一道吃。过完年，来走亲戚的姐妹、姑妈、姨娘和表兄弟姐妹等等，就由各家轮流招待。

不管年景好坏，粽粑是家家户户多少都要包的。一斤糯米、四两绿豆、三两一块腌过面酱的肥猪肉，用包粽的大叶扎成枕头大的粽子。有的用大锅煮上五六个钟头，有的则放进小口的大坛里，灌满水，将破篾席剪成圆形，盖住坛口，拿泥巴糊住，再用稻草编的粗如胳膊的草绳，从坛口往下盘绕坛身到底，坛口处搁上一撮谷壳，烧着火红的木炭，让火从坛口沿着草绳慢慢燃着盘旋而下。第二天早起，草绳烧完，打开坛口取出已经是焖熟了的粽粑。一来是作为年初一上桌奉神的供品，二来是作为年初一全家人聚吃的头顿食品。

1 月 31 日　小雨　（农历大年初一）昨夜没同家人一道守岁，半夜被爆竹声惊醒过来了。听到街上孩子们嘈嘈嚷嚷,来回走动玩耍,爆声接连不断。家人添油点灯、上香、燃放鞭炮,张贴春联、门神,然后到街头村尾折回树枝插到门边的竹筒上,表示迎回财神到家。妇女们到河边汲水,桶里也搁放带叶的桃枝以志吉利。各人见面莫不互道:“恭喜发财。”这是年年如此的老章程,也是刻在童年最深的记忆。已经有四年不在家欢度佳节了。今年也许是落着小雨,气氛显得格外冷落,除了孩子们断断续续放的鞭炮,别的就没听到什么欢声笑语了。起身后,同家人吃罢粽粑,看看街上,阴雨连绵,行人稀少。按老习惯,早餐过后,乡人多半是拿着香烛元宝和供果朝邑仙岩求签卜卦去的。今天也许是雨把人拦住了,很少见人出门,无处消遣,只好同家人围炉烤火,消磨永日。

回想去年今日,是在广东四会县城曼哥的部队营房,同士兵们一起过的。士兵们每人分得块把钱,年三十晚加了菜,吃喝一顿,剩下的今天就够玩乐的了:有的聚赌打纸牌,有的出街上茶楼喝酒,有的偷偷钻进妓院打茶围,也有的到照相馆去照张相片寄回家。军官呢,不是打麻将就是到上司的公馆送礼拜年应酬。

本来带去一本《夏伯阳》和一本《秘密的中国》,计划在寒假中读完。房里人来人往,不得安静。除了晚间,白天是读不成书的,只好同连队文书曾毅民到营房外头去随便走走。

四会是广东省所谓下四府的一个县份,以“四会柑”而闻名。听说麻风病患者特别多。陈济棠(省军政长官)下令驻军把患者集中焚尸灭迹。听说有的病状不显的妇女,特别是年轻姑娘,多半潜入城市做娼,既可活命,又能“卖”掉痼疾。这就给一些好作寻花问柳的浪荡公子一个警告:当心领嘢(沾包,此处说的被传染)。

县城有两条南北交叉的十字大街,道里狭窄,虽铺着片石,遇到淫雨连绵,路面全是泥泞。药材、酒坊、日用杂货和火铺的旧字号,比家乡的旧城和东门街都齐全,货架上却并不怎样丰富。戒烟馆倒挺显眼。

毅民君比我大三四岁吧,读完了高小,为逃兵役才出门找事做的,结果还是免不了“日求三餐、夜求一宿”的丘八兵生活。两年前,曼哥到这个连来当连长,发现他是个高小毕业生,字也写得端正,提升当上士文书,下半年打算推荐去考燕塘军校。他平日爱读书报，喜欢文学，跟他谈得来，很快便成了朋友。他说，在曼哥处曾读到我学写的几篇散文，觉得亲切自然，回味隽永，希望常给他写信。这真叫我受宠若惊。自己实在料想不到胡乱将一些难忘的印象，笔录下来的文字，竟然得到如此赞赏。流年如水，一年光阴眨眼间过去了。如今在写作上到底有哪些长进呢？自问不觉茫然。而那位曾君，去年八月正当祖国危难，亟待勇士效命沙场之时，考取了军校入伍生。半年早已过去，他该成为一名军校学员了吧？

2月1日　阴　天边揭开沉重的雾帘，和暖的微风抚摸着大地，桃花开始绽出娇艳的花苞，蜜蜂来到荔枝和龙眼树上的花簇汲吮蜜汁，嗡嗡地闹个不停，各式各样的粉蝶翩翩来去，到处春意盎然。

年初二晚餐，是开年后第一顿丰盛的筵席，除了将年初一上供神位的三牲——猪头、鸡、鸭收下（留糕点果品供到元宵），重新加工上桌之外，还另外宰鸡宰鸭宰鹅什么的。姑娘和姑爷带着外甥，就在今天回娘家，拿来的是活鸡或腊肉，带回去的是腊肉、粽粑和糍粑。外甥还能得姥姥、爷爷的封包(压岁钱)和鞭炮。住得近的，当天吃罢晚餐就回了；离远的，就住一宿两宵。新嫁的姑娘和头回上门的姑爷，便要住够三天才回。

下午两点左右，二姐、二姐夫带两个外甥来了。屋里顿然热闹起来。

二姐夫同大姐夫一样，都是独生仔。长辈勤俭持家，有小部分田地出租，另外还养着丫头，在本地比较来讲，也该算是富裕人家了。但是，当家的翁姑却是有名的吝啬、刻薄精，生活过得并不宽松。二姐夫天生的破相——独眼瞎。怎么让二姐去攀这门亲呢？小时听母亲说，是受了媒婆骗了。该死的媒婆只说吴家少爷天生一只眼里有芝麻大的白点，不细瞅，还看不出呢，看东西并不碍事。等到年庚八字让人家拿走，亲已定下来了。一回，父亲在圩场上，别人指给他瞧："那是你女婿。"原来一只眼珠全是白的，像颗龙眼肉。这使父亲万分恼火，向媒婆大发雷霆，一定要退回这头亲事！媒婆回话说，吴家那头讲了："你们要反悔，他家就把你家女的年庚八字埋到芭蕉树底下，让你姑娘不得好死。"迷信的魔力是那样吓人，当时父母只好叹气吞声忍了下来。但是，又怕二姐长大懂事，到时不肯上轿，才十四岁便急急忙忙把人嫁了出去。嫁后好多年，二姐每回回家都哭，不肯回去。比起大姐来，太可怜二姐成了封建迷信的牺牲。这难道是宿命的必然吗？人总会有个希望作动力而生活下来的。二姐也许就为养育子女的希望而驱遣她的青春年华吧，而今人到中年，又满怀希望儿子长大成家立业，希望早有孙子在怀，欢娱于晚年。到老死，希望到阴间，能与死去的先人团聚……希望是无穷无尽的，人就受着希望的诱惑，走向漫长的人生道路！

2月3日　晴　今天是农历年初四，是东门街第一个圩日。大清早稀稀拉拉有几担青菜和猪肉摊应市。

街上还出现几位从武鸣的全省中学军训总队受训回来的乡村师范学校的毕业生，他们都是未来的乡村新贵——乡村长的替补人才。广西桂系军阀为了对抗南京蒋氏政权，在政体上自成体系，提出"建设广西，复兴中国"大口号，实行"三自（自卫、自治、自给）政策"。为了标榜开明进步，网罗一批进步的文化人来广西讲学、办报、组织救亡团体。先后到来的有徐悲鸿、陶行知、邹韬奋、沈西岑、欧阳予倩和杨东莼等等。艾思奇的《大众哲学》和苏联里昂诺夫的《政治经济学》，居然被官方大量翻印，免费发到村乡公所当作政治读物。什么否定之否定、什么主观意识、什么客观存在、什么矛盾统一等等的哲学术语以及什么剩余价值、什么通货膨胀、什么商品经济等等经济学的概念，在普通中学生中都成了口头用语。但是，要他们联系到实际问题，大家又都瞠目不知所云。今天同他们几位交谈起来，便有驴唇不对马嘴之感。可悲的是，他们却自以为是，以为本省的学生教育要比外省的先进，以为外省学校都是"读经救国论"的温床，学生都是一些唯命是听的，奉行"新生活运动"所提倡的礼义、廉耻、仁爱、和平的驯服工具。我说，这看法只知其一而不知其二，带有极大片面性，用哲学术语说是属于形而上学、机械唯物论范畴，根本上是违反唯物辩证论观念的。比如说，一九三五年十二月九日从北平学生首先发难的"一二·九"救亡运动，迅速蔓延全国，这就是在法西斯独裁统治十分严酷的北平发生而发展起来的浪潮。在这浪潮的波及下，半年之后，才有一九三六年六月桂系的"抗日"要求而组成的学生军。这能说是广西学生总是比别处的学生走在时代的前列吗？

几位目空一切的未来乡村长或乡间的知识阶层，听我口气也挺不让人，一时语塞,不好往下谈了。谈别的吧,又没合适的话题,真是话不投机半句多。

二姐说,趁着天晴,吃过午饭,他们一家就回去了。没料到,大姐和三个子女以及认母亲作干娘的阿六(李东阳)一起,蜂拥而至。这无疑给母亲带来好大的宽慰,也给家里增添了年节喜庆的气氛。

大姐的大女儿小霞今年十四五岁,长成一个懂得害羞的大姑娘了;两个弟弟却是只要有鞭炮就满足了的十岁上下、最难安静的年龄,敢于出门跟街坊的儿童烧炮玩耍、拌嘴、打架。

2月4日　晴　广州王国强、肇庆杨绍羲都来了信:国强说他参加一个救亡团体,为唤起民众起来抗战,有钱出钱,有力出力,共赴国难。工作、学习都非常紧张,日子过得倒也十分充实;物质生活虽然艰苦,精神生活却挺愉快。绍羲说他转学到肇庆,虽然失掉了旧友却又遇到了新知。说什么只要一心追求光明,总会不致孤独的。"海内存知己,天涯若比邻。"鼓励我不要灰心:"'伏枥骅骝,志在千里',勉哉、勉哉!"

2月5日　晴　天上飞来似的喜讯,把我弄得心猿意马。

同何进阔步街头,意外地发现街口的闸门上,新贴出一张油印的县政府通告。内容是招考一名中学毕业或具有同等学力的青年,经考试合格后,有殷实商号作铺保,县府即发双程路费保送省府复试,复试合格,即进新办的"合作人员训练所"当学员,接受有关合作社业务的基础知识。期限约三个月,结业后,由省府委任为合作指导员,统一派遣到各县试办信用合作社。

这,无疑是一条新路,从目前来说,无论如何,比现在的处境好得多了。但往长远看,则未必是理想。考还是不考呢?何进见我犹豫,从旁极力怂恿:"考!准考得上,县里上高中的人没几个,其他初中生对你来说,当然不在话下。"

我要考虑的当然不是考上考不上的问题,而是考上了去不去?想了大半天,心里很矛盾。最后一想,先考了再说。到桂林复试有往返路费,到桂林,如果能利用回程的路费奔赴陕北,岂不是求之不得?要是钱不够,便直奔南雄,找曼哥取百来八十元钱,在曼哥来说,总比在家告债无门好周转。退一万步讲,即使两条路都行不通,就在桂林混它一段时间,眼界胸襟也开阔一些,何乐而不为呢?俗话说的"咬甘蔗,吃一节剥一节",我这就走一步看一步吧。

2月6日　阴　农历年初七是人日，说是这天天气晴和，就预示年内人丁无灾无难，要是阴雨不晴，便有天灾人祸。今天既没落雨又没见太阳，该算是吉是凶呢？日本侵略军咄咄逼人，进逼马当的长江要塞，南浔一线的战役，双方正在秣马厉兵，看来举国上下将无宁日，一场浩劫，势所难免。救亡图存，已成当务之急。

为了要回乡公所取服务证书来报考，早饭后便同外甥女小霞和她两个弟弟一路慢慢回旧城。生物应着时节、气候，开始恢复生机，时隔一周，野外山坡的衰草枯枝，一点一点萌生滋长了新芽嫩叶来了，迎春和石竹绽开着姜黄和紫红的花蕾。惊蛰一到，昆虫活跃开来了，鸟儿飞出密林、掠过天空，鹧鸪求偶的声音传遍了山坡。

春光只有到了郊外才更显得她的明媚。

学校还未开学，乡公所也没人办公，证件一时拿不到。到亲戚家去拜个晚年吧，大姨、三姑家都应该去走走的。但是，空手去是失礼的啊，就给表侄儿压岁钱，口袋里只剩一个铜板了，怎好拿得出手呢？虽说素性不拘礼仪，如今面临实情，又不能完全脱俗，可见旧观念还是那样缠人。

人日，家家户户又都宰鸡宰鸭供神、请客。姐夫做客坐席去了，只好和大姐、外甥一道晚餐。

夜晚，家在本街的吴青老师来做伴，阒寂无声的古屋，想起聊斋的狐仙妖怪，不免惴惴不安。不得已只好亮灯不灭，借一本《初中记事文教本》消磨永夜。其中，范仲淹的《岳阳楼记》，可堪咀嚼。

2月7日　小雨　昨夜下起雨来了，天亮仍不见晴。天井里的芭蕉叶，时时滴下泪水。风从窗缝钻进来，空气凛冽，伸不出手。面向熊熊炭火，脊背却不免阵阵冰凉。

人说，春日的气候，孩子的脸，说变就变。

过午，雨丝逐渐消散，一个人踽踽独步回家。

到家不一会，何进来说，“乡师”同学卢敬尧托他来跟我讲情：他一心想去“合训所”，但估量自己无论如何是考不过我的；情愿拿三十元作贿赂，叫我放弃这场考试，把机会让给他。听来不觉好笑，即算我不考，他也不一定能考得过别的人。何进说:“也许他还另有办法吧,只看你这一关肯不肯通融让他过去。”

一会,何进又补充:“敬尧还说,克惠以他这样才学,何必屈就这区区的小职员呢?”

当然,区区一个合作指导员的小差,并非我一生的目标,问题是要我受贿,不仅荒唐可笑,可悲的还在于,人们对这种小动作,不认为荒唐,而是当作司空见惯的人事交易! 我说:“考,我还是要试一下的,假如我考第一,他考第二再讲。”何进讲:“你不是需要钱作路费吗?”是的,我是在筹谋远走高飞的路费,正如糊得美妙的风筝,需要长线送上蓝天,但也不能因此而缺德。

2月8日　阴冷　终于到县政府应考去了。头一道试题是作文,题目:《在抗战时期,国民应有的认识与应尽的义务》。这对我是不假思索便可以信笔完篇。接下来还有数学、历史、地理和关于合作社事业的问题。合作事业的知识,幸亏平时在《中国农村》《食货》等经济学的书刊懂得些皮毛,笔试不致交白卷,口试也没卡壳。午后,体格检查。测量体重没有磅秤,用大杆秤来让你将胳膊从右腿绕过膝盖下面,然后抓住秤钩,吊起自己来,看看有多少斤两。大家觉得好笑。

晚间,何进来讲,他在办公室听到县府的职员议论:我的作文受到极大的赞赏,考上大有希望。对这场考试,不管是不是终生的追求,受到赞扬,心里总也乐滋滋的。

2月9日　阴　县府门前的告示牌放出榜来了。正取一名是我陈克惠,备取一名是黄润芬。卢敬尧不见名次。即使我让给他,他也是去不成。想不到润芬跟敬尧的意思差不多,请何进向我疏通,望我弃权,让他递补——说他虽然省立一中毕业,但官场没人事关系,找不到个好前程;我呢,高中生,路子宽,前程无限,是不屑于将就这个小差事的。这位黄君,记得那年考“省一中”时,是同他一道投考,他考取了,我却名落孙山。哪知几年之后,我们却有如此际遇?可见一时考试是难得断定一个人学识的高低的。

不是由于黄君的恳求而叫我迟疑,而是当预期果真得到兑现的时刻,自己真的思量起来。夜间,反复盘算了好久:到底该去呢,还是不去?去呢,一个小官吏的形象就不过如此,一生的价值已摆在眼前。当然,在世俗的目光中,也许该满足的了。但在我来想，这样一来，对未来美好的憧憬，对光明、自由的向往和追求，都将成了泡影，于心实有不甘。虽说向往和憧憬那么遥远，但却那么诱人，日夜燃烧着心灵！面对十字路口，何去何从，真是使人惆怅！

2月10日　细雨霏霏　经过一夜的反复思量，以为与其困在如此闭塞的小城等待起飞，不如先冲出外界，到政治、文化中心的桂林去看看再作打算！决心既定，一早，虽然泥泞当道，也没止住我冒雨出门去学校取回行李的勇气。

六七公里的路途是容易走完的。到学校收拾好行李，便到大姐家。姐夫对我能上省城，另有出路，是感到庆幸的，照例勉励一番。

街长汪锦盛请黄大尧作大师傅杀只狗，摆狗肉宴为我饯行，叫何进等人作陪。大家喝得酩酊欲醉。

汪君是省立第六中学肄业，后来又转回本县乡村师范和我同学。在我去广州那几年，他去民团干部学校受训回来，一身兼任街长、校长和民团队长——“三位一体”。在一街之中，无疑是至高无上的权威，难怪他沾沾自喜，颇有盼顾自雄的骄气。心想，人总会有自我陶醉的天地吧。

傍晚时分，到塘边去牵牛回家。暮色苍茫，塘边汲水洗菜的人少了，四周特别宁静，回头却见阿丽姗姗而来，手挽篮子，到我跟前，左右顾盼无人，才含情脉脉，盯我眼睛，小声问道：

“真是要走吗？”

“你怎么知道？”我不禁愕然。

她停步站在我面前：“你的事我都知道。”没等我回答，接着再说：“帮我买一对耳环行吗？”

“我什么时候回来啊！”

“等你。什么时候回来就带来。你总要回来的吧？”小丫头睁眼瞟我，那么大方，那么天真，那么伶俐。

我不好意思地嗫嚅：“不是等着出嫁戴吧？”

这一下子她情不自禁地脸上绯红。稍停片刻，含嗔说道：“看你，倒是答应不答应吧？”

看看她期待的目光，那么纯洁，那么虔诚，那么真挚，那么热烈，不禁由衷说声:“答应!”

答应什么呢?事后想了大半夜,自己也说不清。

2月12日　阴　昨天请新兴商号作铺保,今早到县府领到八十元作去桂林省府复试的双程盘缠。下午一点三十分,公路班车从龙州开来了。终于告别了东门,告别了母亲,踏上了征途。

此去何日再回呢?回头看看母亲依依不舍的神色,看看街头大榕树,看看广阔的大塘。塘边好几个姑娘正在浣纱,其中就有阿丽。她痴痴地站立不动,往车站这边翘首凝睇……

何进突然奔来,手拿一小纸包,从车窗递过来,意味深长地说:“是买耳环的!记住啊。”

车开动了,后头的人影渐渐变小,变模糊,变成了轻烟。

当我收回视线,朝车前方望去时,才恍惚地想到:前面会有什么新奇的世界啊?等待着我的命运又是什么?车里不便交谈,乐得独自沉思。车到南宁站,已是下午四点,行李由同行的表侄梁俊才拿到绥和客栈安顿,一个人马上如饥似渴地出街到书店寻找精神食粮。可是很失望,新的书刊、报纸很少。省会1936年迁回桂林,政治中心随之转移,南宁只是专员公署所在地,文化也随着降级了。

晚上,和在国民中学上学的小同乡罗云青上饭馆就餐,完了和他去访他表哥梁升俊,不遇。梁在军官学校高级研究班结业了,正在等待委派工作。罗说,他表哥一位熟人即将升任旅长,问我想不想请他表哥推荐,到军队当书记一类的文职官员。不过,这就要上前线打仗。心想,上前线倒不必踌躇,问题是,梁兄的话可不可靠。

在绥和客栈,还有几位小同乡为逃避兵役而借上学为名,在这儿混日子。他们都是所谓膏粱子弟,经常到特察里(政府征税的公开妓院)寻欢作乐。见到我,非得拉去凑热闹。这事对我是“新大陆”,不无好奇,乐得逢场作戏,终于同他们去开开眼界。在惯于卖笑的神女眼里,我的局促窘态正是不折不扣的“初哥”。他们却成了常客,老鸨婆笑脸相迎,忙不迭地敬烟上茶,殷勤周到。今天似乎是轮到姓区的少爷坐庄,由他出声叫摆麻将,各人即开条子叫姑娘作陪伴。

妓女们嘻嘻哈哈,掀帘入花厅,各就各的嫖客怀里东倒西歪,肆意撒野,一屁股坐在男人大腿上,掰开橘片往男人嘴里塞。他们就这样搂搂抱抱,一边搂女人,一边打牌。打完四圈便上酒席饮花酒,常常玩到大半夜才半醉半痴地回客栈。有的人花上二三百元,买得鸨婆允诺,就留下来过夜。不知谁还为他们这般行径,作一首这样的诗:

星沉月落漏更残
典却春袍买笑还
归至僮仆相诧问
为何不着去时衫

回到客栈,表侄俊才来说,明天开往柳州公路班车满员,私商的汽车行也没了票。没办法,只好在这耽搁一天了。

2 月 13 日　晴　早起,同乡江河说,俊才昨晚回到平旦中学,打来电话说郭植秀有信寄到他那儿,要我今天去取。

到街头小食摊买五分钱一团绿豆糯米饭,两分钱一碗豆浆过早。为了取信,沿着中山路走出南关,直走到体育场边边上,便见一座规模恢宏的陆氏(荣廷)祠堂。在平旦中学找到俊才拿信。

植秀信上说,他去年暑假回海丰汕尾老家,曾有信寄到肇庆鼎湖给我,没等到回信,就离家到广州,在朋友家才见我留下这通讯处。“人生不相见,动如参与商。”他说,“何时共剪西窗烛,共话江村少年时?当前烽火岁月,很难预卜将来了。”说他急病乱投医,不得已考进了中央学兵教导队,是专门训练防毒的化学兵种,训练基地在湘北常德地区的桃源县。此地离抗战前线远,但也不是陶潜笔下的世外桃源,也不像流行曲唱的那样:“桃花江是美人窝”。也许他是新来乍到,还没发现“湘女多情”的可人……

信尾叮咛,千万把近况告诉他。另外,还附有他肖像,背面题着元稹《离思》的其中两句——“曾经沧海难为水,除却巫山不是云”。

郭君思想敏锐,文笔飘逸,“学书”本来是个人才,如今投笔从戎,居然“学剑”。终将成为当代的辛稼轩乎？但愿好自为之！

2月14日　阴　从南宁去桂林，五百多公里。公路班车，头天抵达柳州，住宿一晚，第二天还得另买车票继续行旅。昨天到公路局汽车总站排队买票，总算幸运，今天走得成了。

天未见亮，匆匆收拾行李往车站赶。到时，站上已有五六个旅客等候了。几摊卖早点的担担，点着微弱的油灯等待顾客。春寒料峭，人们还在笼着袖口，闷声不响地跺脚。

汽车在开车前半点钟才进站，先将客人行李过磅装到车顶，拉开大帆布盖好，然后验票，让客人上车对号入座。十点整，在晨光熹微中，离开了南宁。郊外的菜农妇女，这时正三三两两挑着粪桶进城，到各家各户倒马桶。其中有些来得更早，天没亮就进入人家。有不少年轻的，往往就钻进东家卧室陪伴浪荡的少爷或好色的老爷过个千金难买“天光觉”的瘾头，既得三五元钱又保得住这家人的粪坑。学生公寓里，这种桃色逸闻也是公开的秘密。

昨晚可能在“特察里”吃了两口马蹄（荸荠），早起肚子就不舒服，车开之后，觉得头晕想吐。挨到芦圩，车停下来让客人午餐，赶快往厕所跑，拉了稀，马上找开水吞服半包保济丸。胃口不开，什么也不想吃。

芦圩是广西四大圩镇之一，手工业发达，能工巧匠不少，宾州的雨伞、陶瓷很有名，有“小日本”之称。买卖人特别狡猾，也是出了名的：出卖的鸡鸭，嗉包特别大，多半是灌的沙子或水泥，买回去不马上杀，是养不活的。

芦圩到宾阳县城（宾州）不多远就到了。车没停，只在街中心通过，街道铺的片石，房屋比较整齐，县府、镇公所、学校等等，都相当可观。到底是一等县，工商业比较发达。县里出了一位名人，人们叫他“梁神经”，北伐时期是桂系第七军骁勇善战的名将（师长梁瀚松）。现在是广西民团副总指挥，脾气古怪，喜怒无常，每到乡下视察，县长、民团副司令莫不惴惴不安。招待隆重点嘛，说你铺张，劳民伤财，挨罚站受训斥；若要简便了，说你藐视民团军务，措施不力，限一天之内召集全县后备队集中检阅，如有不按时到达者，当众打县长屁股五十大板。一回，宾阳牛瘟蔓延，便叫来一位由他慷慨恩赐保送比利时留学、荣获化学博士学位的工程师，要他医治牛瘟。博士很作难，说不懂兽医。你想总指挥怎么说？想不到他竟然咆哮:“哦,我送你出洋当了博士,原来牛瘟你都治不了！要你这个博士作个卵用!”一时传为笑话。

汽车穿过了宾阳一片平川的稻田,前面两边的山坡便是葱郁的森林了。不远,便有一条碧绿如蓝的河流拦了公路,大家都得下车上船过渡。迁江县城就在对岸。红水河从南盘江一路流泻下来,都是浊浪涛涛,到此,河床尽是深层的岩石,江面变成如此湛蓝清澈,令人惊异。县城很小,跟家乡旧城不相上下,三面为迁江河流环抱,历来是柳州与南宁之间兵家必争的要津。

过了迁江河,再经忻城便是柳州了。路程虽然已不太远,但因战时能源匮乏,公路上民用汽车全都改装,使用木炭代替汽油作动力,先后三次抛锚。抵达柳州市区已万家灯火,时间八点一刻了。

在汽车站附近找到一间欧明旅店住了下来。同房间的是电信所毕业的许同辉,说他跟马希殷同学,现调贺县八步——锡矿公司服务。他说,旅店里的客人有的等了两三天了,车票不好买,明天早上才临时卖票。战时生活样样都反常。

半夜有摇着钱鼓、叫“松腰骨”(推拿)的盲女从房外走过,拐杖敲在楼板上发出笃笃的声音。许君对我说:“今晚是元宵呐,‘每逢佳节倍思亲’,你要睡不着,就叫盲妹来捶腰骨吧。”隔板壁房里,不时传过来狎邪猥亵的气声,只好把被子蒙住脑袋。

2 月 15 日　晴　汽车行所有车辆全被军队征用了。即便昨晚买到了票也走不成,客店住满了焦急的旅客。大家没事干,都在打听哪里有好耍的地方。

一位也是旅店的年轻客人,看了看我,首先跟我打招呼,谈起来,才知彼此一样都是要去桂林复试的。他家在隆山县,省一中毕业,没钱上高中了,这两年就在本地中心校过粉笔生涯,一边为混饭,一边为逃避当丘八。不知是他从我眼神看出可以信赖,还是我听他的谈吐而产生好感,总之,一下子我们彼此成了相与谈心的伙伴,我们恰好同龄也都二十岁了。他说,在家乡,像他这样年纪,甚至还早两三年都当了父亲了,唯有他现在,还是《红楼梦》说的:赤条条来去无牵挂。看他,瘦小个子,神情挺机灵,遇事反应敏捷,不大像山区人那般敦厚迟钝。

有了这样一位伙伴,我们便信步出门“轧马路”去了。听说就在河南这边,近的有立鱼峰,远的有马鞍山。立鱼峰是地面冒出一座好像倒立的鲤鱼那样的石山,山脚有人工凿开的石阶可以拾级登山。半山腰有洞穴,建有寺庙,信女善男来求神问卦、烧香拜佛的不少。太平年月,附近城郊的青年男女每天夜晚,常到山脚四周对唱山歌。八月中秋之夜是一年中的高潮。这里头就不免发生一些古朴的风流韵事,恐怕也就跟文明都市的夜总会差不多吧。再往西走去,约十来八里地,便见一群石灰岩的山峰,其中一座是两头高、中间凹,形状像马鞍,马鞍山因此得名。那是柳州附近的制高点,登上山顶,柳州全城街市、河流、林木和旷野全收眼底。柳江河流到这儿,几经弯曲,把街市割成南北两爿、河北一爿,三面临流,河道蜿蜒如蛇。当年的林木一定未被砍伐,葱郁蔽日吧,不然,柳宗元被贬到此,怎会触景生情,吟出“岭树重遮千里目,江流曲似九回肠”的诗句呢?

遗憾的是,此刻由于战时戒备,无论是近的立鱼峰还是远的马鞍山,都成了军事重地,游人只能望山兴叹。听说晚间立鱼峰山脚的歌声也绝响了。然而,覃连芳宿将开设的夜总会却夜夜笙歌达旦。

立鱼峰、马鞍山既然去不得,和邓君两人只好从浮桥过到河北市区去,那里有“柳侯公园”。这是为柳柳州(宗元)刺史留下的纪念。公园里有柳宗元的衣冠冢、柑香亭和柳侯祠,祠里有苏东坡的诗碑。走马看花,碑文没记下来,只见笔迹浑雄厚重,刻工也十分传神。园里松柏苍翠,樟榕浓阴,罗池水清见鱼,只是小径苍苔斑斑,游人冷落。冬天的公园当然令人却步,但是,春寒料峭,踏雪寻梅,毕竟也是雅士才有的雅兴吧。何况园里纵有梅林,花却早已开过,可以歇脚的亭榭,又多倾圮,荒凉不堪。邓君一路喋喋不休,讲他的罗曼史,也忘了观景凭吊古迹名胜。我们边走边聊,巡回走了一转,也算“到此一游”就是了。

回到旅店门口,许同辉迎面报告喜讯,说部队封的车放回了,明天有车开。马上同邓赶去汽车行买票。幸好,明天可以走了。

晚间,战时夜市冷落,没什么好消遣,邓君又继续谈他的一段伤心的罗曼蒂克:他一位初恋的情人,因抵制家庭包办的婚事,利用她学联代表名义参加一九三六年广西各界赴绥慰问百灵庙抗战将士的机会,留在西安不回。不久,接到她从延安来信，说已在一个新的天地找到了皈依。“出山的泉水是不会回流的了，把过去的都忘了吧。”邓说：这是最后一封信的最后一句话。我说：“过去的终归是过去了，未来总会是向人招手的。如今，去那边的路不是变成了通途了吗？”邓负气地说：“条条道路通罗马，堂堂男子汉何必非跟女人的脚印走。”停了片刻，没等我说话又自己跟自己说似的，喃道：“‘天涯何处无芳草’，相去太遥远了，何必作茧自缚？”我已很困，也不知我们的谈话什么时候停止了。

2月16日　阴冷　柳州开往桂林，越往北去，气候越变冷了。车一开动，冷风便从车窗往人脸上刮得生疼，脖子尽往衣领缩，还是不顶事。车里静了，人们作不得声。公路几度经过河流都靠渡船或浮桥通过，待渡耽搁的时间很多。

汽车早晨七点从柳州开出，两个多小时到柳江县的鹿寨镇。见街上停下一长串车子，这是比较大的集镇，长街上商店的生意相当兴旺。原来是司机们习惯在这打尖，旅客也各自往饭铺跑。和邓铭两人进饭铺，开一元散餐。吃上的是一碟白切鸡，一碟牛肉炒芥蓝，一碟糖醋排骨，还有一碗蛋花汤，一人五角钱一顿饭，算便宜的了，物价还没因战时昂贵起来。

从鹿寨再走不远，即经柳江县城，车子不停，街市在眼里掠过。看来规模相当，还像个样子。到这一带，车子就在平直的公路上奔驰了。过修仁县，见到赶集的男女，有穿奇装异服的，背着背篓，男人头顶上盘着一堆臃肿的蓝靛染布头巾，女的戴着高高的尖顶笠帽，筒裙很长，几乎拖到脚背。邓铭说，这是瑶人，瑶族之中，以穿戴、居住环境和生活式样的特点作为各自的族称，如花篮瑶、白裤瑶、过山瑶等等。

从修仁到荔浦很近，车站旁边便是赶闹子的场地：汽车停在这儿加水添炭，让旅客下车方便。这里有名的特产是荔浦芋、香稻米和柿饼等等。柿饼，白霜底下橙黄透明，很诱人，一角桂钞可买两只，能作干粮充饥。车站附近一片草坪，这时，聚集一大群大人小孩围着看西洋镜。

从荔浦继续前行，两旁野地逐渐出现拔地而起的石山。一路望去，这里不止是一座立鱼峰、一座马鞍山了，而是到处可见好多好多类似立鱼类似马鞍的奇峰秀峦，有的宛若羊角，有的犹似冬笋，有的活像笨熊、狮首。远望，峰峦与云霞融合一体。车在山的林道穿行，颇有置身世外之感。车到阳朔，山景的奇丽更是迷人。人说“桂林山水甲天下，阳朔风景甲桂林”，其实，阳朔风景的美妙，也还是山与水相依相成的，如没漓江在下面流过，阳朔的碧莲峰和书童山就衬托不出她的秀丽，一如字画未经装裱，显不出那样醒目似的。

从阳朔到桂林，在半路的雁山地方，有座岑春煊（清末官至两广总督）的“西林公园”别墅，据说是苏州园林高手利用自然的石岩洞穴和溪水林木修筑的园林，很有游览的去处。但汽车到此无站，而且园林自从沈氏献归政府后，已辟为师范专科学校校址，不对外开放接待游人了。

过了雁山就是千山峰下的李家村，离桂林只有十来公里了。这里是一片平原，眼前正有千儿八百的民工在那里赶修军用机场，跟修筑湘桂铁道的情形一样。战时，处处都是一幅紧张、忙碌的图景。

车开到南门站时，已经是下午三点。旅途到此宣告结束了，各人疲惫的神情现出不自然的兴奋。

邓铭也是头回到，我们俩只好让挑夫挑着行李领去寻找落脚的公寓。从南门站沿着一条长长的中南路，跨过隔着榕湖和杉湖的阳桥，走过桥头的金城大酒店，直到王城（明靖江王府）南口的街上，在一间东南旅馆找到了房间。看看才是四点钟，还没到下班时间，同邓赶紧走进王城南口的外城门洞，往右一拐，见到省立图书馆门旁挂有一块新漆直写的牌子——“广西合作人员训练所”。翻开报到簿看，原来在南宁时候经吴跋介绍认识的农业银行职员陈继武已经替我办了。等邓报了名，两人便上馆子吃饭。这里物价比南宁贵，一碟荔浦芋扣肉，在南宁，三角钱便可以了，这里就得花五角。不过，荔浦芋是地道的，又香又松，的确名不虚传。

吃罢饭，邓找熟人去了。自己也要去找凌天鸿，问了两次站警，才找到广西电信人员养成所。“他乡遇故知”，彼此乐了一阵。两年前，广州一别，便没再见，这回见了，真是“乍见犹疑在梦中”，好多话也不知从何讲起。我们一路走一路东拉西扯，说个不停，回到房间，却想不起到底谈了什么。

我们走到十字街口时，突如其来，四处响起震耳欲聋的鞭炮声，当中还夹杂着敲锣打鼓和高音喇叭，宣传车领头，后面是游行队伍，把千万人的视听都吸引住了。原来是政府机关、民众团体、学校职员、学生都上了街祝捷游行，庆祝李宗仁指挥的徐州大会战在台儿庄一役,歼敌精锐部队三千余人,获得空前辉煌大胜利。各个商号烧的炮声,接连不断,地面铺成一片厚厚的红色炮纸。人人脸上莫不扬眉吐气,笑逐颜开。

头天到桂林遇上这样盛况,真是好兆头,叫人特别兴奋。凌君提议上馆子饮酒,店伙都只顾站在门口看热闹,生意顾不上招揽了。

省会到底是省会,在这里,政治、文化都将给人提供丰富的精神食粮。对我这样饥渴的人,无疑是俗话说的,"小鸡落下米缸",喜不自胜。

2 月 17 日　阴　昨天匆匆到"合训所"报到,没注意四周环境,今天又去看看。

"合训所"属建设厅主办的一所速成学校。校舍借用省图书馆一部分多余的房子,对面便是省政府,原来是明朝靖江王的府第。明洪武三年(1370 年)朱元璋封其侄孙朱守谦为靖江王,郡守桂林。王府造了二十五年才建成。外围加修了"王城",气派恢宏。王府大门口蹲着两只威武吓人的大石狮,正门和两边侧门的门扇都铆着一排排光亮闪闪的圆铜钉,更加显得庄严威势。王城四周,围着又高又厚的城墙,行人可从东、西和正南门来往行走。正门门额刻有"三元及第"四个斗大的石匾,东门和西门也都刻有同样规格的匾额:东门叫"状元及第",西门叫"榜眼及第"。那是为标榜清代连中三元的桂林人陈继昌和他的曾祖陈宏谋进士及第,以及贺县人于式枚榜眼及第的功名牌坊。绕过省政府正门,走到后门便是著名的独秀峰,它像屏风遮住桂王府后面的北门,自峰顶可鸟瞰全城。每天的午炮是在峰顶点放的,一声巨响,全城都听得到。现在山顶变成军事重地,防空警报便在上面拉开鸣笛。传说,抗战前夕,一对男女青年以死殉情,双双从山顶纵身跳下,卒至粉身碎骨。石山四周,大小石刻,琳琅满目;当中"南天一柱"四个大字从半山腰直往下挂,字迹的遒劲、字体的厚重硕大,令人叹为观止。

这里生活程度比别处都高:在广州、南宁等地一床一宿房租,只付一元就可以了,这里就得付两元。但是,一枚十文的铜板却割成两个半边来使。也许是马蹄(荸荠)最便宜的了,半边铜板就得一斤。

衡阳到桂林这段湘桂铁路还在紧张施工,公路却畅通。汉口出版的报纸杂志:《新华日报》《全民抗战》《七月》《激流》等等,一个星期便到这里了。这对我来说,倒是挺解渴。

"合训所"贴出一张通知:明天上午八点复试。今天一天都没事了,跑到书店找精神食粮吧。书店的门面是没有广州的商务、中华、开明和图书杂志发行公司那样堂哉皇哉,可是,生活书店和文化生活服务社出售的却有不少的进步书刊。《青年自学丛书》,邹韬奋的《革命文豪高尔基》,徐懋庸编的《社会主义讲话》,郁达夫等多人合集的《迟暮》和茅盾等人合集的《残冬》,高尔基的《二十六个和一个》和《草原的故事》等等,令人眼花缭乱。为了要应付复试,我得先买一本薛暮桥的《中国农村经济基本问题》和新到的《解放周刊》《七月》和《激流》。

在《激流》上面,有篇延安通讯,生动地报道了那边出现的一个崭新的社会:在那里,到处充满着阳光,到处洋溢着歌声,到处体现集体力量的同时,个人的才能得到合理、健全的发展;在那里,人与人之间,没有欺诈、倾轧,只有坦诚相与,人人为着共同的目标——驱逐日寇、建设新中国而携手同仇,互相称呼同志。

当然,通讯并没有把现实渲染成天堂。那里还有缺点,有困难,有不足的一面,比如,吃的食物是南方人吃不惯的小米、高粱,生活条件简陋,身上长虱子;大西北高原气候,春季风沙,冬季冰雪,交通全凭骡马,行旅艰难,等等等等。一句话,物质生活贫困,精神生活丰富。

人总有这样的弱点:凡心有所感,总是情不自禁地非找别人去倾吐。看了这篇"报告文学"之后,便介绍给邓铭。等他看完,便问:

"怎样,想去吗?"

他没作声,盯我片刻才深沉地低声反问:"你想去?"我以目示意,点点头。

他激动地拉我往街上走,到了僻静的小巷,才开口说话。我说:"我虽然没有你那样的人在那儿使人神往,但是,却有精神上的偶像,叫我梦寐牵怀。""那为什么又如此的犹豫?"

我终于吐露了惆怅的心情。

邓听后说:"苍天不负苦心人,只要坚持,目标一定会达到的。"

“我们一道走怎样？”我直截了当地问他。

邓讳莫如深地笑而不答。

2月18日　晴　昨晚辗转反侧思量了一夜，还是下不了决心出走南雄找曼哥取得路费而直奔延安。

今朝和大家一道，到建设厅的会议室参加复试去了。每人做一篇书面答卷：“试谈你对合作社事业的理解。”读新买到的薛暮桥的书，有一章是论述这方面的，此刻总算用得上了。

一天考完下来，邓又同我走街。这回，我们随意信步，从阳桥向东，沿着榕湖湖畔走，经过面临榕湖的古南门，旁边一株四五人抱的大榕树，浓荫掩映着月色，长长的枝干宛如伸出长臂戏水湖面。听掌故行家人说，当年黄庭坚被贬宜州（今宜山），从湘江乘船转入漓江，就是在此树下泊舟登岸，进入南门城口的。古榕年经月久，被视为神树。树根立有石碑、神位，香火明灭如萤火。再往前走约半里，便见持枪警卫看守濒临湖水的白公馆，阻拦行人来去，大煞风景。

白氏就是北伐时代叱咤风云、号称“小诸葛”的白崇禧。1928年，蒋桂战争失败，与李宗仁退守老巢，无时不在企图卷土重来，问鼎中原，誓与蒋氏争夺天下。如今蒋介石借统一抗战为名，拆散桂系李、白的集团势力，上调中枢，出任副总参谋长。公馆深藏于佳木奇树掩映的浓荫，人去楼空，门前车马虽已冷落，余威犹在，游人过路，还不免提心吊胆。

绕湖一周，回到阳桥，拐向西南方，便是与榕湖对称的杉湖。杉湖南端，有座红墙环绕的宅第，那就是李宗仁官邸之一。从那里绕湖半周，便见恰如大象伸鼻入江饮水的象鼻山。与李公馆隔湖相望的是曾经的南社诗人、著名学者、国立广西大学的缔造者马君武博士的宅第。门前两边泥塑马氏手迹的一副对联，措辞工整切题，可堪记取：

种树如培佳子弟

卜居恰对好湖山

邓铭说：“你认为这对联作得好吗？你可知道，曾经有人就此给马博士作弄了一下，把对联改为：

种树如陪小金凤
卜居恰对臭鱼塘

邓说，小金凤系桂剧名旦，马在治学之余，也曾致力于桂剧改革，曾收小金凤为干女儿。而当时门前的杉湖，淤泥未加疏浚，俨然是一泓死水。

和邓边走边谈，回到丽水坊一家专卖马肉米粉的小店，邓说走累了，提议入店品尝马肉米粉，一面为歇脚解乏，一面作夜宵。马肉米粉是桂林著名小吃，同成都的旦旦面、广州的沙河粉差不多。米粉细如面条，先是蒸熟了的，吃时，放进笊篱入汤水氽一下，盛上小碗，搁上几片薄得透明的卤马肉、几粒油炸黄豆。马肉必须趁热吃才有滋味。碗特别小，一碗两口便吃完了，一人一顿得吃上十来二十碗才过瘾，碗子摞得老高。

吃罢马肉米粉，回走时，邓突然郑重地对我说："阿陈，我为你想了想，要是去不成那边，就安下心来搞合作社这一行也不坏。你大概也懂得合作社事业的宗旨，不是说'我为人人，人人为我'的吗，其中是不是就含有社会主义因素？"

我审视他一眼，说声："走着瞧吧。"接着补充说道："本来人生一世，草生一春，只求有所发展，对人类社会、国家民族能有所贡献也就不必他求的。但是，若要花木开花结果，长成栋梁之材，没有适宜的土壤和气候，是没指望的！"

"土壤可以改良，广西酸性的黄壤不是可以改造吗？"

我说："对自然条件来说也许如此。"

邓不再作声。

2月19日　阴　上午复试"口试"，下午体格检查，顺利地通过了。去年九月考学生军，因心律不齐过不了关，一直担着心事。这回，心上的石头放下了。科学机械测量不一定都绝对准确，假若再夹杂着主观臆测，更难说是百分之百反映客观真理。可见世事的是非，难说得清，公说公有理，婆说婆有理，真有叫你啼笑不得的时候。

晚间，天鸿请上饭馆吃饭。饭后逛街，遇见在统计养成所的同乡周治长和他的同学,一道踯躅街头,看人作为消遣。外江人逃来,凭桂林山洞作防空,其中姨太太、小姐不少,夜间,她们可以无须提心吊胆地跑警报,恣意到热闹的马路上来展览心爱的服装,也瞧瞧别人的时髦打扮,再就是看看也许会遇到走失的亲友。上海霞飞路街景如何,不得而知,广州的永汉北路的繁华却也不过如此。战争使城市也发生了畸形,好比老娼妇脸上抹着过厚的宫粉。

同街坊的陈家兄弟在这开广源汽车行,跑黄沙河到桂林段的客货,挪用了天鸿托他代存的回家路费。天鸿下月就要毕业了,和他一道去取钱。车行老板陈斗,见我来访,特别客气。寒暄几句过后,便发起牢骚来了,说他三部大卡车全被封作军用,已经半个来月了。什么时候发还?遥遥无期。害得他好比脱水的虾仔,能跳得几下!真是叫你等死。逼得他老弟跑了,到医院去替人开救护车……

事前天鸿就告诉我:陈斗这个人,开汽车行搞走私、贩烟土勾当,有过几起几落,江湖义气玩得转,即使囊空如洗,也装成腰缠万贯的阔老板。特察里的鸨婆,见他莫不奉承备至,大爷来大爷去的叫个不停。二弟读不成书,学开车耍风流,丢掉乡下年轻老婆不管,跟一位寡妇护士同居,把老大气得要命。

陈斗看看我们对他的牢骚插不上嘴,停了片刻,看着天鸿不好意思开口的神气,于是痛快而爽朗地说道:"阿凌,别焦急,你那款子过两天给,误不了事。你不是下月中才走的吗?"

"月底结业,下月初走了。"

"想老婆了吧?归心似箭。行,还有十天半个月嘛。过两天准拿到钱,误不了!"陈老板给我们斟两杯热茶搁到茶几上,对我看看才说:

"不准备上大学了吗?唔,你二哥现在——""在广东南雄休整。"我说,"去年抗战开始,在张发奎集团军的八七师当少校副官长,开往上海打了一仗,败退下来,回广东补充兵员。现在在师管区补充团当中校副团长。"

"这个时候当什么官都没大捞头,特别是当武官更险,枪声一响就见血。唔,划不来,划不来。"

桂林的夜市集中在十字街的两条马路口,熟人往往在街上不期而遇。从广源汽车行出来,天鸿跟我还正谈着陈家两兄弟的事,想不到迎面来的正是陈升

(陈斗二弟),他胳膊挂着一位摩登少妇。

和陈升多年不见了,一旦邂逅,喜出望外,彼此相顾而笑。他比我低两个年级吧,别时还是个孩子,现在已是风度翩翩的公子模样了。他似乎不好意思把身边的女子向我介绍。那女人发窘,轻轻扯他袖子,我们也就识趣地分了手。

2月20日　小雪转晴　梦魂给瓦上叮叮呤呤的细响惊醒,门外传来"下雪,下雪!"的嘈杂声。

起床出门一瞧,天空的确飘着片片雪花,接着,便落下雨来。不多一会,阳光却揭开了雨幕,像慈母伸出温柔的手抚慰着大地。顷刻,雨过天晴,人们笑逐颜开,欢喜雀跃,都说星期天遇上天晴,可以游山玩水去了。

八点半钟,凌天鸿如约而来。和他一道到小吃店过早,便往桂王府外城的东门,再折向中南路直走,随着人流走下那跨过漓江的浮桥。漓江碧水如镜,早晨水面无波,左边伏波、右边象鼻,两山倒影现于江底,柔媚迷人。过了浮桥,继续朝前行走,不到一里,从左面东北方蜿蜒流来的桃花江上,有座建于元代前、到明嘉靖十九年又重修的大石桥,跨过小东江与灵剑河的汇流处。桥长七米,架十一拱,水清见底,桥拱通明,宛若明月,每当旭日东升或夕阳西下,碧波倒影,分外清丽。天鸿说,这桥原名叫嘉熙桥,到明代重修,才改称花桥。要是在烟雨迷蒙时候,从月牙山望过来,桥拱仿佛彩虹,特别优美。桥面铺着大石条,两旁围着石柱栏杆,桥顶有亭,可避风雨。桥面宽约两米,两边摆着小摊,出售纸烟、火柴、花生、瓜子什么的,间或还有给人算命占卦的老头,兼做为人代笔书写信件等事。桥面石阶缝里,塞满了蔗渣、纸烟屁股和马蹄的碎皮,好像从来没人打扫。天鸿说,外江佬到此的印象说了两句话:

抬头看,甲天下;

低头瞧,真邋遢。

花桥后头矗立一座五米来高的大石名叫芙蓉石。石项长一株榕树,枝叶葱茏如华盖,树根露出青筋,爬满了石缝,没见过榕树的北方游客视为奇观。

绕过芙蓉石,往左,沿着几十户人家的一条小巷走,到尽头再往右边山看,便见一拱山门——“普陀山”三个字映入眼前。顺着石阶走上去，在半山腰有两巨石左右顶头夹住，成了天然门扇；穿过洞门，回头远眺山峰，城郭、田园竹木，俨然凑成一幅裱好的山水画，令人赏心悦目。普陀山是因山腰有座普陀古庙得名的。庙宇依山建筑，上下回廊盘旋，僧舍庭院，清静幽雅。如今只见游人盘桓，少闻香火熏笼了。在此，摩崖的石刻不少，有的经受长年风雨剥蚀，字迹不易辨认了；新刻的当代名人所作的，有马君武这样一副对联：

城东佳镜，常绕梦魂，叹半世飘零，遂与名山成久别

岭表旧郡，久经离乱，望故乡英俊，共筹长策致升平

从普陀庙往左，走过小径，出小洞便见一个宏大的洞口，洞额刻有两只大字：“餐霞”。天鸿说，这就是有名的“七星岩”了。从洞口一级一级走下便是深邃的洞穴。到了平地，抬头望去，洞壁倒悬岩浆凝成的钟乳石，琳琅满目，形态各异。旁边有两三个老头，围着一堆篝火烘手取暖。他们是等着游人请作向导，然后，点着火把，引导入洞，指点奇形怪石，说出这样那样的名称，牵强附会地演讲神话。说什么这是“鲤鱼跳龙门”，那是“乌龟抬头看”，自己耷拉脑袋，手举火把，叫你抬头往上瞧。你要是照做了，他可得意地暗笑。从洞口穿过幽暗深邃的洞穴，观赏千姿百态的钟乳石，走约千八百米。穿过山背后，出了洞口，豁然开朗，又是另一番景色。这儿最引人兴趣的莫过于骆驼山了，一座独立地面的石山，活像一只大骆驼昂首阔步，形状的逼真，不亚于大象饮水的象山景致。由骆驼山绕回芙蓉石，然后往右拐，和方才去普陀山的方向相反，便是往月牙山的石径。这山山脚有一浅洞，人进洞内，回头望见洞口的天空，就像半边月牙。但是，月牙山吸引游人的地方却不在它得名的小洞口，可观之处是小洞出来，拐左，沿着傍山面水的石径，弯曲而上，凭临江陡峭的石栏，往下观看清澈见鱼的江面和沿江那边的村舍、垂杨和菜圃，令人襟开神爽。到半山腰，抬头便见一座贴在半边岩壁的庙宇。它险临江流，颇为别致。寺庙香火比普陀兴盛，神殿里常见人们跪在蒲团上磕头，求签问卦。殿前几根柱子，都刻着楹联。学者梁漱溟，桂林人，其父曾为清末京官，因愤慨辛亥革命推翻了帝制而投(昆明)湖

自尽,以里人身份题一副长联,没抄录下来。苍梧李济深、合浦陈铭枢两位将军各自题的楹联是这样的——

欲尽忠诚报家国,敢辞戎马步安闲(李济深)

阵排天马驱阳朔,瑞发奇峰出桂林(陈铭枢)

从庙里出来,向左边行走,石径倾斜,苍苔路滑,只能抚栏朝下移步。到山脚,即为龙隐洞出口处。洞内长约十三米,宽约十米,高达二十米上下,洞顶呈拱形,如同列车车厢。洞壁光滑无钟乳石,正中有条大裂缝,传说一条隐龙从此破壁腾飞而去。龙隐庙立在洞后的山边,庙旁有真隐和尚的居处,那里有能容百来人的小洞,四边和穹隆顶上布满了令人目不暇接的石刻,其中不少出自名家高手,可供观赏。和天鸿稍憩片刻,便从龙隐岩侧畔走过浅流的跳石往回走。

过了浮桥,看看日虽偏西,却未见晚。于是,趁着脚力还健,便往右边小巷,顺着漓江江畔行走,伏波山便在巷口等着游人光临。这又是江边冒起的一座独立石山,比独秀峰矮了大半截,但自有其奇趣。山脚临江有息侯祠和玉皇庙,旁边搁着一只偌大的鼎锅,传说是祠院里一位叫智仙和尚的捐赠,专为化缘的云游和尚煮吃的,一次能下三百斤米,叫作千人锅。千人锅旁边有口高出人头的大钟,四周围着铁索,作为文物保护。息候祠下面,有一洞口,人可低头弯腰走进,宛若隧道,走约三十步,豁然见到亮光从洞口射入。朝拱门洞口望去,原来是从北流来的漓江濒临洞口,然后绕过山脚继续南流。江面泛舟三五,竹筏成排,乡渡欸乃,生趣盎然。抬头见到洞内石壁犹似屋檐伸出江面,遮住阳光,游人可在江边大块石板上席地歇脚,任意观景、洗足、游泳。穹隆吊下一根石柱,离石板地面仅十厘米左右。传说汉代马援(伏波将军)当年在此磨剑,把石柱削去一截,故名试剑石。崖壁摩崖石刻诗文、雕像,比比皆是。米南宫的雕像,形状肃穆,类似古籍中的绣像。

从还珠洞退出,往北,经本龙洞一,左拐,沿石径登山,便攀上叠彩山。叠彩山山门正在仙鹤和明月两只山峰当中,乱石层叠,状如花团锦簇,望去宛若叠彩。进了山门,两旁设有佛殿,右厢另辟有亭台,是纪念两位明代守城抗清、城陷被俘，宁死不降的烈士。继续前行，通过山腰间前后相通的洞口，风势特大，名叫风洞山，夏日游人到此，多在两旁石凳坐下歇脚细赏岩壁的石刻诗文。此刻，春寒料峭，赶紧走过，不敢顶着寒风驻足揣摩。从山后沿着蹊径，勉力攀缘，终于抵达巅顶的明月峰。这儿设有越王坛，传说是五代时为马殷所建。

坐在明月峰亭里，举目远眺，全城风物尽收眼底。远山近水，仿佛徐悲鸿画的《烟雨漓江》。看看罗列于眼前的独秀、伏波、象鼻、老人和斗鸡等山的奇秀，再俯瞰漓江，清流环绕，蜿蜒而过，韩愈“水似青罗带，山如碧玉簪”的名句，不觉来到嘴边。

天鸿说要看山水的美，非得乘木帆船到阳朔一趟才真领略得到，说是泛舟漓江顺流而下，两岸山峰倒影江底，就像人在画中游，那景致可是妙不可言。还说，漓江水清，能见到河床晶莹的卵石和活泼可爱的鳜鱼；清明过后，天气稍暖，月夜泛舟中流，品尝鳜鱼美味，仰望碧海银月，可比苏东坡《赤壁赋》还要风流呢。

听天鸿这样一讲，不免有动于心。向往着美景，憧憬着赏心乐事，跟着而来便想起了家乡，想起了童年天真烂漫的记忆。

天鸿见我陷于沉思，含笑问：“回乡几个月，有了艳遇吧？”

“艳遇？没那份心机。”我说，“不过……怎么说呢？似乎有个发现，发现新大陆——发现什么叫作美。”

“真是个诗人，话越讲越玄。”

同天鸿讲来讲去，终于把人托买耳环的事讲了。天鸿说：“好家伙，那你就不要叫人失望啰！你们合训所结业之后，不是都要回本县的吗？”

我说，结业后是不是回本县，还说不定；回不回和买耳环的事关系不大。“人生与其眷恋于过去，不如憧憬于未来。特别正当年轻时候，即使前途风险莫测，也比吃回头草诱人。”

最后又补充说一句：“总之，生活不免矛盾，理智和情感两者在天平上，往往不易取得平衡。爱美和志趣常常相互打架，统一不起来！”

2月21日　晴　和大家一齐，都到“省图”大门前去徘徊，等待复试的榜示，半天无消息。

也许昨天游山太累,一早觉得头晕、口渴、发烧,莫非病了不成?拿万金油擦擦太阳穴,似乎好受一些。

陈升来说,一定是感冒了,去药店买六神丸和温开水喝下准没事。同他一道出街,买六神丸和王老吉凉茶喝了,还去照相馆合照留念。

晚上,天鸿来,一边替我在背上刮痧,一边开玩笑说:“不是怀乡病吧。”

2月22日　晴　在“合训所”门外的墙上,终于贴出了一张长长的“榜示”。九十八个县,一县一人,加上广西银行保送的二十名学员,一百一十八个名字都在上面了,没谁落榜。各人心上的石头总算落下了。本来是录取了的学员,当天即可搬进宿舍的,只因结了业的“统训所”学员今天还没走完,“合训所”的人还得在外头旅店待一天。

和邓铭商量,索性搬进教室去打平铺,将就睡一晚,少花两元钱店费。没想到,这样做的人还不少,一个大教室陆陆续续住满了人。到晚上,大家躺下之后,活像一片西瓜地。半夜,有个永福县的老大哥,在大家鼾声如雷当中发梦呓,作演讲,引人忍俊不禁。

2月23日　阴　凌晨,五点来钟,天还黑漆漆的,一阵哨声把人催醒了。百几十个同学个个争先恐后地直往洗漱间抢水龙头。

早操过后,进早餐:白粥、腐乳加油条。油条、白粥加腐乳,八股文章千篇一律。不过,桂林腐乳别具风味,细腻、香滑,的确名不虚传,是不是同著名的桂林三花酒一样,与漓江水质分不开?

八点,我们百多号学员在图书馆大门口排成二路纵队,由一位军事教官率领,进入省政府正门,绕过办公大楼,走进一座会堂,举行开学典礼。

会堂红砖绿瓦,尖顶飞檐,四方八角,造型庄重。说是当年孙中山大元帅莅桂督师,曾在这儿作过《三民主义》的演讲。

典礼会场虽然没有特别布置,但为标榜当局对举办合作社事业的重视,除了兼任所长的建设厅厅长陈雄,居然还请得省主席黄旭初莅临训话。来宾中,还有农民银行行长、农本局的主任、专员等等官员和专家。

所长作了简单的致词之后,省主席便对“合训所”的创办宗旨和使命作了一番阐明。说社会的组织恰如一架机器,如果一架机器当中有只小钉或某个部件起了锈,它便会停止运转。所以社会上的各种机构,都必须时时加以修理。诸位将来毕业出去,便是要做修理工夫。接着还讲:众所周知,我国此次决心抗战是长期的,全面的。要求前线将士能够坚持打下去,当然非靠后方的民众支援不可。民众拿什么去支援呢?当务之急,就是要改良农村经济,扶助农民增产粮食、棉花等农产品。时势急迫,诸位经过短期训练之后,就要被委派下农村去担当这个重任。不过,诸位到乡村工作,每天都要跋山涉水,访问、请教于农友,只有对农友生产状况熟悉了,才好指导他们合作办社。同时,自身必须明白,合作社的宗旨是“我为人人,人人为我”。你们出去做这项事业的指导员,职务是高尚的,生活却很清苦,没官可升,没财可发,只能做个廉洁奉公、为农友谋福利的公仆而已。诸君都是热血青年,造福于人类社会,应当是大家所高兴的。希望好自为之!随后,两位来宾都作了演讲,无非几句勉励的门面话。中央农本局来的一位专员魏竞初兼任所里教务主任,讲了有关合作社业务规章制度和发展前途的话,说目前先从试办“农贷”开始,扶助农业生产,中央农民银行拿出五百万元向农村发放,满足农民买耕牛、农具、种子和肥料等春耕的需要。还说,合作社是一种新的社团,农友一时还不懂办,你们作为政府指导员又缺乏实际经验,所以第一步先从农贷互助社入手,让农友入社,统一向银行申请贷款,解决春耕急需。如果第一步农贷办得好,下一步即行改组,正式成立信用合作社或生产合作社。农贷利率规定为六厘,这就大大抵制住高达百分之三十到五十那样惊人的高利贷剥削,对农村经济必将有大大改良……

一边听,一边想:中央农民银行向农村发放农贷,迟不来早不来,为什么偏偏这个时候才向广西农民大发慈悲呢?是不是日寇侵占了华北大片农村,金融流通市场缩小了,不得已而向广西寻找出路?当然,农贷利率比高利贷低得多了,但是,五十步笑百步,剥削的性质还是一样的。

在冥想中,忽然听到司仪高喊一声:“礼成,散会!”人们叽叽喳喳,活像鸭棚里放出的鸭群,都到礼堂前面的王宫台阶,列队陪同省主席合照留念。

2 月 24 日　阴　开始上课了。

教授是建设厅里的一位技正,名叫张世超,法国留学生。原桂系三巨头——李、白、黄的黄绍竑(现新任第二战区副司令长官)的妹夫,说是在法国留学时,同"五四"时代出过风头的女作家陈学昭是朋友。在外国学的是林业,现在向我们讲授的是"合作社概论"。讲课,先没发讲义,只靠学员自己做笔记。好在讲的慢,还能记得个大概。

从授课时间表的编排上看,最引人注目的还有一位马保之,马君武博士的公子,德国某大学学农业保护专业,同乃父一样,获得博士学位。人长得矮小,神气却挺精灵,听说,在广西大学对待学生十分严厉。另外还有几位老师都是建设厅里的技佐和农本局的专员,专办合作社业务的。课程方面,有世界合作社发展史、农业科学、合作社会计、信贷合作社章程等等。

训练期限原定是三个月,但因春耕已近在眼前,农贷必须及时发放,授课就得打快板,把必要的课目赶一赶,结业时间可能要提前。

感冒一下子摆脱不了,外冷内热,刮痧、服六神丸、擦万金油都不大顶用,挨着吧。

晚上赶写两封家信:一封给家里,一封寄南雄给曼哥,报告到此入学近况。

2月25日　阴　晚上,天鸿来,高兴地说他考完毕业试了,过几天就动身回家。拉我去省府公寓找小同乡黄济夫,他同吴跋是省一中同学,是间接的熟人,初中毕业后,考进省府当速记员,颇得黄旭初赏识。到公寓大门,门卫不让进,转到街上倒是见到了。此人小矮个,沉着冷静,颇有衙门小官员谨小慎微的调调儿,语言不多。

买到《全民抗战》(三日刊)小报和信笺信封回来,给龙州教导总队吴跋(他在那里当见习官)和广州的黎秀统,各写一信,告诉他们目前的通讯地址。还告诉吴跋,对黄济夫的印象。

2月26日　晴　病魔总算脱了身。头一次参加早操,操场就在王城公园的一个角落。那里几株碧桃开始绽开深红的花簇,条条柳丝长出点点嫩叶,像珠帘。空气格外清新,春天气息比桂南迟了一个月。

独秀峰上,有时发出凄厉的警报声。然而此刻,却有人提着鸟笼来此闲坐,静听画眉唱歌;有的则慢悠悠地打太极拳、击剑……悠闲自适。

2月27日　晴　植秀寄到家去的信,转到这儿来了。他说开始是在湘潭入伍,不久,调防到常德。常德是女作家丁玲的故乡,风景优美,气候宜人。说是有一趣联,说出湘省风物面貌:“长沙沙水水无沙,常德德山山有德”。最近又调到桃源县,说歌词上有“桃花江是美人窝”。传说又有“湘女多情”的话,也许他初来乍到,却未发现真有多情的湘女。说:“纵有可丘八的寒碜,怎会得到倩女青睐哉!一笑。”

既然知道了他确切通讯处,趁着星期天,可以躲到课堂去写信了。

给植秀写了五张信纸,扼要地将还乡的惆怅,对“到陕北去”的彷徨以及意外来到桂林的机遇,毫不保留地向他作了倾吐。

我说,这意外的“姻缘”,说实在的,并非出于心甘情愿,也许导致“遇人不淑”的悲剧。然而,当着彷徨、惆怅的时刻,只能慌不择路,正如俗话说的,“瞌睡遇上枕头”,枕头未必很理想,先对付一下再说了。合作社事业以其标榜的宗旨“我为人人,人人为我”来想,至少能超脱于贪赃枉法的官僚泥塘。何况,萍水相逢的情妇,权且同居,并不妨碍分手的自由,那又打什么紧呢?总之,后事如何,且走着瞧吧。

拿信到邮局去寄,顺便到新迁来的开明书店买到两本小册子——其一是《战地归来》,其二是《抗战中的民主问题》。有了书,就像见到朋友,大可以聊天、交谈心曲了。

3月1日　晴　课程是照着时间表进行下去的。同学们晚上自习时间抓得挺紧,愁眉苦脸对着讲义发呆。我却找天鸿去轧马路。学习跟志趣联不成一体,正如缺乏爱情的盲婚,真是空度了青春韶华。

在生活书店买到一本胡风主编的文学期刊《七月》,里头有艾青的诗,有黄既的小说,有吴伯箫的散文等等,内容充实。能经常看到这样的读物该多好。遗憾的是,抗战以来,文学刊物几乎销声匿迹了,武汉取代了上海文化中心的地位,却只有这么一种薄薄的刊物。都说,作家们不是往战地跑便是“到陕北去”了,一时顾不上弄笔杆子。郁达夫为此有一篇文章讲到目前作品少,原因可能正如李商隐两句诗所说的:“此情可待成追忆,只是当时已惘然。”文学作品,尤其是比较成熟的小说,恐怕等到事过境迁,人情世态经过时间的沉淀,才容易观察、辨别其真假、善恶吧?不过,比较起来,广州方面似乎生气蓬勃一些。茅盾主编的《文艺阵地》上面就有张天翼的《华威先生》，姚雪垠的《差半车麦秸》和吴组湘的《差船》，夏衍、欧阳山也常在上面有新的作品；另外还另有一种胡春冰编的《战时文学》；《救亡日报》还组织文艺通讯员写报告文学，召开座谈会等等。文化果真随着抗战形势而南移了吗？

詹尊琬来信，说打算毕业后也要去陕北，要我耐心等待。若能同他携手同行，一道投入民族解放的洪流，那应当如同喝上醇酒，令人微醉。

3月2日　晴　早操时间，军事教官领全体学员出王城西门，去木龙洞观察我们的防空去处。路经省医院门口，穿出城门，迎面便见漓江蜿蜒流到脚下。教官口令，变换队形，走成一路纵队，沿着依山临江的石径直走。前面不远便是一座石山朝我们张开大口。到了山口，教官一声"解散"，大家就像小学生郊游，随意观赏。有的进洞看千奇百怪的钟乳石，有的站在洞口，看望远山近水的风景，有的寻觅脚下的春草野花。初升的旭日，驾着灿烂的朝霞，倒影于碧绿的江底，十分奇丽。远望，千山峰峦，隐约出没于雾霭的纱带之中，使人游目于天外；近看，江水如缎飘浮，仿佛巨蟒，窜入青翠的竹林。渔舟三三两两漂泊江面，乡渡船只来来去去，疾徐自如。柳丝宛若少女刘海，杜鹃花苞初绽，犹似笑靥迎人。布谷鸟在山后传来声声啼唤，蜜蜂在花丛奏鸣乐曲。

春天把大地装饰得如此绚丽多姿，令人感受生活的美好而萌生眷恋与追寻的遐想。

3月3日　晴　午间，出街买几本练习簿和一本小册子：《宣传组织和训练》。这是给当前抗战时期做宣传工作用的，看看也增长一些知识。

每晚自修时间两个钟头，将白天听课的笔记和部分讲义，作些整理和摘要，便将阅读课外书刊的工夫给挤掉了。自知志趣不在此，但因境遇所限，不得已而为之，实在没劲。心想：长在桂南的香蕉，不但能结果，而且硕大香甜，若移植桂北，只长叶，而无果。事业要是不适合自身志趣，恐怕好比花果不适宜于土壤和气候，是难得成功的吧？

3月5日　晴　眨眼工夫，又到星期六了。

晚上，不必自修。可以同天鸿出街看看热闹了。天鸿情绪不佳，哭丧着脸，说放在陈斗处的五十元钱要不回来，没路费，回不了家；同学们都快走光了，自已走不了，空焦急。陈斗，一个汽车行老板，几十元钱都周转不过来，可见各行各业不景气，生意艰难。

为了变换天鸿忧伤的情绪，邀他去明星饭馆品尝裹蒸粽。这是广东肇庆风味食品，这儿仿制。里面除了肥肉、绿豆还下有虾米、板栗，滋味并不比广东肇庆地道的差。当然，比起家乡的年粽那就小巫见大巫了。吃着它，不免引起一缕乡思，触动天鸿归心似箭的情绪。

3月6日　晴　星期天本来无课，却忽然下来通知：民政厅厅长雷殷要来所里向全体学员演讲，叫各人到课堂等候。

时到九点，突然一声"立正"，同学们肃然起立，屏着气息朝门口张望。一个身体魁梧、头发斑白的老人，由本所教导主任魏竞初和建设厅一位秘书陪同走进课堂，面向着我们。教导主任作了简单的介绍，老人便含笑吟吟地登上教坛。先拿起粉笔往黑板写"合作"二字，然后，朝着我们发问："合作的反面是什么？"谁马上应声回答："不合作"。老人说："还有一片散沙，乌合之众。"接着，厅长言归正题，说不合作的害处很大，中国过去的军阀混战，就是不合作的结果。为什么不能合作呢？归根结底，就在于人们的自私自利劣根性没有铲除。一群羔羊被狼咬，那是由于羊群不懂得合作；一个村庄遭土匪打劫，也是该村的居民不合作抵御的缘故。我们中华民国，人丁四万万，之所以被小小的日本侵略，还不是因为举国上下从来没有建立真正而牢固的合作基础嘛。他说：记得小时候常听老辈人讲句俗话，"众塘崩，众屋漏"，还不是不合作的缘故吗？最后，说："诸位办合作事业，责任重大，希望能把千千万万的散沙捏成一块石头。人人通力合作，个个同舟共济，社会便得安宁，事业便见兴旺，抗战必获胜利，国家必将复兴。敬致芜言，愿与诸君共勉！"

厅长话音一落，教导主任领头鼓掌。同学们目送厅长一行跨出门槛，便争先恐后往两边小门溜走。

邓铭从背后拍我肩膀，悄声问道："感想如何？铲除私心，谈何容易！他自己就办不到。只要私有制度还存在，个人想要去掉私心，那是痴人说梦话。"

我说："个人总是离不开社会的，自己靠自己怎能求得生存和发展呢？鲁滨逊还有个'星期五'呐。"

邓铭说:“别管那么多。我请客,上茶楼饮茶!”

3月7日　阴冷　昨天气候已如初夏,人们都换了季,街上行人,多着单衣。不想一夜之间,天气变得那样快,一早起身,冰冷袭肩,非得披上棉袄,下不来床。早操伸出胳膊,手指像被针扎。好在教官自己也觉得支持不住,提前收操,阿弥陀佛!

在信架上拿到三封来信。家书值万金,真是喜出望外。

家信说,曼哥来信叫雁嫂将妙哉留家,要她去广州,如敌机空袭紧张,即同她姑妈一道过香港住。但丢下女儿,雁嫂很舍不得,去不去,还在踌躇。信上还讲:今年开春以来,风调雨顺,花生、玉米已播完种,有的已长叶芽了。母亲健饭如常,不必分心牵挂。

第二封信是国强写来的,讲他参加的抗日青年先锋队(简称“抗先”),寒假中下乡进行“唤起民众”的宣传活动,有经验也有教训。事情往往总是有收获也还有不足,所以才要继续奋斗。显然,王君由于参加先进团体,比起其他同辈,思想认识是略胜一筹的。

第三封信是何进讲的两件事:其一,东门街小学增设高级班,向附近乡下招收学生,报名超过百名以上了。乡下学生超龄的多,显然是为逃避兵役才读书的了。其次,讲他的近况,顺便提到一句,阿丽向他打听,问我什么时候才得回去。

3月8日　冰雹　刚洗完脸,便见落雨。落雨就不必脱下大衣去挨一个小时早操的风寒了,同学们都像小孩得到新年的鞭炮,高兴得不得了,教室里洋溢着轻松欢乐的气氛。

趁这一小时的空隙,首先给国强回信,要他注意陕北公学和“抗大”的招生消息,有这方面的新闻,马上来信!

其次,给何进写了这样几句:“君问归期未有期”,“纸短情长,欲言不尽”。

事实上,归期无信,并非玩笑。这两天已听流言,说是我们这期“合训所”结业后的工作方针,省府开了几次会讨论,决议把原来的设想——一人一县,各回本县任职,全省同时举办农贷的方法作了修正。理由是因为是新办的事业,缺乏经验,各自回县独立作战,恐怕办不好。还是集中人力,先试办二十个县,取得经验后，便用巡回方式，办好一批再办一批，逐步分批推行。等到全省都办完了，我们百来个指导员，调回省里集训若干时候，然后再派出去举办由农贷互助社过渡到信用合作社或农业生产合作社。到这时候，各人也许才能回本县了。到那时候要多久呢？谁也不能预言。

所里没有明文正式公布，流言终归是流言。然而，在同学中却引起这样那样的波澜。有家室之累的人，不免为归家无期而愁眉不展。年轻无羁的学生仔，则乐不可支，以为因此可以周游各地，到处耍耍。我呢，觉得这样也好，可以亲临其境，具体了解广西所标榜的"模范省"到底是什么一种现状，也许还试写些文艺通讯或报告文学。要是"到陕北去"不成，就这样走这现成的路，也不至于潦倒终生吧？何况听说指导员月薪是桂币四十元（折合大洋二十块），每天还有一元半的出差补助费，除去伙食和零用开支，每月多少还有一半积蓄。干它四五个月，"到陕北去"的路费也就足够了。不管怎样，前途大可乐观。

正在埋头写信想心事时刻，雨在窗外作起威来了，一下子叮叮呤呤地敲着玻璃，同学们嚷嚷起来："看，落雹啦！"跟这呼声，每个窗口都挤着人，抢着将脖子往外伸。冰雹落到地面，一颗颗跳蹦，一会儿工夫，地面仿佛撒下白色的玉米。等到上完三节课时，下楼看看，冰雹颗粒变成细沙了，一小撮一小撮像盐场上晒着的食盐。

3月9日　阴　午休时间，到图书馆看报。广州《救亡日报》载有裴琴、林林关于"征求农村文艺通讯员"一则启事。看完后，不禁见猎心喜，马上把他们的联系地址抄下来，准备按手续填表，申请加入当一名社外的文艺通讯记者；将来下到农村，可以将所见所闻写写通讯。

正在沉思当中，有人从背后拍一下肩膀，回头一瞅，天鸿眉开眼笑地说：明天可以走了！陈斗已还了钱。阅报室里虽有火盆取暖，却不便长谈。天鸿说："这样吧，我现在去车站买车票，晚上再来。你要有东西带回家，准备一下。"

送他出门，走了一段，说桂林什么东西都比南宁贵，没什么要带的了。只说临来阿丽托买耳环的事，是不是请天鸿帮她带回。"不过，她又要我亲自带回给她。"天鸿凝视我眼睛，意味深长地说："噢，那，我可就代劳不了了。"我说："但是，我什么时候才能亲自带回给她啊？"天鸿说道："迟早总得回去的吧？"

"她也是这样讲。"

"那就得了呗。人家是诚心等你哩,你真是——电灯泡不通气。好,我走了。晚上再聊。"

晚上,天鸿果然又来,又谈起午间那个话题。我说,她也许是有心盼我回去的吧。我已说过了,她的确是那样单纯、天真而且那样窈窕迷人,然而能理解我吗?在一起,话很快便谈完的!正如故乡可爱,多少游子的心为它牵动,不少诗人为它作出传诵千古的诗篇。但是,那空间毕竟有限,实在难系我极想翱翔于无限的心。

天鸿似乎理解我的心情,也就不再往下深谈了。

3月10日　阴　连日阴雨停止了,北风却不肯敛迹。

当我们百来个人晨操——跑步街头的时候,街上冷冷清清,店铺还没开门,只见零零丁丁几个行人在寒风中哆嗦。我们的队伍在军事教官"一二一"的口令下,咬紧牙根,握住拳头,顶着凛冽的寒风奔跑。跑了十多分钟,身上虽然暖起来了,手指却像被猫咬似的生疼,渐渐变成麻木。看看各人耳朵,仿佛错涂了女人的唇膏,红得像木棉花,鼻涕也不由自主地往下掉。严厉的教官却熟视无睹,丝毫也不肯发点慈悲。

大概是早操衬衣被汗湿了,来不及换下擦身,外面又受冷风肆虐,到下午就不舒服了,头晕,咳嗽,流清鼻涕。又感冒了。

3月13日　阴　感冒了三天,今天才稍微见好一点。

又是星期天,财政厅厅长黄钟岳要来训话,真是叫人气破肚皮。和上一回民政厅厅长来的一样,九点整,人依时莅临。人是年过花甲的老头,说话老腔老调,平平淡淡,缺乏抑扬顿挫,没半点引人注意的地方。训话的中心意思是规劝我们青年人从事一种行业,就要兢兢业业,锲而不舍,千祈不要见异思迁,半途而废,凡事只要坚韧不拔,努力不怠,贯彻始终,总会获得成功。本来这些老生常谈的说教,几句话就讲完了,老人家却拉拉杂杂讲一大堆废话。讲话中打了一个比喻,说合作事业在广西,恰似旭日初升,使它能升到中天,普及全省,就得靠汝等诸君努力,推动其发展了……

太阳的升沉是自然的法则,能容人的主观力量操纵的吗?比喻不伦不类。

至于勿半途而废，固然是劝世的名言。但要使人一往直前，奋斗到底，社会当局就得放开绿灯让人通过。要是处处设置关卡路障，你不是神仙，怎能超越人为的不合理的樊篱呢？人定可以胜天，改革社会却并不容易。

到生活书店，买得新到的《七月》《文艺阵地》各一本。《七月》里，艾青的《向太阳》，唱出了时代的晨曲，唤醒了人们对光明的憧憬；"阵地"上，奚如的《肖连长》，反映在民族解放战争中，鼓舞着同仇敌忾的壮烈士气。有此丰盛的精神食粮，生活感到充实得多了。

龙州吴跋来信，说他有两本书寄回东门，广州国强、光海前信也说寄来刊物，都没收到，叫人纳闷！今天肇庆的杨绍羲信上才讲：目前当局邮检极严，好多私人邮寄进步书籍、报刊都被检查老爷扣留了。

杨君信里还说去陕北的事，在赞成之中又叫三思而行；说那边生活艰苦，而且万里迢迢，关山难越，没有旅伴彼此照应，千万不要急于贸然动身。

3 月 14 日　晴　开始做讲义的摘要。门类不少，样样都要笔记起来，还真得费工夫哩。平日以为凭脑子记就行了，一旦真要写下来就不那么简单，可是又不得不做。虽然对它不感兴趣，知道在实际中未必用得上，只因要应付考试，有什么方法呢？

所里又传出话来了：说课程一要压缩，二要打快板，提前结业。再过两个星期就要考试了，争取下月初由省政府统一分配到各个试验县去，赶在春耕农忙前将农贷办起来。从昨天晚上开始，部分同学被叫到教务处谈话，调查各县的社会状况。经过谈话回来的人，脸上荡漾着得意的笑影。

报上今天公布《兵役法》：凡属兵役年龄的人，不管是政府公务员、学校老师，要是家长代抽中了签的，都得召回家乡应征入伍；否则必须交出百元（桂币二百元）的缓征费，意思是做到"有钱出钱，有力出力"。

其实，真正有钱人，充其量，只不过动他点点小意思罢了。比如报上就披露如此的轶闻：说什么为了响应政府号召有钱出钱，某某长官夫人某某富商太太，热心抗战大业，乐意慰劳前方将士，慷慨解囊，捐献了结婚戒指，听来岂不堂哉皇哉？然而，会动脑筋的人是会想到的：一只金戒指在一位夫人、太太来说算得什么呢？正如一瓢残羹剩饭对乞丐的施舍而已，何尝触动到"有钱"的夹万（保险柜)？但是,二百元桂币,对一个几十元薪水的公务员和死了也买不起棺材的小学教员而言,却是一笔一辈子也还不清的债务啊。“有钱出钱”的口号是无可厚非的,有力出力也应该,天下兴亡,匹夫有责嘛。问题是谁是有钱者？

3 月 15 日　晴　今天见到太阳了。几天来,加在人们身上的自然镣铐得到了解脱,大家情绪都松快了许多。午饭后,聚着好多懒洋洋的人作日光浴,舍不得离开暖和的阳光回到阴冷的寝室去。

午炮响过后,才要转身回教室,背后却有人叫我名字,回头一瞧,啊,原来是在广州认识的张鲁忠。他是邕宁县苏圩人,离我的东门圩老家二十来公里,在广州时,常在一起聊天。去年暑假,他回来考广西大学没考上,现在统计高级班受训,还得两个月才毕业。毕业后,月薪四十元,说“钱多少不在乎了,总比被征入伍当丘八强”。对不公正的现状,谈起来牢骚满腹。

晚上自修时间,教务处叫去谈话,以为什么地方挨抓到把柄了,带着不安的情绪跨进教务处门槛。不想,一位叫林绍忠的教员客气地让座,然后和蔼地问我在哪里上过学,懂讲几种方言。我说除了本地土话,广州白话、桂林官话都能讲。末了,他说结业后,不一定回本县了,问我愿到什么地方工作,比如,愿到讲官话的桂北,还是愿到讲白话的桂南或桂东？我说,哪里都一样,由所里决定好了。

不是吗？到处杨梅一样花。

3 月 17 日　晴《农业建设纲领及实施方法》一课,今天开讲,是聘请广西农业管理处的专家们分别作专题演讲的。头一讲是马保之教授,此人口音,桂林话夹杂外江腔,讲的又急,加上内容又是枯燥干瘪的条文,引不起同学们兴趣,交头接耳、窃窃私语的声音逐渐扩大。这位名教授以为是触犯了自己的尊严吧,居然悻悻地发脾气骂人,怒对年纪较大的同学嘲讽:“那么大个子的人,还有脸这样放肆。嘿！不愿听的,出去！”老师既然发了威,学生只有伸出舌头,噤若寒蝉。但是,脑袋嗡嗡作响,什么也听不进了。“发什么威啊,难道凭他是马君武的公子吗？”下课出来,同学们议论纷纷,抱怨不止。

秀统、尊琬各来一信,讲的总也离不开失学失业的苦闷、彷徨的心绪。对我有此机遇,表示羡慕,但又希望暑假中能一道“到陕北去”！

3月18日　晴　曼哥直接来信，对我未能实现“到陕北去”而屈就这胸无大志的行业，字里行间，表示不悦之情。正如四年前违背他不学理工科、将来当个工程师的期望，而竟自选学师范、甘作没出息的教书匠一样，很不以为然。

但是，他也没想想，在这不合理的畸形社会，种种因素决定着个人命运，个人的才能是难得正常而充分发挥的啊。何况个人志趣若不在此，勉强撮合，也未必能有成就。到陕北去，何尝不是梦寐以求呢！但是，路费从何而来？也许冒充沦陷区流亡学生能混过关。然而，长江以南还未变成焦土，怎能流亡北去？

3月19日　小雨　早起见到地面上湿润，柳叶亮晶晶地饱含着水分，桃树下铺满了落红。虽然是阴雨天气，却不见寒冷了。早操不再激烈的跑步，改做柔软体操。柔软体操显得松懈，大家的精神似乎振作不起来。习惯顿然改变，总不是滋味。

讲“家畜防疫”专题的教员说，广西农民的命根子是一头牛。牛是农家主要的劳动力，也是农业生产的根本依靠。政府预定要办一种“耕牛保险合作社”。

这样一来，银行增加一笔收入，农户耕牛有了保险，公私双方都有利。不过，这只是给发高烧的患者作冷敷，治标不治本，还是不可能给农村经济的痼疾起到止咳的疗效。

3月20日　晴　下午上街理发，顺路进生活书店买得普列汉诺夫的《艺术与社会生活》，恩格斯的《费尔巴哈论》和邹韬奋的《读书偶识》。

晚上，自修时间本来打算要为应付结业考试的。同桌的邓铭却格外兴奋，说有话非找我“倾倾”（广州白话，类似北京话的“聊聊”）不可。一谈开去，便没个边，一点半钟的自修，白白让给扯淡了。原来是他从别个朋友那里得到他那位女友一封长信。信上意思是：盼望有一天，在宝塔山下，从千千万万朝圣般奔来的青年中，梦一样出现他的身影！末尾给他写来这样的长短句：

梦里惊闻南归雁，
缺月落窗前。
离人惆怅天涯远，
翘首南天，

寒尽应是东风来，

解冻延河边。

我说："好一句'解冻延河边'，人家正在等着啊。去吧，去吧！"

邓铭沉思片刻，喃道："若是两情能长久，又岂朝朝暮暮……"

下自修铃声忽然打断了他的话。

3月25日　雨　五天来，精力、时间全都用到应付结业考试了。

今天开始考。一早，在天色朦胧、灯光暗淡的寝室里，每张架床上人们都在蠕动，伸出脑袋，举起讲义和笔记本痴痴地发怔。原来人人都争分夺秒，做临时抱佛脚、生吞活剥地强记。

离考试还有半点来钟，院里都聚了人。平日喜欢逗乐的，此刻却成了老成持重的老头了。人人都是一副严肃脸孔，提心吊胆，屏着气息静听考试的铃声。

今天连考三门学科。除了"农贷业务"一门自觉答的不够理想外，其他两门，都还称心如意。不管怎样，总算过了一道关卡，可以歇下透口气了。明天的三门，分量都比较大，晚上自修时间延长一倍。同学们精神上处于紧张状态，个个好比和尚入定，鸦雀无声。只有邓铭和我照旧若无其事，边剥马蹄吃，边说悄悄话，气得邻座的人紧皱眉头。心想，黑夜过去，白天总会出现。再难挨，日子都会过去的。

3月26日　阴　令人战战兢兢的结业考试过去了。同学们都松了口气，脸庞莫不浮现一丝笑容，活像小孩得到压岁钱和鞭炮一样的高兴。凭着曼哥汇来的三十元汇单，去教务处请得了假，出街取款。手上有了钱，可以进书店、上饭馆、逛商店。到生活书店买一本《中国农村经济基本知识》，四本《全民抗战》三日刊。然后去钟表店看看表价。想买只表，一来为下乡工作应用，二来作纪念曼哥的惠赠。怀表好呢还是手表好？拿不定主意。

去年从广州回南宁，考进了军校的培桂中学同学施礼，本来对艺术特别爱好，除了文学，还喜欢绘画，拉得一手小提琴，一心想考"音专"。不想战争一来，命运却把他推到军人的行列中去了。今天来信，情绪忧郁，跟植秀在防空学兵教导队的苦闷差不多，懊悔走错了路。说操练、演习，种种术科的辛苦倒不怕，怕只怕付出这种辛苦的代价不值得。

看来,政府虽然抗战了,冲破了外敌入侵的阴云迷雾,但是,内部却仍存在着这样那样人为的沟渠,阻拦青年们迈步前进啊。

志趣之于职业,恐怕正如土壤气候之于林物吧,不合理的社会条件不改革,个人的志趣是得不到合理的发展的!

3月27日　晴　结业考试完了,又是星期天,还加上雾散天晴。太阳从薄云的纱幕抛头露脸,好像是给我们作慰劳,心中郁结顿然为之舒畅。

和上思县的韦多富出东门,经过孙中山书写的"革命元勋蒋翊武烈士纪念碑",从老人山麓往北走,见到筑路工人在那里赶铺湘桂路铁轨。这段铁道通车之后,北上长沙南下广州都方便了。广西与外省来往,多了条渠道,风气便不再那样闭塞了吧。

韦是个安于现状、知足常乐的人,除了谈谈十万大山(上思县位于山麓)瑶民的风情,便很少有共同话题了。这时他说,水向东流是一般的常规吧,可是,他的县里有条江却例外,河流的走向是朝西流入明江河。所以流传这样两句民谣——"上思州,水倒流,富贵英雄不到头。"事实确实如此,县里文官最高当到县长,武官至大做到团长就到了顶,到头来都不得善终。"这难道是风水的关系吗?""你看呢?"我反问一句。"我说,什么风水不风水,归根到底,全靠因人成事。"韦多富有点愤愤不平。走了一段路,我们都不作声。等到转回头时,韦才打破沉默,说道:"你知不知道,有两句民谣是形容我们两个县的,叫作'上思一把扇,绥渌一条线'。从地图看,贵县是东西向,的确像条蚕虫,敝县呢,面积宽阔,像把扇子。"一会,韦又说:"上思,土话的意思是一条长溪,是以流入明江那条小河命名的。"

回到街上,韦君要去拜会一位小同乡。小同乡即将奔赴安徽前线当团长,少不得去见见。

自己一个人又到书店去转转。在代售办书报业务的莫林记报局买得新到一本丁玲主编的纯文学半月刊《战地》和一本《七月》。

3月28日　晴　没有课上,所里正在制定人员分配方案吧,没人来过问我们,大家就像一群脱缰的野马,逛街、游山,随意到处乱跑。

和邓铭、韦多富、曹福明四人，到花桥上花三角钱买得四斤半马蹄，各人用手帕包起，拿到月牙山脚的江边洗净，找块能坐的石板坐下，躲在树阴里，慢慢地削皮，慢慢地啃。一边闲聊，一边观景——看看象鼻山南面一座远山，真像海面浮现的旗舰。它附近的穿山，凌空的山头豁开一个大口，仿佛大半只月亮。传说是马援将军在伏波山这边射出一箭，穿透了石山，留下这样的洞口。

吃罢马蹄，跟邓铭找到可以躺下的地方歪着倾谈。邓不信我在广州那么几年没有艳遇，一定要我向他公开。这真叫我作难，的确没有他那样的缘分。要说起来，只能讲讲去年今日，那段早谢的事吧。

那是在广州郊外江村，省一师生活中留下的记忆。那天，正是所谓艳阳天的日子，刚好是星期天，陪同秀统往高唐镇邮局去领汇款。领完了款出来，见教堂门前站着好些个姑娘等待进教堂做礼拜。她们都是我们学校邻近普惠医院附设的护士学校的学生，每个星期天都得照例走几里路来高唐过礼拜。和黎两人朝她们望望，发现其中有两位姑娘——一胖一瘦，高矮相等，都穿的白衣黑裙，亭亭玉立。仔细打量，觉得她们脸面很熟，原来是每天傍晚我们到校外附近散步，常常和她们护士学校的人走对面，你看我，我看你，拿眼睛说话，由于害羞，从没开口讲过话。这时在此，碰上她们两道火一样的目光，秀统好像被点着了的火球，心猿意马，按捺不住地扯扯我的袖子悄声说道："跟她们进教堂看看！"我们真是鼓起勇气，不管三七二十一，且跟这粥粥群雌悄悄进入教堂。找个座位坐下，听听唱诗班唱的圣母颂，听听牧师讲基督受难。那一胖一瘦两位，不时回眸，嫣然一笑，真叫你心旌神摇，不能自已。但是，"含情欲说心中事，鹦鹉前头不敢言"。出了教堂，她们要集体排队回校了。同黎秀统悻悻然跟在人家后头，保持一定距离，巴望不时送来的秋波。

当天傍晚，和黎商量，在半张信笺上写下两句话——

我俩将名字留在这儿了，祈祷上帝赐予同样的报答！

署两个名字，揣进口袋，照常到校外附近的田间阡陌，公路和铁道散步，准备递给对方。真巧，当我们沿着一排竹林的幽径走到拐角地方，回头一瞧，嗨，两位姗姗而来的倩影,跟在后头呐。见我们回头,立即举起手帕摇晃。黎拿叠成蟹形的字条当空一晃,看看前后没有别人,便撂到竹丛里,赶紧往前走了一小段路,然后回头瞧瞧。她俩走到竹丛便弯下腰去拾起信笺,两人并头凑到一块看。和黎好像小孩偷摘人家的瓜果,急忙逃走。回头又怕跟人家走对面难为情,索性绕过另一条村路回学校,一夜心里都不安然。

第二天,又是这个时候,又是这条竹林的幽径,那两个苗条的倩影,又出现在我俩前头。今天她俩穿的不再是白衣黑裙了,双双换了湖蓝的细纱旗袍,显得分外娉婷。回头见是我们便放慢脚步,等到快走近跟前处,回眸送来会心的笑靥,也学我们昨晚的举动,把叠成蟹形的纸条轻轻搁在竹丛里,然后若无其事地朝前缓步,并不像我们昨晚那样慌张。黎赶快走去把字条拿起,立即把它展开来瞧,上面写的是这样叫人难猜的谜:谁稀罕两个三个字,只要一字就够了!

署名是"黄金",这倒容易明白,一定是两个人的姓。管它呢,反正总算是把门叩开了!

于是,当晚同黎商量了半天,如法炮制,准备明晚再给她俩这样的字条:祈祷罢,中山纪念林园待凤凰!意思是约他们星期天做完礼拜,到高唐的中山林园会晤。

第二天吃罢晚餐,避开别的同学,和黎两人年糕似的又粘在一起,急匆匆地往校外走。又是同时同地发现使人心跳的目标。不过,这时,我俩胆子大了,见到人,马上加快脚步追上。赶到将要擦身而过的时刻,她俩回过头来。目光相遇,见到对方含笑不语,脸色绯红,觉得心跳不已,嘴边嗫嚅,迅速将字条塞到人家滑腻的手上,立即闪过两三步才回眸观察反应。好了,她俩看完字条,抬头朝我俩含笑点头,作首肯的表示。

好容易等到星期天,同黎进教堂,听完唱诗班合唱了圣歌便先上林园去了。黎买甘蔗,我买蛋糕和南乳花生,在比较僻静的小亭子围着石桌坐下。将近一个钟点,仙女果然下凡。说什么呢?一时找不到话头而发窘。那胖姑娘倒大大方方开口诘问:"你们不信基督呀?怎么不听圣经?""要听圣经就没空买东西吃了。唔,剥花生,请!"我老老实实地开了口。

于是,彼此的拘束随着剥花生、啃甘蔗,边吃边谈,紧张的心情逐渐松开,活泼起来了。这时,我才发现那瘦姑娘,是个聪明外露的人,一双水灵灵、又深又大的眼睛转动得十分机灵;用不着开口,心里话都从眼神作了巧妙媚人的表达。鼻子长得不太高,却挺直,跟俏丽的长脸配得格外调合;轮廓鲜明的嘴唇跟珍珠般的牙齿,很有吸引力;两根新留的短辫,又黑又粗;两只耳朵不薄不细,长得很均匀。说她美人,似乎过分一点,但是,她确实那样典雅不俗,绰约可人。也许我情不自禁,眼光在她的脸上停得时间太长,叫她红了脸,含情脉脉地盯我,意思是嗔怪问:老盯人干吗?那胖姑娘,长着滚圆的脸,一笑眼睛眯成一条线,那样的憨厚,那样知足地专跟黎说说笑笑。等到甘蔗快啃完了,她猛然站起,抖落怀里蔗渣,说道:"哎哟,我的妈呀,脚都麻了。太阳下逐客令了,走吧,找个阴凉的地方去。"

太阳的确照进亭子里来了。广州初夏的阳光已经不是叫人感到温暖。依着胖姑娘的提议,离开不凉的凉亭,往外找树阴。无言之中,凭各人感觉,分成了两人一对,走走便各自走开了。

和我走在一起的瘦姑娘,这时她才突然想起来似的,问我:"你猜得出我俩谁姓什么了吗?"

"她姓金。是不是?"我用眼睛指着拐右边去的一对说。

"真聪明。"

"'心有灵犀一点通'嘛!"我顺口嘬起文来。对方只顾歪过脑袋盯着我目光问道:

"你姓陈!对吗?字条是你写的吗?"

我们在一株松树下,移动一块人们常坐的石头,坐了下来。问她的名字,知道是叫丽清,胖姑娘叫月秋。丽清比她少一岁,今年十七岁了。"他多大?"丽清望着黎的背后问我。我说:"他比我大两岁,我是民国七年,公历一九一八。清明是他的生日,我是冬季头一次月圆的晚上来到这个世界上的。'十月岭上梅花香',做生日容易记住。"

沉默片刻,我才说,外国人不是有这样规矩吗,向异性问年龄,那是意味着求婚呐。丽清她沉下脸色,绕个弯子问道:

"我是信上帝信命运的。你信吗?"

怎么说呢？脑子转了转才迟疑地说：

“信上帝如果是指的一种信仰、一种理想，那，谁都要有的。”略为一顿，反问她道：“唔，想起前天你们那字条讲，‘只要一个字’。是什么的一个字呢？猜了好久，还是猜不透。能不能现在就揭谜底？”“不。”“不？就是一个不字？”“猜吧，要你猜中了为止，不给揭底。”心想，是“爱”字吧？可这个时候讲出来，似乎太白了，也太生，像不熟的毛果，又毛又涩，张不开口。

丽清她看我发愣，扑哧一笑：“真笨，人最宝贵的东西是什么？”“爱！”我终于鼓起最大的勇气，把心想的字从嘴里吐了出来。

“真笨，爱从什么地方出来？不是在这里藏着的吗？”她指指她那隆起的胸脯，盯住我的发怔的目光。

我才惊呼：“懂了，懂了，心！一个心字。”但我又说句开玩笑的话：“你想掏人心肝呀？”“就想，肯给吗？”她大胆地凝视着我，不见点头就不肯眨眼。大约过三秒钟才莞尔笑道：“今天四月一号是愚人节，愚弄人不犯罪，知道吗？你不怕我会骗你？”

我痴迷地点点头。

这样，我们四个总算交上了朋友，每逢星期天，要不是为了进城逛书店便同黎去到高唐，进教堂去陪人做礼拜。圣经是乏味的，圣母颂的合唱却很动听。记得曾为这段罗曼蒂克试写过几节歪诗，每节的开头是这样的：

是姻缘还是邂逅，

我俩相遇，正当碧绿如茵的田畴。

这学期，觉得时光过得真快，一下子暑假来了。暑假，在肇庆鼎湖——曼哥驻防的客地接到丽清来信，诉说寂寞的苦闷，盼望早日相见，共诉衷肠。想不到，七月七日卢沟桥响起了炮声。接着，“八一三”上海全面抗战爆发了，八月十九日广州开始遭到轰炸。渴望多年的抗战立即来到眼前，举国上下，全都集中到同一的目标。个人的恩恩爱爱，生死荣辱，全都被抛到九霄云外去了。看到报上，广西当局正在招考学生军，随军开赴前线，配合民族解放战争做宣传工作。消息磁石一样吸住了我，决心奔回广西……

“这就是我一段没有结果的往事。”讲完问邓铭一句：“你信这是真的吗？今天不是愚人节，不会说我编来骗人的吧？”

“她现在在哪儿？还有信联系吗？”邓铭问。

我说，前些天黎来信，说金和他一直保持通信。金告诉黎：丽清她参加红十字会随军医疗服务队，随广东李汉魂兵团出发南浔路前线去了。

“战争，对民族解放，将是严酷而壮丽的，对个人，不免要付出牺牲的代价。”我说。

邓铭感慨地说一声：“比起国家民族来，个人是太渺小了。”

我说：“匈牙利的诗人裴多菲不是有过这样名句吗：‘爱情、自由，人们要的是这两样，为了爱情，我献出我的生命；为了自由，我又将爱情牺牲。’”

3月29日　晴　结业考试的榜示，下午发表。我的成绩居然达到八十分以上，名次排在第九位——十名以内。这真意料不到。真的，自己觉得平时那样懒散，自修时间往往把它花费在跟邓铭扯谈一时的《红楼梦》去了。比起好些废寝忘餐、勤苦钻研的人，岂不是一时的侥幸？要不，难道真像别人说的，有点儿才气？去年正是这个时节吧，头一回试把一篇初写的文章——《期考的前夜》投到广州唯一登载文学副刊的《民国日报》，竟然在《学生园地》专栏发表了。文章头一遭得到铅印公之于世，对个人自然喜出望外，在同学当中，却引起了一阵惊讶的风波，教语文的老师给予了鼓励，都说我对文学有那么一点天分。这，无疑是增加了自己对写作的信心。然而，天分是不能成为决定的因素的，没有个人锲而不舍的毅力和社会条件的机遇，天分将会落空。优良的品种，要是缺乏辛勤的栽培而随便撒在不适宜的土壤，让它自生自灭，也得不到良好的结果。

3月30日　晴　上午，上课时间，教导主任魏竟初召集全体学员来当面宣布全省试办农贷互助社的二十个县份和委派某人到某县担任合作指导员的名单。

我被派遣的地方是永淳县。这是西江大河边上的县份，讲白话的地方，南宁到梧州的水路必经的码头，交通是方便的，文化生活当然就比边远山区好多了，听说物价也比桂林这里便宜。一块去的同伙配了六位，彼此平时不太熟悉。

比较谈得来的都分散到别县去了。邓铭去罗城，情绪不太高，觉得那里是高寒山区，侗族人多，语言、风俗习惯都不好对付。但是，有什么办法呢？

魏主任说，这是初步分配方案，少数人真正有困难的，还可以考虑变动。邓铭私下同我说，晴雯被撵出怡红院是定了的，再哀求，岂不瞎子点灯，白费蜡？何必自讨没趣？"且走着瞧吧。你不是说，要到'那边'去吗？到时，也许我们能一道走。往后，多多通信！"

说到通讯，我必须连写几封，把要去的地址告诉几位挚友和曼哥以及家里。

3月31日　晴　现在吃饭不用排队了，秩序虽然乱点，人却自由了很多。

空闲下来，可以随意阅读书报。丁玲的《战地》不少文章是反映抗战前线生活的，看看可以了解华北战场的种种状况。延安的新天地，有些文章实在诱人向往。

下午，同曹福明出街，到亨得利表店各买一只价值二十六元的手表。曼哥寄来的三十元就此所剩无几了。

晚上，又给家乡的朋友肇琦、何进写信。

4月1日　晴　哪一天动身出发还没个确讯，等待真使人不耐烦。

4月3日　晴　今天是阴历三月初三寒食节，家乡的风俗是上山扫墓。家家户户都得蒸五彩糯饭，煮熟整只猪头和鸡鸭（富裕人家烤整只乳猪），剪着纸钱，带着山炮（大炮仗），一家男女老少尽可能的都往祖坟的墓地去做一年一度的扫墓祭祖。先给坟茔除草添土，然后，烧香、插纸钱、上供品、焚镪冥、烧山炮（驱逐山鬼），最后，收起供品就地吃喝起来，别有一番野趣。孩子们除了点放炮仗，还能采野花，捉蚱蜢、蟋蟀，可是一年中最好玩的节日了。

童年的记忆永远都是那样新鲜，叫人怀念不已。

为寻觅童年的乐趣，吃罢早饭，便跟曹福明也往城外踏青。没想到，桂北跟桂南的风俗不一样，这儿是要到清明那天才拜山上坟的。难怪山头野地冷冷清清，没见到家乡那样的情景，真扫兴。

4月4日　晴　国防艺术社和"艺专"学校为庆祝儿童节，联合举办全省儿童美术展览会。约几位同学去欣赏欣赏。到底是小孩之作，难免画出些幼稚可笑的玩意,同时也显示他们的天真。其中一位(名字没有记住),居然画出了一套连环画,画出他从山东定县流亡到桂林沿途所见的印象,画意深刻而有趣。这恐怕是有大人——老师或家长在旁作指指点点的吧?

街心的体育场有儿童作国技武术表演,烈日炎炎,使人冒汗,围观的人稀稀拉拉。武术的精彩还是抵不上炎热的煎熬。晚上的火炬游行,熊熊的火龙配合着抗战的激昂口号和雄壮的歌声,倒能使人精神为之振奋。

4月5日　晴　“清明时节雨纷纷”,这是一句及时应景的名诗,每年此日,几乎都会叫人触景生情地脱口而吟。可今天在此却没有使人断魂的坏天气,心情随着明朗的阳光出现,格外兴奋。

三月三这里无人扫墓,今天,该是“清明祭扫各纷然”的了?闲着无聊,又跟同学们游山消遣。上老人山,这座高山的头顶,远远望去,的确像个老人的侧面。以为山上会像广州的越秀、白云两山那样,登山上坟的人一定不少。爬到山顶,回头一瞧,一片灌木杂草覆盖的山坡,间有杜鹃、金英等野花作点缀,仍然掩饰不了荒漠景象,扫墓的人稀稀拉拉,比不上累累荒冢叫人触目。

老人山只能远望,到了跟前,就没有象鼻山的鼻孔拱洞那些足以观摩的石刻,没有山顶的“象背”那样的寺庙让人细细品赏。绕过山的东面,看见山下的铁道工人放石炮,不时暴发巨响,跟着是腾起弥天烟云,同敌机投弹的差不多。

下山,走到等待铺碎石的轨道上,经过坐落在路边的老君洞。那是地面上突出的一座小石山的山口。洞内塑有老子骑在牛背像。穿过旁边小院,在墙上有八个仙人的唐代石刻,形状栩栩如生,颇有艺术价值。从洞底曲径可以通天(通达山顶)。但因靠近路边,寺庙已经没有住持和尚或庙祝看守了,洞内十分龌龊。

4月7日　晴　侄婿关耀荣来信讲三件事:一、他失学失业,恳求为他想法提携。其实,我也还在学步,哪能提携别人呢?这岂不是和问和尚要发辫一样滑稽!二、雁嫂已带三哥去了广州。三哥是为逃避兵役去的吧?然而,广州天天跑警报,也不是世外桃源啊。三、最令人伤心的是三哥的女儿突患惊风,竟然夭折。三哥又远在广州,未能为三嫂分担忧伤。

4月8日　雨　盼了一个星期的日子,终于到来了。

上午正八点,全体学员到教室集合。走进门口,令人注目的是,教坛上坐着十多位穿公务员制服的陌生人面对着我们。我们的前排桌面上,堆满了表格、复写纸、墨盒,铅笔、香糊等等一大摊文具。

等到同学们坐定,魏主任才讲话。先将十多位陌生人一个一个的名字以及各人所去的县份和所担任的合作主任职务,一一向我们做了介绍,说明他们负责率领我们合作指导员在该县进行工作,其中有几位是给我们讲过课的老师。

介绍完毕,接下来便是各种表格如何填写,举例说明。完了,叫一县推出一人统一领下各种表格和文具。至于各人的结业证书、半个月薪金、旅差费和"广西省政府合作指导员外勤工作报告单",则由各人自己一个一个上去签名领取。

散会后,被林绍忠教官叫到教务处,单独同我谈话。说我的工作地点,不去永淳了。他负责武鸣、上林两个县的合作指导主任,要我同他一道去武鸣,问我有什么意见。这能有什么意见呢?他之所以提名要跟他一起工作,也许在学习过程中给他有个好印象吧?何况武鸣在全省来说是一等县,全省学生军训总队和省立第九中学都在那里,离南宁才四十五公里,交通方便,文化比较发达,物产也比较丰富。武鸣烤烟叶,在全国还有点名气,夏黄西瓜,在南宁就很有风头。另外,还是军阀陆荣廷的老家。广西头一条公路就是从南宁修到武鸣的。既然调换了地点,我得马上去找分到武鸣去的同事——陆祥、黄品、黄乃珧和张增辉见见面。车票由所里统一办妥了,明早可以出发。各人纷纷上街,有的要买桂林特产,有的要买书,有的要订报,有的要买日用品。街上到处都见得到熟人。

赶到生活书店买得周钢鸣作的《怎样写报告文学》(《青年自学丛书》之一),订阅两种杂志:《抗战》和《中国农村》。

晚上,把行李收拾妥了,邀邓铭、曹福明和黄乃珧去榕园酒家吃夜宵话别。话别桂林,话别前一段生活。从明天开始又要踏上新的道路了。再见,桂林!

4 月 9 日　阴　天色还朦朦胧胧,半明半暗,寝室已嘈嘈嚷嚷了。各人争先恐后,急忙跑到大水缸舀一盆冷水,抹了一抹惺忪的眼睛,怕手巾湿,不好带上路,连脸也不抹便拿起行李卷往大院等候人力车来拉去南门汽车站。

赶到总站,一大长列准备开往各线的车辆已经排在街上了。把行李放好后，看看离开车时间还有四十多分钟，邓铭邀去粥店吃及第粥。他也先经柳州住一宿，明早才转车去罗城。车站周围很热闹，仿佛乡下的集市，有专卖醪糟、包子、米粉和豆浆、油条的小摊，也有手挽篮子来回走动，兜售粽粑或兜售著名的桂林竹筷和梳篦什么的。

旅客们由慌张、匆促而渐渐安静下来了，有的上了车厢，等得不耐烦，紧催开车。司机也真能沉住气，你爱怎么嚷，他也不哼声。直到七点正，才准时启动。

别了，桂林！再见，甲天下的山水！

奇丽的山水渐渐地失落在后头了。憧憬着明天的前途——渐渐取代昨天的眷恋。

看表，车到良丰是七点半，八点半到阳朔，九点半到荔浦。司机习惯在这儿停半小时让旅客进餐。

我们到武鸣的一行五人，一起去一家饮食店开每客五角的散餐，合起来吃，成了一席菜肴了。有荔浦芋扣肉、炒鸡球、炒滑牛和炒鸡肫肝，比桂林便宜多了。饭后，各人纷纷买荔浦芋，我嫌它沉难带，只花两角钱买柿饼。

十点十分，车继续前进，一路上，路面平直，司机开快车——一点钟开五十公里。到榴江，曹福明一行下了车，到达他们的工作地了。我们还要继续上路，下午两点半，才到柳州。

住进民生酒店，刚盥洗完，邓铭来找。他坐的车比我们的还快，一点半便到了。同他走浮桥过河。他要买表，我要买衬衫。几乎找遍了所有商店，衬衫没影子，手表比桂林的贵，带着失望的情绪转回酒店。

还好，房间朝南，面临柳江，空气通畅，光线明亮，可以舒舒服服地享受一番了。

邓铭坐定后，悄悄地说，省政府最近有禁令颁发：抗战期间凡是政府公务员，有擅离职守者，一律绳之以法，均予严办。“所以，”邓铭观察我的表情，然后郑重其事地叮咛一句，“阁下行动千万谨慎！”“谨慎？”心头不禁一怔。

4月10日　晴　车从柳州往南奔驰，越走，两边田地越见枯槁，越见这枯槁的田地，越叫人发愁。往年清明，正是春插的农忙季节了，如今田地却在冬眠，一点生机也不见，不见水，也不见青苗。要是桂南一带也是如此的赤地千里，那，玉米下不了种，春荒如何度过？

我们到武鸣去的五个人，黄品请假回平南老家取夏衣，陆祥要回永淳携带家眷，张增辉也回上林料理家务，车到宾阳，他们各自转车走了，都说后天准能赶到武鸣。

和黄乃珧两人来到南宁，下榻大陛旅社。按林主任临行的嘱咐，在南宁等他一天，后天等他来到再一起赴武鸣。

晚上，捡出冬衣包好，拿去西关路邕州客栈找同乡帮忙带回家。幸好巧遇街长汪锦盛，过两天他回东门，可以帮忙。本来要向家里捎口信的，汪急着要去特察里喝花酒，顾不上多说话了。

4月11日　晴　又去邕州客栈看看有没有另外的同乡。不想，见到南乡中心校的学生黄灿初。他说，同他一道出来想升学的同学不少，但，很难，省一中两三千人报考，只取两个班。有的人只好读私立中学，住客栈包房、包饭，每天来回走读，等于读补习学校。明年再考省立的，反正读私立比去当丘八的强。

听听这番议论，能说什么呢？不如跑跑书店还好。

走过中华电影院门口，见广告，正在上映外国片《雷梦娜》。花两角钱买了门票，走进场里一瞧，空空荡荡，一个人也没有。找到位子坐了一刻钟，几个捧着托盘卖瓜子、香烟的小贩才懒洋洋地陆续出现。也许是日场，人们午觉要紧，不肯花钱来打盹；或许是外国影片，不合观众胃口，等到放映，才只有二三十人。其实这是莎士比亚的名著改编的，剧本的改编，导演的手段，演员的表演，都相当成功。主题意义深远，叫人回味，比国产影片高出一头。然而竟未赢得更多的观众，这难道是阳春白雪、曲高和寡吗？

下午五点，林主任到了。对他讲，陆祥他们几个到宾阳后，分别回家的事，说他们至迟大后天准能赶到武鸣。林表示宽容，没讲什么，只问我们明天的车票买到了没有。我说，见不到他来，还不敢买。

林主任他个子不算高也不见太矮，长得干巴巴，好像一辈子也不见胖的人，眼神挺精明，沉着稳重，谈吐颇有见地。心想，在这样的上司下面工作，可能会顺利一些吧。在桂林就听人说他是曾当过右江苏维埃主席、现任延安高等法院院长雷经天的外甥。雷是南宁津头村人，林是亭子的西江岸，看来可能是真的。

4月12日　晴　一早，和黄乃珧、林主任一道，走北门，赶到公路局汽车总站，等了半点来钟汽车才来。行李要过磅，然后交司机搬上车顶装载。林主任说："这儿到武鸣四十五公里，点把钟就到了，到武鸣再吃饭。"路上林主任讲陆老帅的故事，说武鸣是这位绿林出身的督军的老家，老帅封建意识十分强烈，把省会从桂林迁来南宁，好靠近老家。南宁的督军署他也少住，经常坐镇武鸣街的上将第和明秀园别墅，遥控两广军机。由于他拥有兵权，实力雄厚，清末民初，不论清室张勋、袁世凯还是辛亥革命的孙中山，莫不把他看作是一股足以左右政局、不可一世的势力。不过，历史无情，到底螳臂终难挡车。

车七点启程。沿途所见，尽是一片秋后似的田野，旱情相当严重。车里人莫不为此唉声叹气。著名险峻的高峰坳总算见到了。前头的车辆像只疲惫不堪的巨兽，在弯曲险陡的路面挣扎爬行。初次到此的旅客，情绪都很紧张，担心车辆翻倒。通过山顶坳口之后，车往下滑行，又叫人提心吊胆，唯恐车向左边滚下深谷。好容易到了平地，才透了口气。

八点三十分，左前方的树林上头冒出一座塔顶，武鸣县城已映入眼底。林主任指着塔说，那叫文江塔，是马君武父亲在此当知县时题的名和书写的字。右边一片场地上，原是陆大帅的兵营，现在成为全省学生军训总队的操场。

车过了东江桥，县城城墙便在眼前了。车站设在南门城关，十多二十间铺头的小街上。下了车来，林主任看看表说："我们先在这开了饭再进城去跟县府打交道。"饭馆有现成的狗扣，五角一盘，炒鸡球、猪肝也只两三角一碟；一顿饭，一个人超不过五角桂币。

到县府，一位姓何的秘书出来接见。说覃县长下乡了，对我们省里来的官员，诚惶诚恐，说了一大堆客套话。等到林主任说明了来意，才说省里的公函还未见到，我们下榻的住处，没有事先安置，表示抱歉。建设科一位姓磨的科员同林主任相识，暂时去他办公室安顿下来。

晚饭后，磨科员陪我们一行参观灵源。出了南门，再走半里，一条碧绿的小江，东西走向，横在面前，河面架起一座名叫五海的三拱大石桥。从侧面看去，桥拱跨度大，桥墩高，相当魁伟、秀丽。这建筑也是陆大帅的德政，否则，两岸交通恐怕还是古老的两头拉练而渡的木船。过了桥，朝前又直走半里，在四周都是红壤土坡的洼地，呈现一片蓝缎似的水面，像紫砂盘里一颗绿珠。码头岸边有株又高又大的阔叶榕，树下摆有石凳，方便游人歇脚休憩。水面冒出一座大石，刻有两只用红漆涂得鲜红的大字——灵源。往大石上去，有凿成的石阶，游人一步一步爬上大石顶，可以席地坐下纳凉观景，也可以当作跳台，跃入深潭。水是永无休止地从地下河涌喷出来的温泉，一年四季恒温22℃，冬天不冻夏日冰凉。夏天游泳，因温差大，下水不能持久。

沿着岸边小径往南，到尽头处，流水冲击豁口，落下悬崖，与武鸣河汇合，水声淙淙。此处有一大石伸出水面，石上削平，可坐以临流观鱼。当代名士江亢虎书写“钓鱼台”，刻在石壁上。与钓鱼台为邻岸边，建有“清风阁”一座小亭，游人到此，乐得有个歇脚的地方。

到此，不禁想起去年暑假，曼哥在鼎湖自费搭起“观鱼水榭”的草棚。往事历历，清幽宁静的湖山，什么时候再投到你的怀抱啊！

4月13日　晴　陆祥、黄品、张增辉上午九点一齐来到，陆携带家眷——内人和儿子。

县府宿舍没有多余的房子给我们，只好自己去街上找出租的住宅。刚好，县府斜对面有间居民的楼房，在门边墙上贴出“招租”的字条。楼下一层，为军训总队政训科长的家眷租用；楼上还有一大一小两间空着，大间月租五元，小间月租两元。我们四个单身住大间，陆祥和他家眷住小间。林主任在县府有间小房，安下行军床，还能摆张桌子办公。

我们行李不多，一下子便搬进了新居。新居门户是临街的小门，进了门限，经过种有石榴和桂树的天井，然后进入厅堂上楼。房间倒也幽静、舒畅。楼下那科长少奶，寂寞地在院里晾晒冬衣被褥，对我们新来的人，好奇地一个一个的盯着，态度大方，不但同陆嫂搭讪交谈，跟我们也一一打个招呼。

“你们几位怎么不把家眷带来呀？”她问。不等答话，马上瞟着我：“你，没成家？”我，脸上顿时发窘。张增辉替我答道：“可不是怎的，帮忙找一个吧。”“这个忙可帮不了。眼镜还是自己挑才合适哪。”说着盯我一眼，意思是问：“是不是？”心想：“她男人是什么样子呢？”她二十三四岁吧，人长得匀称健美，也许是她眼睛像星星明亮，挺招人看。像她这样，怎么打发寂寞的日子呢？看她眼睛，好比饥饿的鹞鹰。

晚饭后，林主任邀我们一行五人同磨科员一起，朝西门出城，逛陆大帅的别墅——明秀园。西门外有座汲水码头。码头很高、很陡，从上往下瞧，河边的汲水人显得很小。河流弯曲像张弓，两岸岩石覆盖着榕树、老藤、竹丛和高大的扁桃（小芒果）树，树木倒影于澄碧的河面，特别幽美。春旱缺水，河床裸露出一片片沙滩。乌鸦落在沙丘上寻找食物，夕阳在它们羽背上反光闪亮。对河的草地上，一头母牛领着牛犊贪婪地啃着幼树的嫩叶。

沿着弯曲的河岸，慢慢朝西散步。这里有条小街，面河而居，住着打鱼、种菜的人家。瓦屋茅房错落不齐，门前檐下挂着犁耙、渔网、杵臼或脚碓，院里堆着粪肥，但是牛粪、猪屎总是捡不完似的，随处可见。

走到第二道河湾的地方，便是小街的尽头。宦乡乡公所和小学校的牌子就挂在一个大院的门口，面对着河湾。在河边的两三株大榕树下，有座戏台，背河面街。戏台前面是一片操场坪地，戏台两旁，好几尊如坟堆大小而光滑的石头，上面刻有"西江泛月""清可濯缨"等大字，书法洒脱、凝重，颇耐观摩。过了戏台，再走几步，在一株三四人合抱的木棉树下，立有一人高的大石碑，洋洋千言，记述武鸣城郭的变迁。武鸣现在这个县城，最初是这个宦乡的小村子，后来人口繁衍，逐渐发展成圩镇，从圩镇又成为县治。县治起始叫武缘，到陆大帅发迹当政，才主张改称武鸣。石碑旁边，面临清流，向东是夹岸树木葱茏，江曲清幽，西望则于河湾岸上的林梢中，隐约露出门楼飞檐。磨科员说那门楼就是明秀园了。再走十分钟，到园门驻足仰视，直写的"明秀园"匾额便看得分明了。门限并不宽敞，却有高耸的飞檐，显得非同一般。进了大门，便见左边一排建筑，围着短墙的小学校，门边立有胡文虎捐款兴建的碑记，原先却是陆大帅的网球场。里头一些冒出地面的石头，用人工削平，凿成座椅、茶几和棋盘。几株遮阴的枇杷、柚子和龙眼树，已经老枯了，石椅、石几苍苔斑斑。网球场改作篮球场了，观众却没有当年的达官贵人那般闲情的消遣和高雅的享受了。

从小学校往南走几步，眼前便是从西边流下的小河，刚才进门见到的河，就是这条小河绕过突出的山头流下来的，明秀园成了三面临水的半岛。河湾水深如潭,河岸斜度极大,把大门一关,匪盗是无从跨越的了。陆大帅选这块地做别墅,真是得天独厚。园里铺有一条沿着河岸的石路,早晚可以绕河散步、观景。南面有座望江亭,亭边有莲花池,附近有从广东灵山移植的一片荔枝树林。树下砌着石板方桌,四边拿石条做坐凳,夏日到来,在浓荫下,可以品尝佳果,静听蝉鸣鸟语,可以下围棋、玩牌。荔枝林北面,有两巨石斜顶着脑袋,留出空间像天然门户,人能入内。正面另立一石,仿佛照壁,石上刻有直书"天然佳境"四大红字。绕过"照壁",有石径可登建于大石上的凉亭。从四周的围栏眺望,三面河水就在脚下绕流。江岸罗列高大的乔木,有几人合抱的古樟,有葱郁如盖的扁桃,有高大入云的木棉——木棉花簇如火,点染林表,煞是壮观。

磨科员说,这园是陆大帅从苏州请来的园林专家设计的。原来还有好些亭台楼阁、花厅客舍,十分幽雅别致。可惜,一九二三年,广东陈炯明的讨伐军到此,把这明秀园和城里的"上将第",全付之一炬,如今空余这荒凉的废园了。

心想,人到晚年要是能在此结庐而居,树下可以读书,河边可以钓鱼,栽花种竹、放鸽养蜂,倒也自得其乐啊。

4月14日　晴　一天无事,读了一阵书,忽然想起,应该赶快把调换工作的地方,写信告诉几位朋友。一口气连写了五张明信片,简单把更改的地址通知他们,别的话一时还不能详谈。

4月15日　晴　林主任来我们住处说,我们下乡的事,县府办事拖拉,公函还未发下乡公所去。"没事,游起凤山去吧。"

吃完早饭,我们几个便换了布鞋,由林领头,朝着东城门出发。出了城,前面是一片开阔的田畴,几处村落,宛如棋盘上的残局,错落着几只棋子。顶着朝阳,走了将近一个钟点,张增辉指着前面村庄附近的石山说:"前面那座就是起凤山,你们瞧,像不像正要振翼起飞的凤凰?"张说他来武鸣参加过一个学期的军训,曾经到此一游。山顶竖起了两峰,与其说像凤凰展翼,倒不如说是两只猫耳朵。老实敦厚的黄品老兄失望似的喃道:"不见得怎样,那么矮的山有什么出奇。"我信口说道:"山不在高,有仙则名。美不在乎高矮。妲己、西施、赵飞燕、杨玉环也没人说她们高矮。"黄乃珧说:"阿陈,你把山比做人呀,不伦不类。"

我们就这样,一边走一边说说笑笑,十来里地便走到头了。到了山脚,仰头朝上一瞧，一条石阶小路，仿佛一根锁链打山顶往下吊。山脚的路口，站着一位荷枪的卫兵，瞪着疑惑而警戒的双眼，上下打量着我们，大声吆喝：“你们要干什么？”“我们是省府来的，想上山看看。”陆祥摆起了派头，递出新印的广西省政府合作指导员名片。卫兵不接名片，嘟嘟哝哝地说：“管你什么员，喏，你认识字的，没看见？”他指着入口处挂的牌子。牌子上写的是——“军事重地，禁止入内”。

张增辉说，山洞里是个平展的大厅，十分凉快，如今听说是封为造械厂，不让参观的了。

我们转过后山，那里有条还未完全干涸的小溪，溪边有树阴和石凳可歇脚休憩。天旱，空气十分干燥，才走了十来里地，人已疲乏无力了。坐了将近半小时，大家又活跃起来，都说不到黄河心不死，主张从后山的小道攀登上去。小路是老乡上山采草药、掏蛤蚧和砍柴禾走的，真是羊肠小道，只容得一只脚板着地，而且十分陡峭，像攀登吊梯一样艰难。但是，人的心理挺怪，越艰难越好奇，辛苦也就不在乎了。攀登到顶时，个个气喘吁吁，汗流涔涔。定神俯瞰，一条蜿蜒如蛇的武鸣河在一片平畴蠕动，远山若眉黛，森林好比云鬟，胸襟为之舒爽，辛苦总算得到报偿。遗憾的是，一片平野，都未染成绿绮，旱象使人心焦，也真大煞风景。

下得山来，顺路过夏黄乡公所歇脚喝水。这一带是河边沙地，著名的武鸣西瓜，就是从这里出产。今年遇着春旱，瓜期要推迟了。

林主任明天要去上林县布置那边的工作，晚餐特地请我们去饭馆饮酒。菜价相当贵：一碟白切鸡一元，炒鱼片九角。本来武鸣物产是比较丰富的，是不是因为有千多人的军训总队在这儿，把物价涨高了呢？

林主任平易近人，不拿架子，解放了我们的拘束，一边吃喝一边交谈。黄品酒上了脸，红得像木棉花；黄乃珧却越喝脸色越青；陆祥怕老婆责怪，不敢开怀痛饮；张增辉和我一样，多少喝了两杯便吃饭。大师傅手艺不错，菜烧得讲究，味道挺鲜美。

4 月 16 日　晴　工作开始了。我们一行五人，依照林主任昨晚的嘱咐，分成两组，分头下乡。我、陆祥和张增辉一组，到城厢二乡，两黄一组，到城厢一乡。

早饭后,送林上了路。我们两组人,带上表格、文件,就各自出发了。

城厢二乡乡公所就设在灵源邻近小学校的院里。到了乡公所,乡长接见,听我们说明了来意,对方瞠目不知所云。原来县府公文还未下达,我们成了不速之客,难怪主人无所适从。还好,乡长到底信得过我们的自我介绍,马上叫乡丁骑自行车去通知各村村长,下午两点钟到乡公所开会。全乡村屯比较集中,各村都离得近,通知是来得及的。这时间,在乡公所空等也无聊,跟陆、张两位商量一下,到附近村子去作宣传、调查。三人一起,当作散步,往五海村去。

从灵源去五海村,翻过一座小山坡便到了。这时正是午晌,村边的龙眼树下,有七八个庄稼人,在几块光亮如镜的石磴上或坐或躺,有的闲聊,有的打盹。对我们突然来到而且不客气地便在他们身边就坐,不禁感到愕然。我们从天旱谈起,再联系到庄稼活路。他们大概是发现我们不像是要来派捐、收税和征兵的,各人都放了心,彼此随意交谈起来。

听到我们讲银行将要拿钱下来办农贷互助社,可以申请借贷,旁边不太留心的人也凑近过来静听。个个蹲着围在我们身边,唯恐漏掉了我们每一句话。

他们说,五海村,穷家佃户的多。即便是自耕自种的吧,都是一些贫瘠的瘦田旱地。去年春季遭受一场牛瘟,耕牛死了不少,如今最要紧的是缺牛耕田。地主家出租的牛,多少有一些,可租谷要得多,而且还得找人作保,没保人就得立下契约文书,把田地、房屋作抵押。“唉,我们穷人真像蔗渣,被榨得干干的,一点水也不剩了!”你一言我一语,谁都想把话讲个明白。

就着话题,我们将农贷互助社的章程详细解释一番。乡里们听了,仿佛骤见密云盖天,拍手欢呼:“要能这样就好了。几时来人办呢?”

“我们这不是来了吗?”张增辉讲了一句土话。乡里们听了觉着惊讶,半信半疑,不过,挺高兴。

看看表,午后一点半过了。我们又从原路返回乡公所。公所阒然无声,人一个也没见。只好到灵源码头,在大榕树下的石凳坐着乘风凉。都说泉口冒出的水花,清凛可饮。我们实在太渴了,走下码头,脱掉鞋,赤脚淌水到冒水花的地方,两手掬起水来就喝。的确是冰凉甘甜,很能止渴。拿手帕湿了水,抹了抹脸,十分清爽。张提议下水游泳,但没衣服替换,很遗憾。

不一会,一群三四十个小学生蜂拥而至。有挑炊具的,有提菜篮的,有抬水桶的,有抱柴禾的,原来是童子军来野营。清静的环境,一下子叽叽喳喳给闹腾起来了。

回乡公所,五个村的村长来了四人,时间已超过一个钟头了,人还是未见来齐。我们说不等了,开始吧。乡长把我们三人介绍给四位街、村长,然后宣布临时召开这个谈话会的意思。接着由我将来意——推行农贷互助社的意义及其职责说明之后,村长们都说果真能办到这样,当然再好没有了。你言我语,个个都挺高兴,欢迎我们趁早下去。拿地图来看各村方位,同村长们商定各村开村民大会的日期。一位村长说,如今正是农忙,白天开会,人到不齐,不如改为晚间适合一些。这意见提得实际,大家一致同意。明晚先到三个村开会,后天再到两个村。

村长们走了,乡长送我们出门。一边走,一边说:五个村街,其中一个街就是城关的;四个村离这也不过三四里地,最远的也只有七八里,那就是皇后村。村名特别,我顺嘴问:“怎么安这个名字,村里真出过皇后吗?”乡长说,真出过。听老辈人讲古说的:明朝时候,桂林靖江王选妃,县令遵命四处寻访美女。居然就在皇后村见到一位姑娘,正当破瓜之年,人真长得水灵妍丽,仿佛带着早露的含苞未放的荷花,容光夺人。于是,敲锣打鼓,把人送上桂林。不想,人到了半路,忽然发起羊痫风,当然也就不敢往上送了。但,人也不见回头。后人便把原来叫那驮屯的改名叫皇后村。

夜晚,我们商量明日分头下村,谁去哪个村都不好指定,只好抽签。陆祥在小纸片写了三个村名,捏了三只阄,往桌面一撒,让我和张先拿。我打开一瞧:五海;陆祥也把纸团展开一看,是城厢街上的。“皇后该属阿张了!”陆祥高兴地说,“增辉腿长不怕走远路,又懂话,正合适。说不定还真的遇上皇后呐!”

增辉说早上天气阴凉,索性明早他就下乡。白天走访农户,做社会调查,夜晚开完大会再赶回来。陆祥说他交好运就在街上,免得走路辛苦。

4月17日　晴　五海村昨天已去过,情形大概也就是那么一些,白天不想再去做社会调查了。上午,填写“工作日报单”往省府农业管理处寄,另外又给朋友写信。下午,读薛暮桥的《中国农村经济基本知识》。

五海行政村的几个自然屯就在乡公所周围,村民大会就在乡公所所在地的小学校开。晚饭后,一边散步一边去到那里,七点半,仍不见人来。副乡长说,农民白天干活,很晚才收工,回家还得弄吃的;完了又要喂猪,关鸡进笼,啰啰唆唆,家务事不少,个人还得冲凉洗脚什么的。平时通知天黑八点开会,非得等到九点十点人才到齐。这是老章程了。

既然是老章程,只好忍耐一下了。

果然等到将近九点半,人一个个懒懒散散地来了。来了就往角落地方坐到小学生课桌的凳子上,有的抽旱烟管;有的拿出烟包包,卷起喇叭烟卷,找人对火抽了起来,呼出一圈烟雾;有的抽起脚踏上凳子,抱着脑袋扑到膝盖上养神,谁也没力气讲话似的。

全村二百四十九户,人口一千三百四十五人,到开会时候,才只有一百五六十人到场。

等到村长简单的说明了开会的意思之后,接着便是我登台演讲。先从耕田种地必须的条件说起,再谈在农村借钱告债的种种困难情形。举了这样那样生动而具体的实例。最后,言归正传,讲到当局如今会同农民银行,推行一种农贷互助社,由农友们自愿合伙成立一个社团,采用联保方式,向银行申请借贷来买牲口、农具和种子等等,利息五厘,当年还本……问农友们愿不愿意借款,各人自己拿主意。要是愿意,现在就大家斟酌斟酌看,报名入社,然后选出一人来当社长,一人当会计,一人当评议员,领头办填表申请借款的事。

讲到这儿,停了下来,让农友们自由议论。

会场顿成一窝蜂,嗡嗡地议论开了。在欢喜中有人提出了问题:说当前钞票和铜币比值不稳定,比如说吧,现在借来的钞票,一元值铜板一百枚,到还账时候,兴许一元只值七八十枚了。要是银行不收回钞票而要还铜板,那,不是叫农民吃亏了?我说,银行发放钞票,收回的也应是这钞票。不管钞票兑换铜币如何变动,反正不会让农友吃亏。“一个人至多能借多少呢?眼下牛价,一头能犁得田的水牯,至少百元买不下来。借一百行吗?”有人又提出问题。

“也不会是个个都要买牛的吧?”我反问一句,跟着,说明入了社,谁该借多少，借来做什么用，都要经社员大家互相评议的。大家都是乡里乡亲，左邻右舍，为耕种急用，谁家缺多缺少，缺这缺那，彼此都看在眼里的。要是个个都往多要，人家银行也不一定全都照数给你。

问题一个一个解释完了，下一道程序就是推举社长。票选，显然是办不到了；提出候选人，用举手通过吧，又怕当面不好意思。怎么办？想了想，灵机一动，叫大家闭着眼睛，伏在桌面，等念到谁谁的名字时，赞成就举手。大家都说这办法行。于是，提出了五个人，选三个。举手人多的当社长，其次当会计，再其次当评议员。

半夜散会出来，一位农友陪走一段路。过了五海桥，我便一个人自己彳亍独行。赶到南门，城门已关闭了，城门没人看守，叫不开。听说东城门有门卫，终宵不关，只好顺着环城公路往东绕着走。这段路夜行者极少，路边树木幽深，树影婆娑，令人发怵，心跳怦怦。乍见前面两个黑影悠悠移动，像两只鬼魂，又不敢往暗处躲，急得一身冷汗。等他们到了跟前才认得出是两位巡逻的哨兵。他们让我擦肩而过，没作声，我却松了口气。等到东城门口，鸡已开始啼鸣，天色却特别浓黑。

进到街上，平时看小小的街道，忽然宽阔了好多，什么声音都没有，仿佛停放尸体的太平间。走到寓所，想叫开门，怕惊动房东老大娘，更怕打扰住在底层的科长少奶；站在门口等天亮吧，可离天亮还有四五个时辰呢！

想了半天，离这不远，往南拐个弯有间伙铺，走过去见到门首挂盏发黄的纸灯，拍了半天门，才把一位臃肿痴肥的老板娘叫醒。她手上举起了一盏缺了一截玻璃罩的煤油灯，嘟嘟哝哝地抱怨：“谁呀？深更半夜叫门。”

我问有没有空房。

“自己上楼，见有空床就睡吧。”说完转身回房间，不打算理睬人了。

像被浇一头冷水，心头一紧。无可奈何，也只好摸摸索索，扶着木梯，一级一级上楼。梯子吱吱嘎嘎，声音很响。小窗口照进一缕黯淡的亮光，在朦朦胧胧中认出一张空床，蚊帐像酱油渍染过的，帐门开着。一张光光的竹席短了一截，床头半块砖是当作枕头用的。扇子找不到，只好脱下衬衫拿来驱赶蚊子，然后放下帐门睡下。这时，才发现睡在近旁的一定是条大汉，呼噜打的仿佛是一头还没断气的死猪，咈咈在出粗气。

想想这份工作，意外的奇遇真难预料。难怪曾绍洋教官说过他的经历："每天下乡来回奔波，有时，连续几顿饭都吃不上也不是不会遇到。"本来是合不上眼皮的，可不知什么时候睡着了。醒过来时，那打呼噜的汉子已经去得无影无踪了。

4月18日　晴　早餐后，如约到五海村公所向第一个互助社的社长、会计和评议员传授如何填写互助社成立报告书和社员花名册。他们都认识字，填写表格并不难办，用不着花很多工夫，指导工作便算完成了。

十一点，去宦乡村公所组社。这村包括几个自然屯，离村公所有两三里甚至六七里地。来人稀稀拉拉，到午晌，才来四十多个人。看他们多半是挽起裤管，露出沾着泥浆的腿肚，好像刚放下犁耙。

照昨晚在五海村讲的那一套话讲完了，农友们反应迟钝，面面相觑，都不作声，叫人不免急躁起来。

"你们到底想不想要钱用啊？"

沉默片刻，一个中年农友终于开了口："有钱谁不想要。只是成立互助社，要作连环保，这就难了。"他说，社里要是有个人还不起，全社人不是都摊上份？虽说乡里乡亲，一人有难众人帮是应当的，可大家住的分散，这屯那屯的，谁知谁的底细？

有人开了头，别人跟着也有话要说了。一个说，本屯人谁好谁孬，彼此都明白，要是本屯保本屯还好讲。另一个接着就说，本屯保本屯也不行，有的屯人少，哪里找到人出来当头、记账、写文书这些事呢？"我讲，"另一个插嘴说，"心急喝不下热粥。眼下马上要报名怕行不通。各家各户也都没到齐，不如先找几个人来做媒，回各屯去联络。看看有多少人愿入社的就报个名，然后定准。"

"那就一屯出一人来办怎样？"

农友们一个接一个说话，气氛挺活跃。

三个臭皮匠合成一个诸葛亮，听听农友们的议论，倒是讲出了个道理，值得重视。于是，顺理成章，同意一屯挑出一人做发起人，各回本屯去张罗，把愿意加入的报个名，互相作一番评议。大家都同意了明天歇晌时候就来开大会，选举社长、会计和评议员，填写申请单、社员登记表，立花名册等等。

这样一来，农友们高高兴兴地离开了村公所，我也松了口气。

回到寓所，见到县政府送过来一捆生活书店寄来的《全民抗战》三日刊和一封金月秋的信。

月秋——那位普惠护士学校的胖姑娘直接给我写信，叫我诧异。读完了信才懂得她和秀统的爱情有了发展，把黎的朋友也当作自己的朋友相待了。署名居然写上这样的头衔——"你的好友黎底月秋"。黎真的把她当作终身的选择了吗？为什么黎的来信没有提起？但愿不是自作多情吧。金用了委婉词句暗示：黄丽清虚荣、轻浮，和我恐怕不是一对。还说什么，反正既已远走高飞，两人相隔天涯，何必徒劳梦寐？……

胖姑娘怎么写这样的信？是出于善意，对我规劝，还是对丽清微妙的妒忌？十八岁姑娘的心真是难猜的谜。

冲了凉，洗罢汗衣，接着又得填写日报表，车轮一样转个不停，就像乡里人说的话："两只铜钱要死猢骝（猴子）。"

4月19日　晴　黄乃珧代领回五月份出差补助费和补发四月份半个月薪金。手上有了钱，格外开心，冲了凉换件浅蓝色衬衫，头发梳得光鲜油亮，还换双白皮鞋，轻飘飘地往街上走。本来到邮局寄信、买邮票就完了事的，却因有了钱，好像有神差鬼使似的，又进百货商店去转。恰巧陆祥也来了，一道到杂货店买得一件龙头牌细纱的针织汗衫。转过另一间铺头，看到一只漂亮的钱包，正要往裤头后袋掏钱，一摸，口袋空了，不禁一惊。再摸两边裤袋也一样，衬衫胸袋，裤头小表袋，个个口袋都掏遍了，钞票已不翼而飞。脑瓜顿觉晕眩，气塞喉头，说不出话，眼睁睁地发了呆，额角冒汗。陆祥见状问："怎么回事？"

"我的钱丢了！"非常沮丧地欲哭无泪。

转回刚买汗衫的商店去问，是不是钱放在柜台上忘记拿了，那唯利是图的商人，哪里肯做拾金不昧者呢！自认倒霉吧。

明天我们便要离开城厢下乡去了，钱丢了怎么办？同事们说，每人借给十元，对付过这个月再说吧。

本来打算每月能积蓄三四十元，到八月份就有百五六十元桂钞，折合法币就有七八十元，去陕北的路费就不用发愁了的。谁知福无双至，真是“不如意常八九”，呜呼哀哉！

不过，痛定思痛，去它的吧。俗话讲，“风吹鸡蛋壳，财去人安乐”。想想，确实如此，钱财——身外之物，失掉了还能找到补偿；精神上的损伤，却将是痛苦无穷，难于愈合的啊。

夜里，给黎写信。提起金的来信，不免勾起江村那段难忘的回忆；末了，重申未来的渴望，对“到陕北去”的向往。

4月20日　晴　忙了三天，总算将城厢两个乡十个行政村的农贷互助社建立起来了。从今天起，我们一行五人，就得分头下乡，跋山涉水，一个村一个村的来回奔波，过着流浪不定的生涯了。全县十多二十个乡，原则上一个人管三个到四个乡，这是林主任交代了的，只是谁去哪几个乡，具体地点没有指定。我拿全县地图来看了看，按交通路线、来回走动方便的条件，划了五个区域，请大家过目。大家都同意之后，一个区界标上一个数字，然后采用抓阄办法，谁抓哪个号码就去哪个区域。结果，我自已拿到个“5”字，地方范围，包括苞桥乡连到与隆山县邻近的东、西府一带。五个人都以东西向的公路主干线作起点。张增辉照东直去，陆祥和黄品两人向南，我和黄乃珧走北面。我的第一站是苞桥乡公所。

吃过早饭，将各人下乡的路线和区域范围开列一张单子交到县府建设科存查，有事便于联系。完了各人拿上简单行李和文书表册就到车站等车上路。

十一点半，汽车开动，走四十五分，十二点一刻，车到苞桥小站停下。

进到乡公所，觉得空空荡荡，大厅前面的天井空地，街砖的间缝长起一行一行小草，两边廊房，几个木工赤膊袒腹，躺在新锯开的木板上歇晌，拿头顶的笠帽遮脸，打着轻轻的呼噜，地上散满了刨花。一位青年乡丁，大概是刚醒过来，听到脚步声，揉着惺忪眼睛，从大厅走出来迎我盯了片刻，估量我是上头来的公务员，不敢怠慢地主动解释道：正、副乡长和几位教员带着高班学生到某个学生家喝喜酒去了，要一阵子才能回来。怎么能够为喝酒而倾巢出动，公也不办，课也不上呢？真是不堪设想。人真奇怪，当你处于喧哗热闹的场合，往往想到清静，可一旦遇到孤独时候，又感到寂寞。在乡公所既然无所适从，便往对面的圩场去看看。今天不是逢圩的圩期,圩场只有一摊卖干捞粉,一摊卖茶水、凉粉,一摊豆腐和两三摊青菜、瓜果。黄瓜已经上市,金黄的枇杷也出现了。想通过买瓜果作媒介,跟农友闲聊,了解民情。料想不到,这儿老百姓普遍讲本地话,土音土腔很重,重复讲两遍也听不懂。我讲的,不管是桂林官话还是广东白话,他们只是瞠目而视,搭不上腔。改用家乡土话问他们,还是直摇头。这可叫我发急,日后下乡,怎能跟农友谈心呢?人家不是说,武鸣人自夸"南宁话带土谭,武鸣话带京腔"吗?也许是指城里人讲的吧。

到两点半钟,正、副乡长,教员和学生,一窝蜂地回来了,平静的乡公所忽然掀起一片闹腾。

副乡长出面跟我打交道,正乡长寒暄两句,便急于卸装去了,给人印象,粗鲁中包含着直率,拿架子又颟顸。

黄昏,乡公所又恢复了刚才来时一样的沉寂。乡丁来说:"人都到河岸唱山歌去了。"

心想:"唱山歌去了?乡长他们不吃晚饭了么?天快黑了怎么还不开饭?也许他们酒席上吃喝的还没消化完吧?"

乡丁终于端着饭菜——一碟炒鸡蛋、一碗青菜汤、一大碗米饭,走进房间来,抱歉地说:"陈指导员,请用饭。"一边划火柴点灯。

晚上八点,乡长来了,连声说了三句"对不起"。我不愿把已经跟副乡长讲过了的话再重复一遍,只将《什么是互助社》《农贷规则》等宣传品交给他。同时,向他索取本乡的地图,问了问去各村的路程和交通状况。然后将预定要到各村的日期,开列了一张日程表和一份快邮代电的通知,请乡长明天发到各村村公所。

乡长说:"如今大旱,玉米、花生、烟叶都遭受到很大的威胁,一半水田插不下秧,农民口粮短缺。春季作物要是失收,情形更加糟糕。政府这时举办农贷倒是及时雨啦。"我说:"农贷的目的,为的是发展生产,不是赈灾。"乡长说:"讲是这样讲,你把钱借给他们,还能管得人家怎样使用?比方父母给儿子娶媳妇,还能管得他们睡觉?哈哈。"

乡长就这样信口开河,把肉麻当有趣,自以为得意,使人哑然失笑。

送走了乡长,赶紧填写日报单。看看时间,一下子还睡不着,顺手给邓铭写信,谈谈这些天来工作上遇到的情形,问问罗城那边的做法和进度。

4月21日　晴　这里,全乡各村住的分散,离的也远,来回要走好长的路。昨晚同乡长商量:乡公所不需召集村长来开会了,今天把通知发下去,明天开始照日程表排定的日期下村去开村民大会。

今天是苞桥圩期。赶圩的并不热闹,日中为市,已经十二点了,圩场上比昨天闲时的多不了几个人,跟家乡的旧城街不相上下。乡丁说,这里原先是不成街的,十年前才建起的圩场。圩期同离十来里地的陆斡圩相同,大点的交易,都赶陆斡去了,这里要卖卖不去,要买买不来,谁来呢。可是,由于新建的缘故,圩场的铺头、街道倒是整齐的。周围四四方方的居民房屋,就像"四方城"的麻将牌,街中心另起一排摆货摊的亭子。人少就不必在广场自撑大伞和搭棚遮太阳挡风雨了。可惜,亭子空得可以在那里打擂台、耍把戏,放西洋镜。

早饭前写两张明信片,寄给榴江的曹福明和象县的韦多富,询问他们的工作进展状况。但和昨天夜间写的日报单和给邓铭写的信一起,都寄不出去。打听一下,说是寄信要到陆斡圩才有邮寄代办所。那样,我们每天都得投寄日报单怎么办?再说,没方便邮寄的地方,岂不是切断了与外边世界的联系?没了那些联系渠道,精神生活岂不是走进了沙漠,渴死了?!

4月22日　晴　盼来盼去,凌晨落了小雨,窗口吹来夹着雨点的暖风。等到起床凭栏眺望,真扫兴,地面上像筛眼似的雨点,在阳光下很快便蒸发完了,地面上又恢复枯槁、干瘪,老妇人似的愁容。要是今年广西也来一场像去年四川那样的大旱,那饥荒不知闹到什么田地啊!

乡公所的伙食,一天两餐,三十六枚铜板,合桂币三角六分,一个月就要支付九元六角。吃的红糙米、两碟青菜、一碗清汤,像吃斋的和尚。荤腥是见不到的,油也少,盐倒下得重,咸得发苦。当然,红糙米饭怎么也比老百姓顿顿喝玉米粥经饱。

吃罢早餐,十点半钟,由覃村长引路,向他的村公所——苞张村出发,走二华里便到了。

进村公所时,小学校的教室已坐满黑压压的农友。村长说,全村就只一个自然屯,容易集中,开会能按时。

村长领我进教室,向在座的村民说:“省政府陈指导员今天下村来,有事要跟大家演说。记住,各人务必规规矩矩听讲,不得交头接耳,不得无故退堂。”说完,请我开讲。看看,全场个个都直着腰正襟危坐,睁着窘惑的目光聚精会神,等我开口。为了缓解过分严肃的气氛,我含笑地说道:

“我是省府派下来的。来干什么呢?一不是来征兵征粮,二也不是来收税收捐,请大家放心。我是来帮助大家向银行借钱的……”

“噢!”全场响起惊讶的声音。

“是的,借钱。”接着讲明办农贷互助社的目的和章程等等。

话讲完了,村长看看他的村民们仍在窘惑,似懂非懂。于是,将我的意思用本地话作了一番解释。一下子全场的情绪调动起来了,个个都有话要说要问,你一言我一语。有的伸直脖子想要问什么,迟疑一下又缩了回去;有的找村长讲土话。村长告诉我:他们担心的是连保问题。虽然是同村的人吧,但是知人知面不知心,有的人虽然老实,家境却穷得叮当响,一年只有半年粮,半饥半饱。给他作保,到时还不起,别人岂不是为他拖累?

这是实际问题。问题解决不切实,势必有钱人占便宜,穷家佃户反而贷不到款。即算都入了社,贫穷人家的贷款数也不会多,需要买牛、买大件农具的往往正是富户。我要村长对大家讲:合作社的宗旨是“我为人人,人人为我”,互助社顾名思义就是社员之间互相帮助嘛。怕只怕俗话说的,“黄牛过河各顾各”,那就什么事也办不成了。

但是,大道理尽管讲得天花乱坠,能不能一把钥匙开一把锁,对准各人的思想门扉打得开来呢?看来非得到民众当中去作普遍而详细的访问调查了。我们这些指导员要做不到这地步,只凭主观规定,一天组一社的数量,潦潦草草建立起一批来,其质量是难保证健全的。黄品老兄来电话说也遭到同样的情形。打算在“日报单”的附注栏内提出这个问题。问题未得上头明确答复之前,唯有自己想法尽量做到稍为切实罢了。觉得住乡公所毕竟与农友多隔了一层,索性住到村公所。早晚时间可以接触老乡,了解他们的实际生活状况。生活条件可能艰苦一些,但是,工作踏实,日子也充实了。

4 月 23 日　晴　起床后，收拾必须要带的表册、文件和自己日用品，装进手提藤篮里，然后同乡长打个招呼，到圩亭的米粉摊吃早饭，问问到覃内村的道路，然后启程。晨风清爽宜人。尽管大旱，傍河两岸的沙田，多少茁长着绿色的作物，地里已有零星的人影出现，公路上却渺无人迹，只听到鸟雀啁啾。鹧鸪、布谷鸟，久不久从远远的山头传来忧伤的啼唤。

一个人独自默默赶路，最易引起遐想——不是憧憬着未来，便是怀恋着过去。

像今天这样，居然当上省政府合作指导员，一个人在这样的村道上，为改良农村经济、改变农民疾苦的合作事业日夜奔波，那是从来梦想不到的啊。难道人生果真是一场大梦，事前难以预料？想想儿时聪慧、天真，得到家人宠爱，受到老师的嘉奖，同学们的友好和讥笑；想想在乡村师范那平静、悠闲、无忧无虑的日子；想起了父亲临终死不瞑目的情景：他是那样牵挂着我这个未成家室的幼子，而带着遗憾离开人世的啊。如今，六年过去了，人已长大，事业自立了吗？成家更是渺茫，曼哥资助到广州上学，其本意是满怀期望我能当个工程师，我却顺着自己志趣，偏爱抒发性灵的文科，厌烦枯燥、机械的理工。苍天不负苦心人，作文弄墨，文章终于不仅在学堂里引起注目，在社会上也得到了承认。然而，写作的事，当你认真摆弄起来，道路也不是那么平坦。正如眼前的道路，前面不知还会遇什么曲折啊？"看来，这样一个人，孤军奋战，没有朋友，没有吸引人的目标，太空虚了。像眼前空中随风飞舞的木棉花絮，它将带着籽子落到哪块地面生根呢？不行，还得走，'到陕北去'！……"

七八里地的路，渐渐在我的胡思乱想中走完了。左边离公路不到半里地，在一小片丛林中隐约露出瓦翎砖墙。听着看牛的娃仔指的方向，拐进一条林阴小道，踩着嶙峋的石头一步一步走。村口的榕树见到了，树下照例有几尊光亮滑溜的石碑和石磴，好几个人在那儿歇晌。有个男人怀里抱着已经睡着的孩子，拿着带叶子的小树枝来回驱赶蚊蝇。旁边一张鱼塘，同冬天的干塘那样，有只母鸡带着一窝雏鸡在那里扒开湿泥寻找蚯蚓。本来趴在地上伸出舌头喘气的母狗，听到脚步声，猛站起来，发出汪汪狂叫，朝前扑来。我急得迅速蹲下，狗立即后退，仍然汪汪直叫。这下，可把打盹的人闹醒了，用警惕的目光打量我这个陌生人。向他们招呼,问村公所在哪儿。抱小孩的人说:“跟我来吧。”他领我走过塘边,然后指着柚子树下的院子:“喏,就在学校里头。”抱孩子的人走了,自己跨进院里,一个学生欢欢喜喜地领我到一排偏屋指了指。

大概是脚步声把村长惊动了,他掀起门帘出来,一眼就猜到是我。于是,领到客厅就座、倒水、寒暄几句。客厅,当中是一张长长的方桌,摆着十来张凳子,壁上张挂好几种统计表——户口、壮丁、妇女、学龄儿童人数,教育文化程度的比较,农产品种类及年产量,全村土地面积和水田、旱地、森林的比例数等等。起初看了不由得暗自欣慰,以为有此现成数字,免得另外作调查了。可是,仔细一瞧,糟糕,这些统计数,原来是民国二十五年(一九三六年)的,就是说两年前绘制的东西。

“全村人口多少?”我朝着村长问。

村长一怔,但马上引我朝着墙上的统计表,说表上都有,看看就知道了。我没把目光再往发黄而沾满灰尘的图表望去,盯住他眼睛说:“想知道的是现在的数字,难道这两年村里没生养孩子,也没人死亡病故?再说,婚姻嫁娶的也没有吗?”

这一下子可叫村长措手不及,十分尴尬。但,马上灵机一动,找到了遁词:“唉,一心不能两用。有些事情,我这‘三位一体’的人,实实在在是顾不过来。很对不起。”

既然这样,我能再说什么呢?

村长借口有事推脱走了,介绍一位学校教员同我打交道。

这教员,岁数不过二十四五吧,精神状态却暮气沉沉。几根枯焦发红的胡须,仿佛冬日田里的枯草,在冷风中颤抖。他听说是省里来的,在我面前特别拘谨,诚惶诚恐地作了鞠躬如也。随便问了问关于本县农村中的一些情况。他总是那样谦卑、支支吾吾,一问三不知,像个深山古庙里不问世事的隐士。后来,提起小学教员缓征兵役的事,他那晦气的脸孔这才绽开不甚调和的笑影。他说,听人讲,小学老师跟政府公务员一样,由政府代缴缓征金,能免服兵役,是不是真的?我说,政府要代缴,那是政府的事。要是自己出钱,那我宁愿出征——为国家民族的存亡而慷慨去死,也比为个人苟且偷安而活命痛快。

“哦！是这样？”教员对我瞠目而视。

我们也没话再往下谈了。

十点四十分，村长来说，等村民收工歇晌才好召集他们开会，先吃饭再说吧。原来他刚才是亲自动手弄饭去了。饭桌端上一鸡三味——白切鸡肉、黄瓜片炒肫肝、南瓜花串鸡汤，还搁着四只空碗四双筷条，副村长和学校教员都来相让入座。村长说：“先喝酒再吃饭。指导员能喝两盅吧？请，请。”

难道是腊月二十三送灶王爷上天，拿酒肉糊住嘴，免往上告状的伎俩？要不假公济私，借故待客，陪同人也就可以打牙祭？我一边吃喝一边在想。也许是单料酒度数低，看他们一碗一碗像喝白开水。

午晌，日头照得人影缩到脚下了。村民聚到教室，总共有百来八十人，村长根据刚才在饭桌上向他交代的话，向农友们讲话。讲得比较详细，听讲的人似乎都能明白，会场气氛比较活跃，到我讲时，不那么吃力了。关于连保问题，主动作了说明，打消顾虑，还说，如果不便马上报名的话，等散了会，回去同家人斟酌好，拿定了主意再来报名也行。

休会半点钟，让各人议论、拿主意，物色社长、评议员和会计人选。

到复会时，进行比较顺利了。

下午两点，离开覃内村，一位社员送我到一条小溪边上，给指往卢覃村去的路。小溪无桥，河水浅，可以徒涉。脱下鞋子下水，觉得清凉，顺便将手巾浸湿，抹了抹脸，然后把湿手巾蒙住脑袋，当作草帽，格外爽神。

走进村里，在村公所附近一座茅棚，有几个木匠在那儿拉大锯解板。就地坐下跟他们闲扯，想借此作些调查。起初，他们对我有点戒备，摸不着头尾，问他一句答一句；过了一阵，听我作了自我介绍，才面带笑容，主动地问这问那了。他们到底是走乡过寨揽工干活的人，多少见过些世面，能听懂外地的话，思想也就比较开通。一些抱着娃仔的婆婆奶奶，见到我们有说有笑，也凑过来听听。年轻的妇女呢，有的躲在门后，拿好奇的目光从门缝里探头窥视。听人说，这儿的姑娘、媳妇，在歌圩（歌坡上）跟男人面对面，你唱我和，唱到情投意合，彼此对了眼，便交换信物，你送我把伞，我还你双鞋什么的，大方得很。可平时在人前，男女双方却只能隔河相望，眉目可以传情，嘴巴却碍于开口。她们的头发，不管是姑娘的长辫，还是媳妇的短髻，都铰短了。然而封建道德的旧观念，未能在她们生活中摆脱。

进到卢覃村公所，已经四点半钟。小学生听到放学铃响，一哄而散，像开了笼的鸭子，吱吱嘎嘎往水塘跑似的。不一会，村公所院内显得空空荡荡。

村长迎面来接我手上的提篮，边走边说："接到通知，以为是明天才来。已经叫各家户主明天午晌一定准时到会。"

同他说，想利用晚上工夫，事先向农友们宣传宣传，作些社会调查，所以提前下来住一宿。"打扰你们了。"

"哪里，哪里。欢迎还欢迎不来呢，地方闭塞，民智不开，宣传宣传很有必要。"村长好讲话，嘴巴挺滑，跟他的副手成了对比。副村长也许是初出茅庐，还未学会应酬交际那一套套，守在一旁不作声。

交乡丁（校役）三角半钱作伙食费，请他给弄晚饭。

正吃晚饭，乡长托人来说：县府来电话，林主任从上林回武鸣了，要我晚上回乡公所同他通话。这样，吃罢饭马上就得走。

出到村头，大地已是暮色苍茫，朝西远望，天边的霞光和地平线吻合起来了。蚊蚋在头顶飞旋，走到小溪河边，只听淙淙水声，显得田野十分寂静。左边一座临河的敏山半羞半掩似的，露出朦胧的面影，分外神秘。黄昏景色的确是特别诱人啊。在小溪河边坐在石头上，把脚浸在水里，静静地待了半个时辰才慢慢往回走。一路上，蟋蟀、青蛙合奏，萤火闪烁，倒也洗涤了一身的疲劳。

4月24日　小雨　半夜醒来，听到窗外响着悦耳的雨声。

俗话说："腊月仍有几日暖，四月还受几天寒。"果然是这样。五更天，雨带来了冷风，一床既薄又小的珠被（棉线毯子）把全身蜷成蚕蛹似的，缩头缩脚，仍觉凉得打颤。

昨晚同林主任通了电话。听了我的报告，首肯了我的做法，最后还鼓励了几句。

吃罢早饭，小雨还在落个不停。时间表却不能更改，凭着一袭斗笠，又走上卢覃村的村道。

"雨为晴之余"，农友们下不了地，正好找人聊天。此时作社会状况调查，把准村民心理脉搏，等到开大会演讲时，好对症下药，讲进他们的心坎去。

今天工作结果，果然说明了这个道理。

晚间，村道泥泞，不好走动。在灯下写完了"日报单"，便只有读书。

作为《青年自学丛书》之一的周钢鸣的《怎样写报告文学》，书薄，好带。趁着今晚没事，把它读完了。

"报告文学"是当今引起重视的一种新的文学形式。怎样写呢？书里拿夏衍的《包身工》作例，分析它主题的社会意义，艺术的表现手法，指出值得学习的地方。虽然引用具体例子证明其理论，但是记得有位小说家讲过这样的话：对初学写作者，谈论创作经验，正如向未生过孩子的女子去谈如何如何分娩，那是很滑稽的，实际用处不大。没有实践的体会，抽象的空洞概念难得叫人理解。别人的办法，未必解决得了自己的问题，眼镜只能合各人自己戴。

4月25日　晴　昨天一场雨，今早不仅平地的稻田尽是耙田、插秧的人，就是山坡旱地，人们也在赶紧给玉米、花生和烟叶等作物培土、施肥和锄草。到处都是人，远远望去，恰似一群飞下地里寻食的八哥鸟，给山野平添一股生气。

按时间表排定，今天要在就正村开村民大会。走出卢覃村不到两里地，前面便是一条小河挡了路。有十多个石工在那儿打石条，说是要架起一拱公路桥，等桥建成之后，从武鸣到宾阳便直接通车，不必到南宁拐个大弯了。走过临时搭起的便桥，再走三里，华魁村村公所就在村头。顺便进公所去歇一会，一方面同村长谈，今晚回他这儿来召开甲长会，把办互助社的事，先在甲长中讲讲，让他们回去向农友们宣传宣传，明天开大会时，大家心中先有个底。

村长说，明天开会已经下了通知了。不过，只怕到不齐。虽说歇晌时开会，可活路紧时，午晌也不一定要歇的。何况，开大会吧，各人你来我不到，左等右等。虽说开一个钟头的会，往往一拖就是半天。"各人都号准我们的脉了，有的干脆就不来。"

"所以今晚先找甲长来讲清楚。你们全村几个自然屯？一个自然屯就是一甲吧？"

"至少一屯一甲。唔，就正村离这不远了，在那边开完会，回这儿来吃晚饭吗？"

“不，晚饭在那边吃，回这儿来过夜。”

到了就正村时，已经十一点一刻了。走进小学校去一瞧，几个小孩在教室发呆，好像是犯了什么校规，挨罚“留堂”，不得回家，不见教员影子。村公所里阒无一人，自己就到院里龙眼树底下的石凳坐下，看看周围环境，处处都是那样荒凉。校园过去是种过菜蔬、果树的吧，今年不见种新的了，一株木本的朝天椒、几蔸苋菜和一畦韭菜，被弃置于一边，自生自灭地独自挣扎；一株枇杷树顶被黄藤缠绕，要死不活的样子。

不一会，伙房里窜出一个十八九岁的小伙子。问他，村长在不在家？他睁大眼珠摇摇头，像个哑巴，暗示我跟他走到村长的寝室去。那里有张床，挂着满是灰暗污垢的蚊帐。靠墙的窗口放张两屉的桌子，上面搁着装在纸壳里的一瓶墨水，纸壳开了口，倒插一支蘸水笔，墨水瓶的瓶口没盖盖。桌面铺的报纸已经黄了，上面密密麻麻乱涂乱划着字。等我回过头来，那默不作声的小伙子已经不见了。

村长黄英强来了。三十来岁的人，一脸麻子，与其说他是小学校长，不如说是个校役，仿佛荔枝干果，又瘦又干，眼神显得迟疑不安。说声实在对不起，一早到别的屯办件事去了。又说本来是件可笑的事：一个巫婆乘天旱无雨，人心惶惶，于是，兴妖作怪，披头散发，说是天帝附体传下话来，胡说什么不出七七四十九天，真命天子就要下凡，谁不信神拜佛的都要发瘟死人。若想得到脱灾免祸，就得在四十九天之内，天天烧香拜佛。另外，还要拿一只凤（鸡）、一升珍珠（白米）、一丈桥板（布）贡献给她——天帝的化身。“天帝”她便赐给一支令箭（竹签）作护家符，灾星就不降临他家了。

“这不是纯粹愚弄、欺骗乡民吗？”村长最后表示愤慨。

停一会，村长又说：“可也怪，老百姓宁愿迷信鬼神，却不肯服从政府的法令。比如说，指导员你今天下来讲政府办农贷，借钱给老百姓使。有人就不信，说什么‘这真叫公鸡屙蛋，谁见过？’有的说：‘不征兵，不加捐、增税就行了，还有钱贷给你？发梦啰。’你看！”

村长牢骚不少，我却不想往下听了。也许他察言观色，猜到我的心思，于是转了话题：

“十二点了吧，日头都上树顶了，人怎么还……唔，昨天一场雨，把人都引去地里了。”

再等半点钟左右，农友们才一个两个，懒洋洋地往教室走。左等右等，最后才来二十来人。我讲了一通互助社的意义和章程等等。看看反应冷淡，以为是听不懂话，请村长用本地话重复一遍，反应也不见得热烈。怎么办呢？马上当场就成立互助社，显然，条件是不成熟。不成熟的西瓜，破开来还是吃不得的啊。同村长交换意见，他同意先找出三个人来作筹备，发给他们几份《什么是互助社?》，要他们去宣传。做到个个心甘情愿、热心互助才报名，选出社长做领头，找个会写会算的人当会计，选个正直公道的人做评议员，然后再办正式成立手续。今天就当作一次筹备活动算了。看来，要办好合作事业，没有相当一批识字的人不行，而且还非得为人正直，办事公道不可。为此，就得培养训练一批干部，不然，若仍被坏人把持当道，贫苦农民还是难于得救的。

4月26日　小雨　天色阴沉，充满了雨意。山头披上面纱一般，雾霭久久不散。

从华魁村向东南方行走，穿过了一段杂木疏林，张育村便见到了。好像是我把雨带来似的，才跨进村公所门槛，雨在后头跟着便哗啦啦下了起来，还伴着轻微的寒冷。

在等待开会的空儿，村长和一位小学老师向我提了好些有关互助社的问题。能够直率地提出问题来探讨，总比漠不关心的沉默要好得多。他们说，《什么是互助社?》的宣传品看是看了，觉得用意是好的，政府既提倡，银行又肯出钱，提灯笼也找不到这样的好世界。只怕好事多磨，讲到办不到。比方说，眼前办互助，将来办合作，全都靠农民自愿、自办、自管。试问，能办得来吗？村长振振有词，无非是表示自己高明，对现实悲观，对农民轻视。

我说，目前农民文盲占多数，要他们一下子把事情办得很周到，恐怕是太理想了。但是，只要他们肯学，总会学得会吧？小孩走路不就是一步一步学来的？比如山歌，都是一些不认识字的人编的，我看有些情歌就比读书人吟的诗还要高雅、含蓄而幽默。可见农民并不都是跟我们想的那样笨。

教员为村长帮腔：“笨不笨一下子就看到了。”

我也不甘示弱，顶他："我这个指导员就是来作指导的嘛。"

一下子我就看到什么呢？看到农友们到会的比较踊跃，能容五六十人的课堂全都坐满了，有的还找来条凳，在后头的门口坐。向村长问一句：平时村民大会，有这样多的人到场吗？村长淡淡地答道："都到的。"

还顺利，花了大半天，这村的互助社总算初步建成了。入社的有五十三人，选出了正副社长、会计、文书和评议员。发给他们社员登记表、贷款申请书等等，让他们回去填写，三天内送到乡公所。

散了会，私下同社长谈。问他：村长为什么不太热心？社长说："他是外乡来的，家不在本村，好坏反正没他的份。他只会征粮、征兵逼得紧。"

4 月 27 日　阵雨转晴　华魁村互助社也算建立了。下午两点半回到苞桥。走七八里地，弄得又饥又渴又乏，到了圩亭，一屁股就坐下荣兴的米粉摊。先喝开水，再吃一碗干捞粉。精神稍微恢复过来了，慢慢回乡公所。

走了三四天，进房间一瞧，啊，桌上堆着一捆报纸和好几封信，真是什么慰劳品都没这样叫人开心。

但是，拆开家书一看，一股悲伤的电流骤然穿过了心头，一下子把脑袋弄晕了！雁嫂留下的女儿妙哉，不幸夭殇！什么病竟不治而逝呢？上个月三哥的女儿也是这样猝然而逝的啊！在无医少药、愚昧迷信的乡下，人命真如蝼蚁！一个人能长大成人，实在不易。也许正是如此，所以"生命诚可贵"吧。妙哉可是曼哥和雁嫂的第一个宠儿啊。记得三个月前，当离别的时刻，雁嫂让抱抱她。我说："乖乖，三个月后再见！"

"三个月，到时不知成了什么样了呢！"雁嫂无意中说出这句话，哪知竟成了谶语！

何进的信也提起妙哉的噩耗。说事后母亲曾为两孙女的连续夭亡感到迷惑不解，去找巫婆算命。巫婆说，这是因为我去年年三十晚挪动大厅的香炉，触犯了神明而招来的劫数，一定要迎回神位才能得保佑平安。但要这更动，母亲怕我不高兴，等我回家商量好再讲。这种"有病不吃药"，反而求神保佑的迷信，真使你啼笑不得。

第三封信是同学王禄位从海南岛文昌县寄来的。他已在老家谋到教员职位,聊以糊口。说什么“失群孤雁,其鸣也哀”。曾隐约听说他是“CY”,怎么会有这样的情绪呢?难道是失掉了联系?

事情总是突如其来的,料想不到在这儿竟与黄培才君邂逅。去年九月在南宁,是吴跋介绍我俩相识的。他是吴在省一中时的同学。当时他正要投考军校,我则一心要考学生军。他到底考上没有,记不起来了。此刻他才说,军校是考上了的,编在步兵科中队,在队上还认识了我的朋友施礼。年轻力壮,经受一番严格军事锻炼是有好处的,谁知去年底,敌机首次轰炸南宁,他爸担心独生仔保不住命,亲自赶到南宁,硬是要儿子开小差,拉回家来。独生仔倒是可以免征兵役的,不过,在家游手好闲,真不是滋味。问我能不能抽个空,到他家去玩几天,他家离陆斡圩不远。那里是著名的烟叶产地,农民生活富裕,妇女比较开通。“那里有不少姑娘待嫁呢。”黄培才笑笑说道,“你想不想找个陆斡媳妇?”

我朝他苦笑,信口吟道:“禅心已着沾泥絮,不向东风舞鹧鸪。”培才睁眼瞅我,摇摇头,不以为然地说:“乱世姻缘,何必那样认真!”临别,他一再叮咛,不管怎样,要我一定去陆斡一趟。

晚上,一口气写了几页日报单,再读几张才拿到手的《救亡日报》。太乏,读着读着,眼皮老在打架,灯油也烧干了。

4月28日　晴　刚收拾好行李,正准备出发去覃外村,黄品兄不期而至。他从县城乘车经过这里然后转去府城乡。请他去圩亭荣兴粉摊吃饭,边吃边交谈工作上的心得和遇到的一些不好解决的问题。他是平南县人,讲的是白话,老百姓听不懂他的,他也听不明白老百姓的土话。对牛弹琴,双方意思无法交流,实在难办。找人做翻译,往往打了好多折扣,效果可想而知。本来把人派到语言相通的地区,是合适的。但当局衮衮诸公,只顾得防备各人在本地办社,容易徇私舞弊那一面,而忽略了语言不通,造成工作困难这一面。下一期的人员配备,能不能重新调动呢?

黄品老是一个调调,不慌不忙,慢吞吞地等到要告别了才记起给我带来两封信和一本《全民抗战》周刊。他把信和书跟表格、文书包在一起了,解开半天才拿得出来。

黄品走了,我也要到覃外村去。乡长黄汉才见我的行李十来二十斤重,叫一位要回覃外村老家的卢老师拿单车替我带到村公所。

卢骑单车先走了,自己空手走路,可有工夫读信了。

植秀的信写了五张纸。说接到我信上写的头一天下乡、半夜住到客栈的情景真有趣,仿佛旧小说描写黑店的气氛,叫人感到阴森可怖。也许正如某哲学家的话:每个人都不会满足于自己的职业。郭兄对自己即将出任的职务,产生了动摇,对我这份差使却颇感好奇。我呢,对所处的环境觉得如此昏聩,道路如此泥泞,而时时渴望着突破,渴望有朝一日,投奔到一个崭新的世界。

郑光海的信,倒像春天小鸟的啁啾,诉说他经常活跃于“抗(日)先(锋)队”这样那样的集会,或歌咏或演戏或化装宣传,在青年男男女女当中进行广泛社交,精神格外振奋。他是知足的,难怪先人有说“知足常乐”。

十一点十分,在寂静的松林里找见到覃外村。几个年轻的农友站在村公所门口,好像是在等着我来的;但是见我来了,又没个人出声,只睁着眼把你上下打量,好比看新娘子,也不管你难为情。屋里头一个后生,比我大不了两三岁,见我跨进了大门,赶紧迎出来,自报山门,说他是副村长,叫卢乃新。他说,老百姓习惯,日头照顶才歇晌,要到十二点人才到齐。我说,不要紧,找先到的农友来扯扯也好。

这村极少甚至可以说没稻田,周围全是山坡畲地,只种玉米、木薯和豆类等杂粮。杂粮产量低,一年辛苦下来还不够半年吃的,全村穷人比别村的都多。我说,俗话讲,“靠山吃山”,旱田、畲地,广种薄收,杂粮多了可以养猪喂鸡鸭,山多可以养牛羊、种树造林……年轻人把我的话翻译给大家。各人听了,有的高兴地笑笑,表示跟他们想到一块;有的则说,讲是这样讲,道理是不错,只不过,开生荒、种熟地也罢,养牛羊、放塘(养鱼)种姜也罢,缺本钱,少人力,还不是光棍做梦娶媳妇,白想。

“现在这位指导员来就是要把钱借给我们买牛、买犁耙、买种的嘛,看你肯干不肯干吧。”一位留分头、穿着球线衣的小伙子大声说话。

一位五十来岁老头,拔下嘴里含着的竹节烟袋,悄悄挪到我身边,小心翼翼地朝我小声问道:“是真有这回事?”

我还不及答话,副村长看看全场,然后说:“我看人到得差不多了,开会吧。

方才阿福说的是有这么回事。政府是要银行拿出钱来,借给大家,便利生产,救济贫困。不过,不能一个一个自己借,必须要大家合起伙来,成立个互助社,彼此作连环保,向银行贷款。唔,详细我讲不来,请省里的指导员讲吧。"

一点钟正式开会,弄到四点半,报名入社的有四十七人,同时选出了职员,工作便算完成了第一步。

本来是要赶到群英村去住宿,好做明天在那里开会的准备。副村长卢乃新非把我留住不可,说今天是阴历三月二十八,村里的风俗是扫墓节,一定请我和村公所的几位客人一起去他家饮两杯。还说,这儿的风俗,逢年过节,到晚上,附近村的青年男女都成群结队地来到村边、树林,对唱山歌。这时候,女子都是自由的,包括出了嫁而不落夫家的少妇在内。听说政府为此曾下令取缔,但是,一种人人都习以为常的民俗,政府硬要阻止,表面上好像是敛迹于一时,实际上人们还是暗中偷偷摸摸进行的。心想,这正如几年前广州当局,为推行新生活运动,而禁止妇女穿着无袖旗袍一样可笑。卢乃新说,他作为承上启下的村长,对禁唱山歌实在感到十分棘手。"你说它有伤风化吗?大城市里男女拍拖(广州方言:以两船相靠比作手挽手)招摇过市,暗娼街头拉客,不比人家对唱山歌肉麻?为什么在王城之下可以通行,在乡下民间唱唱歌就要禁止?"他越讲越生气。

我说:"你是村长,大小也是政府行政长官,问题应当是你作回答。"

"回答不了。所以我只好学猫头鹰,睁只眼闭只眼。猫头鹰夜里就是这样的。"

"难怪山歌只好等到晚上才唱!"我说了一句。

"你去听听吧!"这个卢乃新又在怂恿我,"你不要小看山歌哟,其中那些情歌,一首不同一首,妙极了,听起真叫你心花怒放。不这样不行呀,你唱不出独到的意思来,哪能打动得人心啰……"卢乃新喋喋不休,几乎跟走江湖卖膏药的差不多了。但是,他到底是后生仔,还带几分天真,不大像一些受过训练出来的乡村长,一味装着正人君子的丑恶嘴脸。

也许对歌是有趣的,只因听不懂话,对村长的热情相邀,只好婉言谢绝。乐得一个人安安静静读一读新收到的《救亡日报》,完了,再给植秀兄写封回信。

信写完时,已近午夜,山歌的声音,一阵一阵仍在夜空响起。

4月29日　晴　苞桥乡的工作,昨晚在覃外村暂告一个阶段了。按时间表拟定,今早开始转移到三和乡。从覃外来三和,二十多里地没有公路车,来往只有步行。村长要村丁一面为我挑行李,一面作向导,把我送到三和乡公所。

一路走来,都是丘陵山区。同苞桥那样的水田比,这是另外一个天地。道路崎岖,村落稀少,山坡长的都是茅草,间或是一些花稔和野石榴的灌木,一丛一丛芦苇,在这儿成了触目的景致。路上行人极少,偶尔听到几声鹧鸪,叫人感到格外寂寞。翻了一个山头又见另一个山头,好像乡下小孩进城,总也躲不开作弄人的顽童。问问村丁老头:“还有多远?快到了吧?”不知老头太累懒得开口呢,还是听不清我的意思,只是“唔唔”哼两声。自己也没力气再问。

十一点一刻,抬头一瞧,前面山头出现几幢白房子,在日头照射下,熠熠发光,像外国人盖的教堂,又像边境要塞的哨垒。近旁是两排干打垒、草率地建筑起来的低矮小屋,有的屋顶盖的是灰黄的茅草,有的只有几堵土墙,还没封顶。村丁老汉抬头望去,喘口气朝我说:“到了,爬上这个坡就是。”“怎么一棵树也没有?”

老汉说,圩场新建没几年,原来是个秃头山坡,只长牛甘果、花稔一类小树,圩场建立起来后,三和乡才从陆斡区公所分出来,在这儿设乡公所。乡公所本来是叫百姓种桐油树和桉树来的,只种不管,都叫牛羊践踏完了。我问他,乡公所为什么不管呢?老汉叹口气:“你新来乍到不懂,乡下的事可不是那样公事公办的啊。乡村长吧,忙征兵、催捐派款就够了,空下来还有别的事忙呢。咳,你要待多些日子就会看到了。”

听来,老汉是不肯跟我谈“别的”了。何况,我们已经爬完了坡,到了乡公所大门。

乡长不在屋。从“村长室”出来一位年轻人,大概也是在民团干校受过训的“三位一体”的乡村公务员吧!我将名片递上,他瞟一眼,脸上浮起笑纹,客气地让了座。接着便抱歉地说:

“正副两位乡长全都下村去了。我是联兴村村长,叫梁鸿。三两木的梁——”

“公所的事务员也下村了吗？”我嫌他啰唆，把他的话打断。

他很不高兴的样子：“这里没事务员。”

我也不理睬他，走出门口望望。

村长也跟着出门，一变方才的神气，低声下气地问：“指导员有事只管吩咐好了。在这儿大约有几天逗留？”

“一个星期吧。”

“那，好。”村长说完，转向乡丁：“老伯爷，这样吧，去街上叫两个后生来帮手，在楼下打扫间房子，搭铺床。”

老头连声答应走了。村长转向我指着左边有小窗朝天井的房门说：“这是从前省府下来做丈量田亩的测丈员住过的。”

行李搁下了。送覃外村老汉出门，请他到街上米粉摊吃碗粉。老汉推让了一下，见我执意请他，也不好再推却。

这只是一条直街，一目了然。大路从街心南北走向，两边排列十多二十间铺面。街心的圩亭，只有为过路商贩歇脚、吃喝的米粉摊，生意清淡。一个胖乎乎的老板娘闲得拿着纸条扎的蝇拂寂寞地来回驱赶苍蝇。芭蕉、荔枝、菠萝的果皮到处乱扔，苍蝇在上面嗡嗡叫。圩场居高临下，望望四周，全是荒漠的原野，见不到山塘，也见不到小溪，不知食用的水从哪里汲得来呢？

正吃着米粉，一位肩挑的邮差路过。老板娘一见，便放下蝇拂，绽开笑脸迎上去，殷勤问道：“想吃什么？”邮差盯一眼：“吃什么，不就是米粉一味吗？”

“嗨，你要喝两杯，一鸡三味，包给你弄到。”“算了，算了，留下一趟吧。照旧——干捞。”

邮差从罗圩经这里回县城。正巧，把昨晚给植秀兄写的信给了他，算完成了件事。

老板娘望我一眼笑道：“是情书吧？不该谢谢人家？”

我说：“是应该谢谢，不过，不是情书。”

“哎，你们后生仔啊……”老板娘眼珠转了转。

4月30日　晴　阴历四月初一。在这个乡本来打算只办七个村的互助社就走，乡长方燕山却提出，全乡十个村全都办。他挺热心，愿意陪同我下村办社。说事先通知到了，一天跑两个村，上午七点一个村，下午三点一个村，五天工夫就能跑完。难得乡长如此肯为农民利益奔走，我更是义不容辞了。不过，带下来的“借款申请书”已经不够用了，要林主任转请省府发下来。写信怕不及，打电话，电话机坏了，叫人空焦急。

今天的日程是在这乡公所，开联兴村的村民大会。以为趁着圩日，农友们来趁圩兼开会，人来会多一点，还可按时开会。哪知圩日也不见得特别热闹。日中为市，十二点了，圩亭才就有一两担荞头，一摊熟狗肉，一摊日用杂货，一摊凉糕，一摊茶水，一摊油炸豆腐和摆在地上的松明、牛轭、犁铧等等。也许正当农忙，闲人少，街上游逛的人寥寥可数。

过午，一点半，梁村长等得不耐烦，拿哨子到街上去吹了一轮，人们才陆续往学校教室来了。梁村长替我作翻译，会开得顺利一些。到要填写“借款申请书”时，会场气氛热闹起来了，吵吵嚷嚷，不懂得他们吵的什么。过一会梁村长才说：“他们讲，最困难最急用的是耕牛，能不能都可以借到买牛的钱数呢？”

“家家都缺牛吗？”我反问一句。

“不，不全都缺。有的是租的，有的同别人家换工，有的虽然有，不够用。”

我说，那就叫他们评议，看谁该买谁不该买的吧，不能家家都一样。买牛可借五十至一百元，置大件农具最多不能超过三十元，买种子的只能在十元以内，肥田粉至多二十元。谁要买什么，贷款多少，一个一个都要经过社员大家评定好了，再往表里填。要一就一，二就二，买牛的就买牛，不能拿来娶媳妇，要置农具的不能拿来打酒喝了。谁要把贷款用得不当，回头复查出来，全体社员都得为他担待的啊。村长听了，说道：“这样看来，互助社还真不简单呐。”

5月1日　小雨转晴　各村，离乡公所都有十里八里地，每天早出晚归，要跑两个村，办成两个社，尽跑路也跑不过来。唯有住到村公所去，少跑点路，晚上时间还能利用。方乡长赞成我这个主意，今天带我开路。按计划，上午到联合村，下午到修文。

一路上，方乡长尽吹他在民团干校受训得知的，关于广西“三自”政策的德政。说广西穷，平时养不住多少兵，只有办民团，把壮丁都编成三种兵役制——

预备队，是还未受过训练的；受过了训练的叫后备队，有事随时应召入伍；县里设常备大队，是从预备队分期轮流集中受军事训练，期满回乡编入后备队。所以乡村召开民众大会，就同军队下令集合一样，呼之即来，决不误事。

他信口开河，讲个不停。看他那么热情而自信，也就不作声，姑妄听之。

到联合村公所，村长邓国珍见到乡长也陪着来，神情很慌张。原来乡公所通告是定十一点的，后来改为七点的公文，未见送到。乡长说，十一点就十一点吧，能按时开会就行。村长宽了心，满口答应："那当然，准时，准时。两位还没吃早饭吧，吃了饭再开会，我这就叫人弄饭。"村长毕恭毕敬，忙不迭地走了。

这村居民多数是从南宁郊区的横塘迁徙来的，都讲客家话，听懂白话。我的说话就不用翻译了，他们私下谈家常我也能懂。而且他们到底是从城郊来的，文化程度高些，思想比较开通，这样一来，工作顺利多了，半天工夫便办妥。

午后一点半，拿起手提小藤匣转过修文村，只走二十分钟便到。三点开会，我又照样登台，演讲一通互助社的意义，入社的手续，农贷的章程等等。一天就这样从这村转到那个村，马不停蹄地奔波。这使我想起在广三（广州到三水）铁路的列车上的情景，一个推销陈六奇济众水药品的伙计，到个站在这节车厢，到下一站又过另一车厢，都是千篇一律地背诵他那一套江湖口诀。重复念经是令人乏味的，不过，每天见到的风物、接触的人事，都是一天不同一天，生活挺充实，足以补偿一天的疲劳。

到修文开完了会，方乡长交代村长一下，便跟我说，晚上得回乡公所，明早要有空就到富春村来相会。

村长挽留不住乡长，表面上表示遗憾，内心里却暗暗高兴。送乡长出村口，村长回头对我说："乡长也太认真了。晚上我们正要杀狗呢。"我说："大热天还吃狗肉？"村长马上答道："嗨，这你就不知其中奥妙了。所谓'夏至狗肉，冬至鱼生'嘛。热天吃狗肉，出一身汗，特别凉爽。指导员，你吃得惯吧？贵处是……哦，那也是吃狗肉的地方。晚上一定喝两杯，一来为庆祝互助社成立……"

村长连珠炮的话没个句点，还未说到"二来"，村丁便找来请他走了。走了两步，才回头朝我说："对不起，晚上再倾（聊）。"

看他轻飘飘离去的背影，使我联想到东门街街长汪锦盛，都还是涉世未深的青年,世故却相当老练。

晚上,村长果然摆了一席狗肉宴。狗肉虽然弄得不怎样叫人开胃,酒却把我给灌醉了,迷迷糊糊,也不知什么时候回到房间,什么时候上床睡觉。

半夜里,忽然被一声惨叫惊醒过来,心头怦怦跳动,以为是自已做的噩梦。仔细静听,“哎哟、哎哟”的痛苦呻吟,原来是隔壁邻舍传出来的!

“求求大人高抬贵手,小民……我这就跪下磕头……”

“放你狗屁!”一声怒吼,仿佛闪电惊雷,震人心魂。“少跟我来这一套!”口音是白天听过的。

寂然无声。惨淡的月光照进黑森森的屋里,老鼠在互相追逐,发出吱吱的叫唤。

“你不会想想,要是个个都像你这样,还抗不抗战啦?鬼子要是打来了,你的宝贝小老婆还能不给东洋人拉去睡觉?刁那妈!”

“不过……我那女人……今年可满三十了呀,不信……”声音颤抖哆嗦。

“住口!”又是一声炸雷,瓦片都要给震飞似的。

接着是,劈劈啪啪,搅拌着惨呼痛喊。

“人家的姑娘、媳妇都出来得,你的女人就那样金贵?放心,没人揩油、吃豆腐的。”

“要揩油的话,你也管不住。”是另一人的腔调。

“既然怕人那个,何必讨小老婆……”又是另外一个人的口气。

“闲话少说。”这是开头那个声音,“回去!慢!听住:往后,有事叫到你小老婆,务必随叫随到。不然,嘿!走吧。”

等到声音寂静之后,心想:莫非是白天方乡长来叫选妇女队长时候,这老汉的妾侍没到场而触怒了村长?接着,我还想起晚饭前,一位甲长来找村长鬼鬼祟祟地说悄悄话。

甲长问:“晚上来吗?”“不,真气人。老家伙……霸占茅房不拉屎。自已不行了,还要……”

“今天是星期六啵?”甲长给村长使眼色。

村长发觉我离他不远,把脸一沉,堵住甲长的嘴不再讲下去。当时,就觉得蹊跷,想不到半夜听到这场画外音。

5月2日　晴　一早,修文村副村长送我来富春村。穿过一片松林,然后再走一段干旱的田野才到达村公所。乡长早到了,把我介绍给村长,交代了两句,他自己就为挑选妇女队长的事忙去了。九点钟,村长把我带到坐满了村民的教室去。我又得扮演推销济众水的小伙计似的角色,走进新的车厢,摆开药箱,做起千篇一律的口诀。

一讲农贷意义,二讲互助社宗旨,三讲入社手续,四讲互助社章程,五讲社长人选条件,六讲社员之间互作连保,七讲互助社发展的远景……

办完事之后,离开教室出来,见到院里两排桐油树下,伫立一大群妇女。人数总有二三十吧,真是粥粥群雌。她们的神情多么不同啊:有的焦急,有的忧郁,有的厌烦,有的恐惧……乡长由村长陪同,大模大样地走进她们当中来了。几十对眼睛,莫不战战兢兢瞅着乡长脸色,说不清是害怕还是憎恶。

乡长威严地向她扫视一眼,从口袋掏出一小本笔记簿,然后干咳一声,喊出一个名字:黄美莲!

"唔?"乡长听不到答应,好生奇怪,哼一声,盯着村长问:"人没到场吗?"

村长赶紧说:"人,是到了的,给她们新起的名字,各人自己还听不惯。黄大年屋里的,到了吗?"

"我就是啰,嘻嘻。"有个人一边答应一边发笑。

村长瞪那个边说边笑的妇女训斥:"从今以后,你的名字叫作黄美莲,记住啦。"

"记住啦。"一双水灵的眼睛从别人的脖子的空间闪亮过来,拿丰满的手掩住嘴。

"叫到名字的都站到前面来。"乡长不耐烦起来,但未发火。

那个黄美莲鼓起勇气,逞能好胜地昂然挤出前排来了。那神情仿佛是说:"出来就出来,看你怎样?"

"多大年纪啦?"乡长一面上下端量,一面问。

"二十八了。"

"胡说,至多不到二十四。"

“谁知道,不信问我妈去。”

围在旁边的男人,有的怒气冲冲,眼睛都要睁破;有的挤眉弄眼,忍耐不住地偷笑;有的则你言我语,幸灾乐祸,叽叽喳喳——

“少在家睡三星期觉,去训练训练又回来,要什么紧,说不定还学乖了呢。”

“真是说的光棍话。人走了,地里活路谁干?”

“从正月到今天才落过一场雨,哪来的活路?真是痴人说梦。”

“我说被看上的人,还算彩数呢,回来当队长不说,三星期白吃米饭,总比在家啃野菜强。”

看看眼前这个场面,听听这番议论,想想昨夜的声音,真不是滋味。

这里,天灾、人祸全都混在一起了。

从富春村转到党山村,顶着火球一样的夕阳行走,更觉旱象灼人的可怕。一路走来,所见的山塘,都已龟裂了;在一大片牧草上面蒸发一层仿佛火焰似的烟雾,蚱蜢好像飞不起来的了;本来正是绿遍天涯的盛夏,却是满目枯槁的秋色。

5月3日　晴　和太阳比赛,比赛起床,比赛爬上山顶。

从党山过香泉,要爬高峻的山坳,像上楼梯,两边又没扶手,手上还提十多斤重的小藤箱。使上了吃奶的力气,才挨到了山巅,人已喘作一团了。回头往山脚一瞧,人畜都见小了,真成了“人寸马豆”,雾霭在山腰缭绕。

过了山坳便是香泉村地界。这里倒是一片垌场,山头消失在很远很远去了。平原上这里那里冒起一堆一堆草垛似松林,比起乡公所附近一带的山地来,这是另一番世界。

午间,村民大会刚开完,一个满头大汗、气喘吁吁的农民冲进村公所呼喊:

“有贼在山里抢牛啦!快去人……”

人们蓦然大惊失色,慌张起来。

“大白天有人竟敢抢劫吗?”我问。

“明抢不一定,暗偷就难免。”

“唉,都是天旱之过。人没吃的,什么事也干得出来哟。”

乡长和村长领着两三个壮丁,叫报案的农民带路拦截歹徒去了。

明天去六联村，今晚就得回乡公所住一宿。乡公所有我几份报纸杂志——《救亡日报》《全民抗战》《中国农村》和绍羲的信。看看报纸杂志和书信，几天来的辛苦，得到了奖赏。

晚上，补写几个村的日报单。上床已近午夜。

5月4日　晴　六联村有座黄道山，山上有座山神庙，听说塑有好些泥菩萨，神庙香火不断，附近善男信女，上山拜佛求神的不少。山下现在的村公所就是原来为方便远道来的香客住宿的别院。从山脚爬到山顶庙堂，要使点力气。一来没那个兴趣，二来要办正经事，没那个工夫，所以也没上山见到那佛面。

村丁花三角钱同猎人买得一只鹧鸪做菜，黄豆炖鹧鸪味道鲜甜。一顿饭就算对付过去了。

捕捉鹧鸪的方法有好几种，有的用网罩，有的用套子，有的用笼养的做媒——春天来了，听见鹧鸪求偶的啼唤，便拿媒鸟的笼子上山去，将马尾毛编的圈套围住；笼里鹧鸪啼叫，附近必然会顺着啼声寻来打斗，等它一扑上笼去，脖子或爪子便被套住了。一只媒鸟，整个春季几乎天天都有收获。鹧鸪在香港、广州的大菜馆是当作山珍，在这却成了家常饭菜。

从六联到萃英村这段路，全是崎岖的山岭小道，好在密林覆盖，不用打伞戴帽。阴森清凉，松涛悦耳。陪送的村丁说，此地从前常有老虎出没，没有伙伴，一个人是不敢走的，这几年很少见到了。

晚间，住宿萃英村。

村长和学校姓石的教员，都是二十来岁青年，上过中学。村长在民团干校受过训练，谈起来，都不甘心屈处乡曲，不愿做个时代的落伍者。社会科学的启蒙读物，他们多多少少也都涉猎过一些，对现实是不满的。如何超脱？却缺乏冒险的勇气。对未来虽抱乐观，如何奋斗？也不过徒然限于清谈。

5月5日　下午阵雨　全乡十个行政村，按时间表编排，每天跑两个，完成两个互助社。今天只剩共和、惠江两个村了。

上午离开萃英村，走四十分钟到共和，下午一点半到惠江。同其他八个村一样，村民都能按时到会。三个钟头开一个会，互助社就算建立起来了。

惠江村公所濒临一条通往武鸣县城的河道。地方清幽，值得流连，在这住下来太舒适了。只是今晚必得赶回乡公所作个交代,然后还得转到下一个乡去。等组社工作完了,发放了贷款,到复查阶段再来吧。

午后落了一场雨,田地还未见到水,旱象远远未能消除。不过,雨后空气凉快了许多,人走在路上不那么吃力了。四点半离开惠江,走一点二十分到了三和乡公所。

公所已开过饭,自己到圩亭米粉摊去找饭吃。米粉摊头和我坐对面的有一老一少的两个妇女也在那里吃粉。那少妇大约二十三四岁,那老的好像是她的家婆。但是,那少妇并不像一般的媳妇在婆婆跟前那样拘束。她那双水灵的眼睛老在打转,大胆地盯着你,想要跟你说话似的。人长得倒也不见得挺美,可那青春焕发的容光,那梳得光亮的刘海,特别是那双会说话的眼睛,在这荒村野店出现,可真能撩人。

听卖米粉的老板娘跟老妇人搭讪,知道这两位女客是打思恩府那边到黄道山神庙求神许愿来的,这时刻上不了山了,今晚只好在这街上找个伙铺落脚。老板娘瞟少妇一眼,意味深长地含笑。

夜里十点钟,正赶着填几份农村概况表和日报单。房门吱嘎一声开了个缝,回头一瞧,在微明的灯光中,一个女子的身影,蹑手蹑脚地悄悄朝我走来。我以为见到狐妖,顿然失声惊叫:“谁?”来人闻声,立即转身疾步夺门而走。我心头怦怦跳动不已,眼前掠过的仿佛是白天在米粉摊见到的那双眼。

夜越来越静,填完几份表已经很累,倒下床便迷迷糊糊将要睡着了。这时,楼上却隐隐约约传出撒娇撒痴的莺声燕语……

奇怪,楼上不是乡长他们住的吗?如今所谓“三位一体”的乡、村长已非旧时鱼肉乡民的团总,个个都是当局为了推行新政而专门训练出来的新人,其德行、风范本来是不应该受到非议的。然而,联想这些天来所见所闻,觉得现实真是无情,居然作出令人难堪的讽刺!难道说,世事本来就是如此,天下乌鸦一般黑?只能怪自己过于天真,少见才多怪,幼稚必然伴随着无知。是无知吗?这,我可不服气。心想:这些人造的黑暗,这些人为的风气,难道就不能由人去把它改变吗?要不然,物质不断在运动,历史不停地作螺旋式向前发展,又作何解释呢?

5月6日　晴　从三和乡到里建乡是要路过武鸣县城的。趁着早晨天凉好赶路,六点动身七点三十分就到了。二十多天不见,街市依然如故。

到寓所放下行李,换件干净衬衫,抹了抹脸上灰尘,便到县府去见林主任。他见面第一句就说:"你报来的组社数太少了。"等到把三和乡组成的十个社的概况表递过去,马上改了口:"不打紧的,时间还多着呢。要紧的是质量!看健不健全。"看他没有什么话要讲的了,站起来告辞,说今天休息一下,明早去里建乡。他点点头,哼一声:"可以。"转回头正要迈步,他补了一句:"哦,我在你床头拿来一本《中国农村经济基本知识》,有你几封信在这儿。"他从文件柜取出四封信。

出乎意外,曼哥信上居然为我向雁嫂的表妹议婚!说雁嫂的姑妈和表妹本人是乐意的。还说他看那表妹,品性贤淑,懂英文,倘若和我的中文彼此切磋,自当相得益彰。末尾叮嘱,无论如何,都要寄去两张近照。

寄照片倒是可以遵命的,至于婚事,觉得有点荒唐。双方都不是小孩了,终身大事,不是出于自己的彼此了解,而是任由他人的主意撮合,结局将是可悲的。前一个不是就因为这样而解除的吗?结果,给对方的创伤,难于愈合,自己负疚于心也难排解。何况这一个还是都市的大家闺秀,精神生活的要价,自然更高。而我自己一向是看感情重于理智,双方若不植根于情投意合的土壤,爱情也不会达到开花结果的幸福。

为了要照相,先去理发店理好了发。但是很遗憾,照相馆要给每个免役或缓役的壮丁照一式五份的快相,各照相馆都忙于做这批生意,一般顾客恕不接待。

家乡也正在办免役、缓役的手续。家信上问我:到底出钱还是出人?此事,听说省府对公务员的服役条例已有决议,本人毋庸操心。

另外两封信是福明和尊琬的。前者讲他在榴江工作过程和遇到的问题。真是"到处杨梅一样花",见到和感到的跟我是大同小异。要办好社,社员的文盲不能不是一种障碍。后一信除了问候,仍然摆脱不开对抗战前途的担忧和青年出路的苦闷。

夜里,蚊子十分猖獗,蚊帐拿去洗了,用线毯蒙头睡,天气却热得你受不了,只好起床点灯写信。

看表,凌晨一点了,雄鸡已开始啼鸣。我仍然望着孤灯,瞅着蚊子翱翔……

5月7日　晴　五点半出门雇挑夫,挑夫很会察言观色,听口音知我是外来人,去里建圩又是头一遭,于是一开口就要一元钱,不容还价。你要另叫别人,别人也异口同声,一元不能再少了。事后听说,你要懂得行情,就先不要问价,你只管请他直走就行了。到位之后,他知你懂行,不会多要。假使你问价,嫌他多要,另雇别人,别人就不敢比他少要的了。因为他们立了行规,谁也不得抢谁的生意,所以头一个问你要多少,你只有乖乖地照给。

六点动身,出南门,过五海桥,往西转过武(鸣)平(马)公路直走。沿途两边平展展的一片广袤的平原,山峦被挤到很远很远的边沿去了,宛若一道蛾眉,隐隐约约和云天连成一线。也许由于缺水,也许是因为人力不足,大片平地还未开垦成田,也没植树林,荒漠的地面尽长的牧草。从计程的路标看,汽车走半个小时就到了的,步行却要三个钟点。武鸣是广西"模范"省的头等县,交通情形尚且如此,别处更不必说了。

到乡公所,出面接洽的是一位留小分头,穿着整齐、干净、熨得平直的公务员套服的书生。向他说明来意,同时征求他对下村组社的日程和要走的路线的意见。他心不在焉地"唔、唔"哼两声,什么也听不入耳似的,急得只好短兵相接,采取一问一答的方式,要他回答本乡的基本情况。问人口、劳力和田亩数,问农作物品类,问去年年景如何,今年春耕春种的情况。管你问什么,他只颟顸瞠目不知所云。

"你是……"我以为他是学校老师。他却马上接过来声明:

"我是乡长。不过,刚来两个月。我本来就不……唉,逼鸭子上架!这鬼地方枯燥死了。"

原来他是县城里的,高中毕业生,大学没考上,到民国干校受过训,回来在县里民政科当科员。新县长上任,带来新科长,他这个科员既不会又不肯低三下四,曲意逢迎,结果只有外调。

吃过早饭,乡长说他要下村视察兵役,骑上英国"克加路"牌单车跑了。

事务员望着单车屁股,对我说:

“乡长去赶圩一定买得猪肉回来，晚饭我们有得饮的了。说不定还带回个把人来……唔，夜里可就有得耍的了。”事务员谈得津津有味，几乎淌下口水。

“乡长他是赶圩去的吗？”我很惊讶。

“是呀，今天是建新圩的圩日。你不去看看？可好耍呐！”

对此，只好苦笑。

黄昏，天边密布阴霾，疾风卷起阵阵尘埃，人们喜形于色，默默地祈求甘雨来临。入夜，窗纸响起飒飒的雨声，皮肤觉得清凉，可以酣畅地睡它一夜了。

5月8日　雨　雨似无晴意，我却不能因雨而裹足不前。早起洗盥完毕，披上军用斗篷，便依日程排定的往植英村走。路上因雨，行人稀少，无人问路，只凭地图的方位行走。越走越远，越远越见不到村庄。心想，准是走岔了路了，通知是七点开会的，要是过了时间可不糟糕！看看表，表停了。真倒霉！心头仿佛着了火，干焦急。看看前面既没村庄，照地图看，是不该走那么远的。还是走回头吧。

转回头走到松林，见到挑水的人，问了问，才知走了五六里地的冤枉路。

路中间被雨搅成了泥浆，路边草地也是泥泞不堪，走一里地要付出两里地的时间和力气。

还好，村民到会挺整齐，村长办事也挺老练，只嫌老练中未免浮滑。

5月9日　阴　按照日程安排，每天走两个村组成两个社，走路二三十里，接触各种各样的人，见到千姿百态的风景，是不觉呆板，不感腻味，也不会无聊的。遗憾的是，读书看报的时间却被挤掉了！

启明村离乡公所七里地左右，不要一个钟点就到了。到时，人已集合在村公所，可以马上开会。半天工夫就办成一个社。午晌，回乡公所趁圩、看热闹。

里建圩日，生意并不怎样，最高峰也不过四五百人，买卖多数是食品。金黄的枇杷挺好看，味道跟梅子差不多，酸得叫你牙齿受不了。天旱闹春荒，木薯、南瓜的行情挺好；猪肉四十八枚铜板一斤，也没几个人要买的，屠行老板闲得拿着带叶子的小树枝寂寞地驱赶苍蝇。

晚间，给家写信，叫将夏衣寄来。农历已经是四月中旬了，气候一天比一天炎热。

5月10日　晴　今天做了“三级跳”：上半天在循良，午后转过启育，傍晚赶到这儿——民涵村来了。

这儿是个深谷，四周都是山，山山都有林木覆盖。村庄隐藏在树林里，见不到屋顶。村公所几幢房子，孤零零地在村头几株大樟树的庇护下，有点像古画中的深山古寺。

晚间，小学生放学回家了，村长是本村人，夜里是不住公所的。只有村丁和一位外村来的教员留守，情景十分凄凉。更深人静，猫头鹰不时啼唤两声，蛤蚧也久不久叫三五句。半边月光把树影倒映院里，微风吹来，黑影晃晃摇摇，仿佛真有幽灵在游动，令人发怵。躺下，臭虫又咬得你睡不成觉。不得已唯有秉烛写信，向吴跋叙谈这山村之夜。

5月11日　雨　午后四点半钟，冒雨回乡公所，准备明天转去邓柳乡了。

晚上正在填写日报表时，林主任从县府来电话，要我们各人办到三十个社，即回县府一趟，有事要商量。这样，明天去邓柳乡再办五个社就够数了，心情轻松了一下。

5月12日　雨　夏天落雨，一阵就过了，并不妨碍上路。一早离开里建乡公所，路过存良村，七点按时开会。过午，动身来邓柳乡，走一点半钟才到。乡长和各村村长全都去县城检验应征入伍的壮丁去了。公所出面跟我接洽的是个生活指导的梁主任和一位市场管理员卢乃新两人。把来意跟他俩讲了之后，他俩异口同声，表示热心协助，立即通知各村召开村民大会的时间。今晚就在乡公所所在的村开会，明天和后天，每天上午一个村下午一个村，五个村便办完了。各村离乡公所最远的也不过十里，来往都方便。

闲聊起来，卢乃新讲：这地方，农村的高利贷很重，一般的最低也得百分之三十，高的要到百分之五十都有；牛租，按牛议价作基数，租金拿稻谷折价，比田租多一半。佃农、债户，一年辛苦，只求温饱都很艰难。卢、梁两位都说，这回政府开办农贷真是对症下药，实在太好了。“贷款数有限制吗？”卢乃新问，说农民普遍缺耕牛，一头又非得百八十元，个个都要买牛行不行？

我说：谁家缺什么，谁家要买什么，哪样是最急需、最要紧，统统都要由社员大家来评议认定，然后全社连保，申报上去，等待放款的银行核准。农贷不同赈灾,目的是为发展农村经济,促进生产,抵制高利贷。

“真正是这样当然再好不过了。”卢乃新说。

我说:“反正我的认识以为应该是这样,至于实际办起来,到底怎样,这就难说了。”

梁主任重新打量我,问道:“指导员是头一回下乡工作的吧?”

弦外之音,以为我未免太书生气,不理解现实社会的复杂性吧?

黄昏时候,乡长黄大椿从县里回来了。跟他谈起合作社的事,他态度怠慢,说精力有限,顾不了许多,眼前征兵要紧,弄得他焦头烂额。这几天又要物色妇女队长,把娘们的事也得管起来。“这事能管得了吗?不知高头(方言:上面)怎么想的?”乡长误会我是省里来的,借题发牢骚。

5 月 13 日　晴　白天一天在苏隆、大梁两个村转,晚上回乡公所还得指导昨晚建立的社办理申请贷款手续。日子过得倒也充实,一上床就睡着。

苏隆村梁俊,与其说他是村长,倒不如说是个大少爷。一件白府绸衬衫配银灰色的公务员制服的裤子,裤子压得挺刮,鸡脖子都能割得下,皮鞋擦得跟小分头一样晶亮,像是新姑爷陪新娘走娘家似的。

歇晌时候,他邀我在村边林荫道游逛。这是通往河边汲水的通道,妇女们早晚来来去去。此刻,妇女们从田里插秧回来,下河抹脸、洗脚,裤管挽的挺高,露出白嫩的小腿肚。梁村长盯了半天,跟我悄悄耳语:“村里有两枝蛮标致的花儿,你想不想摘?你在这儿能待好久?要有三天工夫,保你捞到一个!”

我不觉愕然,瞪他一眼。村长并不脸红,满不在乎地问道:

“你不敢?别那么正经嘛。”

等了片刻,见我不作声,又进一步明讲:“大胆点嘛。有我三两木头(梁某)在这,谁敢不乖乖听话?反正那些调皮鬼都被征兵走了,姑娘们成了笼里鸡,网里鱼,由你摸到哪个就哪个。你知道不知道,这种事娘们比男人还那个呢!”

村长年纪比我大不了多少,但是对这门路却摸得挺熟似的。

听了这一席话,联想三和乡的夜声,不由得想起鲁迅引用爱伦堡的话:

一面是庄严的工作,一面是荒淫与无耻。

5 月 14 日　晴　办完邓柳乡互助社,本来可以回县城了,只因今天是邓柳圩赶闹子，索性明天再走了。

这儿赶圩的人，比苞桥、里建都多。姑娘、少妇一群一群的像春水游鱼在游荡。她们手挽小竹篮、戴着用细篾编成的尖顶笠帽，一律穿平领大襟的蓝靛土布，只有眉眼和脸蛋才显示各人的神采。她们个个都好像不懂得讲话，个个都那样悠闲，无所事事地走来走去。

“她们是干什么来的呢？”

我问了问陪着我走街的梁俊村长。他含笑不答。为了解谜，只好自己留心观察吧。反复看了又看，原来，她们的眼神个个都是热情洋溢，迸发着火星，仿佛饿鹰寻觅着猎物，寻觅着称心的小伙子，互送秋波，打无线电话。有大胆一些的，在双方擦肩而过的一刹那间，说上一句暗语，相约幽会的时间、地点；有的迅速把人家的手捏一把，心照不宣；有的乘人不注意，顺手互送信物——绿玉耳环、白银手镯、镏金戒指什么的；有的是老交情，男女双方两对三对地找间伙铺，合伙弄酒菜吃喝一顿……

“你看中哪个没有？”梁村长鬼鬼祟祟向我耳语。

我反问：“你呢？”

“今天没见来。”

傍晚，和梁主任散步。问他，人家都说武鸣的妇女比别处风流，是不是这样？“不见得吧，不过，也许武鸣女子比较开通，比较大胆，也比较自由一些？唉，说不清。”

既然说不清也就不说了吧。

5月15日　晴　一早五点半离开邓柳乡，七点半路过里建，在米粉摊花三角钱进早餐。七点四十分继续上路，路上腹痛水泻，采野石榴嫩叶咀嚼止泻。

十点三十分回到县城。

到县府见林主任。陆祥已先到，正在那里谈话。林主任见面，头一句就说：“你还要下去跑一趟啊。”为什么呢？真是一头雾水，莫名其妙。

林主任说我组织的社，申请贷款数额偏高。农本局来了电报，武鸣投放款额只有三十万，不能再多了。这样一来，须要一个社一个社过细审核，凡是超过五十元的，都得减。听说之后，像咬一口发霉花生，真不是滋味。林主任看我不那么高兴吧，沉吟一会，然后暗示地说：

“我们年轻同事，工作热心是好的。不过，做事不能太理想，太理想，往往是兑现不了！”他好像说出了肺腑之言，表示轻微感慨。

接着林主任把话说得更明了：政府办社是为了发展经济、振兴农业；银行发放农贷，可不是慈善团体赈灾，贷出款来，是要考虑到收回利息的。

如同梦醒过来似的，迷迷糊糊。一天也不知做什么好。洗衣服，觉得挺乏，浑身没劲；读书，注意力不集中，看不下去；写信，思绪很乱，一部二十四史从何谈起；睡大觉吧，眼皮老合不拢；找人聊天，陆祥有小家庭给绊住了，别的同事还没有回来，找谁呢？到此才真体会到孤独、寂寞的可怕和悲哀！

5月16日　炎热　张增辉、黄品两人也回来了。林主任请我们晚餐。席上，林主任说，我们是现在办的广西合作事业的第一批干部，前途无限。中央原先在南京办有一所合作学院，年轻的同事想要深造的，将来可以保送。只要工作努力，把事办好都会有出息的，不要三心二意。话好像是对我讲的。五个同事当中，数我年纪轻，再说，昨天林主任他交给我的信件，其中有吴跋的一张明信片就讲我要“到陕北去”入“抗大”的话。是不是被他看到了才旁敲侧击，谈起深造、前途的话题来呢？因为他不明说，我也不好表示意见。心想，他舅父要真是在延安当法院院长的雷经天，他大概不至于因我要去延安而为难我吧？

街上到处贴出海报：南宁来了粤剧班子，小生靓少华是马师曾绿豆沙喉的徒弟，今晚登台主演《乞儿偷鸡》，门票三角。同事们有的主张去看看，有的反对，认为票价太贵，不如买斤李子来吃。李子刚上市，三角钱一斤，味道清甜可口。不去看戏，晚上几个人同住一间房怎么消遣呢？他们四位跟楼下何太太借得一副麻牌来玩，我一个人独自在阳台乘凉遐想。昨夜，为林主任说的理想不理想的话，苦苦思索；今晚，又为林主任讲的什么合作学院的深造，仿佛星星在脑的夜空闪烁。

星星，看她在碧蓝的天海闪烁，多么耀眼迷人啊！看她一尘不染，多么清丽，纯洁，看她明眸凝睇，多么牵动人心。然而，她到底离地太高，美并不存在人间！眼前却只听到嗡嗡的蚊子合唱。

5月17日　炎热　天鸿在家乡县府当电话员，特地给他试摇一次电话，果然一试便通。他听到是我的声音，特别高兴，问我："什么时候回来？人家日盼夜盼都想戴耳环呐！"在电话里不好聊天说笑，只要他转告家人，将夏衣寄来。

上街照相。上一次没照成，今天倒挺顺利。不知照成什么样子呢？在六十分之一秒的刹那间，一个人的本来面目是难得准确反映的。照片也不是不出现假象。

天气进入炎夏，寒暑表水银柱升到35℃。到灵源去游水，水下保持长年温度22℃，温差太大，在水里不能待得太久。上岸来太阳又同火炉一样灼人。军训总队的女生叽叽喳喳，活泼得同下河的鸭群，在碧绿的水里欢腾、嬉戏。近看，各人脸蛋妍丑不一；远看，身段曲线却同样显示着夺人的窈窕，仿佛是清晨带露的荷叶，衬着含苞待放的莲花。青春在这儿迟疑、徜徉；美，诱人以魅力。

5月18日　阵雨转晴　林主任又要去上林视察，早饭，我们几个同事为他饯行，到饭馆点菜喝酒。饭后，他乘公路班车走了。

我们依照他的吩咐，分头下乡核实贷款数额。不想，顷刻间，雷雨骤然大作。马上是走不成了，乐得到新开张的前进书店去看看。书店以前进命名，倒也名副其实。书架上摆的几乎全是当前进步的书刊。买了新到的第十二期《七月》，又花三元预订《文艺阵地》《救亡日报》和《烽火》。店里一位青年老板，主动跟我交谈，谈得相当投机。他本地人，高中毕业没找到称心职业，以为在这儿有军训总队，常年有千把个来自全省青年学生，能给他们供应进步的文化食粮，工作也算是有意义的，赚不赚钱倒不在乎。

阵雨过去了。中午，同张（增辉）、黄（品）两位一道出发去邓广乡。手上提十来斤重的小藤匣，起初并不觉重，谁知越走越沉，特别是雨后，太阳蒸发湿气，更加闷热难受，弄得十分狼狈。

到达邓广乡，已经过午三点多了。赶圩的还没散完，我们就在圩亭随便吃枧水凉粽和桂林米粉当晚餐。

跟乡公所接洽：晚上，一个人到广和村，张、黄两位到夏黄，分别召开互助社职员——正副社长、会计、评议员的会。贷款数太大的，婉言规劝，把数目减下来。钱是越多越好的，要减少就颇费口舌。一个一个比较评议，一个一个核准，弄到鸡叫才完事。

上床时，自鸣钟当一声，已经是明天凌晨一点。

5月19日　雨　倾盆大雨，惊醒梦魂，凌晨四点便再睡不着了。六点赶回乡公所所在地四合村开村民大会，组成了互助社。

跟张、黄两位分了手，各人走各人原先组社的路线。

从邓广乡四合村转到苞桥乡的马香村，隔河相望，相去不远，河面有木桥可通。此刻，雨后河满，水流急湍，小桥年久失修，人走桥上，摇摇荡荡。因夜间失眠，头晕眼花，俯视桥下，一阵晕眩，膝盖直打哆嗦，头冒冷汗。蹲了下来，战战兢兢，一步一步挪动，引起河边几个牧童拍手哈哈发笑。

到马香村公所，一边抹汗一边跟正副社长和评议员审核贷款数额。照他们已定的方案，越穷，越需要用钱的社员，得款额越少；相反，准许贷五十元以上的，都是他们几个职员和一些并不缺牛使唤的人家。为此，指出不当，另作评议。总的全社贷款数要减，谁减谁不减，减多减少，应当照顾各人实在需要。不能自己管了事就比别人占得多。不想这么一讲，马上碰了钉子。他们异口同声："要借不到七八十元的话，还有什么意思呢？索性不干了。"看他们以退为进，提出了要挟，我也恼了火：

"好吧，你们要真不愿干，也不好勉强。另外选别人吧，有钱还怕没人借吗？"

僵持一会，他们自己悄悄交头接耳。

我故意上厕所方便，回头来问："怎样，商量好了没有？"

"指导员，我们耕田佬心直口快，请别见怪！指导员看怎样办就怎么办吧。"

"你们看呢？"

"我们说，要减大家都减，按照原来申请数，一律减十元行不行？"

"不。"我说，"这样还是不能照顾到实际需要。应当是一个一个分别对待，有的减，有的不减，有的减多，有的不但减少反而适当增加。总之，"我最后说一句，"因人而异。"

"这样，再议一天也定不下。"社员说了一句。看来，事情一落到实处总是不那么简单。

5月20日　阴　真巧，上月到这里，今天正好满月，又转回头来了。

落了几场雨，旱象解除了。如今已是芒种季节，绿遍天涯，玉米已长到齐腰高了，烟叶长的肥大、葱绿，流水潺潺，蛙声处处，人们也喜上了眉梢。

为了统一布置审核贷款数额，通知各村互助社正副社长和评议员来乡公所开会。这里碰到的情形，跟在马香村遇到的大致相同。都说他们是依照规定的数额申请的，银行要没有那么多钱，何必当初作这样规定呢？再说，社员最缺的是买牛的钱，一头牛非得百来八十不可。要是不给贷到此数，买牛不够，买别的又多，岂不叫社员白花销了？买到牛，牛还在，到时要还债，把牛卖了还能还得起，要是胡乱花销了，到要还钱时，反而作难呢。

我说，话不是没有道理，不过，要都不办，让百分之三十或四十的高利贷剥削，不是更加吃亏？总之请大家仔细想想。最后，大家还是接受了，同意把贷款数酌情减下来，各社领回互助社的印信。

5 月 21 日　阴　又到三和乡公所来了，照旧住上次住过的房间。

傍晚时分，学校师生放学回家了，公所也没了来往的人，深山古庙一样寂静。快要点灯时候，乡丁才来请上楼吃饭。上楼一瞧，令人惊讶，厅中间的桌面摆上了酒席。方乡长和联兴村梁村长，从两边的房间请出三位女子来，让座入席。她们抬头见我是个陌生人，忽然一怔，十分尴尬，两只手都不知往哪搁的拘束样子。三人的穿戴几乎是一模一样：细麻布大襟马蹄袖，袖口、衣领露出雪白衬衣，头发梳得油光净亮。一个戴着钿边的银耳环，一个戴着碧玉手镯，一个镶着金牙。三个人的年纪都是二十岁左右。

坐定下来之后，方乡长才悄悄向我小声说：“她们三位都是我们各自的女人。”

我模棱两可地轻声说：“你们真是艳福不浅。”

三杯落肚，酒上了脸，起初拘谨、畏缩的女眷，激情抑制不住了，逐渐活泼起来，居然一杯一杯，敢同男人饮交手杯，你灌我，我灌你，觥筹交错，嘻嘻哈哈，真是酒酣耳热，忘乎所以。分不清她们谁是谁的女人，互相动手动脚，吱喳乱叫，简直是特察里饮花酒的世界。梁村长半醉半痴地，转动僵硬的舌头说句含糊的话：

“指导员，你别……别正经，这……这儿，山高皇帝远！哈哈……”

我乘他们轻狂失态之际,悄悄溜走了。

半夜,正当赶写几天来的日报单,楼上传出阵阵揶揄、猥亵的气声……赶快找出随身携带的药棉塞住耳朵。

5月22日　雨　阵雨过后,天边出现一拱壮丽的彩虹,山野洗涤一新,空气非常凉爽。

各村互助社的职员陆陆续续来到。看看他们拿来的贷款申请书,大多数都是要买耕牛,借款数不要百元也要八十。但是一经核对,不少人是有了牛的。很怀疑,会不会有人贷到款来,又转手作高利贷放债?会不会用假名借双份?社里职员,特别是正副社长会不会是办事公正、热心为人的老实人?问题很多,没有相当的时间作充分的明察暗访,很难搞得水落石出。

晚间,把这些问题,除了在日报单向省府提出之外,还给邓铭和福明分别写信,讨论这些疑问。

5月23日　阴雨　几天来都有阵雨,道路成了泥浆,鞋底时时被粘住,走起路来特别吃力。

从三和到里建走了三个钟头。到后,请乡长代发通知,后天(二十五日)在公所召开全乡互助社职员会议。休息一下,十点半又往邓柳乡赶路。二十华里,走到十二点十分才到。照样请乡公所发通知,请五个村互助社的职员明早到公所开会。完了,趁圩日正热闹时候,到圩场逛逛。在狗肉摊上同农友们一道吃喝,借机会打听各村的互助社状况。

一位四十来岁的农民,听到问起互助社的事,看了看我,淡漠地说道:

“互助社,讲来是好事一桩,就看事情是谁来办啰。”

“这话怎么讲呢?”我问。

“那用说,谁的胳膊不往里拐呢,好事还不都叫当头的占了便宜。穷人都是乞儿的命,大鱼大肉等人家都吃腻了,自己才捞到点残羹菜汁舐舐嘴。”

心想,世事真复杂。俗话说,“清官难断家务事”,要改造社会,岂不是更加费事!

5月24日　晴　来到里建,学校何教员(元焜)见是我来了,巴不得马上告诉我:前线我军十九日已退出了徐州!如同听到亲友的噩耗,心情顿感懊丧。

徐州——武汉的屏风,既被突破,接着,安庆、九江、南昌、南浔一线和开封、郑州、潼关陇海一线,武汉前沿的两只胳膊都将面临威胁。要是长江上的马当要塞和河南的朱仙镇守不住,敌骑自将长驱直入。保卫大武汉,必然是一场殊死的恶战。

要是武汉再守不住,我的梦寐以求的陕北之行,岂不化成泡影? 想想实在揪心!

5 月 25 日　雨　雨落个不停,远山近林全都罩上一层灰蒙蒙的雨幕。

审核贷款的事,算告完成了。上午十一点,披上军用斗篷,冒雨回县城。路上,雨越下越大,雨点随着斜风,往身上横扫,斗篷渐渐沉重。顷刻间,公路两边的排水沟注满了水,水声淙淙。农民披着蓑衣在阡陌间巡逻,疏通田水。山坡的瓜田,呈现一个个光洁的西瓜……

回到县城,最大的慰劳莫过于来信了。

曼哥的信,说他随(第四战区李汉魂部)一八七师出发武汉,雁嫂和三哥留在广州河南同德西路 41 号三楼她姑妈家;告诉我,照片即寄上述地址。心思顿觉彷徨,担心战局恶化,投奔延安的憧憬遭到破灭,寄照片的事倒是无所谓。

母亲把夏衣寄到了。包裹内附有一张字:母亲记挂我缴付缓役金的事,嘱咐无论如何都要设法缓役,不要轻易应征! 正好省政府"代缴缓役金证明"到了,马上转寄回家,这,可叫母亲宽慰了。

另外两信是:江河讲他考"西大"(广西大学)落第,回乡当表证(模范)学校教员,心情苦闷! 黄保典,一个纨绔子弟,讲他到南宁来寻欢作乐。

5 月 26 日　晴　头痛十分厉害,黄乃珧介绍服虎标头痛粉,果见奇效。

读郭沫若夫人佐藤富子写的《我的丈夫郭沫若》,书里勾勒出郭氏的轮廓。

给雁嫂去信,附照片,关于同她表妹议婚的事,说了保留的意见。

此外,还连写四信:一致肇庆师范杨绍羲;二致柳州军官学校施礼;三致罗城邓铭;第四封是家信。

5 月 27 日　晴　到前进书店买到杂志《文艺阵地》和《烽火》。可是阅读的时间却买不到,让她冷落床头。

明天陆祥调赴容县。林主任出钱买鸡鸭鱼肉,我们出力入厨,为陆饯行。

我负责采办，拖着木屐踯躅街头，不修边幅，浪荡形骸。不由想起去年七月因避敌机，客居肇庆的日子。曾几何时，一年光阴就这样在惆怅与渴求中溜走了。

傍晚，酒后和同事们一道去灵水游泳。泉水涨满，澄碧涟漪，煞是诱人。这时，男女老少下水游玩的特别踊跃，笑声洋溢。

夜里又写信。寄武汉给曼哥，告诉他缓征兵役金省府已代缴，不过，自己还是渴望“到陕北去”。给江河信上，提到打算去陕北的意思，问他愿不愿意一道去读另一种大学——抗日军事政治大学。

5月28日　晴　今天可以向互助社放款了。农本局两位先生带来了十万元桂钞。几位同事都为社员即将获得贷款而兴奋非常。

农本局一位先生抽查了一下各互助社的“借款申请书”，皱起了眉头，好不悦意地朝我们瞪眼诘问：

“怎么，贷款期限还有三年的？”

林主任替我们解释：“已经告诉他们统统都改为一年了的。”

“一年也不行啊。”另一位先生搭上腔，“六十元在农民家来说，是一笔大数哩，一年之内，连本带利，能还得清吗？”说话人口气，像个法官审案。

老老实实的黄品平心静气地说：“本地的牛价行情，能犁地耙田的，起码也得六十元，没有六十元是买不到耕牛的。”

“农贷限额不是可以借到一百元的吗？”我问了一句。农本局的先生说：“那……文书上是这样写的……可要知道，互助社的法律地位很低。”

我紧跟就反问：“那样，农贷规则就应当改变，否则，叫我们左右为难，无所适从。”我本来是要说：“我们不能要走江湖那一套。”但是，农本局的人堵了我的话头：

“恐怕在执行中要变通一下吧。银行也只能如此。”

“如果目的纯属为了放款取利，那当然只能如此啰。不过，听农友说，好比大旱，不落透雨，连地面都不湿，顶什么用。”

农本局的人脸色很不好看，瞪着眼打量我一下问道：

“你叫什么名字呀？在合训所好像没见过。”

林主任一直默不作声，大家面面相觑，弄得很僵。我赶快打破令人窒息的

气氛,说道:

“我叫陈克惠,受训时大概是不合格的学员。”

农本局另一位年纪大点的马上插嘴:“得了得了。言归正传,各人再将贷款申请书核一下。”

小小的顶撞,犹如一阵过云雨,顷刻间雨收云散。各人又若无其事地分头工作起来。在我却像吞下一口煮不熟的芋头,喉头痒了半天,越想越不对味。上次林主任的暗示,已经预感到了,今天这两位所讲的无非更加露骨而已。金融资本家开办银行,总是跟利润连在一起的,而利润总免不了要剥削。正如俗话所说,哪个蚯蚓不吃泥土呢?合作社事业本意是为了减少剥削环节,生产与消费之间,直接流通,这无疑是一种进步,但是它到底不可能超越一定的经济基础而存在。在经济基础所形成的社会私有财产制度下,社会上一切事业都将受到或多或少的制约。难怪林主任上次讲,做事不能过于理想!

那么说,理想只能而且必定是在另外一种非私有的社会制度下才可能出现的了!

走吧,到新的天地去!不是有好多好多的人去了吗?而且在他们的文章里不是都生动地描绘了那里是没了私有财产制度,没了等级观念,没了压迫,没了剥削的崭新世界吗?再说在人生观和世界观上曾给我以启蒙的一批学者,和一批使我敬佩的作家、诗人,他们也都去了那里,唱出了使人信服的颂歌。理想的奇迹在那儿已出现!去吧,去吧!再没有可以迟疑的了!

5月29日　雨　开始向城郊二十六个互助社发放贷款。社里的职员都到县府集中具结点收本社贷款。簇新的钞票一捆一捆就像大堆肥皂,摞满了桌面。农本局两位职员负责核发,我们几位负责出纳,点票数票,忙了一整天。

不管怎样,看到农友们高高兴兴地扛着麻袋走出衙门,精神也得到安慰,一个半月的奔波,总算不是白费。

植秀兄从湖南桃源来信。上月今日在覃外村给他写的信,他到底收到了!信上写:“我感谢你,感谢你时时给我以思想的粮食……”他说,他的思想时时随着动荡的时代而安定不下来。他说:“在这当中,你的思想行动,无形之中,多多少少影响着我图谋前进的决心。”

对我的远走高飞(去陕北进“抗大”),衷心鼓励。认为百川归大海,光明与正义,总是吸引人向往追求的。可是,“即刻”(就道)抑或“从缓”,这就要看各人所处的环境来决定,反正目标是一致的,只不过时间的差别罢了。“万望好自为之!”

读了信,好比喝瓶汽水,十分爽神。心想,倘若有一天彼此能在那遥远的天地,他乡遇故知,那该多么称心啊!

晚间,同几位同事去文江园观看粤剧《宝玉哭晴雯》。午夜十一点才回寓所。

5月30日　晴　晚饭后,林主任领头同我们四位散步。出南门,沿邕武公路向南直走。不远,北面便是从都安澄水河流来的文江河。有约百步的文江木桥跨过河面,接连两岸行人。右边下游的河对岸,矗立一座文江塔。夕照的塔影衬托蓝天白云和岸边的绿树,倒映江面,显得格外柔美。晚风掠过水面,送来凉爽。

过了文江桥,再走便是一片广袤的平野,在早是陆老帅的兵营。兵营毁于粤军焚燹之后,近年,一半辟为农林试验场,一半当作全省学生军训总队所在地。在稀疏的柠檬桉林木中,隐约露出参差错落的白墙红瓦。走到农场办事处跟前,才见到是一排颇具规模的洋房子。我们以为屋里陈设也一定是很可观的了,林主任却说:“没有什么东西的,楼上是西瓜皮,楼下是两架单车罢了。”到里头一看果然如此。办事处的人跟林主任熟悉,拿出西瓜来殷勤招待。不料正要切瓜时刻,县府汽车开来,跳下七八个人,粥少僧多,各人只分得一片,很不解渴。

夜幕降临,正当万家灯火时刻,突然一阵比一阵高的怒吼声,从远而近充满了街头巷口。声音传染了人,男女老少都站到自家门口,屏着气息倾听着吼声:

打倒日本帝国主义!

中华民族解放万岁!

一,一二一……

声势如潮澎湃,咄咄逼人,步伐抖擞的队伍,震颤着大地。原来是纪念“五卅”十三周年而举行的火炬游行。队伍由学生军训总队领的头,接着是省立九中、县立国民中学和城厢小学校,一队接一队,举着火把,雄赳赳地从南门入城,穿过街道,此起彼落,前呼后应。呐喊当前抗战口号歌唱当前的战歌:

动员,动员!

全国人民一齐动员!

……

鲜血沸腾在鄱阳,

火花飞迸在长江;

全国发出了暴烈的吼声,

保卫大武汉!

……

集体歌声,此唱彼和,一支接一支,响彻云霄。

在体育场那里,搭起台子,从南宁来的一个救亡团体的人正在大声疾呼,演说一九二五年的今天,日本纱厂枪杀我国工人领袖顾正红的惨案;接着,慷慨陈述,当前抗日战争的形势;最后,呼吁全国同胞,国难当头,同舟共济,有钱出钱,有力出力,誓将入侵敌寇,驱出国土……

广场另一角,学生团体演出《放下你的鞭子》,围观的群众反应异常激烈。

5月31日　晴　为了催眠,随手捡到一本林语堂写的《中国与中国人》来翻翻。这位幽默大师把“吾国与吾民”的传统文化,向外国人作了如此介绍:

……损国肥家的官吏,在中国人的眼光中,正是他自家的孝子贤孙替祖宗光耀门庭。从人民身上刮来的钱,有时,捐出一星半点作为慈善事业,便即成为社会名流,报纸上就此常常见到他的尊容。

接着,还说中国人大都以酒席饮宴作为拉拢勾结,缓颊彼此矛盾的,所谓吃人嘴短。比如:

……要我写一篇书评去谩骂请过我吃了一顿丰盛的酒菜的作家的书,岂不是要踌躇不决,难于下笔?……所以有位中国诗人就说"肠满成好事,余者皆奢侈"。

幽默大师就这样把我引入了梦乡。

6月1日　晴　报载:敌机连日轰炸广州。从上月二十八日开始到昨天(三十一日)为止,每天都以数十架次,轮番狂炸。中山纪念堂落弹,毁了一角,大南路和广卫路、大石街和安怀里等市中心的街市,受炸之惨,为去年九月以来头次见到。官方初步统计,死伤人数达两千以上……

想想雁嫂和三哥寄身危城,不知吉凶如何,令人焦虑不安。

6月2日　雨　楼下的房东太太,一清早便将神台抹拭得干干净净。听她跟何太太谈话,才知今天是阴历五月初五,老百姓家家都要过的端午节。

每逢佳节倍思亲。不由得想起家乡的习俗来了。从家乡每年此日特制的,有南竹一样粗大的枧水(草木灰滤成)粽,联想到去年今日与黄丽清姑娘的约会,往事历历,件件都令人神往。

上月二十八日《救亡日报》登载一篇姚潜修写的前线通讯,披露一八七师师长彭霖生在开封,向记者谈关于保卫大武汉外围战的态势。这样看来,曼哥已到了开封。要是自己也能随军活跃于前线,该多痛快啊。

施礼来信,他随军校从柳州首途迁移桂林市郊李家村,沿途徒步行军。眼下恐怕仍在征途跋涉的吧,提琴能背得走吗?

6月3日　晴　早上写一篇文艺通讯——《五卅之夜》反映昨晚目击全民抗战的同仇敌忾,打算寄给广州《救亡日报》文艺通讯员总站举办的"五月竞赛"征文。

给曼哥写一式两份的信:一寄河南开封一八七师师部,一寄广州给雁嫂转。

两者必有其一会寄到他手上。

给植秀复信，讲的是：这回与农本局贷款意见相左，看出金融资本家所谓改良农村经济、拯救农民贫困的虚伪，表示另寻新路的决心。

去延安的事，虽然有国强答应，到时他可以找到救亡团体的介绍信，但为了保险系数大一点，还是由自己写封信去广州百子路八路军驻穗通讯处，向潘汉年主任作自我介绍，叙述近年深受救亡运动和社会科学启蒙思潮影响，目前的工作环境、自己的思想状况和要“到陕北去”的渴求，请予指引。

到街上寄信，见满街都是丘八哥，一伙一伙到处寻找民房驻扎。街头巷尾有人在议论：说百色那边有人造反，抵抗征兵，政府派军队前往弹压，路经这里。

天下兴亡，匹夫有责，当此国家民族生死存亡关头，按说是不应有“反战”的暴动的，可事情总是从两方面造成的。人民之所以反抗为国抗战，应从政府方面来检讨。平时在施政上未能使老百姓切身体会到国和家、政府和人民的存亡利害相连的意义，而只有官府放火(烧山)，不准百姓点灯。所以一旦国家有事，百姓当然不会也不懂共赴国难的道理。冰冻三尺，非一日之寒，老百姓造反，自非一早一夕的盲动。

6月4日　晴　海南岛王禄位来信，认为海南孤悬海上，国防力量薄弱，地处险危，很想出外漂泊，寻求新路。广州王国强复信，指出我对农村现状的观点，虽见其眼前的黑暗，也应信其未来的光明。这是辩证法，艾思奇《大众哲学》讲过的道理。问题是矛盾的主要方面是什么？

到前进书店买到《烽火丛书》之一，巴金的新作《控诉》。

6月5日　晴　早上，统计每日全县组成和核准互助社数量的比较表。

饭后回寓所读《控诉》和新到的杂志。

下午，到县府得曼哥从广州、武汉各来一信。前一信提到我的婚事，说那表妹及其母亲(雁嫂姑妈)看我照片后，都高兴能成全这段姻缘，希望我最近能请假去广州一趟。后一信说，家中老母生活望我就近关照，如我西北之行受阻，即暂时就此服务，且待将来再图发展，千万不必灰心……

晚间，到文江戏院看粤剧《华宫绮梦》。看后，好像误咬一口青杏，又酸又涩。

6月6日　晴　各乡各村互助社的贷款细数核定清楚了。

无事又跑书店。买到一本陈独秀作的《实庵自传》和一本骆宾基作的《大上海的一日》。前一本,陈独秀才写到他童年的回忆,至于他后来的革命生涯,却有待于续篇了。

晚间,给几位朋友写回信。施礼完成了徒步行军,抵达桂林李家村新校舍了。

6月7日　晴　整个上午读一本小册子《恩格斯及其事业》,几个钟头便读完了。

6月8日　晴　镇公所门前摆开好几摊水果,有荔枝、杨桃、李子和香蕉,几摊汤圆、醪糟和枧水凉粽等等。人们拼命往公所的大院钻,也不知什么事。为了好奇,同几位同事也随大流往大院硬挤。进了院里,才见到临时搭起的戏台,幕布深垂,煤气灯光特别刺眼,台下一排排条凳全都坐满了人,后到的只有站在两边鹄候开幕。

原来今天是新镇长上任,镇上中心学校师生和《会嫦娥》的戏班子联合举办庆祝游艺会。

第一出戏是学校师生扮演的独幕话剧《当兵去》,剧情和演技都很粗糙。第二出也是学校师生编演,题名叫《我们不愿做亡国奴》,暴露日寇在沦陷地区的种种兽行,奸淫、屠杀妇女的惨状,多少激起了观众的愤怒。第三出《会嫦娥》是粤剧团新编的现代剧目,剧情是这样编的——

在国防前线的某个村庄,有一家吝啬而顽固的地主,却偏偏生养两位急公好义、热心为国的好儿女。一次来了救亡团体向老地主征募爱国捐款,守财奴执意一毛不拔,跟儿女争吵一场,到头来只捐银两七分二厘(合一元银币)。儿子和女儿商量偷开"夹万"(保险柜),拿出几千银元捐给了救亡团体。不久,敌骑践踏到村庄来了,百姓流离失所。地主和家人失散,抱着一袋金银财宝卧倒路旁,愿将两只元宝换只番薯,也没得到答应,终于饿死道左。临终方才觉悟:没有国也就没有家,没有生命,金钱也没意思,愿将钱袋捐作救亡经费。两个儿女呢?女儿被敌俘获,巧用美人计,杀死了敌寇,逃出了魔爪;儿子加入游击队,在偶然机会,兄妹邂逅,一道走上抗战大道。

故事巧合得不自然，人工的痕迹太露。但是用戏曲的旧形式表演抗战的新内容，旧瓶装新酒，观众看得顺眼，听得耳熟，倒是能收到一定的宣传效果。缺点是有些场面限于戏曲唱作的老套子，拖沓过长，使观众注意力涣散。

6月9日　雨转晴　连写三封家信。一封给广州的雁嫂：请她考虑，倘若广州被炸愈益严重，是不是回老家来避难。一封则寄武汉一八七师留守处转曼哥，求他汇来百元，作为将赴陕北的盘缠，万一到时候走不成，钱可作母亲养老金。再一封是给在龙州学兵教导大队的侄子敬人回信，勉励他力求上进，锻炼成为栋梁之材。

6月10日　晴　读《中国农村经济常识》。虽然是理论文章，文笔却深入浅出，通俗易懂。认为农村的合作社运动，因私有制社会条件的局限，不可能根本改变农民贫困和农村经济破产的问题。道理阐述切中要害，认为整个社会经济制度不从根本上变革，合作社运动，只能是治表的药方，不可能彻底根治病患。想想自己眼下的亲身体验，事实果然如此。

郑光海从广州又寄来杂志：一本丁玲编的第三期《战地》和另一本《血战》小册子。友谊的恩惠，令人感激不尽。

6月11日　晴　《救亡日报》报道：敌机轰炸广州与日俱增。市中心的永汉、惠爱、教育、维新、正南、吉祥、丰宁和小北等等，我所熟悉的马路，以及市政府、中山纪念堂、中山大学文明路的校舍、西村水厂和电厂等公用建筑都落了炸弹，断墙颓壁，比比皆是，无辜平民尸横满街……

广州，南国繁华的都市，多么使人流连，再见时想已面目全非了！

6月13日　晴　一连两天，把时间都花在练骑自行车上了。早晨、傍晚，甚至月夜，和几位同事全都在体育场流连。一个钟头两角钱租来一辆车，张增辉当教练，和两黄（乃珧、黄品）三人轮流着学。

张教我们记住几点要领：一、两手要伸直，二、腰板坐正，三、两脚自然上下，四、眼睛朝前直视……但是，人一坐上去，六神无主，诚惶诚恐，什么都记不住了。做教练的一松开手，自己就像做梦一样，腾云驾雾，手足无措，晃悠悠地任凭车子滚动，一下子跌倒了。做教练的尽管鼓励"不要害怕，不要害怕"，可总是身不由己，手脚不听使唤。经过跌倒再来，再来跌倒，反复多次，才慢慢摸到车轮惰性的规律,一次比一次掌握得稳些。三个人轮流学了三个钟点,初步骑上车去能转几下还跌不了了。但是,上车下车,拐弯,加快,减速……全都做到掌握自如,则花了两个整天,磨破了一双钟连科牌的机制布鞋。

6月14日　晴　雁嫂来信,里头夹着一张少女肖像。噢,这就是曼哥给我议婚的对象啊。雁嫂说:你看满意不满意,由你自己拿主意吧,但你二哥是满意的。

满意不满意?一句话怎好讲得清呢?人的美丑,除了面貌,还有性情、爱好、教养、品德等精神方面的凑合才能形成其整体的。有的容颜未必妖娆迷人,但由于诚实善良、温柔贤淑、志趣高尚、谈吐脱俗,那也将是娟妍可人的佳丽。而这些美德的被认识,必须得在接触过程中才能慢慢了解、体察的。此刻仅凭一张照片而做出终身的选择,未免草率了。不过,曼哥既"满意",也许是有他的见地吧?他到底阅历较深,从理智考虑,也许应当如此。从前没有依他的期望,立志学理工,做个工程师,已经使他不悦,这回不好马上叫他再次失望吧。在答复雁嫂的信上,既没有说满意也没有说不满意,只说,目前一心一意要寻求发展而闯荡江湖,令表妹能待我三年之后吗?何况是个穷书生,将来日子未必过得称心,请令表妹三思。

6月15日　雨　昨天敌机首次开炸桂林。平静如湖的广西,从此将掀起波澜了!

6月16日　阵雨　植秀寄赠一册解放社出版的《解放文集》。翻开扉页,上面题了这样两行字——

> 秦火在睫,殊深感慨。对此"难儿",无法抚养,特将过继与汝,望予接纳!但请来函慎言!

所谓"难儿"乃是新华日报社论和《解放周刊》的重要文选,我正苦于"无子"的孤寂呐,这一慷慨的过继,真是喜出望外!

侄子国器写来家信:曼哥从河南许昌汇回法币(中央银行)五十元给我作缓役金,还说雁嫂有信回家,说广州被炸得要紧,准备回来了。

回信告诉大哥:五十元暂且留着,作我去陕北时的路费,或者先买耕牛也行,不要挪作零用。

到书店买得一本《中国诗坛》杂志和一本《花间集》。

6月17日　阵雨　晚饭后,我们几个同事照例散步。今天,是沿着南门城墙上往西走。从城上可俯瞰陆大帅“上将第”的后屋果园。里头柚子、柑桔和杨桃等等,树顶葱茏,树下却蒿草丛生。当中荷花池上的水榭、瓦瓴和柱子回廊,倾圮颓败,早已无人料理了。昔日豪华,车马盈门,笙歌达旦,而今安在?

从西城门下到街口,过菜市买得三枚铜板一斤的夏黄西瓜,抱到明秀园的荔枝树下,围着石桌石凳大嚼,口渴、疲乏都消除了。不一会,暴风骤然呼啸而来,树梢摇撼不已,林主任说:“山雨欲来风满楼”,赶快往回走。回到宦乡村公所被雨拦住了。雷声霹雳,电光划破长空,雨水倾盆直泻,飓风狂啸不止,地动山摇,吓得小孩哭了起来。半点来钟,等到雨停风止,我们走回街上,路面尽是淌流着水。

6月18日　阵雨　在广兴隆百货店买来一本《上海——冒险家的乐园》看看。这位外国作家通过描写十里洋场形形色色的人和事,揭示了半殖民地的中国都市的畸形。事例举得具体、准确,描绘形象生动,翻译语言易懂、流畅,仿佛观看一幅明快的图画,给人的印象极深。想想,难道不可以将年来在乡村耳闻目睹的种种怪现象,也写它一本《农村——一个阴暗的角落》以暴露半封建的中国农村的苦难吗?

6月19日　晴　金月秋从广州来信,说我的学校——省一师,六月五日敌机投弹四十多枚,所有校舍已夷为平地,若不重建,学校是迁不回来了的。她们普惠医院和护士学校因挂英国国旗,幸免于难。不过,离铁道太近,总也不是安全之地。最后说:“真羡慕像你那样,能远走高飞多好!”

6月20日　阵雨　几天来,几乎天天都撒点过云雨。老乡们说,就同鸡屙尿,农友们又在望天焦急。

发放了农贷,我们跟着就要下去复查了。查社员名分下所贷的款,是否都如数拿到手;查各人申请贷款的用途,是否都如实使用;再查查社里职员是否称职、办事是否公道。

到灵水——城厢二乡乡公所,我们头一次下来组社的地方。见到公所内外全都挤满了壮丁。问了问才知道今天各村壮丁都来集中抽签,按中签次序,先后应征入伍。看看各人表情,有的得意微笑,有的闷闷不乐,有的提心吊胆,有的垂头丧气,有的交头接耳,私下交易,拿钱请人代替……民情如此,士气可想而知,如何使之奋战沙场,战胜敌寇?不知当局能体察到否。遇到这样场面,我们的复查工作是插不进去了,只好在旁边找些人作侧面问问。问了五海村四五位社员,都说他们贷来的款,买牛的都买到了,有的添置了农具,有的买种子什么的,个个都照办了的,老实农民不敢骗政府胡来。一个三十来岁的人说:“怕只怕征兵、天旱,要是人祸、天灾夹攻,那就背时了!”

6月21日　阵雨　昨夜灯下,给曼哥、植秀各复一信。告诉曼哥,雁嫂寄来了照片。但是,最吸引我的是严峻的西北高原,而不是旖旎的珠江风光。不知她能有耐心等我三年归来否。同植秀要讲的是,幸蒙信任以“托孤”,实在求之不得;只要一息尚存,自当不负所托。

夜来迟睡,醒时日已临窗。原来下过一场阵雨,酷暑顿消。

施礼来信,对我“入陕”之意以为果能顺利成行,当然很好。不过,以他之见,环境(机遇)对于事业的成就,固然至关紧要,但是,事业的发展得失,还得看与志趣是否吻合。他以为我如今置身于平民大众之中,见闻必定丰富多彩,倘能写成报告文学,不是没有意义的。不像他,步枪和提琴,两者格格不入。

6月22日　晴　早饭后和黄品一道,去皇后一村和二村复查。

过了灵水,沿着河边往南再走十来八里地便到了。社长不在家,其他职员也没见到面。要调查的事项,倒是同老乡的闲谈,从旁敲侧击中得到了解。归途上,黄品兄边走边喃道:“出过皇后的村子,周围风光倒挺美,就是没见到什么漂亮的姑娘。”午后斜阳格外酷热,脸上汗水直淌,喉头快要冒烟了,说话都没了心机。赶到镇武桥头的风雨亭,吃上两片西瓜,才提起精神。

黄品兄提议:今天农历夏至,回去叫张增辉一起,到车站旁边的耀记饭铺吃狗肉。饭铺果然为夏至特意杀了只狗做买卖。我们三人要了一份狗扣、一份清炖和红焖四爪,吃得挺够瘾。一致认为最可口的是狗扣和狗爪了,叫人吃了这次还想下次。

6月23日　晴　武鸣县城像个小湖,平静而旖旎。全城不过千户,人口不出五千,但有全省学生军训总队、省立第九中学、省农林试验场等文化设施,和因受敌机威胁而从南宁避难而来的一些官员和商贾的家眷,人口增加了,市面出现一片病态的繁荣——一个外来的粤剧团可以天天演出。每当夕阳含山,晚霞满天时刻,灵水便是天然的游泳大池,红红绿绿的紧身游泳衣在这大放异彩,窈窕身段,曲线玲珑的倩影真够迷人的。等到夜幕降临,人们涌到街头,老爷爷老奶奶拿把葵扇在当街门口,或躺在躺椅上或坐在席地上逗着儿孙乘凉讲古,年轻的男女在街上来回游逛。一九三八年香港、广州时兴的服装也流行到这儿来了。片石铺的街道是没有沥青路面那样平坦的,但是并没有使高跟鞋却步。这里已经不是一般的半城半乡的小县城了。这里有大大小小公务员、军事教官、学校老师,有官员少妇、商人宝眷,有小家碧玉,也有大家闺秀。她们多半是新来乍到,互相吸引而来到街上,也许会遇到故人,也许邂逅新知。

你要尝尝本地水果吧,这里有西瓜、菠萝、沙梨、扁桃(小芒果)和香蕉;你要是看完戏散场出来,有米粉、枧水粽、凉粉和醪糟窝蛋……一摊一摊摆在街头巷尾等待方便顾客。

战争毕竟离这儿还远,前方吃紧,后方还可以安心紧吃。乱世中也还有升平的绿洲。

几个晚上,房里蚊多,闷热难忍,无奈,也只好同张、黄一道徜徉街头,用张增辉的话说,“睇(看)风景线”。看来看去,果然发现了一个目标:一张端庄娟秀的脸庞,在两道发蓝的浓眉下闪乎着一双水灵的眼睛,半遮半露地依在裁缝店门口,寂寞地留心盯着来来往往的后生仔,就像只饥饿的雏鹰期待着食物,一晚、两晚、三晚,晚晚都是如此睁着渴望的眼睛盼顾。她是没有那些外地新来的小姐那样浮华,那样高贵,那样俏丽,那样大方,然而,她是如此温和,如此庄重,如此娴静,身段长得匀称、丰满。像含笑的花苞,单纯、朴素,构成了美的印象。

想来也怪,在理智上明知彼此是隔着一道跨越不过也无心去跨越的鸿沟,然而,镜中的花,水里的月,美的存在总是使人动心,叫人回顾,使人流连……真是一位哲学家说的:“感情自有理智所不懂得的理由。”

歌德在《少年维特的烦恼》中就有这样的话:“青年男子谁个不会钟情?妙

龄女郎谁个不知怀春?”

也许人情正是如此微妙,世上才有层出无穷的诗歌。

6月24日　晴　郑光海来信,因近来敌机轰炸广州,使他一向乐观积极、正视人生的信念,居然感慨万千,觉得前途茫然而彷徨不可终日了。

江河信上再次抱怨乡间沉闷,不甘心跟一帮新贵(“三位一体”的乡村长)同流合污,表示愿意同我一道,投奔延安,寻求新路。有他做伴当然是好事。只怕他是有钱人家的哥儿,个性、志趣等等,跟那边的革命风气捏不到一块,勉强去了,能不能适应得了呢?这是值得思虑的。

6月25日　阵雨　又要离开县城下乡奔走了。

十点五十分和增辉一路出发。刚走到城外镇武桥,一阵暴雨把我们堵住了。停在桥头风雨亭子,顺便向卖茶水的摊贩打听去宁武圩的路程。暴雨一阵便过了,看表才停了十五分钟,雨后便是烈日当空,地面升起令人烦躁的水蒸气,仿佛置身于笼屉,几乎晕倒。

往东南方走十里左右,路旁山坡有一小片松林,原来是已故陆军上将陆荣廷的陵园。他晚年挂冠沪上,落叶归根,灵柩是从上海运回来下葬的。这里当年陪葬种植的松柏已成林。墓前对立两亭,亭内有石桌、石凳,便利瞻仰凭吊者憩息。我们到跟前去,看看陆氏墓碑,看看墓园两旁罗列着长长的碑石,看看上面镌刻着这样那样一些过誉的挽联、悼词。张增辉对此不感兴趣,很快走进亭子,一边抹汗,一边提议:“不走了,睡它一觉再走。”

清风掠过,松涛飒飒,伴着蝉声阵阵,异常悦耳。

一觉醒来,发现两个十二三岁女孩爬到树上折枯枝取柴禾。她们攀枝爬树,手脚灵巧,犹似猴猿,令人叹为观止。日影已偏西了,烈日还那样灼人,但不咬牙顶着赶路也没办法。

下午两点半钟,我们终于熬到了宁武圩。圩场很荒凉,只有孤零零的一位老妪守着一张小小圆桌,桌面反扣着几只粗瓷碗,一只竹筒插着五六双筷条,一小碟盐,旁边一鼎锅稀粥。发现一个普通人家的中堂,竟挂着一幅雄鸡迎着朝阳高唱的国画,细看画面,有退隐山林的宿将林虎题的诗。诗意是借雄鸡报晓以自况的。遗憾的是,当时没有笔录,凭脑记,一下子又记不全了。

吃了两碗粥，到乡公所接洽，问了问各社贷款的使用情形，然后便到窗郎村。

走出圩场的南门，走几步便在竹丛的覆盖下见到一拱铁桥，跨过宽约百米的河面。在这穷乡僻壤，居然能建起这样工程浩大的铁桥，要不是陆老帅的家乡，由他一手兴建的话，那是不可能也没必要造这样一拱桥的。听说在桥对面的雄孟屯陆老帅的故居，还造了两座辉煌的家庙，后来都同武鸣的明秀园、上将第一样，叫陈炯明的粤军一把火焚毁了，连他创立的宁武圩场也冷落了下来。

窗朗村公所面临清澈河湾，河岸尽是青翠的竹丛，木棉和樟树夹在当中，环境显得寂静清幽。河边孤坐一位钓鱼老头，久不久举起钓竿，一只银白色的鱼儿在半空挣扎，引起邻近的牧童拍手欢呼。傍晚时分，村庄冒起袅袅炊烟，妇女们来回挑水、洗菜，互相招呼说话，给幽静的山谷增添着生气。这儿，四面石山环抱，几乎与世隔绝。

晚餐，村长和互助社几位职员一起，请我们喝酒，吃鱼生。是不是把招待费转嫁给社员分担呢？边吃边想。鱼生佐料缺乏，腥味去不尽，吃得很不舒服。

夜里正开社员大会，忽然，乡公所紧急通知，县府来电话：立即派出后备队的壮丁到各路口放哨巡逻，不得有误。人们闻声面面相觑，个个提心吊胆：是不是西区有人反征兵搞暴动？会场骚动起来，壮丁们急急忙忙回家拿起枪支武器，听着兼后备队长的村长命令，分别到附近交通要道警戒去了。

会没开成，一夜也睡不好。

6月26日　晴　为了昨晚意外事故，复查工作移到今天上午来补课。午晌，同张回乡公所等候黄品从县里来汇合。等到午后三点，黄来了，替我带来三封信，真是感激之至。

曼哥的信，寄自河南舞阳军次，说黄河决堤，阻敌于淮东一线，豫西可望偏安一时。惟当前立体战争时代，后方前线难分其安危界线，身为军人，为国捐躯，义不容辞。末尾，引用古诗以明志：“埋骨何须桑梓地，人间到处有青山。”

侄子国器的家信，说三哥同雁嫂已从广州平安回家，但马上要去抽签应征，无可奈何。

第三封信是秀统、尊琬两人合写的，他们快要毕业考试了，情绪如同盲婚待嫁的村姑,苦闷难于排开。秀统可能要到梧州投考广西大学,考不上,即同我做伴到陕北去;尊琬则打算回海南老家,谋求当个小学老师,躲过一场战火。这真是人各有志,不好勉强。

6月27日　晴　清早从陆老帅故居雄盂屯过杜轩村跟黄品汇合,一道去弄烈村。路上遇到挑着猪肉游村买卖的屠行(屠户),买了十二两,拿着准备到村公所做饭吃。越走越进入深山幽谷,周围人迹罕见,斑鸠不时啼唤两声,更觉荒凉恐怖。黄品说,听人讲,这里是个聚藏匪帮的地方,陆老帅就凭这深山密林发迹的啰。

到村公所不一会,增辉也赶到了。一边等社长、职员来复查,一边请村丁做饭。村丁来回几次都拿着空空的米筐,愁眉苦脸。村长不得已才抱歉地对我们说:“很对不起各位,这儿都吃的包粟(玉米),实在找不到白米——”不等他说完,黄品马上抢口:“有什么就吃什么,不客气。我们什么都能吃。”这样,我们的十二两猪肉煮成了一大海碗,就着糨糊一样的玉米粥吃了一顿。玉米在家乡虽然是普通的农产品,但是这样的饭,还是头一遭尝到。

办完了事,我们三人便动身来长龙圩。走了二十来里的山间小路,在烈日的煎熬下,汗流浃背。赶到长龙圩,人已疲乏不堪,动弹不得了,找到一间伙铺倒头便睡。一觉醒来,洗了澡。老板娘煮熟了粥,买来几只腌好的柠檬就着稀粥,吃个痛快。

增辉提议晚餐加菜喝酒,叫老板娘替我们买只鸡来做一鸡三味。老板娘手脚麻利,不多一会,一只没下过蛋的小母鸡就拔了毛,鸡身光溜,用滚烫的开水浸泡十多二十分钟,即捞起斩件,做成一盘白斩鸡,还有肫肝炒青椒,鸡血和木耳跟鸡汤炖成一海碗。美美地吃了一顿,补偿几天来的辛苦。

6月28日　晴　这是甘圩乡的笔坡、板赖两个村联合建成的联合公所,三开间,前后一连三进,两边还有两排学生宿舍,前后两个天井都种着树木花卉。环境宽敞、清雅,足以与其他乡公所媲美。公所四周,一带稻田,禾苗如茵。远望群山环抱,当中一峰,独立如柱,村人名之曰“独女峰”,大概取她亭亭玉立的意思。

晚餐,互助社职员和村长他们一起做了一席丰盛的酒菜。除了狗肉,还有鸡鸭鱼肉,凡是乡下有的都弄来了。显然,他们是以招待为借口吃喝一顿而拿互助社公费作开销的。我说,这作法不妥,拒绝入席。社长他们很尴尬,一再解释说“这是我们本地风俗,已经做了就请指导员赏脸,通融一回。下不为例”。还假惺惺地说,花费多少由他们几个人分摊好了,不记入公账。心想,话虽这样讲,谁知事后他们怎样呢?

6月29日　晴　今天走的路最远,从板赖经过甘圩、大小甘、敢固、四达,最后才到甘霖村。花的时间最长,从早上六点走到下午三点;受辛苦最大,太阳大,无风、气闷,汗流涔涔,透过眉毛老往下掉。当中还走错了道,走了十多里冤枉路,一元五角的出差费实在也真不好捞。

到甘霖村不多一会,消息传出去了,来了两位四十岁上下的农友,神色很不自在,畏畏缩缩,像刚从圩场买回的猫,手脚都不知怎么放好,眼神迟疑而惧怕,眼皮不敢抬起瞅人。拉过条凳来让给他们,半天也不肯坐下,嘴唇只管嗫嚅,却难得开口。看他们受气的可怜相,很不好受。

“老乡有什么话就直说吧。不要紧,慢慢讲。”

也许听到和蔼的口气,一位精瘦的高个子才放胆说了。原来他俩是同一个自然屯的,也都姓卢,前些时候我们黄乃珧指导员下来组社,他们都报名入了社的,如今贷款已经发放了,他们两家却没份儿。

“那是为什么呢?”我打断他的话。

“社长他们说,我们姓卢的没信用。”

“说我们穷,没人给连保。”

“农贷就是要给穷人周济的嘛。谁说穷人没份儿?”

那瘦高个接着说道:“也有穷人能入会、能贷到钱的,不过,都是社长的本姓、本屯的人。”

听这样一讲,不禁一怔:“原来如此!”看了看面前两位愁容满面的老乡,令人怜悯。但也只能说:“这样吧,你们把名字留下,我查查。”

“生受指导员了!”

看看老乡走出门,心里很不自在,好像是欠了他们的债。

农村这个世界可真不那么平静啊!

6月30日　晴　一路上，和赶圩的老乡们走在一道。大家都赶的伊岭圩。听听他们的议论，有的为征兵担心，有的为农贷互助社发牢骚。牢骚跟昨晚在甘霖村两位姓卢的老乡控诉的差不多，都说“谁的胳膊不往里拐”的话。也许是他们不知道我是办社的指导员，讲话没遮拦；也许正是知道我是为复查互助社贷款的事来的，故意把话讲给我听。我也就不插嘴，只管听着。后来有骑马的人赶了上来，大家给马让路，一个挑着“猪花”(猪崽)的发现猪笼的封口竹篾松了，小猪快要拱了出来，惊动了前后的人。原先的话题被打了岔，又扯起猪花和牲口的行情去了。

我的笠帽没系带子，不慎，叫风刮跑了。跑去捡回来，两位四十来岁的妇女朝着我打量半晌。等人走到身边，其中挽着篮子的一位便问：“城里下来的吧？”

我不出声，只点点头。

另一位挑着两只轻飘飘的小篮，接过话头，试探地问：“是下来寻亲戚相亲不是？”

“相亲？”我立即一怔，含糊地“唔”一声。

“真要相亲，等会到圩上有的是姑娘，你就只管挑吧。”

也许她俩见我窘惑不解，于是，两人作了讲解。说什么“趁圩姑娘”，多数是相亲来的。只要是王八对绿豆，眨眼成俦，那么，男方便割猪肉、买鸡鸭，找间伙铺，弄顿吃喝。谈得投机就算交上了朋友，以后的路便好走动了。

我说，这恐怕不行，一来是外乡人，不懂路数；二来不会讲本地话，难得表达情意。

“那，要什么紧？你若要搭桥，有人。”

“不懂话，凭眼角打旗嘛，方才不是讲过：眨眼成俦。眼珠子转两转，心窝的话能瞒得住人嘛。”

正说着话，后头两三个挽着小篮，戴尖顶笠帽，穿着整齐的姑娘撵了上来，插嘴招呼：“大姑三婶，讲什么古呀，那么高兴？”

“不高兴，要哭呀。不高兴还来趁圩？”

姑娘好像有什么事急着走，超过前头去了。两位姑姑婶婶望着她们背影喊：“傻闺女急什么，救火去怎的？站住，回过头来瞧瞧。”

那三个姑娘停步,回头发窘。

“疯去吧,等会在圩场找你们。”说着拿眼睛指了指我。

姑娘扑哧一笑,拔腿便跑。

“看,合意吗?还都真是黄花闺女呢。”一位大姑朝我眨眨眼。

我脸上却觉得发烫,不知说什么好。

进到圩场,张增辉已经先到,同他一起在街上逛了一转。这儿比宁武圩热闹多了。卖猪花的,摆猪肉摊的,卖白米、包粟(玉米)的,都分别排列自成行市。西瓜、荔枝、柠檬和牛角蕉等时令果品也挤满了场子。街上人挤人,不时听到姑娘们一声尖叫,随即咒骂:“麻疯!”

大热天,人也走乏了,等黄品来了之后,我们找到一间伙铺,在敞厅的空床躺下,一下子都打起了呼噜。醒过来时,日照西斜,圩场已快散完了。

晚间,在乡公所跟一位教员闲聊。

他对农贷互助社是为改良农村经济、增进生产的说法,很不以为然。

“增加生产啰,说得好听。其实,得到实惠的还是不等钱用的有钱人。”

这话不异当头一棒,脑子嗡一声。联想昨晚那两位未能入社的人所讲的事,不禁愕然。

教员斟酌片刻,又进一步说道:“要我说,互助社也交给乡、村长来主办就得了,何必多此一举?叫老乡自己办,他们既无知识又自私,哪能办得起这些文明的事!”

显然,教员是过分看重文化知识的作用,对人民大众的智慧潜力估价太轻。心想,有知识的乡村长,何尝不是也有徇私舞弊的行径?我说,这事让民众自己办,社长办事不公道,社员可以罢免,乡村长大小也是个官,官官相护,要撤换还不容易呢。最后说:他本乡的伏廪村,就发现一位村长居然冒名顶替,贷了款的。所以凡人好坏,凡事得失,不能一概而论。

教员语塞,觉得话不投机,谈不下去了。

夜里睡阁楼,床铺离瓦顶太近,热得不能入睡。

7月1日　阵雨　洗盥刚完,阴霾四布。雨,说到便到。这儿不远,矗立一带石山,峰峦奇秀,在迷蒙的雨雾中露出峥嵘,不亚于桂林。可惜,山下无水陪衬,失掉柔美旖旎的风采。

和增辉冒着雨到雅亭村找黄品一道赶双桥圩。路上微风斜雨,扑面而来,地面泥泞,投足艰难。走到中途,乏了。增辉提议歇一下再走。我说,索性到双桥再休息吧。人生如同赶路,未达到事业的目标之前,半路逗留,贪图享受,永远也走不到头了。黄说,亚陈你真是个哲学家。张说,不停就走,少废话。

雨停了,两边天际,挂着一拱彩虹,含着山峰,十分壮丽。路面越来越平坦了,走出了雷陈村,前面是一望无际的田畴,禾苗绿绮如茵,水声淙淙,不时闻到秧鸡啼唤,更觉田野的清趣。

双桥是南区的最大圩场,武鸣四大圩镇之一,素与东区陆斡媲美。每逢圩期,赶圩人不下两三千,交易货物,品类繁多,青年男女互相追逐的也比别处活跃。给人印象最深的是狗肉摊。一条街十多二十摊,每摊煮一大锅用狗骨、狗头煮的粥,那份量三十条大汉都吃不完;可到了午后,都要刮锅底了。难怪人说:"东区人好穿,南区人好吃。"

晚上宿自平村的甲长办事处——一间独立于村边的唐氏宗祠,夜里格外岑寂。好在有几位后生哥来车大炮(扯谈),要不,一个人独宿荒村,真有点害怕。

后生哥扯谈,总是离不开风流韵事。他们说,从前这儿南区和东区那边的风俗:女子出嫁,三天后即回娘家了。除了过年过节回夫家住两三天,不到生养了第一个孩子是不回夫家的。所以,这地方称人作"大哥"是一种忌讳,意思是说,他是野仔。"其实,"他们说,"每个月都有个节日,同房两三天,还不可以生孩子吗?第一个孩子怎能断定就是野仔呢?"他们还说,不落夫家,也不是本人愿意的,都是父母以为辛辛苦苦好不容易才养大了,少不了留着帮干几年活路。当然,有部分姑娘也是觉得一旦嫁到婆家,受拘束,过不惯,不如娘家自在。也有部分姑娘以为人生一世,草生一春,不趁着年轻貌美、没儿女拖累的时光要它几年,一辈子不是白过了吗?不过,这种陋习逐渐减少了。

他们谈着谈着,谈到了武鸣街上。说是中山街两利洋店的女子——就是前面留下印象的、依门窥伺行人的"街头姑娘",就是不落夫家的。丈夫在双桥圩上,应征当兵去了,过年过节就没回婆家。

7月2日　阵雨　忙了大半天，把邻近的大路和平稳两个村都走到了，这一段复查便告结束。十一点半钟从平稳村往回县城走。沿着河边，经过文江塔，直走到文江桥头的草亭才歇脚，喝了碗粥，汗水出的更多，衬衣湿了半截。

回到城里寓所，已经午后一点过五分。

见到床头搁着雁嫂从香港来的信。她因广州敌机轰炸，随其姑妈躲到香港去了。说她姑妈殷切地盼我能赴港一行，意思是要我去当面把婚事定下来。还说，她姑妈家财殷富，表妹的嫁妆正在张罗，准备着全套一色紫檀镶大理石的家具。大表妹的男人是个少将级军官。总之，这段婚姻是不错的。雁嫂说："不过，说实在的，二表妹长相并不那样漂亮就是了。"

不久，张增辉也回到了。和他一起到灵水去泡了一点多钟，几天来的臭汗污垢洗涤清净了，一身清爽。

晚上给雁嫂写回信，告诉她：眼下请假去港是办不到的。不过，可通过写信，结个文字姻缘。

7月3日　晴　林主任对我们说，建设厅张世超技正和合作处魏竞初处长下来视察。吃罢早饭我们四个人都到林主任住所去见个面。张、魏两位都在合训所给我们讲授过课。寒暄两句之后，张技正要我们听他宣读一份文书——《农贷结束后之工作大纲》。文件内容包括：复查贷款用途，训练社内职员，改组互助社为合作社的步骤与方法等等。

念完文书，张说，八月，省府再办第二期"合训所"。等到二期学员结业，我们这批人有的便可升做主任，领导新人调赴新办的县推行工作。说到后头，张安慰我们：薪水方面总要增加一些，可能还设法津贴各人购买一架单车（自行车）代步。总之，希望各人努力服务，生活问题政府总会逐步改善的。

也许是灌米汤吧。不过，这半年先不必担心调到什么县去了，武鸣还能再待些日子。

7月4日　晴　给曼哥、国器和何进各写一信，补写两天日记。

7月6日　晴　晚上七点多钟，县城各校师生又举行一次火炬游行。每人举起点着了火的一束甘蔗渣，形成一条火龙。微风吹来，飞散出星星点点的火花。明天是抗战一周年，这火炬是为周年纪念活动的了。可是，没有上次纪念

"五卅"那样的宣传声势,街上居民站在门口巴巴地瞅着游行的学生嘻嘻哈哈,莫名其妙地疑惑不解。队伍走过了,留下的只有歌声和笑声在耳边缭绕。为什么不庄重一点、严肃一点、雄壮一点呢?

7月7日　雨　县政府奉命通告:为了纪念抗战一周年,全国实行吃素一天,借此祭奠为国捐躯的阵亡将士。

在南门城外的草坪,搭起一座草棚,筑高一抔泥土,作为抗战阵亡将士纪念碑的奠基石。

一早,六点来钟,街上有几支学生队伍走过,大概是开纪念会去吧。但是,不到一个钟头,队伍便散回来了。情形跟昨晚的火炬游行差不多,马马虎虎。菜市的屠宰行倒是奉命唯谨,果然不见牛羊猪狗肉上市。我们今天早晚两餐全都吃的青菜。可是,楼下军训总队何科长家,却大宴宾客,鸡鸭鱼样样俱全,只是没有猪肉罢了。听听他们吃喝猜枚喧哗,真是"前方吃紧,后方紧吃"。

广州文艺通讯总站寄来几份《救亡日报》,其中载有"文艺通讯专页",这就表示承认我是个文艺通讯员了。抱歉的是,没有文章寄去。

7月8日　晴　雁嫂又从广州来信说,曼哥转到南昌去了,以为当前战乱年月,广州、香港也都不宜久居,不如回家较为安全。雁嫂自己也念及母亲的盼望,拟定十日从香港动身回来。信上还说:"关于你和表妹的婚事,等到你到广州时再定吧。"

如果为婚事专门去广州,那是太冒失了。马上给雁嫂写信说:"如果事情一定要我去见面才能定,那是很渺茫了。令表妹的青春可贵,千祈不要因我而耽误才好。我是不打紧的,再过十年再成家也不迟。"

读《文艺阵地》(第三期),兴味索然。

7月9日　晴　国器来信,曼哥又有一笔款和邮包寄回家。还说:征兵的事,三哥抽中担架兵第三名,四哥抽中步兵第十九,侄婿抽中第十四;外甥梁善光在河南第五路军的连队当文书,叔伯兄弟克贵参加徐州会战负伤,现住湖北某地伤兵医院。信上还说,今年家里龙眼丰收,母亲希望回去吃龙眼。到时,雁嫂也许回来了。

7月10日　阵雨　学校要放暑假了,在省立九中上学的小同乡毛高飞准备回家。请他帮带几封信回去给家和分别递交乡村师范同学程肇琦、农邦淑和江河等人。

中元节想请假回家一趟,不知能如愿否。

7月11日　阵雨　读几篇《解放文选》。中共对蒋介石政府的抗战施政纲领有所指责。认为对抗战的民众运动,未能真正实行全民总动员,放手发动民众。指出总理遗嘱就说过这样的话:积四十年的经验,深知欲达到此目的,“必须唤起民众”。现在国难当头,为什么不去唤起民众共赴国难呢?你国民政府对民众的抗日救亡运动,这样限制那样限制,束缚了广大人民手脚,有力使不上。当前国家民族生死存亡的战争,不依靠全国广大人民全面动员起来,是战胜不了敌人的……读了这样文章,觉得言之有理,叫人心服,精神也为之振奋。

7月12日　晴　农民银行和农本局拿来了钞票,我们几个同事又要忙一天了。今天发放的对象,都是我名分下组成的互助社。有的表册填写的不很周到,临时又补救,真叫人心烦。不过,贷款数额倒不像上次那样受挑剔了。各社职员拿到款,都挺高兴。看到他们高兴,自已精神也得到安慰,几个月的辛苦,毕竟没有白费。

《救亡日报》载有一则消息:汉口“阅读写作函授班”诞生。写了几个字附上邮票,请寄一份章程来,很想做个学员。

曼哥来信,是他赴南昌之前,在湖北大冶矿的驻地写的。说这块地方不是他一八七师的防区,他的部队在湖北罗王砦战役之后,目前正准备投入南浔战役与日寇决战,不日可能开赴南昌。说他前后共汇百元法币回家了,如我去陕北要用,即问家要。否则,叫家人将钱购买耕牛,开垦种植桐油树。末尾,说如雁嫂从广州回家来住,每月由师部驻粤办事处汇四十元作家用。

7月13日　晴　突然接到同乡吴漫萍从河南商城某部兵站来信,很惊讶。自从去年七月抗战爆发,他就在鼎湖跟我分了手,先回广西,在军队里找到了工作,开往安徽前线,从此没有再见面。他怎知我在这里呢?他说,虽然在前线奔走,生活很不安全,不过,身体顽健,甚堪告慰。

7月14日　晴　一连三天,把四十三个互助社的贷款全都发放完了,感到一阵轻松。

连写两信,分别寄去江西南昌和河南商城给曼哥和漫萍。

7月15日　晴　何进来信说,和我解除了婚约的黎姑娘,阴历六月二十五日要出嫁了,给一位四十多岁的地主娶去做妾侍。地主家的妾侍,说好,是一生不用为衣食奔波了;说不好,是处在半奴半婢地位的妾侍,精神生活是够苦的啊。不过,也许比嫁我这个漂泊天涯的游子而守活寡的强。要是获得男人宠爱,大妇又不是个刻薄鬼,日子也许会幸福的。但愿好人都得好报吧。

晚上,学生军训总队在体育场演出粤剧、桂剧和国技等等,一片广阔的草坪挤满了人。青年男女,三三两两在场边游逛,与其说来看戏,不如说来看人更贴切一些,个个都在睁着寻觅的眼睛,到处物色可意的对象,"用眼睛打电话"。两利洋店里那位不落夫家的少妇是个突出的目标,仿佛盛开的山茶花,引来了一群群蜜蜂。

7月16日　晴　城里工作完了,准备明天下乡。

7月18日　下午骤雨　今天开始第二次长期下乡,至少要一个月时间。同事们为了节省开支,把住了几个月的房子退了,将行李收拾好,拿到县府林主任的住处去放。九点半钟,我们四个各提小藤匣、一把纸伞,又像走江湖卖膏药的小伙计游村过寨去了。

到车站一打听,开往陆斡的班车已经过去了。去不成,房子又退掉了,彷徨一阵,决定在城里找间客栈住宿,明早再出发吧。东城街恰好有间叫作"民众休息处"的伙铺有空床位,我们便住了下来。上菜市买鱼肉菜蔬回来,自己动手弄饭菜吃喝。老板娘看看我们都穿的公务员制服,不像走江湖卖膏药的,也不像牛贩子和收购土产的行商小贩,睁着大眼惊讶。

傍晚一阵骤雨,霎时间,雨过天晴,星星布满了天空。县立国民中学师生在省九中操场演戏。他们化了装上街招摇一轮,引来了不少观众。摆小摊做生意的,也都挪到场子边边上凑热闹来了,一时成了夜市。

演出形式,像摆地摊、耍猴子、骑绵羊那样的,四周围着观众,戏在场子中间表演。一共六出剧,都是独幕话剧,老百姓叫作文明戏。头一出是《放下你的鞭子》,激起观众一片愤慨,有的竟然流泪,唏嘘叹息。接着便是《难民曲》《当兵去》《射击》和《枪林弹下》等。有的上次军训总队演过了,有的剧情编得不那样生动感人，只是念经一样讲道理，观众情绪慢慢低落，互相传染，三三两两地散开，逐渐往小食摊来吃夜宵，或者干脆就回家睡觉。

住在我们伙铺隔壁、颇有姿色的两位乡下姑娘，同我们一路往回走。张增辉心猿意马，紧盯住人家不放，她俩感觉有人追踪，频频回眸顾盼。可是张也没更大勇气开口说话，回到伙铺又懊悔不已。

7月19日　晴　八点半我们四个人坐上开往隆山的班车。两黄，一个去思陇，一个去两江；张增辉本来是去罗波的，但是他主张先从各村开始查起，然后逐步往乡里去，到了苞桥，便同我一道下车。我也先不到乡公所，和张去圩场找间伙铺歇晌。一觉醒来已是该走的时候了。张去他要去的村子，我则往华魁村走。又是一个人孤零零地踽踽独行，虽然寂寞，但是清静，没人干扰，可以沉思遐想。

到华魁村公所，不知人都到哪里去了，死一样岑寂。学校教室桌椅板凳横七竖八，村长的房门也上了锁，从窗口探望，屋里荡然无物。转到村边，看见在树下乘凉的几位老汉，问他们知不知道村长和社长哪里去了，他们故意装着听不懂话，只管瞪着眼摇头。没办法，转到附近的张育村公所，找来了社长，指导他填写互助社概况表和会计出纳的账簿记录规矩，同时查询一些问题。社长脑筋比较开通，不用太多口舌，他全能领会了。这样，晚上就不必留在村里了。拿张名片写上几个大字，请他代送给华魁村社长，明早到乡公所有事商量。趁早赶回苞桥乡公所。

7月21日　晴　复查的事，到底比组社省事多了。一个乡十来八个村，村子离得近的话，一天可以跑三五个地方。情况一般是大同小异的，实在发生严重问题的，一时也不那么容易暴露。凡事都有它发展过程，水不落，石头是见不到的，一次过就弄得一清二楚，恐怕办不到。于是，暂时只能走过场。

出发前，我们四个人相约，今天是要到陆斡赶圩的。一早便动身上路。带露的晨风，吹得叫人神爽。盛夏的景物比来时的嫩绿苍老了，然而也还是葱葱郁郁。西瓜裸露在坡地上，显得丰满、光洁，挺能诱人；菠萝躲在剑叶丛中，露出艳红的果实；烟叶长得又肥又大，给地面盖上一床绿被，使人见了忘却了炎热和枯燥。

陆斡跟双桥一样，是武鸣的骄傲，出产的烟叶在全国是数得着的。本地老百姓的收入，相对地比较富裕。说“陆斡人好穿”，正是在较富裕的经济基础上才有可能。今天在圩场看到的姑娘、后生哥，果然如此。女子的打扮，虽然仍旧不脱乌鸦一色的青衣，但是已经不完全都是自织自染的蓝靛土布了，相当多的人都穿的广东特产的生丝染得发亮的黑胶绸或点梅纱，里边还衬一件白汗衫。戴玉镯或银镯的几乎个个都是，镶金牙也相当普遍。男青年梳得光光的分头，不是穿白竹纱（府绸）就是黑胶绸。专做苏、杭生意（丝绸匹头）的货摊和铺头，老聚着一群又一群女子，挑挑拣拣，跟伙计们逗笑。

到了这儿，男男女女都变得开通了似的，互相交谈说笑，已经没有“男女授受不亲”的篱笆阻隔了，很随便也很大方。

我们四个人，大黄（乃珖）二十七八了，老成持重，世故，有点老夫子味道。二黄（黄品），岁数比大黄小两三岁吧，为人憨厚，谨慎有余，机灵不足，和三张（增辉）正成对比。他们都是孩子的父亲了，三张却同我未婚的小伙子一样，对漂亮姑娘特别敏感。我们四个人在米粉摊的一张小桌找到了空位子，要来白切鸡、烧猪肚、烤鸭和炸花生吃喝起来。邻座一位女客是苞桥圩上大同伙铺隔壁的少妇，跟她打个招呼，她可巴不得向我们问这问那而聊了起来。不想惹起增辉想入非非，怂恿我大胆，晚上跟她回去一定成“好事”，叫我都红了脸。“阿陈真是个初哥，听着锣鼓唱戏，有什么要紧嘛。”我说他，家里有了人，还像个馋猫。他老兄说得倒干脆：“少见多怪，将来你就懂了：一个有一个味道嘛。”这可叫我感到愕然，看看他，不知怎样说好。两黄笑笑，只管喝酒夹菜。

“吃吧，吃饱再扯。”大黄说。

陆斡是比其他圩场生意兴隆、物产丰富、气氛热闹。不过，看来看去也不过如此。吃喝罢了，我们稍为歇一会，到街上走一转便各自又回自己工作的村去了。

我仍旧回苞桥乡。归途，无意又和那少妇一路。不过，她身边紧贴着一个男人，谈得很亲热。等到那男人回到前面的村子去了，她才瞅着走开去的背影，对我说：“真是个癞蛤蟆，也不撒泡尿照照自己。”

她听不到我作声，停了片刻才问：“今晚又在大同伙铺过夜吗？”

我说："不了，伙铺的床铺臭虫太怕人，睡不好，还是下卢覃村去。"

不想她居然笑起来："噢，知道啦，那村里有个……"

"胡说，除了村长、社长他们，谁我都不认识。"

"要认识还不容易？像你这样的，小心叫人抢了呢。嘻嘻。"

她把话说了还吃吃的发笑。

我却起了一身鸡皮疙瘩，恨不得马上逃走。也许这便是增辉说的"初哥"吧？

7月22日　晴　午觉醒来，已是午后一点半了。赶紧离开卢覃村到覃外村去。

前面要穿过一片绮罗般的绿田，路边一泓溪流，水清鉴人。索性就在这儿洗澡洗衣服，等衣服晾干了再走。旷野寂静无人，任你自由自在，无拘无束，再惬意不过了。

屈指计算，今天已是阴历六月二十五。何进前信讲，黎姑娘今晚该成新人了啊。六年前的儿戏，不由负疚于心，可以借来表达此刻情怀的，只想起苏曼殊的两句诗——"我本负人今已矣，任他人作乐中筝"。

晚间歇覃外村。意外地遇到涉世未深的年轻村长，谈吐不俗，能看出现实中的阴暗角落，但也只限于消极对待，洁身自好，未敢同流合污而已。听他口气，美满的眷属把他要远走高飞的心给缠住了。英雄气短，儿女情长，呜呼！

无意中拿到一本邹韬奋的《经历》，一夜把它翻一遍。里头有关救国会七君子的生平记载，很能令人奋发。七君子中有三人是从学徒、练习生开始他们的社会生涯的。各人在恶劣的生活环境下，奋斗自学，不屈不挠，坚持不懈，终成社会、国家栋梁，这难道不该是我们青年人的楷模吗？

7月23日　雨　告别覃外村青年村长，来到覃内村。听到教员正向学生授课，课文是《我国的首都》。那是抗战前教育部审定的课本。现在教员依然照本宣科，作填鸭式的硬灌。没有联系讲到神圣的国都南京去年十一月某日已被日寇入侵而沦丧，更没有提到日寇屠城，残杀无辜居民二十万的浩劫，借此向学童进行爱国思想教育，激起抗战的同仇敌忾。抗战一年了，作为传播文化的学校，好像不知有这么惊天动地的事。

因为到底是发放了贷款，这回重来旧地，受到的待遇比之前次，情形迥然不同了。村长的态度，显然前倨而后恭，晚餐居然办起“狗肉宴”。乡长也请来了正副村长、正副社长以及评议员、会计等等，一共十二人，围了一大圆桌。狗肉缺乏佐料，味道索然，然而，个个都吃得挺香。酒酣耳热，觥筹交错，热闹非常。

酒席甫罢，村长醉态可掬。忽然，几个村民却解来一个窃犯，说是偷玉米被抓获的。村长乘醉吆喝，也没问清案情原委，便信口怒吼：“人家的东西能偷得的呀？你女人叫人吃豆腐，你能情愿？……嘿嘿。打！打他二十大板再讲。”

“村长，你听我说……”

“说什么？”

“我冤枉，我……”

“我，我，我什么？说！”

“我只找我老婆，才走进他玉米地——”

“找老婆怎找到人家地里去啦？唔？这样也行，你怕痛就罚五块钱，做十天苦工。”

……

下面的文章到底如何收尾，我没心机往下听了，拿村长桌面一本广益书局印的、七折八扣的用牛皮纸作封面的《古今奇观》，回到阁楼就着蜡烛消遣。其中一篇《杜十娘怒沉百宝箱》，结尾处真是哀怨的绝唱，令人惊心动魄，忘了睡觉。

7月24日　晴　转到三和乡公所。见到从县府转来国器写的家信，说曼哥又汇来五十元，信内附有曼哥信笺。曼哥说，即将出发九江，问三哥回到家没有，我还在不在武鸣，还问候母亲健康情形。

下午，下富春村。社长陈芝芳这回和我亲热起来了。村长不在，陈和村丁招待我晚餐。完了扯起闲话，不大相信我还未成家。因为此地乡村，一般人家都是早婚的，十七八岁的人都当了父母。听我解释了退婚的话，才半信半疑。接着讲，既然如此，县城小东街一间叫万昌的铺头，有个好姑娘，看来跟我倒挺般配，要是真想在这儿娶亲，他乐意做月老。说到这里，我才想起广生隆报局邻近一间专卖苏杭匹头的商号，那里的确有个秀丽而沉静的少女，给人印象很深。

要不要让热心的社长做个冰人呢？一时难说得准，只含糊其辞，不置可否。

7月25日　夜雨　和陈社长去赶那平圩，走一点半钟才到。和各地圩场一样，也都是“日中为市”，总要等到午晌，买卖才达到高峰。街道小，一目了然，没什么地方可走走看看，又没伙铺歇脚。乡公所嘛，没事要办，不想进去虚与委蛇，作无聊的应酬。陈社长说：“来，去一个地方坐坐。”被他领到一间铺面卖米粉，堂屋供客人炒菜喝酒的屋里。

老板娘，看样子三十还未出头，眼神流盼，自有一股风骚劲儿。这时，在座的已有四五个穿着银灰制服的公务员——学校教员或乡村长跟她说说笑笑。见我俩来了，不敢怠慢，立即笑脸相迎，搬过条凳请坐。然后，盯住我问：“喝酒？吃饭？炒粉？白切鸡、卤猪肝、猪肚，都现成，要杀鸡也快。哦，等一会再说也行。”说完，转身往门外面招呼蹲在摊前散吃的客人去了。

一个二十来岁的大姑娘捧着三四把黄皮果进来，交给那几位男人，说十二个铜板一斤，还剩两毛银纸和四枚铜板。正要把钱交到一个戴眼镜的人手上，那人乘机捏她小手，睁起淫邪的眼神，盯她悄声说道：“打奖给你吧。”姑娘脸色绯红，像碰到蛇一样，迅速缩手，把钱丢在凳子上便走开了。其他几位朝着碰钉子的人嘲笑。

正在此刻，打二重门里走出一位十八岁左右的少女。社长迎着她招呼：“三妹，求你帮个忙，出街去买只菠萝。”我马上掏钱，抢先交给了少女。“尽钱买吗？”少女盯着我问。我说：“随你。”少女飘然而去。社长咬我耳朵悄悄说：“这姐妹俩，都是不落夫家的。这屋，圩日便成了乡村长、学校教员吃喝玩乐的俱乐部。”社长讲完这些，又对我说：“你要真想在这儿找个娘们，很容易。也不一定要你花钱。只要她看上了你，那，什么都好讲了。不过，你得会讲本地话。不然，两人没话可说，不成了哑巴嘛，还有什么味道呢？”

7月26日　有雨　昨晚是从党山村转回富春村来过夜，今早到香泉村来作明察暗访——从这个社调查那个社的情形，从这个人了解那个人的状况。

村长去了县城，拿两角钱——二十枚铜板叫村丁买来四只鸡蛋做菜，和村丁一起早饭。学校放了学，周围很静，在村长的床铺睡了一觉。

午后，社长来，查问他一些事情。等一场暴雨过了，才动身回乡公所。一位姓苏的教员从县城报局帮带回几份《救亡日报》和香港的《探海灯》小报。这样，原先随便拿一本作消遣的《交际大全》便让了位。

啊，《救亡日报》！我高兴的欢呼了起来！“抗大”——延安抗日军政大学，“陕公”——陕北公学，“鲁艺”——鲁迅艺术学院的扩大招生广告刊出大大的篇幅。另外一篇署名徐有声的通讯——《告有志于陕北的朋友的信》，更是火上加油，把我刺激得几乎疯狂了！思潮澎湃，心弦紧张，仿佛战士闻到冲锋号，雄鸡听到第一声的啼鸣，又像是喝得微醉，浑身不能自持。拿报纸跑到村边僻静的山坡，在一棵扁桃树阴下坐下来，再仔细重读徐文和广告，心头怦怦直跳不已。“去吧！”自己跟自己讲话。那里，即便不尽是一片净土——地上的伊甸乐园，然而，可以信得过的那些使人崇敬的进步文化人，他们到了那里写出来的见闻，都说是个崭新的天地：那里至少是没了剥削和压迫，街上不用警察，那里不再见到孤儿的流离，听到百姓的怨声。光明、正义、自由，形成的社会气氛，到处可以呼吸到。“去吧！在那样的精神世界里，人会把别的要求都忘掉的！”不能想像一个为爱情私奔的少女的心情，只觉得自己此刻的心情真像是着了魔。可真是为这召唤如醉如痴！

去吧！还有什么顾虑呢？政府颁发过通令：抗战非常时期，凡属政府官员，有擅离职守者，必加严惩不贷！那么，拿什么作借口辞掉现职呢？是不是等办完复查，借故请假回家省亲，乘机买舟东下而去？但是，眼下粤汉和陇海两条可通西安的铁路，天天遭到轰炸，火车要是不通……公路汽车，从武汉走襄樊老河口而入西安，地图上虽标有公路线，可战时客运，是否畅通？另外，此去万里关山，广州的同学，到时能否如约结伴同行呢？倘说，一个人独自漂泊天涯，也难免有点孤单啊……

想到这些，问号成了乱线团，脑子一时理不过来。

夜里睡不成眠，点起自备的蜡烛，在信里，把心思倾诉于广州百子路10号八路军（十八集团军）驻穗通讯处主任潘汉年。叙述自己在广州读书几年，深受社会科学理论的启发，也受“一二·九”救亡运动和民族抗日先锋队的团体活动影响。为了向往新的社会生活，憧憬未来的世界，渴望能奔赴陕北学习。问入陕手续如何办理，一时找不到团体介绍信怎么办，如因事未能依时赶上各校招生期限,迟到了可否得到通融,请他就便复信告知。

接着写家信,告诉大哥,曼哥寄家的钱,暂不挪作他用,待我回家再作处置。

信写完时,忽闻报晓鸡声。

7月27日　晴　到联合村公所时,门口上了锁,无奈,只好坐在门阶,在膝盖上写两天来的日记。

一位农友摘一篮亮晶晶的黄皮果经过。他似乎认识我,停步站在一旁,瞅了瞅,才试探地问:“是陈指导吧?”抬头,应了他。他说,他入了互助社,在那次村民大会认识我。他一边说,一边找块砖头坐下,好像有话要讲。但是,只管挑拣篮里的果,拿出一大把来,送到我怀里,说是自家菜园的树上摘的,今年是大年,结得多,请我尝尝。我礼节地客气一番才尝了两只,味道挺甜。“拿着吧,不见外嘛。”他口气诚实淳朴,“树上长的,也不值几个铜板。”顺便问问他村里互助社的情形。他见问到这事,开了心似的,说:“人心隔肚皮,别个怎想,可没法讲了。自已倒是要感谢指导员的。可不,你要不肯往这山沟沟来办社,我们穷人还要吃三分四分利的亏。”我问:“社长他们办事公不公道呀?”他说:“还行,人年轻、正派,畸畸妖妖(歪门邪道)的事,还没沾上。”说着说着,小女孩来叫,他才站起拍拍裤裆的灰土,请我去他家坐。“村丁赶圩买油盐去了,邓村长去了县城,一时还回不了。”他说着走了。

看看他慢悠悠走去的背影,一大把熟透了的黄皮果静静地搁在一块石凳上,特别触目。

下午三点十分,邓村长带回吴跋一张明信片,说他工作有了变动,调南宁,进第五路军军事研究班受训,希望我在这段时间去一下,大家见见面。另外,邓还带来建设科磨科长口信,说林主任从上林来电话,请他转叫我即回县府一趟。回去有什么事呢?心里乱猜一阵:也许调回县府坐办公室,协助林主任办理日常公事?或者是回去监放第三批贷款?要不,便是去国民基础学校教员讲习会讲课?说不定是省政府调去别的县工作吧?要是后一种倒好,可以乘调动的空子,从容出走——东下广州,然后北上延安!但是,到底是哪种可能最大呢?徒然胡思乱想。

7月29日　晴　赶回到县府一问,才知昨晚猜想的种种,全都徒然。想不到是省里农业管理处的农务组有人下来,推广冬季增产作物贷款,要我们农村经济组的人协助他们向各互助社办理登记手续——调查登记贷款买小麦、油菜和绿肥种子的事。这样一来,差事无形中加重了,本来打算下月中旬复查完了要请假回家的,看来,愿望将成了泡影!

林主任从上林回来了。他说,农务组给我们加码的事,“没个实际的办法,一时还布置不下去。你既然回来了,就休息一下吧。”林主任这样一说,我马上告辞要走,他却叫住了我:“坐一下吧,有句话顺便问问。你是不是想再读书求深造?”他突然单刀直入,问起此事。我一时说不上来,他也不等我答话就讲:“深造的话,我前面讲过,中央有合作学院,只要工作做好,将来可以保送。至于,想要去西北的话,那是需要考虑的。救亡工作,这边那边都需要,前线后方都要有人做。人嘛,只要有所发展,对社会有用处就好。你这几个月挺努力,工作是有成绩的。一句话:好自为之,凡事三思而后行就不致失悔。”

无疑,林主任明显地了解到我的思想状态了,一席话,包含的既有同情又有规劝和鼓励。看来,还不是责备或存心阻挠。

因为没了固定住处,只好下榻吉安昌客栈,放松一番。冲了凉,即上街理发,到广生隆报局和前进书店找书报看。

省里来了一批政府公报,其中一期有农业管理处批复我们农村经济组外勤工作(在各县推广农贷互助社)的一些问题。当中有一条是采纳了我建议对互助社职员进行必要训练的意见。

在罗城的邓铭来信,讲到农民银行对贷款数额多所挑剔,情形跟我遇到的大同小异,真是天下乌鸦一般黑。

家乡天鸿信上说,我退婚的黎姑娘,改嫁的男人就是他妻子的二叔,讲了一些嫁娶双方的花絮。大概是此刻脑子已被要远走高飞的思绪占满了,别的什么事都觉得很淡漠。

7 月 30 日　雨　去前进书店看看有没有新书,同时跟年轻老板聊天。老板惊讶于我对当代社会思潮的了如指掌,问我为什么不朝文化方面求发展。我说:“不如意事常八九”,人生的道路哪能一帆风顺而不走点弯路呢? 谈着谈着,便谈到要投奔“抗大”的夙愿。他慨然叹道:“你早讲就好了。有个同乡也很想要去,就因为找不到伙伴。”说那人目前参加高中学生暑假下乡宣传工作团去了,要到八月底才回。“你能等他回来商量吗?”另外,他又想起,此刻在国民基础学校教员暑期讲习会有个叫冯族光的,前些时候也想要去,可惜筹不到足够的路费。晚上,同他去讲习会找见了冯。一起散步到明秀园,谈“到陕北去”,志愿都是一致的,对不合理的现实莫不感同身受。

夜里读斯大林的《列宁主义问题》。对苏俄的历史状况不那么熟悉,因而这纯理论的文章,只能是囫囵吞枣,不如读小说那样有滋味。

7 月 31 日　阴雨　林主任说,农务组的冬季作物贷款步骤、方法和注意事项等等,都还拟不出个方案,叫我不要白等了,回乡下继续把复查工作抓紧。

走时,经过前进书店,顺便买一本《秘密的中国》,作为精神伙伴带下乡去排遣寂寞。到广生隆报局门口,见万昌商店的闺女带她小弟弟玩耍。好像是魔鬼作祟,就在报局停步借故看报,把下乡的事搁到一边去了。她发觉有人正在瞟她,频频报以秋波,索性抱着弟弟到报局隔壁的杂货铺来,跟老板娘聊天。我走过杂货店问老板娘买蜡烛和电池。老板娘看出我们眉来眼去的眼神,意味深长地向我使个眼色:“蜡烛该买对红的嘛,买白洋蜡去干什么呀?”我老老实实地照直说,下乡晚上点的。

“先生,你在我铺头缝的裤子还没拿呐。”姑娘睁着眼睛盯住我。

“今天先不拿了,回来再取。”

不知什么神差鬼使,我赶快就走。背后还听老板娘说一句:“这后生仔长得真俊。”但是我却没勇气回顾,见不到姑娘是什么样的表情了。

赶到乡公所,骤雨跟踪而来,倾盆大雨,盛暑为之一消。

晚间,秉烛夜读。真见鬼,注意力老集中不起来,《秘密的中国》失掉了诱人的秘密。

8 月 1 日　阴天　阴天见不到太阳,在路上走路还是汗流浃背,衬衣湿透了。

到惠江村时,见到村长正在向一群姑娘、少妇们宣读“民众课本”,无异念经,言之谆谆,听之藐藐。妇女们见到客人来了,个个探头探脑偷看,讲课的兼校长,虽然很卖力气,可听者置若罔闻。这种形式主义的表面文章,除了影响农活白费工夫,还能有什么收获呢?

社长拿来两条鲩鱼,在村公所弄鱼生请客。佐料不够,仅凭紫苏和生姜还是去不了腥味。但是,看看社长一番盛情,也只好硬着头皮说假话:"好吃,好吃。"

8月2日　晴　萃英村村长黄大锦去乡公所了,他桌上有本《逻辑与逻辑术》,拿来翻了几十页。社长卢明新来了,向他查看社里簿记和转贷手续等等情况。发现他们弄得很乱,款子居然有不照数转贷给社员的,社里必要的办公开支,也有不合理的项目。向几位社员打听,都说社长把社员看作"二百五"。我说:"社员应当把社当作自己的家,大家都来关心。社长不会办事,大家帮助他嘛,不然,怎叫互助社呢?社里办不好,还不是各人吃亏。"

"讲还讲,做还做。切肉还有割手的呢?人心难得一般齐啊。"一位社员在发感慨。看来,看事情的确不能过于理想。

8月3日　阴雨　农务组的冬季作物种籽贷款,由县府派出指导员,用政府名义向各乡村农户推销。人员前天已到了里建乡。林主任来信叫协助办这项事务,只管登记借款花名册,别的不必过问。因为不属互助社业务范围,担子也不算加重多少。

省府加了我们的薪水:月薪四十元,出差费每月四十五元,文具、邮票等办公费每月三元,加起是八十八元。

这对一个无家室开销的单身汉,每月还能稍有积蓄,按世俗之见,是应当知足的了。然而,我却产生复杂的心情:想起童年,见父亲养的画眉,喂的是鸡蛋拌着碎米、清水、昆虫,笼子也经常打扫,保持干净。但是,活动的天地就那么一个小圈子,令人为之可怜。如今自己岂不也是笼中画眉一样?

偏重精神生活的人,对物质要求往往是淡泊的。正义不得伸张,理想未能实现,渴求达不到满足,痛苦终将伴随左右。

8月4日　雨　夜宿存良村。见到一本张资平的《天孙之女》。这,六年前已读过了的,此刻为了解闷又翻了翻,时间白过去了,苦闷却没有解除。

8月5日　雨　秋汛季节来了,从昨天到今天,整天都落着雨,到夜里,下得更大，雷声、雨声、风声，仿佛万马奔腾，呼啸不已。

8月6日　雨　雨还在下。

乡公所前面一张大塘注满了水，像一面朝天的大镜。阡陌间，潺潺水声到处都听得见。

等到雨霁的间歇，马上离开里建，动身来邓柳乡。今天是圩期。后天便是七月十四，俗称鬼节。此地民情，对鬼节特别重视，为此，赶圩做买卖，异常热闹。龙眼果开始上市了，沙梨、菠萝也不少。闺女、少妇，都穿簇新的节日衣衫在街上来回游逛，好像都市里游园的盛况。

8月8日　大雨　本来打算是今天请假回家省亲的。没想到，此刻却在这儿跟两位乡丁寂寞地共进晚餐。

乡长、办事员、学校老师，统统都回老家过节了。公所空寂如古庙，静得阴森怕人。老鼠闻不到人声，十分猖狂，在书桌上、柜里头、墙洞、屋梁，肆意寻食、嬉戏。

半夜雷雨大作，霹雳震天，风声呼啸，楼板为之颤动，瓦片为之掀翻。

8月9日　阴　邓乡长一早来说，今天是盂兰节，这里风俗，都不上山下地干活了，家家户户做米粉、弄鱼生吃喝，请我到他家过节。其实，鱼生不是过节才吃的，这几个月来，平时遇到吃鱼生的就有好几回。他们都吃得津津有味，我却一直吃不惯。

《中国的秘密》译文生涩，好像咬了一口还未成熟的李子，叫人皱眉咧嘴。比起来，《上海——冒险家的乐园》活泼、通畅得多了。儿童书局出版的《中国名人故事丛书》，倒能引起兴趣。

"每逢佳节倍思亲"。夜里，当人们在门口摆起小桌，给鬼魂上香，烧纸衣、纸屋、纸马、纸船和镪冥的时候，一个人独对孤灯，给家里和植秀各写一信。

8月10日　大雨　早饭后下苏隆、大梁两村。两个社都把事情办得挺妥帖，没甚麻烦事。这里一片沙土地，适宜种花生。各户人家一年总有几百上千斤的收获，榨出的油料足够全县食用。心想，这两个互助社将来可以改办成"生油运销合作社"。

回乡公所，写两天来的日报单，拿钱叫乡丁去买只鸡来过中元节。晚饭和乡丁两人吃一只清炖鸡,可真解馋。饭后,骤然又下起雨,一下子公所又泡了汤。

8月11日　雨转晴　锣圩和南区的双桥、东区的陆斡差不多,是武鸣西区最大的圩场。今天是中元节的下节圩日,赶圩的人少,圩场显得冷冷清清。乡公所的建筑规模挺宽阔,某些三等县的衙门,连这点气派都比不上。

公所的主人——乡长好像以大乡乡长自傲,对人爱理不理。也许今天相好的女子没来赶圩,显得郁郁寡欢。林主任代转来好几封信。曼哥七月十三日还在牯岭游山。马当江防就在九江前面不远,大战还在酝酿。

吴跋信上,有弄瓦之喜,然而深感为父之苦闷。

施礼用简练恬趣的笔触,描绘军校学生生活、苦中求乐的逸事。

秀统为考大学曾上过梧州,目前滞留长沙,为湘菜的辣椒叫苦。如"西大"和"南大"两校榜上都无名,即同我投奔"抗大"去了,望保持联系。

尊琬回了儋县,开始他的粉笔生涯,情绪倒还乐观,不忘"学习、学习,再学习"的名句。

8月12日　雨　连下几场大雨,道路尽是泥浆,实在难走,从锣圩下到三乡(锣圩三乡)来,不过二十里,却走了大半天才在深谷的丛林中见到小村落。因为是锣圩大乡分立的小乡,所在地不是圩场。不过,选到个好地方建起了公所。门前有一眼清泉,涌出晶莹的溪流。乡长老爷附庸风雅,在水边盖起一座茅亭,亭内搬来几座石凳,周围种着杜鹃、芙蓉(木本)、茉莉和万寿菊等等;靠西边有一株高大的细叶榕,浓荫如盖,遮住盛夏骄阳,闲来到此对弈、聊天,倒也清静闲适。

找来一本徐枕亚的言情小说《雪鸿泪史》随意翻翻。书里讲着两个人的伤感哀艳的老故事。一个是风流倜傥的痴情,一个是风尘佳丽的遗恨,令人不堪卒读。

8月13日　雨　又在学校老师那里搜索读物。得到一本《千家诗》、一本《袁中郎诗集》和一本《鸳鸯梦》。《鸳鸯梦》比《雪鸿泪史》略胜一筹,但也脱不开才子佳人的窠臼。

8月14日　骤雨　快走到锣圩的旧街时刻,骤然阴霾密布,乌云与山巅接吻。劈劈啪啪的雨脚立即来到地面,地面与麻脸似的雨点霎时间变成一片污秽的抹布。短裤裤管屋檐似的滴水,鞋子泡了汤,脚板好像踩在泥窝子里,雨在狂风中飘舞,一把纸伞被刮得东倒西歪,极力挣扎要飞走。进到圩场,人们挤满了圩亭,街上变成一条混浊的溪流。

等雨停后,即来锣圩二乡的公所所在地——岜勒村。一路全是重重叠叠的石山,走了三十来里地也见不到一人,真是人迹罕到的地方。深谷里不时发出奇异的鸟鸣,令人发怵。

乡长姓林,跟林主任是中学同学,比起别个乡长,少点新贵的官僚气味,也没染上横行乡里的恶霸行径。人还是稳重而开明的。言谈之间,表示志不在此,想通过省府的文官考试得到转行。这样的人,不是很多,也不是绝无仅有就是了。

这里没有办互助社,此来纯粹是协助推广冬季作物(种小麦)贷款的,事情并不费很多口舌,有空偷闲看书。

8月16日　晴　这(锣圩)二乡乡公所所在地,没有圩场,来往客商少,铺头生意清淡,跟三和圩不相上下。

黄品来电话:他那边的冬季作物贷款进度很慢,问我有什么办法。告诉他:每到一乡,就在乡公所召集各村甲长来开会,交代办这项贷款的意义和手续,让村甲长回去开村民大会宣布,即时登记借款名单和款额,由村长统一造册汇报。这样,一个乡只要一两天工夫就能办完。

从岜勒村转回锣圩时,偌大的圩场已是人山人海。龙眼果行给人印象最深,一条街全摆满了龙眼的担担。这时节,正是龙眼上市高峰,干包、肉厚、甜蜜,连吃了三斤,饱得不想吃饭了。但是,它不像荔枝甜中略含酸味可以中和,能"日啖三百颗"。龙眼太甜,过后,嘴里觉得寡淡,余味不佳。

8月18日　阴　本来昨天就要回县城了的,从百色下来的公路班车,却车车满员,只好在锣圩乡公所住一宿。今天到车站打听过路车的消息,说是这条主干线(邕色路——南宁—百色)前面两头,一共有四辆客车抛了锚。连日暴雨造成公路塌方,邕龙路、邕柳路车辆都发生事故,几条主干线的交通遭到阻碍。

今天阴历是七月二十三,难道应了"不宜出门"的迷信吗?想起少年时,从家乘车出南宁，到苏圩附近，汽车后轮几乎掉下桥底，闹了半天才起得上来。旅客中有个人说：“真险！黄道吉日有讲，每月初五、十四、二十三三天对出门是不利的。可不，那天正是初五！所以说，一月之中，逢这三天我都不出门，今天偏偏忘了。”这话听来明明是可笑的迷信，然而因与今天的事故巧合，脑子多多少少受点莫名其妙的影响。走不成，多待一天，也不怎样焦急。

8月19日　阴　乘车的车票钱，昨晚拿来买饭了，只好步行。明知回到县城要走七十华里，虽然阴天，走起来也是够受的，可是阮囊羞涩，有什么办法呢？想不到，走出锣圩三公里地方，后头来一部运货卡车，司机主动停车捉黄鱼——问要不要坐车。拿出仅有的一元钞票给了他，马上上了车。不过，他说，只能坐到九合村就得下车。反正少走十八公里也好吧。

车是运“特货”的。心里直纳闷：政府不是三令五申，第三期烟民一经查获，必加严刑吗？何以只禁吸毒，而不禁种、禁运？根源不断，怎能止得流毒？道理是说不过去的。但是，现实的社会，什么货色不都依靠漂亮的装潢卖钱吗？广西军阀从老桂系岑氏父子、陆亚宋（荣廷）到新桂系李、白、黄，哪一个不是靠武装贩运鸦片来养兵？衣钵相传，至今也未断祖传的香火。挨枪毙的烟民才真是加固当权者宝座的奠基石啊……“细佬（小弟），请落车！”司机突然叫唤。从迷迷糊糊的沉思中惊醒，眼前出现了九合村。下了车来，望着车后的尘埃，心里不免狐疑：“吸毒的要杀头，这些‘特货’，卖给谁去呢？”想着想着，行程很快便走完了。

每次回到县府，最大的慰劳，莫过于亲友的来信了，今天收到的更是令人喜出望外。上月下旬给广州八路军驻穗通讯处潘汉年主任写的信，得到回音了！信是一位署名云广英的写的：

> ……给潘主任来信收悉。阁下有志入陕求学，十分欢迎。来时，持此信径直到百子路十号办理手续即可。
>
> 云广英

信很简短，然而拿到手上却感分量很沉。她无疑是我梦寐以求的通往新世界的护身符，像破题儿头一遭得到爱的允诺，激情实在难以抑止，久久未能平静。

投奔延安的火，此刻燃烧更加炽热了。不管怎样，那边没了剥削佃户的地主，没了贪赃枉法的污吏贪官，没有妓女，没有乞丐，没有失学、失业的苦难，没有受气、受压的冤枉。人得到公平待遇，才能得到合理发展，有一分热发一分光。对社会尽了力，为人民尽了心，不就无愧于心了吗？人能达到这步田地，还有什么不满足的呢！

太兴奋了，一夜忘了睡眠。

想想，明天到宁武乡把工作办完，便请假回家，趁此机会从南宁乘舟东下广州。决心已下，当即复信云广英，预告月底可望抵穗面请指教。

写完信，即将书籍、被褥和衣服整理一番，有的用邮包寄家，有的随身携带。

8月20日　阴　昨天的来信中，还有亮洪代写的家信，雁嫂已从广州平安回到了家。吴跋的信说，他曾请假回家为小女做弥月宴宾。族弟克贵光荣负伤，愈后准假回家了。绍羲、多富各来一信问候。汉口战时书报供应所的“阅读写作函授班”寄来一束关于函授班入学简则与研究读物对象等印刷品。

早上去邮局寄信和邮包。

十点，往宁武乡走，十二点才到。凑巧，乡里召开村长联欢会，便将关于推广冬季作物贷款和互助社的复查事，交代给各村村长回村办妥。这样，预计二十三日便可完事回县府交差。要是林主任开恩准假，二十四日出南宁，二十五日就回家了！

连写两封信，分别寄给已回到家的雁嫂和在九江前线的曼哥。

8月21日　大雨倾盆　无事，读《救亡日报》和《全民抗战》等报纸杂志。

晚上写篇散文——《乡讯》，反映几个月来在乡的见闻，作为文艺通讯员向《救亡日报》交卷。题下文前，引用尼克拉索夫《在俄罗斯谁是最快乐和自由的》中的一句话：

在这里，只有石头才不会饮泣！

这也许可作“乡村见闻”的概括。

8月24日 利用三天空闲，把《乡讯》写成几千字草稿，誊抄的时间却找不来了。昨晚，向林主任请得了假，今早八点到车站候车。十点启程，十一点一刻抵达南宁。

下午，到西关益来客栈见到江河，同他去民族路西江旅社看胡振洋。胡和一位姓刘的女士在那儿度蜜月。这种醉生梦死的生活，无异在悬崖绝顶跳舞，一旦跌掉下来真是不堪设想。

江河这次投考“西大”再度落第，感到彷徨无路，非常颓唐。我说，同我去读另一种大学吧！他好像瞌睡碰到枕头，马上问是什么样的大学，在什么地方。我说：“‘抗大’，远在黄河之滨。读书和劳动、打仗是联在一起的，你能不能挨得那份苦呢？”

“横直总比在本地混好。”江河表示他的观点，“能随便去得吗？”

我说，只要他愿意破釜沉舟、成败利钝在所不计，不稀罕、不羡慕振洋那样的美满生活，跟我一道走，自有办法。问得要多少路费，我说，大约要法币一百元。他大哥是县金库主任，益来客栈就是他大哥经营的产业。对他来说，路费并不是难解决的问题。不过，我讲，到底哪天动身，等回家看看才能定。“那，我等你，不管怎样，横直是个前途，总比在十字路口彷徨的好。”

8月25日 晴 早晨七点启程，十点三十分回到了家。

母亲和雁嫂一旦相见，格外高兴。

雁嫂带来一身香港的时髦打扮：烫了新款式的头发，穿着剪裁得体的黑胶绸旗袍，显得年轻漂亮多了，俨然是个官太的风姿。比起往时，犹如冬尽春来的红桃绿柳，判若两人。也许是摆脱了儿女的家务拖累，加上夫贵妻荣的舒展心情，使人精神焕发而见得特别年轻吧。

雁嫂对我投奔“抗大”的志愿，和母亲同样，表示赞成。认为年轻有为，应当出门闯世界，守在家门有什么出息呢。谈起她表妹的婚事，说是曼哥跟她姑妈议论起来的，她却不太热心。虽然姑妈富有，表妹本人容貌平平常常，文化修养不高，不是我的般配。她说：“我跟你二哥讲过：五弟未必满意。你二哥硬说‘情人眼里出西施，彼此有了感情，就见得美了’。你这次去广州，自己去看看吧。”

我说："既然要远走了，何必还去找麻烦。"雁嫂说："走又不是一去不回。如果彼此见了面真是满意，先说定下来，也不妨碍你远走高飞。"既然说到这样，我也不再讲什么了。

"清官难断家务事"，自家人也不容易澄清婆媳、妯娌之间的是非。

半年来曼哥陆续汇回几百元，母亲把它给生活困难的几个弟兄周济了一些。这就招来了二嫂的龃龉，影响了家庭的和睦。二嫂长年同曼哥分居两地，膝下又无子女，孤僻乖戾，向她劝慰半天，一时难得说动。

比较起来，大哥一家，子女多，劳力缺乏，大嫂为人又过于老实，日子是艰难一些。要是我照这样供职下去，每月多少能拿出点余钱，照顾他家，侄儿上学的费用困难不大。一旦走了，还不止是大哥一家生活受到影响，母亲和两位二嫂之间也将没了杠杆而失掉平衡。那么，出走还是留下？何去何从，苦思一夜，几乎没睡着觉。

8 月 26 日　晴　一早，雁嫂见我起居失态，心事重重的神色，关心地问道；"五叔，什么事？昨晚没睡好？"

终于把犹豫、矛盾的苦衷向她都讲了。雁嫂听后，带着失望而责备的口气叹道："你呀，'一世人读一本通书'，没出息，家里这些事，什么时候都会有，有你在就能把它打理得完吗？"

觉得雁嫂的话是对的，一时没话可说。

沉默片刻，雁嫂才用猜疑的目光盯我，试探地问："是不是被谁迷住了，舍不得走？"

我不觉一怔，困惑地不知说什么好。雁嫂见我难为情，于是淡淡撇嘴，流露讥笑："我已经知道了。人家托你买耳环是不是？小姑娘可是个活观音，眼光也真尖，真会挑人呐。"

又沉默一会，我才问："谁讲？"

"看你，还用问？是火，纸就包不住。"雁嫂说，"她妈还说要收我当干女儿呐。"

我说，爱美恐怕是人的天性，正如故乡往往牵动游子的心，但都未必能使人长相聚首，而放弃对崇高理想的追求。"嗨，真是成了哲学家了，越讲越玄。讲实在的,耳环买得回来没有?”雁嫂含笑地问。

我摇摇头。

我说,也不必把它捅破吧,永远保留美好的希望,总是比从美梦醒回的惆怅好过一些。

雁嫂说,少女的初恋,十之八九都是以幻灭告终的。幼稚终归要长大,天真、纯洁往往难得保持。

我说:“你也快成哲学家了。”“不是哲学,是人活到一定岁数,自然体会到的世故。你不信?”

8月28日　雨　暂时决定不走了。矛盾、复杂的心潮平息了下来,紧张的神经舒展了一些。星期天,天鸿来扯谈。新婚生活对他已淡漠下来了。说是“年晚煎堆,人有我有而已”,深感没有知己的朋友谈心,太寂寞了。

“我的名字对我是活活的讽刺!”天鸿一声叹喟,虽然极力想谈得轻松一些,却掩饰不了淡淡的哀愁。他说他虽谋到职业,在衙门里进进出出,政府还替缴缓役金,本来可以安身立命的了。然而,是鸿鹄,应当搏击长天,呼风唤雨,翱翔天外的。被关进公园的铁笼,即使食住丰足,又有多少滋味?

“还是你好。”他不了解我这时的心境,一味凭着印象说话,“来去无牵挂,自由自在。”

他还谈起吴跛,为女儿满月特地请假回家一趟;后悔成家太早了。

8月29日　雨　带着六神无主的心情,冒雨离家出南宁。踯躅街头,无以为计。糊里糊涂地去请相士先生看相,预卜未来的命运。相士看我,煞有介事地仔细端量一番,略作斟酌地,一边试探一边问:

“没有成家吧?是呀,头一眼就看出来了。看来,阁下婚姻未必顺遂,不过嘛,日后自有意外姻缘,不必急于强求。吉人自有天相……”

心想是胡说八道的,只不过花一元钱打发无聊的情绪就是了。回想,去年也是这个时候,到惠阳曼哥的驻地同他商量回广西投考学生军的事。也正是无聊得很,跟营部的司书泛舟西湖,回来仍觉愁闷难以排遣,两个人一起去找算命先生看手相。那先生望着我,指着司书说:“阁下前程无限,将来比这位先生官位还要高。但愿好自为之!……”心想,比一个准尉司书高,又能高到哪里啊!

明知是骗人的鬼话，却去卜问吉凶，求得精神寄托，可见宗教之所以能够存在的社会心理。一个唯物主义者，居然也未彻底与唯心传统观念决裂，说明思想的复杂性多么深远。

8月30日　晴　又回到武鸣来了！

林主任领着增辉、乃珧两位正在动身前往南宁，办理那边的工会搬运合作社内部财产的纠纷。林见到我，不无遗憾地说，原来是要我同他一道去办这件事的，因我回来迟了，已让另外的同事代替。说县里工作也得有人关照，叫我留下兼顾全县工作，这段时间，中心是复查。

这样，我又得重蹈曾经走过的乡间小道，重见贫瘠的旷野，重听嫠妇的饮泣，重逢那些欺上瞒下、作威作福的富贵小人……

橄榄咀嚼是有味的，发霉花生，只能令人恶心。

为社会进步，为国家民族生存而奋斗牺牲，虽普通一兵，也令人神往；为个人享受，为金融资本家利益而奔走卖命，即使高官厚禄，只能使人唾弃。两个方向，两条道路，分明摆在眼前，何去何从？在我已经不再是认识问题了，而是要付诸实际行动的抉择。

事实确如此！继续干下去，在一生中究竟有多大意义呢？所有的朋友，哪个不为现实社会感到苦闷而发出无声的呻吟？就是雁嫂也认识到"一世人读一本通书"太没出息了！

还是走吧！快刀斩乱麻。什么不合理，不公平，不自由，什么卑鄙无耻，暗无天日，都将从此诀别。一走了之，何必留下来忍受无期的折磨，无边的苦恼呢？鲁迅说：人必须温饱、生存、发展（大意）。温饱、生存也许可以混得下去，至于发展、前途是什么呢？能符合自己的能力和志趣吗？

那么，走吧，走向崭新而宽广的天地！然而暑假终了，新的学年已经开始，那边的学校招生日期也许已经截止……

反反复复，想过来又想过去，又是一夜没闭上眼睛，书也读不进去。想不到，孤独寂寞，那样可怕！人也真奇怪，在家时，考虑的是家庭与子弟矛盾的苦恼；到了社会，遇到的却是，社会现实和个人发展冲突的难题。比较起来，前者只不过是暂时的枝叶，而后者才将是永久的根子。个人、家庭，两者都不可能脱离得了社会关系而独立存在。

8月31日　晴　寂寞难耐，晌午时分，到省立九中去找小同乡毛高飞玩。到时，正是午休时间，传达室不肯给传达，只好到阅览室翻翻报纸。想不到，《新华日报》刊出一则“抗大”扩大招生的广告。报名日期和取录名额都没作硬性限制。这样说，现在赶去，时间还不迟，名额也不至于满员，因为是在扩大招生。

去吧，一走了之，什么烦恼都一风吹了。当然，未经辞职而擅离职守的公务员是犯禁忌的！不过，从南宁乘船下广州，只要四十八小时就到了。到了广州，就是“海阔凭鱼跃，天高任鸟飞”了。人海茫茫，哪里偏偏遇到冤家路窄？路过南宁，躲进益来客栈，不出街，不进公共场所，未必就碰见林主任他们。即使万一见到，也还可以拿话搪塞过去。谅他们未必猜到是出走的！

走！决心突然下来，内心按不住疯狂，不异荡妇半夜私奔，一切顾忌都在炽烈的欲火中成了灰烬。

早上拿去补鞋店的白皮鞋和洗衣店的衣服，赶紧去取了回来，急忙收拾几件日常替换的夏衣。然后去县府建设科预支九月份薪水和出差费用，总共八十八元桂币，并向磨科长撒谎，去南区双桥乡一带复查，一个月才能回城。

这样，马上到车站搭上必经双桥的班车，直奔南宁。别了，武鸣——你这旧世界的缩影！

9月1日　晴　回到家，母亲和雁嫂乍见，不由得惊愕，困惑于我的突然转回。经我略为说明决心，母亲和雁嫂都予同情而高兴。为难的是，原来准备作路费的钱，大哥已拿去东罗牛市购买耕牛了，怎么办？正在此刻，无巧不成书，邮局送来曼哥一张百元的汇票！我顿时欢呼：“嗨，好了！”情不自禁地喜之若狂！雁嫂跟着笑出了眼泪，母亲也舒展了愁眉，笑得合不拢嘴。真是令人迷信：天在助我成行啊！

因为是擅离职守，触犯战时禁令，行动犹如越狱，不得不谨慎。拟乘明早班车即出南宁，马上下船待发广州。

雁嫂觉得和二嫂难相处，要与我同行，到香港她姑妈家寄居。这样，到南宁，还能帮我上街领取汇款、购买船票，免得自己奔走遇到意外。母亲对此没什么话好说,由我们好自为之。

9月2日　晴　早起,雁嫂收拾了行李,穿着整齐了,正待出门之际,雁嫂同二嫂话别。不知都讲了什么,临别正要出门,噙着眼泪,叫我:“五叔,我不走了。你自己走吧。这里是姑妈的住址,到了广州,一定去走一趟。不管怎样,姑妈和表妹都想见见你。”雁嫂这戏剧性的一百八十度转弯,使我丈二和尚摸不着头脑。但是时间已不允许详细过问了。只想:在二嫂来说,可能是深知雁嫂此去,曼哥再也不会回头了,有雁嫂在此,怎么也不会抛弃这个家。雁嫂的考虑,也许是觉得当此战时,兵荒马乱,同曼哥既不能随军常相聚首,寄居姑家,再好也还是依人篱下,住久了也会难免麻烦。既然能容于二嫂,求其相安一时,总也比在外漂泊的强。

我已如箭在弦,不容为她们思虑很多了。她们既能一旦言归于好,母亲也少为她们操心,当然是个好事。于是,义无反顾地掉头走了。

再见,年过花甲的母亲;再见,雁嫂和家人;再见,美丽而可爱的故乡。从此,我将迈开脚步,走上新的人生征途了啊!

从此,我的日记将翻过新的一页,记载新的旅程、新的世界,记载我新的精神生命的开端。

车到南宁,立即到邮局领取百元汇款,赶紧到民生码头买当晚下梧州的船票。立即赶去益来客栈找江河。他去志虽决,但拿不出百元路费,只有明早回乡取款,赶得来坐下一班船;约我到梧州住洞天酒店,等他到来一道下广州。

跟何进和芳草两人巧遇街头,一道到附近照相馆合影留念。他俩惜别依依,送上船来,船舱虽酷暑蒸人,还是等到汽笛催人才上岸。晚上十点,船终于起锚航行了。就这样,一个人踏上了遥远的征程。

朋友们,别了,再相逢应在何时何地呢?但愿不会还是这样的码头吧!

9月3日　晴　从南宁下梧州这条西江水路,两岸风物,过去每年暑假来回,都看熟了,没曾期待什么奇迹,整天唯有把时间花在一本临下船才买到的《国际现势读本》。

9月4日　晴　顺水行舟,前晚十点从南宁邕江开船,航行三十八小时,今天下午两点正,船在梧州鸳鸯江上抛锚了。为了防备政府万一发觉擅离职守而通缉追踪，到洞天酒店以陈寒梅化名登记，下榻46号房间，等待江河下一班船到来。

到冰泉镇中心小学，看望同学莫逸民。向他打听黎秀统在长沙的确切住处。不巧，他领学生去长洲岛远足未回，留下住处信息给他便转回来休息了。

晚上九点，莫来了，他乡遇旧，倍感亲热。他在此谋到了职业，而且追到了女朋友，正在热恋。弦外之音，表现了知足常乐的劲头。据他所知：王国强在广州加入“抗先”，回雷州半岛老家搞救亡宣传；郑光海考进广东省立勃勤大学教育系；詹尊琬回海南和他一样，当一名教员；黎秀统曾到这儿考“西大”，未考取，目前在长沙等候“湖大”放榜；陈耀廷漂洋过海，去了旧金山；十一班“亚杯”——符德裕和十三班郭植秀考进中央化学兵教导队……

“有的去了陕北。”莫逸民见我不作声，顿了一下，问道：“你是也要去那边的吧？”

我只点了点头。

“你们个个都是鹏程万里，前程无限！我呢，好比不会游泳的人，还是站着干岸儿看热闹算了。大海大河也许好玩，不过，风浪大，不敢问津。”“也好，人各有志。哪能个个一样呢。”我说，“只要不同流合污，不当汉奸，不做民贼；利己而不损人还不算坏，最坏是损人以利己，千万做不得。”“但是，不损人是达不到利己的，要利己就难免不损人。”他纠正了我形而上学的片面观点。我们谈到快十二点了。临出门，莫又回头叮咛：明天要我等他来上大东酒楼饮早茶，说他带女友一齐来，大家见见。我说这次出走，不好太多露面。

莫说：“不怕的。走时，我们来送船。”

9月5日　晴　两天来西江上游可能涨水，今天班船比昨天早到三个钟头，上午十一点江河找我来了，可以想象得到，我们俩多么欢欣。从此，我们将是征途上的伙伴了，尽管动机未必一致，目的地却是相同的。认真说起来，江河的革命理论素养是不够的，动机显然不完全是单纯为了抗战，到八路军通讯处要测验起来，有没有把握通得过呢？这时，只有这时，我才冷静地想到这一点。不过，又往另一方面想，认为“抗大”既然要扩大招生，大量吸收广大青年，泥沙俱下，鱼龙混杂，想来当此入门阶段，要求未必太严。到时再替他诉说苦衷，也许不至于被拒于门外吧！自己一边想，一边自我宽慰。

出街吃饭，顺便到生活书店看看，见到《抗战大学》杂志刊载有关陕北学校的通讯，非常兴奋。

下午两点，搭上粤利拖渡（前头一艘机动电船拖拉一艘宽敞高大的木船）开往广州。拖渡比小电船平稳，安静、舒适，读书、写字方便多了。

9月6日　晴　粤利号拖渡到长堤西濠口停泊。海关大钟的时分针，指在九点三十分位置上，手表误差一分多钟。

是去年9月6日下午五点一刻，在这码头启程回广西的，今天又在这儿上岸，恰恰是一周年，不免有"前度刘郎今又来"之慨。

一年来，广州这个南方的大城，遭受敌机无数架次的轰炸，多少无辜居民洒下了鲜血，多少建筑物遭到破坏而倒塌啊。然而，此刻的十里长堤，还是那样熙熙攘攘，要不是亲自耳闻目睹，谁能相信这儿天天都听到敌机入侵的警报呢？

和江河随着人流走进了亚洲旅店，账房的窗口挂出"客满"的牌子，转到邻近的中国旅社才有空房接待了我们。

房间窗口面南临街，珠江船舶，长堤人流，尽收眼底，繁华景象不减当年。不过，和江河还是不敢越雷池一步，先向茶房问问市面行情，打听粤汉铁路交通状况。

粤汉路交通情形不妙：广州附近江村、花县、银盏坳一段，天天挨炸，往往白天遭破坏，晚间修复，第二天上午说是可以通车了，到了下午车正要开出，前面又来电报，路轨又挨炸坏了。这段路已有半个来月通不了车。要往北去，唯有乘船去清远，然后在连江口站上车，比较可靠，免得在这白等误事。

听了这些，心凉了半截。开始闻到战时动荡生活的气味来了。

夜里，赶写辞职呈文，寄递省政府；另外给林主任写封信，请原谅不辞而别的苦衷，留下的行李，请他让毛高飞君代领。此外，还给经常有书信来往的朋友——吴跋、郭植秀、王国强、施礼、黎秀统、詹尊琬、邓铭等写同样内容的告别信，叫他们不再往武鸣写信了，等到了陕北，再把通讯地址告诉他们。

9月7日　小雨　清早，冒着小雨要江河陪同去东横街一八七师后方办事处向曾主任打听曼哥在前方的消息。也许这是属于军事机密，对家属也不便泄漏吧，曾主任客气地回答："无可奉告。"

从东横街走出街口，突然一声凄厉的警报震慑长空。顿时情绪紧张，心头怦怦跳动不已。但是，眼前街上行人却司空见惯，镇定如常，就像听到轮船、火车和工厂的汽笛似的，若无其事。

八点，和江河冒雨到百子路，在街树阴下找到10号门牌，那里就是不挂牌子的八路军(十八集团军)驻穗通讯处。门口不少青年男女进进出出，没见警卫人员盘问。我们也就像到朋友家那样跨进了门槛。

客厅里陈设很简单，靠墙报架上挂有《新华日报》和《救亡日报》，中间一张长方形的会议桌，桌面随便搁着一些书刊。其中比较显眼的是一本诗集——《未死的兵》，一本《到陕北去的指南》，两瓶墨水，三四枝蘸水钢笔。有几个青年正在桌子两边在一张表格上埋头填写。一位穿着黑胶绸的女佣见我们两人进来，便过来询问我们的名字，说一声"请等一等"，便进里屋通报去了。

不一会，一位穿湖水蓝旗袍的女士出来问一声："哪位是陈克惠？"我应声站到她面前，把江河介绍给她，说明来意。她庄重地说，去陕北是必须有救亡团体介绍的。我说，事前给潘汉年主任写过信，是云广英同志复信叫来的。正要往口袋取信时，她莞尔含笑："哦，知道了，填张表吧。"她无意要看信，随即拿两张表，叫我们各人自填一份。

表上的项目很细，除了一般的姓名、性别、年龄和籍贯，还有家庭经济情况，学历、社会经历和社会关系等等。另外，还有几格大栏目是：读过些什么社会科学的书刊，谈谈你对当前国内国外政治形势的认识。时间不容许你做大块文章，只能简略地写个要点。不到两个钟头，江河也都填写完毕。那女士盯住我说："明天上午再来一趟吧。"这时我才注意到她，她是那样端庄、和蔼，长的也挺苗条娟秀，好像在救亡团体里常见的那些女同志，叫人感到亲切、大方、洒脱，留下很深印象。

午后，照雁嫂给的她姑妈家的地址，乘公共汽车过珠江大桥，过河南区同福西路找到41号二楼。按门铃，一位婆妈(女佣)开门，听了我的自我介绍而迎进客厅。客厅里正坐着一位雍容华贵的少妇，听婆妈耳语，欢喜地起身让座，认真地打量着我：

“啊，看过照片。刚到？住哪儿？真不巧，妈和二妹前天才又过港去了。这儿，天天有警报，真烦死人喽。嗯，你就过港去看她们吧。”

不等我搭腔，她又补充说：“去吧，妈和二妹都盼着见你哪！”

听她讲话的口气是诚实的，虽然她的风姿是那样妩媚、妖娆，说不好听的话，就是有点浮。也许她跟妹子，一个长得像乃父，一个像乃母吧。如果照片不走样，那么两人实在不像姐妹俩，一个那样平庸，一个则如此俏丽。也许是姐姐做了将军夫人，容光焕发，妹妹却待字闺中，黄毛未褪？沉思一会，我说：“实在抱歉，因为有位朋友要一道去汉口，香港去不成了。”

那夫人颇为不悦，说武汉现在比广州还紧张，她刚从浙江屯溪回来，前线乱得很，武汉外围一场大会战正在弦上。“青年人总爱往热闹地方跑，灯蛾扑火，能捞到什么实惠！要不这样吧，我这就马上往香港拍电报，叫她们过来。明天这时候再来吃晚饭好吧？”

我不好意思使人——特别是这样一位美人失望，只好含糊其词说：“看着吧，如果没有意外的事——”

“什么意外啊，广州那么大，不信炸弹偏偏落到自己头上！说来就来吧，等你哩。”

记不得怎么说便离开那间洒着花露水的客厅了。

晚饭后，同江河沿着长堤往东走，到大沙头一条不知什么名字的巷子，江河寻到了他培桂中学同学余家菊的家。说来也巧，跟我同班读了一学期的吴大基和一位从南宁高中转学到培桂的黄流也在那里玩。余家菊毕业后，帮父亲看管杂货店买卖；吴大基等待中山大学放榜；黄流呢，要到陕北去的手续办妥了，介绍信已拿到手上，正在等待桂平老家汇款作路费。黄流说他大哥黄一修去年冬天便去过陕北公学，学了三个月，分配到陕甘宁边区政府教育厅，在周扬厅长直接领导下；工作过一段时间，后来组织上又派他回广州做救亡工作，现在青年会参加青年随军服务团，等待上南昌到张发奎的第四路军去。黄说，有关延安生活、学习的事，他哥是过来人，懂得详细，约我们明天去见见。另外，希望我和江河等他的汇款来了再一道走。不要两三天，汇款准会到了的。

这意外的邂逅真是叫人喜出望外。眼前展现一片阳光，晚上睡得很甜。

9月8日　阴天有大雨　八点钟,如约到百子路10号。客厅还是那么多的男女青年你来我去,川流不息。

等了半点来钟,昨天接待我们的那位穿着拖鞋的女士(昨晚黄流说她叫林青)出来相见,将昨天填的表交还我们;同时,给我们一封介绍信,叫带到西安七贤庄八路军办事处,说到那里后,由那边再换去延安的介绍信。另外叮咛一路上注意警惕当局警察的盘查、阻挠和应带御寒的衣物等等。我说,我们两人第一次去北方,不免感到孤单,假如有团体一道行动就好些。"不会孤单的,放心好了。"女士宽慰我们,"这时候,一路上天天都有人走,伙伴有的是。嗯,这位……"女士以目示意,朝着她身边一位大个子的青年说:"他只一个人,你们一起走吧。"那青年很高兴,伸出手来跟我们握手,互通姓名、住处。他叫周洁玲,遂溪人——王国强小同乡。大家都是青年小伙子,单纯热情,目标一致,遇到一起,真是北方人说的:"韭菜落锅,一捞(唠)便熟。"无意中得到一个伙伴,心里感到了充实。

从介绍信的信封里抽出信笺和昨天填的表看了看,在表格末尾的"审查意见"一栏里,签署有如下的文字:

> **政治认识相当明确,救亡有热情,抗敌有决心。可入"抗大",毕业后回华南工作较妥。**

正要离开时,忽然进来一位雄赳赳的胖子,主动而热情地伸出手来把我的手捏得生疼,开朗地笑道:"不记得我啦?亚杯!十一班的。"一下子,马上想起来了,他是省一师同学符德裕嘛,和我同班的王禄位是海南文昌县老乡,比我们高一个年级,学校篮球队员。侃侃而谈,说他去年九月和郭植秀一道考进中央化学兵教导队,过了半年丘八生活,受不了那样的严格军事管制,今年初,终于开了小差。他告诉我:植秀在那里也很不得意,但又没勇气逃跑。不过,迟早还是要离开的。"你现在也要到那边去吧?很好,我们又成老同学了。什么时候走?"我说,越快越好,买到车票就动身。"那,到那边再见!"

他好像在这儿很熟,见到那位女士出来,迎上去打个招呼,便往里屋去了。

和江河计算一下:他从家拿出一百元,我除了曼哥百元汇款,自己还有五十元,两人合起来一共有二百五十元;即使黄流家里汇款还来不了,三个人平均八十元,想路上尽够开销的了,叫黄流跟我们一齐上路吧。黄流自己也以为同我们一道走,再好不过了。于是,我们四人约定:下午一点,到中国旅社集合,乘船去清远,再转粤汉铁路到武汉。

不想,午后滂沱骤雨,黄流未能如约来到,又得在广州再逗留一天。

9月9日　阴转晴　还是到黄沙车站看看,问事处挂出告示:今晚有两次客车开往武汉。我们四个人真是乐得手舞足蹈,把乘船的打算取消了,以为琶江口是中途站,上车更啰唆,不如从起点站一直坐到终点站,干脆痛快。

然而,到下午两点,我们正要动身往车站去的时刻,突然,警报声响起,不一会敌机声便接踵而来,附近大新公司天台的高射炮发出了"咚咚"的炮声。我们只好裹足不前,躲在窗下,仰首望天。街上行人稍为肃静下来,却未见怎样慌乱,一个跟一个伫立路边,翘首仰望。

一个钟头左右,警报解除了。要江河和黄流留在旅社等电话,同周洁玲上黄沙站买车票。到车站一瞧,候车室贴出一张新告示:"今晚广武(广州——武昌)客车停开。"人们纷纷议论:刚才敌机又在江村、新街段把才抢修好的路轨炸毁了!

回到中国旅社,四人相对唏嘘。不过,立刻被街上游行队伍的雄壮歌声振奋起来了。原来今天是孙中山首次革命起义的多少周年纪念日。各校师生、各社会团体配合着欢送青年会组织的随军服务团出发上前线而举行的游行大会。队伍一队接一队从长堤经过,队员个个精神抖擞,气概轩昂,抗战救亡的嘹亮歌声和慷慨激昂的口号,此起彼落,激起同仇敌忾。市民有人情不自禁地冲上行列,争着与随军出征的服务团青年握手祝贺,情绪之热烈,十分感人,不少人拿手绢抹泪。

9月10日　晴　白白等待了一天,问火车何时能通,车站答复"无可奉告"——希望很渺茫。四个伙伴商量,决定不等了,明天还是坐船走。

晚上,和周、江、黄到永汉戏院看《赤胆忠魂》影片。这是以古巴与西班牙战争为背景,刻画一位(美国人)国际战士的义勇壮举。看看那些出生入死的惊险情节，叫人为之捏一把冷汗，由此对其悲壮的英雄气概而敬仰。

看完电影回到旅社，天气闷热，一时很难入睡。大家便扯谈起来。四个人萍水相逢，偶然走到一块，共同话题莫过于各人要"到陕北去"的动机。周洁玲说，除了为抗战，为民族解放，为国家独立的大道理，他个人是在生活上遇到了麻烦。高中毕业后，家庭没钱供上大学了，在本地当个小学教员，日子过得马马虎虎，比上不足，比下有余吧。没想到，遇到"鬼"了：去年一抗战，广州遭到敌机轰炸，省城里的人都往县里跑，县城突然来一批"难民"。其中一位西关小姐(家是下九甫一间丝绸商号)，也不知为了消遣寂寞，还是由于他是篮球赛场的英雄而引人注目。总之，那小姐借故来学校玩风琴和借书的机会，主动地跟他要好起来，不知不觉两人便成了糍粑粘糯饭，扯不开了。两人自己心里不一定很明白，别人却看得显眼。她姨丈是县里的参议会会长，一条地头蛇，谁个县长上任伊始，都得先拜他的码头，否则位子就坐不稳。这回欢迎大姨带外甥女来避难，本来便有个打算，要外甥女和自己的少爷，姨表俩亲上加亲。不想，表妹眼角高，看不上表哥纨绔子弟的酸劲，偏偏跟周来亲热；一热一冷，爱憎分明。真是有心栽花花不放，无心插柳柳成荫，把参议长气得恼羞成怒，居然不顾外甥女声誉，放出谣言污蔑两人行为不端，有伤风化。男方被以不足为人师表之由解了聘，女方受不了羞辱，躲到香港去了。

"这就逼我上梁山了。"周洁玲说完，不免仍感愤慨。

江河说："我可没有周兄那样艳福的遗憾，却对考不上大学不服气。这世界是不讲本事而凭人事的，在这边我没人事，大学上不了，我就到那边上去求出路。反正总也是上大学，叫他们看看。"

黄流说："我的动机很简单，就是要到那边找机会正正经经的专攻社会科学理论。这边的大学文科就是请我上我也懒得上。唯心主义理论，越讲越玄。拿四年时间去听那些学院式的教授胡说，真是浪费青春。"

他们三个讲完了，等着听我的。我还没开口，周洁玲便拿我昨天在车站同他讲的事情提出问题：

"可能是我思想简单，想得实际了一些，说得不好听，便是太庸俗。要我是阿陈的话，我就不去冒那个风险。"

“为什么?”黄流问,江河睁着眼望周。周说:“如果为抗战嘛,如今全民抗战,各行各业哪样不是为抗战工作?条条道路通罗马,到处都是一样的。如果为个人前程出路,阿陈从事办合作事业,宽广的前途是明摆着的。为寻找老婆吗?千金小姐正在等待点头,只要你肯伸出胳膊去,人家就挎上来了。何乐而不为?”我说,周兄说的倒也是。不过,这只是一方面。这几年读了一些社会科学的书,使我思想复杂起来了:觉得人生在世,除了衣食男女等物质生活一方面,还有精神生活的另一方面要求呐。黑暗是使人难受的,束缚往往叫人麻木。既被绑了手脚,又处在漫漫长夜之中,你想要得到合理发展,为理想奋斗,为社会尽义务,为他人谋福利,除了碰壁,倒霉,不会有好结果!到那边去呢,是不是事事如意,样样都很理想,没亲身经历,不敢凭空肯定。只是比较文明、比较自由是可以相信的。

“所以说动机,概而言之就是——向往光明,寻找自由!简单明了。信不信由你。”

“信!百姓百人,每个人都有自己一本经。”周洁玲说。

9月11日　夜雨　再见,广州!

我们决定乘船走了,船下午一点三十分起锚。在旅社过午就要多收一天房钱,我们必须在十二点以前结账,离开旅社。

八点出街吃饭,九点半便下船来了。

这是内河短途乡渡的小船,旅客在统舱得到一只躺椅,成排地躺下。没地方可以随意走动,显得格外局促。天气十分闷热,只望船快快脱离这拥挤的码头。时间却走得很慢很慢。我们买来几斤杨桃,倒是成了解渴又解闷的甘露,比平时觉得特别爽脆清甜。

海关大钟的长短针,终于指到一点三十分,船准时开动了。大家松了口气,依恋地看望渐渐落在后头的长堤、沙面和那喧哗、拥挤的街景。

也许我是应该过香港去一趟的。但是,要是过去,说不定会被一种难以对付的“魔鬼”缠住,那就失掉了眼前这几位不易遇到的伙伴了。何况前面另有一个崭新的天地,有光明、自由、理想在召唤。爱情的花在缺少阳光的角落是开不好的;人要是处于长期被动、事不由己的状态,事业的树被压于石下,即使成活,也不会成材……

一个人独自沉思,不知什么时候睡着了。半夜大雨,两边窗户全都关紧,酷暑蒸人,醒过来时一身大汗。

9月12日 晴 “清远到啰!”

突然听到一声叫唤,睁开惺忪的眼睛往外张望:天色灰蒙蒙地笼罩着四周,船慢慢掉转头,往码头靠拢。一会,船泊河畔不动了。说是为了躲避空袭,大白天不好开船,到湛江口转乘火车的客人,在这儿要有大半天停留。有人便往清远城里逛街,有的就在码头附近的河边徘徊。河边有不少小摊贩在招揽生意:有卖艇仔(墨鱼)、及第(猪肝鸡蛋)粥的,有卖豆浆、油条的,有卖糯米团的,还有南乳花生、香烟什么的,宁静的早晨顿时喧闹起来。

清远真是名副其实。江水清丽,夹岸一片翠竹,倒影江面,显得柔媚多姿。远眺平畴,甘蔗、香蕉、青苗,缀成错落有致的图案,处处呈现着丰腴富饶景气。

早餐过后,怕敌机空袭,客人上岸,钻到竹林里隐蔽去了,敞厅里只有少数人留下照料拿不动的大件行李。我们四人也在竹林里找地方席地而坐,看书、写日记什么的。在广州连续奔波了几天,还有几位朋友的信顾不上写,这时才在膝盖上把它弥补过来。

一般的情形,到了下午三点时候,敌机不会来了。四点半钟,船继续开往湛江口。午夜一时,抵达终点。舱里立即拥上一帮挑夫。客人焦急地向他们打听:“有没有车开往武汉?”“有,有。让我来吧。”挑夫只顾抢生意,信口应付。从湛江口码头到火车站并不远,赶到时一问,我们来迟了一步,半点钟前火车开过了。大家直嚷嚷,都在抱怨船老板不早点开船,也有骂挑夫滑头,哄着大家紧赶紧跑,出了一身汗。

车站候车室,为防空实行灯火管制,一盏用黑布罩住的电灯,露出黯淡的亮光,依稀可辨,黑压压的人头,整个候车室全都是人。有的挨着墙壁,抱着脑袋伏在膝盖上打盹,有的躺在行李包上打呼噜;有的妇女抱着娃仔,一边哄娃仔吸奶,一边摇晃脑瓜,睁不开眼皮。地面挤满了人,我们新进来的,连插脚的空子也少。一阵嚷嚷,把人惊动了,有的挤上去碰着了人,引起嘟嘟哝哝的抱怨。

“吵什么吵?下一趟能挤得上,算你走运!”

“没地方就站着等吧。老子昨天就在这儿了,挤不上还是挤不上,有什么符法?”

“都怨日本鬼子他妈的。”

“哎唷!踩断我的脚了,干什么你?不长眼睛怎的?”

“丢那妈,在前方受伤,回后方受气。”

原来这里还混着好些伤愈复员回乡的兵。

“俗话说,宁做太平狗,不做离乱人。这回真受够了。”

“嘘!你不睡就别吵吵!”

9月13日　晴　浛江口,在平时只不过是粤汉路上一个小站,目前因后紧连着北江一条水路的码头,却成了运兵运粮的枢纽。抗战一年,这儿挨炸了四五回,倒塌的民房,成了一片焦土。

白天是不会有车通行的,待在车站危险。我们四个伙伴,一早便雇到一艘小帆船,划过对岸去。像昨天一样,要有警报便躲进竹林隐蔽,没警报便在甲板上洗衣服,下河洗澡游泳,也挺得意。

不想,刚洗净几天来身上的污垢,猛然间,吓人的汽笛响了,船上的难民纷纷往竹林里逃窜,我们也拔腿便跑。跟着,可怕的敌机声掠过天空,从竹梢露出的空隙,却望不见敌机的影子。过了一刻工夫,敌机声听不见了,人们慢慢走出竹林回到自己船上,一切又恢复常态。但是,到十一点,又来了,人们又争先恐后地逃窜。一刻钟左右,吓人的敌机声消失了,大家又慢慢走出竹林回到自己船上,一切又恢复常态。到午后一点,我们正在午睡未醒,警报又来了,人们又得再跑再躲。反复三次,把人弄得很乏。

傍晚,在甲板上吃罢晚饭,我们手提简单的行李回到车站。候车室又是满屋子的大人小孩,男男女女,军人百姓,声音还是那样嚷嚷,气氛还是那样郁闷,人们还是横七竖八地歪躺在杂乱无章的行李堆上。

等了三点多钟,火车扑哧、扑哧终于到站。站上二三百人,一拥而上,你推我挤,各不相让。我们到底年轻力壮,动作灵便,四个人都挤到同一个车厢来了,只是抢不到座位。一直站到英德站,下车的人多,我们才松了口气,找到座位。

9月14日　阴　在曙色熹微中，列车徐徐开进曲江(韶关)，停车三十分钟。

曲江是张九龄的故乡，禅宗六祖惠能的南华寺离这里不远；一种其甜如蜜，食可饱人的南华李，就是这里的特产。可是，现在的车厢里什么也见不着、吃不上。车站笼罩着一片凄凉。

七点一刻，到了乐昌。车一停，小贩们都冲到车厢窗口，叫卖声奏出杂乱的合唱。有卖熟鸡蛋的，有卖大碗饭菜的，有卖茶水的，还有专卖热水供洗脸漱口的。车厢人挤，下不到月台去，坐在座位上也能买到吃喝。

从乐昌北去，右边为大庾岭堵拦，左边为乐昌河隔断。岭上松柏葱郁，河面水流急湍。车傍山沿江直驶，几度穿过隧道，见到弯弯曲曲的河流。俯瞰在急湍中与波逐流的小舟，不禁为撑船的艄公捏把冷汗。传说，八年前，张云逸和邓斌率领的百色起义后北上的红七军，就在这儿渡河，然后转辗到罗霄山脉与中央红军会师。可见革命者的道路多么艰辛！

车到砰石，大庾岭的险峻便被摆脱了。砰石北去，进入了湘南平原。一路上印象最深的是，妇女多半是缠脚而且穿鞋着袜；月台上小贩们卖的熟鸡蛋，一毛钱可买五只——在武鸣，一毛钱才能买得两只，相差一倍半。

下午六点二十五分抵达衡阳。车站停下好长一列兵车，战士们正在唱着慷慨激昂的歌。

9月15日　阴　拂晓时分，抵达长沙。

从车窗往外看，湘江碧波涟漪，白帆点点，胸怀块垒为之荡涤净尽。回头瞩目月台，候车难民，人头攒动，有如蜂巢群蜂，叫人为之焦虑。

车厢里是不供应饮食的，月台又下不去，旅客只靠从窗口外的小贩手中买来的吃喝。这儿，除了熟鸡蛋和隔夜面包，还有大碗热汤泡的米粉、面条。饥不择食，米粉、汤面虽然寡味，却能解除饥渴。

午后一点五十分，过汨罗河，再去不远，便见碧水连天的洞庭湖了。极目远眺，浩浩荡荡，无涯无际。范仲淹《岳阳楼》的名句，不由来到胸襟。湖中君山和点点渔舟，绘成一幅水墨画，使人心旷神怡。可惜，同蓝天浮云似的，顷刻间从窗口消失了。看看锦绣河山，不免激起爱国抗敌的情怀。

9月16日　晴　这段路,车开特别慢,每站都得停一两点钟,让兵车错过,急得旅客不耐烦。

下午一时二十分到达汀泗桥站,这儿是十二年前赫赫有名的两广的北伐军打败孙传芳北洋军的重大战场。如今看不到什么陈迹了,也不见为保卫大武汉有什么外围的军事设施。只见载有军队的列车停在站上,好像是从前线撤下来的队伍,军风军纪并不那么严整,士气振作不起来。薄暮来临,列车驶入武昌总站,停半点来钟,才又开进东站。到东站,旅客全都下车,步行五百米左右,终于来到了长江渡口,等待拖轮过江。这时已是万家灯火,江边的灯光缀成一条长长的红线,宛若珠江的长堤。江涛汹涌,拍岸有声,撕裂夜空的寂静。渡船虽然庞大,驶过天堑的大江仍觉轻微颠簸。

上岸后,各人肩负背囊、手提提篮,走进原法租界。饥饿把我们拖了腿,走不动了,就近在月春和的广东菜馆找饭吃。馆里有“和菜”,价钱分四角、六角、一元、两元,乃至五元。六角一份的和菜就有四菜一汤。我们四人加上黄流哥哥黄一修(他参加青年会随军服务团,本来是开赴南昌前线去的,到株洲,他个人有事要到汉口,在渡轮上和我们相遇)一行五人,要了一元和菜,吃得很舒服。这里菜馆规矩是要多收几角钱小费的,和广州茶楼随意直接送给女招待做“手赈”的不一样。

吃饱了饭,力气又来了。我们又肩负背囊,手提提匣,走出街头找旅店下榻。在租界里,走了好几家,房租都太贵,只好再走几段马路。到了中山路,在停云旅社找到一间大房子,四张床铺五个人,铺个地板也可以将就了。合在一道起居,好扯谈,热闹一些,还能节省些开支。

旅途生活暂告一段落了。三天三夜吃不好、睡不成的困顿,到此得到了解除,大家都乐得挺开心。

9月17日　雨　“有钱难买天光觉”,酣睡未醒,便传来笃笃的紧急敲门声,跟着便是茶房催人:“警报,警报!”警报在广州听惯了,被催醒过来,不以为意地只喊茶房打洗脸水。看看街上,人们正抱头鼠窜,直往租界方向奔跑……

警报解除后,九点半钟我们直往江汉路,向中国旅行社打听去西安的交通状况。据说,平汉路——汉口到郑州,陇海路——从郑州到西安,天天都还通车。买到当天车票后，心上悬挂的石头算是落下了。大家高高兴兴，抓紧还有几个钟头时间，在街上随意走走看看，买些日用品什么的。

这儿江汉路的繁华跟广州的永汉路有点类似。不过，商店货架稀稀拉拉，准备要收盘的样子。价目比广州昂贵多了：一支手电筒，在广州只要六角，这儿却要一元二，上海三友社的洗脸巾，就在桂林也只要三角桂钞，这里差不多贵了一倍。书店大半集中在交通路，可买的书倒还不少，考虑到路途上携带麻烦，只买两本中共的机关刊物《群众周刊》（第四十七、四十八两期）。

大武汉，列为抗战第三期的中心城市，也是作为第一次决战的据点。不少街道实行布防，筑起街垒、路障，设置铁丝网，准备巷战。满街充斥着军人，招摇过市的摩登女郎比广州少多了。张贴街招的地方几乎为抗战的宣传画和大标语占了。宣传车，街头宣传站，随处可见。

鲜血沸腾在鄱阳
火花飞溅在长江
全国发出了吼声
保卫大武汉！

歌声伴着高呼口号，从游行的队伍中此起彼落地迸发出来。原来明天便是“九一八”纪念日，大概为了防空，全市各界群众配合动员保卫大武汉，今天就举行示威。游行队伍，气概激昂，鼓舞着士气，打动了人心。

本来开车时间是二十点三十分的，我们提前三个钟头离开旅社到大智门站来了。卫戍司令部派来宪兵，在站上入口处进行检查。他们从我手提匣里翻出了两本《群众周刊》，在四十八期那一本上发现了一篇什么文章，看了又看，然后打量着我，盘问要到哪里去。我撒个谎，说要到郑州考中央军校。他将信将疑，紧盯我事先特意别在胸袋上的三角形校章，仍然翻遍了我所有的东西，再也没发现什么违禁的，只好准予进站了，不觉庆幸地松了口气。心想，虽然在明处是讲国共两党合作抗战，暗地里双方的鸿沟还是没有填平啊，当权的国民党还在制造这样那样的摩擦。

列车正点开动。窗口随风飘来雨点,原来下着秋雨。风雨带来凉意。在两广这时候,手上的扇子还放不下呐,这儿人们已穿起了坎肩。

9月18日　阴雨　一早醒来,发现列车停下了。看看站牌是驻马店,车站附近的民房几乎被夷为平地,只见几堵颓坦,一片瓦砾。列车什么时候开,没个准头。旅客纷纷走出车厢下月台来找水洗脸,买早点充饥。我们发现一摊卖黄灿灿的小米稀粥。黄流说,听他哥哥讲,延安吃的小米就是这种东西。大家便各买一碗来尝尝。其实,在家乡的旱地也有这种庄稼,叫狗尾粟,跟紫色的鸭爪粟和高粱一样,产量低,一般人很少正经种它。只有山区农民在田头地角间种一些,收得来喂笼鸟,或磨成粉,蒸糕、做糍粑什么的。到了延安,就得当作干饭天天吃了。此刻尝尝,并不觉得难咽。

从驻马店北去,极目远望,尽是一片广袤无际的平原。地里作物,不是小麦,便是棉花,间有高粱、大豆,南方的稻田,在这里是看不到的。村庄的房屋,全是低矮的平房,房顶长着好些稗草,村前屋后,多半是枣树、杨柳和榆树,菜园的向日葵花开得挺热闹。

这里北去的列车每一站都停。车一进站,手挽小篮的小贩便拥到列车窗口,叫卖声把你耳朵都要震聋。篮子里有雪白的馍馍,有烤得焦黄的烧饼、锅盔;烧鸡最便宜了,一整只卤味很浓的烧鸡才要两三毛钱。

十一点到临颍,前面铁轨被炸,列车停了下来。整整过了十二小时,到夜里二十三点才能修复通车。

白天趁着停车空儿,写了两张明信片,分别寄给吴跋和亮洪,向他们告别。

9月19日　晴　六点半钟到了郑州。这是平汉、陇海两条铁路干线的交叉点,车轨密集如网,车辆调度十分繁忙。我们列车误了点,停留时间比较久。车站离市区远,除了车站,再也见不到街道。梨、枣都已上市,鲜梨一毛钱可以得一大堆,用手帕装不完;在广州水果店用纸包着的、两毛一只的雪梨,在这儿一毛钱可得五六只。

列车从荥阳西行,第一次见到我们将要去居住的窑洞了。原来是从土山山腰削平一方平面,再从平面的土壁往里掘进一孔拱洞,洞口安上门窗,便可住人。窑洞上头仍旧可种庄稼、牧羊。心想,古代初民所谓穴居野处,恐怕就是这个样子的吧？

八点三刻，警报的汽笛撕破了长空，列车疾驶窜进隧洞。空袭躲过去了，可四十五分钟的隧道煤气，令人窒息，个个叫苦不迭，拿湿手巾堵住鼻孔才稍好受一些。

九点四十分车过巩县，十点三刻到偃师，午晌到达洛阳。在车上，洛阳名胜是欣赏不到的，只见路边红柿满树，点缀秋色，令人赏心悦目。

9 月 20 日　晴间小雨　函谷关、潼关、华阴、骊山，都在夜里过去了。醒来已到了灞桥。折柳灞桥，古来多少诗人在此吟咏离别，多少贬官到此感慨不遇。而今即令柳堤尚绿，灞桥仍旧，匆匆过客，是难得登临凭吊了，一心只望长安。

当列车徐徐驶进月台时候，西安站的灯还在亮着，岔道夫举起信号灯摇晃。

在出口处，防疫站的大夫和护士拦住每个急匆匆的旅客，强迫注射防疫针，宪兵们凑在一起检查行李。周洁玲一本《民族统一战线教程》、江河一本《怎样研究政治经济学》给检了去，人却没被盘问，我两本《群众周刊》这回倒平安无事。一秋风落下长安，清晨已见白霜铺地。走到钟楼，迎面来的黄包车上，一位阔人已用长毛的俄国毯子护着膝盖。萧瑟秋风正往衣领揶揄。最叫人惊讶的是，栖息在城墙上和飞翔在天上的乌鸦，成百上千，宛如车站、码头上的难民，呼唤难听的声音。

七贤庄在哪里呢？那样宽阔的古城，一时难得寻找，只好先到一家鲁西旅社开间房，把风尘洗刷一下，然后拿着介绍信，出门慢慢打听。

七贤庄不像广州的百子路在交通大道容易找见。那里比较僻静，周围一片菜地，要不是八路军办事处设在这里，来往的人不会很多。现在，来来去去的人，特别是男女青年学生，却络绎不绝。到附近街坊一问，便有人热情地给你指路。

我们到门房——传达室说明来意，将介绍信交上去。一位穿铁灰色军装的青年接过信看完，伸出手来，笑容可掬地一个一个握手："同志们路上辛苦了，欢迎你们！"接着就说，七贤庄这里有是有接待站，房子少，住得挤些。如果有困难，在外头住不起旅馆，可以搬来住。住在街上客店，来往人杂，晚上还有警察查房什么的，千万要当心，提高警惕性。言外之意是叫我们提防西安国民党警宪特务给我们这些将赴延安的青年刁难阻挠，甚至绑架。前一段时间，这类事情已经发生过几起了。但是，我们进到接待站去看了看，都是打地铺的，而且实在也太挤。在外面，反正也只住一宿，房子又开了，房费不可能退回，冒险一下，决定不搬了。把我们住的旅社告诉办事处的干事，干事说："那，你们下午五点再来，看去延安怎样安排。"

西安曾是历代的京都，巍峨恢宏的城墙仍旧保留原样，房屋建筑，格局古朴，有不少深宅大院，并无高楼洋房。大街上偶然有汽车驶过，便扬起很高的灰尘。市内交通全靠黄包车奔走，车座和顶盖的装饰都比广州的整洁而古雅，乘坐的人却没有广州那样随便。广州由人拉的运货平板车，这里是用骡马代替，这样一来，骡马到处拉下粪便，把街道弄得很脏。

从七贤庄出来，到大街小巷转悠一番。在菜市、小饭铺，劳苦人民做买卖的地方，见到的人比较憨厚、迟钝，少点南方人那种机灵、狡猾。买卖很少讲二价。一个少见的农村陋习，在这古都却成为常见。在一些比较僻静的城边荒地上，一堆一堆小金塔似的粪便，比比皆是。有时还见到老头、小孩，无所顾忌地就在人前亮着屁股。这使我联想到陈独秀在《实庵自传》里写的屙风流屎的情景。

到了下午五点，我们一行四人如约再去七贤庄听候吩咐。这回是一位中年负责人跟我们几十个人(包括住在接待站的男男女女)说话。说是从西安到延安有公路班车，不过，不是天天都开，目前正是雨季，路上常常遇到塌方，往往十天半月才开一次。要去的人又那么多，买车票很难，很难。办事处希望大家，特别是年轻力壮的同志，能够走动的，还是步行。安步当车，可能比在这等车还安全，到得还早。接着，就说，全程八百华里，走十天可以到了。这时候，一路上天天都有成群结队的人走。从此往北去，很少遇到麻烦，大家只管放心走好了。不过，去留都要我们自己拿主意。说是肯走路的，等一会就公布编组名单，五十多号人，分成三个行军小组，明早再到这儿附近的革命公园来集合，一道出发。要是一时还不能走的，便声明一下，等下一批再走也行。"总之，革命要靠自觉，不要勉强。"负责人讲到这儿，宣布休息一刻钟，让各人考虑。

休息当中，见到少数几位小姐嘀嘀咕咕，对长途步行，感到困惑，踌躇不决。我们四人却满不在乎。对我来说，有过四个月下乡锻炼，跋山涉水，已是家常便饭。

休息一会,办事处叫我们又聚拢过来,把分组的名单宣布。每组由办事处指定两个人做临时召集人,负责路上集体生活,交涉安排住宿、吃饭,雇毛驴驮行李,检查行军纪律,等等,保证胜利到达革命圣地——延安。我们四人都编在第一组。组长是邓华生,北平中国大学学生,穿着笔挺的花呢西装,挺活跃。黄流说他可能是“民先”(抗日民族先锋队)队员。

晚上,我们四人又到附近街上购买卫生衣、草鞋、雨伞和松节油等路上必需的物品。本来想去观看中华抗敌戏剧家协会演的《日出》,时间已经来不及了。

9月21日　晴　今天是首度向革命圣地徒步跋涉的日子。清晨六点,三十多个男女青年,陆续来到七贤庄革命公园的亭子会合。海内存知己,天涯若比邻。各人相见,不管认识不认识,都引为同志,笑脸相迎,各人莫不默契;从此我们都将在共同目标的征途上,风雨同舟,无异朝圣的伙伴,一下子都忘掉了陌生的隔膜。

各人行李都放到马车上了,空手步行,有如上公园散步,你说我笑。这里,惜别的情绪是不存在的,回顾依恋之情,给未来的憧憬让了路。

出城之后,我们一组的组长倡议,三个组联合组成一个歌咏队,一路唱到延安去。倡议立即得到响应,歌咏队很快便凑合起来了,邓华生被推选兼任队长。于是,《义勇军进行曲》《“抗大”校歌》《保卫大武汉》《游击队之歌》《毕业歌》《大路歌》以及《松花江上》等抗战救亡的流行歌曲,一支接一支,一路走一路唱,唱掉了行旅的寂寞和艰辛。

走了三十里地左右,一条宽阔的渭水挡住了去路。人员马车都得上船渡河。河面宽,船靠摇橹划渡,来回一趟很费工夫。我们是下午三点半钟来到河边,等待上船,等待划渡,等到对岸已经是五点了。船上又见到一桩类似西安厕风流屎那样稀奇古怪的现象:船上乘客有男男女女,但是,摇橹的船夫却都赤条条一丝不挂,满不在乎地裸露在女士们面前。有的妇女羞得把脸藏到别人背后,当然也有好奇地偷偷睨视的。外国电影中女明星的裸体镜头可以招徕观众,这里裸体男人却那样不值钱。

过了渭水,再走十来里,到了咸阳地界,面前又遇一条小溪河,幸好水浅,可以徒涉而过。这时，暮色涂抹了大地，路面逐渐灰暗。我们只好在路边的村庄歇下来，找到一间小学校可以打地铺过夜。从老乡家弄来一大托的馍馍和一大钵热腾腾的面汤作晚餐。看北方佬吃得挺香，我们十几个广佬（包括广东、广西）头一遭尝到不咸不甜的实心面团，真不是味道。然而，你不吃，肚子饿得慌，四肢乏力。馍馍细嚼起来，觉得并不比没菜光吃白米饭难咽。

9月22日　晴　才走三十里便到三原县城了。本来时间还早，还可以继续赶路的，然而，从西安雇来的马车到了站要返回，新的马车一时又雇不到，索性在此停留下来，明天再走了。

三原是大县，城里买卖兴隆，书店都有好几家，报局（报纸的代订代售处）也有两三处。街上来去的人，多半是乡下进城做买卖的老乡，脑袋包着头巾，肩上背着帆布口袋，胡须拉碴的，紫酱的脸庞，鼻翼两边沟沟积满了沙尘泥垢，好像有一个月没水洗过了，不少含着短把的旱烟袋。老大娘都缠过脚，令人想起鲁迅形容“豆腐西施”那样，像“细脚伶仃的圆规，走起路来，像风摇树梢，摇摇颤颤”。

晚餐，吃的是白米干饭，我们十来个“广佬”，可是狼吞虎咽，好像三天没吃饭似的。北方佬却兴味索然，有的人自己另外花钱躲到小馆子吃饺子。

9月23日　阴　我们的路程，越往北走，村庄越少，黄土高原一天一天在眼前展现。今天，一气走了五六个小时，直至正午十二点才到达一个小镇。小镇有小饭铺，出售又粗又黑的面食，街上有零星的小摊，摆卖柿子、鲜枣、麦芽糖块、枣糕等单调的食品。也许不是逢集的日子，街上行人寥寥可数。

今天的行程是耀县县城。再往前走还有一半路程时，江河越走脚步越慢，黄流和周洁玲已走到前头去了，只好陪他慢慢走。再走个把钟头，看看他脚跟粘了胶一样，提不起来。幸好有个老乡骑只小毛驴也是要回城里，跟他讲了好话，求他行个方便，给他一元脚钱，把毛驴让给江河骑上。老乡同意了，江骑上毛驴。老乡对我说，他和江河先走一步，县城就在公路上不远了的，照直走就是，我也就放了心跟着慢慢走。路是笔直的，虽然逐步朝上，却不是陡坡，走起来并不那么吃力。虽然不断有人超过前头去了，总认为后面还有自己队伍的人，所以放松了脚步，安步当车，从容不迫地走着走着。到黄昏时候，进入县城，寻到西街县立小学校，见到了大家，才知道自己是最后一个到，害得黄流他们等得焦急，都说担心再晚些叫狼给叼了呢。

耀县是大书法家柳公权的故乡。城池还保存完整，街道古老、简陋。夜晚，商店生意清淡，关板得早，街上偶尔有挑担的醪糟和挽着篮子烧鸡的叫卖声经过。街灯孤零零地挂在黯淡的街头巷尾，天空湛蓝如碧，大半边的秋月在一朵两朵如棉絮般透明的薄云中滚动。

再过三天便是中秋了，不由吟出苏轼的"明月何时有，把酒问青天……"

9月24日　雨　大家都说"屋漏偏逢连夜雨，行船遇到顶头风"是最倒霉的了，却少懂得行旅碰到雨天，那滋味可是又苦又辣，叫你吃不消。

风像恶作剧的顽童，时时把伞掀开，雨点往你身上斜侵，一下子，路面变成了泥浆，时时把人滑倒，鞋跟常常被泥巴粘住拔不起来；骑上毛驴的人，禁不住被毛驴摔下来，弄得一身泥巴。一个钟头也走不到五里地。人们只顾跟风雨搏斗，在泥泞里挣扎，谁都顾不上说话了。雨点和汗水同时在额头和脊背汇流。

从耀县到同官，相去七十里，从清早到下午三点半才走完，精力也使尽了。

比起耀县，同官小多了。街上没铺片石，尽是泥泞，居民穿着老高老高——比摩登女郎的高跟鞋还高的木屐行走。我们只好裹足不前，望泥途兴叹。

晚饭吃不饱，跟周洁玲悄悄溜去小馆子吃大米白饭。可惜，陈年老米，已经变质，哪里还有米饭的味道，还真不如啃馍馍呐。

9月25日　雨　雨下个不停。

雇不到马车，队伍停下来不走了。决定很得人心，个个额手称庆，都落得睡大觉，解解乏。

趁空补写几天来的日记。一天很快就过了。

9月26日　雨　大西北的雨季真的到来了，看来一两天还晴不了，我们又不能老待下去。马车雇到了，大家一致同意，还是顶着风雨上路。然而，谁能料到，今天这段路程，比前天走同官还要艰难十倍。天上的风雨不停不止，地面的泥泞又滑又深。九十里长途，几乎没有一步不是泥深过踝，插足下去，不是倒滑便是拔不出来——跟家乡的烂溢田差不多，每迈开一步都要费好大的力气。如果说开头走六十里还不觉得怎样，后头的三十里那就叫你乏力难支了。路绕山盘旋，越上越高，雨露笼罩着周围，十米以外见不到人。大家各自挣扎前进，前后失掉了呼应，雨还越下越大，泥足愈陷愈深。疲乏，寒冷，饥饿，路滑，针刺一样往心里扎。偶尔见到迎面来人，问一声："老乡，到宜君还有多远？"回答是："不远了，二十里不到。"二十里是不太远了！咬咬牙再走一段，见到来人又问，回答还是："不远，二十里能到。"真是"行百里者半九十"，最后的短距离比前头的长途还要难挨。

和周洁玲共撑一把雨伞，狼狈地并肩前进，步调不一，互相牵制，反而别扭，不便迈开脚步。然而，互相扶持，倒也免得摔跤。

夜幕降临，和周终于挣扎进入宜君城门，今天不是我最后一个到了。到宿处坐定，用热水洗了脚，后头还有人没到。大家回头谈起来，都说挨跌了跤，粘了一身泥，几乎没有一个例外。有的鞋子还断了带子，索性打着赤脚走，脚板打了泡。有的冻得麻木，手脚都不听招呼。有两位刚到，马上躺下了，正发烧，忙煮姜糖水，大家也喝一碗祛寒。

都说今天是几天来最艰难困苦的了。有的说，大姑娘上花轿，破题儿头一遭尝到的滋味。不过，虽然艰苦备尝却没有听到有谁唉声叹气，流露畏难、退缩的情绪。

9月27日　雨　昨天两位病号起不了床，不少人脚板起水泡，走不动了，被迫休息不走了。找巴金的《家》来消遣。得亲切快慰，但又感到遗憾。作家为什么不实践其许诺，写出社会上的"群"来，而总也离不开那个"宝盖底下一群猪"，写了《春》还要写《秋》！假如作家能运用生花妙笔来描绘今天走上社会的这么许许多多的"觉慧"，该多么动人啊！

正当掩卷沉思之际，窗下响起叽里呱啦的各地口音。伸出头去望一望，哗，一群打湿了一身、活像落汤鸡似的男女青年，三三两两，互相搀扶，在泥浆里踯躅。我们当中一位伙伴刘国琳，发现了老友，用广州话高兴地叫起来：

"喂，大佬，快的入来透一下（歇一会）啰嘛。"

"哗，阿刘！点解重响个度呀，勒左拖呣？（怎样还在这儿呀，掉了队吗？）"

几个都是广佬的了，各人抬头，揭开雨衣帽子、纸伞和披头的油布，仰望我们屋檐下的小窗口。其中一位烫头发的女士，拿严肃的口吻，朝阿刘问：

"你地店重有空房有嗜(你的店还有空房没有)?"

"隔离左近重有。"阿刘说完,马上下梯去招呼朋友去了。

在他们后面,还陆陆续续来人,个个裤管都挽过膝盖,有的拄着临时折下的树枝当拐棍,有的拎着湿漉漉的鞋子,有的一拐一拐的拖着不听使唤的脚……

"同志们,加油!""起来!不愿做奴隶的人们……不要说我们一钱不值,我们要做天下的主人……"

我们在阁楼上的人,休息了一天,精神恢复过来了,都凑到窗口,引吭高歌,欢迎着刚到的战友。

9月28日　雨　雨天路滑,老乡不肯出车运载,又得再待一天,宜君真成了宜君了。

年轻人体力恢复过来之后,就是闲不住。有的找对手下象棋,有的凑人搓麻将,有的埋头写信,有的到处借书看,有的上馆子要小碟豆腐干、盐煮花生慢慢喝它几口。女士们呢,写完了信便是读书,要不是缝补刚掉的扣子,有的找老乡买鸡蛋,拿蛋清洗发。歌咏小组则练唱《"抗大"校歌》和《延安颂》什么的。

9月29日　阴　"有雨天边亮,无雨顶上光",赶马车老把式看了看天色,稳住我们上路的情绪。

我们又一路走来一路歌,有若朝圣的香客怀着虔诚的心赶路。上半天,仍然泥泞粘鞋,下半天,风吹干了湿泥,路面虽然好走一些,然而,布鞋泡过水,干了后,缩小了,走起路来磕着脚,不过,还不至于走不动。

中部是个跟同官相类似的小县城。说是西安与延安之间,到此,正好是一半对一半。那么,八百里长途,我们已经走完一半了!大家一听,好不开心。

黄帝陵离这虽不遥远,然而,此时既无发思古的幽情,也无凭吊圣君先贤的空闲,虽说机会难逢,也唯有待补于来年了。

在图书馆见到《京西日报》二十三日的一则惊人新闻,无异在心坎落了炸弹:敌机十九日首次狂炸南宁,落弹五十余枚……

炸后,南宁成了什么样子啊?真是不敢设想!

晚上洗脚,发现脚板起泡。拿缝衣针往灯火燎一燎消消毒,把水泡挑破,涂上红汞,也许不会影响明天走路。但是,明天不雇马车了,各人行李各人自理。

这岂不遇上了难题？即使把多余的东西减掉，包袱仍然不轻。为什么做出这样决定呢？周洁玲说，这是外江佬跟我们广佬过不去的阴谋。外江佬行李少，体力也比我们壮，还能吃得苦，嫌我们广佬都是公子少爷，吃不得苦，行李又带得多。说他们钱都花完了，要我们负担整个马车费，找阿刘几个来商量，刘国琳他们不答应。私下说，外江佬欺负人：装穷叫苦，说什么没有钱，要我们替他们支付伙食，可他们手上却戴着金戒指，还进馆子吃吃喝喝。

临时组合的小团体，开始出现了嫌隙。可见人要忘我无私，并不那么简单。

9月30日　晴　一早，因为小组不雇马车，各人都得清理多余的行李，就地拍卖。组长邓华生把他穿得笔挺的西装也贱价卖掉了，说是这些衣服到了延安，只能留作演戏的服装。我一只破了角的小皮箱和一套广西特制的公务员灰布制服和一双包边的白帆布皮鞋也成了多余的负担，半卖半送地让给了商贩，得来一元五角钱，刚好雇得一匹小毛驴代步。起泡的脚倒是不必为它发愁了。

毛驴走得极慢，任你怎样鞭打，它还是那样我行我素、小心谨慎地一步一步看准了路才迈步，骑在上面虽然摔不下来，却叫你提心吊胆焦急不已。

中部到洛川，中间要渡过洛河。脍炙人口的《洛神赋》，说的就是曹子建在这儿梦见甄氏的风流艳遇。沧海桑田，如今只见一江秋水，几丛芦苇，秋风萧萧，满目荒凉。当中必经倾斜陡峻的山坳，从这边山脚望过对面山巅行人，仿佛蚂蚁在蠕动；等到我们爬到上面，回看河流，只见一根弯曲的细线了。女同志到了山顶喘作一团，苦着脸直摇头，却不见颓丧。

下午四点，洛川重镇已在脚下。

这儿是阎锡山第二战区防地，朱德总司令系二战区副司令长官。国共统一战线的气氛在这比较浓厚，“抗大”在此设有分校。街上，分校的合作社（百货栈），有间空屋容纳了我们几十个人。

街上到处见到国民党军人。馆子生意十分兴隆，前方吃紧，后方紧吃，这儿也不例外，夜里八九点钟街上仍见人来人往。

10月1日　晴　小组到了这儿，松懈、散漫的现象，更加显著了。组长邓华生吧，起初多么的热情、积极啊，当中遇到某些困难，看到少数人有离心倾向，不那么听招呼，情绪也就慢慢地落下来，意态阑珊，不那么想揽事了。有的人不知哪里听来的消息，说延安的学校都已满员而不想再走了，索性在这儿进“抗大”分校，还能吃到大米白饭。这事，江河和洁玲的思想也受到波动，征求我和黄流意见。黄流说：“如果真是满员，分校还不通知我们吗，道路传言不可轻信。”我说：“我是不到黄河心不死，一定要走到头，非看到延安的宝塔、中国的红都——‘莫斯科’，不然死也不瞑目。”黄流赞赏我的决心，附和着说：“对啰，走路就走到头，干事就干到底。”这样一来，江、周两人也鼓起勇气，一道继续前进。

今天出发得晚，才走四十里便见落日含山，看看表已经是十八点。但是，大家都赞成再赶三十里，到交道镇宿营。半边咸蛋似的太阳沉下山后，半边的白月便从天边的云端露脸，在阴森的山谷见得分外清辉。

在我们前面和后面，也都有人在赶路。笑语、歌声，随风在山谷间回响。后面的赶来了，前面的被我们撵上。“加油！落后就要挨打啊！”连说带笑，口吻那样亲密无间。原来都是一群一群跟我们一样奔赴在一条道上的伙伴呐。年轻的心是一堆干柴，一下子燃成巨火，到处飞起火花。在这，可叫人忘了黑夜和他乡，也忘了疲劳。

夜晚八点三十五分，到达交道镇。这就到陕甘宁边区的门口了。安全、和平的气氛很浓。好几间馆子，灯火明亮，热情地接待远道而来的客人。每个馆子里都坐满了跟我们一样的青年男男女女。大家都等待解渴充饥，精神却挺饱满，到处嘻嘻哈哈，笑语喧哗。

10月2日　阴　晨雾浓重，十米以外见不到东西；太阳在雾霭里像只灯笼，路上铺着白霜。

从交道镇北去便踏上陕甘宁边区的土地了，心情顿觉宽慰、轻松。好作滑稽表演的刘国琳，放声高唱马师曾豆沙喉的调调，《夜吊白芙蓉》《乞儿偷鸡》什么的，唱了一支又一支，引得大家发笑。

午晌，雾散天开，一眼看去，尽是黄土高原。附近地里，庄稼已经枯黄，等待开镰，远望是重重叠叠的土岭，见不到一片绿叶，也听不到水声。真是李陵答苏武书中“凉秋九月，塞外草衰”的景况。只有仰首高瞻，那倒是奇迹，不由使人叫绝：碧海青天，万里无云，美极了！在南方哪里去见到这般明净、纯洁、柔和、蓝缎似的苍穹啊！也许是黄土高原过于单调了，才有如此美妙的天空作烘托吧？

也许是走在边区的自由土地上了，脚步迈得从容。跟昨天一样，又是傍黑八点半踏着月光走进甘泉县城。县城就只一条长街，跟交道镇不相上下。好在这里设有接待站，专为欢迎从外地进到边区的客人。接待站对我们这些不远千里而来的人，十分殷勤，茶水、饭菜、睡铺，样样都关照得很周到，使人感到"宾至如归"。

10月3日　晴　八百里的长途步行，终于走完，朝圣的跋涉到底结束了。

走到南门外杜甫川时候，象征延安革命圣地的宝塔在苍茫的暮色露出塔顶，两边山头窑洞的灯光连着天上的繁星在闪耀。歌声、笑语，从附近地里随风飘来，愉悦、欢快、赏心、随意的气氛袭上了心头。大家不约而同地齐声欢呼：

"延安到了！"

紧接着同声歌唱：

夕阳辉耀着山头的塔影，
月色映照着河边的流萤，
春风吹遍了坦平的原野，
群山结成了坚固的围屏。
呵，延安，你这庄严雄伟的古城，
到处传遍了抗战的歌声，
……

《延安颂》这支歌，一下子真是成了"千万个青年的心，发出了对敌人的怒吼"。

歌声引动了一群从地里收获庄稼的男女青年，一齐向我们奔跑过来，七嘴八舌地争相询问，是从哪里来的？哪地方人？原来他们是鲁迅艺术学院的学生，下乡来帮助老乡农忙——收玉米、割谷子。其中有人听到我们几个"广佬"的口音，特别高兴，说"鲁艺"的广东老乡还不少。一位男同志叫那沙，在文学系，另一位穿麂皮夹克的女同志叫张颖，在戏剧系。他们告诉我们说再走几里地就到了，左边那山头便是边区政府，对面是西北招待所、医院，宝塔山下有间日本学校，是敌军俘虏在学中文的……

进了城，问过几个人才找到了“抗大”招待所。我们交出了西安办事处给开的介绍信，马上被招呼在一间敞厅里打地铺住下。过了一个钟头左右，小鬼们(勤务员)提着一桶大米饭、一钵子咸豆角，让我们吃喝。

等一会，管理员来说：

“同志们辛苦了。饭菜做得不好，将就吃个饱吧。人来得多，照顾不到，真对不起！”

“好！好！勿使客气啦！”刘国琳带头说了一句广州腔。

管理员眯着眼睛瞅我们狼吞虎咽，嘴角露着含义不明的微笑，好像是对刘国琳的话，不那么信得过。

10月4日　晴　白天看得很清楚了。延安虽是座古代名城，却不见得怎样雄奇恢宏。西山是座高峻的土岭，代替西面的城墙，东面出了城门濒临延河。从南关到北门，是贯穿全城的中心街道，全长也不过千米，商店、饭馆、邮局、旅社客栈以及摊贩等等，全部集中在这条大街上了。南北东西的中心交叉点，原先是座钟楼吧，如今钟楼不见了，只剩一拱门洞，洞壁张贴着墙报、街头诗的大幅作品。街头诗草和墙报报头、栏目、尾花和题字，特别讲究，叫人看见感到新鲜、明快、醒目。有不少在进步刊物上常见的名字——柯仲平、田间等居然在这里写着战斗的诗文。单凭这一点，对我们初来乍到的人，无疑有着一股魅力。

招待所似乎没有供应盥洗热水，起床后，我们便随大流拿口盅、牙刷和手巾走出东门，下到延河边漱口洗脸。出了洛川，就没真正洗过脸了，此刻来到水清如泉的河边，开心极了，赶紧把脸一抹。嗨，想不到，手巾变成抹布。好在清流容易洗涤污垢，水也还不太冷，大家都洗个痛快。

开饭时，管理员吹着哨子。各人自己拿口盅当碗，拿西餐的匙羹当筷条，一个跟一个排长队装好饭，然后凑够五人一伙，派个人去窗口领来一大脸盆马铃薯煮大白菜，五个人就地蹲着围成一圈，不管怎样，都吃得挺饱。

早饭过后，大街上人来人往，热闹非常。到处都见到像我们一样新到的人和已经入学入伍、穿上了铁灰色布料军装的男男女女。熟人相见，都是握手言欢,“同志、同志”相互招呼,耳目为之一新,真正是投到崭新的世界来了!

除了我们原来四个伙伴,新认识的一位广东的“广佬”曾勇和一位香港仔刘兆麟,一共六个“广佬”上街找邮局寄信。那才真热闹呐,里里外外挤满着人。有要寄信,有要领邮包,有要看看贴满了邮局墙壁的那五花八门的字条。

字条简练的像诗、像电报,只有对方才能领会其含义。特抄录几条,作为这一特定时代踪迹的印证:

S.Y:我来了,在抗大女生三队。你来,马上去那儿啊! G.

仇仇:在哪儿? 姨妈托带毛衣,到“陕公”找高飞

小牛:刚到,住“抗大”招待所。等你! ——丁以

卜克:你的人有信,到马列学院来吧——柯泰

马克:编到抗大七大队三中队,即去幡龙。等你的信——向阳

平平:我在鲁艺音乐系,快联系! ——思鲁

小燕:在哪? 我才到。去新中华报社找布克。你的战友,知道吗?

“抗大”政治部的队列科给每人发下一式三份表格,要求当天填好交回去。表上的项目,比在广州填的还要详细。最后一页是要写出从六岁起的简历。招待所没足够的桌子、板凳,和黄流、江河躲到一间馆子的炕上,围在一张矮桌旁,盘着腿,埋头填表,弄了大半天才完事。

在钟楼附近有座基督教堂,现在成为开会、演戏的礼堂。今晚,边区青年代表演出戏剧,我们高高兴兴随大流也挤进去。谁知挤到入口处,被看门的挡住问要门票,我们反问:“看戏也要票吗?”“哪里的?”“抗大。”“嘿,管你抗大,抗小,没票不中。”

“原来,这里看戏也是受限制的啊!”乌托邦的观念第一次碰上钉子,心里蒙上一层迷雾。

到睡觉时刻,传来一道消息:昨天到达的除了女生,都编入第七大队三中队,地址在蟠龙镇。要求各人把东西收拾好,等候命令出发。一下子议论纷纷,都说,蟠龙是个小镇,离这儿九十里地,很荒凉……

千辛万苦投奔来，中国“莫斯科”的轮廓都还没看清呢，马上就要离开了，心里多有不甘！

10月5日　晴　原定是七点钟出发。急得到铺头买双鞋，又花七元八角买件羊皮袄统子，回头打背包，丝绵被才四斤能压得扁，加上衣物一共也只有十多斤重。有武鸣四个月的下乡磨炼，有从西安来的八百里长途步行，再走九十里，是吓不倒我的。只是来去匆匆，不免怏怏。

背包打好后，上头下达通知：出发时间改为十二点，吃过午饭再走。趁这空隙，赶紧给曼哥和家里各写一信，拿去邮局投寄。十一点过后一会，猛然，青凉山上发出了警报。人人仓皇奔跑，乱作一团，赶紧往防空壕隐蔽。过半点来钟，不见动静，人们才又慢慢回来了。

聚在招待所院里，各人坐在大小不一的背包上待命。有的人在膝盖上记日记，有的写信，有的写字条赶快拿去邮局贴上；有的干脆就贴在招待所的墙报旁边，无非是将通讯地址告诉后来的朋友吧；有的人听人讲话口音，主动认老乡。这当中，有两位是南宁高中的，一个叫蓝径平，一个叫黄犀，还有一位宾阳的蒙圣瑞，相互认起老乡。到了下午两点，我们一行五十多号人由一位干部率领向蟠龙进军。秋风萧瑟，越往前走，越见荒凉，举目一片枯槁，仿佛一切都死了，不见人迹，不闻声音。走了三十来里地，队伍停下来，在路边一个小村庄宿营。谢天谢地，不用死劲赶夜路了啊。但是，从早上九点吃饭到现在，饥饿找人唠叨来了。江河和洁玲等饭等得不耐烦，悄悄拿一两毛钱请老乡给煮南瓜来对付。遗憾的是，南瓜挺水，味道不佳。

10月6日　小雨　早起，吃完小米干饭，继续出发。这段路是绕着山间小路走，陡坡斜度大，一上一下，背上背着包袱，相当吃力。

到清化镇，全程已走了一半了。领队的同志叫停下休息，吃了午饭再走。

这是濒临河边的小镇，是附近老乡赶集的圩场，也是从延安往绥德、榆林去的大站，每天都有些客商路过吃喝、歇脚或投宿。河床尽是鹅卵石，水流急湍间或涌起朵朵白浪。

下午两点继续上路。这时，淅淅沥沥地下起小雨来了，路面渐渐出现粘住鞋底的泥泞，脚步不大听使唤。

蟠龙镇,坐落在山沟里的一个集市。居民店铺不过百户,仿佛武鸣的三和圩。东西南北全是山沟、山梁。山坡地里是种着庄稼的,却见不到村庄,也许是被山沟沟挡住了。我们中队的住地,离市镇约一里地,要经过一条可以徒涉的小溪,然后便是。原来的地主大院,四面是石砌的窑洞,围住中间一个庭院。这时,窑洞还没有完全腾出来,晚上暂时寄居老乡家。头一遭睡炕,觉得挺新奇。

这就将是我们的大学校舍啊。有人很后悔:要知道是住到这鬼地方,当时留在洛川分校还好了。不一会,一位穿着麂皮夹克的小伙子寻到我们几个广佬住的窑喊来一声:“都是广佬吗?”接着就自我介绍说他姓卢,“平底卢的卢”,是廖承志的表弟,比我们先到好几天了。“没事,”人很健谈,目的是向我们倾诉他的感受,“一日三餐,不是小米饭南瓜菜,便是南瓜菜小米饭。保吃饱。吃下小米,拉出来还是小米。小米,你们吃过没有?就是广东人喂笼鸟的东西嘛。”

停了一会,见我们都不作声,又只管说他的:“其实,共产党人不一定非要吃苦的。我表哥在香港,一天一元五角的伙食费。”

“我们就在这听课吗?教室在哪?”谁问一句。

“发梦了,你!”小伙子把手插进夹克袋,“你估(认为)同外边学校一样上堂落堂吗?在延安首长作大报告,也只拿小板凳在广场坐着听,哪里有什么课堂。”

“教员哪里来,也住这儿吗?”

“天晓得。横直我看看,不高兴就走。”小伙子一口大少爷的调调。

小伙子给我们撒了一头雾水,自已发完牢骚便走了。大家沉默好久。

“管它三七二十一,既来之则安之。”黄流说句宽心话。

睡觉时候,跟黄流私下说话,以为物质生活再苦,体力劳动再累也不要紧,最难忍受是精神上的饥渴。可不是吗,要是单纯为吃好住好,何苦不远千里跑来这儿寻找呢?对我来说,后悔是不存在的,遗憾的只有未能在延安留下来,没直接见到这些年来所敬仰的文化人的风采,如成仿吾、李公朴、艾思奇、丁玲、周扬、沙可夫、吕骥、冼星海、袁牧之等等。当然,更重要的还是未能亲聆为世人所瞩目的革命家毛主席、朱老总、周恩来以及张闻天等的演讲。黄流说:来日方长,机会总会遇到的。

10月7日　晴　加上我们昨天新到的五十多人,三中队的学员,一共有了一百二十人左右,估计以后会再来大批的人。再来人住到哪里呢,现在一个班组,十几个人排列成行,睡在一条炕上挤得满满的了,另外已经没了空窑。学员到齐了,什么时候开始学习?问指导员,回答只说"快了",没多讲一句。看来,他也未必早知道。"等着吧!"只好替他给自己作补充。

从住处下到小溪,只要走五分钟,早晨起来,就像鸭群出笼,纷纷往溪边洗脸、漱口。野地一片死寂,唯有溪水汩汩地流着,使人感到仍有生命在跳动。

"同声相应",听到讲广州话的,很自然地聚到一块"车大炮"(乱扯谈)。广西的七八个人当中,不是到广州上过学,也是南宁、宾阳一带的人,刚好都讲的白话,跟广东人在一起,人家都把我们笼统地当作"广佬帮"看。有人计算了一下,全队就有二十四个是两广(包括香港)的。同我编在一个班里的有个广雅中学(省一中)的向卓华。他给我指了指前面那位沉默寡言、不大作声的人说,他也是广东仔,中大(中山大学)学生,叫陈肇源。他手上戴只自动手表,你要对表,找他。向说广东来人真不少。他的一位同年级同学古帝元,木刻刻得美极了,全校第一。"他比我先来,不知在'陕公',还是到'青训班',也许进'鲁艺'专攻美术了。他真是个人才。我呢,原来对数理化最感兴趣,现在,要搞军事、政治。唉,为了抗战,没有别的选择。"

这位新朋友热情、活泼、乐观,可没有"卢"表弟那些牢骚。

早饭后,同刘兆麟(香港仔)、周洁玲、蒙圣瑞和向卓华几个,到溪边洗衣服。太阳出来,水温升高,不像早晨那样冰凉,大家可以换下衬衣衬裤,同时顺便擦澡。在这旷野僻地里,无拘无束地沐浴在阳光下,说说笑笑倒是非常痛快。不一会,戴眼镜的刘兆麟突然惊叫:"哗!呢的系乜嘢?(嗨,这是什么东西啊?)"瞧他惊慌失措,拿换下的线衣让向卓华看。

向卓华一瞅:"虱卵,虱姆都唔识(虱子都不认得)。喂,大佬,身上发现'汉奸'啦!吸血鬼,赶快消灭它!"

"虱子吗?没来之前,我就看到谁写过一篇文章,讲到延安捉虱子的事。要革命就不要嫌虱子。"蒙圣瑞说。他说:在眼前的物质条件下,虱子是集体生活的必然产物。你一个人消灭它,十几个人挨着睡在一条炕上,别人身上的虱子不会爬过来吗？一只虱子一屙就是一长串的蛋，几天工夫又成了千军万马，你就消灭得干净？

"有一个办法，"向卓华说，"我们也学这儿的老乡那样，夜里睡觉，把衣服全脱得光光的，虱子就上不来了。"

"哈哈，你哪里见到的？"

大家把向卓华笑得脸都红了。

蟠龙镇逢一、四、九集，今天是阴历八月十四，洗完衣服和刘兆麟、蒙圣瑞去凑热闹。也许因明天中秋节，赶集的人还真不少。

饭铺杀羊，把皮剥了，只管要肉，整只羊肝随便丢上屋顶喂乌鸦。我们花两毛钱，叫饭铺给炒个菜。店老板瞪着眼问："羊肝腥味重，能吃得下？"

我们说："多放油，再放点姜葱和花椒，只管炒来就是。"

老板看我们吃得挺有味，觉得奇怪。

10 月 8 日　小雨　山野笼罩着迷蒙的薄雾。队部有意让我们远道而来的人踏踏实实的歇两天吧，和昨天一样，没见什么动静。我们只好"各自为政"了——有的坐在铺盖上写信，有的歪着看书，有的索性蒙头睡大觉，有的则到邻居老乡家找老大爷聊天——做社会调查，问老大娘要针线缝袜子、钉扣子什么的。

今天是中秋节呐。"每逢佳节倍思亲"，我也未能脱俗，无端想起年迈的母亲来，于是也写封信，向母亲和曼哥各报平安。顺手给郭植秀、王国强也各写一封，告诉他们通讯处，希望能将抗战形势和他们的近况相告。

和刘(兆麟)、曾(勇)两位一道去镇上寄信。见到昨天那间饭铺把羊肝和羊肉挂在一起，等待顾客。刘说他请客，要我们进馆去，每人一碗羊肉泡馍。

"不要来一盘大葱炒羊肝？"老板殷勤地问。

"你不是说太腥吃不得吗？"刘带着笑反问。

"嗯，小人见识浅，不懂眼。昨儿见你们吃得多香。不是说，吃了还能明目的吗？"

"要多少钱一盘？"

"嘻嘻，不敢要多，整只两毛，跟昨天一样。"

老板转身走后，阿曾惊讶："炒整只羊肝才两毛……"

"嘘，别嚷。让他听见，明天就要你四毛了。"

10月9日　雨　校部政治部主任张平凯来我们三中队讲话。讲"抗大"产生的时代背景及其发展过程；讲"抗大"目前的情况和将来的设想；讲"抗大"的校风——团结、紧张、严肃、活泼，说这八个字是毛主席给题的词。说明学习生活中要懂得矛盾统一的辩证法：既要有团结和平的一面，又要有紧张斗争的另一面；既要发扬热烈、活泼的情趣，又要保持冷静、严肃的态度。一体两面，相辅相成，符合生活规律。在这个问题上，主任给我们讲了一段哲学。

晚上，指导员王立功召集全体学员又到白天张主任讲话的地方——第三班的窑洞开会，讨论建立"救亡室"的必要性和推选筹备负责人的问题。救亡室是群众性的自我学习、娱乐的活动场所，必要性是不成问题的问题，不用费口舌去讨论的；筹备负责人的推选，大家都说，彼此互不熟悉，选谁好呢，干脆由队部指定谁就是谁吧。指导员却说，这是体现民主精神的严肃问题，不能马虎，一定要履行民主选举，而且当场就把它产生出来，今天的事不要拖到明天去办。听口气真是左得可以。我自己心里在打鼓：这又不是选"美人皇后"，光看容貌就可以打分，能力、品德、责任心等等，不熟悉，不了解，能看得准吗？民主精神不应该是盲目的，盲目和民主怎样统一呢？

10月10日　阴　这儿虽然是"中共"领导下的陕甘宁边区政府管辖范围，但是，标志着资产阶级民主革命缔造的"双十"国庆节，今天还是举办纪念活动。

蟠龙镇小学校的操场临时搭起一个台子，台前挂着红布贴的白色剪纸大字——庆祝二十七周年国庆，四边墙上歪歪斜斜贴着有色纸书写的标语：坚决抗战到底！/坚持团结、坚持进步，反对分裂、反对倒退！/收复失地，把敌人赶到鸭绿江去！/肃清汉奸，保卫家乡！……标语口号很有鼓动性。七大队分散在附近的三个中队四百来个学员陆续进入会场，按指定的地段席地盘腿而坐。拿着红缨枪的百多二百个自卫团，二三百个群众和百来八十个小学生，把操场挤得满满的了。正式开会之前，张罗会务的同志向大会提出七个主席团成员名单，问大家同不同意。

"同意！"全场吼了一声。

"同意请举手!"

呼一下,手臂举起,仿佛苗床长起的树苗。

"反对的请举手。没有!好,通过。请主席讲话。"

主席是本地乡长吧,是个包着头巾、扎着腰带的农民打扮。人声嘈杂,加上他陕北话的鼻音,听不清他念的稿子是什么。完了,见他举起拳头高呼:坚决抗战到底!大会程序最后一项是文艺演出——小学校师生表演歌舞。这倒能吸引不少的观众。

散完会,跟刘兆麟、曾勇和新认识的何轸婴(肖鲁)到馆子吃炒羊肝。整只羊肝炒得一大盘,还是两毛钱。

何祖籍广东潮州,泰国华侨,上海暨南大学国文系。对文学的鉴赏还不低,崇拜列夫·托尔斯泰。见到他在墙报上写的一篇《风雨路上》,把在宜君和中部途中遇雨跋涉的艰苦情形,刻画得相当细致生动。他说泰国本地人吃饭不用筷条,都是用右手抓,左手是拿来擦屁股的,认为左手最脏,跟别人握手,千万不能用左手,否则就是失礼。

10月11—17日　整整一个星期没记什么了,一来无甚新鲜事儿可记,二来时间都给集体活动占去了,实在钻不了空子。

几天来,大队政治处主任到第一中队操场向全大队学员讲授(报告)《党的建设》。露天课堂,席地听讲,膝盖当作桌子记笔记,上半天听讲,下半天复习、对笔记,晚上小组讨论。讨论,组长要求全组做到发言普遍。所谓讨论,实际上无非复诵上半天听到的话,只有打折扣,不可能补充什么。人云亦云,有什么意思呢?然而,你不愿意重复人家的吗?班长最后讲评,又要抱怨了:"发言不够普遍,给全班脸上抹灰!"

老把吃喝挂在嘴里未免太俗庸了吧。然而,人毕竟不是不吃人间烟火的神仙,哪能空腹谈清高呢。原定每天每人口粮是一斤六两的,几天来,减少为一斤了,一天三餐改为两顿,而且饭菜合一,面粉、南瓜和绿豆煮成一锅大杂烩。说是从西安到延安,连日下雨,公路塌方,面粉运不来,本地小米又未收获完毕,公粮缴不上。学校当局要求各人识大体、顾大局,发扬艰苦奋斗的革命传统,克服悲观失望情绪。队长、教导员给我们敲警钟,说什么爬雪山过草地那样的艰苦卓绝的长征,都被革命战士踩在脚下了,如今这点苦日子算得个啥？堂堂七尺之躯,叫虱子咬一两口,有什么了不起,痒痒两下吧。

10月18日　晴　地面满铺石灰似的厚霜。溪水凛冷异常,洗脸时,手指像被针扎,刺痛难忍,血流要凝固,麻木不仁。

校部的组织部政治科科长梁兰史病逝,大队下达讣告,并定晚上召开“追悼梁兰史同志逝世暨纪念鲁迅先生逝世二周年大会”。

晚饭后,各人左臂别上书写“悼”字的白纸圆圈,然后集合排队,朝大队部去。未正式开会之前,为了活跃会场、打破沉闷气氛,各中队“救亡室”的娱乐干事活跃起来了：

“欢迎二中队唱歌!”

“赞成!”

“二中队,快快唱,不要羞羞答答!”

在有节奏的欢呼声一阵一阵的催促下,歌声到底唱起来了。

黄河之滨,集合着一群,
中华民族优秀的子孙。
人类解放,救国的责任,
全靠我们来承担!
同学们,努力学习,
团结、紧张、严肃、活泼,
我们的作风。
同学们,积极工作,
艰苦奋斗,英勇牺牲,
我们的传统。
像黄河之水,汹涌澎湃,
把日寇驱逐出国土之东。
建设新社会,
前进,前进,

我们是劳动人民的先锋！

歌声一停，立即爆发拉拉队一阵接一阵的口号：

“唱得好，唱得妙，唱得呱呱叫！”

“再来一个要不要？”

“一中队！来一个！”

场面好像不是追悼死者，而是在庆祝联欢了。

“死去何所道，托体同山阿。”想想陶潜尚且能如此旷达，何况献身革命的志士！

10月19日　晴　大队部在二十多里外的村庄买下几百根檩木，要各中队学员去扛回来。早餐后，队伍便出发了。太阳躲在云端还未露脸，霜花满地都是。凛冽的寒风往脸刮来，觉得刺疼。四周野地一片死寂。坡地上出现羽毛璀璨的野雉，悠然自在，见人也不起飞。

这是山野小径，坡度极大，爬到山顶时，大家都喘不过气来了。各人脱下棉袄，汗水在额角渍湿了发脚。村庄落在山沟底下，爬山难，下坡也不易，膝盖直打哆嗦。好在檩木干燥，也不很粗，一人扛一根，还不怎样沉。

归途，跟何轸婴谈托尔斯泰、高尔基，跟蒙圣瑞谈去年系处理王公度、谢苍生的政治案件，一路走，一路谈，路途好像比来时近了好多。

半个月来没洗澡了。趁着今天出大太阳，气温高，到溪水边洗衣服，顺便把身上污垢也冲洗一番。水虽然冻手，先把皮肤擦红了，然后再下水，洗过之后，倒反觉得暖了。

10月20日　晴　和黄流散步回来，院子里已经团团地坐满了人。有人正在慷慨激昂大声发言。听了一下，知道是救亡室主任谷敬主持召开的全体同学探讨会。议题是：我们怎样实行校风？

这时，人们一个接一个争着发言，表明积极态度。发言意思大同小异，都是首先肯定八字校风的意义，肯定这些天来绝大多数同学在实践中发挥了积极作用，跟着便来个“但是”，说什么但是也存在着不可忽视的少数现象，比如，有的人在生活上，嘻嘻哈哈，活泼有余，严肃不足，有的人在学习上、听课不用心，讨论不发言……

马上，有人插话：“有的拉拉扯扯，老同学、小同乡、搞小圈圈……”话没讲完，别人便附和，抢过话头作补充：

“有的人校歌唱得蛮好听——艰苦奋斗，英勇牺牲。可就是三天两日吃馆子，小米饭、馒头尽往潲水桶倒，什么作风嘛，公子少爷……”

“我来说几句。”谁一下站起，把人家的话打断了，“俗话讲，‘瓜无整圆，人不十全’，看人也不应当只看表面现象，不联系精神实质。试问，哪一块金光闪闪的牌匾不是都有粗糙的背面？”

“对！”谁突然吼了一声，全场为之震住。随即，仿佛打开水闸，气氛浮动。

主持人唯恐双方意见进一步发展，形成尖锐对立，场面不好收拾，赶紧说话：

“我看呀，一个问题两个方面。双方的意见是统一的，并不矛盾。前面讲的一些现象，有目共睹，毋庸否认，这是一方面。但是，同时也必须估计到，问题的另一方面：同学们千里迢迢，背离温暖家庭，抛弃优裕生活享受，有的甚至割断爱情的牵连，如同《共产党宣言》讲的，实行两个决裂，投身革命熔炉来接受锻炼。这对绝大多数同学来说，是难能可贵的。革命欢迎我们，需要我们共同奋斗。不过，也应当看到另一面。毋庸否认，大家——包括我在内，都是从半封建半殖民地的旧社会来的。好比从泥塘刚上岸，谁的脚板不粘点泥巴？要求一下子都成玉佛一样光洁无瑕，那是操之过急，犯了‘左’倾幼稚病了。但是，自恃书本读得多，理论水平比别人高，已经修到了革命正果，自以为是，目空一切，我行我素，那也是主观主义。幼稚病，主观主义，都要不得，同样是小资产阶级的尾巴。马尾巴能驱蚊，小资产阶级的尾巴，对革命却是个多余的赘疣，必须得割掉，割得越坚决、越快，越好。不过，和革命一样，要自觉。拿大家投奔‘抗大’来说，要不是自觉，别人能拉得来吗？批评，甚至斗争，也只能是帮助、规劝、促进，路是要靠自己一步一步走的，强迫不能解决问题。救亡室是同学们学习辅助场地，互相帮助，共同进步。言者无罪，闻者足戒。不代表行政组织做什么硬性的裁判……”

散了会，私下问起黄流：“怎样，观感如何？”

“你说呢？”黄流反问一声。

我说：“各打五十板。不过，谷的辩证法运用得还不错。”

黄流说，我们三中队有几个人是“北大”“清华”的，“一二·九”民先队的骨干。

“可惜只有几个。”我说，“你的班长怎样？我那位班长真是高尔基说的——机械公民，每天小组讨论完了就号召：全班‘集体小便’。小便也要求集体！‘左’得可爱。”我说：“刚才那个人说，小组讨论不发言，是有所指的。一定是我那宝贝班长把我的情况反映上去了。”

“小组讨论，你不发言吗？”黄流问。

“很少。有什么言可发呢？每个人照讲一通，实际上不过是人云亦云，拾人唾沫，多没意思。再说，北方话讲不好，南腔北调，一张嘴，听众便‘哄’一片笑声，何苦自讨没趣。”

黄流沉默片刻才说：

“看来，革命不容易。不但要革敌人的命，连自己的毛病——非革命的思想意识、个性、生活习惯等在内，统统都得革掉。所以，把革命当作熔炉，人人都投到里头经受一番锻炼。是钢是渣，最后看烧成什么才算数。现在自己说什么，都是为时过早。”

睡到炕上想想，觉得黄流比自己理智，冷静，谨慎，客观，不像自己单凭感情的野马自由来去，以至往往碰壁，自寻烦恼。

10 月 21 日　晴　救亡室号召：除了救亡室出一份墙报之外，各班自己还要也编一份。报头刊名，由各班集体拟定。我们一组讨论结果，采用我提议的，叫《破晓》，而且要我和一位老大哥杨照邻负责编辑。黄流和何轸婴也都是负责编本班的。何的班，刊名很别致，叫《X 光》，用意是明了的，要揭发弊端，诊断痼疾；黄的班刊名定为《血花》，报头用红墨水往纸上滴成朵朵血迹，作为装饰。

当了墙报编辑，光催人写稿自己不动手，不起带头作用不行呀，写什么呢？正好今天轮到自己当值日生，不出早操，免去寒风里反反复复操练“立正”“稍息”。但是，在炕上负责“整理内务”，那才叫你心烦呐。为了保证铺盖叠得整齐还不行，必须要每人的铺盖叠成方方正正，大小高低一样，而且还见到有棱有角才算合乎“《内务条例》要领”。天呀,这可叫我作难了。又不会变戏法,怎能将各人自家带来、大小轻重不一、花色各异的铺盖,整理得一模一样呢?这种统一要求岂不是成了神话?但是,有的值日生居然得到了表扬!实在令人哭笑不得。心想,这恐怕就叫作形式主义在作弄人吧!

想到这,忽然,灵感来了,墙报的腹稿有了。同时想起了孟德斯鸠的一句话:人要是过多地去注意繁琐的形式,必然会丧失对远大目标的追求(大意)。于是,利用午休空儿,写成几百字的杂感,交给杨照邻。他扫了一眼,笑笑,不置可否。

10月22日　晴　十六日惠阳失守!消息在两广——特别是广东学员中不胫而走。大家莫不激动异常,议论纷纷。有人为抗战前途担忧,为广州的保卫战担忧;有人为将来回华南工作的路线焦急,彷徨;另外,有些人却抱着乐观态度:以为这样,也没有什么不好,这样便有机会回华南打游击,不愁无用武之地了……总之,两广同学三五成群聚到一块,话题都离不开这个惊人的消息。

10月25日　阴　下午一点,集合列队到蟠龙去参加大会——欢迎校本部来的参观团。刚进入会场,叽里呱啦的广州口音便从四面八方传播,人们奔走相告:

“广州失守了!”“怎么失得这么快呢?”“是呀,十六日失惠阳,十八日失博罗,二十二日在增城还打着,怎么第二天就把广州丢掉了呢?”……

不幸的消息震撼了人心,各人的眼睛都睁得大大的,半信半疑。但是,事实是无情的,消息被正式宣布了——

大队长徐德操在大会上沉痛地证实,广州确实于两天前陷落!大队长说,敌人目前正在武汉外围百公里的地带加紧进攻,株洲发生激战。无疑,战局已进入最严重、危急的阶段。

寻思:广州的沦陷,除了国内敌我双方力量对比的因素,在国际上,与英国的老奸巨猾首相丘吉尔的阴谋分不开。张伯伦玩弄他的外交手腕,企图借此逼迫中国妥协,向日寇求和,换取保全香港,保全英伦三岛免受德、日、意法西斯轴心的威胁。然而,中国是不会投降的!退一万步想,国民党当局纵有可能出现窃国大盗兴风作浪,但是,伟大的中华民族绝不会沦亡,代表大多数人民利益的共产党和她的子弟兵——八路军、新四军一定会坚决打到底。像校歌唱的——“把日寇驱出国土之东”。只不过,在战略上会有相应的改变就是了。根据共产党十年武装斗争的丰富经验,对国家民族复兴,我们是有信心的。只不过在斗争过程中,必然会更加艰苦,有更多的曲折而已……

参观团带来的第一大队赠送我们每个人的小礼物,大家正在争抢。我却痴痴迷迷,视而不见似的,没把心机放在那儿。

大会开到末尾,照例来一番节目表演。参观团的几位女同志,脱下掩盖了女性魅力的军服,换上色彩鲜艳的演出服装,白嫩的胳膊,丰满的胸脯,俊俏的笑脸,动人的眼神……把千多双眼睛给凝住了,大家都为天仙似的舞姿看得入神。

“再来一个!”

舞罢谢幕,千多个男性的呼声喊成一片。

唱大鼓词的上海明星吕班和一位拉手风琴的名家,一个接一个出场,一个又一个赢得一片掌声和“再来一个”的呼唤,可惜时间不容许返场。

晚饭,照例是两碗小米绿豆粥,吃罢即同黄流、刘兆麟扯谈抗战前途问题,把方才开会时的心思讲出来。黄同意我的看法,刘则很悲观,以为要是武汉再保不住,继续抗战是不可能的了;担心回不了香港,后悔不该跑来这个乌鸦都不拉屎的地方抗战。我说,如果单纯只为了抗战,是不必到这儿来的。

刘听了,眨眨眼打量我,含着不明的笑意问道:“那你是……‘伤心人别有怀抱’?”

我也报之以微笑:“怀抱各有不同,可不都是伤心人。”

黄流说:“阿刘,看你还是忘不了黄油面包吧?”

刘兆麟苦笑不语。

10 月 27 日　晴　广州失守的震动,经过昨天一天的时间,还未完全平息,第二次更大的震动接踵而来了:

武汉失守!

消息传来,地震似的,顷刻间揪住了每个人的心。大家都发了呆,面面相觑,一时说不出话。

对抗战前途的种种议论，一波未平一波又起。沉重的心情，有如严霜盖地，唏嘘叹息，愤急亢奋，汇集在一起。

有人发出疑问：敌寇会不会长驱直入，袭取西安、兰州，截断中苏国际路线？如果西安、兰州又同广州、武汉那样沦于敌手，那么，延安能不能保持现在这样“西线无战事”？有人担心，动荡不定的游击战争生活已迫近眼前，平静的学习环境马上会要受到威胁……

总之，即使日常生活照样进行，心情却埋伏着不安。

看来艰难困苦的日子来到眼前了，面对现实，只有加紧锻炼身体，准备迎接更大的考验吧。

10月28日　阴　集体活动早就进行了的，正式的开学典礼却到今天才开始举行。

一早，校本部统一发给每个学员一条扎腰的皮带，一副上面印着“抗大”两个字的红领章和一块蓝边的襟章，上面写着队别和姓名。各人拿到手，就像小孩过年得到鞭炮，笑逐颜开，跟昨天闻到失地的情绪，形成鲜明的对比。忧患暂时让位给了欢欣。

为了庆祝开学，炊事班特地烹煮一顿丰盛的午餐。猪、牛、羊、鸡、蛋……只缺鱼一样，其他一般的荤腥都全了。有人数了一下，一共八大碗。吃得大家都要松开皮带。

晌后一点，全大队千五百人都到了第二中队的操场。校部来了首长，教育长许光达、政治部主任张平凯、训练部部长陈伯钧等一个一个被介绍给我们认识，而且都讲了话。

讲话总的精神是鼓励、打气，树立信心，稳定情绪——既来之则安之。说我们“抗大”是会越抗越大的。正当广州、武汉失守，敌人得意嚣张、不可一世的时刻，我们“抗大”第七大队却在这儿大张旗鼓举行开学典礼，正好针锋相对给敌人一个坚决而响亮的回答。表示我们共产党领导下的八路军、新四军，一定坚持抗战到底，绝对不作中途妥协。也许抗战阵营中的统一战线会分裂，抗战前途会出现逆流。可是，我们党，我们八路军、新四军可以不管它，就算西安、兰州都失守，我们的目标还是——抗战。我们的口号是抗战到底。底在哪里？底在鸭绿江边！这是我们的最终目标。“抗大”怎么办？我们是唯物主义者，办事都得根据时间、地点、条件说话。客观情况变了，我们的方针政策必须也得适当地改变。但是，无论如何，正像校歌唱的“艰苦奋斗的作风，英勇牺牲的传统，必须大大发扬”。当前的中心要求是：加紧学习，学习（马列主义）理论，武装头脑；学习战略战术军事，锻炼体魄。同学之间、干（部）群（众）之间，加强团结，发挥集体战斗作用，不搞小动作，不搞小圈子活动。为共同的目标奋斗，为争取革命胜利而努力。最后高呼：坚持进步，反对倒退！/坚持团结，反对分裂！/坚决抗战到底！……

讲话，除了首长，还有教员和学生代表，时间拖得长，到了黄昏时刻才告结束。场地没灯光设备，晚会不能演出了，只好明天再来。

10 月 29 日 第一次领会到大西北的风沙滋味，真够呛。风一来呼呼直叫，窑洞上的薄石片都要被掀开似的。霎时间，天上地下全是黄沙滚滚，像浓雾蒙了你的眼，十步以外见不到人，这恐怕是大西北才有的奇观。

晚间，小组班上开座谈会，题目是：对武汉失守的认识。这，白天时候，“民先”队员已经讨论过了，我已说了话，以为在小组的班会上就不必重复了吧。却不懂得“民先”队员在“抗大”学员这样的群众场合，也同样要起先锋模范作用。因为没有积极抢先发言，事后，班长讲评，又指出：其他都好，观点一致，情绪对头，“可惜，发言不普遍！”——又挨敲一下闷棍。

10 月 30 日 **晴** 开始冻冰了。

早晨到溪水边盥洗，头次发现水面结成玻璃一样薄的片，拿口盅砸开舀起水，口子马上又冻了冰。几个两广老乡，觉得新奇，拿到手上玩，嗨哟，冰得要紧，赶快丢了；手心发红，麻木，连忙搓手呵气。

蒙圣瑞见到我们“民先队”上山坡活动，晚上散步时候，没有直接问我个人和黄流是不是参加了“民先”，而是旁敲侧击，说想参加“民先”，找我们商量，问找谁说去。这时，“民先”在我们三中队还处于半公开状态，即使对蒙圣瑞这样的朋友，也不便暴露身份，只回答说既然决心献身无产阶级革命事业，“民先”就是入门的第一步，要参加，不妨直接去找公开的“民先”负责人谈谈。蒙说：“自己送上门，不好意思。要是碰钉子，不是更加狼狈！”

我说:“既然为革命,生命都可以不顾,面子还拉不下吗?”

“话是这样讲,小资产阶级的尾巴真要割起来,还是出血的啊!”蒙的口吻很深沉。

11月1日　晴　校部派来一位教员开始正式授课,讲《中国革命运动史》。教室就在我们每天做制式教练的操场。没有讲义,也没黑板,教员凭口演讲,学员便像电报生凭听觉,通过手笔的运动,一字一句地记录在拍纸簿上。课堂既然是露天的,课桌也只能拿膝盖代替;有的找不来断砖作凳,索性席地而坐。不过,坐久了两腿发麻。好在一点钟休息一次,让大家活动活动。一个半天听完三节课下来,比赶半天路、干半天活还要累人。上完课,各人站起身,个个裤裆都是一片尘土,拍打起来,真是沙土蔽天。但是,这正是我们梦寐以求,不辞艰难险阻,渴望寻求得来的天地,是世界上绝无仅有的新式大学堂。

11月5日　晴　雨季早过了吧?几天来都晴天,天空老是蓝的像海。气候一天比一天冷了,早起洗脸,手指冻得发僵。这时节,阳光可是我们的黄金。每天早操过后,在温暖的阳光普照下,院里、操场、山坡……到处都见到同学们像散兵群似的拿着书聚精会神地阅读。这种刻苦学习精神,在北方的同学当中尤为突出。我们广佬,有时遇到问题,就议论,不那么规矩、呆板。

自从有教员来讲课之后,每天晚上的小组讨论的发言,全都是白天教员讲授的复诵。这本来是不需要再啰唆的,因为上半天教员刚讲过,下半天又没有另外的图书做参考,至多只能自己看看笔记,到晚上讨论起来,能有什么意见作补充?即使修养有素,学问高深些的同学,能够发挥,帮助大家提高认识吧,半天的准备时间也太少了。如果说,这是为了互相帮助,取长补短,共同进步,可我们又都不是小学生,也不是工农干部,几乎都是高中以上的文化程度,难道还值得花那么一些时间,把人圈到一个圈子里当小和尚,必须背诵教条?这样,个人的爱好、专长,无形中必然受了制约,都成了一般化,只有共性,没有个性了。

脑子装了不少问号,真参不透。

拿到一本解放社出版的《社会科学概论》。很想看,却挤不出工夫来,奈何!

11月7日　晴　以为星期天,时间可以自由支配了,至少可以读点课外的书吧。哪知一起床,班长便叮嘱各人,必须把内务——叠被铺床搞好,加紧养成军事生活习惯。直到吃早餐,有的人连脸还来不及洗便拿起碗筷去厨房了。

早餐后,看看太阳挺大,地面的霜花全部消失了。正打算到小溪边去洗衬衣兼捉虱子,没想到哨子声突然响起,随即一声"集合",心口紧了一下。

原来,今天是苏联十月革命纪念日啊!区队长命令,全体学员集合站好队,到第二中队操场去参加庆祝大会。说大队政治处主任在会上要作时事报告,叫大家带拍纸簿、带笔做笔记,晚上小组要讨论。一听有时事报告,大家都很兴奋。

政治处主任的报告,讲了一些新的内容:说武汉的失守并不像广州那样,不是由于我方兵力单薄,外围设防不巩固,而是我方主动撤出,避免决战,保存主力兵团,争取有利时机,再作反攻的一种战略方针。这一战略方针,绝大多数的战区司令员都表示拥护,坚决赞成我党主张,要抗战到底——打到鸭绿江。蒋介石以军事委员长身份屈驾飞来西安,迎接我们朱老总和彭副总去重庆开军事会议。可见,抗日民族统一阵线还是朝着团结、进步方向发展的。

报告给我们鼓了大劲。广东的朋友说:"听了真能'止咳'。"

11月13日　零下5℃　日记变成周记了。这一方面说明学习时间表排得太满,另一方面写字的环境太糟。

每天早餐前,即使见到太阳也只能把手笼进袖筒把书搁在膝盖阅读、写字,手指都握不住笔杆。早餐后,休息不到一刻钟便听哨音催上课了。上完课,为了晚上小组讨论的发言做准备,于是,下午的两个小时自学时间,只能用在《中国革命运动史》或《社会科学概论》上。晚饭后,照例要做"饭后百步走",这样一天的时间便同逝水般流走了,哪里有工夫写日记!

今天是星期天,"民先队"却通知要开队友大会。吃罢早餐,便和蒙圣瑞(他上星期已被吸收入队)、黄流、向卓华等,到对面山坡去。这儿是收完了庄稼的坡地,高粱秆还堆在地里,方便了我们张贴开会程序和标语,也给我们作垫座的方便。

负责人谷敬,先作有关"民先队"历史的概述和当前任务的报告;接着,是中队长的讲话;然后,各中队的"民先"代表,一个个讲上几句大同小异的见面话;

末尾,还有相声、说书、清唱、歌咏等娱乐节目的表演,嘻嘻哈哈闹个穷开心。

散会回来的路上,“民先队”的小组长王泽井特意跟我走在一起,问我:“对政治上有什么要求?”这弦外之音是很明白的,我也只说:“假如单纯为了抗战,大可不必万里迢迢,跑到这儿来的。”

因为已走到队部了,而且马上就要晚饭,我们的谈话暂时停了下来。

星期天晚上,小组没有活动,王泽井便来找我。这回他干脆把话挑明了:问我对参加党有什么意见。我回答也很痛快,我说:“这对我可是求之不得呐!你看能行吗?”

他含笑,点点头。过了两三秒钟,才开口说道:“就凭你从那么远奔来这一点,再看你接受革命理论的影响,入党条件是具备的。何况你又那样自觉……当然,缺点还有,比如太重感情,随意、任性,这都是小资产阶级自由主义毛病,往后经受锻炼,注意克服,就会改变的。组织上对每个同学的优缺点都有全面的估计。”说完,从口袋拿出表,叫我填好给他。还再三叮咛:要保密,不能向任何人泄漏。

这一夜,我几乎睡不成觉。到底我终于被一个伟大的组织所了解!人生还有什么比得上被人了解更为幸福的呢!何况了解你的还不只是一个人而是一个革命的集体,一个以解放全人类为最终目标的集体啊!这叫我怎能睡得成呢!

11月14日 冰结得很厚,小溪几乎断流了。我们两广同学对这玻璃似的冰面觉得奇异,有人爱在上面滑溜,觉得好玩;但不懂得有些地方冰面薄,忽然断裂,失足落水,鞋袜都给打湿了。

黄昏来了,暮色落下山沟、村岗,鸡娃钻进了窝窝,袅袅的炊烟看不见了,在附近散步的同学陆陆续续回到院里。忽然,一阵哨声,把人都集中到院里,习惯地围成一大圆圈。中队长来到中心,扫视全场。人人注目凝视,等待他开口。原来是校本部开办一个“敌军工作训练班”,要我们中队调八位同学去受训,特地开个会欢送欢送。队长的几句开场白过后,教导员宣布名单,被叫到名字的,一个一个走到场中央来亮相,救亡室主任讲相互勉励的话:去的高高兴兴,留的安安心心。去留都为了一个目标,抗战——为中华民族解放而学习、斗争。紧接着是要走的八个人推一位来致答词。末了,救亡室的娱乐干事手拿一截树枝,指挥全场齐唱《毕业歌》《义勇军进行曲》等歌曲,情绪相当激动。

周洁玲是八个人当中之一。他很兴奋,过来跟我们三位一道来的伙伴一一话别,大家不免依依不舍。

11月17日　阴　太阳像害了病,躲在云端里不肯露面,天色阴阴沉沉,地面、窑顶没见白霜,气温变得暖了,天空飘着细碎的微雨。北方的同学说:快要下雪了!

果然,晌午过后,片片雪花开始纷纷飞舞起来了。头一次见到这样轻柔温暖的景致,这才真佩服吟出"未若柳絮因风起"的女才子独具慧眼。

想象不到头场雪就那么大,不要半天,满山遍地全都铺盖棉絮似的,一片银白;几株衰柳,银装素裹成了腊梅,山村异常寂静。这时可用得上柳柳州"万径人踪灭"的话了。到晚饭时,大家都得拿扫帚、铲子打扫道路才能走动。落雪时候,气温倒反变得暖了,可以到户外观赏雪景,北方同学还堆塑雪人玩耍。老乡挺高兴,说瑞雪兆丰年。冬雪,一来能把地里害虫冻死,二来,明春雪化滋润土地,好开犁春播。

刘兆麟触景思人,说如果邮寄不因战事阻隔,将这美景描写一番,寄给女友,多有诗意啊。

11月18日　雪　一早,大家都还未起身,向卓华从门外跑回来就大声嚷嚷:"嗨,好大的雪噢,把路又给堵了,厕所的门封死了……"

"少见多怪。睡下吧,早操上不了。"谁嘟哝两声,把头缩进被窝。

作为课堂的操场,被雪盖得很厚,上课是不行了,改为自习。各人在炕上拿铺盖当作坐凳,看书,做笔记,随便。只是不得扯谈、车大炮、摆龙阵。

我,理论书天天看,好吊胃口,想找文学读物来调剂调剂,问谁谁也没带来。村里,似乎没有读书人家,没小说读,实在没法解闷,只好胡思乱想。想着头回见到的雪景,竟是这样奇观,于是写出了这样的几行短句:

哪里是梦

分明人已醒来

奇怪，一夜怎变了个世界
阶前、屋顶、山巅、平原
都铺下广大无边的棉絮
银白皑皑
几株瘦柳，顿成了腊梅
雪啊，你煞是可爱
你何止是纯净、洁白呢
地上人间陈腐、肮脏、坑洼、不平……
一切的一切
你都无私地把它填平掩埋
你可是真理的化身啊
邪说、谬论、曲解
在你脚下都将是飞不起的尘埃

11月20日　晴　今天蟠龙逢集，加上星期天没有意外的集体活动，大家都高高兴兴往镇上走。本来是和黄流、刘兆麟三个人一伙的，回头见到蒙圣瑞和江河也撵上来了。

但是，蟠龙就是逢集也是这个样，没什么可看的。踌躇一下，都说趁着好天气爬山去吧。附近的西山是这儿的制高点，听老乡说，山顶上那断墙颓壁，原先是座住有和尚的寺庙，庙旁还长有古松柏和白杨什么的。刘志丹、谢子长率领的红军跟反动军在这一带来回打仗，反动军把山上的树木都砍光、烧光了。上面也许还有什么遗迹。我们怀着好奇心兼作爬山、锻炼，边说边走，几乎走了一个钟头才爬到了顶点。

居高临下，瞩目远眺，四周群山罗列，山脉蜿蜒如蛇，形势雄奇。蟠龙恐怕是由此得名的了。古庙已成废墟，剩下几堵断墙，墙上长着稗草在风里微微颤抖，墙根积雪未化，正堂的佛像，因赖半边顶盖遮蔽风雨，神情宛若自在。一尊古钟像生了根似的扣住地面，几块石碑横七竖八，变动了原来的位置。我们为一块用(四六句)骈体文勒石的碑文，作了半点来钟的考古。蒙圣瑞开玩笑说：

"我们应该带根木炭来,也在半截墙壁大书特书——'抗大'五学士某某某某于一九三八年十一月二十日曾到此一游。笑什么,我们五个名字当中,说不定有一两位成为英雄、名士,为后人凭吊哩。'将相本无种,男儿当自强',你说不行?"

"满脑子封建思想——只是男儿才能当成将相吗?"

我们正在说笑时刻,忽然听到远远传来"空隆空隆"的连续炮声,以为军队在演习,大家并不在意。

下山回到队里,同学们也都在纳闷,说隐隐约约传来巨响,可不知怎么回事。等到黄昏时候,队长才正式宣布,说大队部接到电话:

敌机首次轰炸延安!落弹数十枚……

在同学当中,引起了震惊,却不比失守广州、武汉那样地激动。

11 月 21 日　晴　筹备了整整一个月的各组"生活小报",终于出笼了。这时各组窑洞前面的墙上,都贴出半张新闻纸那样大小篇幅的墙报。墙报的托底,有的用布、有的用纸,颜色有红有紫,有蓝有白,斑斓杂陈;报头题名,有《小米饭》《X 光》《熔炉》《血花》《破晓》等等。新颖、别致、含义深远、象征独特的报名,琳琅满目;编排的形式,也很富于个性,各具特色:有的以线条取胜,有的以插图、尾花争妍,把破败、陈旧的院子点缀得灿然一新。不仅装潢形式的花样令人悦目,文章内容这样那样的思想见解和幽默讽刺的短小活泼的笔调也都使人赏心。

我早给杨照邻的那篇《?》,是从整理内务谈起,批评了形式主义的繁琐哲学,用意是与人为善的。想不到几百字的小品,竟会掀起轩然大波:第三组的《实践》,居然在预告第二期的目录上,提出了挑战——题目是《关于<破晓>上的〈?〉》。蒙圣瑞看了拍拍我的肩膀悄悄耳语:

"细佬(老弟),胆定(沉住气)!笔墨官司要什么紧。"

黄流在旁边听到了,插了话:"听说他们(《实践》报)意见不一致,有的觉得《?》问得有理有据,不好反驳。"

星期六全队要测验同学们对《中国革命运动史》的学习情况,晚上的小组讨论时间,让各人思考队部提出的几个复习题。我觉得这些都没超过常识范围,

用不着那么紧张。自己想想近来跟老蒙的交往比较投机,于是,思索一下,诌成了四句七言,作为我们相识一场的纪念:

知音从来世应稀
相逢唯有恨晚迟
最是难忘平生事
同怀旷远蟠龙时

11 月 22 日　晴　早餐前站队几分钟,竞赛委员同志宣告来各组开展学习、生活竞赛的成绩,我们第一组名列第二。苍天不负苦心人,我们几天来兢兢业业的学习,规规矩矩的生活,总算得到了相应报酬,组长面上有光,组员心里也高兴。

队长宣布,从现在起,各人必须树立敌情观念,提高警惕性,重视防空、防奸,既不要惶惶不安,也不能麻痹大意。

列队到第一中队去上《步兵操典》课,军事训练要加强分量了。

晚上,组里开生活检讨会,开展批评与自我批评。各人照例都要先讲讲自己几条优缺点,然后再抽象地概括本组集体取得的进步和同时存在的不足之处。对别人的毛病、缺点,还是不那么直截了当地指名道姓,不得已时才只是旁敲侧击,不痛不痒地表个态就完了。

最后,组长发言,说首先声明他退出组长地位,讲讲个人意见。提到生活小报,认为我们组的《破晓》从内容到形式,基本上是好的,比上不足,比下有余。可惜,有个别文章可不敢恭维,说:“那是对形式主义的讽刺不是?不可否认,生活当中落后、可笑的现象既然存在,讽刺就免不了。鲁迅的讽刺,林语堂的幽默,都是对社会现状的嘲笑。但是,前者是积极的,有助于社会改造的热情,使人猛醒;后者,却采取消极的态度,不负责地躲在一旁,讲讲风凉话。文章应当怎样做?还不在乎是热讽还是冷嘲,最要紧的是,看你对待客观事物是否正确,对抗战有利还是有害,对集体是促进团结还是导致分裂,是鼓吹革命前进精神呢,还是散播反动、落后的情绪,这是值得考虑的……”

显然,组长同志这一番话是就我的《?》一文而发的,但并不点名道姓,我又何必赤膊上阵,自找麻烦?干脆默不作声,待事态发展,需要回答的时候再开口,准备后发制人。

11月23日　晴　沉默寡言,似乎成了我的影子,难舍难分。这也许是A血型与生俱来的内向性格结下的缘分,所谓江山易改本性难移吧。但是,自问在来这新社会之前,我的沉默,大半还不是由于明哲保身,学到什么"多磕头少说话"的秘诀;相反,倒是由于不肯鞠躬逢迎、吹牛拍马,也羞于人云亦云、拾人牙慧。如今的沉默,则不为别的,正是为新的人生、新的世界在思索,为调整步伐,赶上集体的行列。我正为把"?"拉直变成"!"而冥思苦想。在未真正认识到必然之前,要说别的什么,都是多余的啊。

11月25日　晴　今天课间休息时,教员同我们说,陷于敌手的广州,在我军三方夹攻之下收复了。不管消息确不确实,也不问收复后能不能守得住,消息总是不仅两广同学闻之兴高采烈,就是北方同学也莫不额手称庆。

广州虽然不是自己的故乡,然而,前后在那儿生活了四个年头,青少年时期是在那儿度过的,特别是社会科学理论,就在那儿得到的启蒙。在那里,结交上几位难忘的朋友,在那里,曾经留下青春的脚印。那里的都市风光和田园野趣,对我,处处都牵动着情思。

11月26日　晴　《中国问题》一课,开始考试。考场禁止交头接耳,却允许开卷翻书。着眼于考验各人的理解力和对课目的消化程度,不在乎记忆力的强弱。正因为这样,全场我第一个交了卷,接着老蒙和兆麟也都较早离开了考场。

看看离开饭时间还早,兆麟一时高兴,慷慨地拉我和老蒙去蟠龙镇上吃枣糕。花一角五分钱,切得一斤半,三个人各得半斤。又甜又粘,吃了饭都不想吃了。这恐怕是陕北既普通又实惠的糕点。日后再过若干年,任你神经再衰弱,都不会丧失对它的记忆吧。

11月27日　晴　屈指一算,离家已经三个月了,曼哥的信从天而降,真是喜出望外。"烽火连三月,家书抵万金",杜工部这两句诗,不觉来到嘴边,细细吟咏,倍感亲切。曼哥说他部队结束南浔战役后,经赣南,过大庾的梅岭,现驻

南雄休整……对我,作了如此规劝:

“事业的喜马拉雅山,必须要有非攀到顶点不止步的气魄和毅力去征服!”

寥寥两句话,分量却挺沉,真够我承受一辈子啊。

队部发动各班组同学给被炸的延安难民写慰问信,组里杨照邻要我做本组代表完成这项任务。去找何轸婴谈起,原来他也正为本组写这样的信打腹稿。他同乡陈旦丁听说,便向我们发了一通关于文学创作的议论:写文章一定要在感情热烈的时刻——比如见到冤枉而感不平,引起难以抑压的义愤;或者为了失恋而悲哀,怀着无以告人的痛苦。这时,也只有这时才可能写出动人的作品。倘若对人对事,不冷不热,无动于衷而勉强作无病呻吟,虚情假意总是哄骗不了人的。

看不出此公平日不修边幅、玩世不恭的样子,竟有如此高论。

晚间,救亡室组织一个露天晚会,同学们凑合演出些演唱节目,给炊事班的同志作慰劳。几位炊事员坐在前座的条凳上,成为受最高优待的中心人物。想起勃莱克的名言:

“一粒沙一个世界,一朵花一个天堂。”因小见大,这个晚会作为缩影,何尝不可以见到无产阶级政党是敬重劳动、以劳动群众为主体的真实体现。

11月29日　晴　带来的三双袜子,脚跟全都出现窟窿了。自己补吧,没有碎布。听到一位同学说,庄里的老大娘给缝白布袜子,一双手工要三四毛钱,袜底纳着密密麻麻的线点,穿一年也破不了。买了两尺白布付了二毛钱缝袜子手工费,口袋还剩七毛钱。心头发了痒似的老安静不下来。下晌,自习时间,找老蒙、黄流和江河四个人就往蟠龙街上大队部开的合作社去吃喝解馋。七毛钱还过不了瘾,索性将尚存的几角邮票当作现款付账,尽情痛饮一顿。老蒙说,这可是“真名士自风流”啊,他年大家都老了,想起此刻行径,倒是可堪回味呢!

江河说:“到那时,说不定老蒙你当上什么大首长,可别忘了我们啊。”

“谁当上什么都难预料,应当学刘邦说的那样:‘苟富贵,勿相忘。’别‘一阔脸就变’,到时相见搔头,装着认不得。”老蒙望着江河说话。

11月30日　晴　星期六要考《政治常识》,大家各自用功应考,生活像结了冰,没了涟漪,也没了声音。

12月3日　晴　《政治常识》一课又考过去了。精神上减轻了一份负担，不免松了口气。

午晌，大家饭后都在操场上麦秸垛周围或躺或坐，晒太阳、扪虱、聊天。向卓华从队部拿来一张八开的油印校刊，找到了我，大声呼喊：

“寒梅，瞧，你中状元啦！了不起。”

亚向伸大拇指朝我脸晃了晃，将校刊塞给我。

我干瞪眼，莫名其妙，把它翻开。原来是上星期写的慰问信，在头版发表出来了，文字虽短，但加上花边，特别醒目。

亚向还喋喋不休：“看到了吧？全校七个大队，上万人，一个组写一封，该多少？别人都登不上报，就单排上你的。不是千里挑一吗？细佬，你可是为我们组，不，为我们三中队，甚至七大队争了光呐！我早都说，你口才不行，肚才可是呱呱叫嘛……”

旁边的同学不等亚向说完，都惊奇地簇拥过来抢看套红报头的校刊。有人还要跟我握手。老蒙拍我肩膀说：“好嘢！”

晚上，小组生活检讨会停开，和老蒙在幽辉的月下徘徊，倾诉衷曲。

老蒙说：“对阁下来说，与其学剑不如学书，在这儿学完预科后，考‘鲁艺’文学系去吧。好种子没有合适的土壤和气候，是结不出好花果的。”老蒙沉思片刻，又感慨地说：“不过，话又说回头，‘文章憎命达’，历来的文人在当世都是倒霉的。”

我说：“管它飞黄腾达也罢，背时倒运也罢，我的防线还是固守‘行吾心之所安，尽吾力之所能’，只要用得上，为他人做嫁衣又何妨，为社会作贡献，更是义不容辞了。”

“那你还是未能跳出‘自我’的范畴啊。”

“也许是的。要跳也得有个过程。目前还达不到那一步，只能怎么想就怎样说。”

“有些事恐怕不能那样天真。”

“你说办不到？我就是为着——”

“为着革命！谁不是这样说呢？”老蒙拦住我的话，问我，“读过鲁迅在’左联’成立会上的演说没有？那篇演讲，讲得十分深刻。”

鲁迅的书，读是读了不少，理解和感受的深浅，往往因人、因时、因地而未尽一致。老蒙提到的这篇文章，在今天来说，我就还未能感到它对我们这青年一代有多大的现实意义。

12月4日　晴　老乡和小商贩肯收购破烂的消息一下子在队里传开了。趁星期天，同学们都把用不着的大衣、皮鞋、西装，甚至镜子、香皂和做补药的狮子血、鱼肝油什么的，拿到蟠龙街上兜售。手上拿着衣物转来转去，跟小贩捏手要价，然后成交，买方为买得到便宜的东西高高兴兴，卖主为收到可怜的块把钱甚至几毛钱的铜板，心满意足。有的换来土布鞋袜，有的买块洗衣肥皂，有的买拍纸簿、铅笔和墨水，有的呢，进馆子打牙祭。

老蒙有件旧大衣，在广州四牌楼估衣铺花二元八角买来，现在倒反以四元高价脱手，白白赚了一元二角。不胜感慨地说：这一元二角也不是白捞的，亏得他事先将破眼烂洞缝好，还拿墨汁把脱毛露白的地方涂黑，作了一番伪装才赚到。“可见人不能太老实。”老蒙得出了世故的结论。不过，我想此时此地，四元钱一件毛料大衣，小贩拿去还是有利可图。此地的物价和气候，比广州有天地之差，赚得一元二角不能说完全是由于作了手脚。

老蒙有了四元钱，无异成了百万富翁。买了双鞋子，上馆子是绰绰有余的了，两毛钱炒整只羊肝，尽够四人解馋的。

12月5日　晴　两广籍同学的“学习互助组”，延宕到今天才正式诞生。和老蒙、黄流、刘兆麟四个人凑合成一个组。下课后，我们四人便聚到小山坡借着温暖的阳光复习功课，准备回到各自小组的讨论会上作发言。因为语言相通，平时比较谈得来，自习时在一起，彼此切磋，取长补短，心情舒畅得多了。

老蒙为人正直豪爽，疾恶如仇，可作诤友；黄流兢兢业业，好学深思，可作挚友。友谊是相互的，在彼此了解的基础上诞生，在相互支持的摇篮长大。

12月6日　晴　今天是阴历十月十五，冬季头一次月圆。仰望碧空皓月，不禁想起正是自己二十周岁生日。岁月匆匆，年华逝水，二十年的光阴流走了。这二十年，虽然读过杂七杂八的书，却都囫囵吞枣，打不下学问基础；虽然走过一些地方，见过一些世面，也只是浮光掠影，学不来处世手段……

过去的都过去了，未来的正在起步。

夜正长路也正长，面前的喜马拉雅山高峰，正待你去攀登啊！

12 月 7 日　晴　校本部突然下来一位组织部部长，队部组织一个“突击月晚会”欢迎他。部长面带笑容讲话，代表校部期望我们预科结业后，有十分之八的人能学军事，鼓动我们继续前进，为共产主义奋斗终生。

想想，组织部长下来，可能是为发展新党员的事了。

12 月 8 日　晴　小溪的冰面一天比一天厚，每天早晨都见到上面展现各种美丽的图像，引起我们两广人的好奇。有人用石头去敲开，取出碎冰往冰面上滚动玩耍；有人提心吊胆、孩子学步似的在冰上溜。有的地方冰结得薄，一下子冰裂开口，把鞋袜打湿了，引起大家乐一阵。

古语云“战战兢兢，如履薄冰”，在此才真体验到了。世情确是如斯，别贪图表面的美妙好玩，而忽视下面的深渊！

12 月 9 日　雪　为了纪念“一二 · 九”三周年，民先队和救亡室联合举办篝火晚会。全队同学在操场的雪地里，围着柴草烧起旺盛的篝火。“民先队”的负责人报告了“一二 · 九”运动的回顾，紧接着便是同志们凑起的娱乐节目。节目和掌声交替进行，雪花悄悄地落着。人们只因炽热的火焰感到温暖，为笑语和歌声而狂欢，忘了雪落在帽顶和肩头，忘了背后夜已深沉。

我默默地思索：一根根柳枝，一捆捆柴禾，堆集起来便烧成巨火，正如俗话说的，“众人拾柴火焰高”，可以驱逐寒冷，照亮黑夜，给人以光明和温暖。于是，想出以《篝火》为题，为纪念“一二 · 九”三周年篝火晚会而作的这样几句——

麦秸、蒿草，
木头、树根，
来自各处，
大小长短不一。
堆起，
小丘一般高低。
投进一根火柴，

伸出一道道金光火舌，
舐净了
迷茫的黑夜。
雪花消失了，
心窝燃起阵阵炽热。
火堆啊火堆，
你的烈焰带来的光辉，
必将改变世界，造福人类。

12 月 10 日　晴　夜，死一般寂静，下弦月像破了半边的圆镜，挂在清幽幽的西边天空，灿烂的群星点缀着碧蓝的天衣。山巅、疏林、村舍……在幽微的月光下睡得挺沉，寒风有时掠过草垛，发出丝丝的细声，小溪冰下奏着叮咚的乐曲，远村的犬吠，随着风惊动了夜的宁静。

"怎么还没听到鸡啼呢？"

一个人背着冰冷的步枪，在院外场地放游动哨，在朦胧的月光下照见自己棉大衣那臃肿痴肥的影子。五更寒特别冷，白天的寒暑表已降到零下 14℃，耳朵、手指和脚尖冻得好像猫咬一样的难受。真抱怨时间过得太慢了，老盼着鸡早点啼鸣，快点来人接替。

12 月 11 日　晴　星期天，本来要补写日记的。哪知人一闲下来，虱子给你捣乱，满身爬得你痒得不行。没辙，只好找个向阳的角落，一边晒太阳，一边扪虱聊天。

这里，人们或把虱子赞为"革命虫"，或者贬为"汉奸"。我以为后者的比拟较为恰当，正因为它是吸血的坏蛋，才有把它消灭的必要。当然叫它做"革命虫"，用意是为了鼓励人们，为革命必须得吃苦，牺牲血汗是在所难免的。不过，命名经不起过细推敲。

晚上，照例是小组生活检讨会，开展批评与自我批评。对我的批评，有的说优点是主要的：文章写得好，学习认真，理论上有进步；缺点是：沉默寡言，态度不明朗，冷静有余，活泼不足，有点"少年老成的旧作风"……

自己想想，从表现上看，缺点确实是存在的。为什么不能很快克服过来呢？以为虚伪、多嘴、啰唆、随声附和、高喊空话、背诵教条等等，都近乎无聊，太没意思。乌鸦呱呱，既不悦耳，徒然招人怨烦，何苦？老家的风俗：过早啼鸣的公鸡是触犯禁忌，马上就挨刀杀。人要不看场合，不顾时宜，信口开河，恐怕难免自讨没趣。但是，你要老实、慎言，又给人造成“思想不开展”的印象。可见做人之不易，掌握分寸之难。“少年老成”，固然要不得，然而，“老而不尊”，半老徐娘，仍然去跟摩登女郎媲美，拿脂粉以掩饰皱纹，岂不是缺乏自知之明？

12月14日　晴　一早起得床来，便听到传说纷纷：“七大队要上五台山！”“谁说的？真的吗？”传说归传说，谁也回答不了反问。但是，人们却为此兴奋不已。这世外桃源，毕竟太闷人了，只要有点风声，都给人莫大的刺激。五台山是在晋察冀边区吧？鲁智深大闹五台山不是就在山西地界吗？哈哈，我们也要上山当花和尚……人们七嘴八舌，有说有笑。

吃罢早餐，队部下通知：早操免了，各人带上小板凳和笔记本，集合去蟠龙小学听大报告。

和往常一样，首长未到场之前，各队救亡室的娱乐干事，又领着队伍掀起一阵此起彼落的啦啦队的呼喊和歌咏队的合唱。当中还夹杂着掌声和笑语。

不一会，一位红光满面、身材矮墩墩的首长，由大队政治处主任张平凯陪同走上台来。一阵掌声过后，张主任致辞，说滕代远参谋长这次下来，给我们作重要报告。“请大家欢迎！”说完带头鼓掌，全场掀起巨大声浪。

参谋长，从容不迫、疾徐有致地先报告广州、武汉失守以后，这段期间的抗战形势，阐明毛主席前不久发表的《论持久战》的观点。然后才讲到正题，说目前陕甘宁边区，在军事上正处于紧急状态，敌人蠢蠢欲动，打算兵分三路威胁延安。“抗大”学员，七个大队，总共近两万人，驻地过于集中，打起仗来，不便机动灵活地掌握主动权。为此，中央军委决定，对“抗大”等校，要做必要的改编，采取迁移、分散的措施；第七大队全部、第一大队一部分和“陕公”一部分，开往五台山——晋察冀边区，成立“抗大”二分校，洛川分校和栒邑“青训班”合成一分校，开往晋东南太行山；延安校本部成立高级班，留在后方进行专业学习，加强理论研究。要求在二十号以前，改编完毕，向各自的目的地开拔。时间紧迫，各队工作必须加紧进行。最后,参谋长放松了口吻,讲了一些行军方面应注意的事项。说是从这儿到五台山,路程不算太远,不过,当中要通过敌占区,只能夜行军。白天进村隐蔽,夜里赶路,学蝙蝠,昼伏夜出。一天路程不能走得太多,把人搞得太累。去五台山,有四十天准到了……

报告证实了早晨的传言,问题也就得到解答。然而情绪反而更加浮动了:有的愁着没钱买行军路上必备的用品,比如鞋袜、雨具什么的;有的担忧自己走不了四十天的长途,那比西安到延安的行程多五倍,而且要通过敌占区,要夜行军呐;南方的同学则顾虑离家更远了,到毕业时,回不了南方;有的却欢喜雀跃,为五台山名胜的诱惑而兴奋不已。当然,为着能早日上前线而慷慨激昂,欢欣鼓舞的人是占多数。

12 月 15 日　晴　为了减轻行军途中的重负,也为了需要几个小钱买草鞋、雨具什么的,大家再次捡出一些用不着的衣物,拿去蟠龙街上兜售。这回比前些日子为了解馋吃馆子而出卖破旧什物的热闹多了。在街头、店铺里,总是见到同学们手上拿着大衣、皮鞋和蚊帐等物来来回回、进进出出寻找主顾。小商贩和老乡们抓住我们急于脱手的弱点,把价钱压得很低很低。同学们对着手上的东西不免依依不舍地同买主要价,买主狡猾地转转眼珠,故作不屑的神气在压价。"我这件呢大衣是花三十多元做的,才穿两年,八块太少了。""八元不少了。""看这件大褂,里子还是驼绒的呐,才要你六元。""这样吧,痛快话,给五块五!""五元五少了,是毛料面的啵,再给个价吧。"……

到处都是讨价还价的嘈杂声。

刘兆麟拿一双擦得明光净亮的黄皮鞋找我和老蒙来说:"这双皮鞋真正是'拔佳'的上品,在香港花了二十元港币,两块钱太亏了。"

老蒙信口便说:"革命、革命,连命都可以不顾了,一双皮鞋还舍不得嘛!"

老蒙一句话,亚刘顿时也想开了,笑了笑:"好吧,听你大佬的。"

晚上,中队长宣布:校部派人下来招考高级班学员,谁都可以报告应试,不过有一条——毕业后不能自由找职业,必须服从学校委派,留在八路军、新四军服务;愿意的就报个名,参加明天考试。

这无疑是一道福音,把我和老蒙乐得发了狂:一来可以回延安,二来免得四十天的长途行军。黄流和江河也说要报名。江河说:“管它考上考不上,试试彩数。”老蒙很自信:“单凭愿意在八路军工作、肯吃小米饭这一点,就是一项重要的考试,你还怕考不上?”

老蒙的话不是没有道理。刘兆麟虽然担心四十天行军难过,但是,他还是不肯割断都市繁华,家庭温暖的牵挂。鼓动他报名,他却犹犹豫豫,下不了决心。

12 月 16 日　晴　吃过早饭,参加考试的各人端着小凳,排成一路纵队,一个跟一个往大队部走去。考场就在露天的操场上,像听课一样,就着膝盖答题。每人得到一张油印的题目。题目一共十八条,包括政治理论、军事常识和时事问题;有的是问答题,有的要阐述观点。重点放在对《论持久战》的理解。碰巧,最近在《解放》周刊发表的这篇文章,读来印象特深,答案并不作难。其他试题也不叫人死背条文,尽可以发挥个人的见解。总之,得心应手,很快就交了卷。

考完退场还不能自由走开,等到大家都交了卷,还要参加大队听副校长罗瑞卿作报告。报告精神跟上次参谋长讲的抗战形势和任务差不多。不同的是:前者着重动员踊跃上前方,加强抗战力量;现在,则要求安心留守后方,积极学习,提高理论修养。前方后方目标都是一致的,希望去的高兴留的安心。

听完报告回来,协理员向阳明找谈话。说入党申请,大队总支已批准下来了,他和学习干事王立功做介绍人。看这两天抽个空,再通知举行宣誓仪式。问我还有什么要说的没有。还有什么要说的呢?想要得到的已经得到了,道路找到了,而且加入了革命的队列,指示航道的灯塔,星座似的已在眼前闪耀。从今而后,唯有依照曼哥规劝:“事业的喜马拉雅山,必须要有非攀到顶点不止步的气魄和毅力去征服!”

太兴奋,睡不着觉,只好打腹稿,明天给母亲写信:

母亲:

……古人有句老话,“忠孝不能两全”。看来我也只能如此,为了尽忠而顾不了尽孝了。古人忠君,不过是为帝王的权势卖命,而今,我却为的是亿万劳苦大众的解放而献身。我并没有忘记父母养育之恩,也不是没有惦记家庭、兄弟、姐妹的贫穷，需要接济。但是，只要劳苦大众都能翻了身，家人的艰难日子，自然也就会结束。

12月17日　晴　昨天的考试，今天放榜了。和老蒙、黄流、江河以及向卓华几位，都得了录取，我们为得回延安而高兴得不得了，特别是江河乐得手舞足蹈。

考上高级班的，明早就得动身回延安；上前线的，后天出发。为了三个月同学的情谊，当此临别前夕，各组都买了花生、枣子、核桃、麦芽糖和烧饼，在本组的炕上开个告别会，大家热闹一番。

会前，学习干事王立功却来悄悄通知：晚上七点去队部一下。原来是党支部开会，给十来位同志举行入党宣誓仪式。看看黄流、蒙圣瑞、向卓华也来了，相见会心一笑。无言之中，好像是说："好呀，我们都走到一块了啊！"

仪式很简单：队长代表支部讲几句有关党性原则的话，协理员让我们站到党旗和马克思、列宁的画像前面，举起右手握着拳头，跟着他口诵：

执行党章，服从党的决定，遵守党的纪律，加强党性锻炼，保守党的秘密，永不叛党，为共产主义事业奋斗到底！

完了，协理员交代：要各人记住入党日期是1938年12月17日，入党介绍人是向阳明、王立功，三个月的预备期完后，经支部讨论通过即转正成为中共正式党员。

政治生命终于诞生了！从今而后，不再是只为自我而活着的个人，而是要成为为共产主义事业而献身的革命集体战士！无疑，此时此刻，将是我永生不忘的第二个生日。

12月18日　晴　凌晨四点吧，嘈杂的声音越来越响，起身看看，窑洞仍然漆黑一团，帽子、袜子总也摸不着。吸烟的人划一下火柴，有手电棒的人把电棒打开，窑里才有了光明。

组里除了我和向卓华还有两位也是要留校的。忙了一阵，终于将衣物和铺盖捆成井字形的四四方方的背包，背上试试重量，看看挂带系得合不合肩。

曙色微明，匆匆吃了两碗小米饭。正要动身时刻，其余的同学也都下了炕，聚到院里互相握手，那些昨晚没说完的话，这时又作一番叮咛。

刘兆麟脸色很沉，满怀惆怅地跟我们几个新建立起来友谊的朋友拥抱，眼眶噙着泪水。

“细佬，提起精神！”老蒙鼓励他，“后会有期！”

我说：“投身于集体之中，是不会感到孤独的，‘海内存知己，天涯若比邻’。祝你长征胜利！”

江河：“亚刘，广州再见！”

“再见！”刘兆麟说一声，痴痴呆呆地目送着我们。

回头向大家挥手，见他一个人还在原地发愣，一动不动。

到大队部集合，八点整，我们二十来人上路了。背负十多斤背包，起初是轻轻飘飘的，不觉得怎样，越走越沉，背带勒得两肩生疼。顺着山沟走了十多里平地就得要爬一架山梁，爬到山顶，大家都喘做一团了。背上贴着十多斤包袱，渥得出了汗，叫人烦躁；寒风吹来，却是冰冷袭人。下了山便是拐茅医院了。饥饿、疲乏征服了大家，喘气替代了笑声，愁苦挂上了各人脸庞。老蒙明知袋里不名分文，可总是眼馋着小店的烧饼，走近去问问价钱，伸手去摸一摸，叫人觉得好笑。本来到医院弄餐饭，并不是不可以的，领队的同志却偏要再赶十里才让休息吃午饭。无奈只好咬咬牙忍着吧。午饭总算吃到了，饭煮得太硬，既没菜又没开水。又是一次艰苦的考验。

午饭后继续上路，再走十来里，天色渐渐灰暗下来。起初以为是阴天，太阳不露脸，哪知不多久，暮色把周围笼罩了，人也乏得挪不开脚跟。江河说他实在走不动了，在十里铺歇了下来。和老蒙、黄流、刘国琳四个还是再咬咬牙往前赶，以为十里地有多远嘛，谁知强弩之末，再走三里左右，实在也真走不动了。正好这里是桥儿沟天主教堂的地方，路边有十多间铺面的小街。向一间杂货店老板交涉，请他发发慈悲，腾出一铺炕让我们住一宿。老头慷慨地答应了，还卖给三把挂面。我们又花一毛五分钱买来棵大白菜和着挂面煮了一锅，马马虎虎，总算把晚餐对付过去了。

店老板对我们说，教堂的外国神父，红军一来，都跑了。红军把教堂办了中央党校，上半年还在里头开过第几次的中央全会呐，人马来来去去不老少。“不过，”老头说，“他们都没人光顾咱们小店的。咱们只做老百姓生意。哦，每天天一亮，我们就得关店到山沟里头去躲飞机，明日你们可要起早点。睡吧。”

12 月 19 日　雪　醒来，天已大亮，却没听见店老板来催，好生疑惑。起身下炕往窗外一瞧，原来下了好大的雪，地面一片白原。老乡们也不到山沟防空去了。

早餐，吃完烧饼、小米稀饭，便往延安城里去。走在雪地上，七八里地也觉得挺远似的，不过，山头宝塔已经在望，心情分外兴奋。宝塔依然如故，被炸后的城里，到底成了什么样了呢？真恨不得一跳便跳到跟前。

到校部的组织部队列科一问，知道我们高级班暂住东关第四大队的几排平房。院里的凹地尽是一片片平滑的冰块，屋檐挂着流苏似的冰柱。

安顿好铺位，吃罢午饭，同老蒙和黄流赶紧往城里跑。从清凉山下延河，打冰面走过对岸，进东城门，举目一望，原先熙熙攘攘的街市，如今已成了一座死城。声音听不到，人影也见不着，满眼全是高高低低的雪堆。房屋都没了顶盖，一座并不高大的教堂却岿然屹立。城中门洞的街头诗，是新出版的，字迹鲜活清新，篇幅完好无损，跟颓垣断壁成鲜明的对照，对法西斯的侵略暴行无疑是有力的无声控诉，也象征着正义是吓不倒的。

城里成了废墟了，但是在南门外，边区政府附近的山沟却出现了一条长街。人们又用他们双手建立起了新的市场，在那里，又是熙熙攘攘的世界。

12 月 21 日　雪　屋里没火盆取暖，屋外雪花漫天飞舞。大家除了去食堂打饭，没事就钻进被窝睡大觉，要不，扯开被子包住下半身，靠墙坐着读书。这恐怕是学校当局有意给我们放寒假吧，昨天今天都没见有人来管我们。

为了要转党的组织介绍信，和向(卓华)去南关寻找校本部政治部，打听了好几个人才知道是在右边的山冈上一排新挖的窑洞里。山冈既高又陡，路径被雪封了，踩上去容易打滑，急得叫人冒汗，帽顶和肩上全都是雪。回头张望，满山遍野尽皆白净如银，景色十分壮丽。

训育科长收了我们的介绍信，换给我们一张条子叫拿回交给三大队政治处队列科，党的组织关系就算接上了。

晚饭后,同蒙、黄散步,游清凉山。从西边面临延河的石径拾级盘旋而上,山岩凹凸,奇岩怪石,自有可观之处。俯瞰蜿蜒延河,仿佛白绫飘带,失落在雄伟的城下。山上的千佛洞佛像已经被毁,只剩几块碑石,旁边几株柏树盘根石罅,傲然挺立,枝叶上挂着棉花似的雪球,显得雅洁逗人。石壁上刻有"涌月""宛然云霞""诗中画"等大字。书法有的遒劲挺秀,有的浑厚古朴,有的潇洒飘逸,都很耐看。佛寺两边还残留着这样一副对联:

禅意在清山,任落木啼禽,多少悲欢都是妄

世情若逝水,随衰草奇花,漂流江海总成空

老蒙说他听人讲,对面宝塔山下,有范仲淹的石刻诗文,范氏当年戍边,在此地留下了足迹。党中央办公地方的杨家岭,就是杨家将的陵园,附近还有狄青的水牢,南关外有杜甫川什么的,古迹还真不少。

12 月 22 日　晴　等待着编队。没事便坐在炕上读书。

拿普列汉诺夫的《艺术与社会生活》一书来读,其中有段论述很值得一记。关于文艺的作用,作者提列英国艺术家约翰·罗斯金说过这样的话:"一个少女可以歌唱她所失去的爱情,但一个守财奴却不能歌唱他所失去的钱财。"普列汉诺夫说,罗斯金还指出:"艺术作品的价值决定于它所表现的情绪的高度。"为什么守财奴不可以歌唱他所失去的钱财呢?很简单,文学艺术是沟通人与人之间精神交往的一种手段,守财奴丢了钱不可能跟少女失恋那样引起人们的感情共鸣。

12 月 23 日　晴　太阳今天露脸了,阳光驱散了阴沉的气氛,融化了路面的积雪,气候反而更加寒冷。北方的同学说,今天"冬至",一年当中最冷的时节开始了。从冬至开始第一个九天为一九,农谚有讲:"一九伸不出手,二九三九冻死狗"。一月份是寒冷的高峰,到"七九河开,八九燕来"的时候,还要两个多月以后才见春回大地。此刻,手拿筷子都成问题,上课做笔记怎么办?我们两广人都在发愁。

听人说,"鲁艺"(鲁迅艺术学院)不但学习内容跟"抗大""陕公"迥然不同,就是生活的管理方法也另是一种作法。不仅是“立正稍息”那套制式教练的早操不必上，就是叠被铺炕那套繁琐的整理内务也完全豁免。学院专业设有：文、音、戏、美四个系，画画、唱歌、演戏和文学创作，各人根据自己的特长和爱好选择专业。文学系的人，随个人喜欢，爱读什么就读什么，自由得很。是否果真如此？好奇使我跟老蒙、黄流和江河一道，到北门外看看。

北门外左边一带面向延河的山头，新开出一层层排列整齐的窑洞。留守兵团司令部、政治部和后勤部、“抗大”的参谋班和敌工班的学员都分别占着各个山头。“鲁艺”的地址，是从文庙的废址往里走，在山脚新建起四合院式的简易平房作为办公的地方，师生宿舍则在半山腰新挖的一排窑洞里。古老的文庙只剩几根牌楼的石柱了，周围全是乱葬的坟堆。这时，有些学员就在坟堆草地上躺着晒太阳，有的看书，有的画画，有的抓虱子，有的女同志在打毛线。老蒙对这气氛很感兴趣，鼓动着我：“寒梅，来考文学系吧，听说还在招考学员。”

我们走进办公的一排平房，在秘书处的房间向一位干部问了问。秘书说：文、音、戏、美四个系都在招生。分批考试，每星期天开考一次。择优录取，考到满员为止。文学系招收五十名，已经满额了。这星期最后一次考，成绩优异的话，再取一名两名。报名必须有团体或本院教员个人的介绍信才行。今天、明天报上了名的，后天就能来考。介绍信，哪里去找？要“抗大”政治部给写行吗？正当为难之际，一位在蟠龙同队、爱画画的田零，从山上窑洞下来，跟他谈起这事。他说自己正是为考美术系来找一位中学时候的老师作介绍，名已经报上了，后天来考。他问我想不想考文学系，要想考就同他上编译科去找他老师说说看。我犹豫了一下，说怕考不上。田零热情地怂恿：“没问题，我看过你写的东西，准考得上。这里教员，都是著名的文化人。文学系就有沙汀、陈荒煤和何其芳，翻译家沙可夫是副院长，周扬、徐懋庸和卞之琳是兼课老师。”

田零的老师叫张仲纯，很热情，听田零一讲，马上给写张字条，我便到教务处报了名。真像是做梦一样，本来是相当啰唆的事，想不到这样顺利地解决了。要是考试也能如此侥幸，真是三生有幸啊。

12 月 24 日　晴　到大队部政治处去问问我们新来的学员什么时候编组、上课。想不到接见我们的竟是一位副主任。他那么年轻——二十五六岁的模样，态度和蔼、亲热。听我们说话，马上问道："听口音，你们几位是广佬吧？我们是老乡啊。"他说老家是广东与江西交界的大庾县。红军长征经过老家，他就书也不读了，离开了学校，跟着队伍上路，经历了二万五千里的山山水水。

"你们从那么远来也真不容易啊。小米饭吃得惯吗？有什么要求？"副主任把话头一转，睁着黑眼珠望我们。

我说，学习上最大问题是，言语有障碍，学习完了会不会派我们回华南工作？副主任一怔，沉思片刻才答道："现在你们首先要安心学习，至于将来的工作分配嘛，那，要根据需要来决定。如果南方需要干部回去开展工作，当然可以考虑，所谓'干部地方化'嘛。但是，要是客观条件不允许，那也没办法。说话困难是可以克服的。我现在还不是南腔北调，工作也没受到多大影响。既来之则安之，不必焦急，慢慢都会习惯的。"

"他爱好文学，前些时候校刊登的七大队给延安蒙难民众写的'慰问信'，就是他写的。"老蒙指着我说，"他要去'鲁艺'学文学行吗？"

主任"啊"了一声，打量着我："'鲁艺'是培养有专长的艺术干部，进去是要经过业务考试的。考上了，组织上当然会支持发挥个人专长，也是革命的需要嘛。"

看看主任桌上有几种文学书籍，特地问他借回三本文学丛刊——《自由中国》。

学员每月一元的津贴券发下来了，津贴券只能在校部合作社的炒卖部买饭菜、在杂货部买日用品。晚饭时，跟黄流、老蒙、江河和蓝径平几个广西老乡，端着小米饭去合作社要了两碗扣肉作改善伙食。大家一时高兴，说说笑笑。江河忘乎所以地蹦蹦跳跳，说他方才排队打饭，跟一位广州小姐搭上了腔，对方是执信女中的。"乖乖隆的冬！"老蒙却给他泼冷水，"看你，得意忘形的样子，别自作多情吧。"

江河不服气，急急忙忙把饭吃完，便往清凉山脚的女生队那边走，单独寻找那位才搭上两句话的人去了。

12 月 25 日　晴　袋里还存着"抗大"五角津贴券，早饭后和老蒙、黄流到合作总社去。原想去买一些笔记本，可是所有的笔记本都不合意，还是空手而归。

晚饭后和黄流等每人拿一碗小米饭往街上的馆子跑,花了一毛钱把饭炒好,再买了两碗扣肉,四个人吃得很餍。

每天黄昏时分,清凉山上总是出现三五成群的男女青年在散步。彼此含情脉脉,欲言又止。听谁说过,小米富于营养,特别是对女性尤为显著。难怪女同志她们个个脸蛋,都那样红喷喷地洗也洗不掉似的。人虽然穿着臃肿的棉袄、棉裤、棉帽、棉鞋,失掉都市常见的那些迷人的曲线,但是,那俏丽如花的容貌,那明净如水的眼睛,丝毫也没减女性的魅力;何况臃肿的棉袄扎上了腰带,在此时此地却是一种矫健、飒爽的英姿,足以令人神往。

12 月 26 日　晴　读《自由中国》月刊,有郁达夫先生《论战时文学》一文。他说,目前没有伟大作品出世是因为:

1.没有人再有闲心情来欣赏这么大的小说。

2.作家也不能在动乱的时代里写得出伟大的作品来。

……

给家写封信,但是,没有邮票,只好拿十张明信片去邮局兑换,寄航空 30 分,剩下 10 分还黄流。

12 月 27 日　晴　校部宣布:高级班归入第三大队建制。早饭后,队部派人下来找我们作个别谈话:了解各人的文化程度和社会经历,征求本人愿学政治还是学军事的意见。还说,高级班培养对象是中级军、政干部,毕业出去就要担任营级指挥员。问我个人愿学什么,我说,还是学政治吧。

来人说:“也好。在可能的条件下,组织上总是尽量做到照顾个人志愿的。”

12 月 28 日　晴　一声哨音,把我们宿舍里还未编班入队的人,统统集合到打扫干净、没了积雪的篮球场去站好队。不一会,首长来了。大家一个跟一个噼噼啪啪鼓掌欢迎。原来是大队长和政治处主任来同我们这批留校的新学员见面。首先是大队长讲话,接着,便是主任。主任个子矮,声音却叫得很高很响亮,话里很有鼓动性。站在后排的人拼命踮起脚跟,伸长脖子也看不清他的尊容。原先三大队政治处主任是徐懋庸。是不是他呢?有人说他是小矮个,但听说已上晋东南一分校去了。

首长讲完话，队列科干事便宣布编队名单。我、老蒙、黄流和原来七大队几个熟人编入第四队，是学政治的。江河和蓝径平他们学军事，编入第一队。编完队，我们便回宿舍收拾铺盖，等待一位同志来领上山，住到各班的土窑洞。

人说土窑洞冬暖夏凉真不假，比平房暖和。一眼窑洞一个班，住十来个人。生一炉木炭取暖，生活舒服多了。

班里同学，有的来自洛川分校，有的来自栒邑“青训班”，有的来自其他各大队，彼此互相谈论着原来各地各单位的生活、学习情况，一下子就像很熟了。

12 月 29 日　晴　早上太冷了，吃完饭手指已冻得不能拿筷子。墨水结成冰了，要写字必先将墨水烘溶才行。中饭过后，和黄流、老蒙去收发科看看有无各自的信函。我没收到信，心里很惆怅失落。

晚上，开小组会。各人都得作自我介绍——自报家门。听来，多半是学生出身，社会经历很浅。河北、山东、山西的，都因家乡沦陷了，成了流亡学生，随着大流找个落脚地方来的，不全都是由于马列主义理论的感召，为共产主义远大目标而投奔。

12 月 30 日　晴　区队要出墙报，庆祝一九三九年元旦。组长一定要我写篇稿。写什么呢？想了半天，实在没半点灵感。但是，这是不能逃脱的文债，不得已，只好胡诌几句干巴巴所谓墙头诗草：

明　天

——为一九三九年元旦而作

逝者如斯夫，
昨天，如同流水；
她既一去不还，
你又何必苦苦巴望？
捉住今天吧，
稍纵即逝的野马。
现实的浆果总是苦涩的，

甘甜只有在劳动中出现！

这样，总算没交白卷。组长赶紧拿去给编墙报的同志凑数。

12月31日　晴　一年的最后一天。

晚上，散步到王家坪的桃林，居然跟九月初在广州百子路见到的省一师同学符德裕又在此地重逢。他情不自禁地侃侃而谈，问我入党没有。听我说了，高兴地重新握住我的手，使劲摇了又摇。无所顾忌地说他在省一师时，便是地下党员了，学校有个党支部，“你十四班的王禄位和十三班的梁奇达都是我们支部的。你、王国强、郭植秀和黎秀统几个，是我们支部外围的基本对象，知不知道？”他得意地笑笑。最后说，他在“中央青委”工作，不久，就要回海南岛打游击去了。“后会有期。

1939年

1月2日　趁着放假，到“鲁艺”应考去了。考场就在一排作为小型展览的大开间。考生随到随考，在我进场之前，已经鸦雀无声地坐满一屋子的人，莫不聚精会神埋头应试。我悄悄地找到座位，教务处一位干事拿来一张试题和试卷摆在我桌面。

试题是：一、作文一篇——写你一段难忘的回忆；二、阐述对当前抗战文艺的见解；三、回答几个文学知识的问题；四、分析一篇自己最欣赏的作品。

作文，自定的题目叫《冬至》——回忆父亲每到这个时候，为欠钱还债，年关难过而常常叨念“冬至就年，讲过就钱”的穷愁潦倒的日子。对当前抗战文学现状的见解，表示赞同几天前读到的郁达夫一篇文章中的观点，认为处在如此伟大的民族解放战争时代，之所以还没有伟大作品产生，原因很多，其中之一，恐怕正如英国诗人惠迟渥斯说过的：“热情的诗，是需要经过一道事后冷静的思考与反省的。”事实的确如此，情人正在热恋之中，亲人正在棺材旁边哭泣，他(她)们是吟不出诗来的。李义山有两句诗就说过：“此情可待成追忆，只是当时已惘然。”另外，谁也说过：“夜莺总是到了黄昏才会歌唱。”目前暂时见不到大作品面世，应该是文学现象的必然，不足为怪。

在分析作品方面，举例：1.巴金译的《草原的故事》中高尔基早期的作品——《玛卡尔·楚德拉》，2.果戈理的《巡按》。笔试完了，还要到代系主任陈荒煤同志（主任沙汀和何其芳到前方去了）的房里去口试。时间已接近晚饭，问得挺简单。只问读过些什么作品，最喜欢的是哪些。我说，中国的《红楼梦》《水浒》《西厢记》和《今古奇观》等等，都读过，外国的读过《罪与罚》《父与子》《密格提得》《死魂灵》以及普希金和高尔基的短篇和《夏伯阳》等等；初中阶段，喜欢苏曼殊、郁达夫，高中阶段喜欢高尔基、普希金。荒煤主任点点头，叫几天后来看榜。最后一关，到组织科跟王子刚同志面谈。问到延安后，政治上有些什么观感和要求。我说，很满意，很快就参加了党组织了。“那好，那好。欢迎你来学习。”王子刚还伸出温暖的手，紧紧握住送出了门。

这样，考试就算过了关，怀着舒畅的心情，抬起轻快的脚步，赶回“抗大”四大队宿舍。晚饭开过了，肚子却并不觉得饿。老蒙迎着紧问：“考得怎样？”

“自觉良好。”

“这就行了，拿津贴券到合作社吃拉面。”

“我给你算命，准能成个文学家。”到合作社坐了下来，老蒙继续热情洋溢地给我打气，好奇地询问考试的细节。

1月7日　怀着激动的心情去“鲁艺”看榜。到了展览室门口，看见新贴出一张信笺大小的纸片，赶紧凑到跟前仔细瞧才认出钢笔书写的两行蝇头小字：

本星期文学系考试录取名单

丁克辛、李清泉、陈寒梅

乍见几乎不相信自己的眼睛，揉一揉眼皮再认，九个字三个人名，写得清清楚楚，不会错了。这高兴真是无法形容，跟范进中举似的，打心里也喊：“噫，好了，我中了！”

到教务处问问入学日期和手续。一位干事说：考上了的，随时都可以搬来，已经来不少人了。来时要带介绍信，党员还要转组织关系。带着无比的喜悦回来，碰见老蒙，他急切地问：“怎样？”

“名落孙山。”带着笑答道。

他盯着我的眼睛，肯定地说：“不会。什么时候入学吧？”

我原原本本地告诉了他。

“看，不出我所料吧。”老蒙赞赏地拍我肩膀，“细佬，你可是得其所哉了。我敢肯定中国左翼文学阵营必将添加一名战士！”

我说：“我自己一生有过三个幻想，也可以说是三个追求目标。第一、做个中共布尔什维克；第二、当个作家；第三、找个知己的伴侣。”

“不是幻想，目标必定会达到。”老蒙口气果断，“噢，第一个不是达到了吗；第二个，已经跨进门槛了，往后只要发挥鲁迅的韧性战斗精神，锲而不舍，必然成功；第三个嘛，听说‘鲁艺’女生特别多，在同行中，知音不至于难遇了！”

1月8日　把三册《自由中国》去政治处还给副主任，同时向他提出转学“鲁艺”的事。起初，他感到突然，说他事先并不知道这回事。我说：“抗大”“鲁艺”都是革命学校，文学艺术同军事、政治也都是革命事业的一部分。由于个人一贯爱好，觉得弄弄文学，发挥个人特长，对革命贡献也会大一些。副主任听我讲的恳切，沉思片刻，然后说：“噢，想起来了，你文章写得不坏。好吧，考得上也不易，我就成全你的志愿，但愿中国也出个高尔基。”

副主任慷慨地写了张条子，叫拿去队列科给写个证明，转学去“鲁艺”。队列科看了副主任的条子只好照办，连党组织的介绍信也给开了，个人档案材料，则另外给转。

1月9日　田零说，他也考取了美术系，我们就拿着介绍信一道去报到。秘书处拿信看了看，叫我们去系里找辅导员接头。我们走到山上一排窑洞前面的坪地，看看每眼窑洞都紧关着门，门口又没个标志。田零是知道美术系的辅导员住哪里的，可文学系是哪几间，他也不懂。正在踌躇时刻，一位穿着黑羊皮领子短大氅的少女走出窑洞来夹木炭，看见我们在张望，便主动地问一声：“找谁？”亲热地打量着我。我仿佛做梦，不期而遇着熟人似的，几乎把她当作家乡的阿丽了，一时发呆，忘了说话。田零对她指着我说：“他叫陈寒梅，要找文学系辅导员。”

“呵,刚考上的是吗,跟我来。”

田零自己走另一头,找美术系去了。我默默地跟在姑娘后头,脑子里老驱散不了阿丽那纯洁秀丽的影子。

“辅导员叫梁彦。”姑娘边走边说,“喏,到了。”姑娘站到一间坐北朝南的新窑门,敲了两声。

一位矮墩墩的忠厚人拉开门来,一见姑娘便笑着说:“哎哟,眉初呀,还敲门呢,真规矩。进屋,进屋。”

“不,我回去了。这位是新来的同学,找你的。”

姑娘瞟我一眼,说声“再见”就走了。

我进屋,把秘书处写的条子给辅导员。辅导员把字条看一眼,伸出烤得暖和的手握着我:“欢迎,欢迎。已经编好组了,你在第一组。同你一道考的丁克辛、李清泉,是晋察冀来的,他们早在这儿了,也是第一组。你明天来吗?后天?后天也行。现在,我们去见见组长,认得住的窑洞,哪天搬来,直接找他就行了。”

组长叫林漫,瘦高个子,态度挺和蔼,对人总是笑眯眯的。临走,他还冒着风寒送出门外。

田零也许先走了。自己一个人走过留守兵团司令部的山坡下。想不到竟在此时此地遇见一位广东省一师同学,他叫杨思仲(陈涌)。在一师时,是简易师范班,和我们本科班接触少,彼此不很熟悉,只是他也是常在墙报上写文章,他哥哥是教务处主任,所以对他有点印象。在此时此地邂逅,自然格外亲热。他说在“抗大”学习完了,被分配到司令部秘书处当干事,实在也没太多的事干,很羡慕我能考上“鲁艺”。于是,托我说:要是有机会的话,能替他跟文学系负责同志讲讲,两个单位离得近,能不能让他来当个旁听生。我说,能够跟他作第二次同学当然再好不过了,只是现在自己还未入学呢,日后跟老师们说上话时,帮他一臂之力,不成问题。

1 月 10 日　我终于告别了拿枪杆的军事学府,走进耍笔杆的象牙之塔来了,生涯将翻开新的篇章。

也许文艺的爱好者是特别真诚相与，大家一见如故，使人忘了陌生。组长林漫同志把本组的同学逐个介绍给我：李清泉、丁克辛两人都戴着眼镜，李比丁年轻，眼镜的深度，却比丁那私塾先生老花镜似的高得多，镜片仿佛玻璃杯底；葛洛恐怕是组里男同学中年纪较小的吧，然而，老成持重，不苟言笑；女同学司丁，组里的小妹妹，性格开朗，还不失天真活泼的少女神态，显然跟娴静端庄的眉初形成鲜明的对比。此外还有一位老含着斯大林式烟斗的金曼辉，一脸饱经沧桑的皱纹，沉默寡言，叫人莫测高深；田家是写诗的；陆风，大个子，一心专注于高尔基俄文原著的阅读；汪润老老实实地构思从前方得来的素材。

晚间，研究员严文井和另一位辅导员林耶，来组里同大家聊天，谈论对报告文学的看法。本来是不拘形迹的漫谈，然而，严矜持而冷静，说话很注意分寸。

不管怎样，我终于走进文学的天地来了。

行军手记

（1945.6.13—11.6）

1945 年

6 月 13 日　晴　夜宿方家桥　别了，延安！

这块一住住了七年、度过了一生最美好的青春年华的土地，一旦要离她而去了，感情上不免留下好多难以超脱的牵挂。为了要跟情同手足的黄海和叶克两口子话别，昨天吃罢晚饭，便向干部大队请个假，背上行军背包，从南门新市场往东门穿过飞机场，来到桥儿沟边区师范学校的教员窑洞，跟黄、叶两个夜谈中宵。

今早清晨，黄、叶送下山，伫立路旁，鹄候南下队伍经过。

黄海大姐还将她给叶克织的骆驼色毛背心换我纯白的毛衣作个纪念，也减轻包袱的重量（规定每人只准带十五斤）。一会，大队人马朝着曙光涌来了。当干部大队来到跟前，我便迈开步走进行列，应声合唱：

别了，别了同学们，

我们再见，再见在前线……

回头盼顾，黄海含泪在挥舞着手上毛衣(也是她给织的)。

昨夜我们谈到鸡已啼明，叶克打起呼噜了，她仍轻轻叹道："转眼八年过去了！看来胜利不会太远。你这一去，可能比我们先出现在电灯光下。不知我们将在什么城市相见呢！"大姐那样情不能已地赠给一张她中学时代在青岛水族馆旁照的照片，还在背面写了这样一句话：

你把她带到美丽的南方去吧！

照片夹在小本子里。此刻，她倒叫我低徊沉吟"夕阳围绕着山头的塔影"的歌声。好像永远也不会离得开延安，正如青春的日子使人眷恋不已一样。

但是，此刻毕竟住到一个离延安五十多里的村庄来了，往后将是一天比一天远离。

"东方红，太阳升……"的民歌作者，就是这附近村里的农民。现在我们干部队的同志和老乡们合唱得挺欢，充耳都是"东方红，太阳升"。

6月14日　晴　木匠铺　我们这支南下队伍，是新编的两支武装部队。广西干部大队隶属于由原边区警备一旅的一团和二团编成的支队。支队司令员文年生，政委雷经天，副政委莫文骅，干部大队长黄一萍，政委李志明(写过一本《长征诗草》的红军比较年轻的老干部、诗人)。广东干部大队所隶属的支队则是由三五九旅七团和八团两个主力团的指战员混编起来的，由古大存和伍晋南等率领。两个支队总共是两三千人，分成两个梯队行军，并肩南下两广。目标：贯彻执行"七大"的战略方针，进军华南，配合当地抗日力量，建立扩大抗日根据地，最后赶走日寇，争取全国解放。

广西干部队五十多人，一半是经过二万五千里长征的工农老红军骨干，一半则像我一样，是三八年抗战入伍的知识分子，经过整风运动，历史问题已经作了审查结论的新干部。

从今天开始,干部队各人的背包有牲口驮运,空着两手走路,轻松多了。为了躲过白天太阳晒,同时锻炼夜行军,凌晨三四点起床,在灯光下把上半天一顿饭吃饱,跟着便是集合站队,按行军序列的先后出发,到十点来钟宿营。各人按着统一分派,到老乡家扫炕、下门板安床铺,各人自找睡觉的地方。

老乡的炕苍蝇太多,睡不成,跑到院里的枣树荫下随便往碾盘一躺,听听蝉声,倒是睡着了。睡前,比别人乏,容易入睡;醒后,心思比别人多,很难闭上眼睛。

6月15日　晴　马家坪　两天都走的小路,今日仍未能走出延川县境。这一路来,每个村落,周围都长不少树木,枣、梨、柳和桑,到处撒下一片浓荫,多少能遮掩炎热的阳光。久旱,河床裸露一片鹅卵石,仿佛一副被遗弃在地上的鱼刺。

两天没洗过澡,趁午休,一个人走到河边,在偏僻的荫蔽地找到小小的水洼,在那里洗个痛快。回来见大家歇了晌,都精神起来了。有的围在石碾旁边打扑克,有的翻阅地图寻找这儿的位置,有的在抱着膝盖聊天,有的埋头在膝盖上给延安的亲人写信,或记行军日记什么的。我情不由己,又从口袋拿出大姐的照片来端详,仔细咀嚼那句话:"你把她带到美丽的南方去吧!"……

一位卖烟卷、火柴、花生、瓜籽和麻糖什么的货郎,摇着小鼓慢悠悠地来到村前,卸下担子,招揽生意。他四十多五十不到的汉子,一只眼耷拉着眼睑,只拿另一只眼对人睨视。头上蒙块发黄的白布头巾,是这一带农民的模样。说话挺直爽,有点燕赵豪侠气概。难怪他说,老家在河北。眼睛是打仗时候,被日本鬼子放毒气弄残废的。1942年精兵简政退伍下来,跟个寡妇成了家。"再过两年,等你们去把鬼子赶走了,还是要回老家去。"说老家一大片平展展的地面,怎么也望不到边,心胸开阔痛快,不像这儿开门见山,叫人憋得慌。

6月16日　晴　苏家会　今天的房东是"抗属",家里有人当八路打鬼子。一个二十二三岁的媳妇长得挺招人:脸蛋白皙细嫩,眼睛流动灵活,鼻子嘴唇配得挺匀称,不像是乡下常见的,叫你总想多瞧她两眼。

这一带流行这么几句民谣:"清涧的石板,瓦窑的炭,米脂的婆娘,绥德的汉。"说的是吕布出在绥德,貂蝉是米脂县人。历来米脂出美女,这苏家会村子是不是属米脂县呢？地图上找不到。

这媳妇对我们好像是走她家亲戚来的客人，跟我们说话大大方方，少客套，也不怯场。见我打开作枕头的背包有件板栗色的羊毛背心，拿到手上揣摸半天，爱不释手地啧啧称道：

“这褡褡真好看。哎，你们要到大地方去了，还稀罕它嘛，让给我好不好？多少张‘边币’？给你。”

看她那么认真、恳切，不由一怔：“你要它自己穿？”

“不。给我男人。”话说得那么平静。看我一时不作声，又说：“他个儿跟你长的一个模样，在县里当干部。”

看她对自己男人那样虔诚，真想成全了她，索性给她留下。只是，这背心纵然进了城市，拿钱是买不来的啊。只好委婉地对她说，很对不起啰，这是别人特意给织的，不好背情割爱，请她原谅。

“是家里人吗？噢，不是？是相好的吧？嗨也，看你还不好意思哪。”

……

这也许正是二十年前刘志丹在这片土地上领导闹的土地革命，婆娘们的封建思想解放得早的现实吧。

6月17日　小雨　清涧二十里铺　今天从乡间小道走到公路大道上了。清晨通过清涧县城，街上全铺滑溜的青石板了，难怪有“清涧石板”这句民谣。

五年前这时节，同李清泉、林蓝和姚时晓到绥德三五九旅防区来体验生活，曾路过这里住了一宿。县教育科一位叫张健的科长来同我们周旋了一夜，讲他曾是陶行知育才学校几个“小先生”儿童之一。难怪他真会吹，人精明外露，活跃、乐观。街上的烧饼也挺可口。可惜，队伍穿过大街，没让歇下，烧饼吃不上。健谈的张健也不知还当他的科长没有。

队伍走出清涧城外不远便在二十里铺宿营了。

住窑洞躺炕，气闷的慌。下了块门板，在屋檐下安个铺，好睡多了。但又要担心夜里下雨，情绪很不踏实。

曾追随张云逸长征当通讯员的孟国基老红军同志来我身边，劈头就问：“门板哪里下的？”孟是我们小队长，以为是检查“三大纪律八项注意”来了，觉得他问得唐突。他说,陕北农村有个忌讳,不得开口向东家问“借块门板”,要是你不懂,傻乎乎直讲,准挨揍。“为什么?”我还真的不明白。孟伸出手掌遮拦着嘴贴到我耳边,悄悄地说:“这儿老乡把婆娘的那个叫板子……嘻嘻,懂了吧。唔,昨天看房东媳妇跟你老弟甜言蜜语——你可别乱打游击啊……”老孟给我挤眉弄眼,叫我脸都红了。

6月18日　晴　彭家沟　真倒霉,半夜起床,在灯光朦胧中给小壶灌开水,不小心,手一颤动,一瓢滚烫的水往胸口和大腿泼了一大片,皮肉马上鼓起了水泡,又疼又辣。卫生员急忙将鸡蛋清敷上,包扎纱布。跟大家一样行走是不行了,队部去跟乡公所交涉,派来只毛驴给代步。自己学不会像老乡那样,横坐驴背上,不慌不忙,挺自如,而是挺直腰杆,正儿八经地骑在硬梆梆的木头鞍子上。又不会叫牲口向左、向右、前进和停止的叫法,毛驴欺生,老走单边窄路,叫你战战兢兢,生怕被甩掉。要能走得动,真不愿受这份罪。

伙伴们说,看你这个模样,恐怕是走不了了。

走不了怎么办?又回延安吗?延安啊,到底是我精神的故乡。那段日子,可是我一生的黄金年华啊。但是,纵有万丈深情都已随岁月流逝,回去已不可能使绮梦重温,正如时光不再倒流。

临走前一星期吧,周扬虽然回封亲笔信:欢迎重返“鲁艺”搞专业创作。但,要创作,不是必须得下农村、到部队去寻找源泉吗?下农村,在陕北就是日来见到这些山沟、窑洞、黄土高原;到部队去,那就不如现在这样,向新区进军,生活天地丰富多彩。只要是不伤筋骨,这些皮毛之痛,总不至于妨碍前进。脚步是受意志左右的,意志不动摇,困难总会被战胜。

6月19日　晴　绥德县城　从彭家沟到绥德城,有四十里地。凌晨五点来钟动身,九点左右便到绥德城里了。下榻地是绥德师范学校,他们腾出教室来让给我们打地铺。

这是专署的首府,街市比较像样。五年前和李清泉、林蓝乍到时候,感觉好像从山沟沟进了城市,大大开了眼界。后来,来来去去,过了半年,就不觉得怎么的了,老急着要回延安,一天也不愿多待了。这恐怕是文化生活太单调贫乏,见到的老是几个稔熟的面孔,书店除了延安解放社出版的,外地的书连影子也没见着。小馆的羊肉泡馍和水饺的味道是不错的,老吃也腻了。难怪当时在三五九旅做王震将军秘书的郭小川,整天找我们打听考“鲁艺”文学系的条件什么的。

五年后的今天,街道景观依然,文学的朋友倒多了几位。经过整风运动之后,“鲁艺”一部分人走出了“象牙之塔”,分头到实际工作岗位来了。在这里的就有文学研究室的岳瑟、梅行和他的夫人聂眉初,另外,还有跟我一道曾在部队艺术学校教书的董均伦和高鲁。由于整风运动,各人都受到了严峻的审查,彼此有三年见不到面了。以为这次萍水相逢,大可开怀叙旧一番。

先去抗战报社找社长殷参问问。岳瑟,跟地区文工团下乡演出去了。殷说:“岳瑟变化很大。你可想不到吧,他居然当了演员哩。”这可真是新闻了:一个孤傲清高、道貌岸然的魏连殳,实在滑稽。

梅行在地委宣传部当干事,聂眉初就在这间“绥师”做教员。他俩还是那样年轻、热情,梅行对目前工作很得意,说:文学搞不了了,现在每天不是开会就是起草宣传要点什么的,连吃饭工夫都忙不过来。聂说:真羡慕你们,能到南方去,不愁没有青菜吃了。

晚间,高鲁从军事学院来。他还是老样子,五短身材,跟谁讲话都得仰着脑袋。三年工夫头发已出现斑白,说“这是整风运动的成果,伍子胥过关,一夜之间……哎哎,知识分子要革命。恐怕也不免跟当和尚一样,顶天门必须烧七只眼的吧”。他老兄还在为十七岁的表妹被某个老红军首长抢了去而耿耿于怀。说爱情愚弄了他,“世道太不公平了,为什么一心一意去爱别人,总也没得被爱呢?有一位名人讲过:‘恋爱能使傻瓜变成聪明人,而聪明人会变成傻瓜。’你说是不是这样?”听他谈吐爱情的苦恼,真不知该怎样说好。停一会,他说:“不过,有所失也有所得:三年整风,审查个人历史,我的问题,终于有了结论了。老董(均伦)当过印度大夫柯棣华的翻译,还有点尾巴,审查还没结束,所以就不能来看你。”

我们还谈了这样那样好些话,都记不清了。送他出校门时夜已很深。

6月20日　晴　昨夜队部下达通知:今天留在绥德大休息。不必半夜起身,可以美美地睡它个天光觉。

医生来说：烫伤的地方还不完全平复，不得过多走动。整个上午只好躺着，哪也不能去。伙伴们上街回来吵吵嚷嚷，午晌也不能入睡，索性独自上街，理了个发。

聂眉初来找，说她弄几个菜，请我和蓬荆（广东干部队，“鲁艺”文学四期）去她那聚一聚，大家喝两杯。我说嗓子发哑，喝不了酒，免了吧，她的一番情义，心领了。“还是来吧，反正以后不容易见面了的。”眉初说得恳切，叫人不好意思推辞。

等她走后，想想，1939年初进“鲁艺”文学系二期的头一天，她给人留下的印象那么深。那天她穿件黑羔皮领的短大氅，是个娴静秀美的少女。在系里学习个把月，和梅行、黄钢几个跟系主任荒煤上太行山，打了一转回来，同梅行结成了伉俪。梅行同我进研究室，他搞理论，我弄创作，共同语言本来就不多，何况他原则性太强，对人要求尖刻，和我的我行我素的迂阔尿不到一块。这时真不那么乐意勉强自己去作虚与委蛇。

到快要开晚饭时刻眉初又来请，我们小队开着会还未散。等一会，她又来，我躲到背地里，看到她怏怏地返回的身影。不想，第三次她又同蓬荆一起来，蓬也给她帮腔，非要我去一趟。

梅行，人长得小个，像只核桃，又坚又硬。只记得书上有人讲过：“不问生活是什么情况，也不考虑人情的真诚或虚伪，这样的人，永远都是积极、乐观的。”他狂热地频频举杯：“为不久的将来，我们能重逢于上海，干！”眉初却冷静地说：“以后恐怕难得再见了！”

夜里，在暗淡的灯光下，写了三封信，分别寄回延安给黄海和叶克，赵昔和吴劳，以及“老大哥”王真（正之）。告诉他们：后天我们的队伍即将东渡黄河，离开陕甘宁边区进入华北游击区了。人是越去越远，心却失落在延河边上，没有跟在身边。末尾借用苏轼的话：“但愿人长久，千里共婵娟。”

6月21日 夜里落雨，出发时间改到天亮后八点。整个支队人马，到城外无定河畔的沙坪集合，听支队首长作动员过黄河进入敌后的报告。

大腿伤口还有痛感，到前面的刘家庄动员牲口代步。午晌，队伍停路边一座村子休息，刚在苹果树荫歇下，好几个老乡围到跟前来，找我们做买卖，想要我们带不走的衣物,闹得你想打个盹也不行。原来是队部传下话来,过了黄河,背包就得自己背了,规定每人不得超过十斤。这样,有多余的衣服、被单什么的,都从包袱精简出来,给老乡换回几个钱,路上零花。

午晌过后,队伍继续出发。我还是骑着毛驴,一步一步爬上一架高高的大山。从山巅俯瞰,一列看不到头尾的长蛇阵,仿佛小时候看的蚂蚁搬家;松涛呼啸,战马嘶鸣,倒也十分雄壮。

大概是昨天在绥德吃的枣糕不干净吧,到进村宿营时候,肚子突然疼的不行,晚饭没胃口,赶紧躺下。伙伴们个个生龙活虎,找老乡买鸡蛋,到山沟找小溪洗脚、擦澡什么的。我孤零零地淹没在炕角的背包堆里,没人过问一声。从前在“抗大”那时候,只要你稍有头疼脑热,同学们马上围上来了,那股发扬“阶级友爱”的精神是温暖人心的。可现在,怎么可以这样呢?……

6月22日　晴　夜宿黑水沟　又是夜行军,半夜起身,匆匆忙忙把饭吃完就上路。好在肚子不疼了,大腿可以走得动,不必骑毛驴了。

走了大半天,还是在昨天没有翻完的大山里绕着。午晌还不能宿营。等下到山脚,已见日影西斜。前面便是螅蜊峪渡口,一条黄浪汹涌的黄河奔来眼底。

队伍就要在这儿渡河到晋西北地区。武装部队比我们干部队先到江边,大片沙滩人马蚁聚,本来是僻静的渡口,顿然热闹非常。十多二十艘木舟,在混浊的黄浪上漂浮来去。人员按着行军序列先后上船,一船一船驶过对岸。牲口则需要人牵、鞭策,折腾了半天,才哄得它踩上跳板走进船舱,叫你急也急不来。

下午五点队伍首批渡河,我们干部队的船泊到对岸时,六点已过了。回头西望,螅蜊峪镇的林梢升起缕缕炊烟,夕阳落下江面,波光粼粼,乌鸦正在村头树上盘旋。脑子里不觉浮想王维两句名诗:“大漠孤烟直,长河落日圆。”

“别了,陕甘宁边区!”

伙伴们齐声欢呼。

真的,过了这条大河,意味着我们都得走进另一个生活的世界了。那天离别哺育我成长、又让我播种着青春的悲欢的延河,似乎还没有此刻那么惆怅。银河渺茫,总有鹊桥一年一度,黄河实在,哪知何年何月我重来?

过了河来,马上集合,用急行军速度爬上一座高山。到半圆的月亮挂上林梢时辰，才在半山坡一座名叫黑水寺的村子住下。一整天行军，实在筋疲力尽，往炕上一倒，动弹不得，连话都懒得讲了。

6月23日　晴　碛口、沙垣　天色微明，支队的直属外单位全体人员集合，支队司令员、政委向大家讲话。说从今天开始，我们就要在游击区行军了，白天休息，夜间行动。游击区就不能跟陕甘宁边区的和平环境一样了，处处都必须提高警惕。干部队同志，特别是抗战后参加的，不论是营级、连排级干部，为了锻炼，一律学会掌握武器。一班人发步枪两支，白天行军，轮流扛；晚上派游动哨。听这一讲，多少产生了敌情观念，不敢那样满不在乎的了。

但是，当我们来到一个名叫索达干的村头时候，却被群众夹道欢迎的气氛感染得忘乎所以。从村头一路走到村尾，一条长街，两旁尽是男女老少，鹄候我们光临。面前排列一张张课桌、条凳，连成一线，上面搁大小不等的瓦钵，装得满满的、黄澄澄的米汤和大桶大桶还在冒气的开水。旁边的饭碗里都斟满了开水、米汤。另外，还有小篮子装着红红的鸡蛋，小碟上还放着纸烟……

“嘀嘀，八路叔叔来了啰！”

小孩们，拍手欢呼。

“同志，辛苦啦……”

“同志，歇歇，喝碗水再走！”

大人们，你一句我一句，连声呼唤。

队伍没听到休息的哨子，不敢停步。但是，到底走了三四个钟头了，喉咙都快要冒烟，水对每个人都是不可抗拒的诱惑。人们一个接一个跟着边走边接过老乡端到跟前的米汤，仰脖痛饮，抹抹嘴角，赶紧追上前头的伙伴。有的解下腰带上的口盅，往水桶勺上一盅，边走边喝；有的急急地问：“鸡蛋多少钱一只？”老乡们齐声叫唤：“不要钱，慰劳同志的。”接着，几个小孩手拿红蛋小跑，追到八路叔叔身边，紧往挂包塞，高高兴兴地：“八路叔叔，拿吧，好好打日本鬼子！”

此情此景，一股热流涌上心头，浑身激动。一场民族解放战争，终于把“一片散沙”的人民团结起来了，军民一家在这体现得多生动。这碗水，这只蛋，端在手上多沉，多少钱能买得到呢！

从索达干往南再走十来里地便到了碛口，队伍停下休息。这是河东一个大渡口，镇上街道铺着光亮的石板，商店生意相当热闹。记得五年前同李清泉俩要赶到前面去参加“百团大战”，曾经路过这儿。那是将近中秋节了，糕饼铺摆满月饼。鲜枣、核桃、石榴、林红（山苹果）都下来了，满街都是。

现在，我们离碛口十五里地住了下来。周围看到的，是一座一座相距不远、绿树覆盖的村庄。住宅，都是一孔孔砖砌的窑洞，跟陕北挖洞而居的土窑相比又是另一派风光。

6月24—25日 队伍停下休整两天，总结这段行军的经验、教训，作好通过第一道封锁线——同蒲铁路的精神准备。

人一闲下来，思想特别乱，这回下那么大的决心离开延安，投笔从戎，意思是深入战斗部队，体验兵生活，为日后创作积累素材。现在生活在干部队里，所接触的人，跟在延安机关和报社的差不多，对指战员生活如同隔靴抓痒，很难体会。不如请求下战斗连队去，跟战士们生活在一起，彼此感情交流，也许比在干部队还真来得单纯一些，痛快一些。

把这想法跟韦必克谈了一下，他也有同感。于是和他一道，找政委莫文骅去谈谈。莫原来是留守兵团政治部主任，韦曾在他手下当过宣传科长，1942年实行精兵简政，调到《部队生活报》和我一起当特派记者。他当宣传科长时候，我在莫文骅兼任校长的部队艺术学校当文学教员，同样都是莫的部下。这回南下就是莫提名要我们两人跟他打回老家的，心里有事自然想到找他说说。

“你们身体怎样，经得住锻炼吧？”莫见我们，先开了口。在这场合，当着我们的面，态度倒是挺随和，没居高临下的大首长的架子，让你无所拘束地想要说的能随意地讲出来。

他注意听完我们要求下连队的话，先不置可否，只是说，目前在钦州、防城十万大山一带，有四五万农民暴动，地下党领导力量薄弱。说你们两个都是邻近那边地方的人，讲广东白话，语言相通，回去就到那边领导那支农民大军打天下。那里有十万大山作依托，过了北仑河便是越南，和胡志明的印度支那革命可以连成一片。天时、地利、人和，客观条件太好了。

听莫讲完，便对韦必克说：“韦兄，你看怎样？”

“好呀，回去干它一场！将相本无种，男儿当自强。”

“我恐怕不行,一介书生,要笔杆子还能凑合,带兵打仗就敬谢不敏了……”

莫不让我把话讲完,马上拦住:“那怕什么,打仗谁也不是天生的。韩信,力不缚鸡,可并没有限制了他领兵十万;毛主席领导秋收起义、上井冈山,那时也不过是写文章的文人嘛。1927年大革命,在南宁闹得轰轰烈烈的时候,我也才是省一中的初中学生,现在不也是个大大小小的军事首长了?苏联不是有本小说叫《钢铁是怎样炼成的》吗?革命队伍就是个大熔炉,大多数的人都会锻炼成钢的,废渣的只不过小数点。”

接下来,莫作解释:说文化工作也是革命机器不可缺少的部件,人才更是难求。办报,搞文艺,对鼓吹革命、发动群众抗战,是必不可少的精神武器。只是凡事都得有个先后缓急,当前奋斗的目标是枪杆子里出政权。讲到我们回广西的具体任务,是建立抗日根据地,赶走日寇,迎接全国解放。莫讲得头头是道,不容置疑。

“莫不愧是政治部主任人才,能言善辩。”回到路上,向韦讲句对莫的印象。

韦说:“反正我们都已上了船,管它,上了岸再讲。”

6月26日　晴　离石韩庄　早起,队部给每人发下一斤炒面,大家把它装进长长的筒管条袋,两头扎住口,斜挂在背上,作为食粮,到不得已时充饥。炒面掺和着枣泥粉,尝一口,挺甜。

上头传下话来:晚上队伍即将通过岚离(从岚县到离石)公路。公路是敌人控制的封锁线,我们只能在夜里从敌堡中穿过,要求行动敏捷,前后保持距离,相互呼应,不准掉队,不准说话、咳嗽,不准点火吸烟。

下午,干部大队重新编成三个小队。抗战后参加的统统编在三队,给连排级干部待遇,每个班发下两支步枪,要大家轮流扛。这么一来,有人就闹起来了,营级干部不但不要轮流扛枪放哨,背包还有牲口驮运,为什么薄此厚彼?钟其光和石岗就说,他俩是马列学院研究生,享受中级干部待遇。韦树辉也说,他是中央一级机关干事、秘书什么的,怎么是下级干部呢?一个《解放日报》的记者曾艾狄,被编到三队,对被当作连排级一般干部看待,嘀嘀咕咕。韦必克跟我也发牢骚,认为他抗战前就是地下党员,西安事变后到延安,当过留守兵团政治部宣传科长,明明白白是营级待遇;还说,我在部队艺术学校当的教员就是同团的宣教股长一样发营级干部服装的嘛,《部队生活报》编辑和特派记者都是和团里的股长同级的,怎么作降级使用呢?

大队长黄一萍听到这些意见,向大家作了一番解释:说是行军路上,中心任务是保证行军胜利到达目的地,从中给各人有个锻炼机会。没有担负任何具体工作任务,过细划分等级待遇是不必要的。说中央的干部政策规定:凡是抗战前后参加的新干部,都统统接受一定时间的基层锻炼,不分连级营级。但是,临走,广西的姑爷曾艾狄还是为此留在《晋绥日报》,不愿走了。

6月27日　晴　宿姚子坡　午后三点来钟,队伍出发,沿途经过的村庄,都有老乡欢送。敲锣,打鼓,唢呐声声;送茶送水,气氛热烈。

6月28日　雨　谷家沟　才走十多里地,骤然下起雨来了。每人虽然有张油布披在身上,还是抵不住斜雨侵袭。队伍不能冒雨行走,被迫在一座名叫小神头的小村子停了下来。

村子小,我们班十来个人分得个没席子的土炕,拿打湿了的油布铺上,大家凑合挤在一起。雨带来了寒冷,穿上毛背心,盖着被单,还是冻得睡不着觉。生活一天比一天艰苦,并不像说的咀嚼橄榄,越嚼越有滋味。

夜半两点钟,起身吃饭,准备上路。可冷得叫人打颤,哪里咽得下饭。

太阳出来时候,眼前展现一道山峦,苍翠如同眉黛。那双深沉的眼睛,那道浓眉的幻影蓦然来到眼前……想不起是哪位诗人头一次将远山比作美人的眉黛了。

我们走在吕梁山的丛林,沿着蜿蜒的小路,逶迤山腰行进;支队的文艺工作队员,在坳口的坡地,吹吹唱唱,鼓动队伍前进。

6月30日　雨　汾阳、高家庄　三天来一直在吕梁山的怀抱中打转。指挥部考虑到秋汛,汾河要涨水,队伍必须冒雨行军,抢在秋汛前走出吕梁,渡过汾河,越过同蒲路,进入中条山太岳军区。

这一地带,方圆百来八十里地,全被日寇抢光、杀光、烧光的“三光”政策残酷蹂躏,变成了无人区。

赶到黄昏时分,开始走上吕梁山山脉。山梁高峻,往下坡度很陡,由于水土流失,鹅卵乱石裸露路面,一脚踩下去,往往滑溜;牲口也前蹄低后蹄滑,挣扎而下，叫后头的人焦急的不行。满山白杨萧萧，秋风吹来凉意，清露袭肩，渐渐感到了寒冷。

下到山脚来，村鸡正在啼明。村庄闪烁着萤火似的灯光，牲口引颈嘶鸣，横在前面的小河，响起淙淙水声。前头队伍往后嘱咐：徒涉过了河便是离岚公路，都不要讲话！一下子，恐怖扼住了喉咙，只觉自己的心口在跳。背包虽然减到不能再减了，可此刻还是觉得太重，何况还轮到扛支枪，只好咬咬牙，紧跟前头的人亦步亦趋，迈开大步，急急通过公路。虽然知道敌人安在公路两旁的碉堡，一个一个都被当地游击队围困住了的，敌军不敢也不可能出击，可是，总不免心惊胆战。

过了离岚公路，前面便是全国地图上都标有名字的峪口镇。一条长街，街灯在黎明前的幽暗中微露朦胧的亮光。几家卖烧饼的店铺被我们的人叫开了门，生火烧水、和面烙饼，做我们的生意。人们来回走动找吃喝，一条长街一下子见得短了。

大半边月亮落在西边天，街头高高的白杨露出静静的树梢，湛蓝的天海，飘过朵朵白云，繁星在闪烁，天色快亮了吧。

一个似曾相识的人影在面前闪过，喊一声："大老，醒！"原来是老友黄烽。此时此地相逢，仿佛做着美梦。他是广东干部队的，属三五九旅的一支队，说我的另几位广东好友——萧鲁、张海和杜略都在后面；他是打前站的，要到前面村子号房子，赶在天亮之前进村宿营。看他轻快的影子消失在曙色中了。

所到之处，村里房屋只剩光秃秃的泥墙，庭院里长有齐腰深的蒿草；菜园里偶尔见到三朵两朵色彩艳丽的罂粟花被遗弃在一边，就像老鸨婆涂得过分的红唇，叫人感到凄凉。水井也被填平了，炊事员算走运，从林中寻到溪水，掏地架灶，起火造饭。村里升起缕缕炊烟，引来天空老鹰翱翔；战马卸下辎重，放牧在附近山坡草坪，不时引颈长啸，撕破山林的寂静。

再走三五十里，也还是这样的片瓦不全的无人区，队伍只能就地露宿。面对头顶蓝天，脚立湿地，"怎睡？"大家尽管口不言语，心里却在嘀咕。

为着躲风，区队三十来人，全挤到一间没顶盖的磨房。空间太窄，地里铺满厚厚的马粪，大家就在马粪上，你挨我，我挨你地站着。比肩接踵，站久了，小腿发麻，要移动一下，脚就碰到别人。看着几个先到的人，抢先占了磨盘，背靠背抱着膝盖，安然地坐成一圈，真叫人妒忌。

半夜，山风吹得冷飕飕，两件单衣和毛背心全穿上了，把被单也裹了身还是顶不住寒风，膝盖不由人地哆嗦，清鼻涕都流下来了……

“天将降大任于斯人也，必先苦其心志，劳其筋骨，饿其体肤……”孟夫子的话不觉涌上心头。人处在无靠的沉默中，往往都会憧憬未来，或回忆过去，以求解脱的吧。这时，我就打心里自己跟自己嘀咕：假如这次不南下，今天不是平平安安地在延安准备迎接明天“七一”的节日会餐吗？延安虽然不是黄土便是雪地，没有水的喧哗，没有花的色彩，可它有安宁、平静、阳光和歌声，使人自在、欢乐，得到温暖，也许还真得到赵昔（一位好助人为乐的嫂子）一臂之力，跟某个新来的平、津学生缔结良缘。那将会是什么一种命运呢？1938 年的北来和今天的南下，对我一生事业都将是一个转折的关键啊。1938 年要不投奔北来，也许会同雁嫂的表妹成亲，享受世俗的安定而富有吧？可是那样，我便会违背自己素所追求的信仰，精神上留下的遗憾是弥补不过来的。这回要不决心南下呢？爱情的小舟，也许能驶进平静的港湾，可于文学事业，岂不陷入枯竭境地？断送创作，放弃平生志趣，对我是太痛苦了。涸泽之鱼，相濡以沫，真不如相忘于湖海了。为着寻觅培育创作之树的沃土，没有披荆斩棘、筚路蓝缕的实践精神和奋斗的勇气，精神世界的新大陆永远也不会出现的……经过二万五千里长征的老红军同志说，当年他们过草地爬雪山，就是这样的：队伍像条铁链，每人一环扣一环紧跟着朝前挪动，谁要稍停半步，人一倒下便起不来了。再怎样艰难，只要咬咬牙也就过来了。“更喜岷山千里雪，三军过后尽开颜”这两句名诗，要不是亲身经历，谁能写得出来呢？

7 月 1 日　阴雨　高家庄　想不到今天在这儿庆祝建党 24 周年。一早云广英副大队长召集我们讲话，说前面封锁线的敌情还待进一步侦察，汾河水情也还没摸清。队伍在这休息一天，让各人做好过封锁线的一切包括精神上的必要准备。副大队长重申我们此次南下两广，是在争取全国胜利的战略方针下而进行的一次非常壮举，意义重大。说参加这次南下的同志是经受了延安整风、组织上已经给做了历史结论的骨干，党组织给予大家很大的期望。明天就要渡汾河，越过同蒲路了，希望大家发扬革命优良传统——英勇牺牲精神和艰苦奋斗作风，争取胜利到达目的地。路上，每走一步，都要注重团结友爱，互相帮助，遵守纪律，一切行动听指挥，不让一人掉队……

晚上，我们仍然在无顶的磨房露宿。白天各人拔草回来，把地上的马粪盖住了，勉强躺得下。

7月2日　小雨　鳌坡村　一早，支队直属单位全体集合，听支队首长作过封锁线的动员讲话，下午三点左右出发。

今天是最后一天走出吕梁山了。翻过前面一架大山，东边便是著名的汾酒产地——杏花村。那是汾河流域的平原。要求队伍白天翻过大山，天黑潜入汾河边上的村庄，隐蔽下来，等到明天夜里偷渡河东，穿越同蒲铁路。下山后，左右两边，离敌人炮楼只有十来八里地，绝对禁止讲话、点火。人一个跟一个，一步也不许落下。说得叫人每条神经都绷得很紧。

午后三点来钟，天空飘着细雨，也未能阻止队伍按时出发。山很高，一直往上爬，到将近黄昏时候才在半山腰停了下来。说山顶快到了，天黑再上去，免得暴露目标。上到山顶，汾阳县城便在视野之内，夜里能见到万家灯火。

上山寸步维艰，下山坡陡，投足也不容易；何况夜色漆黑，路面铺满卵石，坑坑洼洼，一脚高一脚低，提心吊胆，唯恐掉队。人已失掉意志，只凭两条腿机械地运动，出了一身汗，好不容易才下到山脚，在一片打谷场歇下来。这时才发觉装干粮的一条通袋，不知什么时候在什么地方丢了，懊丧不已。

这儿山脚坡地的村子，离汾阳只有十来八里地，村名叫鳌坡。大队部在前头，跟我们区队走断了。会不会是走到原定的宿营地——上车庄了呢？我们现在反正不可能再出村，只好在这潜伏下来，封锁整个庄子，谁也不让进出。

因为随时都有移动的可能，各人的绑腿没解开便和衣躺下。枕戈待旦，不能睡得太死，时刻等待行动命令。

7月3日　晴　鳌坡村　白天，走到院里朝前了望，山下是一片辽阔的平原，有密集的大小村落，有宝塔，有绿油油的庄稼，当中有条黄土公路穿过，不时出现一二辆汽车行驶，后头扬起一缕尘土。

房东家说，县城离这儿二十来里地，前面八九里便有鬼子的炮楼。但是，打今年起几个月来，鬼子不敢往这边进山“扫荡”了，要来非得有一二百号人马，人少了怕给八路吃掉，有来无回。队部给每人发下三斤面粉，叫各人想法动员房东帮忙做干粮，带过封锁线。有的要做炒面，有的要烙成饼，有的要蒸馍馍。房东大娘、媳妇、闺女，对我们八路弟兄好像接待亲戚似的，十分殷勤；做干粮的事用不着自己操心，全部依你的吩咐做得妥妥帖帖。我的份儿，全都烙饼，做成十四五只，好大一堆，比背包还沉，哪能背得动？留一半给了房东。

干粮弄好，大家都没事干了。有的在院场里的麦秸上躺着，养精蓄锐，准备夜行军吧；有的趴在碾盘边上往小本子做笔记；有的拿出地图看了又看。过了同蒲路便进入太岳军分区了，但是这汾河和同蒲路对我们而言都是难越的险关。

等天黑下来，我们便离开鳌坡。一位游击队员做向导，先到上车庄和支队司令部汇合，然后按大队伍的行军序列，依次开路。每人的右胳膊扎上块白布作标志，叫大家注意互相照顾。前头传下话来：“前面三里地赵庄是敌人据点，不要讲话！”一个接一个往后传。过一会，又传：“不准咳嗽！”“不准咳嗽！”又一个传一个，队伍好像是一条毛虫在蠕动，没了声音。

这是一马平川，前后左右都有村庄，村道纵横交错，不好辨认。我们原定是要往东奔向阳镇的，三十里地，已经走了大半夜了，怎么还走不到？看看北斗星，怎么是在右边天呢，这不是往西走了吗？不由狐疑起来。但是能问谁去呢？只管跟着前头那白袖标移动脚步吧！前进就是胜利！又走一点来钟，抬头一瞧，大半块月亮往西沉下去了，启明星从东边出现。到底走到哪儿去了？疑团像块铅，压迫得你喘不过气来。

7月5日　晴　天亮时分，发现走回山区来了，回头看，平川远远地落在迷茫的晨雾里。

原来是渡河点改了，位于平遥城北的汾河有段河面可以徒涉，因而我们又得转回山里，等待天黑再往平遥北面走。

这里属文水县地界，处在两座大山的夹沟。沟涧里流淌着溪水，两边山覆盖青葱的松树和白杨，环境僻静。这当中有百来户人家的集镇，街上很荒凉，店铺的招牌,灰尘落的很显眼。老乡说,鬼子来之后,生意荒了,几年来都没赶集的了。前些时候,鬼子还占驻这儿,闹得鸡犬不宁。今年春上,八路才来把他们撵跑了。

昨晚走了一夜,人乏的不行,往炕上一倒,足足睡了大半天。午觉醒来,大家都往溪水边洗衣服、洗澡。

一种少见的现象真叫你大吃一惊:明明看到我们一大帮子男人光着膀子在抹身擦澡,可是好几个中年妇女却满不在乎地来到我们身边,和我们一道洗头、洗衣服什么的。叫你更为大吃一惊的还在于她们上身居然光着膀子,让两只木瓜似的大奶头摇摇晃晃,花布的短裤,吊在膝盖上面,露出半节大腿,羞得我们不敢抬头正视,赶紧抱起衣服跑开。她们却在后头嘻嘻取笑。这一奇观,恐怕又是鬼子来后种下的另一种罂粟花吧。战争的怒涛把男人都卷走了,你能怪她们女人变态?

广东干部大队的张海突然出现在面前,原来他昨夜行军,脚脖扭伤了。离他支队卫生队远,被我们支队的卫生队抬来。我们是《部队生活报》的同事。他,梅县叶剑英的同乡,风流倜傥,声言非遇到能谈得起《红楼梦》的对象不娶。平日跟他比较接近,此时此地意外邂逅,自然格外亲热。说脚伤不重,躺两三天会复元。反正这两天汾河水涨,大队人马没有足够的船只渡河,在这恐怕还有几天停留。我说:“临走时,杨秀照跟我们打赌,说到晋西北,你们不坐担架回来才怪,现在你老兄可应了他的预言了。”张很自信而乐观:“不,不能让他老杨的预言得到证实,我就留在晋西北也不回延安,好马不吃回头草。”

7月6—8日　过汾河　午夜,被紧急的命令唤醒过来:“马上转移,翻山回马家庄!”爬了一夜山,又回到无人区来了。这儿连无顶的磨房都没有,只有松林和荒草。为了避风雨,寂静的山谷忽然间沸腾起来。人们好像一群蜜蜂,来来回回,奔波忙碌。有拿刺刀去砍树,有用手去折枝、拔草,七手八脚,一会,弄来大大小小的树枝和一捆捆的茅草、藤条,一个班一个组,通力合作。半天工夫,山谷里居然出现一座座人字形的草棚——一条绿顶房子的长街。

夕阳西下,炊烟弥漫林梢,战马嘶鸣,林鸟归巢,好一幅山情野趣。心想:这些等待他日追忆,也许可堪回味的吧。

张海撑一根拐棍来说:“走不动了,组织上让回岚县——晋西北分区。”我说:“把伤养好,回延安吧。”他说:“延安虽好,可找不到会谈《红楼梦》的人,不回了。”

一会,炊事班烧好热水,让大家烫脚。以为等天黑才夜渡汾河的,在这能有大半天工夫休息。各人洗脸,烫了脚,正要躺下,突然,通讯员急匆匆地跑来叫一声“马上集合!”,大家措手不及,全都乱成一团了。

区队长跟着赶来说:“我们目标暴露了。平遥城里的守敌人少,见我们队伍大,以为要攻城,不敢出击。但是,估计太原之敌会赶来增援,他们坐火车,来得快。我们得立即渡河,来个强行军,和二支队并肩平行,两个梯队相距十公里,左右呼应,突破同蒲路封锁线……”

区队长的话没讲完,天空忽然响起嗡嗡的飞机声。

“散开,隐蔽!”

这下子可是叫人惊破了胆,只顾没命地往玉米地躲,像群受惊的鸭往瓜田里趴,往草垛里钻……

在这慌张的逃命中,见到萧鲁,我劈头就说:“有饼吗?给我一块!”他从挂包拿出一只干巴巴的馒头说:“吴枫(他的潮州同乡,我们的熟人)昨晚负伤了。”我也顾不上问伤势如何,便掉头自找队伍去了。

飞机低空飞行,掠过头顶,能看到机翼白色五角星——美国盟军飞机,往北飞去,估计是轰炸太原去的了。人们松了口气,赶紧回村头集合。区队长叫站好队,立刻出发。炊事班把还没煮熟的饭倒了,黄灿灿的小米干饭撒了一地。

区队长在我们身边,边走边谈:出了村,前面就是汾河,深不及腰,可以徒涉。不过,河底是淤泥,陷进去就拔不起腿,有老乡领头带路,个人不得乱跑。

一条黄汤似的浊流很快呈现在面前,河宽百米左右。看来,并不像传说那么天险,可是气氛却十分紧张——对岸的左面十来里地便是平遥县城,右边千五百米的距离,那条跨过河面的铁桥,便是汾阳接上同蒲路的支线。我们两三千人马云集河滩,左右都有受到袭击的威胁。但是,队伍只能依照安全标记,一队接一队,一个跟一个,脱下草鞋,挽起裤腿涉水而过,你干焦急也没有用。河里好几位老乡脱光裤子,面对面站成一条甬道,让我们从中通过;还另外有两三个人来回搀扶着走不稳的人,渡过中流。真倒霉,我快步赶到河边,正要蹲下脱鞋,小腿肚竟抽了筋,“哎哟!”不由失声一叫。一位中年老乡立刻过来把我背起,一步一步挣扎终于上了对岸。上了岸,在沙滩坐下来,把腿肚揉搓片刻,才赶紧撵到自己分队站好。

铁路线离河边七里地,平遥的城垛就在视线之内。蓦然北边传来了山炮爆炸的巨响,中间还夹杂着机关枪哒哒的呼啸。有人说:“右面二支队攻打敌堡,快走!”

队伍穿过刘家庄,老乡们站在自家门口默默地拿怜悯的目光慰问着我们,家家门口都摆着一桶桶茶水。各人拿好口盅,跑步到水桶跟前,迅速舀上大半盅,边走边喝,不敢停步。

出了刘家庄,长长的一声嘶啸,附近玉米地轰隆一声巨响,腾起一股硝烟。平遥城里射出迫击炮来了。

“同志们,沉着!别慌张!一个跟一个,拉开距离!快走,不要走成一堆!”

指挥员骑着战马,赶了上来喊话。

右边的机关枪声越来越密了,人们只顾奔跑,求生的本能,占了全部神经,满身的血液不由沸腾、燃烧,什么意识全都丧失了,只知没命地跑呀跑呀……跑过瓜田,跑过麦地,跑过青纱帐,越过吓人的同蒲铁路的发光闪亮的铁轨……

跑了十来里地,终于跑出敌炮射程以外了。力气全都使完了似的,队伍开始松散下来。走得动的继续往前抢路,走不动的自甘落后,一步一步地挪动。反正前面看得见的那一线迷蒙的山峦便是我们太岳军区的边沿,只管照直走,到山脚便是自己的世界。队部指挥员传下话来嘱咐大家:谁要是实在走不动,就躲到庄稼地猫起来,等到天黑,会有游击队的兄弟来领进山。

伙伴们有的赶到前头去了。自己实在走得无力抢先,放松了自己,脚步慢了下来。韦树辉,一位新认识的桂平县人,说不定是太平天国韦昌辉的后代,抗战前广西师专地下党的同志,到延安,在中组部工作,是个平易善良的伙伴。他说,走不动了,坐下,吃点干粮再走,反正离山脚不远了,爬也能爬得到。我们俩便就地歇下,韦从干粮袋分给半盅炒面。正吃着,后头一骑飞马奔来,疾声呼喊:

"快走,快走! 后卫部队撤了,敌人骑兵出了城追上来了……"

真是晴天霹雳! 心都快跳出来了,和韦树辉忽一下跳起,拔腿就跑。队伍全乱了,成了散兵线,往前直奔,浪潮一样汹涌。谁大声命令:

"前面拿武器的停下!"

"这下可完了!"真是发了毛,魂都掉了似的,身不由己地只顾跑呀,跑呀。身上那只轻飘飘的小背包,那个晃晃当当的口盅,跑起来碍手碍脚,十分累赘,索性把它一甩,扔掉了,两手空空,轻快多了。

"站住!"一声炸雷,一位目光闪闪、英气逼人的指挥员在路当中一站,举起手枪,面对后头突奔而来的人们,"有武器的统统给我停下! 向后移,进入阵地,准备抵抗!"

看他肤色黝黑、眉毛胡须很粗,一脸霜,威严难犯。

我手无寸铁,惴惴地从他身边绕过。

原来他是总政宣传部长陶铸哩。"七大"之后,要到浙江去,带十几位干部同我们这支南下武装队伍一道行动,担任统一领导。当此千钧一发的严重时刻,理所当然地挺身而出,发号施令。

他的命令是否奏效? 没心想它了,只顾拼命往前奔跑。跑了半个时辰工夫,总算撵上队伍的尾巴,涌进一个村子。村子空地有限,到处乱哄哄,人和牲口挤在一起。

支队政委雷经天骑在马上喊:"有武器的停止前进;没武器的跟我来,一个跟一个走成一路。"

人们活像决堤的狂流,分成两个出口,有的走东门,有的奔南门,总目标是上山。谁喊莫政委往东门去了,雷政委却在跟前,我便捉住他坐骑的马尾巴,让它拖带,一步一步往山坡走。

以为险地已落在后头,不远便进山里了,心情才刚宽松下来。谁料,才走到山脚的洪堡屯,蓦然,叭叭响起枪声,离得很近,接着嗤一声,子弹从头顶飞过。"

前面有敌情! 停止前进。"鬼子把上山的路堵了! 刚刚缓和过来的心情,一下子又紧得生疼。各人脸色唰白,面面相觑,都说不出话。在这儿的只有警卫班六支步枪,怎么办?

雷政委马上命令警卫班:

“你们到村口,集中火力抵住敌人进村,不准退。要死,我们一块共存亡!”

警卫班应声走后,雷政委找村里老乡来了解情况。原来是前面山脚有座炮楼,是鬼子封锁了进山的据点。据点的守敌经常是一个班,有时平遥城里增兵进山抢粮,平时炮楼的鬼子是不敢伸头出乌龟壳来的。

要上山,非得将乌龟壳摧毁,把这只拦路虎赶跑。雷政委把拿武器的人,一个一个集合起来,组成一个突击排。命令他们摸到乌龟壳跟前进行偷袭,不能全歼也算了,只要能把守敌轰跑,扫清我们上山的道路就算胜利。

突击队上山阻击,我们手无寸铁的干部便在村里找地方歇下来。不料黄烽和萧鲁居然在这出现,谈起来,才知敌人从太原开来装甲车,跟他们二支队打了一阵,刚才过铁路听到的枪炮声,就是二支队跟敌人交的火。过铁路,他们干部队也跑乱了,进前面那个村子,大伙只随大流乱跑,大部分人都不知从哪个方向跑,反正往山里就是。

密集的枪声响了一阵便沉寂了。一会儿,侦察参谋回来报告:敌人一个排进山抢粮,回头跟我们前头队伍相遇,见我们队伍大,打了一下跑了,炮楼守敌也逃之夭夭,我们可以上山了。

黄昏随着牛羊回村,雷政委叫集合队伍上山。从这到预定宿营的村子,只有二十来里地了。要是平日,走二十里是不在话下的,可是,从昨天下午三点到这时候,连续二十六七个小时的急行军,走了二百四十来里地,没吃过一顿饱饭,再走二十里,对我们来说,可真是太遥远了啊。但是,能由你躺下吗?爬也要爬着走。

天色逐渐黑了下来,山里特别寂静。爬了一段山坡,后头撵上来一位熟人,名叫宋宗义,原来是部队艺术学校戏剧队的,现在支队文艺工作队。他说:刚才说平遥敌人出来骑兵乃是一场虚惊,原来是支队司令员文年生和他的警卫班从后卫营撵上来了。说他当时实在走不动,趴在庄稼地里装死了一阵子。他陪我慢慢走了一段,见我走的实在太慢,就说:“你慢走,我在前面一边走一边等你。”完了看我没了挂包,递给块蓝色手绢抹汗。

宋走到前面,久不久跟我互相呼应:

“哦嗬,加油!”

“哎! 来啰!”

重复两三次,他的声音越来越远,音量越来越弱,终于听不见了。山谷里传来猫头鹰叫人发毛的声音。

一会,听到狗吠,灯光透过幽暗的树丛呈现眼前。这可真是溺水的人抓到了岸边的芦苇,大大呼口长气。却没想到,这是支队司令部驻地,干部大队还在前面三里地的雷家庄。

也不知这三里地怎样移动两条麻木僵直的腿了。来到村口,善心的房东点着火把迎上来,连声说道:“同志,辛苦了!来吧,这就到家啰。”老乡满怀热情,把我胳膊搀着,一步一步上坡。笃,笃,村里传来敲二更的梆声。

进到屋,二话不说,往坑上一倒,什么也不知道了。

7月9日　雨　雷家庄　一觉醒来,房东家人都下地干活去了。坑头灶台上搁碗面条,四只金黄的窝窝头,也不知是昨晚给我准备的夜饭还是今天的早餐。周身乏得不行,骨头都散了架似的。挣扎了半天才下得地来,身虽站起,却只能扶着墙慢慢移动腿脚。低头瞧,哎呀,脚板起了好几颗黄豆大的水泡,难怪昨晚疼的火辣,差点倒下路边,爬也难爬得起。吐出口痰,看是结块的泥团,一股腥味。上茅房时,膝盖僵直,蹲不下来。

背包丢了。一条被单,一块油布,一双草鞋,一套单衣,一条裤衩,一只用纺线纱的工钱买的口盅,连块洗脸巾一起,全部家当统统丢光了。只剩下插在胸袋的牙刷保留下来,这是黄海大姐特意利用旧牙刷柄给扎的,本是作个纪念。东西不值几文,丢了就丢了,“留得青山在,哪怕没柴烧”;遗憾的是,一枚“鲁艺”成立一周年的纪念章,别在挂包上,也丢了。人当生死关头时刻,实在是什么宝贝都不顾了的。

快到午晌时候,区队长逐家逐户来问,了解我们的吃住和身体的健康情况。说昨晚来到雷家庄的有八个人,其余可能跟莫政委到别的村去了,正在派人去联系。还说安心休息吧,今天当然不会出发,明天也未必能走得了。

正要出院墙去看看,真巧,不想二支队卫生队队长李华清就住在隔壁邻舍。

他红七军百色起义时入伍,背药箱当个小卫生员。五年前在三五九旅七团跟他认起老乡,当时他就是卫生队长。他人精明能干,在延安进过白求恩医科大学,风度像个知识分子。他乡遇旧,机会难得,本来彼此都想在一块吹吹牛,然而,他的二三十人的队伍,昨天全都跑散了,正要备马到附近去收容回来。问我吃了饭没有,他的提盒倒还有苜蓿肉。

午晌,房东家人从地里回来了。晌后下起绵绵秋雨,地里去不了,婆娘们在屋里干针线活儿。大闺女,长相不俗,眉眼秀气、水灵,打扮、举止像个城里学生。见我脚板的水泡,主动要给我帮忙,拿枚缝针往火里一燎消了毒,挑破口把水挤干,说明天就会好了的。

晚饭过后,一阵风把细雨刮走了。走上后坡山顶,回头一望,眼前一马平川,平遥城落在四十里外的天边去了。夕阳正在徐徐下坠,平原上星罗棋布的村落,冒起缕缕炊烟。附近一脉山梁,尽是层层整齐有序的梯田。庄稼长得茂盛,处处呈现富饶景象。

7月10日　阴　雷家庄　今天还是在这儿休息。

脚板上的水泡结痂了,再有一天休息,明天开路不成问题。过邻居去看李华清。一来闲得发闷,想找人聊聊;二来东西全丢了,以为他也许有多余的被单、雨具什么的,想问他打点"游击"。不想他那天竟也落荒而逃,除了提盒的剩菜,马袋里一切衣物,跟牲口一起全没了踪影,昨天去寻找了一天也还没个下落。想要点备用的药品——万金油、无极丹、红汞和纱布什么的,这他都可以给,只是他现在一样东西都拿不出。

下午,一位自称是游击队员的武振超从区上回村里来,问我要子弹。说昨天拂晓他们游击队因为事先和我们的前头部队联络,没有对上号,双方发生了误会,接上了火,有十多个弟兄挂了彩。小伙子讲话的口气很坦然,没明显的伤感、怨气,好像是农村里逢年过节,青年人摔跤、赛球那样平常。

7月11日　南庄　今天开始,我们进到了太岳,七十里路程,全都在山脊绕过,没有下到山脚。山上只一条路,不会迷失,也没敌情,一天走七十里也不怎样辛苦。

7月12日　沁源县姚壁村　从半山腰往下,顺着一道沟直朝南走,当太阳照进树林的时候，莫政委率领的部分同志从另一边山下来。走失的人全部汇合到一块了，仿佛从噩梦中醒过来似的，个个相互握手、拥抱，激动得流下热泪；你一言我一语，抢着倾诉过封锁线那天彼此的感受。叽里呱啦，热闹一阵才静得下来。大队长叫站队，报了报数，全大队没人减员。只有一位年纪较大的叫钟其光的同志，心脏不太好，继续步行有困难，打算到军区留下治疗。

这儿属沁源县地界，村子相当大，小学校有份四开的太岳版的《新华日报》，上面说日寇退出了菲律宾，退出了广西。观察家评论，认为这是鬼子放出投降的气球。看来，抗战局势不久将起变化，但愿早日结束这场持久战吧。

这太岳根据地使用的是冀南银行发行的冀钞，从延安带出来准备到国民党地区使用的关金券不能流通，鸡蛋虽然便宜也没法买。听说离这二十五里就是郭道镇了，那是个大集镇，有银行，有邮局，还有商店什么的。明天就到那里了，队部的人说，在那儿可能有几天休整。反正是在自己的根据地，可以安安稳稳睡它几夜吧。

7月13日　晴转雨　郭道兴梢村　走两点来钟便到郭道镇了。本来预定是要在郭道街上住的，由于街上腾不出那么多房子，我们干部队只好再走十来里，住到兴梢村来了。

这儿居民都住平房，没有陕北那样的土窑了。民间流传这样两句话：“山西人好盖楼，江苏人好穿绸。”一路来看见砖木结构的楼房是突出的，差不多都是砖青瓦蓝的高屋，楼上当粮仓，没脱粒的玉米、山药蛋、南瓜什么的，全搁在上面。我们一班人就在楼上收拾出小片空当，铺下两张大席，权当我们的起居所在。楼板离瓦顶太近，三伏天，太阳特别热，日里把我们烤得真受不了。不过比起无人区来，可是自在得多了。

大队部通知下来：队伍在这儿休整，总结一个月来的行军经验教训，时间安排五天到一个星期。

郭道街市规模相当宽广，商店、饭馆、照相馆样样都有，一派繁荣兴旺景象。物价跟延安差不多，只是全部使用冀钞，拿关金券到经济局去兑换也不行。在公家的合作社求了半天，才总算得到负责同志开恩，准用一张伍元的关金券买块肥皂，找回二十五元冀钞。烧饼五元一只，两只花去了十元。香瓜挺贵，一斤要二十元,真吃不起。

见到宋宗义,他们的文工队就住在街上。要请我们去馆子尝尝山西地道的拉面,刚吃过两只烧饼,没胃口,便谢了他。他说,往延安寄信,过两天才行,那是要通过内部交通的,普通邮寄不通。问我:“想起延安了吧?”

7月14日　晴　兴梢村　衣服被汗水渍染出一片片白霜,加上前几天不可能洗澡,周身发痒。上午吃过饭,便到附近山沟去,在涧边的小溪里坐在露出水面的石头,把衣服脱了,只穿条裤衩,一个人静悄悄地把衣服洗好,晾在旁边的灌木上面,然后往身上擦澡,等待衣服晾干再穿回队。溪水才没过脚脖,清澈见底,筷条大的无鳞小银鱼,在石缝间游来游去,伸手去捉,水马上浊混起来,但石底不断冒出水来,浑水很快又清了。把脚泡在水里,得到清凉的抚摸,蛮舒服。

一位老头路过,驻足观望片刻,才说:“同志,裤子太短,不好!”他把话讲完便走他的路去了,并不在乎我怎样回答。心想,要是他老人家见到前面记到的文水县向阳镇附近那些妇女袒胸露背的裸露,不是要气死?

午晌,楼上简直成了烤炉,躺着也要冒汗。只好到小学校去下块门板,拿到柳树下当床歇晌。柳荫稀疏,阳光直照脸上,也不好睡。同小学老师聊天吧,看他知识有限,话不投机。

7月15日　晴　郭道　小队整天开会,检查一个月行军生活表现。各人浮皮潦草,不痛不痒地对付讲了几句。无论是整个小队的集中行动纪律,还是个人思想情绪的表现,谁也没有认真作深刻的批评与自我批评。会开得疲疲沓沓,有的抱着膝盖打盹,有的甚至打起呼噜。

7月16日　郭道　韦必克开头是在大队部工作的。过一段时间,觉得大队部没事干,而且以为跟首长在一起插不上嘴,憋气,主动要求下班上来,和大伙一道,还能有共同语言。这两天跟他扯起来,才知我们俩虽然不同一个县,可是彼此的老家相距才二十来里地,同街坊的一位宗亲跟他是省一中同班同学。读到初三那年,他老兄因闹学潮挨开除,才上北平某大学附中。“一二·九”运动接触地下党,发生了联系。“西安事变”后才去延安进“红大”。

下午,跟他一起上郭道赶街,一路上边走边聊,他老兄居然扯起蓝萍的故事:说她到延安,先是和崔巍他们在“鲁艺”来的。在一次晚会上,蓝萍和阿甲演的《打渔杀家》,主席看了,跟旁边的康生说:那花旦演得好哇。事后,康生便对蓝说:“恭喜你啊,主席对你的演出十分赞赏,请君好自为之!”这样一来,这位明星便主动上门,终成入幕之宾。韦说,当时他在留守兵团政治部当秘书,离毛主席住的地方很近,蓝每天午晌都经他窑洞门口走过。周恩来、邓颖超认为蓝作为电影明星,在外面社会名声不佳,不赞成他们结合。可是,英雄气短儿女情长,到底还是叫贺子珍让位,到苏联“养病”去了。从此蓝改了芳名,曰江青。恐怕有不少人还不知道她是电影明星哩。

“可见布尔什维克也是人,英雄难过美人关!”韦讲到最后不胜感慨。

“你过了这一关了吧?”沉默一会,韦才逗我说话。

“在这方面,我可是个落伍兵。”

“不会吧。人家说,‘鲁艺’是大观园……”

“可我并非贾宝玉。”

“那你是柳湘莲了?”

“我就是我,谁都不是。”

“不信,不信!”

我们这样说说笑笑,一下子便到了郭道街上。韦先借给五十元冀钞。有了五十元,忽然变成了富翁。头一件事要办的是解馋:一连吃了两只大菜包,一张油饼,还要了一大碗汤面。转身碰见杜略,他一个人正愁没人做伴,蓦然相见,格外高兴,硬是要人陪他吃烧饼,叫我把肚子撑得难受。

杜是个慢性子的人,犹犹豫豫,好一个“苦闷的象征”。他说,不想回南方去了,就想留在太岳工作吧。郭道这里就好,怂恿我跟他一道留下。和他坐在水边一排柳荫下谈了好久。觉得继续往前走,艰苦、风险是不少的;但是,到了南方,可就有鱼有糖吃了,生活上总会比这丰富多彩,不至于如此单调。再说,想也白想,组织上哪能轻易准你留下呢?事情明知其不可能,贸然提出要求,岂不自讨没趣?何苦来哉?杜想了想,觉得我们讲的也是个事,满怀惆怅地跟我握了握手,回他队上去了。可见征途跋涉开步走并不难,坚持到底却不那么容易。

7月18日　晴　郭道　班上老皮他们几位老红军同志到附近小溪钓鱼,半天还真钓得小半桶手指长的小鱼,跟延安山沟的泥鳅差不多。听说,再往前走,中条山一带山涧里的鱼还不少，水湾深处，一条七八斤都有；本地人不吃，少有人捉，鱼很笨，易捉，就差没捕捞家什不好办。说得我们心痒痒的。

下午大队请来一位武工队长给我们作报告，讲民兵埋地雷炸鬼子的故事，好像调皮的学生捉弄私塾先生似的，听了挺觉神奇。

萧鲁来，给条手巾，物轻情义重，也许念我1939年在“鲁艺”给他做入党的介绍人吧。其实，我们的友谊并非出于什么功利动机。

夜晚，老皮拿钓来的鱼做油炸，请全班同志吃夜宵，大家乐了一阵。

7月19日　晴　郭道　又重新编班，老红军同志和我们新干部分开了。班上的人有这几位：韦必克、陈华敏、毕凯、于克、周琼邦、高士克和杨毅等。

杜略又来找，看他闷闷不乐，一起去郭道散散心，一起去馆子吃刀削面，还买了香瓜和李子。李子类似广东南华李，里外都是青的，熟是熟了，味道没有南华李那样甜。

往延安寄信要花一元钱邮费，五元钞票没小票找，索性不要找了，只求能寄到就行。

7月20日　晴　郭道　本来说今天要继续南下的，不知什么缘故又不走，大伙又都捉鱼去了。

一条深不及膝的小河，水面露出好些馒头似的石墩。有的人用手往石墩底下摸；有的人拿包袱皮或被单铺在水底，将馒头屑撒在上面做饵料，等鱼聚上来时把布角一裹往上提起，往往能捞到十条八条的。反正闲中作乐，不在乎捞多少。

和韦必克合伙把条裤子的两裤脚口子扎了，敞开裤头当作鱼筌，让鱼随流进裤裆，然后收口捉之。一边闹着玩，一边闲聊。谈到张海，联想起那天扯的“大观园”的话题。韦说：“老弟，你说在‘大观园’没缘分，那在“联政”为什么不捞它一个呢？我冷眼旁观，从青年剧院调来图书室的江苏小姐对你就蛮不错嘛。整天寒梅、寒梅，叫得多甜。你自己不觉得？”

经韦兄这么一点，我倒醒了过来似的。想想确实，也许我是冷落了人家的好心了。

7月21日　晴　沁源南容上庄　休整了一个星期，夜行军又成了我们的功课。今天一气走了八十里,走到后头,两条腿都有点不大听指挥了。

房东是沁源县里做小买卖的,四方脸,胡须又密又黑,眼神机灵,态度挺开朗。跟我们尽讲好听的话,说八路来把鬼子赶跑,这几年老乡有了平安的日子,吃得饱,穿得暖和,活得舒心就得了呗;这样的世界,日本鬼子来那阵子甭说了,就说阎老锡管的那些年月,能有今天一个零头吗?

7 月 22 日　晴转雨　和川镇

请给新区老乡捎去一句话:太岳人民得到了翻身!

——太岳分区和川镇标语

这是同郭道一样,地图上都找得到的大市镇。一条长长的大街,到处贴满了红红绿绿的标语。这时,老乡们好像没见过这样排列整齐的队伍开到街上,家家门口都伫立着人在张望。

街上除了几家日用百货的店铺,不是饭馆便是一些瓜果烟糖的小摊。丰满而肥胖的白馒头十分诱人,真想买它两只做干粮。一种类似苹果的林红(又名沙果)正在上市,味酸,牙齿受不了。桃子,六元钱冀钞能买四只,味道也不怎样。

在街上闲逛,遇见萧鲁和黄烽两位。谈到他们跟工农同志相处也直摇头,虽然同是一条战线,奋斗目标是一致的,可生活情趣却好比水和油渗在一壶,融合不了。

本来是晚上要在小学的草坪上开军民联欢晚会的,一场骤雨把计划冲走了,大煞风景。

7 月 23 日　阵雨　南庄　一路沿着沁河南行,经过安泽县城(府城)时,遇雨。全城毁于日寇轰炸,已成一片废墟,墙壁颓垣,瓦砾遍地,两三个卖纸烟的小贩躲城洞避雨,眼睁睁地目送我们冒雨直走。那么大的城镇,竟没有可避风雨的屋顶让我们驻足。

雨阻止了去到兰村的行程,我们被迫宿营南庄。

这是濒临沁河的庄子,村前屋后,处处见到枣树、板栗、核桃和葡萄架,果实累累,绿叶荫浓,好一座清雅幽静的村庄啊。

炊事班的同志下河洗澡,从石缝捉到三四条又粗又长的塘角鱼,引起大伙产生“临渊羡鱼”的兴趣。可惜,因雨,上游浊浪滚滚涌来,想下河不行了。

和两三位伙伴到瓜地去走走,花四十元买回五斤半重大西瓜,破开一瞧,粉红粉红的,没熟透,淡不拉叽的,真扫兴。

7月24日　晴　南孔滩　同昨天一样,仍傍沁河南下。经过冀氏,其规模却不如一个和川镇。

过了冀氏再走不远便是南孔滩,今晚就在这宿营了。在这座古庙里见到老乡们正在排戏,说是晚上要演给过路的八路作慰劳。问要演的什么,小孩说“回头看”,也不明白什么意思。

7月25日　晴　王壁　凌晨从南孔滩动身,经过马壁,然后到王壁附近的村子住了下来。这河湾的山坡地,土地贫瘠,连蔬菜都长不出似的。老乡指着河对面一座三面被河水绕过的小村庄说,那就是太岳版《新华日报》的机关。为了躲避鬼子扫荡,军区各个直属机关都分散住在周围各个村子,过游击生活,住处随敌情的变化而变化。

7月26日　晴　郑庄西大村　本来,到郑庄还要走十来里地,我们干部队却在这西大村住下了。

村子分出东西两个行政村。东大村有卖吃的,便同于克一起去买了四只大馍馍。村旁有沁河流过,河湾的石岩下,水深,水面碧绿如缎,挺诱人。但是老乡嘱咐我们说,下河千万得加倍小心,昨天淹死了个人。吓得我们只在浅水的河滩洗洗,保险不失足落水。

一份《时事简讯》号外,报道这样一条新闻:国民党军队在浙东和我们天目山游击队发生武装冲突!抗战八年,国民党把东南半壁丢弃不顾,我们新四军与广大人民群众坚持与敌伪游击,至今眼看敌人快要被赶走了,才来抢地盘了。

晚上,军区文工团在河边的草坪上搭台,给我们演戏慰劳。化装宣传的东西,打动不了人心的,未到终场便回来了。可恨的蚊子闹得你不得安然,天气也闷热难耐。

7月28日　晴　南上庄　昨天在西大村休息了一天,今天凌晨三点半,在微明的月光下进餐。黎明前，向沁河告别，朝西南方向出发。此后一段行程：走出中条山，准备在洛阳以西过黄河，进入豫北，然后西向鄂西。

走了大半夜，上午十点，到达宿营地。这中条山一带，虽属山地，村落却比较密集，庄稼长势茂盛，柿子、核桃、苹果和枣子，到处可见。遗憾的是，我们来早了，果子都没成熟。

晚饭后，和必克、于克等几位伙伴到山涧洗脚，发现有核桃大的小螃蟹爬过脚背，好痒。搬开石头一瞧，嗨，下面的螃蟹还真不少呐。大伙你搬我也搬，每块石头下面大大小小总有四五只。各人乐得小孩似的，一边捉一边谈起《红楼梦》史湘云从家拿来螃蟹，引起宝钗的咏蟹诗。谈得正开心时，我手指却叫蟹钳给蜇了一下，还真出了血，好霉气。螃蟹拿回炊事班汆熟，大伙细细地剥，慢慢地嚼，一天的辛苦，都给忘了。

房东老太太看出我们嫌屋里气闷，不声不响地将窗纸捅破了几个口，透透空气，让我们能睡个好觉。事情虽小，却看到老乡一颗淳朴善良的心。

7 月 29 日　晴　临涧村　这山村，周围缺水，饮水全靠水柜储存下来的雨水。水色像马尿，气味难闻，按说饮用是不卫生的。但是，村里人男女老少个个都长得又粗又壮，长寿的老人还不少。难道山里清新的空气，足以过滤有害的细菌吗？

7 月 30 日　晴　横河、中寺坪　中条山就是这样的，过了这山还是山。不过，这晋东南地方，比之晋西北和陕北来色彩丰富得多了，绿色的植被，到处可见。田里的庄稼——玉米、糜子、棉麻和瓜豆，绿油油一片，山上的林木——松树、白杨和漆树等郁郁葱葱；村前屋后，路边地头，柿子、核桃和银杏到处洒下浓荫。蝉声不断，还不时传来布谷鸟声。

离这儿附近，有条涧水沿着石山脚下流淌，可大大地满足我们饮食和洗澡的需要。别班的伙伴还从水里空手捉好多条有三四两重的鱼，说是这儿的鱼，跟郭道那边差不多，都是不怕人的，用手就能捉到。说得叫人发生好大兴趣。

屋里跳蚤、蚊子实在太猖獗，没办法，只好也到院里的柿子树下铺块新发的被单，脱下鞋子和衣服当作枕头，席地而睡。半夜，着了凉，还想吐。回到屋里，在黑暗中，摸了一阵。别人打起呼噜，都睡得很死，不好惊动他们，踌躇片刻，又抱着被单到树底下去。于克说,随便躺下吧,等一会天就亮了。

7月31日　晴转雨　横河　为了做好南渡黄河的充分准备,队伍在这停下待命,等待侦察好敌情,选定了渡河点,再走出中条山。

既然没事,大家便都捉鱼去了。各人有的拿箩筐,有的扛铁锹,有的借来房东脸盆,好像要到郊外野营的学生,把一条长长的小河闹腾起来。这条河跟郭道那条小溪不相上下,水齐脚踝,河床尽是白卵石,游鱼可数。有人主张,一条一条捉,不如把河分段一节一节堵起来,把水戽干,竭泽而渔,来得干脆。我们班的杨毅学起姜太公,志不在鱼:折来一段树枝做钓竿,蹲在深潭岸边,不声不响,自在逍遥。不想他老兄倒真的钓起有四两重的大鱼呢。

弄得鱼来怎么办呢?这儿老百姓嫌那股鱼腥,从来忌口不吃,不肯把锅借给你;炊事班说,没有那么多的油给我们作煎烹。为难了半天,有人终于在小学校里找到一顶鬼子的钢盔,有人好说歹求房东拿来半边装猪潲的铁锅,洗洗刷刷,当锅用。油倒好解决,这儿老百姓用核桃肉和山毛桃仁榨油,食油并不太缺,给房东说,倒能匀出一点。山桃仁油才好呐,红得胭脂一样可爱,核桃油更香。

延安生活七年未见鱼鳞一片,如今一旦开斋,好比尝到山珍,乐得大家都合不拢嘴。

8月1日　晴　邵原　原定的行程是要在横河小住几天的,但因两三千人的给养遇到困难,半夜又得开路。路线是走出中条山往西,朝王屋山这边走。这段中条山尽是高峻险奇的石崖,特别是青龙口这地方,两边石壁对峙,高耸入云,人从夹缝中的一条甬道行走,抬头看见半边银月。有人顺口喃道:“山高月小”,看看,月亮果然小了似的。

出了青龙口,朝西爬上土山,山路又窄又陡,队伍仿佛一条百足毛虫,徐徐蠕动。人气喘吁吁,好不容易到山顶,谁知一看,前面还是山。山岭像波浪,队伍就在浪尖上浮沉,从这山巅走过那山巅,老不见往下走。

午晌,才算摆脱了中条山,走到高山上的平原。这已经是豫北的地界。远远眺望,绿树茂密,松柏蔽野,林木中间,隐隐约约掩映着灰褐色的瓦瓴屋檐,田头牧场零零星星长起笔直的白杨,仿佛绿色的蜡烛。

这儿是刚解放不久的新区,老百姓对我们八路还不甚了解,军民关系还未能同老区那样建立起鱼水之情。旧社会,老百姓吃了当兵的亏太多,“兵家过,篱笆破”的老观念太深了,对我们不免抱观望态度。请房东大娘帮擀面条,瞧她那担心害怕的样子,放不开手脚来做。

今天“八一”,管理员王本立老头不知从哪里弄来驴肉,做节日加菜,给大家打牙祭。“三月不知肉味”,驴肉成了佳肴,各人吃得津津有味。

取下一块门板当床,真好,没跳蚤也没蚊子,得一夜酣睡。

8月2日　晴　邵塬、张凹　队伍停留待命,一天没事。老乡说,王屋山离这不太远了。附近十来八里地有个集市,叫邵原镇,逢集蛮热闹。听口音,河南话比山西话好懂。也许是距离洛阳、开封这些旧时帝都不远,封建道德观念和旧世界的风俗较浓,缠足的妇女特别多,看她们蹲在地里干活,真为她们怜悯。说是这儿的男女界限挺严,妇女自卑心很重,你要到她家打听什么事,她只说“没人在家”,自己不把自己当人。

因为是新区,地方治安还不完全掌握。夜里,我们就得轮流到村头放游动哨。今天午夜两点轮到我接班,交班的伙伴交代说:“提高警惕,提防坏人摸哨!”说得叫你胆战心惊。黎明前的黑暗,气氛阴森,抱支不会使唤的步枪,战战兢兢。侧耳倾听,每个轻微的音响,每片树叶的坠落,每只蟋蟀的鸣叫,每只蝙蝠的掠过,甚至自己脚下的足音,都叫你产生幻觉,以为坏人蹑手蹑脚,鬼鬼祟祟,悄悄地从背后把你拦腰一抱,抢走手上的枪。心情紧张极了,但转过头来一瞧,什么也没有,黑咕隆咚,不时传来谁家牲口的跺脚声。天边,一道流星闪电一样往下坠落。月亮不见了,白云朵朵,像帆影在海面似的天空飘浮。想想,不觉记起古人的名句:“如此星辰非昨夜,为谁风露立中宵。”

8月3日　晴　邵原、张凹　和韦必克去邵原赶集。街上买卖清淡,长长一条中心街,只有几摊羊肉,卖鸡蛋也少。饭馆全是面食:烧饼、馒头、面条,全都一样。

回头见路边沟里的流水清澈,便将衣服脱下洗了。完成一件事似的,感到既轻松又充实。

8月6日　晴　邵原、张凹　这一待就待了五天。不知什么道理，休息下来反而乏得不行，整天吃饭睡觉，睡觉吃饭，还总觉得吃不饱，睡不够。

找不到新书报看，下棋、打五百分，觉得没意思，聊天又都是话不投机。在房东的破柜顶上捡到一本落了很厚一层灰尘的线装书，弹掉尘土一看，原来是木版印的残缺不全的《诗经·小雅》。读了读，实在唤不起思古之幽情来。

房东大娘的姑娘、媳妇，观察了几天，终于敢跟我们亲近点了。这时，班上的人开会去了，我一个人留下看守。大娘她们蒸枣泥馅花卷，又烙薄饼，让五六岁的女娃娃送来叫我尝尝，还问要不要她们帮弄饭。大娘说，日本鬼子来那阵子，把老乡们折腾的那份苦头就甭说了；就是自家中国的汤恩伯兵，拉夫抓丁，糟蹋妇女，闹得鸡飞蛋打，叫你东躲西藏，没过个安稳的日子。"如今你们八路来，规规矩矩、客客气气，真是走亲戚似的，可叫我们老百姓放了心了。"

大娘讲得挺诚实，看得出不是为了讨好才讲的。

晚上跟韦必克谈起，他说："你注意到没有，她那大闺女，我们刚来那几天，怎么不见呢？原来是怕我们，藏在谷仓里头哩，昨晚才敢露面。天下事就那么复杂，你要认为老百姓把我们八路当作天兵，并自发地敲锣打鼓，夹道欢迎，那是太天真了。其实，都是我们八路把工作做在前头，老百姓亲眼见到了我们确实是自己的子弟兵，确实是跟老百姓息息相关，才会是那样的。"

8月7日　夜雨　张凹　本来说夜里十一点出发，忽然又来通知，暂时不走了。于是，又得轮流放哨，轮到我时又是午夜两点。今夜没月亮，夜幕漆黑，猫头鹰叫得人心发怵。不久骤雨降临，闪电如箭，跟着便一声炸雷，把人都给震裂了似的。赶快靠到茅房的墙壁上，顾不上什么气味了。

8月8日　雨　张凹　"一雨助成秋"，晨起已觉凉意很浓。

雨后，泥泞处处。躺下读《春秋战国演义》。越王勾践卧薪尝胆的决心和毅力，范蠡的悲剧，西施的薄命，不禁为古人感慨系之。

苏联对日宣战的电波，传到了支队的电台，掀起一阵欢呼："乌啦！"

一场持久的民族战争眼看就要落幕了！也许我们南下的航向马上就会转舵了吧？我们会在什么地方上岸呢？民族战争胜利了，民主政治能不能实行？《论联合政府》的主张能被采纳吗？脑袋上装一堆问号。

8月11日　晴　南庄坪　昨晚零点,在繁星灿烂的秋夜,我们悄悄离开住了十天的张凹,一直走到午后两点,才赶到坡头渡口。连续十四个多钟头,行程九十多里。匆匆南渡黄河,继续向孟津县境内进军。

黄昏时分到达南庄坪。小队被安顿在一座小学校里过夜。蚊子叮人不放,只好将被单蒙头躺下。半夜凉得醒了过来。

8月12日　晴　疙瘩村　路上,支队二团长欧致富骑马赶到我们跟前大声疾呼:"沈阳解放了!苏联红军从蒙古一线进了沈阳!"

喜讯震动了每个人,个个兴高采烈,忘乎所以:"好哩,到汉口洗他个痛快澡!"

"不,进洛阳吧。'洛阳亲友如相问,一片冰心在玉壶',哈哈!"

"我看呀,到前面买只大西瓜请客最实惠。"人们边走边喊,把汗水都吹干了。

晚饭时,和必克、杨毅、于克几个买只大公鸡,炖了一锅汤,请全班伙伴一齐高高兴兴吃了一顿。

朱总司令向各野战军连发接受日本军投降的第一、第二道命令,连夜传到我们耳边。大家又在议论纷纷,都忘了睡眠。连个平日闷声不响的杨毅老兄,这时也跟我说:他家在湘南,跟广东比邻。红军长征经过家乡,跟着出来十来年了。说这回可要大摇大摆回家看看母亲了。

"我们不会再爬山了吧?"

"你说,我们到底进洛阳还是到汉口呢?"

"反正老子革命了十六年,这一下可革到头了。"

"我想,这时刻延安的人还不乐疯了才怪哩。"

"这时,党中央组织部和军委参谋部准忙坏了。"

大家七嘴八舌,像早晨的菜市,闹哄哄,兴奋得忘了白天还是黑夜了。

8月13日　晴　昨天下午韦必克悄悄告诉我,队部要他跟武装队伍往陇海铁路靠拢,说是准备接收新安县。今天区队支书对我讲:本来想过要我和韦必克一道去的,考虑到我的身体,怕走不动,也就算了,反正迟早都要进城的。

午晌,在村头无意见到一位以前相识的人。他熟悉地叫我的名字,我却一时想不起他的名字了。谈起来才知是“鲁艺”文学系四期的，叫韩林。他说，和我一期的美术系搞版画的焦心河跟音乐系搞作曲的时乐濛两位，也同他一道在这地区。另外，还有一位叫张俭的，也是延安来的，整风运动中从“联政”派到青年艺术剧院当支部书记，问我认不认得。真想不到走了山山水水，又在这偏僻的小村邂逅。世界真是那样广大又是如此狭小。

8月14日　晴　下孤灯　以为不会出发了，我们正在讨论如何认识目前出现的新形势，区队长王玉祥突然下班上来紧急通知：下午三点启程。叫大家赶快收拾，借用老乡东西赶快还，把住地打扫干净。走不到两个小时，便在离铁门还有十八里地的下孤灯停了下来。村子小，腾不出多少房来，我们班只好又在庙里将就打地铺。

8月15日　晴　邱沟村　经过上孤灯，停下休息。莫文骅副政委向我们作了报告，说中央来电，让我们第三支队停止南下，留在洛阳附近陇海铁路两侧，准备接受敌伪投降。说日本之所以那么快投降是由于见到苏联红军出兵东北，势不可挡，突破乌苏里江防线，迅速逼近哈尔滨，感到大势已去，才肯放下武器的。说目前我们八路军、新四军已集结百万武装，分别包围了华北、华东各大城市，控制了铁路的交通；北平、天津、唐山等市市长人选，已由朱总司令颁了任命。不过，在这同时，国民党蒋介石以国民政府、军事委员会名义发出命令，强调全国军队必须服从他的统一号令，一切敌伪军政，必须无条件听从国民党政府受降。看来，受降问题，要有一场斗争，不会那样顺利得到解决。国内战争会不会以新的形式出现，现在还不敢预测。但是，说到末尾，莫特别强调：前途大可乐观，黄河以北的大小城市全部在我们手中，国民党军队是来不了的。你日本、汪精卫不交给我们，交给谁呢？

这儿就是个曾经拥有一千多矿工的丘沟煤矿。自从日本鬼子来以后，人员逃的逃散的散，如今矿务已瘫痪下来，井架毫无动静，景况十分萧条。一位腆着大肚皮的代经理，一脸忧郁，在荒废的院里无所事事地徘徊。一天听到三声汽笛长鸣，仿佛老妇人无泪的长嚎，空洞、凄凉而悲哀。

8月16日　丘沟　午后，大雨滂沱过后，半空中出现特别鲜艳的彩虹。正在朝着门外欣赏雨后美景时候，杜略慢吞吞地到跟前来了，面带笑容，却不开口。我说,早饭后本想要找他去的,怕下雨没去成。

“你怎么知道我们在这儿?”

杜略只管微笑,一会才说:“我们就要见到电灯了!”

“到北平去吧。”

对未来的憧憬给我们极大的诱惑。

我们彼此默契往村外走。边走边聊,不觉走到了上孤村。那儿是支队司令部驻地,找秘书干事徐仲华拿新出的油印小报《时事简讯》来看。

原来昨天(15日)日本天皇下了诏书,要他的陆海空三军向盟军无条件投降!

南京汪伪警卫师长率同其部队开进新四军防区投诚。

中苏两国政府签署一份友好协定。

信息好比旋风,刺激我们的神经,令人兴奋得忘乎所以。

杜略拿出十二元关金券买只大西瓜,拿到村头一棵树下,吃个痛快。附近山坡悬挂一帘从矿井排出的瀑布,相当壮观。和杜略吃罢西瓜便在瀑布下面让浪花裹抱,感到无比酣畅。从水里出来,在柳荫下的石碑上躺下,一会便睡着了。醒过来时,一位背支步枪的人站在身边睁着疑惑的目光对我睨视。以为是在梦里,揉揉惺忪的眼睛仔细一瞅,噢,原来是前天韩林说的在这儿当区长的张俭。他说刚从前线下来。离这儿十多里地的一个鬼子据点,硬是不肯向我们投降,像只没断完气的公鸡,临死还要蹦两下。

回到班上,班长说,明天可能要移动。区队长来找谈话,打算调我上前线,问我可愿意。上前线不就是进城受降吗?这不是问儿子娶媳妇,哪有不乐意的?何况一个共产党员服从分配,是铁打的组织纪律,没二话可讲。

8月17日　骤雨　丘沟　队伍的开拔不见动静,自己上前方的事也没下文。整天纳闷。

这时候,外面世界准会是充满激情,凡是炎黄子孙,谁不含泪欢腾啊!正如解冻的冰河,群情振奋是不可遏止的狂流。多少动人的场面,多少迷人的风光,多少醉人的狂欢,多少亲人团聚的悲欢啊!要是亲临其境,领略这个千载难逢的胜利时刻,对写作的人来说实在太宝贵了。遗憾的是,如今却失落在这小村里，像见不到阳光的小草，像村边那燃不着火焰的粪堆，沤得人心都发了霉了。隔山不时传来隐约可闻的炮声，难道新安那边遇到了抵抗？

伙伴们说我胖了，两条腿像两个大圆柱。听了，心情不禁洋溢愉悦的涟漪。这应该归功于两个月的行军吧！

8月18日　晴　渠里村　形势不断变化。

杜略来告：他们支队下午出发，到太行山总部整编。干部大队采用什么方式回广东，看情况如何变化再定。说广西干部和武装部队一起留在豫北地区围绕在陇海铁路线的郑州、洛阳段周围，发动群众。

我们马上就要分手了。杜说到太行之后，想留在那儿，等待将来到北平去，人间到处有青山，故乡对他并不怎样。

才送走杜略，队部马上有通知，下午要移动。抽个空，急忙到煤矿去跟萧鲁和黄烽话别。萧从团上才回，说新安县城的敌伪军不肯让我们入城受降，从城里往外开跑。他们广东干部队牺牲了一位同志。抗战八年，最后竟在胜利声中倒于降敌的枪下，不免叫人悲伤。黄烽也是到团上去的，这时还不见回来，未能相晤。萧马上要入列站队，自己也必须赶回队上。戎马倥偬，依依握别，欲言不尽。

以为像往常一样又要走上五六十里才宿营的，今天却只走七八里地便停下了，算是挪动一下住处。这庄子多半是砖瓦房，街巷比较齐整、清洁，村边周围果木挺多。

我们班住这间屋，天井里种有两枝有一人高的石榴树，树顶有朵鲜红的花儿，中间吊着三四只有小酒杯大、黄里透红的果子。房东年过半百、穷愁潦倒的样子，女人三十来岁，人长得单薄清秀，有双水灵的眼睛。她低着脑瓜，偷偷瞥视我们脚上的草鞋，对谁都不敢正眼相对；但当大婆和老公不在跟前，总也藏不住那双好奇的目光，瞟人一眼，像装进铁笼的抓鸡虎，样子真可怜。

“她可是天井里那蔸石榴啊。”谁在讲悄悄话。革命胜利了，这可怜的精神囚徒该得解放了吧。

8月19日　晴　渠里村　离这儿五里地便是新安县比较大的市镇，叫石寺。

早饭后去走了一趟,街上买卖很冷落,除了十来摊青梨和一摊西瓜,再没别的了。店铺都关了门,说不逢集,村里没人来。真不该瞎跑一趟,但是,在班上也没事。

8月22日　雨　黄烽从团上回来,赶不上他的伙伴,满怀愁绪,到我们队上来搭伙。从此,跟他倒可朝夕相处,有个搭话的对手了。

夜里忽雨,屋漏,偏偏滴在我和黄烽的铺上。屋漏偏逢连夜雨,和黄烽两人只好坐等雨停。屋外有时电光一闪,见到全是雨雾,笼罩整个天地,叫人发愁。

8月23日　雨　大队部指名调出我们十来个人下地方工作,发动群众,组织建立乡村政权。心想,下地方,人地两疏,没有基层工作经验,困难不会小。不过,在干部队白待着也真无聊,不如到群众生活圈里去,接触些新事物,增进些知识,体会一些人生,对写作也是一种素材的储蓄吧。

等天晴之后,我们一行十来个伙伴动身到二团去。雨后,山路像洗过那样,显得特别清丽。只讨厌路面尽是泥泞,不好投足;太阳出来,湿气蒸发,空气闷热得难受,才走十多里地就像走了一天那样疲劳。

到二团部驻地,团政治处的同志对我们下来配合开展民运的事感到突然,说没接到支队政治部通知,我们的工作不好安排。

看来,我们白跑了。

雨又下,有点秋雨连绵的气味了。

8月25日　阴　上叶村　我们回干部队来了。情况有新的变动:蒋介石命令胡宗南军队从西安开来郑州受降,收复陇海铁路沿线大小城市。我们为了避免跟他们正面冲突,暂时退出铁路两侧,回渡黄河,开到豫北,静观事态发展。

上午八点,队伍到了垣曲县西沃镇等待过河。

这是滨临渡口的集镇,买卖兴隆。西瓜、柿子、鲜枣和梨子都上市了,店铺里有不少洋货,匹头、日用百货,样样都有。河边一带好多的枣树,果子结得真多,把树都压弯了。

过了黄河,走不多远便在这村子住下来。附近有条浅水小河,大家去河里捕捞。有的人持竿垂钓,蹲坐小憩,悠然自得。黄烽找来只柳筐,邀我一道去河里,将柳筐沉下水底,筐边拴上小块馍馍作饵。游鱼寻食,一下子聚来一大群,轻轻把筐子提起，一次能捞上五六条。一个时辰不到，居然所获颇丰。这里的老乡吃鱼是没忌讳的，煎鱼的锅好解决，可惜，有钱也没地方买到油。煮汤吧，没姜没酒，太腥了；火烧又没木柴，索性都送给了房东。

8月26日　阴　西石村　现在不再夜行军了，天亮后才动身上路。目标济源县城。走出上叶村，朝东直望，又像在平遥所见一样，一片平原，广袤无边，一个个绿树荫蔽的村落，星罗棋布，却少见炊烟。路边田地都荒芜了，路上行人稀少。午晌歇下来，没找到吃喝，袋里有梨能解渴，可顶不了饥饿。估计不到这样一片肥沃的土地上竟是如此荒芜。

下午四点来钟，前头的同志伸手去摘路边坡地的酸枣，触动了一窝土蜂，嗡一声，一大群发怒的毒蜂袭击我们行列，大伙四散逃奔，拿手巾、折树枝驱赶不迭。我一下子还反应不过来，眉梢处给蜇了。不到五分钟，血流全身，发烧，生痒，肚痛，想吐；还发冷，眼睛慢慢发蒙，看不清，只好从行列中退立路旁，出一身冷汗。黄烽过来陪伴停下，干焦急。支部书记从后面赶来，把大队长黄道充的牲口给了我。骑上牲口全身还是发软，支持不住，黄烽在旁边扶着慢慢走，好在离宿营地已经不远了。

晚饭，什么也吃不进，全身痒得难受。

这西石村的荒凉实在叫人震惊：原来是个数百户人家的庄子，现在见不到几个人影了。家家户户的大门都挂把长了黄锈的铁锁，院里的青蒿长有人高。偶尔出现一两个老人，都是脸色枯槁，身体精瘦。十来岁小孩赤身露体，睁着饥饿的目光，可怜巴巴地看人。

刚进来时，看见院里晾一簸箕切片的柿子，绿色的苍蝇在上面聚满了，人走近来，嗡的一声飞起。屋檐几只麻雀叽叽喳喳。

房东是一位孤零零的老太太，仿佛幽魂似的哆哆嗦嗦，瞪着无光的眼睛猜测我们。她说村里人死的死，逃的逃，活下来的没几个了。她前两年逃荒到关中，日子也不好过。寻思，人死了骨头也得埋在祖宗旁边吧，免得到阴间，他乡异地，没个亲人说话，太凄凉了，又一路要饭回来的。

“真造孽哇，那年又是旱又是虫，地面能吃的都吃光了。饿得没法，人吃人都顾不了啦。”老人喃喃自语。

心想,“河南四害——水、旱、蝗、汤”在这可见到活生生的图解啊。

8月27日　阴　武山镇　午后,移到离济源城还有十五里地的武山镇。

这里每天都逢集,市面流通国民党政府的法币,三十元一斤梨,一个煮熟的玉米棒、一只软柿,各要五元。

8月28日　晴　武山镇　洗衣服没肥皂。和黄烽到小学操场去,从一株皂角树打下洗手果,把它捣碎和衣服一起搓,洗涤起来还真顶事。

闲着无聊,到街上旧货摊花五十元法币,买得一部《红楼梦》和一本《千家诗》,可找到精神伴侣了。

8月29日　阴　济源县城　一早醒来,区队长王玉祥来传达:济源城里日伪守军,见我们屯兵城下,怕城破被俘,半夜弃城往沁阳(怀庆府)跑了,武装部队正在前面追击,叫我们赶快准备进城。

“好哩,到城里吃大米饭啰!”大家高兴蹦跳,孩子一样欢欣。

这毕竟是八年抗战以来,头一回从山沟进城啊。

我们赶到西关便停了下来,找地方落脚。街上十分萧条,好多铺子只开半边门,见不到行人。我们个个只好在店铺的门阶上规规矩矩席地而坐,等待队部同志去号房子。有的店掌柜从门缝窥探了半天,才战战兢兢拿出条凳来,让我们就座。说城里皇协军昨夜天黑什么时辰跑了,他们老百姓也不懂。

一会,背着长枪、武工队模样的人才出现在街上巡逻。城里不时走出一两个胸口别着绿色通行证的人,匆匆来去。

住处安排下来之后,和必克、白林三人怀着试探的心情进城去逛逛。城里从西到东一条长街,路面宽,铺头整齐,商店招牌字号显得古老、庄重。川滇药材,南货老店有两三家之多。不过,都不开门营业,冷冷清清,满街纸片随风飞舞,果皮到处可见。几个地方宣传队员和我们文工队同志往墙上贴红绿色纸的标语,刷白色大字口号。县抗日政府的安民布告张贴出来了,招来不少人驻足围观。

我们来到一间开半边门的杂货铺往里窥探,店主老头诚惶诚恐,请我们进屋。我们宣讲:不要害怕,八路军是老百姓的子弟兵,我们是打鬼子和汉奸的,保证买卖公平。老头连声应付:“那是,那是。”谁知他心里想的什么呢。

街上逐渐出现些人了。有的人还在什么地方捡到一些鬼子来不及带走的罐头、饼干和破鞋烂帽什么的,各人抱着这些洋捞,说说笑笑。

“他们在哪儿捡的洋捞?去看看?”

见猎心喜,白林这么一提,我们便也寻找去。其实,仓库里的东西早就被地方武工队把守住了。我们在一座兵营的院里只捡到几罐“携带燃料”。

毛主席飞重庆跟蒋介石和平谈判的消息,又像一声炸雷,震惊了我们,个个奔走相告。

“蒋介石会接受成立联合政府的主张吗?”

“和平有指望了吧?内战可能打不起了。”

“国家要和平建设了,自己要干什么好呢?”

人声鼎沸,思潮澎湃。

同韦必克谈起来,觉得没了战争,和平真能实现的话,就在这样的小城当个学校老师也挺自在啊。韦说,这比起山沟沟,比起动荡不定的行军,当然可以满足了。要是能进北平,可去上海,得回广州的时候,这小城又是觉得太闭塞了。社会的存在,决定人们的意识,到什么山唱什么歌吧。

8月31日　雨　秋雨霏霏,从昨天起,一直下个不停。好在找到《水浒》《红楼梦》和《西厢记》,还有半部《三国演义》,够看的了。

9月3日　阴　下了几天雨,昨天下午才见晴。附近村的老乡逐渐把瓜果蔬菜挑进城来,城里的药材、杂货和饮食店也一间跟一间开了门。生意买卖、社会秩序一天一天恢复,昨天晚上还在一间中学操场开了个军民联欢会。

9月4日　晴　午后两点来钟,队部突然命令:要我们班韦必克、白林和我等五位同志出发,到前面沁阳附近苗店的二团政治处报到,协助开展“民运”。

从济源到苗店这段路程,是条笔直宽阔的公路。这时,公路对我们来说,可是坦途,大可放心信步前进,不再像条蛇叫人见了恐惧了。

到苗店,政治处要我们一起移到南面崇义镇。赶了半夜才算赶到了。

这是孟、温两县和沁阳(怀庆府)的交叉点。武装部队在这担任堵截从孟、温两县逃奔沁阳之敌的任务。我们几个人员负责动员老乡交粮食和做俘虏思想工作。

9月5日　晴　崇义镇　凌晨，传来断断续续的枪声。说是孟县的敌人往沁阳跑，进入了三连的伏击圈了。

大家都没了睡意，赶快爬起来到街上看动静。老百姓三三两两出门张望。听往墙上贴标语、画漫画的宣传员说，济源、孟县的皇协军给我们打跑了。人们眉开眼笑，围拢到我们身边来问这问那。

三团政治处来人说，前方解下来一批俘虏，要我们去向他们宣传政策。

这帮皇协军，有的穿灰色便衣，有的穿黄色军服，都没戴帽子，鞋子沾着泥，神色畏缩，像群饿狗，在间祠堂空屋靠墙坐地。有的垂头，下颏顶住膝盖，伸两只手把着露出脚趾的破鞋；有的睁开饥饿的目光，乞求吃喝，就像遭霜打的茄子，蔫得扶都扶不起似的。

要他们说起话来，个个都有一肚子吐不完的苦水。

9月6日　晴　木楼镇　和必克、白林来木楼镇，任务是动员老百姓支援军粮，调查社会状况，宣传我军我党政策。

这里离沁阳城十五里，老百姓一直处在敌伪眼皮底下做顺民，共产党八路军的形象在敌伪的污蔑诽谤下被歪曲了的。但这时候，我们居然以胜利的英雄气概和子弟兵的亲热态度来到他们跟前，总不能不表示欢迎吧。老百姓都说，“百闻不如一见”，可不，你们就是没皇协军那样凶神恶煞似的，给老百姓气受。就这一点，我们可是放了心了。

几位学校教员跟我们交谈，归纳起来要求解答这样几个问题：

一、苏联出兵东北，会不会赖着不走，替代了日本关东军，把东北三省长期占住？

二、延安跟重庆在施政方针上，有什么区别？不是说共产党也是赞成三民主义的吗？

三、外蒙古独立，成了苏联的卫星国，将来东北会不会也闹独立，从日本手上转到苏联手上？

四、共产党人有没有夫妻感情？

五、共产党和国民党能不能不打仗呢？老百姓受苦受难，实在再受不起了！

9月7日　晴　木楼镇　日中为市，一般来说，赶集都是在午晌的。这儿可能是城郊的关系，一早镇上便熙熙攘攘。不过，只有两点来钟工夫，买卖做完便都散了市。

最能吸引人注目的县抗日政府的告示。贴有告示的墙边空地，总有十来八个大爷在那里围观。我们就乘机告示、宣传政策。听完我们的解释，一位老大爷便说："要都跟你讲的那样就中。"

9月8日　晴　朱庄　又是半夜被叫醒，连队有新任务，要往别处转移。我们几个干部由地方武工队送回崇义镇，同时押送两名俘虏到二团。路上俘虏走不动，急死人。

到崇义镇，已是午夜两点半。虽然很晚，却兴奋得睡不着。

天亮，又来命令：转移杨村。到了杨村被指派跟老赖一起，去北乡搞粮食。俩人既没老乡带路，又没武器防身，就这样冒险往陌生的新区瞎闯。

北乡也是沁阳城郊的集镇，几年来鬼子把它糟蹋得破败不堪。你能见到老人枯坐门口，驱赶叮着脚背脓疮的苍蝇，无精打采地目送从面前走过的队伍。

看北乡这样荒凉，屯粮大户早已倒闭停业，粮食是搞不到的了。听说团部已到南鲁村，和老赖赶到那里，离城边只不过三四里地了。团部的人说，昨天半夜时分我们偷袭西关，打开敌人一座仓库，缴获好多榨了油的大豆豆饼。拂晓敌人出城出击，走进我们的埋伏圈，他们被消灭了一个排，现在敌人缩在城墙上打冷枪。老百姓实在饿急了，顾不了危险，还是往仓库扛回豆饼顶口粮。虽然大豆榨了油，但比草根树皮总要好得多。

晚上，和老赖、必克、白林几个伙伴，听政治处的指派，转移到朱庄。这离城更近，城垛看得清清楚楚。夜里，枪声倒不一定惊扰睡眠，蚊子却往往把人弄醒。

9月13日　晴　朱庄　粮食工作结束后，中心任务是宣传政策，调查社会状况。想不到在这儿有几天的安定生活。虽然每天总要听到零零落落的枪声，但听惯了，同室外的秋雨似的，对人已失掉刺激，紧张的心情慢慢松懈下来。

房东一家，说是有五兄弟，刚来那两天来来去去都只见几个中年妇女打转转，孩儿幼辈都哪去了呢？难道几兄弟都没生养？叫人好纳闷。这三四天吧，才一个两个跟着年轻的婶婶姑姑回来了。房东老太太这才告诉我们，打开头，听人讲，共产党、八路军这样那样，说得好怕人，都躲开了。后来留心品了品我们，个个都挺和气，拿只碗也规规矩矩放回原处，讲话也没喊喊叫叫，还替扫院挑水什么的。

就是这位老太太，记得刚来那天问她有没有鸡蛋，给我们买几个，一句“没有”，把你的嘴都堵了。这两天她却主动从床底下拉出一只瓦罐，拿起二三十只鲜亮、有些还带点血迹的新蛋，让给我们补身，只收一元法币一只。有时煮玉米棒，有时打下鲜枣，总叫孙儿闺女送来要我们尝尝。昨天傍晚，我们从外头开会回来，见屋前熏起一堆驱蚊的艾草，门口还挂张高粱秆编的帘子。老太太见我们诧异，笑着说：“挂上帘了蚊子兴许少点。”

夜晚，我们四个人汇报各人两天来访问调查的情况。必克说，今天他在村头遇到一位老大娘，问了问她对我们的印象。大娘的反应跟房东这位老大娘差不多。她说：那天夜里乍一听八路军要来了，家家户户都惊慌得不得了，都说是共产共产，啥都得共，啥坏事都干，得赶快逃，年轻的闺女、媳妇和娃仔更是留不得……可是正三更半夜，能往哪逃呢？逃到别个村去，人家不是能到的吗？躲到树林吧，能藏到几时呢？叫人焦急得直跺脚。后来学校做饭的老头说：“我看八路就不是什么妖魔鬼怪。”他说，天快黑那阵子，有十来八个扛枪老总路过村头，在学校歇下，求他给做顿饭，说话挺客气，大爷大伯的叫你，哪像个坏人的样？不到袋烟工夫，后面又来队伍，叫他们往西关那边走了。现在不是在攻打西关的皇协军嘛。听了学校校丁这么一讲，大家便举一位岁数大点、能走动的老汉把饭送到前面村去看看，到底是什么样的兵，大家就暂不走。不多久，送饭的人回来了，高兴地说：“我看那不是孬人，人家对老乡多规矩多客气，还说要交饭钱。回家睡觉去吧，不要跑了。”大娘说：“后来你们来了，果然真是那样体贴我们百姓，拿只锅烧水都要问一声才敢动手，屋边那么多的枣子掉地下，你们一颗也不捡呐。”必克把大妈描绘得有声有色。

白林说，他今天正和一帮青年讲打鬼子的事，一位六十来岁老头，一边手摇把麦秸团扇，一边凑到他跟前，由衷地赞赏说：“你们可真是仁义之师啊。谁能讲你们不是好样的呢？早先皇协军住在这，小小一个排长就是一位王爷，得多少人为他侍候啊,如今你们倒反为我们百姓干活。”

白林说,这一带老乡太苦了,都讲从鬼子来这几年,庄稼不是涝就是旱,蝗虫又特别蝎虎,整片整片庄稼,一夜之间都能给吃个精光。饿得叫人死的死,逃的逃。一家人男的走了,丢下妇女流落到城里要饭。说他到附近一个叫白庄的村子去调查,五十来户人家,女人占百分之六十八,而且寡妇不少。

老赖说,昨天,他到一家人去了解情况,家里一个十三四岁小孩在城里跟舅爷学裁缝溜出城来。问他城里动静,说城里好多驻兵,头目是个旅长。公馆有四个兵把守。旅长从开封府请来戏班子,天天唱戏。说偌高的城墙,八路没大炮,休想破城。还说蒋介石已给他来电了,等西安来兵他才降。

必克提高警惕性,问老赖:“这小裁缝不会是出来当侦探的吧?”

“他说他不回城了。”

“回不回有什么关系,他让人进去回话不是不可以。”

“那,明天向除奸科汇报,注意看住他!”

9月14日　晴　南鲁村　吃过早饭,上面来命令,叫我们工作队的同志回支队政治部。立即收拾东西打好背包,上好门板,把堂屋和院里都打扫干净。房东大娘见我们要走,很舍不得的样子,亲切地嘱咐一句:“记得再来啊!”

小孩绕着我们身边,拉住手,摸摸别在腰带的口盅,小声问:“你还来吗?”一个十三四岁的姑娘张玉环在灶膛里煨一穗玉米,拿来塞给必克:“你爱吃这个,给!”

走出村头集合,等待上路。小姑娘和她奶奶、大娘也跟出来,坐在我们身边。老太太和大娘看我们走了,尽拿手背抹泪。

回到支队上,莫文骅告诉我和韦必克:延安来电,要我们这批南下干部统统北上,到东北局分配工作。那边干部缺,好多方面工作都没人接上手,必须星夜兼程,越快越好。往北去,天气一天比一天冷了,先到太行山总部解决御寒衣物问题,然后出冀南,直奔山海关。雷经天政委在旁边接过来说:出了太行,便是大平原,一路上尽是平地,想走山路也没有了。东北是个好地方,好多局长、厅长、主任都找不到人去做呐。叫大家提起精神,加把劲,准备挑重担,各人有多大本事都把它发挥出来吧。

消息像把火,烧得人心沸腾。但,一阵狂欢过后,顾虑跟着就来了。有人说那边有想象不到的严寒,一年有九个月的冰雪,稍有不慎,掉进雪窟便没到大腿。农谚有讲:“二九三九冻死狗。”你要没穿毛戴皮的,耳朵鼻子都挨冻掉。说得很可怕。可是,有人反问:那样,东北人怎过?哈尔滨不是有“东方巴黎”的美称吗?

人们到处议论纷纷。

必克和我逗趣:“阿陈,怎么样?‘把她带到多情的松花江上去吧!’”

是的,我将要到另有一番风光的北国去了。也许严寒比炎热更能使人冷静,更适宜于思考。

9月15日　晴　张家坡　从今天开始,全支队千多人马开往太行山总部,一天也没走出博爱县界。

沿途村落很密,金色的柿子挂满了树枝,十分耀眼,像南方的金橘一样诱人。几乎村村都有流水环绕,七八年见不到的竹丛,这儿见到了。人说,博爱素有豫北“小江南”之称。

9月16日　夜雨　焦作　凌晨下了一场暴雨,村前的小河水涨到岸边了。出发时间推延到下午。路面水深流急,只好脱下长裤蹚水而过,在水里挣扎了半天。

黄昏时分,到达焦作。这是拥有两万多职工的炼焦煤场,矿区范围方圆四五十里。远远便见到烟囱、电线杆、水塔和铁轨等这些多年不见的城市风光。也许当年哥伦布乍见新大陆,就同我们此刻一样,脱帽欢呼。

夜里电灯刺眼,睡不着,同必克到街头闲逛。街头有炖鸡、馄饨和枣糕,还相当热闹。韦说:“这回你不会想留在济源当教员了吧。”我说:“这叫作到什么山唱什么歌,到了沈阳、哈尔滨,那就这里也不在话下了。”

9月17日　晴　焦作　一早,上头通知下来,在这停留休息一天。早饭后和必克上街。在山沟待了整整七年,突然走上马路,真有点像刘姥姥进大观园。工农出身的老红军同志更好笑,一位拿一瓶牛肉罐头看来看去,问人家是什么东西。旁边一位只顾死盯那花花绿绿的新玩意而入了神,钱包叫小偷掏了,哭丧着脸,看到人就诉苦。

这是由于煤矿的开发而建起的工业城市，街道都笔直而宽广，路面整洁、平坦，虽不算繁华，倒也真清静。

在东街尽头处，有片竹林掩映那两间红瓦的洋房，特别招人注目。和必克从半开的小门溜了进去。院里静寂无声。水龙头放着水，韦过去把它关了。旁边一幢独立的平房，门边写着粉笔字——“宣传队住”。敲敲门，没人应。门没关严，轻推进去，见厅里有架钢琴，上面随便搁下几把网球拍，一套长短沙发和茶几。茶几上一盏绿色玻璃罩子的台灯，摆在一边，使人感到舒适、雅静。

在走廊，见到宣传队的人，他才告诉我们，这是煤矿公司一位英国工程师的宅第，我们大军来到之前，跑上海去了。

这位宣传队同志听我们说是从延安来，特别热情。说他们晚上在足球场演出《血泪仇》，请我们亲临指导。

华灯初上，街上出现不少白天见不到的小姐和年轻少奶。小姐们的裙子短到膝盖，露出秀美光洁的小腿；少奶奶们的旗袍边叉开得很高，露出滚圆的大腿。这是抗战中时兴起来的，战前广州最摩登的女郎还没这样暴露。

给母亲及延安的黄海各写一信，告诉他们，抗战已经胜利，南下之行改变了，正在前往东北途中。信拿到邮局去投寄，邮局的人说，目前邮路还未恢复，不受理信件，心里不免怏怏。

9 月 18 日　晴　吴村镇　从焦作经过修武到这，行程七十多里，下午四点到达。

沿途一带平川，田里多种水稻，馆子有大米饭，十元冀钞一碗。没太行票子，什么也买不成。

9 月 19 日　晴　赵古　又走到山脚来了，明天又得爬山，进入太行。

9 月 20 日　中秋　辉县高村　今天一天才走三十里。中秋，每人发五十元冀钞过节。这小村庄只有鲜枣和石榴。花五元得石榴五个，剥一个来尝尝，酸得不敢再领教了。

9 月 21 日　晴　林县翟二村　一路上经过的村庄，都是一片欢送子弟参军的锣鼓声。

这翟二村晒坪上，还演戏助庆。抗属受到优待，坐在前排，面前供奉茶水和馒头。

9月22日　晴　林县北关　城里很荒凉,一条用片石铺的长街,像被遗弃荒郊的尸体。店铺深闭,要不是有块招牌,谁也看不出是做买卖的铺子。

南关有稀稀拉拉的小商贩摆摊营业。烧鸡一只二十五元。

9月23日　雨　早上,见到莫文骅,说,他要去山东了,表示向我和必克告别吧。到底是他指名把我们俩要回广西的。

晚饭后,约必克一道进城见莫,想跟他到山东去。他说,中央没有让他带干部,很抱歉。最后,他补一句,说我们到东北工作不合适的话,可以找经天同志谈谈,请组织再调回山东找他。

9月26日　阴　林县北关　想不到在这有五天休整。住得无聊,天天上南关吃烧鸡。但是纵使珍馐佳肴,天天吃它也会腻味。

9月27日　晴　任村　这是个大镇。有书店,买到一本《俄罗斯人》。

9月28日　晴　固新镇　爬过一座大山,经过响堂铺。渡过清漳河,到了涉县固新镇。到此投入了太行,根据地已在脚下了,太行版《新华日报》隔天便能见到。

9月29日　雨　会里村　冒雨行军,才走三十里,比昨天爬七十里还艰苦。各人衣服几乎全打湿了,有的鞋子脱了底,光着赤脚,在泥泞的路面直咬牙。

9月30日　雨　会里村　秋雨下个不停。地面全是泥巴,一天到附近招待所去吃两顿饭,行军一天也没那样辛苦。要不是每顿有三菜一汤,真懒得出门。

早饭后集合,雷经天政委给我们干部队讲话。雷说:中央又来电催,要我们必须星夜兼程,争取早日到达沈阳。从这北去,奔冀中,直到山海关,一片华北大平原。路面全是沙地,照直走,用不着拐弯。全程一千二百里,算它一天走六十里,二十天准到了。最后鼓动大家加把劲,再接再厉,善始善终,胜利走完一千二百里。

10月1日　阴有小雨　偏店　冒着小雨出发,路滑难走。从上午十一点半到傍晚六点,才走了四十里。

夕阳从地平线消失后,人一歇下来,一股冷气侵袭脊背。宿营下来,大家都不再抢下门板，而睡地上了。

10月2日　阴　交市　晌午，路经阳邑镇。和必克进馆子午餐，二十元一大碗肉丝汤。梨正上市，一元一斤。

晚上宿贫苦人家。大人都死了，只剩下一个十四岁的孤女，可怜巴巴地跟六岁的弟弟相依为命。

女孩见我们打扫空屋安床，困惑地说："你们敢在这睡？房子死过人，有鬼。"

"不，哪来的鬼？我们睡给你看。以后你就放心吧。"

10月3日　晴　羊范镇　到今天才算完全走出了山沟。徒涉过了宽阔的沙河，远山在视线消失了。从此才真正是进了一望无际的华北大平原。

这羊范镇是大集，但经兵灾患难，街市很冷落。

和必克各花五百五十元买一斤新棉花，絮了一床薄被，夜里得到好的睡眠。

10月4日　晴　大北张村　上午，走三十里，穿过九里长街的邢台县城。市面依稀可见昔日繁荣的痕迹，买卖很不景气。队伍从西城直走，到东关歇晌。东西比涉县昂贵得惊人，一斤梨要价十五元。

感冒，一到宿营地马上躺下。身上一阵热一阵冷，必克给拿来两片阿斯匹林和水吞下，出了一身汗。但愿不会影响明天再赶八十里就好。

10月5日　晴　牛家桥　从大北张走二十里后，前面便是一条河，有的地方可以徒涉，有的则必须船渡。水边有些人家张网捕捞鱼虾，颇有南方水乡情调。

晚餐，班上买得几斤鲜鱼。也许少油缺作料，又没会烹调的师傅，吃之前很馋，吃起来并不见得怎样。

10月6日　晴　十字河　今天五十里行程都是沿着葫芦河的岸边走。两岸人家滨水而居，妇女们在柳荫下洗衣、汲水，渔舟三三两两，在江边停泊、下网。不由忆起江南，只是树里的房子几乎全是平顶而低矮、四四方方的泥屋，既有别于西北的拱门窑洞，也不同于南方高屋建瓴的砖瓦结构。而且家家户户屋前屋后差不多都种有向日葵、枣树，门口挂串红艳艳的干辣椒。

这十字河镇，长街被河拦腰流过，上面架一座木桥，接连两头，水陆交叉成十字,也许就是镇名的由来?

10月8日　晴　西阳台　昨天走过束鹿东面,住百只口。今天赶到这里,离深县只有十二里。

这已经是有名的冀中地道战的中心。谁能想象在这平静的地面底下,都是纵横交错的壕洞,有效地拖住几十万日本侵略军的后腿啊。奇迹来自何方?房东见问,从麻袋里掏出本油印的小册子,摇晃一下,带着笑容幽默地说:"就凭这个!"一瞧,封面用双线勾的"支部"两个大字。

明早轮到帮厨,晚上先得将两只大公鸡(这里没有南方那样的阉鸡)宰了。又是战士又是伙夫,心想,将来可写篇作品——《我是一个步兵》。

10月9日　晴　深县城礼门寺　早上支队司令员文年生召集大家讲话。宣布休息一天,说一星期总共走了五百多里,达到预定的一半行程了。说中央又来电催:务必在十天内出关。从今日起,要求两头不见太阳加把劲赶路。反正往山海关去也都是平地,而且都是我们的天下,晚点宿营也没关系,能赶百里就不要只走八十。

早饭后,移到离城关西北边约五里地叫礼门寺的小村。把衣服洗洗便和必克进城。城里市面跟豫北济源差不多,方从敌伪解放过来,商店也只开半边门。

必克买整只羊肝,拿到小馆用滚开的水烫了一会,便拿来白切蘸上酱油吃,上面还带点血丝。说是这样才有营养,保住维生素,对眼睛有好处。另外,还在馆子称了两只卤猪肘,一人一只,用手抓着啃。

在街上见到张海,他居然还是和他的广东队一起来了。说延安杨秀照他们这时候恐怕也出来了。

10月10日　晴　上半天仍叫休息,午后才出发。只走三十五里,却觉得累的不行,忽然发冷。夜里,发热出汗,会不会又感冒?

10月11日　阴　队伍继续上路,自己实在走不动了,和几位病号坐上牛车跟在队伍后头。人比牛走得快,距离越拉越远,叫人干焦急。

午间经过饶阳县城,见到邮局,把在焦作没寄成的给母亲和给黄海的两封信投进了邮筒,明知未必能寄得到,只是了却一番心愿就是了。

从饶阳走十多里便到了滹沱河边。河桥叫大水冲断,只有船渡,人多船小,走在前头的人马都停下待渡。这才跟上了自己的区队。

过了河,没耐性再坐牛车,干脆跟大伙步行。到大尹镇,队伍停下小憩。下午三点左右,正要开饭时,疟疾把我缠上了,躺下独自呻吟,一会出了一身大汗。

出了汗,人又轻松一些,咬咬牙还能挣扎起来和大家一道上路,一直走到黄昏宿营。

房东是个老头,两个儿子都参加八路打鬼子去了,一个已成了烈士,抗日政府送块光荣匾。老人家把我们当作子弟,殷勤招待。看我有病,问要吃什么,喝什么只管说,他去弄。一会烧来一壶开水,还放下一抓茶叶。老太太给端来一碗玉米面煮的糊糊和一碟自家腌的包菜。

10 月 12 日　阴　天河间二十里铺　疟疾,俗话叫作打摆子。发作过后好像没病的一样,但是,区队长王玉祥同志一定要我同其他几位病号坐大车。今天是马拉的胶轮大车,跟队伍不会拉开太远。

一路上一大片一大片梨树园,叶都染红了,像枫林,蛮好看。赶车的老乡说,有名的天津鸭梨,其实都要从这里运去的,天津街上哪能长出梨呢。

下午两点多钟,又同昨天一样,打起摆子来了。这回来势更猛,真是冷得像躺冰上,热得像坐笼屉,刚吃下的梨全吐出来了……好在躺在马车上,要不,真不知怎样狼狈。

晚上,必克从药店买来几包奎宁粉,还煮了挂面和鸡蛋。算是够朋友的了。

10 月 13 日　晴　张庄　一早从二十里铺动身,仍坐区政府派差来的马车代步。从河间城里的南北直街通过,又是邢台一样的长街,马车从南门进,走老半天才出北门。也许还早,不到开市时间,街上仿佛还没醒过来似的,气氛冷冷清清。

这一带村庄都很大,一村能有千八百户,村村之间很密。村边也都有枣树、白杨和松树,道路纵横交错,要不是村边路口立有路标指示,可不容易辨认。

正午,经任丘城。城里房屋,因战争而伤痕斑斑,市容也萧条,像大病新愈,显得憔悴颓唐。一个突出印象就是同前面见到的几个县城一样,好多人都在加紧拆城墙运砖头。

又是昨天那个时候,疟疾又发,而且发的时间更长,奎宁对疟疾不是有特效吗？怎么不灵呢？杨毅说，恐怕是服药时间不对路，必须在发病前一个钟头服药才见效，我却在十二点过任丘时服的，难怪。

走着走着，队伍不知走进哪座村庄去了。赶车老乡从这村赶到那村都见不到影子。看看太阳像只打满气的球胎，红彤彤地在彩霞中徐徐往地平线沉没，东边的下弦月慢慢升起，夜幕渐渐落下大地。赶车老头说，要赶到鄚州还得十来八里地呐。二团团部就在这张庄，索性就住这不走了，明早再撵上队伍。

10月14日　阴　新镇复兴村　早起，赶到鄚州与区队汇合，王玉祥队长说，队伍从公路走，叫我们几个病号乘帆船到新镇相见。

这是从白洋淀流入天津的大清河的一个码头，河边停泊好些木帆船。河水很清，水面平静，秋汛刚过，两岸田地都灌满了水，举目所见，就像是个大湖。渔船扬起白帆，三三两两浮游在碧绿的水面，芦苇里有时惊起野鸭，给大地缀成一幅美景。两位健壮的艄公轻轻摇橹，小舟顺流东去，仿佛一片落叶在水面漂浮。要是没有病，静静地领略这旖旎风光，该多么得意啊。

记着昨天午后两点半发病，今天一点半，提前一个钟头便把药吃了。吃了药就睡，一直到了新镇码头，病友喊起才醒，时间已到了四点。阿弥陀佛，今天可能不会发病了。

必克来讲新消息：重庆谈判，和平获得基本协议，具体条款还在磋商。

消息使人开心。“内战打不起来的话，进城你想干什么？”必克问我，“那天雷政委不是说，有这样那样的‘长’没人去做吗？”我对什么“长”从来就不在意，一心只想写东西，写人，写这样那样的“长”。“不！”必克说，“你不当‘长’怎能体会他们的生活世界呢？”“那你说，鲁迅怎写出阿Q来呢？”必克见我近乎执拗，只说：“看来你老弟对文学是铁了心了。”

10月15日　晴　新镇西关　支部组织委员韦树辉来找谈话，说队伍明后天就要过北宁铁路，这段从天津到北平的主干线，日本鬼子还把守得很严，白天我们部队还不能公开通过。过了铁路，最后几天又要求强行军。不一定走山海关，可能要走承德。那就还有一段艰苦的行程。组织上考虑有病的同志就不必急跟队伍行动了，留在这冀中军区卫生部，把病养好了，再由组织上往东北局送。

本来昨天已经不打摆子了的,不过,也不想给队伍添麻烦,只好认命留下。

留下的还有一位姓刘的同志,等队伍走后,我们便到卫生部休养所的大院住了下来。在集体队伍中,感到受限制,不自在。但当你孤独一人,又觉得自由得寂寞。看看镜子,脸色好难看:又黄又肿,嘴边起了泡。想想四个月的日日夜夜都熬过来了,只剩最后的十来八天工夫却未能坚持到底,功亏一篑,说来真够悲哀的。也许就见不到关外的大风雪了。方才在卫生部那里听到一位女同志叽里呱啦,谈起张家口给她的印象,那边真是成了红色的都会呢。在这,等待进北平不是好?……闲下来不由胡思乱想。

身上有张五百元钞票,走了好几间商店都找不开,最后在招待所才换到百元一张的。一个人独自进馆子花了五十元吃了一碗红焖银鱼,总算解了馋。

10月16日　晴　新镇西关　集市很热闹,棉布摊占了大半条街。另外还有东洋的丝织品,花花绿绿的布头,两尺三尺不等,论块卖,似乎是商贩从天津、北平贩来的破烂。这儿到底是近水的地方,白洋淀的鱼能销到这里,鲤鱼又肥又大,一斤百元,一条鱼两三斤都有。

晚上,同房间老罗同志买回一斤熏鱼,两只烧鸡,请大家喝酒吃夜宵。吃了半天才发现鸡肉里有绿豆大的铁砂。都说老罗上当了,这是鸟枪打的野鸡。其实,野鸡滋阴补肾,营养价值比鸡还好,无所谓吃亏。

10月18日　晴　新镇　到河边洗衣服,完了就在一艘搁浅的破船上晾干,一个人坐在那里望着悠悠的逝水遐想。

做梦也想不到,在这地方跟《部队生活报》的同仁姚少诗邂逅。他骑着自行车路过,说他们的干部队,原来是要回浙江的。到了太岳,中央才来电叫转去东北。今晚就在城关落脚,明日在这停一天。跟他讲,张海、韦必克和队伍往前去了,自己打摆子留了下来。问他能不能跟他们的队伍一道行动。他说不同一个组织单位,半路插进一个人,恐怕难办,不过可以问问队长看。说他们也是要星夜兼程,能骑车的组织上给买架车,想尽办法赶路。

"七大"以后,从延安派到南方各省的干部,到了半路,由于日本投降,几乎都转到东北去了。自己掉了队,落在这里,真不是个滋味。

花一百元买得斑鱼四斤,比鲤鱼便宜,价差四倍。拿腐乳、香油焖一大锅,味道真香。刘同志拿他买来的大米煮了干饭，请同房病友美美地吃了一顿晚饭。

10月19日　晴　霸县县城　已经四天，疟疾不见来了，体力逐渐恢复。鼓鼓勇气，决心马上赶队伍。问刘同志，他不大想走，只好一个人上路。吃罢早饭，找所里指导员要去行署的介绍信，同一位同志一道，十一点钟到达霸县。

在政治部办理转党关系的介绍信时，组织部的同志说：组织介绍信马上就办，不过，请同志你考虑一下，能不能留在这儿工作，不去东北呢？我们这儿很快就会进北平或天津去了的。看得出这位同志完全出于好心，态度那样诚恳；而且平津，特别是北平，不是不诱人的地方。只是，一想起四个月来甘苦与共的战友，想起东北那些带传奇色彩的长白山的天池、大兴安岭的森林、乌苏里江的大马哈鱼，吉林的人参、貂皮、乌拉草，最令人向往的还是俄罗斯化的哈尔滨、日本风的大连……这些对一个耽于幻想、喜新好奇的人来说，都是很大的诱惑。结果，还是拿了转到东北局组织部的介绍信，然后到冀中行署，要得这样一张给沿途各区乡公所动员民夫的执照——

> 兹有广西干部队陈寒梅同志因患病，行路困难。希沿途各级政府及村级干部，负责代为动员车辆或人夫、牲口载运为要！
>
> 右给陈寒梅同志收执
>
> 晋察冀边区行政委员会冀中行署
>
> 十月十九日

执照左角，还有首长批示——“军用代办所依照”，盖上×××印章。

这可就有了护身符，可以通行无阻了。

说来也巧，在军区后勤部领粮票、菜金和棉衣、棉被等物的时候，旁边一位杨同志主动向我作自我介绍。他是三五九旅支队的，明天也要赶队伍去，希望两人搭档一道走。这当然求之不得了。

10月20日　晴　永贤镇　领到一床棉被一套棉袄，行李加重了。不过，拿行署的执照到军用代办所去交涉，得到区公所派给一辆马车，行李再重也不用愁了。和老杨一早便从霸县往西北方向出发。到固安，天色已晚，听说前面的浙江干部队向礼贤镇去了。和老杨急忙吃顿饭，然后又拿执照去军用代办所交涉要车。

这段路，天已黑下来，过了永定河大桥，月亮出来，月色皎洁，大地一片银辉，马蹄“得得”穿过寂静的白杨树林和一座又一座村庄。这时正是收花生时节，到处闻到一股泥土香味。一问，说有情况，靠近铁路的机关已往后转移。无可奈何，跟老乡讲好话，请他把马车往李各庄拉。月亮已到中天，村边听到了鸡鸣，摸摸肩膀，衣服打湿了，脚冻得又僵又麻。

老杨去村公所打听回来，高兴地说，好了，他的支队收容队有八个人就住在这儿。我们可找到伙伴了。

收容队一位同志说，他家在北平东城，这儿原属大兴县，离城不老远，要不是怕犯纪律，真想回家一趟看看。

10 月 21 日　晴　岱上营　早起，才发现姚少诗他们也住在李各庄这里。他身边还站着李葳。她原来是部队艺术学校戏剧教员李实的爱人，是个引人注目的演员。整风运动受冲击，调到我们联政宣传部来隔离审查，运动后又跟李实离了婚，和我们《部队生活报》的人熟悉起来。张海很想跟她谈《红楼梦》来的，张为了南下，没有谈成。本来想同他们浙江干部队一道行动的，他们的队长却跟你打官腔，虽然有姚少诗、李葳作介绍也不行。

早饭，房东给做的玉米面贴大饼是头回尝到，觉得蛮有味道。不慎打破只瓦钵，赔五元冀钞。

下午五点半离开李各庄出发。黄昏时候，准备要过北宁路的百来八十个干部都到了靠近铁道的村庄集合，等候统一指挥，集体通过道北。

离铁路太近了，虽然明知鬼子不会出击，不过，大家的情绪还是很紧张。叫女同志管好自己孩子，别哭出声来。

女同志还不少。等久了，要方便又不敢走远，索性就近毫无遮拦地蹲下完事，反正谁也顾不了这些。

离安定车站三里地，我们队伍快近路轨时，蓦地，听到东边天津方向，传来咔吱咔吱逼人的声音。“快！一个跟一个，快走！”心怦怦直跳。队伍刚过完铁道，列车吼了一声长笛，车头那两道寒光把铁轨照得闪亮。“快，就地趴下，沉着不吱声！”领队同志又发命令。等到抬起头来，列车的尾巴已消失在安定站那头了，不禁呼口长气。一个一个站了起来，扑打前襟和膝盖的泥土。

踏着月色再走两个钟点，到达岱上营时已经午夜一点半。老乡说，这儿离北平只有四十里地，村里百姓家里差不多都安有简单的矿石收音机，一月花上几毛钱，晚上能听听戏。

10月22日　晴　香河大罗屯　下午一点多钟，突然来通知说有情况，地方上的武工队正押解绑成一串糖葫芦似的汉奸转移。我们临时凑合的队伍也就急忙离开岱上营，说都到香河张子营集合。队伍妇孺多，拖拖拉拉。我们收容队十个人，干脆抢先走到前面，结果还走错了道。听老乡们说，大白天从北平到天津，美国汽车经常来回跑。我们赶紧穿过大公路，赶到一个叫永乐店的镇上已是晚上八点。北风吹得好冷，躲在一间药材铺歇了半点来钟，在月光下过了运河。离香河县还得走八里地，走走，只差三里地都走不动了，只好就在这大罗屯住了下来。又是午夜一点半宿营，整整奔波了十二小时，实在乏得不行了。

10月23日　晴　蓟县侯家营　早上走三里地，八点来钟进香河城里，从大街通过。街上买卖兴隆，我们都没有歇下。

走到黄昏时候，乘蓟运河的木帆船顺流而下，航行十来里才到侯家营。

从太行山北来，那么多天都见不到山了。到这遥望西北，才从云端里隐隐约约见到一脉远山。

10月24日　晴　玉田西关　一天赶了一百里，赶到西关，天已黑下来，一天一个县城。收容队负责同志进城打听到，部队的行军路线是这样：警一旅——广西干部队到这之后，和三五九旅、广东干部队分开了。警一旅走遵化，去承德，三五九旅走丰润、卢龙，出山海关。问我是不是要走承德，找自己的部队。想想，还是一块出山海关，到沈阳找东北局再说，反正有组织介绍信在身上，不怕失掉关系。

10月25日　晴　丰润　傍晚，到达丰润县城。说是曹雪芹的祖籍就在这里。还有没有他的宅第呢？反正此刻是不可能去谒拜了。

一个人独自上街找吃的，饺子、卤肘子、葡萄、苹果，乱七八糟，撑了一肚子。

苹果又香又甜，味道特别好。

10月26日　晴　沙河驿　从丰润出来往东，经过榛子镇、赵各庄，今天到不了卢龙县城了，在这沙河驿住一宿。

这个镇好大，不过断壁颓垣，到处是战乱的痕迹。

10月27日　晴　卢龙樟木庄　一路上尽在平沙的地面行走，离卢龙三四里地有条滦河，河宽水深。船上艄公说，滦河鲤鱼很有名，可就是不易捕捞。以为城里馆子总能吃它一顿，不想街上除了梨和葡萄，还是梨和葡萄。

为了真正做到星夜兼程，已经到晚饭时候了，大家还要往前再走。大约走了十多里，天色全黑下来，星星已在天空眨眼，这才在一座小村庄停下。

房东老汉告诉我们：七团刚过去两天，今天可能到关上了。说得我们心猿意马，都说鼓把劲，明天赶它一百里。

10月28日　晴　榆关　一早从卢龙樟木镇出发，中间经过抚宁，又是黄昏时分，我们十个人和两驾驮行李的马车进入了榆关城门。

这是临榆县一个市镇，山海关离这还有八十里。明天无论如何要见到"天下第一关"了，心里一阵热乎。

一个买卖人从沈阳刚回，向大家吹他的新闻：说奉天（沈阳）可热闹了，苏联红军见到穷人格外热乎。有回，把拉洋车、扛大活的统统叫去，把鬼子关东军储藏被服的仓库打开来，让各人往外搬，能搬多少要多少，随你要。毛衣、毛裤、袜子、手套……东西可老鼻子了。穷苦人凭两只手能抱多少啊，倒是有大车、马车什么的，一车子一车子地拉，发了大财了。可红军哪懂得这些，还以为自己是给穷苦人干了好事呢。如今奉天卖破烂的街口，尽是仓库里抢得来的东西，价钱可便宜了……说得大家心里发痒。

晚餐，第一次吃上高粱米饭。比起陕北小米还要粗糙难咽，吃后不易消化，肚子老胀得怪不舒服。

半夜，被地震惊醒，仿佛是炸弹在邻近爆炸，门窗的玻璃震得琅琅发响。房东说，此地常常有"地动"，有时房子都给震塌。

10月29日　晴　锦州　下午四点钟左右，我们一行走在海边一段通往山海关的公路上。离秦皇岛十二里，海面的美国兵舰、城市的烟囱看得清清楚楚。

美国星条白五星飞机飞得很低,老在我们头上盘旋,也许就是侦察我们向东北进军的动态。此刻见到飞机,不再像在汾河边的滩头坡那样惊慌失措了。管它飞得再低,我们照样大摇大摆走自己的路。反正我们才十个人,零零散散地行走,不需要隐蔽什么。

从秦皇岛再走三十里,在暮色苍茫中,往左能见迤逦而来的长城了。终于在这——长城的起点——山海关结束四个半月的"步兵"生活。

收容队的伙伴在这关前的街头巧遇他们部队的一位参谋,知道马上有一列车开往锦州。我们一行,急忙进馆子叫包饺子,囫囵吞枣吃罢晚饭。华灯初上,夜市通明,耀眼的商店橱窗,媚人的衣香鬓影,梦一般出现在眼前,如过眼云烟,一晃便见不到了。我们来不及抹嘴便拎起背包,赶紧从关口的城洞穿出关外。上火车站台时,急忙爬上升火待发锦州的列车。在极端拥挤当中,挣扎了半天,好不容易爬上紧接车头的装煤车厢。

到底出关来了哟!从此,八年抗战的穷愁、惆怅的岁月只成回忆,四个半月军旅的艰苦、辛劳,只怕要在梦里重温了。

关外深秋风冷,蹲在煤块上更觉冰凉。半夜,火车停下了。人不准下车,抱着膝盖打盹。听到女人一声惊叫,接着是嘟嘟哝哝的发气,不知谁碰到她了。

10 月 30 日　晴　锦州奉山旅社——冀东军区招待所　等到曙光微明,锦州就在眼里了。走下站台来,怀着感动的心情,头一眼见到迎面走来一位令人崇敬的苏联红军战士。他正在端着冲锋枪来回巡逻,那目光流露着友好与和善。然而我马上惊愕不已,若不是亲眼目睹,我无论如何也不敢相信,就是这位叫人肃然起敬的苏联英雄,竟趁朦胧的曙光,站在无人走过的一段站台上往车厢下撒尿!阿弥陀佛,但愿这印象同噩梦一样,永远消失吧。

三五九旅的部队就在锦州驻防,收容队几位伙伴马上就要归回各自建制的单位了。我怎么办?广西干部队现在在哪?自己一个人去沈阳吗?一路去找军区政治部问,一路自己嘀咕。

走进军区司令部屋里时,见一屋子人,个个身穿整整齐齐的将校呢军装,带马刺的高统靴擦得铿亮,神气活现,充分表现胜利者的丰采。他们正在围住一张长方形桌子开会。一位参谋看了一下我的执照,说雷经天、黄一平几位广西同志都还住在这里招待所，告诉我到奉山旅社去找。

找到奉山旅社，上二楼敲门进去。“嗨哟陈寒梅，你怎么来的？”雷、黄两位不由愕然，掉队的人倒反走到前面了，难怪他们诧异。听我讲了来由之后，黄一平高兴地说：“就来这里住，明天跟我们一起去沈阳。”还拿出两张百元的伪钞票，说现在市面还准流通，让我去街上理个发，洗洗澡，买些日用品，手巾、牙刷什么的。

一阵喜出望外的愉悦流遍了全身，到此，深切地感到是胜利了！

从理发店出来，正在街头看看，乍然见到从火车站走出一队穿灰色衣服的干部。正走到跟前去看是哪里来的，忽然听到有人喊我的名字。回头一瞧，哎哟又是出现了奇迹：原来是浪淘（曾扬清）啊，我们曾经在“鲁艺”文学系有过亲密的交往，后来由于工作调动，特别是由于整风运动，几年不见了。想不到在这场合邂逅！走在他后头的还有严文井、华君武、高阳、公木、天蓝、雷加和李雷等等，都是“鲁艺”的。文协的一大帮熟人啊，都来了，大家又聚到一起来了！

兴奋得一夜没有瞌睡，只好在强烈的灯光下捉虱子。捉了半夜也捉不净，半个月来居然繁殖得那么惊人。

10 月 31 日　晴　沈阳铁西烟粉屯　清晨，和雷经天等首长一起上站等候乘火车去沈阳。几位老红军干部，各人都带了大包点心在路上吃，像个阔绰的旅行家的样子。这时候，列车没加挂公事车和包房车厢，雷、黄等首长只能同大家混挤在三等车厢，不分上下级地和警卫员、通讯员坐在面对面的卡座上。雷是南宁津头村雷家大地主子弟，厦门大学学生，二十年代广西右江苏维埃政府第一任主席。长征到延安后，长期担任陕甘边区高等法院院长，算得上是知识分子工农化的干部了。看他模样好像怪严肃的，其实是个平易近人、和善可亲的长者。也许就因为这样，虽然经历了多年戎马生涯，却终未能成为叱咤风云的将军，至今书生本色仍未完全蜕去。

越往北去，天气越冷了，穿上棉袄还不大顶事。车到打虎山站停下来上水、换车头，停了将近半点钟。大家下站台来走动走动，不想昨天在锦州街头见到的延安熟人也都在这趟列车上。高阳（李江）同我说：“八一五”后延安文艺界组织一个阵营强大的文艺工作团，先到张家口，一部分人如周扬、艾青、吕骥、欧阳山、江丰等留在那里筹备成立华北联大文艺学院,办刊物什么的;他和舒群、罗锋、白朗、雷加几位东北作家统统都要"打回老家"。还说西虹、胡征他们同部队一起行动,也都出来了;叶克和黄海两口子还在延安,等待到山东去。临走同黄海、叶克两人还合照了张相片,说着从口袋拿出小本子来翻出照片让我瞧瞧。

按说应该是晚上七八点到沈阳,因中途停站太多,进终点站时已经是零点了,而且还不能马上离开车站,千多人全挤在候车室,冷得大家直叫。等了将近两个钟点才来汽车,说是苏联红军还不能让我们住到城里,顾虑到有碍于国民党蒋介石与苏联签订的中苏条约,我们共产党八路军还得作必要的回避,到郊区农村暂时住下再说。这样一来,安排哪部分人上哪一部车,开到哪个村庄去就忙乱了好一阵。直到天亮,我们十来位广西干部坐的汽车才开到铁西区附近一处叫烟粉屯的贫民窟。

11月1日　沈阳铁西烟粉屯　经受一天又半夜的颠簸,列车从锦州到沈阳来了。下车在候车室,传来东北局通知:关里新到的干部队伍,苏联红军司令部还不让在城里落脚。接着,来了卡车,把我们拉到郊区老乡家下榻。

跟在华北根据地生活差不多,房东是个鞋匠,一间屋对面炕。和政委雷经天、干部大队长黄一平以及他俩的通讯员五个人一起,睡在一边炕上。一觉醒来,天已蒙蒙亮了,出门一瞧,雾霭很重,天地一片迷茫,对面便是宽阔的飞机场。这原来是铁西工厂区边沿的村庄。院里有口打水的洋井,打起水来洗脸漱口,脸盆的水面很快便是一层薄冰,关外气候显然比关里寒冷。

早餐过后,雷、黄两位进城向东北局报到去了。一个人待着,遥望高高的烟囱,附近没啥地方好去。好不容易在附近老乡家找到本破破烂烂的《三国演义》,拿来翻翻,一会睡着了。午饭,头回吃上东北的朝鲜大米饭,颗粒粗,黏性大,跟糯米类似。吃惯了七年小米,顿然吃上这样的米饭,不需要菜也能吃到饱了。

11月2日　早餐过后,政委雷经天问对工作有什么要求,说现在工作门路很多,个人想做什么,能做什么,可以先提出来,让组织上去考虑决定。大队长黄一平插嘴说:眼下东北局机关报《东北日报》正在开始筹备出版,急需编报干部。自己想,编了几年部队报纸,多少有点经验,不如就到《东北日报》去吧。专门搞创作,目前还不合时宜,当什么行政官员呢,自己又不属那种材料。

偶然见到诗人高阳。原来他们延安来的文艺工作团的人,也都住在这屯里。又相见挺兴奋,被拉去他的房东家,他拿出在延安跟叶克、西虹合照的相片来给看看。说他离开延安之前,西虹正在等待跟部队一起行动。同高一间屋的还有作家舒群。在延安《解放日报》文艺版召开小说作者座谈会和其他一些文艺活动场合,跟他是认识的,如今不知他有什么心事,对人随随便便,爱理不理的样子。

11月3日　沈阳九纬路东口　东北局准许我们新来的这批住在郊区的干部,分别迁进城里的临时招待所。坐上马车,从铁西区一直沿着马路进城。

铁西,日本职工的住宅区,不少地段见到妇女为出征阵亡的丈夫或儿子祭奠,坟前摆些花果杯盘。一座座坟墓用砖砌成长方形,上面插块牌子,标志死者姓氏。马路笔直,望不到边,路面毁坏失修,凹凸不平,灰尘很大。

配合广西干部大队进军东北的武装部队仍是陕甘宁晋绥联防军区警备第一旅。它是准备作为沈阳警备部队的,但因阻滞于承德,迟迟未能抵达。我们这部分先到干部的工作,只好等待队伍来齐了才统一分配。大家一天也没正经事要干,老红军干部手上有钱,每天到日本人的"破烂市"(旧货地摊)去买回花花绿绿的丝绸衣料、关东军的将校呢服装、皮靴……雷政委说,买这些东西干什么呀,苏联跟蒋介石的国民政府订有条约,蒋未必让苏联把沈阳交给我们接收,和平还不那样乐观,我们还要准备打仗。

11月5日　浪淘(曾扬清,"鲁艺"同学)也住在招待所这里,说弄文学没多大意思,打算改行,搞政权或党务工作。问他找到爱人了没有,答:"有了,日本投降后,匆匆忙忙搞起来的。"他说得很平淡,没了当年在文学系那股充满浪漫的强烈情感了。

警一旅部队在承德因交通受阻,一时赶不到沈阳。沈阳的卫戍,改由从华东来的黄克诚队伍担任。警一旅在锦州布防,先到沈阳的干部,统统都要退回锦州安排工作。这样一来,一些老红军同志牢骚很大,认为目前沈阳党、政、军、民各部门各单位,包括新收编过来的队伍,旅长、师长,公安局长,政府方面的厅长、主任、县长等等，位子都空着，为什么不让他们去干？锦州这么个小小地方，叫他们去那里有什么事可做？“老子当了七八年团长了，回锦州警一旅，有什么发展？”干部大队政委李志明，指我为例对东北局组织部负责人说：“有些干部不一定都回锦州嘛，比如陈寒梅，他就有编报经验，现在东北局正要找这样的人去办报，为什么非要他回锦州呢？”东北局组织部的同志看了看我，拿本子记上了我的名字。

11月6日 早饭后，雷政委找我谈话，说东北局组织部来电话，叫把我介绍到东北局分配工作。“这是组织调动，你就去吧。”雷说，“四个多月的行军，路上大家很辛苦，发几句牢骚是可以理解的。你呢，青年同志缺乏锻炼，见老同志讲些怪话，自己也跟着学，这就不好。往后，不论到什么地方工作，都应当时刻记住：凡事应该向上看齐，千祈别往下学样，那才是正道啊！”雷政委的这几句忠告，极深刻地留在了我的记忆里。

1941年冬，从“鲁艺”文学系调到部队艺术学校，穿上了军装。如今军装脱下了，又回到地方上。

到东北局组织部，人家看了介绍信，在上面批几个字，叫去《东北日报》社报到。报社临时办公的地方，设在《康德新闻》附近的街道小学旁边的一座印刷所楼上。在邻近的小红楼见到副社长廖井丹，一开口，我就指着介绍信说要把名字改了，叫“陆地”顺口些。廖笑笑问：“想干什么？搞编辑还是当记者？”我说，为了要写作，当然做记者好些；不过，在山沟沟呆久了，乍到偌大都市，一时还适应不过来，先在编辑部编一段时间副刊再说。廖说，等他跟李常青社长商量再定，反正内勤外勤都等着要人。

住房被安排在印刷所楼上，自己住单间。隔壁房已经住上三四个到延安不久便出来的青年：其中两位一叫王金，一叫王刚，都是天津学生；另外一间屋住的两口子，男的叫叶兆祺，女的叫张淑容，都是延安边区师范学校老师。张说，跟黄海、叶克是”边师“的同事，临来，组织上看叶克、黄海俩身体欠佳，步行离开延安是不行了，只能等后来坐车再走吧。